La biblioteca de Córdoba

La biblioteca de Córdoba

Andrea D. Morales

B

Papel certificado por el Forest Stewardship Council®

Primera edición: enero de 2025

© 2025, Andrea D. Morales
Autora representada por IMC, Agencia Literaria, S. L.
© 2025, Penguin Random House Grupo Editorial, S. A. U.
Travessera de Gràcia, 47-49. 08021 Barcelona

Printed in Spain – Impreso en España

ISBN: 978-84-666-8040-0
Depósito legal: B-19.302-2024

Compuesto en Llibresimes

Impreso en Rotoprint By Domingo, S. L.
Castellar del Vallès (Barcelona)

BS 8 0 4 0 0

Para mi hermano,
todo corazón y bondad.
Gracias por haber sido luz en los momentos
de mayor oscuridad

Cuando a Meruan ben Mohammad, Dios se apiade de él, sucedió lo que es sabido, y derrocado el poder de los Benú-Omeyya en Oriente, se apoderaron los Benul-Ábbas del mando, siendo muerto en el año 32 Meruan, cuya cabeza fue remitida a As-Saffah, y después a Abo-l-Ábbas, que estaba acampado en Bagdad, persiguió As-Saffah a los Benú-Omeyya en donde quiera que se encontraban, matándolos y sometiéndolos a ignominiosas penas.

Habiendo aprehendido a Aban ben Moawiya, cortole una mano y un pie, y fue paseado por las comarcas de Siria, con un pregonero que iba junto a él gritando: «Este es Aban ben Moawiya, el mejor caballero de los Benú-Omeyya», hasta que murió.

Mataron las mujeres y los niños, y degollaron a Ábda, hija de Hixem ben Ábdo-l-Mélic, porque habiéndole preguntado por los tesoros y joyas, no quiso contestarles palabra.

Ajbar Machmuâ

Prólogo

755 d. C.

Lo sabía.

Un día preguntarían dónde están los dadivosos, los príncipes, los hijos de los ilustres, los nobles. Y un poeta respondería: «Decid a quienes pregunten que se hallan donde los féretros».

Algo en su interior se lo gritaba, que todos acabarían amortajados y bajo tierra, con los nombres olvidados igual que cualquier hijo de criado.

Lo sabía, igual que intuyó cinco largos años atrás, aquel 25 de julio, que debía huir. Y que debía llevarse el objeto consigo.

El tiempo había transcurrido inexorablemente, dejando su impronta en las manos encallecidas, los pies doloridos, los huesos marcados por la falta de alimento y el rostro ajado por el inclemente sol de la travesía. Lo que permanecía inalterable eran los recuerdos que se le aparecían en forma de recurrentes pesadillas y visiones neblinosas. Irónico. Aquello era lo único que hubiera deseado modificar, pues cada vez que cerraba los ojos veía sus manos tiznadas de sangre. Sangre de su sangre, de su linaje.

Siempre se había vanagloriado de tener un gran instinto y con solo veintitrés años lo había comprobado. Había sobrevivido a la cruenta matanza que perpetrara Abu Abbas al-Saffah contra toda su familia, a la que había pasado a cuchillo para dar comienzo a una nueva dinastía: la Abasida.

A veces se preguntaba si no habría sido potestad de Allah, que le había reservado un destino diferente. Y lo cierto es que Allah tenía planes gloriosos para él. Ya lo predijeron con su nacimiento, que él, Abd al-Rahman Ibn Mu'awiya Ibn Hisham Ibn 'Abd al-Malik, sería el último de los Omeyas a la par que el primero.

El Emigrado amusgó la vista y colocó la mano sobre la frente para proporcionarse sombra. Los rayos de sol incidían sobre la superficie del mar arrancándole un brillo resplandeciente parecido al de una miríada de diamantes cegadora. Fue entonces cuando divisó una fina silueta recortada en el horizonte, una extensión de tierra que, con los colores del atardecer, se pintaba de naranja azafrán.

Aún con la mirada posada en la lejanía, rebuscó bajo los pliegues de sus ropajes, entre las capas y los bolsillos, hasta que las yemas de sus dedos palparon el objeto que con tanto esmero había estado custodiando. Seguía ahí, bien oculto, seguro.

Bedr, su más leal sirviente, se acercó con paso sigiloso a la proa del barco. El oleaje era tan apacible que apenas hubo de alzar la voz.

—Señor mío, no tardaremos en alcanzar la costa de al-Munecab.

—Tierra de promesas —contestó Abd al-Rahman tras un hondo suspiro.

Y este asintió.

—De nuevos inicios.

Una vez Bedr lo hubo dejado a solas, tuvo la imperiosa necesidad de volver a sumergir la mano en la profundidad de sus vestiduras para comprobar que el objeto permanecía allí. Era imposible que hubiera desaparecido, mas a menudo le asolaba una horrible ansia al imaginar que lo había perdido. Solo consiguió sosegarse cuando acarició los rugosos pergaminos.

Ahí estaban.

Abu Abbas al-Saffah y los suyos le habían arrebatado todo: la familia, el hogar, la seguridad y el poder. Y, como pago por su crimen y la sangre derramada, él llevaba consigo el mayor secreto que jamás una dinastía había albergado.

Aquello que la princesa Abda bint Hisham Ibn Abd al-Malik se había negado a revelar cuando sus captores le preguntaron por el tesoro real y las joyas.

Aquello que la había condenado a muerte.

Aquello que los Abasidas tanto habían buscado y él había decidido que jamás encontrarían.

Aquello que sería su legado y para lo cual construiría un templo del saber. Para protegerlo del fuego. De las amenazas. De las matanzas. De las cenizas. Y sobre todo del olvido.

Pues solo hay dos variables de lo inmortal: la tragedia y la leyenda.

PRIMERA PARTE

Lo que anhelas

Tú que cabalgas en pos de tu deseo,
detente y te diré lo que padezco.

Zaynab al-Mariyya

1

Córdoba, 973 d.C.

La alcoba que Nasir había pagado era de la austeridad de un morabito o de una celda monacal en tierras cristianas. O así al menos lo imaginaba él, que jamás había estado en uno ni en otra. Más que una estancia destinada al hospedaje, era una de esas pequeñas habitaciones adosadas en la algorfa o soberado de una inmunda taberna. De hecho, daba la ligera sensación de que tiempo atrás allí habían alojado las arpilleras de grano y algún que otro excedente para pasar el crudo invierno.

No contaba con comodidades más allá de un jergón dispuesto encima de una estructura de madera, lo que lo alejaría de insectos y otros animales que se paseaban por aquel lugar como si fuera propio. Ratas y pulgas eran las dueñas de la estancia; él, en cambio, un invitado al que le permitían su presencia de forma temporal. Nasir se resignó a lo que sería la convivencia, rezando en su interior por que resultara pacífica.

Al lado del camastro, un candil proporcionaba algo de luminosidad, ya que los rayos del sol —en aquel momento exiguos debido al ocaso— apenas llegaban a colarse por la alargada grieta del muro, semejante a una saetera. La posada estaba ubicada en el centro de la capital. Sin embargo, su localización no era la más propicia y, como Nasir descubriría más adelante, la luz solar entraba tan solo un par de horas por al mediodía, dejando el cuarto sumido en un ambiente quejumbroso y desolador el resto de la jornada.

Pese a la escasez de mobiliario y a que los bichos dominaban el territorio, el habitáculo presentaba algo sorprendente. Como si los anfitriones se preocuparan en exceso por el correcto cumplimiento de los preceptos religiosos de sus huéspedes, habían colocado en una esquina una estera de esparto ya direccionada hacia La Meca. No demasiado lejos reposaba una *sahfa*, una escudilla pequeña en la que se recogía el agua para las correspondientes abluciones anteriores al rezo. Aquel era un detalle que Nasir agradecía profundamente; así daba la impresión de que no se hallaba tan lejos de Bagdad y su familia y que Allah lo protegía en aquel periplo. Y teniendo a Allah de su parte, ¿quién iba a estar contra él?

Tras examinar el que sería su nuevo hogar —lo que no le llevó más de un par de minutos, dadas las pequeñas dimensiones de los aposentos—, se sentó en el jergón, que se hundió enseguida bajo su peso. Posó los codos sobre las rodillas y dejó caer la cabeza, cubriéndose el rostro con las manos. Y entonces, y solo entonces, se permitió liberar el suspiro que llevaba encajado entre las costillas todo ese tiempo.

Por fin estaba en Córdoba.

Unos repentinos golpes en la puerta interrumpieron los efímeros instantes de contemplación. Nasir se levantó y observó que, tras el crujido de los goznes, aparecía en el umbral un rostro menudo y arrebolado. Zuhra no se había recuperado del ascenso por las empinadas y peligrosas escaleras que conducían a la algorfa, por lo que el sudor le perlaba las sienes y su respiración agitada la obligaba a hablar entre jadeos.

—Os traigo una colcha para paliar el frío, mi señor —dijo elevando con vergüenza las ropas de cama que sostenía en los huesudos bracitos—. El otoño no tardará en llegar y ya refresca bastante por la noche.

Nasir asintió y con un simple gesto de la mano le indicó que pasara. La joven entró para cumplir con su deber y, sin mediar palabra, extendió la basta manta sobre el lecho. Demasiado nerviosa bajo su atenta mirada, se dedicó a tironear de la tela de aquí y allá, recogiéndola por donde sobraba para que así no rozara el suelo y se ensuciara. La remetió hasta que quedó satisfecha con el resultado y la cama presentó la esponjosidad de un pastelito de hojaldre y miel.

—Lamento que esto sea todo de lo que dispongamos, mi señor —se excusó—. Puedo traeros un segundo *izar* si es menester —le ofreció señalando el cobertor.

A Nasir le recordaba a su prima paterna, quizá por la dulzura que desprendía aquella tierna sonrisa, quizá por la etapa púber en la que se hallaba. No debía de tener más de quince años y rebosaba esa energía encantadora e intrínseca en las féminas que aspiran a descubrir aquello que les ha sido vetado por su condición de género: las delicias del primer amor.

—Perded cuidado —la tranquilizó—. Después de un viaje tan largo y extenuante, vuestra posada es todo un lujo. —Se cuidó de ser amable, mas no demasiado, no fuera que la muchacha malinterpretara sus intenciones.

Zuhra sonrió azorada, como si aquel cumplido fuera más dedicado a su persona que al negocio familiar. Y advirtiendo el arrebol en sus mejillas, Nasir se apresuró a aclarar:

—No será necesario una segunda colcha; así es más que suficiente.

—Antes de que caiga la noche, padre os subirá un brasero, no sea que se torne cruda.

—Os lo agradezco.

No había mucho más que decir.

La cortesía impedía a Nasir despacharla con un feo ademán, así que aguardó enmudecido y paciente. En su fuero interno, ardía en deseos de que la muchacha volviera a sus quehaceres y lo dejara solo para poder descansar.

—Las letrinas se hallan en la planta inferior, bajo la escalera

—continuó Zuhra, desesperada por arrancarle un par de segundos más a la ya extinta conversación. Él asintió—. Y si necesitáis algo, estamos a vuestra entera disposición.

Nasir cabeceó nuevamente, cada vez más consciente del espeso silencio que empezaba a asentarse entre ellos.

Zuhra esperó un poco más, fingiendo que peinaba las pequeñas guedejas que, al escapar de su velamen, se habían adherido a las sienes por el sudor del trabajo. Él adivinó que escondía un cabello oscuro, a conjunto con las cejas finas y delineadas que le enmarcaban la mirada. La imagen le trajo de vuelta a la memoria a su querida prima.

—¡Zuhra! —Una atronadora voz traspasó las paredes de la edificación—. ¡Demasiado tiempo allá arriba! ¡Voy a subir!

La amenaza descarnada de su progenitor fue un látigo invisible que la azotó. La cara de la joven, anteriormente vivaz, se transformó en una mueca de preocupación. Todavía no habían resonado los furibundos pasos de su padre sobre los maltrechos escalones cuando, apresurada, ya se hubo despedido y descendido a la planta baja.

Para entonces el sol se había puesto y Nasir procedió con la limpieza corporal. Las abluciones no lo librarían de toda la suciedad, pero era demasiado tarde para acudir a los baños públicos, así que aquello debía bastarle por el momento. Primero se sacudió el polvo impregnado del camino, luego se cambió de ropajes, y, a continuación, ahogó brazos y rostro en el agua límpida de la escudilla. Aquel frescor líquido lo revitalizó.

Después de la *tahara*, la limpieza ritual, Nasir sustituyó la esterilla de esparto por la alfombra de oración y, acomodándose en ella, devolvió todos los rezos que había omitido durante el viaje por una u otra razón. Debía hacerlo antes de que llegara el mes más sagrado del año, el del Ramadán.

Dio gracias a Allah por no haberlo abandonado desde el momento en que su madre lo trajo al mundo, por haber caminado a su lado desde Bagdad y por haberlo salvaguardado evitando que los bandidos asaltaran su caravana en el desierto o que cayera preso de una terrible enfermedad que lo hubiera dejado tirado a mitad de camino. Del mismo modo, pidió por los suyos y por su bienestar.

Poco después, tal y como Zuhra le había prometido, subieron el *miymar*. Al tratarse de un brasero de metal que había de colocarse sobre un armazón de hierro, el único que poseía fuerza para transportarlo era Bassam, el dueño de la taberna. Padre e hija lucían pocos rasgos en común: una tez aceitunada y unos ojos azabaches que podían haber sido fruto de hiedra molida. Nadie jamás habría adivinado que estaban emparentados si no fuera porque el nombre de la muchacha así lo indicaba: Zuhra bint Bassam.

Por lo demás, él era una de esas personas curtidas por el duro trabajo: un hombre rudo de manos encallecidas, complexión gruesa y modales toscos. Y en lo referente a su progenie, era ese tipo de padre que, incluso habiendo transcurrido años, todavía se preguntaba cómo era posible que su simiente hubiera generado una flor tan preciada como aquella.

Siguiendo sus preferencias, Bassam instaló el *miymar* en el centro de la habitación, de manera que caldeara el ambiente por completo. Mientras el pequeño fuego se encendía y el débil chisporroteo mermaba el inquietante silencio, le advirtió de que no disponían de servicio en la hospedería, por lo que, si quería comer, debía descender al piso inferior y personarse en la taberna, junto al resto de los comensales. Aunque Nasir notaba el hambre mordisqueándole el estómago, estaba tan cansado que podía perdonar la cena en pos de un sueño reparador.

—¿Y si me encuentro gravemente enfermo? —se atrevió a preguntar.

—Entonces os atenderán las mujeres, bien mi esposa, bien mi Zuhra.

La mención a su hija se le había deslizado por la lengua en un tono que Nasir identificó con rapidez: el del apercibimiento.

La muchacha vestía con modestia y portaba una veladura que le cubría la melena. Siendo la depositaria de la honra familiar, el buen nombre de su parentela dependía exclusivamente de que conservara la puridad y la entregase a aquel que fuera a convertirse en su marido. Por eso, su padre la salvaguardaba de miradas indiscretas y posibles pretendientes que, más que buscar una buena esposa, se hallaran a la caza de una presa a la que hincar el diente. Y Zuhra, por desgracia, era un animalito fácil de atacar al estar en contacto directo con múltiples varones, más concretamente, con todo aquel que traspasara el umbral de la taberna y requiriera comida o lecho.

Si lo veía rondándola, aunque fuera en un descuido fortuito, aquel hombre lo castraría y lo vendería en el zoco cual eunuco.

—¿Acaso estáis enfermo? —inquirió con una ceja alzada.

—No. Soy médico.

Le enseñó algunos de los instrumentos que había traído consigo y que poco antes había sacado de la alforja. Tenía la esperanza de que su oficio como *tabib* le granjeara la confianza del tabernero y así no lo sometiera a un juicio constante por la virginidad de su hija. Después de todo, en Bagdad era un hombre respetado.

Durante un par de segundos permanecieron observándose mutuamente, evaluándose.

—Bien, bien. Siempre es recomendable tener un médico cerca —convino—. Disfrutad, pues, de vuestra primera noche sin viandas.

Dicho esto, regresó al piso inferior, en el que la habitual clientela seguía congregada entre vinos y otras bebidas alcohólicas, dando buena cuenta de los guisos caseros de Zuhra y su madre y armando un incesante y estridente jaleo que se oía incluso desde el otro lado de la puerta.

Nasir echó un último vistazo a sus humildes aposentos antes de acostarse y cerrar los ojos. Dejándose arrastrar por ese instinto pueril que liga la felicidad a la seguridad de un techo bajo el que guarecerse, esbozó una sonrisa de complacencia. Lo había conseguido, a pesar de que su tío paterno le había asegurado que no lo lograría.

Había llegado hasta Córdoba con todo lo que aquello implicaba: seis meses de travesía a base de comida frugal y pequeños sorbos de agua fresca, soportando el inclemente desierto, atravesando ciudades desangeladas y navegando por mares que balanceaban los navíos como si estos fueran cáscaras de nueces. Durmiendo a la intemperie junto a caravaneros y otros viajeros que se desplazaban por diversas razones; unos extraños a los que probablemente jamás volvería a ver.

Pero ahí estaba, en la capital califal, gozando de un no tan mullido jergón, cuatro paredes y una puerta que le conferían un ápice de intimidad, algo que no había acariciado hasta entonces durante su periplo. Cómo había extrañado todas aquellas comodidades que en el día a día no solemos apreciar…

Ibrahim, su tío paterno, había intentado disuadirlo con este preciso argumento: las penurias que padecería en el trayecto y que muy pocos varones eran capaces de sobrellevar. Había tratado de convencerlo una semana antes de partir, justo cuando él le había hecho partícipe de la proeza que pretendía acometer. Nasir lo recordaba muy bien. Tanto que aún le provocaba un aguijonazo en el pecho.

—Sois demasiado joven, demasiado incauto para lo que os proponéis. Y estáis tan trastornado como vuestro difunto padre —lo había atacado.

Su tío se alzaba cuan largo era, con los brazos en jarras y ese ceño fruncido que tan atemorizado lo había tenido desde crío y que aparecía en contadas ocasiones: con el examen a realizar a algún paciente —previendo que el diagnóstico sería desfavorable— y con la reprimenda que había de dejarlo rilando para que aprendiera la lección. Desde luego, si Ibrahim había esperado que las condiciones deplorables del viaje lo amilanaran, se equivocó. Nasir había permanecido recto, con los hombros cuadrados y toda la calma que pudo aparentar, demostrándole que a sus veintitrés años era un hombre y que el recuerdo de su querido padre no hacía más que infundirle valor para dicha empresa.

Aun así, las palabras que le había dedicado habían sido certeras y crueles. La muerte de su padre era un espectro que se había adherido a él y, por más que pasaba el tiempo, el duelo lo perseguía.

—Él sabía lo que decía, lo supo hasta el último de sus suspiros. —Se había enfrentado a él, confinando en sus temblorosos puños el coraje y la ardiente rabia—. No era un anciano demente, vos lo sabéis bien. —Y con la necesidad de reiterarlo, añadió—: Mi padre no era un demente.

Su tío lanzó un ruido que pretendía ser una honda exhalación, pero que sonó como un relincho de un jamelgo a punto de desfallecer.

—Nasir —pronunció su nombre con paciencia y cariño—, escuchadme a mí y no al eco del fantasma de mi hermano. —Se aproximó a él y posó la mano sobre el hombro, notando la tirantez que invadía el cuerpo del muchacho—. Lo que buscáis es una locura.

—¿Soy un loco porque decido creer?

Una suerte de sonrisa destensó el semblante de Ibrahim y, con ella, relajó el ceño. Nasir supo que la conversación surcaría otros cauces y que la tempestad había pasado. Ya no era un niño y eso lo libraría de una riña injusta que no haría más que alimentar ese sentimiento de oposición a su tío y empujarlo en su cometido. Nasir no deseaba desobedecerle, más bien obtener su beneplácito. E Ibrahim no deseaba impedirle aquel viaje, a sabiendas de que lo prohibido causa tentación y de que el joven se marcharía sin despedirse, creyendo que no podría retornar si algo se torcía.

—No. —Negó con la cabeza—. No osaría llamaros loco por algo así. La fe es el mayor de los consuelos y vos, querido mío, temo que estáis necesitado de un gran consuelo.

—¿Entonces? —quiso saber.

—Sois un loco porque estáis dispuesto a arriesgar lo más valioso que tiene el hombre solo por perseguir una fantasía. Allah nos regala la vida y vos queréis desperdiciarla buscando algo que ni siquiera existe.

—Claro que existe —insistió.

—No. —Fue tan duro que Nasir cerró los labios entreabiertos, entonces preparados para responder—. Vos creéis que existe porque os haría dichoso que así fuera, porque eso os permitiría tener un recuerdo grato de vuestro padre, más allá de esa terrible época postrado en la cama, y encontrar de esa manera una forma de honrarlo. Pero lo cierto es que vuestro padre ya no está, por mucho que nos duela, y vos lo honrasteis hace años al seguir la tradición familiar. Os habéis convertido en un buen médico, lo que él soñaba para vos, lo que él era. Así que olvidaos de esas naderías y abrazad lo que tenéis: una vida plena.

Quizá años atrás, cuando todavía era un crío malhumorado que asestaba dentelladas a quien mentaba a su difunto padre, demasiado enfadado con la vida y con Allah por haberlo reclamado tan temprano, se habría deshecho del agarre de su tío y le habría gritado que él era el verdadero demente, que era una deshonra para su pobre padre. No obstante, en cuanto hubo comenzado sus estudios médicos enterró esa actitud doliente, de modo que solo murmuró:

—Vos no lo entendéis, tío. Nunca habéis confiado en que esa historia albergara una pizca de verdad. Pero mi padre sí y yo también.

—Nasir, os arrepentiréis —le advirtió—. Lo sé. No seríais el primer hombre que parte para buscarlo y...

—¿Y muere en el intento? —lo interrumpió.

De nuevo esa leve sonrisa en el rostro de Ibrahim.

—Y fallece en el lecho sabiendo que ha malgastado sus mejores años en un imposible. —Las expectativas eran nulas y a Nasir le costó tragar saliva—. No quiero que miréis atrás y os percatéis de todo a lo que renunciasteis por un cuento de niños. Ya no sois un niño.

—Por eso mismo. Si me quedo aquí, moriré sabiendo que he ignorado lo que mi padre tanto ansiaba poseer.

—¡Vuestro padre fue un crédulo y vos habéis heredado esa malsana cualidad!

—¡Entonces dejad que me marche y que lo compruebe por mí mismo! Si yerro, no habré sido más que otro hombre crédulo engañado por… —Los ojos se le aguaron y hubo de obligarse a escupir las siguientes palabras—: Por una historia para niños y un padre moribundo.

Ibrahim chasqueó la lengua, afligido por aquella confesión. Lo agarró del rostro y le dio una suave palmada en la mejilla derecha.

—Nasir Ibn Hakim. —Lo zarandeó un poco para que clavara en él sus pupilas, pero el muchacho únicamente veía la efigie borrosa de a quien tan bien conocía—. Os quiero como a mi propio hijo. Os he criado desde los siete años, os he acogido, os he alimentado y os he vestido. Os he cuidado y os he protegido. Os he enseñado todo lo que sé, todo lo que a mí me enseñaron.

Aquel era el inicio de una amarga despedida, ambos lo sabían.

Nasir aferró las manos de su tío y las besó en un gesto de adoración. Al alzar el rostro, se encontró con un envejecimiento precoz que pocos segundos antes no parecía notable. A Ibrahim le caían los años encima al igual que piedras; el peso de las tragedias había veteado su barba de blanco, encorvado un poco su espalda, haciéndole perder altura, y generado pliegues en su faz. Con su marcha, estaba seguro de que alguna dolencia le asolaría.

—Y no tendré vida suficiente para agradecéroslo.

—No sé cómo hacer para que no sigáis el camino de la perdición —le confesó, destruido, porque sus intentos habían sido vanos y sentía que, de alejarse, lo perdería para siempre como había perdido a su hermano, engullido por las húmedas entrañas de la tierra—. Os ofrezco mi dinero, mi casa y a mi hija menor para que caséis con ella y forméis vuestra familia.

Asintió, conmovido por una generosidad con la que no habría podido siquiera soñar cuando enterró a su progenitor. Pero por él, por su honorable padre, por las generaciones venideras, por la fama de su familia y por el avance de la ciencia, tenía que hacerlo. Tenía que encontrar el libro que Abd al-Rahman I el Emigrado había llevado consigo en su huida.

—Decidle a mi querida prima Sahar que partiré en breve en busca del manuscrito perdido y que, cuando regrese con él y la sabiduría que encierra, podrá matrimoniar con el médico más célebre de todo el Oriente Islámico.

Esa había sido la promesa que Nasir le había hecho a su tío y que justo entonces, en Córdoba, cumpliría.

2

Biblioteca Real, antiguo Alcázar cordobés
973 d.C.

La esclavitud puede conceder a una mujer la mayor de las libertades. La libertad de pasear por el zoco, la de comprar viandas con total tranquilidad, la de coger agua del pozo, la de dar de abrevar a los animales de la cerca. La de reír a carcajadas y la de no descender la mirada ante la presencia de un hombre que no la posee. La libertad de ver el mundo con ojos nuevos y curiosos. Sin ceguera. La libertad de peinar las hebras del cabello al viento. De sentir su caricia.

Pero la esclavitud también puede extirpársela de un solo tajo. Puede recluirla en un ala del Alcázar enclaustrándola entre cuatro paredes ornamentadas con ricas yeserías, allí donde habitan el oro y el marfil, la plata y las gemas preciosas; una suntuosidad envidiada por el común. Y puede convertir a la más indómita de las mujeres en la más servil, tornándola carne jugosa en el paladar de un gobernante hambriento. Siempre disponible para él. Siempre una sombra entre los laberínticos pasillos de la residencia palatina, sin un nombre real, solo una encantadora sensación por la que llamarla. Un objeto precioso del que presumir y al que nadie debe tocar. Por si se rompe. Por si se daña. Por si se mancha. Porque así lo dicta quien es dueño.

Vivir en una jaula de oro es rozar, ora el privilegio, ora el cautiverio.

Por fortuna, Lubna no pertenecía a ninguna de estas dos clases de mujeres. Y, al mismo tiempo, pertenecía a ambas.

Muzna le había contado una vez que su intelecto la había salvado de caer en las garras de un hombre feroz. Y Lubna, que por entonces solo era una joven de doce años, bebió de aquella historia hasta quedar empachada. Ya nunca podría olvidarla. Ya siempre se acogería a ella. Porque eso es lo que hacen los discípulos: asumir las lecciones de sus maestros como si fueran propias.

—¿Acaso me escuchas cuando te hablo? —le preguntó.

La muchacha ni siquiera elevó el rostro, continuó dibujando letras mientras tarareaba una tonada de cuna que Lubna habría deseado escuchar de niña. Así habría tenido el recuerdo de una madre.

Durante unos segundos esperó a que su discípula respondiera, mas, al ver que seguía con la nariz pegada al papel, insistió:

—¿Me estás escuchando? —Sus uñas repiquetearon en la madera de la mesa.

Como si hubiera recibido un aguijonazo en el trasero, Qamar regresó de aquel trance. Mantenía el cálamo sujeto entre los dedos, el dorso de la mano manchado al haberlo paseado sobre la escritura sin haber dejado el tiempo suficiente para que secara antes. Todo lo que anotara llevaría impresas las ramificaciones de su piel.

—¿Qué es lo último que te he dicho? —la puso a prueba.

Sus enormes ojos azules eran los de un cervatillo que ha sido sorprendido por una flecha que va a ser asaeteada justo en su dirección. Recién despierta del letargo, difícilmente respondería, pero la inocente mirada de la joven se transformó en dos ranuras sibilinas y destellantes. Lubna enseguida percibió el cambio de actitud en ella.

—Que si os estaba escuchando.

Orgullosa, estiró el cuello. Aquella sonrisa era una incisión burlona que afeaba su perfecto rostro.

Lubna cuestionaba silente la decisión de su señor al-Hakam más de lo que jamás admitiría, pues siéndole leal en exceso aquello se le antojaba casi un crimen.

Era indiscutible que al-Hakam Ibn Abd al-Rahman era un gobernante bien formado. Durante cuarenta y ocho años, y hasta el fallecimiento de su progenitor, se había preparado para el ascenso al trono, por lo que en su profundo saber abarcaba historia, genealogía, biografía y hasta los distintos métodos de *fiqh* o jurisprudencia. Además, había heredado las grandes dotes intelectuales de su difunto padre, Abd al-Rahman Ibn Muhammad, y esa capacidad de escudriñar el interior de los seres humanos, legado directo de su progenitora, la hermosa Maryan. Por esto mismo, solía acertar juzgando a las personas que le rodeaban, especialmente a las involucradas en asuntos de Estado y a las que habitaban en la residencia palatina. A muchos les daba la oportunidad de medrar teniendo siempre en cuenta sus aptitudes.

No hacía demasiado se había fijado en una de sus esclavas, una muchacha que había comprado a un mercader especializado, un *najja*, por una considerable suma de dinero. Valía su peso en oro, ya que tenía conocimientos de poesía, métrica, canto y música, así como de matemáticas, cálculo y aritmética, pero, viéndola interesada en la astronomía, no dudó en mandarla a estudiar dicha ciencia. Lo hizo bajo la supervisión del gran Abu l-Qasim Sulayman Ibn Ahmad Ibn Sulayman al-Ansari al-Rusafi al-Qassam, y gracias a él —y a la infinita bondad de su señor, que era mecenas de artes y ciencias—, desde entonces era una experta en la materia del *ta'dil*.

Sin embargo, Lubna creía que, pese a ser poseedor de tantísimas virtudes, había errado cuando destinó a la joven Qamar a aprender el oficio de *katiba*. Y es que ser secretaria del califa requería no solo de conocimientos caligráficos, sino también el dominio de ciertos saberes: gramática, poesía, cálculo, métrica, ciencias y demás. Y por encima de todo ello, estaban otras consideraciones como la fidelidad, la prudencia, la modestia, el buen consejo, la discreción, la sensatez, el comedimiento... Por descontado, Qamar carecía de esto último. Tampoco se esforzaba ni le interesaba hacerlo.

Llevaba casi cuatro años bajo su tutela y la del eunuco Talid —encargado de la Biblioteca Real— y, aunque el *fata* no estaba descontento con la muchacha —probablemente porque él no pasaba tantas horas en su compañía—, Lubna acababa todos los días desbordada.

—Deja los versos. —Le arrancó el papel de pasta y lo depositó al otro lado de la mesa, donde se acumulaban en una pila lo que podrían haber sido bonitos poemas y, sin embargo, eran pensamientos discordantes de una mente poco despierta—. Céntrate en la caligrafía. Pon empeño y determinación. Que sea legible y hermosa. Que, cuando tus misivas lleguen a los embajadores, estos solo tengan halagos para la diligente secretaria de nuestro señor, al-Hakam al-Mustansir billah, Príncipe de los creyentes.

La muchacha asintió.

—Sí, maestra. —Agachó la cabeza y el cabello castaño le cayó en una cascada, ocultándole la faz.

Qamar tenía una manía que era incapaz de desterrar, la de morderse la lengua con los labios y mordisquearse las uñas en un vano intento de tragarse la ansiedad que la embargaba en los momentos en los que se sentía inútil. Lubna había luchado contra ella amenazándola con lo que más amaba y que era, a su vez, su mayor falta: la vanidad. Constantemente le recordaba que, de persistir en esa obsesión, sus dedos, que todavía eran alargados y finos, se volverían gruesos y gordos, llenos de pieles arrancadas y costras resecas. Todo en balde. Como en balde resultaban sus enseñanzas.

Afanada en copiar por vigesimoquinta vez las treinta *aleyas* de la *sura* treinta y dos, *as-Saydah*, la adoración, Qamar sucumbió a la tentación de hacerse trizas el labio. Y Lubna se lo permitió, sabiendo que era la única forma de desquitarse.

Todavía no había llegado a la *aleya* diecinueve, aquella que reza: «Quienes crean y obren bien tendrán los jardines de la Morada como alojamiento en premio a sus obras». No la alcanzaría. Lubna no soportaba seguir observando impasible cómo su alumna destruía los versículos del Corán.

—¿Pretendes acabar conmigo? ¡Oh, por Allah! ¿En qué estás pensando? —Le arrebató el papel.

—En que... —Por unos instantes, Qamar dudó en si revelar o no sus más oscuros secretos. Y, vacilante, se cebó a bocados con las uñas de su mano derecha, hiriendo los pellejos que las circundaban, que empezaban a parecer jirones de telas—. En que quizá podría pedir permiso para que el próximo día me permitan visitar el *hamman*.

—¿Quieres ir al *hamman* de la ciudad? —preguntó sorprendida.

—Así es, maestra.

—Aquí tenemos un lavatorio excepcional. No es necesario que acudas a la ciudad. Eres esclava del califa, y no precisamente una destinada a la servidumbre. El Hamman Real está a tu disposición, si lo necesitas. —Una sonrisa genuina asomó en el rostro de Qamar—. Habla antes con las concubinas y esclavas del harén y ve cuando no esté ocupado.

—Podría acompañarlas.

—No las molestes, Qamar —dijo con un tono cargado de la escasa paciencia que le quedaba.

Le suministró un nuevo papel y la impelió a que prosiguiera con la caligrafía y la *sura* de la adoración. Pero Qamar ya había hablado de sus inquietudes y no lo dejaría estar.

—Podrían enseñarme sobre belleza.

—Así pues, de ellas sí te interesa aprender... —Meneó la cabeza en señal de negación—. Ya eres bella, Qamar. Eres poseedora de una gran belleza, aunque no seas capaz de verlo.

A menudo, no solemos contemplar nuestro reflejo como lo hacen aquellos que nos aman. Solo percibimos deformidad en la superficie pulida de los espejos: los defectos que, aunque no tengamos, nos obcecamos en que están ahí, a la vista de todos. Son esas carencias por las que nos ridiculizan o las características que compartimos con nuestros progenitores y que nos resultan aborrecibles —en ellos y en nosotros—, o esos rasgos físicos que consideramos exagerados pese a que son armónicos. Nos enzarzamos en una enemistad con nosotros mismos.

Para Qamar era tremendamente difícil sentirse agraciada, sobre todo al estar rodeada de un enjambre de féminas que habían sido escogidas por su implacable belleza para formar parte del harén del califa. Algunas heredadas de sus antecesores, otras compradas y afines a sus gustos, y otras regaladas con motivo de celebraciones de aniversario o como gracia al gobernante. El serrallo era un mosaico de personalidades, etnias y lenguas. Entre las originarias del norte peninsular predominaban las rubias y bermejas, que eran gallegas, vasconas y francas, de las fronteras que los separaban de tierras cristianas. Del otro lado del estrecho provenían las de piel broncínea y guedejas azabaches, oriundas de tribus bereberes y de *al-Sudan*.

Diferentes en cuanto a origen, si algo tenían en común —además de satisfacer los apetitos carnales del mismo varón— era que esclavas y concubinas eran célebres por sus dientes blancos y labios sonrosados, piel tersa y finas cejas, voluptuosas caderas y vientre plano, cabellos largos y sedosos, mecidos por la brisa matutina, aliento dulce y entrepierna cálida. Sin lunares ni cicatrices, sin manchas ni imperfecciones cutáneas.

Lo mejor de lo mejor residía en el gineceo de al-Hakam Ibn Abd al-Rahman. Mujeres hermosas que parecían haber sido tocadas en desgracia por la vida del cautiverio y en fortuna por la mano de Allah.

Qamar empezó a enumerar todos los procedimientos de belleza que alguna vez había oído en boca de esclavas del harén. El tinte de pelo que aseguraba ennegrecerlo. Aquel bálsamo que dejaba la piel de alabastro y con la suavidad de la seda. El emplasto que eliminaba las ondas del cabello y lo alisaba. Y aquella tintura hecha con hojas de plátano que creaba incisiones doradas en la piel de brazos, de manos y hasta de piernas.

Suspiraba anhelando ser objeto de tales atenciones, deseando en voz alta que su señor al-Hakam se hubiera interesado en ella por su aspecto y no por su cerebro.

A medida que desgranaba los cosméticos y su mente se perdía entre las vaporosas estancias del Baño Real, la caligrafía empeoraba. Una gota de tinta negra se precipitó desde el cálamo que sostenía, dejando una mácula del color de la noche cerrada en los ropajes de Lubna, que sintió el frío del líquido empapándole la vestidura, traspasándola, moteándola.

—¡Calla! ¡Ya basta! No quiero oír ni una palabra más. —Se levantó—. ¿Cómo puedes ser tan insensata? Deberías estar agradecida por la oportunidad que se te ha brindado.

Lubna aferró el antebrazo de la muchacha con fiereza y esta se asustó al ver, por primera vez, las comisuras temblando en aquel rostro prístino.

—¡Ven conmigo! —Qamar estaba demasiado amedrentada para responder o moverse siquiera. Y con los nervios descontrolados, Lubna le gritó—: ¡He dicho que vengas conmigo!

Se odiaba.

Se odiaba por mostrarle la peor versión de sí misma, una que jamás salía a la luz, salvo en contadas ocasiones, todas ellas provocadas por la propia Qamar. Por torpe. Por despistada. Por perezosa. Y soñadora. Y testaruda. E ignorante. No ignorante en lo referente a conocimientos, pues era una muchacha de intelecto. Pero creyéndose superior a ella, creyendo que ya había vivido lo suficiente y que se había convertido en toda una mujer, tenía la tendencia a ignorarla y desoírla. Por tanto, divagaba en ensoñaciones banales que, a ojos de Lubna, no eran más que fútiles fantasías que alimentaban su egoísmo y su vanidad.

Aquello agotaba su paciencia y hacía que deseara agarrarla de los hombros y zarandearla, incluso abofetearla. Qamar hablaba de privilegios y hermosura, de títulos femeninos e hijos herederos al trono, de luchas de poder, y ella quería gritarle que el privilegio del oro y la plata, de las gemas y el marfil, de los afeites y la seda era peligroso. El privilegio de residir en el Alcázar tenía un coste muy alto: su libertad. Seguían siendo esclavas, y una esclava puede perder la cabeza antes de que su amo y señor haya pronunciado la palabra «decapitación».

En esos momentos, al notar que la ira le subía por la garganta y amenazaba con ahogarla y rebosarle por la boca, solía abandonar la estancia y encerrarse en otra habitación. Y allí lloraba. Rodeada de libros y antiguos pergaminos, sus gemidos y lamentos se confundían con la voz de aquellos poetas, cronistas y escritores de antaño. Lloraba con la impotencia de una madre que quiere lo mejor para su hija, aun cuando esta se niega a escuchar y abrazar sus sabios consejos.

Pero aquella vez no.

Clavándole las uñas en el antebrazo, la arrastró por los pasillos de la Biblioteca Real. Qamar, enmudecida, se dejó hacer, siguiendo con pasos torpes a su maestra. Quienes se cruzaban con ellas, abrían los ojos en un gesto de asombro y susurraban cuál sería el terrible destino que le deparararía a la joven esclava. Entonces, Qamar ganaba en miedo, temerosa de que, habiéndose cansado de su ineptitud, la arrojaran a los pies de un hombre y este la escarmentara a base de azotes en la espalda hasta dejársela deshilachada. Lubna, en cambio, no veía a nadie. No veía nada. Solo enfilaba el pasaje que la conducía al interior del antiguo Alcázar cordobés, con la mirada encendida, incapaz de controlar el fuego que ardía en su interior. Si sentía que Qamar se retrasaba en la carrera, tiraba de ella haciendo uso de la fuerza.

Tomaron una esquina hacia la diestra y llegaron a un salón

dividido en dos alhanías a través de un arco de herradura coloreado del tono ocre de la almagra. Sentada en un cojín, la que había sido la secretaria del anterior califa disfrutaba de su ansiada jubilación. En su regazo descansaba un libro de poesía, y en la mesita hexagonal que había delante de ella, junto a un oloroso té de hierbabuena y menta, una escudilla de frutas de temporada: granadas carmesíes desgajadas que mostraban los rubíes de su interior, naranjas dulces y ácidas, recién recogidas del árbol, y racimos de uvas moradas. Amenizando la tarde, un par de esclavas interpretaban con un laúd y una flauta de caña una triste melodía.

Allí la soltó y la empujó, haciéndole perder el equilibrio y hasta casi caer encima de Muzna, que, aun teniendo el oído algo deteriorado, había percibido los pasos ligeros de su querida Lubna. Viendo su expresión congestionada, la anciana dispensó al dueto de música con un gesto de la mano.

—Cuéntaselo —le exigió—. Cuéntaselo para que aprenda lo caro que cuesta la belleza. La muy necia... —escupió— dice que quiere ir al *hamman*. Que quiere ser hermosa como las otras féminas, las del harén de nuestro señor al-Hakam. Es tan boba que prefiere ser su concubina antes que su secretaria. ¿Y para esto estoy yo desperdiciando mi tiempo...? —graznó mientras se pellizcaba el puente de su aguileña nariz.

A Muzna se le escapó la risa de entre los dientes.

—Sabía que podía contigo. Tienes alma de *katiba*, mas no de maestra.

Lubna resopló.

—Cuéntaselo. Cuéntaselo y que aprenda como aprendí yo.

Muzna observó a la joven esclava, que se masajeaba la zona dolorida del antebrazo, allí donde su maestra había ejercido presión dejándole una marca enrojecida con la señal de los dedos.

—Todavía es joven.

—Ya tiene quince veranos —la informó.

En la mirada de Lubna subyacía una dura crítica; ella había

sido aún más joven cuando recibió el golpe, tan solo tenía doce años. El golpe se hizo herida. La herida se hizo callo. Y cuando el callo se hizo cicatriz blanda y blancuzca, la cicatriz se hizo aprendizaje.

Sin aquella historia, no habría sido la mujer que era entonces.

Así que Muzna se humedeció los labios y dio comienzo a su relato.

Era una de esas noches cerradas de principios de invierno en las que el aire azota silbando los postigos de las ventanas y se cuela entre las rendijas, apagando las ascuas que todavía prenden en el lar. Mientras los habitantes del Alcázar dormían, el califa aún no había siquiera cerrado los párpados y, junto a él, una esclava se abrazaba al suelo que su señor pisaba. El ambiente gélido se había cargado con el pérfido aroma de la muerte y el palacio de an-Naʿura no tardaría en heder a ello.

Habiendo sucumbido Abd al-Rahman III a uno de sus excesos de ira, había ordenado que llevaran ante él a Abu Imran Yahya, el verdugo al que tenía siempre bajo su mando y que, habiéndole atendido el día anterior, pernoctaba en su residencia palatina en aquel momento. El hombre apareció en los aposentos del califa con espada y tapete de cuero, sabedor de que cuando se le requería nunca era para un grato trabajo. Encontró a Abd al-Rahman sentado como un león sobre sus zarpas, aferrado a una copa de vino que parecía fuente de juventud y de cuitas internas, una copa que tan pronto se vaciaba, tan pronto se llenaba. En un rincón, los eunucos habían apresado a una muchacha de gran hermosura, quien se retorcía entre las manos de estos en un vano intento de huir. Sus labios ensangrentados y voluminosos, quizá por un golpe recibido que había roto el inferior, quizá por un mordisco malintencionado, pedían misericordia. Era tan joven y se presentaba tan vulnerable que al verdugo le recordó a un órix recién atrapado por una partida de cacería.

—Llevaos a esta ramera, Abu Imran Yahya, y cortadle el cuello —exigió el califa.

La esclava, que hasta entonces había calentado su lecho y le había cantado agradables cancioncillas al oído mientras escanciaba vino en su copa, se desgañitó al percibir su futuro inmediato.

Abu Imran Yahya se compadeció de ella y trató de sosegar los ánimos alterados de Abd al-Rahman III, pero este no quiso oír lo que catalogó de excusas. Su mente estaba trastornada por los vapores del alcohol y algo debía de dolerle en el fondo del pecho, pues con la voz quebrada gritó:

—Cortádselo, así os corte Allah la mano, o, si no, poned vuestro cuello a disposición del filo de la espada. —No se atrevía a mirar a la joven esclava. Tenía los ojos acuosos, perdidos en la inmensidad del líquido rojo que balanceaba frente a él antes de beberlo de un solo trago.

Los eunucos arrastraron a la muchacha hasta donde el verdugo estaba posicionado, la sometieron mediante la fuerza, doblándola y sentándola en el suelo. Entre sus garras, ella era una rama quebradiza. Abu Imran Yahya esperaba oír en cualquier instante el crujido que delataría que alguno de los *fatas* le había roto un hueso; con suerte, el mismo cuello que él ya no tendría que cercenar.

Le recogieron las trenzas rubias que la adornaban y le descubrieron así la nuca, que habría estado desnuda de no haber sido por un collar de perlas engarzadas con jacintos y topacios, regalo del hombre que la condenaba. El verdugo desenvainó la espada y observó a su señor, a la espera de que con un asentimiento de cabeza ratificara que era su voluntad la ejecución de la joven o, por el contrario, que alzara esos ojos llorosos y manifestara el arrepentimiento que había de inundarle el alma. Quiso decirle que otros gobernantes habían perdonado oprobios peores que cualquiera que hubiera cometido aquella esclava imprudente, mas se mordió la lengua y buscó una mirada que no halló. Lo último que deseaba hacer Abd al-Rahman era enfrentarse al terrorífico rostro de la muerte.

—Piedad —balbuceó—. Por Allah, os lo suplico, señor mío. Tened piedad de mí.

El *kohl* se le había humedecido a causa de las lágrimas y caía sobre sus mejillas en forma de regueros negruzcos. Incluso con la tinta ónice del maquillaje y el morado que le había empezado a brotar en los labios, mezclándose así con la sangre reseca, había una belleza inhumana en ella.

—Piedad —reiteró en un susurro.

Abu Imran Yahya elevó el arma, que refulgió a la luz de los candiles. Y, mientras la hermosa muchacha emitía estertores a causa del llanto desconsolado, el acero cayó sobre su cuello y la cabeza se despegó del cuerpo. Antes de que los eunucos se llevaran el cadáver, Abd al-Rahman III se levantó y, tras abandonar la copa en una mesa que había a su siniestra, se acercó al cuerpo desmadejado. Se acuclilló y tomó el exquisito colgante, manchándose las manos de sangre, y se lo tendió.

—Queremos haceros gracia de ello por vuestros leales servicios. Tomadlo y que Allah os bendiga —dijo el califa.

Un pago sucio que siempre olería a miedo y desesperación. Un pago justo, ganado con el sudor de su frente y la bilis acumulada en la garganta.

Abu Imran Yahya limpió la hoja de la espada en el tapete de cuero y, tras envainarla y colgarla en el fajín, tomó la alhaja. Las perlas nacaradas poseían un brillo especial frente a las gemas amarillentas y anaranjadas, y en los jacintos, donde a veces rutilaba una veta bermellón, creyó apreciar las gotas sanguinolentas de su antigua dueña.

Al terminar de narrar lo acontecido, todas quedaron con los corazones destrozados y un reguero de lágrimas silenciosas. En su afán por eludir las flaquezas, Qamar se enjugó la penuria con las mangas de la túnica, sin poder evitar que se le escapara un sollozo infantil del cual se avergonzó. Una tunda de azotes la habría espabilado; en cambio, aquello —mucho más cruel— le había dejado un resquemor en la boca del estómago.

—¿Cómo conocéis la historia? —preguntó.

Muzna siempre había sido partidaria de que las bebidas calientes procuraban una suerte de consuelo, de modo que sirvió un poco de té y lo depositó entre las manos temblorosas de Qamar. El calor le atemperó los dedos y fue extendiéndose por su anatomía hasta que la sensación glacial que había dejado la historia fue desapareciendo, al igual que la bruma de la mañana.

A través del comportamiento de la joven, Lubna vislumbró que el efecto había sido devastador. Ya había recibido el golpe. No tardaría en mutar a herida.

—Bebe —la instó la antigua secretaria de Abd al-Rahman III—. Te calmará la angustia.

También le ofreció uno a Lubna, que, todavía en pie, fingía que poseía mayor entereza que ellas. Aceptó el té, pero no probó ni un sorbo. El amargor ya se le había instalado en el esófago y no mermaría ni con un ataifor repleto de pasteles bañados en azúcar fundido.

—Abu Imran Yahya vendió el collar para comprar una casa para él y su esposa, pero tardó años en confesarle de dónde provenía el dinero. Y como toda buena mujer, atemorizada por lo que podía generar la ira de un hombre, ella se lo contó a una esclava. Y esta a otra. Y esta otra a otra.

—Los *fatas* se llevaron el cadáver de la esclava y alguien los vio —finalizó Lubna, sus cuerdas vocales lijadas. Carraspeó—. La servidumbre hubo de limpiar con agua y jabón las manchas de sangre de aquella pobre desgraciada de la alfombra del califa.

Qamar, que había observado con atención a su maestra, se volvió hacia la anciana en busca de la verdad.

—¿Es cierto?

Muzna asintió.

—Es cierto, pequeña.

Lubna posó el té sobre la mesa, justo al lado de la tetera humeante.

—Elige qué quieres ser, Qamar. —Su voz era de la dureza del pedernal—. Un intelecto que jamás se marchitará y que siempre necesitarán, o una belleza que terminará enseguida con el golpe de una espada porque puede ser sustituida por otra más joven y apetitosa.

No esperó respuesta alguna. Tampoco podría asimilarla en aquel preciso instante, pues si Qamar, ávida de atenciones y poder, se decantaba por la vanidad en lugar de la sapiencia, habría sido una decepción que le habría costado tiempo superar. No quería tener que enfrentarse a ello. A su propio fracaso como maestra. Al de su atolondrada discípula.

Se marchó dejando en la estancia a su pupila y a aquella que había sido su tutora. Dos generaciones de secretarias de califa, de bibliotecarias, de calígrafas y paleógrafas, de guardianas de la cultura.

Antes de emprender el camino de vuelta a la Biblioteca Real, en la que derramaría un mar de lágrimas hasta que el eunuco Talid la hallara en tan penosa situación, acertó a escuchar unas débiles palabras:

—No soy tan buena como ella. Me temo que nunca lo seré. —Era la voz temblorosa de Qamar.

A continuación se oyó un ruido que interpretó como la risa sutil de la anciana Muzna y una palmadita calmante en la mano de la muchacha.

Estaba segura de que así había sido. La conocía de toda una vida, al igual que una hija a la madre que no la ha parido, pero que la ha escogido entre tantos niños expósitos para prodigarle amor.

—Nadie es tan buena como ella. —Y repitió—: Nadie es mejor que Lubna.

3

Despuntaban los rayos del sol por el horizonte cuando Zuhra ya había servido el desayuno a quienes se encontraban en la taberna. Consistía en poco más que queso, naranjas y uvas —la fruta de temporada que la economía les permitía—, todo ello regado con un té de hierbabuena y menta. Mientras ella atendía las necesidades de los clientes, su madre se afanaba en la cocina preparando pan en el poyo, que actuaba de mesa auxiliar. Ahí amasaba y amasaba la mezcla, que una vez cocida envolvería en el *mindil*, un paño que ayudaba a que conservara el calor y no se enfriase con tanta facilidad, quedando así crujiente por fuera y tierno por dentro. En el lar, una marmita con abundante caldo entraba en ebullición a fuego lento, lista para elaborar el guiso.

El delicioso aroma llegaba serpenteando desde la cocina, colándose por las fosas nasales de Nasir, que se sentía mitad halagado por despertar tanto interés en Zuhra, mitad intimidado por su mirada. La joven aprovechaba la ausencia de sus progenitores para observar con atención cada bocado que daba y probar si el batir de pestañas tenía efecto en él, no sin cierto aturullamiento, signo inequívoco de que en el fondo reconocía su mal proceder. Cuando se despistaba demasiado, el odre que sujetaba, lleno de leche de cabra recién ordeñada, escupía unas gotas blanquecinas que manchaban la mesa en la que se encontraba otro huésped. En esos momentos, Zuhra deseaba desaparecer y Nasir hacía un soberano esfuerzo por no reír, otorgándole una tregua.

El extenuante viaje y las oraciones nocturnas le habían garantizado un sueño sereno. El sopor no se había despegado por completo de él y todavía llevaba consigo algo de cansancio acumulado, así como el apetecible calor del brasero. Con cada pequeña uva verde que se llevaba a la boca se obligaba a sacudirse ese proceder soñoliento para así hilvanar los hilos con los que tejer su gran plan.

Su difunto padre le había hablado de un valioso manuscrito, un compendio de saberes científicos que había estado bajo la supervisión de la antigua dinastía Omeya unos doscientos años atrás, cuando esta gobernaba en Oriente. Sin embargo, enseguida se le perdió la pista, que es lo que suele ocurrir con las joyas y la dignidad humana tras el estallido de una guerra.

Habiéndose tornado predicador, Abu Muslim había exaltado el descontento de la población con el gobierno de los Omeyas. Habló sobre oprobio, sobre presión fiscal, sobre el cargo que ostentaban y lo injusto que era, acusándolos de tiranos e ilegítimos. Y, por supuesto, habló sobre todo aquello que preocupaba a las gentes del común, y no necesitó de mucho más para configurar núcleos rebeldes contrarios a los Omeyas. Empezaron a apoyar la premisa de que el poder califal solo podía residir en quienes compartieran sangre con el Profeta Muhammad, y aquello fue caldo de cultivo para los aspirantes al trono. Sabiéndose favorecidos por el linaje del Profeta, la dinastía Abasida se alzó esgrimiendo sus vínculos parentales con él a través de una línea directa con su tío paterno, el llamado Abbas.

Pero los Omeyas no estaban dispuestos a ceder su poder, así que trataron de controlar —en vano— el alzamiento. La batalla del Gran Zab enfrentó a ambos bandos, cobrándose la victoria Abu Abbas al-Saffah y los suyos, que no tardarían en afianzarse en el gobierno. El que hasta entonces había sido califa, Marwan II, huyó hacia Egipto, donde fue apresado y ejecutado. Para asegurarse de que la dinastía Omeya no aunara voluntades entre sus leales y recuperara el trono, al-Saffah los pasó a cuchillo en un banquete en Antípatra, al que los había invitado con la excusa de paliar las rencillas dinásticas que los había llevado a verter sangre.

Los únicos que lograron escapar fueron Abd al-Rahman Ibn Mu'awiya Ibn Hisham Ibn Abd al-Malik, más conocido como el Emigrado, su hermano Yahya, su hijo varón de cuatro años, algunas hermanas y un liberto de origen griego, su fiel servidor Bedr. Los Abasidas no cesaron en la búsqueda del último de los Omeyas, Abd al-Rahman, del mismo modo que no cesaron en la búsqueda de aquel supuesto volumen científico.

Desde entonces, miles de hombres se habían obsesionado con el preciado manuscrito, algunos como su padre creyendo que podrían estudiarlo y revolucionar el mundo de la medicina, otros por el simple y egoísta placer de poseer aquello que una vez sostuvieron los dedos enjoyados de quien fue califa.

Con las reliquias de los santos sucede algo similar: es difícil discernir cuál es la realidad y cuál la fantasía que se ha moldeado a partir de las malas lenguas y los fervientes deseos de los corazones. Hay quienes defendían que el manuscrito había sido pasto de las llamas, que, antes de que los partidarios de Abu Abbas al-Saffah llegaran a palacio, la princesa Abda bint Hisham Ibn Abd al-Malik le había prendido fuego y que, cuando aquel llegó encolerizado, solo quedaban las cenizas. Otros, más optimistas, discrepaban; la princesa Omeya lo había escondido en algún lugar de la residencia palatina y se había negado a revelar su ubicación, incluso cuando eso suponía vomitar sus propias entrañas. Un tercer grupo opinaba que el jovencísimo Abd al-Rahman se había fugado con él.

Así pues, se rumoreaba que el manuscrito perdido debía reposar allí donde su cadáver se hallase, al amparo del último y el primero de los Omeyas. Eso creía su padre y, por consiguiente, eso creía él.

Las instrucciones eran bastante precisas: debía estar en la sepultura del primer emir de al-Ándalus, Abd al-Rahman Ibn

Mu'awiya Ibn Hisham Ibn Abd al-Malik. No obstante, penetrar en la *rawda*, el enterramiento real de los gobernantes, no era un asunto baladí, como no lo era perturbar el descanso de los muertos. Quizá por eso el libro aún yacía oculto.

Terminado el desayuno, Nasir se despidió de Zuhra con la intención de salir a las callejuelas que conformaban la ciudad y descubrir los secretos que recelosamente guardaba.

—Os esperaremos para comer, señor —dijo ella con las manos en el regazo y la cabeza gacha, como si de repente hubiera adquirido el porte de una moza casta que teme alzar los ojos y enfurecer al varón—. Madre prepara un exquisito guiso que estoy segura de que os placerá.

Nasir solo pudo estirar las comisuras en una sonrisa impostada y vigilar sus espaldas, no fuera a ser que Bassam estuviera a la zaga. Lo cierto era que no sabía si regresaría para paladear el suculento guiso. Su primera parada sería el *hamman*, y uno conocía la hora a la que entraba, pero nunca a la que salía, de ahí el popular refrán: «Se fue al baño y se ausentó siete días». No descartaba recurrir a la taberna más cercana y comer cualquier vianda que le ofrecieran o pasar por el zoco y pedir algo de la comida que allí preparaban. Aquello le permitiría recorrer un poco la ciudad y confundirse con la población autóctona.

Sin embargo, viendo la ilusión que supuraba Zuhra, decidió no comunicárselo; no quería romperle el corazón tan pronto. Además, cuando él marchara de vuelta a Bagdad, ella encontraría otro amorío del que colgarse, con suerte uno que fuera recíproco, y entonces ya no se acordaría de él ni de que ese mediodía no la agasajó con su presencia almorzando en el negocio familiar.

El *hamman* se hallaba soterrado, y para acceder había que descender unos escalones que llevaban directamente al zaguán. Dada su ubicación dos pies por debajo de la calzada, la escasez de luz creaba un ambiente lóbrego a la par que íntimo, e invitaba al descanso y la serenidad más que a una resuelta conversación, que es lo que solía darse una vez se traspasaba el umbral. Charlas triviales, discusiones sustanciales, confesiones, recomendaciones en susurros, felicitaciones, negocios pactados entre la bruma que exudaba la caldera y una algarabía contagiosa, mas nunca silencio.

En medio del estrecho pasillo había un diminuto surtidor de agua que refrescaba un poco el espacio y, en una de las esquinas, el dueño de los baños reposaba en una cómoda silla. Era un hombre de espesa barba roja, coloreada por la alheña, que portaba vestiduras demasiado ligeras para las bajas temperaturas del inminente otoño. Confeccionadas con lino blanco, permitían a su cuerpo chorreante de sudor transpirar el calor producido por el vapor condensado del *hamman*.

El hombre examinó a Nasir nada más entrar, elevando los ojos del listado que llevaba en las manos y que parecía capturar por completo su atención.

—¿Nombre? —gruñó.

—Nasir Ibn Hakim.

Lo apuntó en la lista que contenía el nombre de los clientes o el día que habían reservado para acudir, además del correspondiente horario. Con el fin de evitar que mujeres y hombres se encontraran en el interior de los baños y estos las vieran desnudas, ultrajándolas y manchando así la honra de ellas y sus familias, las mañanas se destinaban a los varones y las tardes eran exclusivas para las féminas.

—Vos no sois de aquí. Vuestro acento es…

—Bagdadí —dijo con un ligero asentimiento.

Nasir sabía que, en cuanto abriese la boca, aquellos con los que se cruzara tendrían curiosidad por conocer su lugar de procedencia, pese a que Córdoba hacía tiempo que se había convertido en un crisol de lenguas, etnias y colores. Habían sido muchos los esclavos capturados en la frontera, muchas las cautivas cantoras que habían sido instruidas en las escuelas musicales de Basora y Medina, y muchos los intelectuales y sabios que habían migrado desde Bagdad hasta allí. No obstante, y aun siendo lo común, la gente se dejaba llevar por la curiosidad.

Pero al dueño de los baños, cuya barba no conseguía ocultar del todo sus mejillas picadas por la viruela, poco le importaba de dónde era oriundo. Le brillaban los ojos con el metálico tintineo de las monedas y Nasir cargaba sobre los hombros una gran herencia y unos buenos ahorros, así que le indicó cómo moverse a través del *hamman* y, tras tomar apuntes mentalmente sobre la planta acodada y la distribución de las distintas salas, el bagdadí entró.

Aunque todavía era temprano, en el vestuario o *bayt al-maslaj* había un buen puñado de clientes entre quienes se desvestían y quienes daban por finalizado su momento de aseo y ocio, empujados de nuevo a salir a la frialdad del exterior y regresar a sus oficios. Un par de criados entregaban toallas, refrigerios para anular la posible deshidratación y unos zapatos especiales para los baños. Nasir se desvistió, cedió los ropajes a uno de los trabajadores y se calzó los alcorques, unos zuecos elevados que, al estar fabricados en corcho, eran bastante ligeros y cuya altura le impedía mojarse con el agua acumulada en los suelos y resbalar.

Mientras se preparaba y aceptaba la jarrilla con agua de azahar, observó la simple y fina decoración que lo rodeaba. Paredes pintadas de ocre y azulejos con inscripciones coránicas, arcos que daban paso a las estancias y que se sujetaban en pilastras de idéntica tonalidad, bóvedas de cañón con claraboyas agujereadas por lucernarios…

Salió del vestuario junto con otros tantos varones que en breve se distribuirían aleatoriamente por las salas de agua fría, caliente y templada, y visualizó las letrinas, que se encontraban doblando la esquina a disposición de quien las necesitara.

La primera sala era la de agua fría o *bayt al-barid*. Nasir se sorprendió al ver a algunos clientes sumergidos hasta el cuello o los hombros —ya completamente aclimatados a la piscina en la que nadaban, sin tiritar apenas— o bien con las piernas a flote y los brazos apoyados en el borde, que a veces rebosaba y se inundaba. Las voces y las risas ascendían hasta la cúpula tachonada por estrellas, que dejaban traspasar la luz de fuera e iluminaban la estancia de forma natural. De haber afinado el oído, podría haber captado las conversaciones de un par de hombres. En su lugar, ignoró este espacio y continuó.

El *bayt al-sajum* o sala de agua caliente se encontraba al otro extremo del *hamman*, así que para llegar había de cruzar por la de agua templada, también denominada *bayt al-wastany*, que era uno de los espacios más frecuentados tanto por mujeres como por hombres y el favorito de Nasir, sin lugar a dudas. Allí era donde se concentraba la mayoría de los clientes, demasiado frioleros para permanecer en la sala de agua fría y demasiado calurosos para soportar el vaho que emanaba de la de agua caliente. Resultaba idóneo para quienes esperaban a que los afeites y productos de acicalamiento surtieran efecto, ya fueran tintes o simples cremas para el cuerpo, la melena o el vello facial.

Al entrar, la humedad le empapó los rizos negros, haciendo que unos cuantos cayeran sobre sus ojos y le enturbiaran la vista. Nasir los apartó con cuidado y, tras deshacerse de la toalla atada a su cintura, se dio un lavado previo en una de las pequeñas fuentes adosadas al muro. Ya eliminada toda la polvareda del viaje que había sobrevivido a las abluciones del anochecer y el amanecer, y sintiéndose más limpio, se introdujo en la enorme y tibia charca. Y allí conoció a Hamal.

Hamal superaba los sesenta años en cuanto a físico y experiencias, aunque no se resignaba a abrazar la falta de vitalidad que arreciaba a los que habían alcanzado dicha edad. Su cabello era recio y blanquecino, la piel se le descolgaba en la faz, los brazos y las pantorrillas, y unas máculas oscuras salpicaban su cuerpo delgado. Lo primero que Nasir pensó al verlo fue que tenía la constitución escuálida de un pollo desplumado a punto de ser cocinado.

—Que la paz sea con vos, hermano. Hamal —se presentó.

Nasir, que había pasado varios minutos observando las estrellas que decoraban la claraboya del techo —y todavía somnoliento había casi cerrado los ojos—, despertó del trance. Recuperó la compostura y esbozó una amplia sonrisa.

—Y con vos. —Se estrecharon la mano—. Nasir Ibn Hakim.

Le daba la sensación de que en las míseras horas que llevaba en Córdoba todo lo que había hecho era compartir su nombre una y otra vez.

—El médico me ha prescrito los baños. —Se señaló a sí mismo—. Ya lo veis, estoy viejo.

—Es una buena recomendación, es fuente de vida. No seríamos nada sin ella.

—También puede ser fuente de desgracia, si te ahogas.

—Eso solo ocurre a emires y califas. Si no poseéis oro, poco tenéis que temer, que nadie hundirá vuestra cabeza en el agua para robaros el trono.

—Solo podrían robarme el poco tiempo que me queda en este mundo; eso sí, me gustaría conservarlo, y no el oro. —Hamal se encogió de hombros—. El oro que se lo queden los avaros.

Nasir pensó en su padre. Lo hacía a menudo. Era su primer pensamiento al amanecer y el último una vez se arropaba con las sábanas en la cama. Pero en aquel preciso instante no rememoró los tiempos pasados, como era habitual en él. Más bien se preguntó cómo habría sido de no haber sucumbido a la dolencia y haber fallecido. ¿Se parecería a aquel hombre extraño? ¿Su cabello, que por entonces ya empezaba a coronarse de canas, habría empobrecido o mantendría esos rizos vigorosos que le había legado? ¿Cómo le habrían sentado las arrugas? ¿Acaso parecería también un pergamino plegado? ¿Se le habría encorvado la espalda por las preocupaciones y la edad? ¿Su vista habría empeorado por las largas horas de estudio y el constante trabajo que exigía un ojo agudo y crítico? ¿Se reiría igual? ¿Se le cascaría la voz o quizá le temblaría?

Le habría gustado haberle rascado a la vida unos años más y verlo envejecer, aunque eso supusiera enfrentarse a una de sus peores pesadillas: tener que combatir con la fútil memoria de un anciano y los repentinos arrebatos de caprichos y enfados que lo acercan más a un niño incomprendido que a un adulto sensato.

—La caldera —dijo de repente Hamal. Nasir parpadeó un par de veces para espantar las fantasías que ya jamás serían y concentrarse—. Ahí me escondería yo si fuera el califa y alguien viniera a por mí en el momento en que más vulnerable me encuentro.

—Las letrinas —contraatacó él y Hamal sonrió, dejando a la vista los dientes podridos y serrados por el paso del tiempo.

—Ahí es donde buscan primero.

A Nasir le extrañó aquel comentario que había sido pronunciado con una seguridad pasmosa.

—¿Cómo lo sabéis? —Su rostro reflejaba la incertidumbre—. ¿Acaso habéis...? —Antes se proseguir, examinó en su derredor. En la sala de agua templada predominaban las conversaciones a viva voz, que se multiplicaban por el eco generado por la claraboya, diseminándose por todas partes. Para garantizar el secretismo, bajó el tono hasta convertirlo en un bisbiseo—: ¿Acaso habéis sido asesino de gobernantes?

Pero Hamal, en vez de acercarse a él y susurrar, estalló en carcajadas.

—¿Y matar a nuestro bienamado señor al-Hakam al-Mustansir billah, Príncipe de los creyentes? —Lo gritó sin temor alguno a que alguien creyera que estaban urdiendo una conjura contra el califa y los denunciara a las autoridades—. No. No. —Chasqueó la lengua y meneó la cabeza entre risas—. Pero sé mucho sobre la naturaleza del hombre. La inmundicia llama a la inmundicia, quienes están infestados por dentro y cometen actos abominables se dirigen allí a donde hiede a mugre y mierda. Creedme, en las letrinas buscarían enseguida.

Fue en ese momento cuando se percató de que había contenido el aliento a la espera de que el anciano descubriera su pasado. De haber sido uno de esos matarifes que asesinan a sangre fría a inocentes y a hombres de gran estirpe y poder como el califa al-Hakam, solo por unos dírhams bien pagados y por el ansia de depredación de quienes anhelan ascender social y políticamente, eliminando a sus rivales, habría sido en extremo peligroso mantener aquella conversación con él. El hecho de que lo vieran a su lado ya entrañaría un gran riesgo que no quería correr. Sin embargo, también habría sido del todo beneficioso, pues aquellos que se codean con viles y rufianes homicianos encuentran cierta seguridad en el temor que estos provocan.

Además, si aquel hombre pretendiera matar al califa sabría cómo ingresar en el Alcázar y, precisamente, Nasir necesitaba traspasar los muros que lo rodeaban y penetrar en el enterramiento de los antiguos gobernantes.

—Nunca os he visto por el *hamman*. Quizá frecuentarais otro.

—Uno muy lejano, si os soy sincero —sonrió—. Vengo desde Bagdad, soy un recién llegado.

—De Bagdad… —Paladeó la palabra como si fuera miel en sus labios ajados—. Allí donde el tío de nuestro Profeta, donde Abbas…

A Nasir no le agradaban las confrontaciones políticas, así que huyó de ella como mejor sabía, cubriéndose con una máscara de genuino interés y utilizando sus conocimientos médicos.

—¿Qué enfermedad os aqueja?

—Mi hijo cree que es la avanzada edad, aunque esputar sangre no es algo que traiga consigo la vejez, ¿no creéis? Yo digo que me muero. A dos pasos de que Allah me reclame, ya lo veréis. Cuando has terminado con tu cometido en este mundo, Él te llama, y a mí poco me queda por hacer aquí.

—¿Y solo os han recomendado el agua de los baños?

—Y algún remedio más. —No aclaró el qué, tampoco si cumplía con las correspondientes tomas de los brebajes que le habrían mandado.

Nasir avisó a uno de los criados que circulaban por los baños a disposición de la clientela y pidió dos jarrillas de zumo de fruta. Una se la entregó a su nuevo amigo.

—No me malinterpretéis —se excusó, las manos desnudas y exudando gotas de agua—. Es una buena recomendación, el agua purifica el organismo y expulsa los residuos tóxicos con el sudor evacuando los malos humores.

—Eso me dijo el médico, sí. —Cabeceó el anciano tras haber dado un buen trago del jugo.

—Necesitaría examinaros en otro entorno, en uno con buena luz. —Elevó la mirada a las estrellas que decoraban las cúpulas, desde donde manaba la luminosidad y el trino de los pájaros—. Pero a simple vista, y siendo vuestras flemas sanguinolentas, según me habéis contado, os prescribiría lo siguiente: una dieta alta en grasas para adquirir algo más de fortaleza, un jarabe de regaliz para limpiar los pulmones y el pecho, y un electuario para fortalecerlos, pues la tos persistente os causará dolor y debilidad. Esto último os cortará el esputo de sangre que os sobreviene por el relajamiento de las venas a causa del calor y la humedad. Es bebible, os lo prometo, está hecho a base de jugo de granada dulce. —Hizo una pausa y concluyó—: Soy médico.

Hamal podría haberse ofendido. Por lo general, a la gente no le agrada recibir consejos que no han pedido. En especial, de quienes son más jóvenes y consideran, por ello, inexpertos. En cambio, comentó con cierta sorna:

—¿Y en Bagdad no hay enfermos suficientes a los que curar?

Nasir no puedo evitar pensar que la compañía de aquel hombrecillo con la carne de gallina era muy placentera. Hacía tiempo que no disfrutaba tanto de una conversación distendida.

—Los hay de sobra, que las enfermedades y la muerte nunca

descansan. Lo que me ha traído hasta aquí no es tanto la falta de pacientes, sino motivos familiares.

Hamal le invitó a que compartiera su historia. Al fin y al cabo, los baños públicos estaban hechos con agua y los secretos de todos aquellos que se sumergían en estas.

Para ser buen mentiroso hay que tener una excelente memoria, Nasir lo sabía, por lo que se había propuesto no enredarse en tretas de las que no fuera capaz de salir ileso. Cada engaño que entretejiese debía estar fundamentado en capas y capas de verdad, de manera que muy pocos detalles respondieran a su inventiva. Así siempre se acordaría de lo que le había contado a cada persona —manteniendo una única versión— y apenas tendrían oportunidad de llamarle estafador.

Quizá de lo que menos debía preocuparse fuera precisamente de esto: de su reputación. Pero siendo como era alguien de honor y buena familia, se resistía a que su nombre fuera mancillado incluso tan lejos de su hogar. Las afrentas y las malas noticias circulan con la celeridad de una enfermedad infecciosa, y lo que menos deseaba era que el contagio llegara a Bagdad.

—La última voluntad de mi padre era visitar Córdoba, pero el viaje es duro y largo, y él se encontraba a las puertas de la muerte. Se lo negué pese a su constante insistencia, y hubo días en que me odió por ello y yo le odié a él por odiarme. —Lo había ensayado tanto que casi se le rompió la voz de la emoción fingida—. Fui firme y no me arrepiento. Él era médico y, en el fondo, quiero creer que sabía que yo solo trataba de salvaguardar su delicada salud. Traerlo aquí en semejantes circunstancias habría sido un acto suicida. Lo más probable es que hubiera fallecido en el primer tramo del camino y hubiéramos tenido que enterrarlo en un lugar al que nadie hubiera podido ir a visitarlo. Aquello sí que no me lo habría perdonado jamás. Antes de que falleciera, juré que un día vendría a Córdoba por mis propios pies para así honrar su memoria. Heme aquí.

—¿Os dejó hace poco?

—Ni un año.

En el semblante de Hamal se reflejaron todas las muertes que lo habían golpeado.

—Mis padres murieron hace ya mucho. Mis hermanos también y alguna de mis hermanas —confesó—. Uno de mis hijos lo hizo nada más nacer, no le dio tiempo ni a exhalar su primer aliento. Para mi esposa fue como parir un cadáver, pero un cadáver que era nuestro. —Un silencio sepulcral se instaló entre ambos—. Mis amigos..., todos se han ido ya. Muy pocos somos los que quedamos aquí y yo solo rezo por que mi mujer sea la última. No querría verme sin ella, ¿sabéis? Convivir con la pérdida de un ser amado es, con certeza, la tarea más ardua a la que se enfrenta el hombre.

A Nasir le costó no llorar y le dolieron las mentiras que había formulado, aunque muchas de ellas fueran una leve modificación de la realidad. El remordimiento le cayó pesado en el estómago.

—¿Os esperan mujer e hijos en Bagdad?

—Familia, pero no propia. —Se acordó de su querida prima paterna y la belleza de la que Allah la había dotado. De nuevo, se arrepintió de la mentira.

—¿Habéis viajado solo? —Él asintió. Y como si se hubiera librado de la pesadumbre de sus fantasmas, Hamal sonrió—. Visitad a mi nieto entonces, es boticario. Todos los médicos de Córdoba acuden a él para que les suministre hierbas naturales y diversos ingredientes, incluso los más complejos. —Sonaba orgulloso.

Hamal le explicó que provenían de una humilde familia de agricultores que, debido a su proximidad con el entorno campestre, se habían convertido no solo en grandes conocedores de los ritmos de la tierra y las estaciones, del tiempo y el clima y de la variedad de hortalizas, frutas y verduras que vendían a los fruteros y verduleros que comerciaban en el zoco, sino también en grandes sabios de las hierbas que poseían propiedades curativas. Y gracias a estas habilidades habían medrado. Parte de sus deudos seguían asentados en la zona rural, dedicándose a la labor agrícola, mientras que otros —él y sus hijos— habían emigrado a la ciudad, donde ejercían de boticarios.

—Iré —le prometió—. He traído herramientas quirúrgicas conmigo, pero pocos emplastos e ingredientes.

El viaje de seis meses había consumido algunas de sus provisiones médicas, que habían sanado las heridas de sus acompañantes y paliado los males de los habitantes de aquellas ciudades que los habían acogido con hospitalidad.

Siguiendo las indicaciones del anciano, Nasir lo ayudó a salir del agua templada, que había convertido el cuerpo de Hamal en una ciruela pasa. Él mismo se enredó en su toalla y se calzó los alcorques, apoyando su peso en Nasir, que todavía lo sujetaba de uno de los brazos, no fuera a ser que resbalara.

Ya seco, mandó llamar a uno de los trabajadores del *hamman* para que lo acompañara a la sala de agua fría para un remojón final y, posteriormente, de vuelta a los vestuarios. Nasir se había ofrecido a llevarle hasta allí. No era molestia alguna, de hecho quería continuar hablando con él. Sin embargo, Hamal lo declinó con esa amabilidad tan suya y lo convenció de que permaneciera en la piscina un rato más. Aún era temprano para él.

Antes de abandonar la sala, Hamal se volvió una última vez.

—Recordad, joven Nasir: la caldera es el mejor escondite. —Le guiñó un ojo—. Y visitad a mi nieto, decidle que vais de mi parte. Mientras estéis aquí, necesitaréis amistades y gente de confianza. Mi casa será vuestra casa. Y mi familia será vuestra familia.

4

La rutina de Lubna era sencilla. Cada día se levantaba antes de que amaneciera y efectuaba el ritual de oración de ese momento, el *fajr*. Una vez terminado, cambiaba las límpidas vestiduras de rezo por las propias: pegada al cuerpo y como ropa interior llevaba una túnica teñida llamada *al-gilala*. Encima de esta, un vestido suave de lana blanca y un manto o *rida*.

Para el acicalamiento —un proceso demasiado extenso para su gusto y más corto que el de otras muchas féminas, como las del harén—, se mojaba el cabello rizado con agua de rosas para así peinarlo con más facilidad y perfumarlo. Con los dedos untados en una mezcla de almez, mirto y acederaque, iba separando los mechones ondulados, eliminando así los enredos que se hubieran producido por la noche y creando tirabuzones definidos. En más de una ocasión deseaba cubrir la melena con una veladura, de manera que no tuviera que batallar contra el estado natural de esta. Sin embargo, ser una esclava significaba no tener honra, y no tener honra suponía que el mundo había de saberlo a simple vista: que en cuanto a tu virtud nada valías. El cabello al viento era símbolo de esto: mala mujer y cautiverio.

A continuación, se alcoholaba los ojos con una pintura negruzca que resaltaba sus iris azabaches, el *kohl*, hecho a base de estibina, sulfuro de antimonio, galena o sulfuro de plomo. E intensificaba con ese producto unos lunares que se le esparcían por ambas mejillas de forma desigual y descendían por su cuello. Las mejillas se las coloreaba de arrebol con un jabón de harina de habas, alcarceña, raíces de azafrán, bórax y alheña. Y, por último, a sabiendas de que la jornada sería larga, evitaba los sudores y el mal hedor con unas obleas de litargirio blanqueado y amasado en agua de rosas, que restregaba por sus axilas.

Cuando consideraba que su aspecto era presentable, sin llegar a competir con la deslumbrante belleza de las mujeres que habitaban en el gineceo, desayunaba lo que la servidumbre hubiera preparado en las cocinas del Alcázar.

Tras dar buena cuenta de la comida, el califa al-Hakam la esperaba en sus aposentos, dispuesto a dictar toda una serie de misivas que ella debía redactar y enviar posteriormente. Las horas que pasaba con el Príncipe de los creyentes —título que al-Hakam había adoptado tras su ascenso al trono— tratando cuestiones de Estado acababan degenerando en interesantes charlas.

Aquello solía ocupar toda la mañana, así que, antes de darse cuenta siquiera, el sol hacía un rato que había sobrepasado su cénit. Entonces corría rumbo a la hermosa biblioteca, donde se parapetaba en busca de silencio y soledad; al menos así había sido hasta que al-Hakam ordenó ampliarla y unas desastrosas obras empezaron a aniquilar la paz que solía respirarse allí. En un rincón que era su despacho, cercano al del eunuco Talid, almorzaba con la mente sumida en cavilaciones, la lectura de un buen libro o el parloteo incesante del encargado de la biblioteca. Y después regresaba a su alcoba para cumplir con la segunda oración, el *thuhr*.

El resto de la tarde la dedicaba en exclusiva a la instrucción de Qamar, su díscola pupila, a la que aleccionaba en gramática, poesía y métrica, con el correspondiente parón para descansar y rezar juntas a media tarde. Talid y ella se alternaban con la joven según los días de la semana, y cuando Lubna se veía libre —que era en contadas ocasiones, dado que una de sus tareas principales era su enseñanza—, atendía las necesidades burocráticas de la esposa del califa, la Gran Señora o al-Sayyida al-

Kubrá, Subh. Dada la constante ocupación de Lubna, la Gran Señora solía arreglárselas para interceptarla cuando esta se movía de un lugar a otro dentro del recinto palatino. Era el único momento que encontraba para trasladarle sus dudas o alguna petición que requiriera presteza.

Con tantísimas obligaciones, poco tiempo le quedaba de ocio, así que invertía con sabiduría aquel del que disponía. O bien paseaba por los espléndidos jardines del Alcázar, dejándose mecer por la brisa impregnada de aroma a arrayán y el rumor del agua que discurría por esos estrechos canales que se abrían paso en el suelo. O bien visitaba a su queridísima maestra Muzna, de quien se sentía dependiente pese a sus ya veintiséis años. Para Lubna, Muzna era los ojos con los que veía, los oídos con los que escuchaba, la piel con la que sentía y los pies con los que caminaba. Tanto la apreciaba que, cada noche al pensar en su posible fallecimiento, se echaba a temblar.

Llegado el ocaso, realizaba el *maghrib*, la cuarta oración. Y tal y como se recomendaba, asistía a la última comida del día, la cena, que aprovechaba para compartir con Muzna en un ambiente familiar.

Inmediatamente antes de preparar el lecho y acostarse, rezaba una última oración, la del anochecer.

Aquella mañana transcurrió con normalidad.

Se despertó como de costumbre antes del amanecer, cumplió con sus deberes religiosos y se acicaló con esmero. Para cuando hubo terminado, los gallos cantaban e indicaban que el sol ya teñía de naranja el horizonte. Desayunó pan blanco, cocinado con candeal —la flor de la harina reservada para la élite—, algo de fruta del tiempo y requesón con miel, lo que hacía las delicias de un gran plato. Y para llenar por completo el estómago y que el hambre no apareciera hasta el mediodía, le sirvieron *tafaya*, un guiso de carne con cilantro y caldo verde.

Después de abrillantarse los dientes con unos palillos impregnados de sosa y azúcar, se dirigió a las dependencias del califa.

Una figura esperaba paciente a las puertas de la alcoba de al-Hakam, siempre guardadas por hombres armados, en especial desde que se encontraba enfermo. El miedo atroz a que un enemigo pudiera asestarle un golpe fatal había puesto en alerta a todo el recinto palatino, que vigilaba con atención a su señor y a su heredero, el pequeño Hisham.

Muy pocos gozaban del privilegio de acercarse tanto a las dependencias reales sin correr el riesgo de acabar ensartado por una espada: Talid, Lubna, la Gran Señora, el cronista Isa al-Razi y el administrador de bienes del príncipe, Almanzor. Era este último el que se encontraba allí, igual que el perro que aguarda a los pies de su amo.

—¿Os ha llamado? —preguntó Almanzor.

—Eso parece, mi señor.

—Buenas noticias entonces, está mejorando a pasos agigantados.

—Todas las noches rezo a Allah para que nuestro señor recobre su salud.

—El médico ha dicho que solo ha sido un susto y que no conviene alarmarse. Ya lo conocéis, es fuerte como un roble, soportará muchos años más al frente del gobierno y superará en edad a su honorable padre.

—Allah así lo quiera y le dé fuerza y discernimiento para guiarnos incluso en los tiempos más convulsos.

—Sois catastrofista, Lubna —rio como el adulto que se ríe de las necias ocurrencias de un niño—. No habrá más que victorias para nuestro señor al-Hakam y palabras de admiración para su legado. Nada de carestía, nada de fracasos, nada de tiempos convulsos. La posteridad admirará su gran obra.

Lubna se reservó para sí la profecía que había leído manuscrita en uno de los muchos libros que se conservaban en la Biblioteca Real, que decía que el esplendor de Córdoba se apagaría con el vigesimoquinto gobernante, así como el linaje de los visigodos había sido derribado con el vigesimoquinto rey, don Rodrigo. Si contaba con los dedos de la mano los hombres que habían ostentado el poder, el fin estaba próximo.

Calló. En parte porque, siendo su oficio el que era, creía que las palabras poseían un enorme poder y temía que, si lo verbalizaba, convocaría la mala suerte y el augurio se haría realidad. Y en parte porque algo en su interior le impedía fiarse de Almanzor. No sabía si era esa mirada de halcón o su apuesto semblante carente de emociones.

—No le revolváis el ánimo con problemas personales —le advirtió—. Sus preocupaciones van más allá de los muros de este lugar, no deben centrarse en las vidas de los de aquí.

Supuso que se había enterado de que la noche anterior había sucumbido a la desesperación y arrastrado a Qamar por todo el antiguo Alcázar cordobés hasta dar con Muzna, oyéndose sus gritos por las salas contiguas.

—Con su permiso, mi señor —se despidió de él.

Los guardias, que ya la habían identificado, le abrieron inmediatamente las puertas de los aposentos califales, permitiéndole el paso.

Al-Hakam al-Mustansir billah, Príncipe de los creyentes, apenas se había repuesto. Lubna lo vislumbró rápidamente en la tez macilenta y en las comisuras caídas de sus labios, y sintió una terrible penuria al observar así a quien un día fue un hombre enérgico que rebosaba una vitalidad y una fortaleza más allá de lo humano. Quizá por eso todavía le parecía insólito aquella dolencia que lo había postrado en el lecho durante una semana.

Había sucedido de repente. Una buena mañana, mientras paseaba por los jardines con su esposa, empezó a sentir cierto malestar que achacó a la fatiga del ejercicio del poder. La Gran Señora Subh lo convenció para que tomara asiento, ya que se tambaleaba por la falta de equilibrio y ella era incapaz de sostener su robustez. Mas aquello no lo alivió. Enseguida le sobrevinieron unas náuseas repentinas y el cuerpo entero se le desmadejó. Tirado sobre la húmeda hierba todavía perlada de rocío, al-Hakam se revolvió entre terribles estertores a la vez que las enormes pupilas se le perdían en el blanco ocular. Se llamó con presteza a los médicos que habitaban en Madinat al-Zahra, pues tan agónica era aquella imagen que quienes la presenciaron temieron que el califa fuera a fallecer en ese mismo instante.

Por fortuna, entre los designios de Allah aún no estaba llevárselo. Así que, para cuando Lubna entró en los aposentos reales, al-Hakam estaba sentado en un cúmulo de cojines acolchados. A su diestra, una mesita le ofrecía viandas y refrigerio: vino y agua de azahar para refrescar la garganta y unas pastas refinadas que las cocineras habían preparado siguiendo las recomendaciones del médico oficial del califa, y que eran unos canutos elaborados con miel y huevos y rellenos con almendras y más miel. «Son nutritivos y no producen obstrucción, mi señor», le había dicho el *tabib* a al-Hakam, quien se había alegrado de poder incluir en la dieta algunos pasteles, dada su tendencia a lo dulce.

A la izquierda reposaba un pequeño escritorio que siempre montaban allí cuando Lubna acudía a visitarle; los enseres propios de la escribanía los portaba ella, incluidos la tinta y el cálamo. Firme defensora de que estos instrumentos eran los más personales que podía tener una secretaria, cuidaba los suyos con afecto y los llevaba consigo a todas partes, negándose a utilizar otros. Lo que sí le proporcionaban eran papeles, que únicamente empleaba en caso de redactar una carta, pues para los asuntos de Estado prefería registrarlo todo en un libro.

No demasiado lejos, un brasero caldeaba el ambiente hasta hacerlo idóneo para una jornada de trabajo.

—Primero los deberes —la saludó el califa.

Lubna se sentó en el cojín que habían dispuesto delante del escritorio y colocó el libro de registros y sus instrumentos de escritura.

—A vuestra entera disposición, mi señor. Cuando os plazca podemos empezar.

Al-Hakam asintió. Durante unos breves minutos permaneció en silencio, pensativo, rememorando qué cuestiones habían quedado pendientes desde que cayera enfermo. Aquellas de absoluta urgencia y que no podían aplazarse las había dejado en manos de sus visires y Almanzor, que se habían encargado del buen funcionamiento del gobierno durante esa nefasta semana. Sin embargo, había sido muy claro al ordenar que todo asunto político que pudiera esperar a su regreso debía ser pospuesto.

Se remojó los labios en vino y unas gotas traicioneras se precipitaron por la barba, del mismo modo que unas de tintura negruzca bailaban al borde del cálamo de Lubna.

—Esperamos próximamente un par de embajadas, mi señor —lo ayudó ella.

Como si se hubiera encendido la luz que aporta un candil, al-Hakam emitió una sonrisa de reconocimiento.

—Cierto, cierto. Debemos empezar con los preparativos para la embajada de doña Elvira.

—La tía paterna y tutora del ingrato tirano de Galicia. —Una voz melodiosa y varonil emergió de las puertas recién abiertas—. Príncipe de los creyentes —saludó a su señor—. Lubna.

Ella hizo un leve movimiento de cabeza que esperaba que se tradujese como una bienvenida, por mucho que en el fondo no lo fuera.

—Raimundo III —lo corrigió ella—. Hijo del rey Sancho I de León y su esposa Teresa Ansúrez.

—El ingrato tirano de Galicia me parece un título más grandilocuente que su propio nombre. ¿No creéis, mi señor? —Al-Hakam asintió complacido por la ocurrencia, que consideraba una broma ladina a la par que divertida. Viéndose beneficiado, Isa al-Razi tomó asiento en el lado opuesto a Lubna y dijo—: Será entonces lo que recen mis anales.

Isa al-Razi contaba con cuarenta años y una simpatía tremenda en la corte debido a su predecesor. Su padre había sido Ahmad al-Razi, un célebre cronista palatino que había estado al servicio del primer califa, Abd al-Rahman III. Había ejercido también como historiador y había escrito una amplia variedad de obras que se almacenaban en la Biblioteca Real y se consultaban con asiduidad. La más famosa era un volumen denominado *Historia de los soberanos de al-Ándalus*, que narraba la conquista del territorio y los diferentes gobernantes que se habían sucedido en el trono hasta Abd al-Rahman III. Por desgracia, la muerte sorprendió a Ahmad antes de finalizarla, por lo que fue su hijo Isa el que hubo de completar el escrito, pese a que cedió toda la autoría a su progenitor.

Quizá por la culminación de aquella gloriosa tarea, Isa al-Razi se tenía en tan alta consideración, una característica que a Lubna se le antojaba una falta horrible. Pero el amor propio no se observa en los hombres con el mismo desagrado que en las mujeres, por eso al-Razi era estimado y homenajeado mientras que ella, de exhibir esa actitud arrogante, habría sido reprendida.

—El ingrato tirano de Galicia… —murmuró mientras escribía en el libro con una pulcra caligrafía.

—Una vez su padre recurrió a nuestro señor, Abd al-Rahman III, por motivos de salud —apuntilló Lubna, contraria a que quedaran por escrito oprobios tan deleznables relacionados con su señor al-Hakam.

—Gordura —afirmó el cronista—. Mas creo recordar que las negociaciones no fueron por la cantidad de grasa de su cuerpo, sino por sus deseos de recuperar el reino que le había sido arrebatado. Dudo que vos tuvierais conciencia de ello, solo erais una niña. Una niña esclava —matizó con un deje de maldad nada disimulada.

—¡Isa al-Razi! ¡No en mi presencia! —exclamó malhumorado el califa, que había pagado la ira asestándole un puñetazo a uno de los cojines en su derredor—. ¡No contra mis esclavas! ¡Son mías, no lo olvidéis! ¡De mi propiedad!

Humillado por la regañina y poco habituado como estaba a recibir tal respuesta de parte de ningún oficial cortesano y menos de su señor, expresó sus más sinceras disculpas ante al-Hakam II y su intelectual esclava.

—Además, el padre del ingrato tirano era nieto de Toda Aznárez, reina de Pamplona, y doña Toda Aznárez era hija de doña Oneca Fortúnez, que había casado con el emir Abd Allah I, dando a luz a su heredero, Muhammad. Así que, siendo ella mi bisabuela, para nuestra deshonra, estamos emparentados. Pero sí —gruñó—, Ramiro III no es más que un ingrato tirano.

—También esperamos embajadores berberiscos —continuó Lubna.

Al-Hakam parecía haberlo olvidado. Molesto por su taimada memoria, chasqueó la lengua y repitió en un susurro:

—Los berberiscos, sí.

El cronista tomaba notas de absolutamente todo lo que hablaban solo por el placer de desechar información a la hora de escoger los pasajes que compondrían lo que él catalogaba que sería su obra culmen: *Los anales palatinos del califa de Córdoba al-Hakam II*, o así había sugerido denominarlo. Sin embargo, Lubna podía apostarse los dedos de la mano derecha a que había omitido su desatino con el califa y la consiguiente reprimenda. Y, por supuesto, no los habría perdido.

—¿Cuánto queda para ello?

—Casi dos meses, mi señor —dijo ella tras hacer cálculos mentales.

Aquello lo relajó, así que se permitió escoger uno de los canutos azucarados del ataifor que había a su derecha y mordisquearlo.

—Hay tiempo más que de sobra para recuperarme. —Se lamió los dedos bañados en la pegajosa miel—. No soportaría recibir a los cristianos de esta guisa, no vaya a ser que crean que estoy a punto de reunirme con Allah y aúnen voluntades contra nosotros.

Lo cierto era que, pese al oro que lo engalanaba y sus vestiduras de seda verde y brocado, su aspecto podía confundirse con el de un moribundo. Con esos párpados caídos, esa mandíbula superior sobresaliente, esos ojos vidriosos y esos surcos amoratados bajo ellos que evidenciaban la escasez de sueño.

—Se los doblegará en vuestro nombre, mi señor.

—Siempre. Mis manos... —Observó ambas, alzadas frente a su rostro—. Mi bienamada esposa Subh, la madre de mis hijos. —Movió la izquierda—. Y mis fieles visires. Mi leal Almanzor. —Hizo lo propio con la derecha.

No había una representación más adecuada. La mano izquierda, que es la dulce y la dócil, no podría ser otra que la Gran Señora, que controlaba los asuntos políticos entre las sombras, siempre silente. La mano derecha, la dominante, la fuerte y violenta: el administrador de bienes de esta y el príncipe Hisham, que casi se postulaba cual protector del reino.

—Regresando a aquello que nos atañe.

—Al tirano de Galicia, señor mío —interrumpió Isa al-Razi.

—A ese mismo. ¿Ha mandado misiva doña Elvira confirmando la asistencia de sus embajadores? —Lubna asintió—. ¿Y hemos respondido a ella? —Lubna negó—. Bien, empezad pues a escribir.

Durante un par de horas, el califa se limitó a dictar una carta que hubo de repetirse varias veces en voz alta para limar cualquier posible error o confusión que pudiera llevar a un problema político de consecuencias severas. Lubna la leyó otro par de veces más y se aseguró de que el mensaje transmitido era el que deseaban. La extenuante tarea le provocaba somnolencia a al-Razi, que ocultaba sus bostezos como buenamente podía.

—¿Algún asunto de suma importancia durante mi convalecencia del que deba estar al tanto? —interrogó a su secretaria y al cronista una vez terminada la misiva a doña Elvira de León.

Ambos intercambiaron una mirada cómplice.

—Nada de lo que me hayan informado los visires o nuestro señor Almanzor —respondió ella.

—¿Y algo que vos sepáis a pesar del silencio de mis hombres?

En aquellas situaciones comprometidas, Lubna entendía a la perfección por qué su pupila había desarrollado la manía de mordisquearse el labio hasta dejarlo en carne viva. Pero incluso entre la espada y la pared, ella siempre sabía a quién debía obediencia y lealtad.

—Se han enviado los presentes que habíais dispuesto, mi señor. —Rebuscó entre los documentos que se amontonaban en el singular escritorio y comenzó a leer—: Para Ahmad Ibn Isa, jeque de los Banu Muhammad, conocido por Guennun, siete mil dinares de los de buena ley, una espada árabe con guarnición completa de oro y vaina de safán, ocho piezas de tela *ubaydi* de color y dos *mubattanas* de *ubaydi*, una celeste y otra de papagayo, con franjas e inscripciones. Además de tres turbantes de jazz, celeste, rojo y verde. Y un caballo entre tordo y alazán, de pura raza, con silla y bridas adornadas.

Al-Hakam asintió satisfecho.

—¿Y lo demás?

—También ha sido enviado, mi señor. —Y continuó con la lectura—. Para Ibrahim Ibn Isa, hermano del anterior, cinco mil dinares de los de buena ley, una espada árabe de oro y vaina de safán. Y de telas, dos *mubattanas* y ocho piezas de *ubaydi*, una de color lenteja y otra amarilla cúrcuma, decoradas con franjas e inscripciones, y, por supuesto, tres turbantes semejantes, uno verde manzana, otro verde *masanni* y otro turquesa.

—¿Y el caballo?

Lubna hubo de pasar a la página siguiente para confirmarlo.

—Así es. Un caballo alazán con cabos negros, de mano, con

silla y bridas, proveniente de las caballerizas del califato. Regalos parecidos han recibido Hasan Ibn Ahmad Ibn Isa, Ali Ibn Ahmad Ibn Ali, Ibrahim Ibn al-Huwayti, Jazar Ibn Luqman, Ayyub Ibn Abi-Husayn y Hayyay Ibn Jaluf.

—Todo en orden, pues.

Proclamó su satisfacción con una sonora palmada y, a continuación, despachó a Isa al-Razi. El cronista agradeció que su señor al-Hakam le permitiera servirle un día más y, tras recoger sus útiles de escritura y el libro de notas, se despidió de los allí presentes.

Justo se acababa de escuchar el sonido de la puerta al cerrar cuando el rostro del califa se contrajo.

—He oído que habéis perdido la paciencia con la joven Qamar. —El reproche era tan obvio que a Lubna no le quedó más remedio que cerrar un segundo los párpados y lamentarse por su desliz—. Habéis alzado la voz, y una buena mujer jamás ha de proferir grito alguno, menos a quienes se hallan bajo su cargo. Por si fuera poco, os vieron correr al igual que una jauría hambrienta con la muchacha a la zaga. ¿Qué habéis de responder al respecto?

Estaba segura de que el pajarito que le había piado al oído sus desavenencias con Qamar no era otro que Almanzor.

Todavía con la cabeza gacha, contestó:

—Lamento profundamente lo ocurrido, mi señor. Nunca más volveré a errar de esta ingrata manera.

—Lo sé. No está en vuestra persona el cometer faltas así. Pero os diré lo mismo que le he dicho a al-Razi. No os olvidéis de que, bibliotecaria o no, mi secretaria o no, seguís siendo una esclava. ¡Mi esclava! —Se golpeó el pecho con dureza—. Y no tolero que mis mujeres actúen con tal descortesía e insolencia. Ninguna de ellas.

—Sí, mi señor.

—Sabéis lo que habéis de hacer en cuanto fallezca, ¿verdad? Lubna intentó tragar saliva, pero el cúmulo blancuzco que había segregado se le antojó el preludio del vómito. Se lo quedó en la boca y se limitó a asentir.

—Sí, mi señor. —Le costaba un soberano esfuerzo articular cada palabra—. Me retiraré y mi discípula habrá de sustituirme, incluso en la tarea más importante de todas.

—Entonces aseguraos de que esté preparada para cuando llegue el momento. Yo intentaré no fallecer en los próximos años, pero... —Dejó escapar una carcajada reseca preñada de resignación—. Ya veis que el tiempo no está de nuestra parte, sabia Lubna.

—Mi señor... —La voz le sonó estrangulada por la angustia.

Quiso abalanzarse y besarle hasta los pies, pero al-Hakam no le permitió continuar, alzó la palma de la mano y la frenó.

—Hacedlo lo mejor que podáis. Que este legado no se malogre.

A al-Hakam le preocupaban muchas cosas relacionadas con su muerte, pero nunca su muerte en sí misma. Le aterraba que los días que le quedaban fueran menos de los que esperaba y que la sucesión al trono cogiera a su vástago Hisham con demasiada inexperiencia, pues solo había cumplido ocho años. Le inquietaba que, aprovechando esta minoría de edad, el pueblo se alzase, y que los hombres que lo habían rodeado y aconsejado durante tanto tiempo iniciaran una guerra por el control del gobierno. Todos ansían el poder y muy pocos están preparados para vivir bajo la enorme carga que este supone. Le atormentaba, pues, el devenir de su querida familia.

Por su parte, a Lubna le preocupaban otras muchas cosas relacionadas con la muerte de su señor, pero también la muerte en sí misma. Ya había experimentado unas cuantas y todas le habían resultado dolorosas en exceso. Cuando falleció el califa Abd al-Rahman III, todo fueron llantos —a pesar de algunos episodios crueles que Muzna le había confesado en privado—, puesto que con ella solo había obrado como el más amable de los hombres. Ríos de lágrimas vertió tras la marcha de la que había sido la última de las favoritas de Abd al-Rahman III, la simpar Mustaq, una mujer virtuosa que había visto en ella algo que excedía a su condición servil.

Pero lo que más ansiedad le producía no era el sentimiento de pérdida o el larguísimo proceso de duelo, sino el saber que no habría opción alguna: debería continuar con la tradición que había sido establecida por Abd al-Rahman I el Emigrado y cederle así el manuscrito perdido a una nueva generación de mujer sabia.

A Qamar.

5

Subh observó el brazalete de oro y esmeraldas que refulgía cuando la luz solar impactaba de lleno sobre las gemas preciosas. El brillo glauco se fragmentaba en miles de haces desperdigados por toda la estancia, coloreándola aquí y allá de esta tonalidad, fingiendo ser un paisaje ajardinado. Lo movió entre sus manos, palpando los exquisitos relieves, y se preguntó si alguna vez se atrevería a llevarlo. Lo imaginaba ahí, incrustado en su antebrazo, cubierto por las holgadas vestiduras, invisible para todos salvo para aquel que la desnudara.

O para aquel que se lo había regalado.

Lo guardó de nuevo en la arqueta de marfil en la que lo había encontrado unos días atrás, justo en sus aposentos privados a los que nadie tenía acceso. Pero no hay puertas infranqueables para quienes se mueven con el sigilo de las sombras, para aquellos que habitan en las sombras y son las sombras.

No había nota que identificara a su admirador secreto. Cualquier rastro de afecto podría haber sido una prueba condenatoria: la espada que atravesara al maldito que había osado homenajear con alhajas a la esposa del califa. El hombre había sido cauto y astuto. No había dejado migajas de pan que seguir más allá del dinero que habría gastado en adquirir una joya de semejante valor, y es que muy pocos podían amasar la riqueza necesaria para permitirse tamaño despilfarro.

Tampoco es que Subh necesitara un trozo de papel arrugado

con una declaración de amor furtiva. Reconocía el enamoramiento nada más avistarlo y Almanzor perdía latidos desde el primer minuto en que la vio. Desde entonces, y de eso hacía ya seis años, se había arrancado el corazón con sus propias garras y se lo había entregado. El brazalete de oro y esmeraldas solo era una muestra más de ello.

—Vos y yo, Subh, podríamos dominar el mundo si nos lo propusiéramos —le había dicho en una ocasión.

—¿Qué podéis ofrecerme vos que yo no tenga ya? Soy la esposa del Príncipe de los creyentes, quien se sienta en el trono, y madre del futuro gobernante.

Una risa sardónica se atoró en la garganta de Almanzor.

—Sois demasiado inteligente para creer que todo se reduce a un sitial en el que posar el trasero, señora mía. Y perdonadme por lo que vuestros oídos han tenido que escuchar.

Subh quiso emitir un bufido preñado de condescendencia.

—No me insultéis de una manera tan ridícula, os lo ruego. Todo se reduce al poder, vos mismo habláis de dominar el mundo juntos.

—Decidme que acaso no deseáis dictar órdenes a la luz del sol, y no encerrada tras unas tristes celosías.

Dio un paso hacia delante, acortando la distancia que los separaba.

Subh, que debido a su posición en la corte era en extremo cuidadosa, reculó. Y con aquella nueva brecha abierta entre ambos, se sintió segura para responder.

—La política se hace en todos lados, incluso en el harén. Os recuerdo que gracias a mí gozáis de estos privilegios. Fui yo quien os favoreció en vuestro ascenso político. Yo, que me escondía tras unas tristes celosías —comentó con un deje burlón.

—Pero nunca os reconocerán el mérito que os pertenece. Un día moriréis y solo seréis un nombre: el nombre de una mujer que quedó grabado en una piedra monumental por sus obras piadosas; o el nombre de una mujer amada que quedó reseñado en un bote de marfil que os regalaron al parir a un heredero.

—Parid entonces vos a un varón y luego me contáis si merecéis o no un arcón de marfil repleto de joyas y con vuestro nombre reclamándolo. —Le mostró los dientes con la ferocidad de una perra que se lanza a morder—. Parid y mantened la dinastía. Una dinastía que no es vuestra.

—Solo seréis eso y lo sabéis. La mujer que parió. Nunca la que gobernó.

En las pupilas negras de Almanzor veía reflejada su propia imagen, débil, diminuta. Odiaba ese sentimiento de inferioridad. Primero como fémina. Luego como esclava. Posteriormente como esposa de un gobernante. Pero, sin duda, el peor de todos era el inherente a la humanidad que le impedía hacer tanto, como la posibilidad de haber sanado a su primogénito y habérselo arrancado de las manos a la muerte.

Se enderezó. Y con la barbilla alzada, clavó su mirada en la de Almanzor y abrazó la vanidad, la soberbia y el orgullo que había ido alimentando durante tanto tiempo.

—Os equivocáis, señor mío. Yo gobierno en lo público y en lo privado de nuestro Alcázar.

—¿De qué sirve que así sea si esta verdad le será negada a la posteridad? Yo cambiaré eso, Subh. —Avanzó de nuevo un par de pasos con el brazo estirado en su dirección y la mano desnuda pidiéndole que la tomara—. Yo os daré vuestro nombre y vuestro título. Yo pondré el mundo a vuestros pies.

Durante unos instantes examinó aquella mano como quien queda embelesada por las llamas del fuego que crepita.

—Una mujer siempre ha de saber cuál es su lugar. Y este es el mío —zanjó con severidad—. Recordad cuál es el vuestro. Vos y yo no seremos más de lo que ya somos. Vos, el fiel servidor de nuestro señor al-Hakam y yo, su muy virtuosa esposa.

Se guardó la que habría sido la peor de las afrentas: recordarle que volviese con la suya, con su esposa al-Dalfa, que le esperaría en el lecho preguntándose dónde estaría a aquellas horas nocturnas tan intempestivas.

Pero Almanzor creía que su rechazo era igual que acercarle la mejilla y esperar a que se la besara. Y Subh, en el fondo de sus entrañas, anhelaba ser más de lo que era y más de lo que jamás podría llegar a ser. Así que, desde aquella conversación, sucedida un año atrás, bailaban el uno con el otro, siempre silentes, siempre en la oscuridad que ofrece la noche y siempre siempre siempre con el riesgo soplándoles la nuca.

La arqueta de marfil era, al contrario que otros contenedores de joyas que poseía, un bote cilíndrico cuya tapa simulaba una cúpula coronada por una pequeña borla. Cerrada con un broche de plata, la caja había sido decorada con motivos vegetales, hojas y palmeras que recreaban un jardín palatino en el que habitaban pavos reales, gacelas y espléndidas aves. Tal y como Almanzor había apuntado en aquella discusión, su nombre había sido grabado con el mismo esmero que los animales que poblaban el vergel. La inscripción decía: «Bendición de Dios para el Imam, El Siervo de Dios, al-Hakam al-Mustansir billah, Príncipe de los creyentes, por lo que ordenó hacer para la Señora, Madre de Abd al-Rahman, bajo la dirección de Durri al-Sagir, en el año tres y cincuenta y trescientos».

De sus muchas posesiones era sin duda a la que más cariño tenía, pues había sido un presente que conmemoraba el nacimiento del hijo que pronto la había abandonado y que le había dejado una herida imposible de cerrar ni por el médico más diestro.

Subh recorrió con la yema de los dedos los caracteres cúficos. Almanzor, tan sabio y a la vez tan inclemente, había estado en lo cierto: nunca sería Subh. Siempre sería «la esposa de», «la madre de». Nunca ella misma. Nunca una mujer. Nunca una persona.

Pero ¿no había algo de honorable en ser la madre de su pequeño Abd al-Rahman, el niño muerto? ¿No había algo de honorable en ser la madre de Hisham, heredero al trono califal de Córdoba? ¿No había algo de honorable en ser lo que la naturaleza había decidido que fuera toda mujer, vientre que engorda y entrañas que sangran?

Ya lo advertía un hadiz, que aquellos pueblos con una mujer al frente de los asuntos importantes no prosperarían.

Incluso en el interior del contenedor, las piedras verdes de la pulsera resplandecían con un brillo especial y único resaltando sobre las demás joyas. La gran mayoría eran obsequios de su señor esposo; una pequeña parte, cortejo de Almanzor. Si descubrían que este había vuelto a las andadas sería castigado con más severidad que la primera vez, y aquello rompería el corazón de su mujer, al-Dalfa. Nadie quiere que su marido se deshaga en elogios y regalos a otras féminas.

Ella guardaría su secreto. Por el bien de él. Y por su propio bien.

Así que Almanzor nunca la vería portar el brazalete. Al-Hakam jamás sabría que existía dicha alhaja. Y, a sabiendas de que ya no volvería a quedar encinta y no habría hija a la que legárselo por sus nupcias, Subh se resignó a que desapareciera para siempre entre el tesoro real, ocultando con él su historia.

Lo acarició una última vez, casi con añoranza. Ahí dentro parecía un cadáver a punto de ser enterrado.

Debía ser enterrado.

—Sois un temerario, Almanzor, o quizá un hombre hambriento de poder y sueños. A cada cual más peligroso —susurró antes de cerrar por fin la tapa de la caja—. Allah nos lo dirá cuando llegue el momento. Será entonces cuando descubramos de qué material estáis hecho.

6

Nasir salió de los baños con la piel perfumada de ámbar tras haberse sometido a un masaje y haberse aplicado una loción que prometía abrillantarle los rizos negros del cabello. Como todavía era temprano, paseó por la ciudad y visitó el zoco, deseoso de sumergirse en la vida pública.

Acostumbrado a la rebosante Bagdad, Córdoba apenas le sorprendió. Igual de habitada que su ciudad de origen, la población había crecido de forma desproporcionada desde que siglos atrás se trasladara hasta allí la capital, abandonando Sevilla a su suerte. El auge había degenerado en una saturación absoluta hasta el punto de que las gentes habían copado por entero la ciudad amurallada, desbordándola por los márgenes del río que la atravesaba. Callejuelas estrechas que no permitían el tránsito de más de dos personas juntas; calles ciegas que eran adarves; viviendas ampliadas hacia arriba construyendo escaleras y estancias superiores, con las algorfas como habitaciones; barrios a extramuros; mezquitas por cada uno de ellos; y lavatorios y baños públicos por todas partes. Los cementerios, que otrora se habían encontrado a las afueras, allí donde predominaba el campo, habían sido devorados por hogares y pequeñas y tortuosas vías. Las tumbas se multiplicaban para brindar reposo a los muertos, que de continuar así tendrían que volverse tierra y cenizas con presteza si querían dar cabida a los descendientes que los seguirían.

Córdoba, tan hermosa y espléndida como era, vomitaba a su población por las puertas de las entradas y salidas de la muralla. Había tanto por ver y tanto por explorar dentro de sus limes que Nasir pensó que era una de las ciudades más maravillosas que había visto jamás.

Allí, entre edificios y viviendas, entre el gentío y el ruido ensordecer provocado por las bestias de carga, se alzaba imponente la mezquita aljama. Su alminar, coronado por tres granadas —dos de oro y una de plata—, exhibía en la punta una flor de azucena hexagonal que culminaba a su vez con una granada dorada más pequeña, como si la torre quisiera acariciar con la oronda fruta las esponjosas nubes del cielo. A ambos lados de la fachada destacaban los motivos geométricos, los frisos egipcios y la marquetería polícroma, y en las cuatro caras que conformaban el alminar lucían dos filas de arcadas que recaían sobre columnas de mármol.

En torno a la mezquita, los puestos de comercio se distribuían por las callejuelas aledañas, tan estrechas que parecían arterias. Perfumes, afeites y emplastos de embellecimiento se encontraban en la parte más cercana a la Puerta de los Drogueros, donde predominaban los olores florales que desprendían los bálsamos y aceites para la piel y el cabello. Los vendedores de tela eran tantos y tan afamados que tiempo atrás se tuvieron que reestructurar algunas edificaciones para que estos cupieran. Las mujeres que se dedicaban al hilado disponían de un mercado aparte. En él pugnaban por obtener un sueldo suficiente para mantener a su familia con la venta de ropajes tejidos por ellas mismas. Ya en la zona periférica estaban los tintoreros, alfareros, tejedores…, cualquier oficio que pudiera mancillar con su olor y su estruendo la nobilísima mezquita. Y para adquirir objetos de lujo había que alejarse del gran zoco e internarse en la alcaicería.

Nasir deambuló por el intrincado laberinto, que a ojos extraños podía ser algo anárquico, parándose en cada puesto para contemplar los productos expuestos, integrándose en las conversaciones y escuchando con total atención lo que se chismorreaba. Algunos vecinos pasaban por allí con sus acémilas, sorteando a los vendedores que ofertaban la mercancía a viva voz con la finalidad de robarse los clientes unos a otros y atraer a los recién llegados que aún no conocían la ciudad y estaban por descubrirla. Entre los compradores, lo que más abundaban eran las mujeres. Desde aquellas de origen servil que actuaban como intermediarias de sus señoras, que recluidas en sus hogares las mandaban para que se encargaran de la compra en el zoco, hasta esclavas que cumplían con idéntico cometido. También había quienes, por falta de criadas y esclavas, se acercaban al mercado, siempre con la compañía de un varón de la familia.

Allí el bagdadí aprovechó para probar la comida local: albóndigas o *banadiq*, y unos pinchitos hechos de despojos de carne asada, conocidos como *sufud*.

No queriendo faltar a su palabra —lo más sagrado que tiene un hombre—, y sabiendo de memoria qué ingredientes se le habían agotado durante el viaje y eran imprescindibles para cualquier dolencia del día a día, se dirigió a la casa del célebre boticario, el nieto de Hamal. El anciano había sido muy preciso con las indicaciones y, sirviéndose de la ayuda de un par de vecinos que le señalaron las callejuelas que había de tomar, llegó sin ningún problema.

Hamal lo esperaba allí, como si de alguna forma supiese que ese mismo día iría de visita y él tuviera que estar presente para recibirlo entre los suyos. No se sorprendió al verlo. Nada más oír los golpes en la puerta supo que se trataba del médico bagdadí y, con una sonrisa avejentada, apuró a la jovencísima sirvienta para que abriera y lo invitara a pasar. Así lo hizo.

Nasir entró y cruzó el zaguán acodado, desde donde la criada lo guio. Atravesaron un enorme patio interior en el que había una refrescante fuente que borboteaba agua. Allí, las mujeres solían reunirse cuando los hombres no estaban en casa y, bajo los tibios rayos del sol y con la brisa matutina, realizaban la colada y preparaban algunas viandas que se guardarían para la llegada del invierno. Una vez aparecían los varones, estos se ocupaban de atender los parterres de plantas medicinales y flores crecidas. Cultivaban unas cuantas variedades, y, mientras se esmeraban en el cuidado de las que empezaban a germinar, sesgaban las que estaban listas para vender o se afanaban en arrancar las malas hierbas. Era un diminuto jardincito o huertecillo que emergía en medio de las habitaciones y salones que componían la casa. Se respiraba paz y una suerte de amalgama de aromas imposibles de descifrar para quien no tuviera un fino olfato.

Ya en el salón, Nasir se encontró con una partida de ajedrez a medio terminar entre Hamal y su nieto, que estaban sentados encima de una pequeña plataforma de madera sobre la que reposaban cómodos cojines. Tan menudo era el anciano que se ahogaba entre ellos.

Al divisar la silueta de su invitado, Hamal se levantó con torpeza, auxiliado por su nieto, y se aproximó para estrecharlo entre los brazos como si fuera uno más de la familia. Lo instaron a sentarse con ellos alrededor de la mesa, la cual despejaron enseguida, y lo agasajaron con comida y bebida.

—Los cristianos del norte pueden acusarnos de bestias, si es lo que realmente quieren, pero jamás podrán decir que no somos hospitalarios con los nuestros —afirmó Hamal, acompañando su alegato con una risa suave.

Abuelo y nieto compartían nombre, aunque para evitar confusiones todos se referían al joven por el apodo del Boticario. Era un par de años mayor que Nasir y estaba casado con una muchacha de buena familia, quien lo había bendecido con una criatura de año y medio, y otra a la que le faltaban pocos meses para nacer.

—Mi abuelo dijo que vendríais —lo saludó el Boticario—. Él nunca se equivoca, ¿verdad, abuelo? —Hamal cabeceó sonriente—. Tiene un don para observar el alma de la gente. Nunca se equivoca —repitió, con la mirada perdida en su pariente.

Lo observaba con una mezcla de mitad dolor por la pérdida que un día se avecinaría, mitad orgullo. El orgullo que solo puede sentir un nieto que ama con fervor a su abuelo.

—Una vez me equivoqué —reveló él alzando uno de los dedos.

—Eso es del todo imposible —se negó a creerle.

—Sí, sí. Una vez me equivoqué —insistió—. Un hombre vino a mí para pedirme unas hierbas especiales. De eso ya hace mucho, yo aún era joven y fuerte. Me ofreció un buen dinero por ellas, pero Allah quiso que yo no las reconociera con exactitud y le entregara otras.

—¿Y qué sucedió? —se interesó Nasir, que había aceptado de buen grado el té que acababa de servir la esposa del Boticario.

—Que otro hombre se salvó de una muerte segura. Y a cambio, se purgó entero. —Ante el asombro de la familia, continuó—: Yo no lo sabía y, de hecho, jamás habría imaginado qué era lo que se disponía a hacer aquel desalmado; de ser así no le habría dado ni una brizna aromática. Tenedlo por seguro. Cuando vino a enfrentárseme por aquel error, descubrió su crimen y yo le dije: «¡Señor mío, sabed que yo no soy asesino alguno y no pretendo más que aliviar las cargas ajenas, no aumentarlas!». Y lo eché. —Entonces elevó el dedo al cielo y clamó—: Y mi esposa puede dar testimonio de ello.

Nasir difícilmente olvidaría que aquel anciano que él mismo había confundido con un posible matarife se había visto envuelto sin querer con gente dominada por la maldad.

Pese a tener a su disposición tantísimos ingredientes que podrían acortar la vida de cualquiera, Hamal se vanagloriaba de sus manos limpias. Y es que conservar la pureza cuando se posee un poder como el que recae en médicos, cirujanos y boticarios es una cuestión de lucha interna y esfuerzo constante contra tu peor enemigo: tú mismo. Si el odio te consume desde dentro puede empujarte a hacer cosas terribles, cosas que no merecen perdón. La justicia nunca debe residir en la mano del hombre.

Buena parte de la tarde voló entre agradables conversaciones con Hamal y su nieto, a las que pronto se unió el hijo del primero, que hasta entonces había estado ocupado en el zoco. Los productos con los que trabajaban no se vendían precisamente en el mercado al aire libre, dado que cualquiera podría acceder a ellos y utilizarlos para fines egoístas. No obstante, y siempre con mucha cautela, a veces se paseaba por allí solo para tomar apuntes de los recados urgentes e, incluso, para atender la demanda de algún vecino con un malestar sonado que requiriera de hierbas inmediatas. Entonces, él le acercaba la pócima ya preparada sin intermediación médica alguna. Solían ser enfermos crónicos o personas de avanzada edad que, con un pie en el otro lado, suplicaban por cualquier fármaco que los adormeciera en las peores fases de su padecimiento.

Amin, el hijo de Hamal, había recogido ese día algo más que un par de encargos de vecinos convalecientes.

—He oído en el zoco que Bashira ha entrado en litigio con una madre de dos niñas —anunció Amin, que había rechazado el té ya frío y se había decantado por un zumo de frutas.

—Bashira es médica también —le susurró el Boticario a Nasir, quien asintió en silencio, pendiente de lo que se hablaba.

—Algo se ha comentado en los baños —dijo Hamal—, pero pensé que no eran más que habladurías. Ya sabéis que la gente se aburre demasiado y encuentra muy divertido el pasatiempo de los rumores, aunque eso signifique dañar la reputación de una buena persona. ¿Vos habéis oído algo, Nasir?

Él negó.

—La madre defiende que el precio por las dos niñas eran doce dírhams en total, mientras que Bashira asegura que eso es mentira, que eran cuatro dinares.

Hamal chasqueó la lengua.

—Feo asunto el que tienen entre manos. ¿Se sabe algo de la sentencia del cadí?

—Aún es pronto, pero, en principio, el juez ha establecido que Bashira ha de jurar por Allah que empezó a trabajar por cuatro dinares y que la madre de las niñas jure que no la contrató más que por doce dírhams. Una vez lo hayan hecho, quedará rescindido el trato entre ambas y a Bashira no se le deberá nada. De haber cobrado algo, tendrá que devolverlo.

Todos asintieron. Un silencio pesaroso se instaló junto a ellos, un comensal más en aquella mesa sobre la que todavía reposaba un ataifor con algunos buñuelos fritos. Los habían traído recién hechos la esposa del Boticario y su suegra, que se hallaban en la cocina con los codos espolvoreados de harina.

—¿Y las niñas? —quiso saber Nasir, con una nota de preocupación en su voz—. Eso es lo verdaderamente importante. ¿Se han recuperado de lo que fuera que les pasara?

—Una de ellas no. Creo que ese es el gran problema.

—Sin curación, no hay pago que valga —dictó Hamal—. Entendemos que por eso Bashira debe regresar el dinero que haya tomado de la madre.

—Tampoco sé qué enfermedad tenían —continuó Amin—. Bashira se niega en rotundo a confesar nada acerca de ello.

—Quizá sea algo tan contagioso como peligroso y no quiera alarmar a nadie —conjeturó el Boticario—. En ese caso, deberíamos estar atentos y hablar con los médicos de la ciudad, solo para prevenirlos.

—No seremos nosotros los que hagan cundir el pánico —bufó su progenitor—. No está entre nuestros deberes y no tenemos potestad para certificar enfermedades. Nos dedicamos a lo que nos dedicamos. —Miró a su hijo con severidad y le hizo un gesto indicándole que sus labios estaban cosidos por un hilo invisible—. Nadie ha de saber nada. No por nuestra parte.

A Hamal parecía divertirle aquel insignificante enfrentamiento entre padre e hijo.

—Decidnos, vos, querido Nasir, ¿qué opináis? —intervino el abuelo mostrando de nuevo esa sonrisa de dientes amarillos y limados.

Los tres pares de ojos se posaron en él. Nasir arrugó el entrecejo de forma inconsciente, adoptando el temple de su tío Ibrahim. De haberse visto reflejado en el espejo, se habría sorprendido al descubrir el parecido familiar que habitaba en ellos y el comportamiento que, involuntariamente, había adquirido de él tras muchos años de crianza.

—Que, por desgracia, lo que funciona con un paciente no tiene por qué hacerlo con otro. Puede que una de las niñas no estuviera tan afectada, o puede que la otra lo estuviera demasiado y necesitara un remedio diferente, más potente, además de descanso y una dieta que la ayudara a recuperar fuerzas.

—Bashira es una excelente *tabiba*. —No había desdén, pero sí una clara advertencia por parte de Amin.

Nasir no se dejó avasallar.

—No lo dudo. Pero incluso quienes poseen el don de la excelencia pueden equivocarse. —Echó una discreta mirada a Hamal—. Lo que sí puedo decir es que, de tratarse de una gravísima enfermedad, la ciudad ya estaría a su merced. Somos demasiadas personas hacinadas entre las murallas de Córdoba.

—Y fuera de las murallas —especificó el Boticario, y él asintió.

—Creo que podemos estar tranquilos. Ya habrían surgido muchos aquejados con las mismas dolencias que las niñas y los médicos se habrían percatado de ello. E incluso en ese caso, si ninguno fallece es porque la enfermedad finalmente logra salir del cuerpo, de un modo u otro. Mientras haya recuperación, hay esperanza. Y habiendo esperanza y fe, todo lo demás nos sobra.

—Allah es grande —bisbiseó Amin, con los ojos vueltos hacia el techo.

—Allah es grande y misericordioso.

Sus voces se alzaron al igual que un solemne cántico.

—Hablaré con Bashira —comentó Hamal—, quizá ceda conmigo y me ofrezca algo de información privilegiada. Por los viejos tiempos.

Durante otro buen rato estuvieron divagando, y no fue hasta que la fuente de buñuelos hubo menguado lo suficiente cuando el joven boticario se dirigió a Nasir.

—¿Habéis venido a por suministros, ¿no es así?

—En efecto. Perdí algunos durante mi largo viaje y me gustaría reponerlos cuanto antes. No quiero ser optimista en exceso, pero espero estar ejerciendo el oficio lo más pronto posible, si Allah lo permite.

Hamal asintió satisfecho. Y a Nasir le dio la sensación de que aquel endeble hombrecillo lo miraba de una manera muy peculiar, como si entre ellos se hubiera establecido un vínculo temprano.

—Entonces acompañadme. Veremos qué necesitáis, amigo mío.

El Boticario se puso en pie y le hizo un gesto con la mano para que lo siguiera.

Antes de abandonar el salón, Hamal le pidió a su nieto que no le aceptara dinero por las hierbas. Nasir fingió mostrarse ofendido ante su generosidad, pero el hombre no cedió y, aunque el bagdadí prometió que pagaría con creces en cuanto se asentara formalmente, Hamal no quiso ni oír hablar de ello.

—Este es un presente que nace desde el corazón —dijo, y con aquello zanjó cualquier posible réplica.

De camino se cruzaron con la mujer del Boticario; este le dio un casto beso en una de las sienes y le acarició con dulzura el vientre hinchado. Colgado de su mano iba el pequeño de año y medio, que se sostenía muy erguido. Aún no lograba hablar correctamente y su lengua parecía un trapo húmedo. La criatura se aferró con fuerza a las piernas de su progenitora, azorado por la presencia del extraño.

Nasir volvió a pensar en su prima paterna, tan bonita como la primavera, tan dulce como el almíbar. Veía el futuro ante él con absoluta claridad. Un día, él y su prima Sahar serían la viva imagen de la felicidad que representaban el Boticario y su bienamada esposa.

—La atenderá una partera conocida de la familia, muy afamada aquí en Córdoba, pero mi esposa ha decidido que Bashira también esté presente —le confesó—. De ahí nuestra preocupación por ella.

Se dirigieron al patio, allí donde el huertecito.

—Hemos tenido copiosas lluvias hace unos días y unas rachas de fuerte viento garbino. Se ha seguido labrando el alcacer y, con suerte, si esa es la voluntad de Allah, tendremos campos fértiles. Muchas hierbas las guardamos en la despensa de la cocina.

—¿Me podríais proveer de algo más que de hierbas?

Al Boticario se le iluminó el rostro.

—De todo lo que sea que necesitéis. De todo lo que esté a nuestro alcance —matizó.

—¿Almáciga?

—Tenemos.

—¿Aceite de sésamo?

—Fácil de obtener, amigo mío.

—¿Bilis de toro?

—Os la conseguiré. Dadme unos días.

—¿Estoraque?

—En la cocina guardo un poco.

—¿Y resina de bedelio?

—Nos queda.

—¿Flor de granado?

—¿Qué creéis que soy, el que vende verduras en el mercado? —La risa se le escapaba por los orificios nasales—. Bien podría comprársela y traeros un granado para que lo plantéis.

Nasir esbozó una cálida sonrisa.

—He visitado con anterioridad el zoco y he visto algunos ingredientes que me son de interés y están a buen precio. Todo lo demás, lo verdaderamente importante, os lo confiaré a vos y a vuestra familia, si os parece bien.

—Tenemos, pues, negocio.

Ambos hombres se estrecharon la mano y, con ello, cerraron el contrato.

Mientras el Boticario atendía la larguísima lista de sustancias naturales que Nasir acababa de confeccionarle, este se dedicó a investigar las hierbas y remedios que almacenaban en la despensa de la cocina. No era más que una alacena empotrada en las paredes, en el lado contrario al que se encontraba el poyo donde se preparaban las comidas. Sin embargo, en vez de estar repleta de alimentos y conservas, lo típico de un hogar, estaba abarrotada de ramos secos de ortigas, flores de manzanilla y amapola, algarroba y lirios. También había pimienta, azafrán, cardamomo y otras especias que se usaban en la preparación de guisos y potajes, y de ungüentos y emplastos.

El Boticario recitaba en voz baja los productos según los introducía en una cesta y apuntaba aquellos de los que no disponía para conseguirlos en los días venideros.

—Si os veis falto de pacientes podéis acudir conmigo a donde los pobres. —El joven prosiguió con la tarea sin levantar la vista del estoraque—. ¿Os parece en buen estado? —Se lo tendió para mostrárselo.

Nasir lo examinó con atención. Era de un negro carbón y estaba poco desecado, por lo que la textura era blanda y pegajosa.

—Un estado excelente.

Muchos boticarios aparentaban vender un buen estoraque cuando, en realidad, lo falsificaban con serrín de madera. Tras años de estudio y ejercicio del oficio, Nasir distinguía con facilidad lo que era un fraude.

—Cuando hay pocos encargos y mi padre puede ocuparse

solo de ellos, suelo visitarlos —continuó el Boticario—. Algunos no se atreven a abandonar sus casas en busca de un médico, y los menesterosos que no tienen techo ya han perdido la esperanza de curarse.

—¿Tenéis algún hospital a las afueras de la ciudad? Podría acercarme para ver si necesitan manos nuevas que presten ayuda.

—Aquí no hay de eso, amigo mío —se lamentó—. Como mucho, tenemos un arrabal a extramuros en el que se hacinan los leprosos, pero no podríamos catalogarlo como hospital. Puede que Córdoba esté en alza, y creedme, lo está. No hace mucho el califa ha ampliado la mezquita y el interior es aún más hermoso que el que solía ser, y ahora andan ampliando también la biblioteca, o eso dicen. Mas me temo que seguimos sin ser Bagdad.

A Nasir le dio un sonoro vuelco el corazón. En Córdoba había una biblioteca y, por lo que el Boticario acababa de narrarle, debía de contener un importante volumen de libros, pues, de no ser así, el califa al-Hakam no habría invertido dinero en construir más espacio para ellos. Consideró que, quizá antes de profanar la tumba de Abd al-Rahman I el Emigrado, sería conveniente buscar información en aquel lugar. No deseaba mancharse las manos con un acto así de atroz para que, al final, el rumor que durante siglos se había macerado en torno a la ubicación del manuscrito, aquel en el que su padre confiaba con fervor, estuviera errado.

—Espero que pronto dispongamos de uno. —El Boticario había seguido hablando—. Muchos baños, muchas mezquitas, pero ningún hospital. Nuestro señor al-Hakam y su señora, la bondadosa Subh, son piadosos. En los años venideros seguro que levantan uno.

—Siempre hacen falta. Aportan consuelo y dan trabajo.

No se le olvidaba cuál era su propósito en la ciudad; sin embargo, sentía que no podía desoír la llamada de auxilio de aquellos que sufrían. Por las noches aún creía escuchar los lamentos de su progenitor cuando, postrado en el lecho, emitía esos quejidos amargos que le ponían los vellos de punta. ¿Cómo ignorar entonces a quienes estaban padeciendo un tormento similar?

—Iré con vos a donde los pobres. —Después de unos minutos de sepulcral silencio, agregó—: También quiero ver a las niñas del litigio.

7

Tal y como se había propuesto una semana atrás, Nasir fue a ver a la mujer que había denunciado a Bashira, la famosa médica. Hamal prometió ir con él, pese a que era consciente de que su compañía más que aportar restaba ligereza a cualquier paseo. Andaba a trompicones, siempre encorvado y basculando, apoyado en el robusto brazo de alguien. Sus piernas parecían estar hechas con los huesos de un pajarito y, al verlo, daba la sensación de que se quebraría enseguida. No obstante, a pocas personas habría elegido Nasir para viajar al fin del mundo, y de esas pocas una era el Boticario y otra, su abuelo.

La mujer les abrió la puerta de su hogar, pero se negó a que Nasir reconociera a las niñas. Era un hombre y no dejaría que un varón, ni siendo el más leal y honesto de los que poblaba la tierra, toqueteara a sus hijas. Las prefería muertas a mancilladas o presas de un adulto.

Nasir ya sabía que aquello sucedería, así que aceptó sin emitir juicio alguno. Estaba prohibido que un varón observara el cabello de una mujer ajena a su familia; mucho menos, la anatomía de una, a pesar de ser médico y de encontrarse ella enferma o de parto. Para eso existían las médicas y para eso estaban las comadronas y parteras. Nadie conoce mejor el cuerpo de una mujer que otra mujer. Y eso se extendía también a las niñas pequeñas, salvaguardadas por sus madres.

Sin embargo, una voz interior le suplicaba que luchara por

esas dos chiquillas, así que le rogó a la madre que le permitiera, al menos, examinarles el rostro y hablar con ellas. Le pidió que lo hiciera por el bienestar de sus hijas, que lo hiciera por la misericordia de Allah. Y esta, empujada por el gigantesco amor que se profesa a quienes se cobija bajo las faldas, finalmente aceptó.

Una de ellas estaba curada de la supuesta afección, presentaba buen aspecto y su ánimo era el de un niño que juega y ríe a carcajadas. La otra, en cambio, se mostraba agriada. Le habían salido unas ronchas rojizas por la cara, las manos y el cuello, que Nasir concluyó que se distribuían por todo el cuerpo. La pobre no paraba de rascarse hasta hacerse sangre y convertirlas en costras resecas que escocían aún más. Aterida, tiritaba encogida sobre sí misma, con el labio inferior bailoteando por un frío que no era el de la cercana estación otoñal. Y en sus sienes se vislumbraba un sudor gélido.

Cuando se fijó en su hermana, nuevamente distinguió algunas marcas que eran diminutas hondonadas y ciertas manchas más oscuras, un claro signo de regeneración, de piel nueva.

Le recetó un jarabe muy efectivo para los picores que él mismo le suministraría al día siguiente, una vez estuviese preparado. Era un líquido compuesto por mirobálano negro triturado y cocido en agua durante ocho horas con un pellizquito de miel, para proporcionarle un sabor algo más agradable gracias al dulzor. Para las fiebres, tinajas de agua templada, que no fría, con el fin de que se redujera la temperatura corporal paulatinamente. Y paños mojados en la frente. Además de paciencia, una infinita paciencia.

Aquello era de una simpleza absurda. Una de las niñas había estado enferma de viruela, pero la había superado sin fiebres, sin padecimiento más allá de las incómodas ronchas. Nadie sabría por qué, ni siquiera él. Lo que les había prescrito Bashira había sido correcto y había ayudado a ambas, solo que la segunda no había salido victoriosa del todo, pues aún estaba capeando la tormenta al haber sido contagiada por la hermana más tarde. Por desgracia, para ella era más virulenta al adolecer de fiebres.

La pequeña no tardó en recuperarse y Nasir aceptó el pago. Doce dírhams. Los mismos que, según la madre, ofreciera a Bashira por sanar a las niñas; los mismos que Bashira devolviera según la sentencia impuesta por el juez.

Durante las tres semanas siguientes, Nasir se volcó en sus tareas como médico, con las manos ocupadas por la carne débil de los enfermos y por los emplastos y bebedizos que preparaba. La mente, siempre en el manuscrito perdido, en la afamada biblioteca. El alma, a medio camino entre su vocación y la ansiedad que le producía estar cerca de aquello que su padre tanto había anhelado y, a la vez, tan lejos.

Enseguida tomó por costumbre deambular por la ciudad en busca de información. Aquí y allá se hablaba de política, de los reinos cristianos, de algaradas y construcciones nuevas que ampliaban Córdoba; y de un tal Almanzor, que, por lo que pudo deducir, había de ser cercano al califa o, más bien, su mano derecha. Pero todos parecían haber olvidado que quienes gobernaban provenían de una dinastía de siglos atrás que había nacido en Oriente y que había sido expulsada por la que entonces reinaba, la Abasida. Y que en sus tierras permanecía un tesoro que nada tenía que envidiar al oro y las gemas preciosas. Abd al-Rahman I el Emigrado era un nombre que ya no se pronunciaba y el manuscrito era un secreto enterrado o una maldición que nadie se atrevía a mencionar.

Cuando el sol alcanzaba la cumbre en el cielo, se dirigía al hogar de la familia de Hamal y dedicaba parte de lo que quedaba de la mañana a ayudar al Boticario, cuya relación comenzaba a estrecharse, pese a estar cimentada sobre mentiras. Nasir le enseñaba cuestiones médicas que solo se podían aprender en hospitales de Oriente, donde muchos jóvenes terminaban su formación antes de ejercer como *tabib*. A cambio, el Boticario le mostraba en su huertecito el cuidado que necesitaban las hierbas y nuevos usos de otras.

Almorzaba allí, pues las mujeres y la única criada que poseían —una muchacha de condición humilde que utilizaba los ingresos para ahorrar una dote con la que casarse— cocinaban todo tipo de deliciosos manjares, desde pescado frito hasta guisos de carne, dulces de hojaldre y berenjenas encostradas con huevo y pan migado. La sobremesa era un diálogo constante entre los hombres, Nasir, Hamal, Amin y el Boticario, acompañados por té caliente.

Las tardes las invertían en visitar a los pobres e indigentes. Aquellos menesterosos que no tenían apenas ni para alimentarse menos tenían para mitigar las enfermedades que los asolaban a causa de la mendicidad, la inanición, el frío y las pésimas condiciones en las que vivían. Trabajar con ellos era no cobrar más que en sonrisas y suspiros de alivio. Aun así, lo hacían por deber y amor a la profesión.

Daban de comer al hambriento y de beber al sediento. Ofrecían píldoras, lavativas, brebajes, ungüentos y cataplasmas. Hacían sangrías, cauterizaban heridas, curaban hemorroides, extraían muelas, recolocaban huesos que se habían desprendido de su lugar y de aspecto horrible. En esencia, consolaban.

A menudo se cree que el consuelo es una tarea exclusiva de las féminas, pero algunos médicos como Nasir, todo corazón, estaban familiarizados con él. Lo reconocían por su valor y lo abrazaban. Lo hacían suyo, como un deber más de los muchos que tenía su oficio.

—Sois bueno —le había dicho un día cualquiera al Boticario, después de una larga jornada de trabajo—. Sois muy bueno. Y no me refiero a vuestra calidad humana, eso es más que evidente.

Ambos iban cargados con un amplio arsenal de jarabes, pócimas, hierbas curativas y ungüentos. Con los pasos rápidos, los cristales de los contenedores chocaban entre sí provocando un rítmico tintineo que favorecía la marcha. No había riesgo alguno de que se rompieran y desparramaran por ahí sus sustancias pegajosas. Estaban bien colocados.

—Lo que queréis decir es que no soy uno de esos drogueros o charlatanes —contestó sin desviar la vista del camino y con la risa escapándosele de los labios.

Nasir asintió.

—En efecto.

—¿En algún momento asumisteis que lo era?

Aquella vez fue Nasir quien estalló en carcajadas.

—Lo sospeché durante un par de minutos —confesó—, mientras me dirigía por primera vez a la dirección que me había indicado vuestro abuelo Hamal. Pensé: «¿No serán unos embusteros que vierten hierbas para cocinar en agua de rosas y prometen devolverte la salud?».

—Se huele la desconfianza hacia aquellos que aposentan los negocios en sus mismos hogares, sobre todo si son drogueros y boticarios. Pero nunca si son médicos.

—Eso es porque nosotros sanamos y en vuestro haber pueden encontrarse mentiras y venenos. Es lo que tiene vender con total libertad.

El sol se había ocultado desde hacía tiempo y el otoño ya iniciado le restaba horas al día y lo sumía todo en la oscuridad. Pero las gentes, bulliciosas, se negaban a encerrarse de inmediato en sus hogares hasta que volviera a amanecer, por lo que las calles seguían conteniendo la alegría cotidiana. A través de algunas ventanas veían el interior de las tabernas, abarrotadas de fieles clientes que reían y bebían despreocupados.

—Todo el que posea cierto conocimiento dispone de veneno con suma facilidad. Hay una sustancia altamente letal que se encuentra en frutos de lo más anodinos: almendras amargas, nueces, castañas… También está en las semillas de los melocotones, las ciruelas y los albaricoques, las manzanas, las peras y las uvas. Pero parece difícil que alguien ingiera el hueso de estas frutas, a excepción de los de las uvas. —El Boticario se había encogido de hombros y esbozado una sonrisa ladeada—. Si alguien quisiera envenenar a quien le guarda envidias o rencores, no tendría ni que recurrir a un boticario o un droguero.

—Cuando habláis con absoluta naturalidad de lo fútil que es la vida y lo sencillo que resulta arrebatársela a alguien, siempre reconozco en vos a vuestro abuelo.

El Boticario se sintió halagado, y Nasir entendió que del mismo modo que él lo haría si lo comparasen con su querido padre. Ciertos vecinos de Bagdad solían pararlo por la calle para recordarle lo mucho que se parecía a él, en los ojos ambarinos o en los rizos desordenados. Entonces se lamentaban una vez más por su fallecimiento. Y aunque aquello último lo llenaba de tristeza, desde niño atesoraba esas lisonjas cariñosas que le inflaban el pecho de orgullo.

—Soy la astilla que nace del palo de madera.

—Os lo he dicho. Sois bueno —repitió Nasir—. Muy bueno en vuestra labor, como estoy seguro de que lo fue vuestro abuelo.

—Junto a mi padre, él me enseñó todo lo que sé. Mi padre, los remedios que preparar, las mezclas, las conservas y la extracción de los aceites, las aguas y los zumos. Ahora solo confía en mí para su elaboración. Mi abuelo, el amor por la naturaleza, por todo lo que nos brinda, y los valores que he de abanderar en este trabajo. Y cumplo con sus enseñanzas lo mejor que puedo: trato de ser sincero y piadoso, de grata disposición, participativo y sociable, de buen carácter y de manos sensibles.

—Y de inteligencia y talento excelentes. —El Boticario sonrió—. No pecáis de ambición ni de avaricia, sois honesto en vuestro trabajo, y eso era, según mi padre, el modo correcto de ganarse la vida, el motivo para atraer a la gente de bien y obtener su confianza y su afecto. —Carraspeó un poco para expulsar la penuria que se le iba instalando en la voz al hablar de su progenitor—. Así se hace la clientela. Y así se mantiene.

El Boticario se acercó para darle una sonora, aunque sentida, palmada en la espalda. Y Nasir asintió, sabedor del afecto que le guardaba su nuevo amigo.

Mientras deshacían la distancia que quedaba para llegar a la posada de Bassam, donde se separarían sus caminos, compartieron confidencias sobre sus épocas de formación y el impacto que tuvieron sus deudos varones en ellas. Los niños quieren convertirse en aquello que son sus padres, sus tíos y sus abuelos, a quienes más veneran.

El Boticario le contó sobre sus comienzos, las horas que había echado en el huertecito arando la tierra húmeda, introduciendo semillas, regándolas y alimentándolas para que brotaran plantas. Habían sido años estudiando el crecimiento, la fisionomía, las variaciones y las propiedades de estas. Siempre bajo la atenta mirada de su abuelo, que, si había sido famoso por sus brebajes, despuntaba aún más por ser un gran maestro.

Para la sorpresa de Nasir, su esposa tampoco quedaba relegada a cuestiones del hogar. Las mujeres de su familia procedían de un entorno humilde y desde tiempos inmemoriales se habían ganado la vida ejerciendo de peinadoras. Por lo que, cuando una muchacha de Córdoba contraía esponsales, estas acudían a su hogar para depilarla, maquillarla y aplicarle perfume, es decir, acicalarla para su gran día. Sin embargo, y pese a haber mamado este oficio desde bien pequeña, en cuanto casó con el Boticario lo abandonó en pro de las hierbas curativas.

Por su parte, Nasir se acogió a la mentira todo lo que pudo, luchando por no dejarse arrastrar por los sentimientos. Deseó no haber entretejido falsedades que en ese momento le impedían hablar con soltura de la que era, en realidad, su parentela. O, al menos, no haber omitido tantísima información.

No había mencionado a su tío Ibrahim más que de pasada, silenciando el hecho de que lo había criado, pues, al contrario de lo que todos creían, su padre no había muerto recientemente, sino cuando él tenía siete años. Mucho menos había mentado a sus primos varones, que se habían convertido casi en sus hermanos durante aquel periodo. Tampoco a su honorable tía, que había cumplido la función de una madre. Ni a su querida y bella prima Sahar, con quien no tardaría en firmar un contrato matrimonial.

Maldijo esa extraña vida que había adoptado, esa farsa que perpetraba vilmente todos los días nada más despertar.

—Querido amigo —lo llamó Nasir antes de que el Boticario continuara calle abajo y se perdiera en la penumbra, rumbo a su hogar—. ¿Sabéis cómo averigüé que erais tan gran hombre como gran boticario?

—¿Cómo?

—No fue porque estéis por encima de vilezas o porque respetéis a Bashira como médica, además de comadrona.

—Es lo que es.

—Lo sé.

Nasir había tenido la oportunidad de conocerla días atrás, cuando de manera fortuita habían coincidido en casa del Boticario. Ella salía de una de las alcobas, donde acababa de examinar a su esposa, que se hallaba en avanzado estado de gestación, y él justo llegaba para disfrutar de la compañía de Hamal y su nieto. Intercambiaron pocas palabras, ateniéndose a las convenciones sociales de segregación de género. No obstante, fueron suficientes para que le pareciera una mujer de infinitas habilidades y mente despierta.

El Boticario, cubierto por una pelliza que lo abrigaba del frío nocturno, todavía esperaba una respuesta.

—Es porque el primer día ya pensasteis en los pobres y sus dolores —le reveló—. Os he visto ir a las casas de los enfermos y rebajarle la cuantía de las drogas, aun siendo gravoso para vos. Y no habéis negado ningún fármaco a quien lo ha necesitado.

—Nasir, amigo mío, que vos habéis llegado y os habéis dado a las gentes de mi ciudad. Sabed que mi bondad no supera la vuestra.

Era usual que al regresar a la hospedería no hallara rastro de decepción o juicio en los ojos de Zuhra. La muchacha le dedicaba una efímera y cortés sonrisa, y servía junto a su padre a la amplia clientela que se arremolinaba en la planta baja de la taberna. Con el estruendo y las animadas conversaciones que se desarrollaban allí, no tenía tiempo para dejarse vencer por el desconsuelo de un posible rechazo amoroso. Además, su madre ya la había avisado infinidad de veces de que los hombres suelen ser poco constantes con sus objetos de deseo, por lo que solo debía entregarse con contrato matrimonial de por medio, ya que de este modo se aseguraría de que si no iba a ser amada por el resto de su vida, al menos sería atendida como es debido.

Mientras Bassam escanciaba vino en los vasos y jarrillas de los clientes, algunos de los cuales rozaban la ebriedad tras el quinto trago consecutivo, Zuhra iba y venía de la cocina, trayendo consigo ataifores tan calientes que humeaban, y llevándose otros que quedaban vacíos, con solo unos charquitos de espesa salsa.

Aquella noche, Nasir apenas tenía apetito. Sin embargo, al remordimiento por las mentiras que sustentaban su amistad con Hamal y el Boticario se le unió el del abandono al que había sometido a Zuhra durante las semanas anteriores, pese a que él no le había prometido nada ni se hallaba en proceso de cortejo alguno. Así pues, en aras de enmendar su desatención, tomó asiento en una de las mesas y esperó a que le trajeran la cena. Esa fue una de las mejores decisiones que pudo haber tomado, pues de todos es bien sabido que donde más circula la información es en las tabernas y en los baños públicos, justo en los lugares en los que la gente más se reúne y se le suelta la lengua. En las primeras, por la abundancia de alcohol. En los segundos, por el aura de secretismo que inspiran.

Con esa cordialidad que había heredado de su padre, Nasir

no tardó demasiado en ser adoptado por un par de clientes habituales que se habían sentado juntos a hablar. Fue con ellos con los que compartió pan de legumbres y una *asida*, un potaje hecho a base de harina de trigo, azúcar, grasa y miel, presentado en una fuente de gran tamaño para que hundieran en ella las manos y comieran lo que gustaran. Él apenas probó bocado. Y de eso Zuhra sí tomó cuenta.

—¿Sigue ahí la cabeza? —preguntó uno de ellos, que era perfumero.

—Ahí sigue —dijo otro—. En la Puerta de la Sudda, justo donde la dejaron.

—¿Os referís al desgraciado al que han decapitado y apostado en una picota? —quiso saber Nasir, al que le burbujeaba la curiosidad en el pecho.

—Ese mismo. Ibn Abd al-Salam.

Recordaba haberlo visto justo ahí, delante de una enorme puerta de hierro que refulgía bajo el brillante sol y cuya aldaba de latón tenía la forma de un hombre con la boca abierta. Era irónico, o eso le parecía, que para llamar a la portezuela hubiera que golpearla con esa figura terrorífica cuando, precisamente, a su lado había una efigie aún peor.

El rostro desgarrador del fallecido se había tornado del color macilento que deja la ausencia de riego sanguíneo. Mostraba los ojos bien abiertos, casi sorprendidos por el acto del despiece, y la lengua fuera colgándole de los labios resecos. Las moscas ya habían acudido prestas al olor de la carne y las aves no tardarían en darse un festín, lo que hacía aún más grotesco el espectáculo.

—¿Qué maldad ha cometido? —preguntó.

—Traición probablemente. ¿Qué si no? —El Perfumero se abalanzó nuevamente sobre la fuente y con un pedazo de pan rebañó la salsa—. Un destino así de cruel solo se reserva para aquellos que han cometido un acto terrible.

—Un buen recordatorio para quienes osen ir contra nuestro señor al-Hakam o su heredero al trono.

—O contra su querido Almanzor.

—Con una imagen así a cualquiera se le quitan las ganas de comer —se quejó un tercero, que se secó las manos en un mantel de lana áspera y compuso una mueca de desagrado—. ¡Bassam, más vino, hombre!

El dueño de la taberna escanció una segunda ronda de vino. Nasir no bebió ni un sorbo más, previendo que al día siguiente lo atormentaría un dolor de cabeza que le haría desear que a él también se la hubiesen cortado.

—Han sido inteligentes —gruñó uno de ellos—. Podrían habérselo llevado a Madinat al-Zahra, pero no. Nos han dejado la basura aquí, en el Arrecife, al lado de la Puerta de la Sudda, para que nosotros carguemos con ella y sus excrementos.

—Pocos excrementos va a producir una cabeza sin cuerpo —se burló el Perfumero, pero su compañero lo ignoró.

—Han sido inteligentes. —Se dio un par de golpecitos en la sien derecha—. Nos lo dejan en el antiguo Alcázar. Cuando eso empiece a heder, la mierda nos la comeremos nosotros, los de siempre. No sea que la corte se apeste con el tufo del cadáver que ellos mismos querían tener en su poder.

—Va, va. —El Perfumero y su amigo trataron de tranquilizar al exaltado acercándole la jarrilla recién rellena de alcohol—. Ya está. Hay cosas contra las que no se puede luchar. Dejemos en paz a los muertos y brindemos por los que todavía seguimos vivos.

Aquel fue el septuagésimo pensamiento del día que Nasir dedicó a sus difuntos, en especial, a su padre.

De su madre nada recordaba y nada sabía más allá de que falleció siendo él muy pequeño. Resbaló por las escaleras y cayó trágicamente. El golpe fue fatal y la hemorragia interna de tal gravedad que no le permitió respirar más que un par de minutos. Él tan solo tenía tres años de edad y, según le habían contado, fue testigo de lo ocurrido. Indefenso y desesperado, había permanecido de pie junto al cuerpo tirado entre los peldaños en una posición imposible. La lloró desconsoladamente hasta que apareció la vecina, alertada por los gritos pueriles, y se lo encontró sorbiéndose la nariz en las mangas de sus vestiduras, tratando de mover a su progenitora, casi abrazado a ella. Era una escena desoladora. La mujer yacía con los ojos abiertos, cristalinos, perdidos en ninguna parte, sobre un charco de sangre que lo bañaba todo, incluido a su hijo.

No hay dolor sin memoria.

Nasir alzó la jarrilla y la entrechocó con las de los otros hombres. Se la llevó a los labios, mojándolos, y simuló ingerir.

—Por los muertos —murmuró.

La conversación fue discurriendo por vías diferentes y así fue cómo Nasir descubrió que la familia califal no habitaba en el Alcázar de Córdoba, sino que hacía tiempo se había trasladado a una nueva ubicación.

Abd al-Rahman III había sido aficionado a urbanizar terrenos y mostrar su poderío a través de grandes edificaciones, de ahí que decidiera convertir un humilde solar al oeste de Córdoba en un enorme complejo palatino. El acabado de los alcázares, la ornamentación de los diferentes palacios y su embellecimiento consumió todas sus energías. No en vano, su huella quedaría para siempre intacta en las yeserías de dichos muros y su fama sería tal que no habría quien no alabara el exquisito cuidado con el que se había erigido. A aquel lugar lo llamaron *Madinat al-Zahra*, que significaba «la ciudad brillante».

Allí era donde Abd al-Rahman III se había asentado junto a su círculo íntimo: sus esposas, concubinas y esclavas, y sus hijos e hijas; además de la servidumbre y los hombres de altos cargos políticos, a los que había agasajado con una espectacular vivienda en uno de los muchos palacios. Y allí seguían sus descendientes: su hijo, el califa al-Hakam II, la esposa de este, Subh, y el heredero al trono, Hisham.

El Perfumero y los demás le contaron que, según las malas lenguas, el recinto palatino provenía de un amorío de Abd al-

Rahman III. Y es que decíase que el califa se había enamorado locamente de una esclava de gran belleza, una tal Zahra. La muchacha, que sabía del gusto del califa por las mujeres y que la competitividad en el harén era brutal, quiso que Abd al-Rahman III le demostrara su devoción no solo a ella, sino al mundo entero. Para ello, le pidió que levantara una construcción en su honor, y él, incapaz de negarle ningún capricho, ordenó crear Madinat al-Zahra y la bautizó con su nombre. Solo así perviviría para siempre su recuerdo.

—Las mujeres, esas criaturas misteriosas...

—¿Qué será lo que tienen que con una mirada ya nos deshacemos en suspiros por ellas?

—Sus miradas, precisamente. Conozco a un hombre, el amigo de un amigo —matizó uno—, que se había enamorado de su esclava y le prometió la emancipación si la tomaba como esposa. Ella le contestó de forma altanera: «Hallo tan fea la largura de vuestra barba, mi señor, que solo si os la cortarais veríais satisfechos vuestros deseos», y él cogió unas tijeras y la dejó rala. Llamó entonces a unas cuantas personas, entre ellas a mi amigo, para que fueran testigos de que liberaba a la esclava. Pero ya manumitida, no accedió a casarse con él cuando se lo pidió.

—El amigo de tu amigo es un necio.

Algunos silbaron ante la ofensa, pero lo que podía haber sido un inicio de conflicto se saldó con unas risas, un par de palmadas en la espalda y más alcohol.

—¡Por los hombres necios! —brindaron nuevamente.

—Las esclavas, esas sí que son seres peligrosos. Más peligrosos que una espada recién bruñida.

Todos asintieron.

—Se saben demasiadas tretas. Tú crees que son mujeres honestas, pero sus sentimientos están manchados de intenciones maliciosas. Solo quieren engatusarte, llevarte a su lecho y una vez ya te tienen cogido por los huevos... —Sus manos se cerraron como si se aferraran a dos limones colgantes—. ¡Te piden la libertad!

—Más bien te la exigen —contempló uno de ellos.

—Nunca sucumbas al deseo de una esclava —aconsejaron a Nasir.

—O si lo haces, al menos has de ser más listo que ella.

Las risas se multiplicaron.

—Cuidado con sus encantos, Nasir —le advirtieron—. No sea que caigáis en sus redes y acabéis atado aquí en Córdoba para siempre.

—Más de uno vino y nunca regresó a su hogar.

—Despedíos de Bagdad para siempre.

El Perfumero le dio un codazo nada disimulado y con un gesto de cabeza señaló a Zuhra, que en aquellos momentos entraba en la cocina cargada con un puñado de ataifores vacíos.

—Oh, no, no, no. —Casi se atoró de solo pensar en ello—. Allah me libre de acercarme a esa muchacha —susurró.

Al final, sedientos de belleza femenina, concluyeron que Bassam debería contratar a un par de bailarinas o cantoras para amenizar las veladas, aunque fuera única y exclusivamente dos días a la semana.

—El dinero que sale por el que entra —dijo uno.

Y es que, pese a que suponían un coste elevado, aquellas féminas dedicadas al entretenimiento bien lo valían. Eran una llamada al ocio, a los placeres de los sentidos. Eran un espectáculo codiciado. En cuanto los hombres se enteraran de su presencia en la taberna, todos querrían acudir a verlas tocar el laúd o danzar con sus pies desnudos y llenos de cascabeles.

A partir de esa noche, Nasir nunca faltó a una cena en la taberna de Bassam. Tampoco volvió a sentarse solo.

8

Ninguna de las personas que Nasir conocía había entrado en la Biblioteca Real, puede que porque no hubieran tenido la oportunidad o porque no se les hubiera permitido. Puede que porque a muy pocos de ellos realmente les interesara lo que albergaba en su interior o porque estuvieran acostumbrados a pasear por delante y aquello los hubiera insensibilizado al hecho de que aquel lugar era un pozo de sabiduría. Lo que allí había no eran simples volúmenes, sino grandes joyas literarias procedentes de todo el mundo, desde Oriente hasta Occidente, que los gobernantes habían ido adquiriendo y acumulando con el paso del tiempo.

Lo cierto es que la mayoría de la población estaba demasiado ocupada en sus quehaceres, angustiada por sobreponerse al día a día, y le parecía que el deseo por la lectura podía saciarse fácilmente con el Corán, otro libro religioso o alguno de poesía de los muchos que se vendían en las subastas y mercados especializados. Y los que no, los devoradores de palabras que siempre necesitaban más, eran aquellos que, poseedores de gran riqueza, se permitían dilapidarla en el coleccionismo, creando así una biblioteca privada. Esos, desde luego, eran pocos y a menudo vistos con desprecio por quienes opinaban que, en muchos casos, se dejaban llevar no por el ansia de leer, sino por el de poseer. Y que en realidad lo que anhelaban era fingir que eran tan excelsos como el califa y sus antecesores.

Nasir había averiguado muchas cosas en poco tiempo. La primera, que la Biblioteca Real se mantenía en el antiguo Alcázar, en el que había residido la familia real hasta que Abd al-Rahman III construyera Madinat al-Zahra. La segunda, que el califa al-Hakam II no hacía mucho que había emprendido las obras de la biblioteca, ya que se necesitaba más espacio para los nuevos libros. La tercera, que un primo del Perfumero, aquel con el que se reunía en la taberna de Bassam por las noches junto a otros hombres del común, formaba parte de las cuadrillas de obreros que trabajaban en la biblioteca. Y cuarto, que este había caído enfermo.

El malestar del primo del Perfumero había sido una gracia divina, como si Allah hubiera escuchado sus plegarias y no hubiese tenido otra que responder a ellas con un pellizquito de fortuna.

Disponía de todo lo que quería y todo lo que necesitaba para hilvanar una mentira más. Con suerte, esta surtiría efecto y él podría dedicar un par de semanas a husmear en la biblioteca.

En cuanto recibió la noticia comenzó con los preparativos, urgentes y veloces.

Se ofreció a visitar al pobre hombre, de forma desinteresada a ojos de los demás. Al principio pensó que se trataría de uno de esos resfriados que se agarran al pecho y tardan en irse, tan propios de la estación en la que estaban. Sin embargo, cuando llegó a su casa se encontró con algo bien distinto. No era una enfermedad, tal y como había apuntado el Perfumero, era que el pobre desgraciado había sufrido un accidente en el trabajo: un mal golpe que le había roto la pierna. Al tacto, Nasir logró identificar fracturas en los dos huesos. Sin astillas ni cortes superficiales.

Al contrario de la misericordia extrema por el padecimiento ajeno que solía sentir con sus pacientes, Nasir se asustó al reparar en una especie de alivio. Y es que ya había orquestado un plan terrible para asegurarse de que el hombre se curaba, pero no al ritmo que debiera: prepararle los fármacos indicados con una dosis menor. De esta forma, él gozaría de más tiempo para fingir que le sustituía en las labores de construcción y así podría escabullirse para investigar en la biblioteca.

Aquella decisión le había supuesto un conflicto interno, pues estaba faltando al deber como médico. Gran admirador de su progenitor y su tío Ibrahim, siempre había deseado ejercer la profesión al igual que ellos. Había sido el sueño de su vida, junto con encontrar el manuscrito perdido con el que su padre tanto fantaseaba. Así que solo pudo respirar tranquilo cuando averiguó que no tendría que traicionarse a sí mismo en aquella faceta también.

Al paciente le entablilló la pierna y le recordó que no la moviera en ninguna circunstancia. Ni apoyarla en el suelo, ni andar, mucho menos correr o cargar con objetos pesados. El hombre se quejó autodenominándose tullido e inútil, y, cuando las lágrimas empezaron a perlarle los ojos, su mujer se apresuró a colmarlo de atenciones para que no se le hiciera añicos también el orgullo masculino, que ya parecía desquebrajado. Para rebajarle el dolor le recetó opio o, en su defecto, beleño; en caso de volverse insoportable, él mismo acudiría a suministrarle algo más potente.

Como tardaría un buen tiempo en recuperarse y volver a andar, Nasir tenía vía libre para desarrollar aún más su mentira. Y para hacerla creíble, en un descuido robó los ropajes que el obrero solía usar en su jornada laboral: una túnica blanca que se veía manchada aquí y allá de mugre y polvo.

A la mañana siguiente, Nasir se deshizo de su personalidad y sus labores médicas, y fingió ser un obrero más de los muchos que habían sido contratados para elevar a una categoría superior la fastuosa Biblioteca Real del califa al-Hakam II.

Al haber paseado por la ciudad de Córdoba tantas veces en las semanas previas, siempre ojo avizor, había asimilado casi por inercia el horario de muchos de sus ciudadanos. Cuándo se abrían los baños públicos, cuándo los mercaderes cargaban sus productos hasta el zoco y cuándo los preparaban para dar comienzo a la venta. Cuándo el almuédano llamaba a la oración, cuándo las mujeres salían a comprar, cuándo los niños correteaban por las callejuelas y cuándo se reunía la cuadrilla de obreros delante del antiguo Alcázar a conversar. Así que no le costó presentarse allí a la hora indicada, justo después de que amaneciese y tras haber rezado las correspondientes oraciones agradeciéndole a Allah semejante oportunidad.

Córdoba bullía y una veintena de varones se agolpaba en una de las múltiples puertas del Alcázar.

—Que la paz sea con todos —saludó a los presentes y, con la mano en el pecho, dijo—: Soy pariente de Rasheed. Lo sustituiré durante su convalecencia.

Uno de ellos, el que presupuso que sería el jefe, se adelantó. Lucía la barba bien acicalada, marcadas arrugas en torno a los ojos y una constitución que evidenciaba lo mucho que el oficio lo había moldeado desde temprana edad. Se acercó tanto que, por un momento, Nasir creyó que quería intimidarle.

—¿Habéis trabajado en la construcción alguna vez?

—Varias veces —mintió con descaro.

El hombre frunció el ceño, con la evidente duda de si creerlo o no. A decir verdad, todos los que configuraban la cuadrilla de obreros presentaban unas espaldas anchas y unos hombros fornidos. A su lado, Nasir desentonaba: era tan escuálido como el anciano Hamal.

Sabía que la escasez de músculos jugaba en su contra y que su inexperiencia se notaría en cuanto empezaran a trabajar, por lo que se había propuesto imitar los movimientos de los compañeros e intentar pasar desapercibido. Pero antes debía convencer al jefe de obras de que lo aceptara en su equipo.

Tras una mirada escrutadora, cabeceó.

—No quiero incompetentes que ralenticen la obra —dijo con autoridad—. Nuestro señor al-Hakam ha sido muy estricto con el plazo establecido y ya vamos algo tarde debido al traslado de las piedras.

Con un gesto señaló los enormes bloques de piedra marmórea que reposaban a unos metros, todos ellos sujetos por cuerdas y colocados encima de una tarima básica de madera que servía para transportarlos.

Nasir solo asintió.

—No sabía que Rasheed tenía un primo de fuera de Córdoba —comentó alguien que rondaba su edad.

—No he dicho que fuera su primo, sino su pariente, que no es lo mismo. El primo menor de su padre.

—Entonces ¿apenas os conocéis?

—Apenas. —Se encogió de hombros—. La familia a veces se distancia, incluso la que vive en la misma ciudad.

—El acento... —advirtió otro.

—De Sevilla.

—¿Y por qué os manda a vos si vuestra relación no es estrecha?

—Porque mejor que trabaje yo por él que otro; así dividiremos el salario y ambos tendremos ganancias. Su familia no puede permitirse perder el dinero y él... no podrá moverse por un tiempo.

Al oír el pronóstico de su ausencia, el jefe maldijo a medio susurro la mala suerte. Luego dio un par de palmadas en el aire frío de la mañana, disolviendo las ganas de diversión de su equipo y animándolos a comenzar con el trabajo.

—Bien. Cuidaos de que no os suceda lo que a Rasheed —declamó en voz alta—. ¡No quiero más bajas! Como no acabemos esto seremos las próximas cabezas que adornen el Alcázar. —Y se marchó refunfuñando—. Y me niego a que ese desgraciado de Almanzor ordene que me corten el pescuezo por una estúpida biblioteca.

Otra palmada. Aquel sonido significaba un «Ya es la hora. Sabéis lo que habéis de hacer».

Ante su absoluta ignorancia, una vez se abrieron las puertas del Alcázar, Nasir se dejó guiar por el resto. Lo primero fue sesgar las cuerdas que sostenían los bloques de piedras, algunos cortados con rectitud, otros con un ángulo que indicaba que su destino era formar parte de los arcos de herradura. Los blancos se alternaban con unos ya pintados de ocre, que se hallaban en una tarima de madera aparte.

—El califa quiere un bosque de arcos, como el que hay en la mezquita aljama —le explicaron—. Un auténtico bosque de rojo sangre y blanco nieve.

El resultado sería de una belleza extraordinaria.

Se ajustaron una especie de fajines para no dañarse los riñones más de lo debido y procedieron a cargarlos. Nasir temió que uno de sus huesos cediera ante aquel peso descomunal o que una piedra se cayese y le rompiera el pie a cualquiera de los hombres que lo ayudaban.

—Así que su parentela —se interesó un obrero de mediana edad.

—Supongo que al final la sangre es la sangre y esta siempre tira —intervino otro que pasaba por su lado.

—Eso parece —dijo él con fingida resignación.

—A nosotros nos pasó algo parecido. Mi padre falleció y a su entierro vinieron más de una treintena de familiares de fuera de Córdoba. Yo no sabía ni que existían, y mi pobre mujer no supo ni qué decir cuando se los encontró a todos allí. En fin..., lo que es la familia...

Asintieron.

Uno de ellos se secaba el sudor con la manga de la túnica mientras descansaba unos segundos con el trasero encima de uno de los bloques níveos. Tomó un odre y se refrescó el rostro ya tiznado de gris. Todavía goteando, miró a Nasir y dijo:

—Vos me sonáis de algo.

Nasir había practicado tantas veces en la intimidad de la habitación de la taberna que el comentario no le provocó pánico alguno.

—Tengo una cara muy común, o eso solía decir mi madre. —Le enseñó los dientes en una afable sonrisa—. No hace mucho me han confundido con un médico. Ya veis, un médico...

Aquella broma fue del agrado de todos. Como si acabara de narrar la historia más absurda que jamás hubieran escuchado, las carcajadas fueron abundantes y destensaron el ambiente. ¿Cómo iba a ser él un médico?

Anotó que llevaba dos mentiras distintas a sus espaldas, esta bastante más alejada del camino de la verdad. No había tenido más remedio que recurrir a la invención, ya que el jefe de obras jamás habría admitido a un médico dentro de su cuadrilla, a no ser que las lesiones y las enfermedades estuvieran a la orden del día. Pero aquella era una construcción, no un campo de batalla, por lo que no necesitarían que curara demasiadas heridas.

Solo esperaba que ninguno de los compañeros se encontrara con el Perfumero por ahí o con otro familiar de Rasheed. No quería tener que prescindir de sus contactos en Córdoba y no quería descubrirse tan pronto, ni como mentiroso ni como lo que verdaderamente era: un hombre en busca de un tesoro centenario.

—¡Vamos! —lo azuzó uno de los hombres—. No te quedes ahí parado.

—Son solo libros —dijo otro.

Habían colgado unas telas ásperas y gruesas dentro del edificio, a modo de línea divisoria. A la derecha, la enorme puerta abierta que daba a la Biblioteca Real, empantanada de manuscritos y encuadernaciones antiguas, y a la izquierda, su ampliación. Nasir escrutó el espacio todavía en ruinas en el que se acumulaban polvorín, bloques pétreos y herramientas varias:

escaleras, otros enseres y poleas que elevaban las piedras y las colocaban en su lugar correspondiente.

Al aire impregnado de suciedad y volutas de polvo ya se había acostumbrado, tras vencer la tos inicial; a contemplar de soslayo la estancia contigua, ni por asomo.

Nasir no lo dudó. Esperó pacientemente el momento adecuado y, cuando este llegó, se deslizó hacia allí, escabulléndose tras la cortina y penetrando en la Biblioteca Real. Al otro lado se oían los gruñidos de sus compañeros, las voces del alto mando que los iba dirigiendo y algunas risas. Todas ellas se habían quedado ahí atrás, en otro mundo. Donde él estaba, reinaban el silencio y el aroma de los pergaminos, el papel de pasta y la tinta líquida.

Y allí se perdió, entre las muchísimas estanterías repletas de pergaminos enrollados, libros con lomos de cuero que invitaban a ser leídos, tratados de ciencia, medicina, astrología y cálculo, volúmenes que recogían poemas de amor ya olvidados, crónicas palatinas que referían gobiernos anteriores, tiempos peores. Entre tantas páginas resaltaban un par de mapas de grandes dimensiones que cubrían las paredes decoradas con ricas yeserías. Los arcos de herradura combinaban ocre y blanco, al igual que las piedras que habían estado cargando en el otro lado del ala. Y del techo pendían unas lámparas extraordinarias con veinte candilejas doradas, ya que no había ventanas por las que se derramara la luz del exterior.

Estaba rodeado de sabiduría y aquello le cortó la respiración de cuajo.

No era la primera biblioteca que pisaba. Su tío Ibrahim había logrado reunir una colección de libros nada desdeñable, que eran, en esencia, tratados sobre medicina y farmacopea, muy útiles para su labor como médicos pero de escasa trascendencia una vez leídos y consultados. Nasir revivió con exactitud la desesperación de su niñez, la búsqueda frenética de un remedio que aliviara el sufrimiento de su padre, que expulsara la enfermedad de su cuerpo. Casi había destrozado los libros arrancando páginas una a una, dolido por su fracaso.

Aquella vez era diferente.

Estaba en una Biblioteca Real. En Córdoba.

Entonces la vio.

Había una persona. Una muchacha de ojos de cervatillo, tan azules como una mañana de primavera. El cabello le caía cual cascada y unos mechones rebeldes le enmarcaban el delicioso rostro. En sus manos portaba varios volúmenes que, a juzgar por las letras que decoraban la cubierta, Nasir concluyó que eran griegos. Durante unos largos instantes, ambos se observaron sin mediar palabra, abrumados por la presencia del otro.

Nasir se postró como lo habría hecho un esclavo ante su señor, y ella, sorprendida ante aquel gesto tan galante, no pudo evitar mordisquearse uno de sus nudillos y lanzar una pequeña risa amortiguada. Para cuando Nasir se alzó de nuevo, la joven parecía realmente interesada en él, ya que aferraba los volúmenes helénicos de otra manera.

—Vos no sois un libro —bromeó.

Ella curvó aún más sus comisuras.

—No. No lo soy. —Con pasos lentos y cuidados, deambuló por el pequeño pasillo que había entre estanterías, siempre con la mirada encajada en él. La curiosidad la devoraba—. Vos tampoco.

—Gracias a Allah. Si no, tendría poco que contar.

—Al contrario. Un libro siempre tiene mucho que contar.

—Entonces reformularé mi frase, si me lo permitís. Siendo un libro, no podría hablar con vos.

Era una esclava. Nasir lo sabía por la melena al viento, por los ademanes refinados que le habían inculcado, por la belleza cincelada en sus facciones, moldeadas al antojo de su señor, el califa. Lo que él acababa de hacer era lanzarse directamente contra el brillante filo de una espada desenvainada. La esclava podía sentirse halagada por su velada lisonja o sentirse atacada por el atrevimiento. En el primer caso, él saldría airoso; en el segundo, ya le estaría sangrando el pecho por el agujero del estoque.

Le agradó. La muchacha elevó la nariz al cielo en un gesto de soberbia y sus labios, antes ensanchados en una sonrisa, se contrajeron volviéndose más gruesos y mullidos.

—Eso os lo concedo. —Le dedicó una mirada ladina—. No sabía que uno de nuestros obreros estuviera tan interesado en la lectura.

Nasir se examinó a sí mismo. De repente tuvo la necesidad de deshacerse del polvo adherido a los ropajes, pero este estaba por todas partes: en el cuello, en las manos, en la cara. Sentía que mancillaba aquel entorno con los residuos de las obras.

—He leído mucho, aunque pueda parecer que no.

—¿Por qué podría parecerlo? —preguntó desconcertada con esa voz melodiosa—. No juzgo a un libro por la encuadernación. Aquí hay muchos que, a simple vista, podrían pasar por antigüedades inservibles y, sin embargo, son de gran valor e interés.

—¿Tenéis alguno de esos por aquí?

Ella echó un rápido vistazo a las estanterías, como si, a pesar de la lejanía, pudiera leer los títulos de las obras.

—Los Evangelios quizá. Una primera traducción del latín al árabe. Muestra un aspecto algo deteriorado, pero tenemos intención de mejorarlo próximamente. ¿Los habéis leído?

Nasir jamás había tenido un libro cristiano entre las manos.

—Si os dijera que sí, ¿me creeríais?

—Puede.

—¿Lo habéis leído vos?

—No. No todavía —confesó algo azorada, aunque enseguida se recompuso—. Me temo que hay mucho por leer y poco tiempo para ello.

Debía de tener la edad de Zuhra y, sin embargo, le daba muchas vueltas a la joven tabernera. Aquella esclava era demasiado avispada incluso para él, que, creyéndose astuto por su condición de hombre y la edad que le aventajaba, había caído en un juego en el que ella era mucho más ducha. La seducción era cosa de féminas. Los agasajos que él lanzaba y ese intento de cortejo, que bien podía costarle la vida, eran devueltos con medias sonrisas, un batir de pestañas y mejillas ruborizadas. Supuso que ella pertenecería casi con certeza al harén.

Nasir fingía ser cazador y ella presa, cuando en realidad era la muchacha quien estaba a punto de abrir las fauces e hincarle los colmillos.

—¿Y qué me recomendaríais vos, guardiana de la biblioteca? —continuó en el afán por ganarse su confianza.

—No soy la guardiana de estos lares —rio con tanta naturalidad que Nasir pudo percibir que la máscara que la resguardaba de los demás se derretía, aflorando así su verdadero ser—. Quizá algún día, pero no hoy. Podría recomendaros bastantes, aunque ninguno de aquí.

—¿No podría consultar un volumen de los muchos que el califa posee?

—Oh, por supuesto que sí, siempre y cuando tengáis su beneplácito. Son numerosos los estudiosos y sabios que llenan estas salas, pero antes han tenido una audiencia privada con nuestro señor al-Hakam. —Emitió un suspiro de lo más exagerado—. Una lástima. Últimamente la biblioteca está deshabitada con esto de las obras.

—Necesito, pues, la aprobación de nuestro señor.

Ella asintió. Abandonó los libros griegos sobre una de las mesas dispuestas a los extremos de la biblioteca y se aproximó.

—La mía, desde luego, la tenéis —susurró.

Nasir esbozó una deslumbrante sonrisa.

Ahí, enfrente de él, la esclava era más menuda de lo que parecía en la distancia, por lo que tenía que mirarla agachando un poco la cabeza. Sus iris cerúleos albergaban el poder del océano, capaz de extirparte la respiración y ahogarte en su inmensidad.

—Sois partidaria de que la sapiencia debe estar al alcance incluso de las clases bajas.

—Como diría mi maestra: soy una esclava, ¿hay algo más bajo que yo?

—¿Quién sois? —inquirió una voz femenina.

Como si la hubiera invocado, una figura esbelta apareció detrás de ellos.

La muchacha dio un respingo y el pavor se hospedó en el que había sido su rostro juguetón. Por su genuina reacción, Nasir se temió lo peor: que unos guardias fueran a aparecer de entre las columnatas rojizas y se lo llevaran encadenado a prisión. No vería un nuevo amanecer, solo el acero de la espada del verdugo bailando sobre su cuello.

Desvió la mirada hacia la recién llegada y encontró una esclava de rizos negros, de piel aterciopelada y salpicada de lunares. Los ojos oscuros lo diseccionaban de arriba abajo, fulminándolo, supurando una rabia candente, una amenaza tangible. Era de un atractivo peculiar, tosco en comparación con la hermosura resplandeciente de la jovencita de la biblioteca. Lo que brillaba en ella estaba más al fondo, en las profundidades, lejos de lo que se percibía de un simple vistazo.

Nasir pensó que aquella esclava debía de ser la personificación de todas las musas que habían cantado a Homero.

9

Había escuchado unos extraños ruidos. Podría haber sido uno de los muchos producidos por las obras que se estaban llevando a cabo, pero le pareció diferente. Lubna pasaba tanto tiempo encerrada en aquella biblioteca que era capaz de identificar cualquiera de los sonidos que allí solían emitirse: el rasguñar del cálamo sobre la superficie de pergamino, los golpecitos contra el tintero para librarse del exceso de líquido negro, el pasar de las páginas de un libro, el crujido de estos después de ser abiertos tras muchos años. Y desde que habían profanado aquel santuario del saber con las herramientas de la construcción, que si martillos, que si piedras de mármol blanco, que si hombres sudorosos cuyas pisadas y resoplidos hacían eco, también había aprendido a distinguir aquellos.

La voz que hablaba no era la del jefe de obras ni tampoco la de alguno de sus peones.

Pero la que le contestaba…, esa sí le era familiar. Qamar.

Casi llevada por una repentina urgencia, salió al instante a la búsqueda de la muchacha. La encontró con los brazos detrás de la espalda, la cabeza alzada mirando obnubilada a un desconocido. No. No lo había visto jamás. Piel de canela, ojos del color del ámbar, encuadrados por espesas pestañas y gruesas cejas, rizos rebeldes…

Era un extraño. Un extraño que se reía mientras hablaba con Qamar. Su risa era como el tintineo de las campanillas que llevan las bailarinas atadas a sus tobillos, y con ella se le dibujaban junto a las comisuras de los labios unos peculiares hoyuelos, visibles bajo la barba rasa.

Ninguno de los dos había reparado en ella, tan enfrascados estaban en su conversación. Desde allí Lubna no podía oírlos. No es que quisiera hacerlo. Pero sintió un impulso voraz al ver a su pupila emitir una risita melosa que interpretó como galanteo.

—¿Quién sois? —espetó.

El extraño quedó petrificado al verla dar aquellas zancadas que pronosticaban un terrible enfado. El rostro de Qamar, antes sonrojado por las atenciones del hombre, se demudó.

Lubna extendió el brazo creando una barrera entre él y la joven, y con un rictus de severidad insistió:

—Vos no pertenecéis a la cuadrilla de obreros. ¿Quién sois?

El hombre guardó unos segundos de silencio, con la lengua convertida en una sustancia pegajosa en su boca. La observaba con los ojos abiertos, resplandecientes.

Unos segundos de silencio que no hicieron más que acrecentar el nerviosismo de Lubna.

—No os lo preguntaré otra vez. ¿Quién sois?

Aquella dureza lo despertó al fin.

—Un obrero. Soy nuevo —añadió, repitiendo la argucia que lo había llevado hasta allí.

—Qamar, detrás de mí —ordenó a la muchacha.

—Maestra... —se quejó ella.

—Hazme caso por una vez. —Su brazo todavía actuaba de escudo, protegiéndola—. Detrás de mí. Identificaos.

Necesitaría algo más de encanto para que se tragara aquella mentira. Ni endulzándola con almíbar conseguiría que le pasara por la garganta. Lubna llevaba toda la vida habitando en la corte, lugar de intrigas políticas y compra de voluntades. Estaba más que experimentada en el noble arte de mentir a la cara.

Y él era un auténtico mentiroso.

—Soy obrero —dijo de nuevo. Las palmas levantadas en señal de honestidad—. Aguardad aquí, avisaré a mi superior para que dé fe...

Pero Lubna no dejó que reculara.

—Si no os marcháis, llamaré a la guardia.

—Me he perdido —trató de defenderse.

—Vuestras manos. —Hizo un gesto con las cejas y él siguió la mirada de Lubna, clavada en sus palmas desnudas—. No parecen acostumbradas a sostener un gran peso. No están dañadas ni curtidas. Y vuestras uñas... están coloreadas, pero no del polvo blancuzco de la piedra con la que se levantan estos muros. Son de color... —Amusgó la vista—. ¿Verde?

Nasir boqueó como un pez fuera del agua. El ingenio de aquella fascinante esclava le había arrebatado las palabras.

—Ahora, idos.

—Señora mía.

A Lubna se le escapó una risa rasposa, tan cínica que envenenaba.

—No vais a encontrar aquí a ninguna señora. Os repito que debéis marcharos, seáis quien seáis.

—Solo he venido a por un libro.

—¿Admitís pues que no sois un obrero más? —Sus cejas alzadas delataban triunfo.

Completamente agobiado por la situación, Nasir volvió a elevar las manos, como si aquello pudiera retener la ira que se fraguaba en el interior de ella.

—¡Lo soy! ¡Lo soy!

Sus mentiras quedaron hechas añicos en el suelo. Se había descubierto y, con ello, hizo saltar todas las alarmas que había en Lubna, quien adoptó la actitud de una cazadora que lanza dentelladas. Lo primero que tenía que hacer era proteger a su cría, es decir, a aquella que heredaría su sagrado cometido. Lo segundo, sacar a golpes, si era preciso, a aquel que entrañaba peligro.

—¡Qamar, vete de aquí! —exclamó, girándose un instante

para asegurarse de que su discípula estaba sana y salva. La muchacha, consciente del riesgo, había empalidecido—. ¡Vete, ahora!

Espoleada por su maestra, Qamar echó a correr. Y no fue hasta que desapareció por completo cuando Lubna habló.

—Voy a fingir que vuestra extranjería os hace necio o, quizá, descuidado. Os encontráis en la Biblioteca Real, dominio del califa. Podéis decidir si iros por vuestro propio pie o pasar la noche en una celda. Probablemente la última noche de vuestra vida.

—No sabía que podían apresarme por querer ampliar los horizontes de mi mente y mi alma. Qué crueldad y qué injusticia.

—No es vuestra biblioteca para que entréis en ella cuando os plazca. No está abierta al público.

—¿Y para qué sirve la biblioteca entonces?

—Marchaos. —Las palabras serpenteando por los huequecitos de sus dientes—. Esta será la última vez que os lo pida.

—Me iré. Me iré —dijo a medida que retrocedía.

No le dio la espalda, sino que caminó hacia atrás, con los ojos anclados en los iris de ella.

Fue entonces, al girarse, cuando Lubna emitió un suspiro. Un suspiro en el que cabía todo el miedo que había contenido en su pecho, oculto por un coraje que había salido a relucir. Los puños se deshicieron, la tensión la abandonó, dejando sus músculos cansados y doloridos.

Estaba a salvo. Estaba viva. Y Qamar también. Frente al peligro que suponía cualquier hombre, ninguna había sufrido daño alguno. No las habían golpeado, ni violado, ni secuestrado, ni matado. Estaban intactas, y no sabía si se debía al arrojo que había demostrado poseer —aunque para ella no era más que una fina película que podía quebrarse ante una mayor presión— o a que, al ser propiedad del califa, ni el hombre más osado se habría atrevido a tocarlas.

—¿Y vos? —preguntó él, enfrentándose a ella una vez más—. ¿Quién sois?

Nasir no deseaba quedarse sin respuesta. La curiosidad le escocería para siempre si no se atrevía a llamarla por el nombre que le pertenecía.

Aquello hizo que cualquier ápice de sosiego desapareciera de la faz de Lubna. De haber sido un animal, todo su pelaje se habría erizado.

—Lubna. Bibliotecaria de nuestro señor al-Hakam al-Mustansir billah, Príncipe de los creyentes —pronunció fingiendo una altivez que le era ajena.

—¿Quién os puso el nombre?

—¿Quién os lo puso a vos? —escupió.

No quería saberlo, solo quería que se fuera por donde había venido.

Nasir intuyó que no obtendría más de ella.

—Estoraque —dijo—. Significa estoraque. ¿Sabéis para qué se usa?

—Para muchas cosas.

Él chasqueó la lengua y negó con la cabeza, casi decepcionado.

—No estabais destinada a habitar entre libros, Lubna, esclava de nuestro señor al-Hakam.

—¡He dicho que os marchéis!

El grito sonó estrangulado, agudo, constreñido por el miedo. Se avergonzó enseguida de lo débil que había sido, de haberle mostrado a aquel extraño que lo que más le hería era su propio nombre. Su yo. Se sentía a su merced.

Esperó paciente el ataque, verbal o físico.

No llegó.

Había vuelto a cerrar los puños, la lengua se le había secado por completo y el estómago se le había anudado. Con todos los nervios congregados allí, junto con la última comida.

—Que la paz esté con vos, señora mía.

El duelo de miradas terminó. No hubo condescendencia en su voz. Realmente se había referido a ella como señora.

Lubna temblaba. Aquella mención a su nombre le había arrancado la costra de una herida que ya no debería doler y, aun así, lo hacía. Un nombre impuesto. Que no era suyo. Un nombre que jamás la definiría. Un nombre que la reducía al placer. Un nombre que ningún padre le pondría a su criatura.

Se quedó allí de pie, observando como aquel desconocido se marchaba.

Plagada de dudas.

Incapaz de expulsar de la mente los acontecimientos de aquella mañana, buscó consuelo en quien siempre lo había hecho, su maestra Muzna.

Pese al frío, se reunieron en uno de los jardines, arropadas por las pellizas y las manoplas de piel de conejo. El viento apenas silbaba y las flores y los árboles se mantenían erectos, danzando con una sutileza que era imperceptible. El helor había matado el aroma de la hermosa vegetación, tan solo se respiraba el inclemente otoño y se barruntaban las lluvias que volverían a arrasar. Rezaban para que el Guadalquivir no se desbordara e inundara todo lo que estaba al derredor.

Se sostenían la una a la otra, con el brazo de Lubna enredado en el de la anciana. Caminaban a la par en el silencio de la noche temprana.

Lubna decidió quitarse aquel peso de encima de un tirón, al igual que el emplasto de la depilación. Siempre se lo habían recomendado. «Cógelo y cierra los ojos, aprieta los dientes y tira. Cuanto antes mejor». Así que eso hizo.

—Hoy he visto a un hombre —acertó a decir procurando dotar a su voz de una seguridad que no poseía.

El desconocido había sido mal mentiroso, aunque quizá fuera ella la que estaba demasiado curtida en dichos asuntos. Igual de mala mentirosa estaba demostrando ser.

Muzna captó rápidamente la vacilación.

—Lubna, por Allah.

Su maestra no aparentaba decepción, tampoco desaproba-ción. Solo impresión.

—No era mi intención, os lo juro. —Se apremió a resolver—. Se coló en la biblioteca alegando que era un obrero.

—¿Y lo era?

—No. Juraría que no.

—Pero no estás segura...

Visualizó aquellas manos suaves, sin callosidades; los ojos ambarinos; la sonrisa y los hoyuelos que se formaban.

—Lo estoy. —La miró para dar mayor énfasis—. Lo estoy. Él mismo lo reconoció.

—¿Avisaste a la guardia?

Negó y, con el movimiento, la melena de rizos bailoteó.

—Se fue por su propio pie sin muchas objeciones.

Muzna señaló uno de los bancos de azulejería ubicado a lo largo del paisaje ajardinado, para que quien disfrutara de las vistas pudiera sentarse cuando deseara.

Se dirigieron hacia allí y tomaron asiento. Paradas, el frío las entumecería, pero la anciana, que ya no poseía la fuerza ni la agilidad de antaño, a veces notaba que la edad le podía. En aquel mismo sitio, no hacía más de un par de semanas que el califa había caído preso de los estertores de su enferme-dad. Desde entonces, un aura sombría se había instalado en toda la ciudad.

—¿Se lo has comunicado a alguien?

—No.

—¿A Almanzor?

Lubna negó.

—¿A nuestra Gran Señora Subh, al menos?

Volvió a negar.

—¡Podría ser un asesino que buscaba las dependencias del califa!

Lubna recordó que el hombre había dicho que se había perdido. Y lo cierto era que tenía ese extraño aire de aquel que no sabe exactamente dónde se encuentra.

Un asesino no habría tenido semejante descuido; no se habría dejado atrapar, a sabiendas de que es su cabeza la que está en juego. Y de haberse hallado en tal coyuntura, antes de que ella hubiera abierto los labios siquiera, la habría acuchillado. Además, la Biblioteca Real y los aposentos de al-Hakam ni siquiera estaban cerca, por lo que era difícil errar en el camino. La biblioteca se encontraba en el Alcázar antiguo; al-Hakam y su familia, en la residencia palatina de Madinat al-Zahra.

Y, lo más importante, no podía haber belleza en quien obra el mal, en quien mata a sangre fría.

—No parecía un asesino.

—¿Cómo luce un asesino? —inquirió Muzna.

No obtuvo respuesta. No lo sabía. Incluso si tuviera a uno de ellos enfrente, Lubna no podría acusarlo de asesino a no ser que portara un puñal en la mano del que goteara la sangre de su señor.

Nunca se había cruzado con uno.

Dudó.

—Supongo que como un hombre más.

—¿Y qué quería entonces?

—Por un momento me dio la sensación de que... —Guardó silencio. Se lamió los labios, se le motearon las mejillas de arrebol. La vergüenza era una sensación cálida en su rostro—. Me buscaba a mí.

Muzna la estudió con la mirada. La conocía bien, pero, a veces, esa niña que ya era mujer se le antojaba indescifrable.

Durante un rato se quedaron allí, pendientes del murmullo del agua que discurría por las acequias. Contemplando en un sepulcral mutismo los altos cipreses, los arrayanes y los granados, de cuyas ramas aún colgaban los frutos de color rubí.

—Un libro —susurró al fin—. Eso fue todo lo que mencionó. Un libro.

—Puede que fuera historiador. O geógrafo.

—Puede.

Ninguna se creyó lo que decían; no obstante, trataron de convencerse de ello. Como si, por desear con todas sus fuerzas que aquel encontronazo hubiera sido solo eso —el encontronazo con un historiador como el orgulloso Isa al-Razi—, el peligro hubiera remitido lo suficiente para que sus conciencias descansaran tranquilas.

De la herida que seguía supurando un hilillo de sangre por su nombre, del miedo que la había constreñido al imaginar a Qamar en peligro, no dijo nada.

Mejor olvidarlo.

10

El miedo es un sentimiento terrible. Si no sabes tratar con él, te nubla el entendimiento, te paraliza y te somete por completo. Puede convertirte en algo insignificante, diminuto. Puede hundirte en una vorágine de pavor que te va devorando hasta que solo quedan de ti los huesos.

Lubna a veces se dejaba llevar por el miedo.

Se había prometido no hacerlo, no pensar más en aquel obrero que no era un obrero. Sin embargo, el temor a haber errado la volvía frenética. Así que no esperó a encontrarse con su pupila en las clases de gramática, sino que a la mañana siguiente interrumpió las lecciones del eunuco Talid y le rogó que la permitiera llevársela.

—Es algo de suma importancia —se excusó—. El tiempo que os la arrebate será el que os devuelva por duplicado cuando os sea menester. Pongo mis horas de instrucción a disposición de la vuestra, querido amigo.

Talid la conocía de toda la vida, sabía que para Lubna pocas cosas eran tan preciadas como una esmerada educación, así que, sin saber nada de lo sucedido, asintió y permitió que Qamar se marchara con su maestra. Allí quedaron los libros de aritmética, abandonados, a la espera de que la joven regresara. Y él se dedicó a otros quehaceres, que no eran pocos.

Lubna le indicó que la siguiera y la condujo hacia el ala derecha de la biblioteca. Se detuvo en un pequeño pasillo, parapetado por anchas estanterías que ayudaban a ocultarlas de ojos indiscretos; aunque, a decir verdad, en aquella zona no había nadie que las viera u oyera. Se había cuidado de elegir un sitio adecuado para la conversación que iban a tener. Qamar aguardó, con las manos sobre el regazo, a que su maestra le revelara el motivo por el que la había arrastrado hasta allí.

—Lo de ayer no puede volver a repetirse.

Su mirada, antes posada en el suelo, se clavó en Lubna, cuyo rostro benévolo delataba que ese día no sería uno de reproches. Tampoco de reprimendas.

—¿Qué he hecho?

—Lo sabes muy bien y no quiero tener que explicarte algo que ya sabes. Es una pérdida de tiempo para ambas, así que evitemos caer en ello. Simplemente, no puede volver a repetirse. Si alguien te viera, si alguien que no fuera yo... —Un suspiro se le escapó de los labios y, atormentada, se pinzó el puente de la nariz—. ¿Qué crees que pasaría?

—¿Qué historia me contará ahora Muzna? —graznó indignada—. ¿Qué esclava murió a manos de su señor por intercambiar palabras con un hombre cualquiera?

—Muchas. Muchas murieron. Y muchos hombres murieron por menos. Hay poetas que fueron condenados solo por escribir bellos versos a las esposas de los gobernantes.

Qamar dejó salir una risa sardónica.

—Por favor... La culpa es de ellos, por ingenuos y torpes, por poner por escrito sus sentimientos, por recitar en voz alta lo que nadie debe saber. Yo no soy tan necia.

Decidió no decirle que la juventud nos hace necios a todos. En su lugar, respondió:

—Puede que vuestro enamorado sí lo sea.

La joven puso los ojos en blanco y a Lubna se le antojó el gesto más horrible que había presenciado jamás en un rostro de semejante belleza. Y eso que había visto parcialmente la faz desgarrada de su señora Subh al parir en dos ocasiones.

—No era mi enamorado y, en el fondo, lo sabéis. Yo no lo traje aquí. Yo no lo conocía como no lo conocíais vos.

—Más te vale, desde luego.

—Solo era un juego —se quejó.

—Pues ten cuidado con quién juegas. Ten cuidado con los extraños.

Qamar exhaló su frustración por la nariz.

—Lo lamento. Lamento no ser como vos.

Su voz, normalmente tan afilada como una daga, no tenía un ápice de mordacidad. Más bien sonaba constreñida.

—Pero ¿qué dices, Qamar? —preguntó Lubna, cargada de una paciencia extraordinaria.

—Que lamento profundamente ser una decepción constante. Pero es que quiero algo más de lo que tengo, ansío más que esto, que todo esto. —Estiró los brazos y toda la biblioteca pareció caber entre ellos—. Lamento haber simpatizado con alguien, aunque este fuera un desconocido. Pero es que estoy dispuesta a amar. Y… ¿qué vais a saber vos del amor cuando nunca habéis amado?

Lubna acusó el duro golpe. Así que eso era lo que pensaba de ella, que se le habían congelado las entrañas y era incapaz de albergar sentimiento alguno. Colocó los brazos en jarras y con el ceño fruncido, dijo:

—¿Qué crees que soy? ¿Una de esas piedras que cargan los obreros?

No había enojo, solo una honda decepción.

—Siempre tan intelectual, tan callada, sin opiniones propias, sin pensamientos propios. Lo único que hacéis es permanecer aquí, copiando palabras ajenas, nunca las vuestras. Tenéis tanto por decir y aun así no lo hacéis. Guardáis silencio, como si temierais a vuestra voz.

—A veces el silencio es el mayor signo de sabiduría.

—Lo único que decís es: «Sí, señor». «Sí, señor» a al-Hakam. «Sí, señor» al príncipe Hisham. «Sí, señor» a Almanzor. Y «Sí, señora» a Subh. —La imitó con una vocecilla aguda que no se asemejaba en nada a la suya.

—¿Acaso crees que no se puede amar a quien se sirve? Porque dicen que así es el matrimonio.

—No somos esposas de nadie, ¿no? —Podía percibirse un enorme dolor reflejado en esa amarga sonrisa que había compuesto—. Solo esclavas. Vos misma os encargáis de repetírmelo siempre que podéis. Solo somos esclavas.

Lubna emitió un suspiro que la desinfló por completo.

—Qamar, es un privilegio ser lo que somos, pese a nuestro cautiverio.

—Eso también me lo repetís muy a menudo. Que he de dar las gracias por estar aquí, enclaustrada entre los muros de esta biblioteca —miró en su derredor— mientras las demás hacen de su vida una celebración, un canto a la diversión y a la belleza, al gozo.

—¿Y?

Enarcó una ceja, a sabiendas de cuál sería la respuesta.

—Que ellas tienen libertad para amar. Es que yo quiero amar. —Se golpeó el pecho, enrabietada por encorsetar sus sentimientos—. Y vos no lo entendéis. Quiero amar a nuestro señor al-Hakam o a nuestro señor Hisham, y quiero sentirme amada por ellos o por cualquier hombre. Lo cierto es que me es indiferente.

Durante unos instantes, Lubna dudó entre acercarse o permanecer ahí, a una distancia prudencial de la iracunda muchacha. La había visto estallar en infinidad de ocasiones, siempre presa de ese carácter voluble, y estar tan próxima a ella nunca era buena idea. Qamar era un río que, una vez que se desbordaba, se llevaba a todos por delante. Sus emociones eran peligrosas.

Finalmente, extendió el brazo y, al ver que ella no se apartaba, se envalentonó. Dio un par de pasos y cogió uno de los abundantes mechones que le caían sobre el rostro. Era de un avellana brillante que Qamar deseaba eliminar en pro de un rubio norteño. Lubna se planteó animarla a ello, llevarla directamente al Hamman Real y pedir a las sirvientas que la tiñeran del color del trigo. Del rubio de las esposas de los gobernantes, de esas que provienen del norte peninsular, que gritan ser de ascendencia cristiana.

Le recolocó el mechón detrás de la oreja, y la arrastró de la mano hasta una de las mesas de estudio de la biblioteca, desnuda de papeles, libros y mapas. Se sentó sobre la superficie de madera e invitó a su discípula a hacerlo también.

En esa posición, Lubna hundió las manos en el cabello de Qamar y empezó a peinarla suavemente, al igual que una madre.

—Amad a nuestro señor y a su heredero como lo hago yo. Con devoción y diligencia —le recomendó mientras pasaba los dedos por la sedosa melena.

—No es así como quiero hacerlo. Quiero amar como ama nuestra Gran Señora Subh, como amó la Señora Mustaq, y la Gran Señora Maryan, y la Señora Fátima.

Lubna tuvo que hacer un soberano esfuerzo para retener las lágrimas que amenazaban con derramarse. Hablar de la Señora Mustaq le hacía viajar al pasado, la última esposa del califa Abd al-Rahman III era una herida abierta que no había sanado. Todavía lloraba su pérdida, la de una extraordinaria mujer, una mujer que le había cambiado la vida.

Carraspeó en un intento de recuperar el tono de voz sereno.

—Muy pocas han de ocupar ese puesto y muy pocas han de ocupar el nuestro. Allah dotó a cada fémina de unas habilidades para que así pudiera desarrollarlas y cumplir con sus deberes en este mundo.

—Ellas también fueron esclavas como nosotras y dejaron de serlo por amor. Quiero que me elijan.

El anhelo se desbordaba por los labios de Qamar. Aquella muchacha ansiaba de verdad amar y ser amada. Esto era, sin lugar a dudas, algo inherente a los niños que nacen y crecen siendo esclavos.

—No eran como nosotras. No exactamente como nosotras —murmuró.

Guedeja a guedeja le hizo una trenza, tratando de amarrar en ella todos los pesares que entristecían a la joven. Y unidos a estos iban los suyos: la memoria de Mustaq, siempre presente, siempre doliente. Los miedos de la mañana anterior. La impresión al ver peligrar a su pupila. La mención al significado de su propio nombre.

—Solo nosotras podemos lucir una trenza así. Eso también es un privilegio, ¿no? —Qamar se volvió para observarla y Lubna le dio un suave toquecito en la barbilla, alzándosela—. Las mujeres libres lo reservan para la privacidad del hogar.

No recibió respuesta.

—Qamar, tú que crees que no sé amar, te sorprenderías al ver a cuántos amo. A Muzna. A Talid. A ti. Y porque te amo, te pido encarecidamente que seas cauta, y que la próxima vez que veas a ese hombre, o a cualquier otro, ya sea en las obras de la biblioteca o en la mismísima corte de nuestro señor al-Hakam, no te abalances sobre él. Por mucho que te tiemble el corazón. Tu vida vale más que un amorío. Y yo no podré salvarte si te condenan a un cruel destino.

—Así que ahora habré de volverme ciega, sorda y muda ante los hombres.

Parecía que, por primera vez, la indomable muchacha se había resignado.

Y aunque no siempre estaban de acuerdo, Lubna habría de admitir que Qamar tenía razón en una cosa. Por mucho que ella estimara a quienes eran sus seres queridos, nunca había sentido la saeta del amor hincándosele en el pecho, así que le había sido extremadamente sencillo ignorar la pasión y el amor visceral de los jóvenes amantes.

A sus veintiséis años, no se había enamorado. Y basándose en esto postulaba que jamás experimentaría ese sentimiento tan profundo que se profesaban el califa al-Hakam y su fiel esposa Subh.

Y lo cierto era que no le importaba. Los libros y el conocimiento que estos encerraban le proporcionaban cariño suficiente.

Toda su vida estribaba en las páginas escritas.

—Ya tienes un dueño, amo y señor.

—Pero no me reclama como reclama a otras.

—Eso es porque nuestro señor al-Hakam no reclama a nadie. Las féminas de su harén no son todas suyas. La mayoría conformaban el gineceo de su padre Abd al-Rahman III y él solo las mantiene para dotarlas de un hogar cómodo en el que residir.

—Pero ha tenido hijos con algunas de esas mujeres.

—Sí. E incluso así al-Hakam no tiene ojos para nadie más que para Subh. No hallarás hombre que ame más a su esposa.

Con aquello esperaba haber asesinado todo atisbo de rebeldía; sin embargo, Qamar estaba obcecada en medrar dentro de la corte califal. Aunque, desde luego, tenían ideas muy distintas de lo que era ascender en dicho entorno.

—¿Y si la Gran Señora muriera?

Lubna se lanzó a taparle la boca con ambas manos y Qamar solo pudo abrir enormemente los ojos, sintiéndose asaltada a la par que atemorizada. Su maestra chistó, instándola a que guardara silencio, y, solo tras haberse asegurado de que nadie las había oído, contempló liberarla.

—Controla esa lengua o conseguirás que nos corten la cabeza. ¡Por Allah! Maldigo el día en que te enseñaron a hablar, Qamar. Las palabras serán tu perdición.

La muchacha no se dejó vencer por esos malos augurios.

—Me habéis contado que cuando la madre de nuestro señor murió, el califa Abd al-Rahman III volvió a enamorarse. Volvió a tener una favorita. Quizá esa podría ser yo.

—La amó, pero nunca tanto como a su Maryan. Lo cierto es que, si muriera Subh, al-Hakam la seguiría en su camino al Paraíso. No tienes posibilidad de enamorar a un hombre que ya ha entregado su corazón.

—¿Y al príncipe Hisham?

Lubna estalló en carcajadas.

—Es demasiado joven para ti. Me temo que los hombres no tienen interés en las mujeres que los superan en edad. Qamar... —Le acarició la suave mejilla, teñida del rubor de los cosméticos—. No eres concubina, sino bibliotecaria y secretaria de gobernante. Un día aprenderás a aceptar que esto es lo que eres y dejarás de luchar para convertirte en otra persona.

Con la cabeza gacha, asintió.

Lubna no sabía cómo explicarle que, al sentarse en el trono real, su señor Hisham la apreciaría más de lo que ella jamás podría llegar a imaginar. La amaría más de lo que amaría a su propia esposa. Porque puede que esta le diera descendientes que heredaran su reino, pero ella, y solo ella, sería la custodio del libro. Sería ella quien guardara un secreto que desde hacía tiempo ninguna generación de esposas de gobernantes había conocido.

Así que la agarró y la abrazó. Y se preguntó si no habría llegado el momento de desvelarle su auténtico cometido.

11

Estoraque.

Se trataba de un bálsamo perfumado, destilado de los pequeños frutos de un árbol de idéntico nombre, cuyas flores ní-
veas se agrupaban y caían hacia abajo, parecidas a las campanas
de una iglesia cristiana.

Tal y como Lubna había dicho, tenía múltiples usos. Sin embargo, solo un médico experto podía saber que se destinaba, más
en exclusiva, a remedios relacionados con el placer sexual. Él
mismo había utilizado el ingrediente en diversas recetas y lo había prescrito a hombres y mujeres. Para ellas, con la finalidad de
que quedaran embarazadas, recomendaba una fórmula que, además de estoraque, también incorporaba azafrán, almáciga y ma-
labatro indio; todo ello diluido en cera con aceite de rosa y de
nardo índico. Para ellos, para que su semilla se fortaleciera y
arraigase, lo mejor era euforbio, castor, nardo y costo, amasado
con bálsamo de estoraque y humedecido con sirope de albahaca.

Estoraque.

Nasir no podía expulsar de su cabeza a la insolente bibliotecaria del califa. Su nombre, indudablemente, era el nombre de
una esclava y, al mismo tiempo, no creía que hubiera para ella
uno más adecuado pese a sus connotaciones sensuales, que no
casaban con esa labor erudita en aquel centro del saber.

En cuanto la vio lo pensó, que su cabello y sus ojos eran del
ónice de aquel bálsamo. Sin embargo, carecía de la dulzura ca-

racterística de este, y de la que siempre había sospechado que mostrarían las esclavas de un gobernante, un príncipe o un visir. Y es que, al recordar esos ojos llameantes, esa postura defensiva y, a la vez, protectora, solo pensaba en lo mucho que se asemejaba a una bestia feroz.

Qué carácter tan insumiso, tan batallador. Qué animo tan agriado. Qué forma de defender los libros que se guardaban en aquel lugar. Con una mujer así empuñando una espada, con una mujer así al frente de un gobierno, se habrían ganado todas las guerras, se habrían conquistado todos los territorios.

Lubna era la verdadera guardiana de la biblioteca, y no aquella muchacha llamada Qamar, como había creído en un principio. Aunque, a decir verdad, la jovencita de ojos de cervatillo le había impresionado en gran medida con esas diatribas tan profundas. Ya le habían advertido los hombres de la taberna que las esclavas, por su naturaleza femenina y de cautivas, era sagaces y peligrosas. Mejor cuidarse de ellas.

Estaban en lo cierto.

Aún resonaban en sus oídos las amenazas de Lubna.

Una esclava le había gritado sin pudor alguno, sin vacilación, sin miedo. A él. A un hombre libre. A un médico de gran reputación —al menos en su tierra—. De haberlo contado en Bagdad, o en la taberna incluso, nadie lo habría creído. Y quienes lo hubieran hecho lo habrían tildado de ridículo, de débil.

Tenía la sensación de que Lubna sería con quien más tendría que batallar para acceder a la biblioteca y los tesoros que esta encerraba.

El periodo de obrero de Nasir fue efímero. Duró unos días más hasta que lo despidieron por un accidente, esta vez sin heridos de por medio. Enfrascados en conversaciones, él y su compañero cargaban un bloque de piedra cuando la mala suerte quiso que Nasir tropezara con sus propios pies y chocaran con otros dos hombres. La carga que portaban se golpeó en el momento justo, en el lugar indicado y con la fuerza precisa. Casi les faltó cerrar los ojos para no ver el desastre. Uno de los bloques se melló y el otro se agrietó.

Aquello fue suficiente para que el jefe de obras prescindiera de sus servicios, y él, en el fondo, lo agradeció. Había soportado con cierto estoicismo las penurias de su viaje desde Bagdad hasta Córdoba y, sin embargo, la construcción lo superaba. No estaba habituado a ese ritmo de trabajo y, a no ser que pasara años dedicándose a ello, tampoco lo haría. Además, cada vez que entraba en el Alcázar, le picaba la piel al verse tan cerca de la Biblioteca Real y, al mismo tiempo, completamente incapacitado para rebuscar allí. Así que el despido fue un alivio.

En los días en los que había tratado de conseguir una audiencia con el califa, todo lo que había recibido eran rotundos rechazos. Al principio la excusa era su condición. ¿Para qué iba a querer un simple obrero parlamentar con el gobernante? Luego, tras su inhabilitación en la construcción, arguyeron que al-Hakam II se hallaba enfermo desde hacía unas semanas y que se había visto en la necesidad de suprimir todas las audiencias, por lo que sería imposible que se reunieran.

Una negativa tras otra.

Nasir llegó pronto a la conclusión de que, si quería reunirse en privado con el califa, antes tenía que llamar su atención y, dado que se encontraba enfermo, la mejor manera de hacerlo era a través de sus grandes dotes como *tabib*.

Debía convertirse en el médico más célebre de toda Córdoba.

Durante el mes siguiente, atendió día y noche a todos los enfermos que necesitaron de sus servicios, sin distinción entre adultos y niños, pobres y pudientes, infecciosos y moribundos, hombres libres y esclavos. Se desvivió por ellos y sanó sus males, o al menos los que tenían posible curación, pues los milagros no estaban en sus manos. Nasir podía concederle un tiempo de más a quienes se hallaban a las puertas del Paraíso, pero no alejarlos de su destino inminente.

Un padre le llevó a su hijo de tres años. Diagnosticado con gusanos en el intestino, Nasir le recetó un jarabe de rosas con mantequilla, y un trapo caliente y humedecido en agua de chicoria hervida, que habían de colocar en su vientre.

Llegó también alguien aquejado de dolores en los riñones que expulsaba un poco de sangre con cada orina. Se le preparó un brebaje para favorecer la salida de dos piedras del tamaño de un grano de trigo y, pasados unos días, se le escarificaron ambos costados.

A un pobre menesteroso que había sucumbido a una terrible tos debido a un enfriamiento, le entregó una medicina hecha a base de cáscaras trituradas de almendra dulce y nuez, hervida a fuego lento con manteca de vaca. Esta mezcla debía lamerla mañana y tarde, añadiéndole un pellizquito de miel, no azúcar en polvo.

Nasir era contrario a la utilización de este edulcorante proveniente del cultivo de la caña que tanto se había extendido. En primer lugar, porque era difícil de conseguir y su precio demasiado elevado; de ahí que quienes más lo consumían eran las clases altas, que gustaban de él. De hecho, se había transformado en una obsesión malsana, hasta el punto de que algunos médicos de renombre preparaban sus jarabes y arropes con azúcar para que así el líquido quedara transparente y agradara a sus pacientes de alcurnia. Y en segundo lugar, porque existía la miel. Y habiendo miel, lo demás sobraba. Había que abrazar los remedios curativos de antaño.

Los enfriamientos propios de la época estacional y los vómitos fueron los padecimientos más habituales que trató. Supuso que estos últimos tenían su origen en algo maligno que habría en el ambiente y que estaba contagiando a la población.

Quizá el frío inclemente. Quizá las lluvias. Contó a una quincena de afectados. A estos les prescribió dos remedios: el primero, beber una cuarta parte de agua con arcilla de Armenia tostada. El segundo, comer un asado de manzana, almizcle y carne de perdiz, todo ello bien mezclado con agua de rosas y de membrillo, formando así una especie de argamasa. A los que tenían diarreas, por un motivo u otro, les aplicó lo mismo.

Hubo casos excepcionales, por supuesto, y algo más delicados en cuanto a salud al ser indisposiciones de criaturas de corta edad.

Dos mujeres lo visitaron ya entrada la noche. Una de ellas era una anciana y la otra, una joven que no hacía mucho debía de haber dado a luz, a juzgar por el niño que mecía y por el abultamiento de su vientre, que todavía no se había desinflado por completo.

—Señor mío, suplico que me prestéis ayuda —habló atropelladamente, cautiva del desasosiego—. Os daré todo lo que tengo si salváis a mi hijo.

Pese a haber perturbado su descanso, Nasir solo pudo apiadarse de su dolor y hacerla entrar a sus humildes aposentos en la taberna de Bassam, que eran de todo menos adecuados para ejercer la medicina, dada la escasez de iluminación. Prefería atender a los pacientes en el hogar de la familia de Hamal, pues así tenía un espacio más apropiado y el Boticario estaba siempre cerca para surtirle de hierbas o auxiliarle en alguna tarea harto ardua, como la circuncisión. A veces, cuando este estaba demasiado ocupado, era su esposa embarazada, tan avispada y certera, la que actuaba de ayudante en tareas menores.

La mujer le mostró al niño de apenas unas semanas de vida. Era una cosita diminuta, pálida y adormecida, envuelta en un amasijo de chales que lo hacían parecer una nuez en medio del hojaldre de un pastelito. Según le explicó, cuando este defecaba, el ano se salía hacia fuera debido a la presión.

—¿Sangra? —quiso saber mientras lo examinaba.

—Sí, y no retorna a su lugar a no ser que lo empuje con el dedo.

—No os preocupéis, señora, que Allah lo bendecirá con salud. —Arropó al pequeño entre las mantas y se lo devolvió a la madre—. Untadle el vientre con clara de huevo y esparcid sobre él arrayán raspado. Empapadlo con agua de membrillo y manteca derretida con miel, todo dentro del baño. Después sumergidlo en un recipiente de agua tibia en el que se haya hervido arrayán y lavándula. Con eso bastará.

Una semana después, el niño estaba sano y el pago se hizo efectivo.

Nasir aprovechó ese momento para recomendar a la madre que le aplicara brea blanca disuelta en vinagre, ya que le ayudaría con la cicatrización de los bordes del corte del ombligo. Aquello último no se lo cobró, fue un mero acto de generosidad.

Otro día llamó a la puerta un hombre que llevaba a un niño de año y medio en brazos. No presentaba signos visibles de malestar alguno y, aun así, su progenitor había acudido con presteza y con el semblante contraído por la excesiva preocupación.

—Estaba jugando y se tragó un trozo de cristal. Su madre teme que le pinche el estómago desde dentro y vomite sangre.

Nasir tranquilizó al padre y palpó la barriga del chiquillo, que no se inmutaba ante el contacto, más bien balbuceaba con su lengua de trapo y aplaudía. Le prescribió que ese mismo día le diera de comer un puñado de higos y nueces llenas de fécula. Nada más. Eso era todo.

—¿Dónde están los excrementos del niño? —le preguntó a la mañana siguiente, cuando el padre regresó tras haber cumplido con sus indicaciones.

—En mi casa, en una escupidera.

—Echadles agua y lavadlos bien, mas tened cuidado a la hora de removerlos. Buscad ahí dentro hasta que veáis el cristal.

Obediente, así lo hizo. Al tercer día, el padre volvió de nuevo, esta vez con el niño y un acompañante tan minúsculo que cabía en cualquier bolsillo. Satisfecho, le mostró el brillante cristal.

—Miradlo, señor mío, aquí está. ¡Allah os honre! —Y le besó las manos.

—¿Habéis visto sangre en los excrementos?

El hombre negó y Nasir dio al pequeño por curado. De haber sufrido un corte interno, las heces habrían salido teñidas de rojo, y entonces él habría tenido que suministrarle mostaza y flor de harina con arrope de uvas.

La vorágine de pacientes no cesó. Y mientras invertía todas sus energías y conocimientos en atenderlos, aún encontró un resquicio de tiempo libre para visitar a los leprosos en los barrios marginales. A las afueras de Córdoba, allí en los arrabales a extramuros, se habían hacinado todos los desafortunados que padecían aquella terrible enfermedad. Recluidos cual presos, permanecían bajo supervisión médica y solo podían regresar a la ciudad una vez se hubiera certificado la total curación.

Nasir había presenciado horrores inimaginables desde bien pequeño —no en vano había visto a su padre y a su tío efectuar cirugías de gran complejidad— y había hundido las manos en zonas de la anatomía humana que a nadie le agradaría explorar. Así pues, no le impresionó el aspecto demacrado de aquellos apestados, que eran unos muertos en vida que casi rogaban porque Allah tuviera clemencia y se los llevara consigo. Algunos tenían los rostros deformados por inflamaciones protuberantes, mientras que otros solo presentaban unas ligeras lesiones en la piel fácilmente identificables por su color blancuzco. Los que se encontraban en una fase avanzada habían perdido ciertas partes del cuerpo: nariz y orejas se les habían desintegrado. Tampoco tenían sensibilidad en brazos, pies, piernas y dedos, y la debilidad muscular les impedía a muchos desarrollar un trabajo, así que se daban a la mendicidad. Sin embargo, la sociedad —instruida en la piedad— cuidaba de ellos dotándolos de unas ayudas monetarias.

Siempre precavidos, Nasir y el Boticario evitaban tocarlos en exceso para no contaminarse y caer en las garras de la enfermedad. También de no respirar el aliento pútrido que exhalaban. Pero lo cierto era que las condiciones se presentaban desoladoras.

Para menguar las manchas de la lepra hicieron un ungüento cuyo ingrediente principal era la sangre caliente de cabra, que luego repartieron entre los afectados. Otro remedio estaba elaborado con camomila, cantáridas, helecho, harina de lentejas, sangre de liebre, hojas de llantén, manteca de vaca, miel, rubia, sangre de serpiente y vinagre. El aceite lo recomendaron para nutrir las costras resecas y prevenir la aparición de cicatrices, aunque otras tuvieron que tratarlas con hierro al rojo vivo y así cauterizarlas.

Tantas alabanzas corrieron de boca en boca, y tanta admiración causó que se atreviera a penetrar en el arrabal de los leprosos siendo un extranjero, que pronto lo requirieron en el zoco para encomendarle que evaluara con ojo crítico a los esclavos que allí se vendían. Y es que era muy común que algunos vendedores fueran deshonestos y engañaran a sus compradores, mercadeando con cautivos que, en apariencia, resultaban especímenes sanos y fornidos, pero que en realidad padecían de lepra. Para ello hacían uso de cosméticos y emplastos que cubrían y camuflaban las máculas cutáneas.

Su intervención en el mercado de esclavos fue un éxito absoluto. Desenmascaró a varios comerciantes que empleaban estas argucias y los denunciados respondieron ante la justicia.

Muchos de sus clientes le pagaron, y aquellos que no poseían más de lo que vestían le dieron una merecidísima fama.

En el plazo de un mes, Nasir había medrado sobremanera en la ciudad de Córdoba. Largas colas se formaban en las puertas de la taberna de Bassam, y no precisamente para emborracharse o pedir una estancia en la que hospedarse; los enfermos se congregaban allí a la espera de que el afamado médico oriental encontrara un hueco para asistirlos. En las inmediaciones de la casa de la familia de Hamal ocurría lo mismo, nunca se habían visto asediados de aquella manera.

De repente, las gentes creían que las manos de Nasir obraban milagros y no dudaban en recurrir a él para cualquier dolencia.

Su nombre se hizo eco. No tardaron en referirse a él como Nasir el Bagdadí, dado su lugar de origen.

Y Nasir el Bagdadí no tardó en recibir una visita de lo más inesperada: un par de hombres que, por sus ropajes, debían de habitar en la corte y traían consigo una misiva. La carta sellada lo impelía a reunirse en audiencia con el califa al-Hakam al-Mustansir billah, Príncipe de los creyentes, en Madinat al-Zahra.

Ante él apareció el encargo más importante de su carrera como médico: sanar al gobernante de al-Ándalus.

12

A Lubna le sorprendieron varias cosas, algunas de lo más insignificantes, como que el cabello de Qamar no se resistiera un ápice cuando lo tiñeron de rubio. Después de aquella conversación sobre sus verdaderas aspiraciones en la corte, Lubna decidió llevarla una tarde a los Baños Reales, postergando así las lecciones de gramática y los deberes de caligrafía —que Allah bien sabía que le eran necesarios a la joven—. No es que quisiera insuflar fuerza a esos pensamientos románticos que le abotargaban la mente, pero sentía que a veces era demasiado dura con ella.

Esperaba que así, impulsada al ver una parte de sus fantasías materializadas, la muchacha se concentrara en sus labores y la aventajara en ciencias, métrica, caligrafía y otras materias, superándola como secretaria de gobernante y guardiana del manuscrito. Al fin y al cabo, eso es lo que ella había logrado con Muzna. Una vez, su tutora le dijo: «Todo lo que yo sé es una miseria en comparación contigo. Puedo irme en paz. La alumna ahora enseña a su maestra». Y ella ansiaba decírselo a Qamar. Ansiaba que triunfara como *katiba* de Hisham II. Y ansiaba ella misma coronarse como maestra, demostrando una vez más que había satisfecho cualquier pretensión. Por eso, insistía tanto en la instrucción de Qamar y la presionaba para que se esforzase, inundándola con estratos de sapiencia y anulando sus deseos vitales. Aunque quizá, solo quizá, debería aprender que su bella e ingeniosa pupila no era ella y, en el fondo, no tenía por qué cumplir con sus expectativas.

Qamar, por su parte, no pudo estar más impresionada ante el hecho de que su estricta maestra la hubiera librado de las clases para concederle tan preciado regalo, por lo que se mostró exultante de alegría.

Le hundieron la cabeza en agua clara para lavársela con un preparado de aroma floral que contenía arsénico. Ya con la melena limpia y enjuagada, le aplicaron una plasta de color anaranjado, hecha con pistilos de azafrán, manzanilla y cúrcuma. Tras someterse al procedimiento en dos ocasiones ese mismo día, Qamar adoptó el aspecto que tanto había ansiado, el de una cautiva gallega, franca o vascona, de esas que han sido atrapadas en una algarada en la frontera con el norte. Su melena era oro rutilante, y allá por donde pasaba, levantaba suspiros.

Al verla, Lubna notó un aguijonazo en el pecho; era esa feísima emoción que algunos llaman envidia. Y es que toda la belleza del vasto mundo parecía haberse condensado en Qamar.

—Le habéis dado un poder del que carecía —le dijo el eunuco Talid mientras almorzaban tranquilamente, rodeados por un mar de encuadernaciones de épocas ya pasadas.

—No creáis que no soy consciente de ello. En unas pocas semanas, se olvidará de ese asunto del cabello y aparecerá un nuevo capricho. —Suspiró—. Querrá decorarse la piel con alheña o teñirse media pierna con ese tinte dorado que la hace resplandecer.

Talid rio.

—Y así, sin más, un día llegará con largas telas enrolladas en torno a los muslos.

Lubna se encogió de hombros, un gesto de resignación en los labios. No habría sido la primera ni la última muchacha en recurrir a ese viejo truco. Algunas eran tan finas de cuerpo que, a sabiendas de que a los hombres les gustan las carnes magras, se enredaban en capas y capas de lienzos para aparentar que sus muslos poseían un mayor grosor y así enamorarlos.

—La juventud es así, ¿no? Persigue la hermosura aunque esta sea inalcanzable.

—¿Inalcanzable o perecedera?

Ella ni siquiera lo miró, mantuvo la vista fija en el ataifor desbordado de trozos de cordero con verduras.

—Es lo mismo —se limitó a contestar.

Los ojos de Talid se le clavaban, y la razón no era el líquido ambarino del guiso que le chorreaba por la barbilla y los dedos. Quiso ignorarlo, pero el silencio era un acero afilado que cortaba la tensión del ambiente y, después de tantísimos años de relación, no podía evitar que la mirada del eunuco no le molestara al hurgarle en el alma.

—Hubo un tiempo en que vos también queríais ser hermosa, querida amiga.

—Y como habéis señalado, de eso ya hace mucho tiempo. No sirve de nada aspirar a algo que no está destinado a acontecer. Allah no me dotó de belleza, solo de intelecto. Alguna que otra esclava habría deseado que mi desdicha fuera su fortuna.

Talid abrió la boca. Sus manos desnudas insinuaban que no era para ingerir comida, sino para rebatir aquel argumento. Adivinando sus intenciones, Lubna le lanzó una mirada de advertencia y ruego.

—Dejadlo estar, querido amigo. Que si os deshacéis en lisonjas, sabré que son falsedades que solo buscan animarme.

Así que Talid calló y hundió los dedos en la carne deshilachada de cordero.

Lubna no era hermosa y él estaba de acuerdo con aquella consideración. Era atractiva. Atractiva a su manera, con esos rizos largos y negros, esos iris de carbón, esa mandíbula demasiado marcada y ese rostro que no se alargaba ni afinaba, sino que era cuadrado. Y luego estaban sus cejas gruesas y los lunares salteados que apenas gustaban a los hombres por recordar a las semillas de las frutas.

Ser atractiva en la ciudad era gozar de gran estima y mucha atención masculina. Ser atractiva en la corte era no ser nada.

—Habrá que vigilar a Qamar más de cerca —el eunuco retomó el tema principal—, no sea que ahora se pasee por los aposentos del príncipe Hisham con la esperanza de cautivarlo y convertirse en su futura esposa.

—Más le valdría entonces dejar de rondar al príncipe y acercarse a Subh. Tened por seguro que la próxima Gran Señora será elegida por ella, a su imagen y semejanza. Quien se gane su confianza y su cariño se ganará el trono.

—Le será difícil encontrar a una que pueda seguir sus pasos. Allah no crea a dos mujeres iguales, mucho menos a dos Subh.

—Qamar podría ser como Maryan —dijo ella al recordar a la segunda esposa de Abd al-Rahman III—. Tiene su intelecto y esa picaresca que la empuja a ascender en este maldito lugar. Por desgracia, también tiene las faltas de la primera esposa, Fátima al-Qurasiya.

Talid asintió.

—La vanidad y la codicia.

—Los peores defectos que puede tener una mujer.

El eunuco alzó la vista al cielo y murmuró:

—Allah la proteja y la cuide de seguir el mismo camino que Fátima al-Qurasiya. Nosotros solo podemos guiarla lo mejor que sepamos para alejarla del sendero.

Pese a haberle robado una sonrisa en muchos momentos, pues era imposible no dejarse contagiar por la felicidad que Qamar emanaba, toda aquella banalidad referente a su cabello había quedado relegada por el estado del califa. A Lubna le sorprendió el rápido deterioro de su señor al-Hakam. Y más que sorpresa se trataba de preocupación, una preocupación que se extendía a todos los habitantes de Madinat al-Zahra.

Había días peores y días mejores en su convalecencia. Los días buenos, al-Hakam se levantaba de la cama, se acicalaba e incluso se atrevía a pasear por los jardines y los pasillos del Alcázar. Se sentaba en su rico escritorio y asumía las tareas de su cargo político, sobreponiéndose al ligero mareo y al penetrante martilleo en la cabeza, que le hacía fruncir el ceño.

Los días malos, se refugiaba en la oscuridad de sus aposentos, solo alumbrados por débiles candiles. Allí se arropaba con las pieles que cubrían la cama, dejándose empapar por el sudor frío que le recorría la espalda cada vez que perdía el conocimiento y una oleada de estertores le sobrevenían. Tan debilitado que no podía ni incorporarse para llevarse a los labios algo de agua, era Subh quien lo velaba mañanas y noches, sosteniéndole la mano y orando por él.

Porque los días buenos nunca eran tan buenos.

Pero los días malos siempre eran muy malos.

Independientemente de ello, no se recuperaba al ritmo que habían previsto los célebres médicos de la corte. El reposo que le habían recetado más bien lo atormentaba, los baños continuos en el *hamman* no le devolvían la vitalidad, los remedios que tomaba solo le agriaban la garganta, y los que eran más fuertes le provocaban náuseas y le impedían comer.

El asunto más reciente que debía tratar —que también más que sorpresa fue impresión— estaba relacionado precisamente con las dolencias que aquejaban al califa.

Fue un día cualquiera cuando su señor al-Hakam la mandó llamar a sus estancias privadas para que se encargara de la correspondencia. Dado que hacía unas semanas que no la había reclamado para asuntos de Estado, Lubna quiso creer que se encontraba en uno de esos días en los que el dolor había remitido. Y pensando que su deber serían los preparativos de las embajadas, lo que prometía ser una jornada de lo más anodina y estresante resultó no serlo.

Jamás habría esperado que le ordenaran escribir una carta citando a un famosísimo médico que recientemente se hacía notar en la ciudad de Córdoba. Según habían informado al califa, su nombre era Nasir y respondía al apelativo del Bagdadí.

—Sus manos parecen mágicas, mi señor —le había dicho el cronista al-Razi, que tenía oídos incluso en las zonas más remotas e inhóspitas de al-Ándalus—. He escuchado auténticos prodigios médicos acerca de él y su proceder.

—¿No será un charlatán de esos? —inquirió Almanzor.

El orgulloso Isa al-Razi enarcó una de sus elegantes cejas en una expresión de ofensa. Muy pocas personas eran capaces de perturbar al gran Almanzor y, desde luego, él no era una de ellas.

—No podemos caer en cuentos de viejas y darle a un cualquiera acceso directo a nuestro señor al-Hakam.

Por un instante, Lubna creyó que Almanzor sabía lo del encontronazo con aquel extraño en la Biblioteca Real y que las palabras buscaban ridiculizarla ante su señor, humillarla por el descuido. No obstante, él no le dirigió ni una mirada y aquello la tranquilizó en cierta medida.

Por lo que había observado hasta entonces —y ya eran muchos los años que Almanzor llevaba en la corte—, el administrador de bienes de la Gran Señora y el príncipe no mostraba sus cartas con una tirada tan desesperada y temeraria. Estaba bastante experimentado en la política como para deshacerse de una información tan valiosa de una forma tan anodina.

—¿Acaso creéis que miento?

Pese a que Al-Razi evitaba enfrentarse a él abiertamente, el genio lo perdía.

—No he dicho tal cosa. Pero quizá vuestros informantes estén algo sordos.

La sonrisa que se dibujó en el rostro de Almanzor era un corte hecho con el acero de una daga.

—O quizá sean los vuestros los que carezcan de habilidad para atender los rumores.

El administrador de bienes soltó unas carcajadas que resonaron por toda la alcoba, y su sorna avivó las llamas coléricas del cronista palatino.

—Tenemos a nuestra disposición a los mejores médicos de al-Ándalus, quienes han demostrado en incontables ocasiones sus pericias. Pero aquí estáis vos, Isa al-Razi, hijo de Ahmad al-Razi, proponiendo que los sustituyamos por un extranjero. Un desconocido.

—Su fama crece demasiado rápido, no parece ser un desconocido para nadie más que para vos.

—Sea. Abrámosle nuestras puertas y traigámosle hasta estas estancias reales. Lo dejaremos aquí con nuestro señor mientras nosotros esperamos al otro lado de estos muros. Veamos cuánta sangre nos encontramos.

La sutil disputa crecía y solo el califa podía ponerle fin con un grito que les recordara su autoridad.

—Que me sane quien sea, pero que me sane —suplicó al-Hakam con un tono quejumbroso y el cuerpo lánguido, recostado sobre un trono de sillones.

Entonces, el cronista y Almanzor cesaron, casi avergonzados por haber dejado que sus bajos instintos los dominaran.

—A un par de leprosos les ha dado el consentimiento para salir del arrabal en el que están confinados, corroborando así su curación total. —Ante aquellas noticias, el califa abrió los ojos, brillantes por el delirio—. Su nombre resuena por todas partes. Hay colas y colas de enfermos esperando a que los atienda, mi señor.

El cronista logró que al-Hakam se aferrara a la esperanza como tiempo atrás se había aferrado a una espada.

—Que mis gentes me perdonen por robárselo un tiempo, pero el Príncipe de los creyentes necesita de sus servicios con urgencia. ¡Eso! —Con el dedo índice apuntó a Lubna—. ¡Eso es lo que habéis de escribirle!

Almanzor había perdido todo atisbo de sonrisa. Se acercó con premura a donde se hallaba al-Hakam y se postró a sus pies, agarrándole la enjoyada mano, observándole desde abajo al igual que los devotos más fervorosos hacen con los santones.

Lubna no creía haberlo visto nunca antes en una posición tan sumisa. A él, que siempre iba con la cabeza bien alta y los ojos oscurecidos por el poder que ostentaba. A él, que enmascaraba sus emociones tras ese falso hieratismo. A él, de voz grave, de cuerdas vocales rasgadas. A él, que regalaba los oídos con palabras melifluas que sonaban huecas.

—Mi señor... —bisbiseó—. Me preocupa en exceso que alguien aproveche esta oportunidad para dañaros. No estamos preparados para perderos. Sin vos, el gobierno estaría descabezado y...

—Lo sé, lo sé, mi querido Almanzor. —Con el cariño de un padre, le dio un par de palmaditas de consuelo en la cabeza, y aquel contacto tensionó toda su musculatura—. Más descabezados estaríamos si perdemos la fe.

A continuación, al-Hakam le pidió que se acercara más a él y, cuando lo hizo, le susurró algo que ni Lubna ni al-Razi llegaron a oír. Lo que la bibliotecaria leyó en sus labios fue: «No quiero morirme en la cama. No quiero morirme todavía. Tengo mucho por hacer. Allah se apiade de mí».

Almanzor cedió ante la insistencia de su señor. Tampoco habría podido oponerse mucho más: la palabra de al-Hakam era ley.

—Escribidle, Lubna —ordenó el califa, aferrado aún a la mano de su fiel servidor—. Escribidle para que venga. Ha de sanarme. Es su deber hacerlo.

Ella asintió y redactó una escuetísima carta que Nasir recibiría aquella tarde sin más demora.

Y Nasir se presentó allí mismo, en Madinat al-Zahra, en cuanto la abrió, sin sospechar que la dueña de aquella caligrafía límpida y exquisita era la esclava que custodiaba la Biblioteca Real.

13

Me detuve en al-Zahra gimiendo
y meditando, como si llorase por los que se han separado.
Dije: «¡Oh, Zahra! ¿Nunca retornarás?»
y me contestó: «¿Puede retornar quien ha muerto?».
Lloré y lloré por ella,
pero, ¡ay!, ¿de qué sirven las lágrimas?
Los restos de los que se han ido parecen
plañideras que lloran por sus muertos.

AL-SUMAYSIR

Madinat al-Zahra resultaba casi tan extraordinaria como la mismísima Córdoba, si no es que más. La intención de Abd al-Rahman III había sido erigir una pequeña ciudad al oeste que resaltara por su belleza. Y aunque había quienes afirmaban que el nombre respondía a su amorío con una esclava, lo cierto era que la ciudad lucía tan brillante que su significado se hacía bien notable.

Al pie de las montañas, Madinat al-Zahra era una construcción escalonada que se dividía en tres pisos de tierra, cada uno con su correspondiente recinto. Sobre la plataforma de mayor altura abundaban palacios de gran hermosura, no todos dedicados al califa y su familia, pues algunos eran propiedad de sus más leales servidores. Entre ellos, había uno que resaltaba especialmente por la luz que incidía en él hasta arrancarle destellos amarillos y nacarados; parecía estar coronado por una pequeña cúpula de tejas de oro y plata.

En el segundo nivel se había creado una especie de Paraíso en la tierra. Allí proliferaban los jardines y huertos, y los estanques llenos de agua donde nadaban peces de vivos colores, que los gatos trataban de cazar a zarpazos. Entre la variada floresta se ocultaban las aves y los pavos reales, que con el pecho de azul cerúleo desplegaban sus espléndidas colas para conquistar a las hembras de su especie.

Finalmente, en el último y tercer piso, al nivel del suelo, se encontraban las viviendas. Entre ellas despuntaba la gloriosa mezquita aljama, en la que se reunían los fieles todos los viernes para escuchar el sermón.

Al pisar por primera vez la ciudad, a Nasir le pareció que deslumbraba. Sus edificios, sus puertas monumentales, el aire que se respiraba, el aura que lo cubría todo al igual que un rico manto con filigranas de oro... Aquel lugar tenía vida propia. Entendió la razón por la que muchos se habían trasladado hasta allí, y poco tenía que ver con que Abd al-Rahman III hubiera impulsado el poblamiento ordenando a su pregonero que clamase que a todo aquel que quisiera construir y ser vecino del soberano se le darían cuatrocientos dírhams.

Y es que no conocía a nadie que hubiera rechazado vivir rodeado de aquella majestuosidad que te acogía y te hacía olvidar tus humildes orígenes para camuflarte entre el privilegio.

Nasir iba pertrechado con todo lo necesario, es decir, la carta que lo invitaba a Madinat al-Zahra, útiles de cirugía, lienzos limpios y distintos remedios que le serían más o menos imprescindibles según el diagnóstico que resultara. De estos últimos le había proveído el Boticario con cierta urgencia, pues lo había informado poco antes de partir. Para ello había tenido que enfrentarse a los guardas que lo escoltaban, que habían tratado de convencerlo de que no hacía falta que se detuvieran en el hogar del Boticario, ya que había toda una alacena de medicina y ciencias a su disposición allí. No obstante, Nasir se negó a escucharlos.

Su fama no solo se debía a que era un excelente médico, sino a que también utilizaba los mejores ingredientes posibles para la fabricación de cataplasmas y otros preparados, y aquello era exclusivamente mérito de la familia del anciano Hamal. En un lugar tan peligroso como la corte, donde las intrigas se entretejían con facilidad, errar en un medicamento para el califa podía suponer un destino fatal. Así que, con un asunto tan delicado entre manos, Nasir no se la jugó. Y como los guardas habían recibido la orden de llevarlo con cierta premura, tuvieron que permitirle la visita a su amigo.

Lo condujeron con el mayor disimulo posible hasta la residencia palatina de al-Hakam II, tal y como había impuesto Almanzor en su afán por salvaguardar al califa. La presencia del nuevo médico no debía percibirse, pues las gentes podrían alterarse al creer que el fallecimiento de su señor estaba demasiado próximo.

Lo que Nasir se encontró durante su paseo por los pasillos del complejo califal le sajó la respiración de un solo tajo. Ricos motivos vegetales que se extendían por los inmensos muros, y plantas y flores talladas que se enredaban unas con otras hasta formar intrincados jardines. El verdor que habría de caracterizarlos había sido sustituido por una amalgama de rojos ocres y azules intensos, de nácar. Y estos vergeles colgantes, que podrían asemejarse a los de Babilonia, quedaban rematados por arcos de herradura de idénticas tonalidades. Las columnatas se alternaban: unas eran de un mármol blanco proveniente de Almería; otras, de un jaspeado traído desde Rayya, mientras que las de mármol rosa o verde procedían de Ifriqiya. Todas ellas acababan en unos capiteles decorados por hojas de acanto labradas y unos agujeros diminutos que aparentaban ser nidos de avispas.

Y donde predominaba la azulejería también lo hacían los mosaicos. Teselas y teselas que se unían para crear una constelación de estrellas de colores vibrantes: verdes, azules, blancos, rojizos y amarillos albero.

Cuando le abrieron las puertas que llevaban a los aposentos reales, Nasir se halló con más personas de las que hubiera imaginado. Un gobernante que apenas podía levantarse de la cama, un hombre de mirada enigmática y una esclava que sobresalía entre la servidumbre allí congregada. Una esclava que ya había conocido un mes atrás. La fierecilla de la biblioteca, aquella que respondía al nombre del estoraque. Además, también los acompañaban los visires.

Durante unos segundos que se le antojaron eternos, Lubna y Nasir se observaron, reconociendo el asombro perfilado en las facciones del otro y respetando el silencio de un secreto que no se atrevían a compartir.

—Bienvenido seáis, señor mío, a la morada de este humilde hombre —pronunció con lentitud al-Hakam II. Extendió la mano para invitarle a que se acercara—. Sentíos como en vuestro hogar.

Aquello trajo de vuelta la atención de Nasir.

La imagen del califa distaba de ser la que se murmuraba por las calles de Córdoba. En la taberna, en el zoco, en la mezquita aljama se hablaba de un hombre corpulento, de piernas cortas y brazos demasiado largos, de voz estentórea y gran virtud y justicia. Lo que tenía ante él era el eco de lo que habría sido.

Al-Hakam contaba con sesenta años y, sin embargo, a causa de la enfermedad parecía rozar los ochenta. Su rostro estaba cetrino por la escasa luz que lo había bañado en aquel mes y medio. El cabello rubio tirando a bermejo se le había encanecido aún más, debilitándose, y los ojos negros y profundos hundidos en las cuencas. Debajo de estos, todo eran bolsas amoratadas por la falta de sueño, y unos pliegues arrugados se extendían por la faz.

—Mi señor, es un honor estar aquí frente a vos. —Se postró ante él—. Sabed que todos mis conocimientos están a vuestra entera disposición y que no hallaré mayor gloria en este oficio que serviros tan buenamente como pueda. A vos y a vuestra familia.

El califa emitió una sonrisa titilante y le pidió que se levantara.

—Se os ve... diligente —dijo tras unos instantes, como si le costara encontrar la palabra exacta—. Y joven.

Lubna no fue la única que reparó en que al-Hakam no atinaba a hablar con normalidad, parecía que le dolía hasta tragar saliva, así que le acercó una jarrilla con agua fresca, de la que bebió con avidez hasta casi atragantarse. Después, ella misma le limpió las gotas que le pendían de la frondosa barba, pese a que estas no eran sus obligaciones.

—Os lo agradezco —susurró él, agarrándole la mano un momento.

—Mi señor. —Fue lo único que dijo la esclava, provista de una sonrisa que delataba angustia y ternura.

Nasir pensó que debían de tenerse en alta estima para que ella corriera a saciarle la sed y él se aferrara con esos temblores tan poco disimulados a sus dedos finos y largos. De no ser por la esclavitud de ella, cualquiera los habría confundido con un abuelo y su fervorosa nieta.

—Quizá demasiado joven para la tarea que recaería sobre sus hombros —comentó en voz alta el hombre que se encontraba a la diestra del califa, retomando así la conversación.

—Las nuevas generaciones siempre llegan más preparadas que las anteriores, mi querido Almanzor. No desconfiéis de quien aún no ha tenido la oportunidad de mostrar su valía, pues eso es tremendamente injusto y nada digno de vos.

A Nasir le fue fácil identificar a aquel al que llamaban la

mano derecha de al-Hakam II. Había oído muchas cosas sobre él, y todas parecían ser ciertas, incluso que exudaba una suerte de fuerza que lo hacía lucir cruel.

—Nuestro señor al-Hakam lleva convaleciente un tiempo —le informó—. Y como podéis observar, los reputados médicos de nuestra corte no han hallado una cura.

En su voz subyacía el desafío.

Nasir asintió. Mantuvo la vista fija en su figura, que había abandonado el lugar al lado del califa y se aproximaba hacia él. Con la cercanía, aumentaba esa incómoda sensación de peligro que el administrador de bienes exudaba.

—Hemos oído que vuestra fama como médico os precede, y eso que vuestra llegada a Córdoba es bastante reciente.

Sus pasos eran largos y pausados, destilaban una seguridad que muy pocas personas poseían, incluido él.

—Mi señor. —Miró a Almanzor y, a continuación, a al-Hakam—. No sé si merezco la fama que he ganado, a menudo las gentes alaban a quienes les conceden favores nimios.

—¿Decís pues que no sois el célebre médico que anda en boca de todos? —inquirió Almanzor.

—Sí, mi señor, lo soy.

—¿Entonces? —preguntó insidioso—. ¿Acaso sois un farsante?

—No, mi señor. No lo soy.

—¿Obráis milagros? —le preguntó el califa entre titubeos, frenando el interrogatorio.

Nasir chasqueó la lengua.

—No, mi señor. No poseo ese don. Qué más quisiera yo que haber sido bendecido con él.

—Palabrerías —exclamó Almanzor, callando así al resto—. Desde luego, sois un artista en lo que al lenguaje se refiere, algo típico de los charlatanes y curanderos que tan famosos se hacen con esa forma de engatusar a los más desesperados. Decidnos, ¿usáis la magia o solo vuestra lengua viperina?

Jamás se había sentido tan ofendido como en ese preciso instante.

Almanzor estaba poniendo su nombre en entredicho y eso suponía una mancha indeleble en la reputación de su tío Ibrahim y su difunto padre. Y por extensión en la de toda la familia, tan querida en Bagdad y tan respetada por su oficio.

—Ni curandero ni charlatán, señor mío —reaccionó al fin—. Soy médico y recibí mi licencia para ejercer después de años de formación y un examen en el que sobresalí por saber de memoria los dieciséis libros de Galeno.

Almanzor lanzó un bufido que buscaba desestabilizarlo aún más. Y ya cerca de perder la paciencia por tantos insultos velados que había ido tragándose, Nasir recordó que estaba delante del Príncipe de los creyentes y que su padre lo habría reprendido por no tener un comportamiento modélico. Así pues, ignoró a aquel hombre apuesto y perturbador y se dirigió en exclusiva al califa, que seguía devorado por los almohadones de la cama.

—He sido criado en una familia de médicos —confesó—. Estudié con mi tío y mi padre, hombres de gran educación académica tanto en la teoría como en la práctica, instruidos en la medicina grecolatina pero también en la árabe. He asistido a todas sus consultas desde temprana edad, empapándome de sus conocimientos y su buen hacer. He acudido con asiduidad a la Casa de la Sabiduría para leer más libros de los que había en nuestra biblioteca personal, y terminé mi instrucción en uno de los hospitales de Bagdad, el que mandó construir nuestro señor Harum al-Rasid. Allí asistí a enfermos al mismo tiempo que leía tratados médicos clásicos para disertar sobre ellos en conferencias.

»Todo lo que puedo ofreceros es mi atención y mis saberes. Si puedo sanaros, mi señor, Allah sabe que lo haré.

Se dio un golpe con el puño en el flanco izquierdo del pecho, allí donde palpitaba el corazón.

Cuando recorrió la estancia con la mirada, halló a un Almanzor enmudecido y a una Lubna con ojos vidriosos y una sonrisa que a duras penas podía ocultar. No sabía discernir qué sentimiento la embargaba. ¿Orgullo? ¿Emoción? Su faz distaba mucho de ser la que había presenciado hacía un mes en la biblioteca, cuando su cuerpo se encontraba en posición defensiva y sus labios eran una mueca de ferocidad. Simplemente estaba exultante.

Por su parte, al-Hakam había quedado impresionado ante su discurso y su eminente formación. Era un hombre de justicia y saberes, por lo que reconocía a primera vista la pasión. Y del mismo modo que su padre Abd al-Rahman III supo verla en la mente despierta de Lubna y la eligió para ser la próxima guardiana del libro, él la percibía en Nasir.

—Me han traído noticias sobre vuestros muchos éxitos en Córdoba sanando a ancianos, hombres y niños, además de a leprosos y menesterosos.

—Todo el mundo ha de ser tratado con bondad, con independencia de quién sea —comentó—. Así lo dicta el Corán y así lo sigo yo.

El califa dio una cabezada en señal de agrado.

—Curadme —le ordenó—. Curadme y, a cambio, os haré un lugar en mi corte, entre mis afamados médicos y solo a vos os confiaré mi salud y la de los míos. Os enterraré en oro y piedras preciosas, en seda y ricos tesoros.

—Vuestra gratitud me honra. Descuidad, que haré todo lo que esté en mi mano, mi señor.

—Y si lográis que sobreviva hasta que mi hijo Hisham cumpla la mayoría de edad y me suceda, os entregaré a una fémina de mi familia como esposa para que estéis más cerca de la dinastía Omeya que cualquier otro hombre.

Los delgados labios de Almanzor se tensaron, un gesto que pasaría desapercibido a ojos de todos los presentes a excepción de Lubna.

—Así sea. —Nasir hizo una reverencia, firmando así el contrato verbal.

Habría preferido un pago más modesto y no una esposa, aunque esta fuera una Omeya. Él ya tenía una promesa de matrimonio esperándole en Bagdad y con que el califa le diera su beneplácito para investigar entre los manuscritos de la Biblioteca Real se daba por satisfecho. Sin embargo, aquella petición quizá fuera un tanto particular, por lo que se la guardaba para sí hasta que al-Hakam recuperara su salud y no estuviera en condiciones de negarle su extraño requerimiento. Pues más hace el agradecimiento que el temor.

A continuación, al-Hakam mandó llamar a los médicos que habitaban en la corte, aquellos que le habían atendido y cuidado hasta entonces. Aventajaban en edad a Nasir y de entre los más eminentes sobresalían Ahmad al-Harrani y su hermano, Umar Ibn Yunus al-Harrani, que habían estudiado en Bagdad, y, por supuesto, Abu l-Qasim al-Zahrawi, también conocido como Abulcasis. Todos ellos trabajaban en la *jizanat al-tabbib* de Madinat al-Zahra, lo que llamaban una botica o alacena de medicina y ciencias, donde preparaban brebajes, ungüentos y otros remedios junto a una docena de ayudantes. Estos últimos, al ser esclavos jóvenes, no contaban con formación alguna más allá de la que recibían de sus superiores, y su valor residía en lo que sus manos hacían.

Allí delante, los médicos le esbozaron los síntomas que sufría su señor. Que si dificultad en el equilibrio y hasta caminando. Que si rigidez en los músculos y algunos espasmos. Que si irritabilidad, ira, ansiedad y una profunda tristeza que lo sumía en los recuerdos de su pasado. Inconsciencia y temblores involuntarios. Y torpeza a la hora de agarrar y sujetar ciertos objetos.

Algunos de los medicamentos recetados permanecían en una mesita hexagonal, cercana a la tarima sobre la que se elevaba la cama real. Nasir pidió permiso para evaluarlos. Olisqueó las jarrillas y frascos rellenos de distintos líquidos y mojó los labios en ellos. No identificó todos los ingredientes, pero sí los suficientes para corroborar que los brebajes no eran los indicados para tratar la enfermedad que suponía que padecía el califa.

Con toda aquella información, inició su propia exploración con el fin de emitir un diagnóstico certero. Al-Hakam se despojó de su dignidad califal y se comportó como un buen paciente, obedeciendo cada una de las instrucciones que el médico le daba, sin oponer resistencia. Mientras tanto, el silencio se fue espesando en los aposentos y las miradas curiosas no perdían detalle.

—Sé cuál es vuestra dolencia —anunció al cabo de un rato tras sumergir las manos en agua limpia—. He visto casos similares, la mayoría en gente de avanzada edad, si me lo permitís, mi señor. No obstante, también puede darse en niños pequeños.

—¿Qué es? ¿Qué me sucede?

—Los síntomas indican que se trata de hemiplejía.

Los presentes intercambiaron miradas de extrañeza. Era evidente que ninguno de ellos había oído jamás el término y que, además, no habían conocido a nadie que lo padeciera. Solo Abulcasis mostró signos inequívocos de algo parecido al reconocimiento.

—¿Qué es eso? —preguntó al-Hakam visiblemente angustiado, con la mano temblorosa agarrándose el pecho y chocando con sus alhajas de oro—. ¿Me moriré?

Nasir sonrió.

Aquella había sido una de las primeras lecciones que le habían enseñado su tío y su padre. Ser médico no solo consistía en examinar cuerpos ajenos y dar con la enfermedad que lo está deteriorando, o prescribir remedios que lo curen, o extraer con estoicismo un tumor externo o efectuar una difícil cirugía. Ser médico era entender que, a veces, el dolor es tan poderoso que uno solo quiere abandonar el mundo. Y era saber que los medicamentos deben ir acompañados de unas dosis de consuelo humano y que las peores noticias han de darse con delicadeza y compasión.

Y en todo esto, él era un experto.

—Moriréis, señor mío, cuando os llegue vuestra hora y Allah os reclame, igual que todos nosotros. Mas no os angustiéis en exceso, que no será en esta ocasión. Os recuperaréis, aunque habréis de tomaros la vida y las cuestiones de Estado con más calma, pues la fatiga y las preocupaciones os hacen gran mal.

Al califa se le escapó un suspiro en el que hasta entonces se había condensado todo el miedo. Lubna, que había contenido el aliento, también lo dejó escapar.

—Yo me ocuparé de aliviar vuestra carga, mi señor, como he venido haciendo hasta ahora —dijo Almanzor.

—Os lo agradezco en el alma, mi querido Almanzor.

Este cabeceó con una ligereza casi imperceptible.

—Cuidados y paz, eso es lo que necesitáis —insistió Nasir—. Temo ser insufrible con estas indicaciones tan repetitivas, pero son esenciales para que sanéis.

—¿Cuánto tiempo más habré de reposar en cama? —Realmente estaba harto de su convalecencia, que lo hacía sentir un hombre inútil.

—No, mi señor. El reposo no será vuestro aliado. Tanto tiempo recostado podría debilitar aún más vuestros músculos y convertiros en un títere que requiera de otros para incorporaros y hasta para andar.

—No está en mi ánimo ser un lisiado —confesó con voz trémula.

Las inseguridades de al-Hakam flotaron en el denso ambiente.

Aquello sí que habría sido un peligro. Un gobernante dependiente, débil, presa fácil de las hambrientas alimañas de la corte que lo rondaban a la espera de que falleciera para arrancarle la piel a tiras y colocarse en su pellejo. Y un hijo menor de edad que sería abierto en canal por las zarpas afiladas que lo acechaban en cada rincón.

—Lo sé, mi señor, lo sé. Por eso habéis de levantaros y moveros, sin prisa y con paciencia. Esforzaos, pero no os desaniméis si os veis torpe. Pasead acompañado por vuestros bellos jardines y respirad el aire limpio. Eso siempre ayuda.

—A veces lo hace —intervino Lubna—. Lo de pasear por los jardines —aclaró al notar que Nasir la contemplaba al igual que si estuviera ante un enigma.

Para él, lo era.

—Os daré un jarabe de hierbabuena. Es caliente y seco, fortalece el espíritu y hace desaparecer la tristeza de forma efectiva. —Al-Hakam asintió—. La dieta. La dieta también es de gran relevancia. Tendría que hablar con quienes están a cargo de las cocinas para facilitarles un listado de los alimentos que debéis consumir.

—Lubna os conducirá hasta las cocinas —concedió el califa, señalando a la muchacha.

—En cuanto a los remedios, yo os los suministraré en persona. Os daré calmantes que apacigüen el dolor y medicamentos que os lleven a la curación. Y si os persiguen las pesadillas u os es difícil conciliar el sueño, os traeré tisanas que os adormezcan.

—Todo brebaje, pócima, ungüento, cataplasma o píldora ha de ser preparada en nuestra botica. No podéis traer nada del exterior del recinto palatino —le advirtió Almanzor con la dureza que había empleado antes al dirigirse a él.

De nuevo, ese intento de amedrentarlo a través de su mirada insondable.

—Sea.

—Y la comida habrá de ser catada por alguien también —continuó.

—No seré yo el que cocine.

—Pero sí el que dicta los ingredientes y las cantidades.

—Que la prueben entonces, que nada he de ocultar. —Nasir

fue firme—. Mas eso solo indica que quienes se ocupan de la elaboración y preparación de las comidas no gozan de vuestra confianza. Os recomiendo que cambiéis a los trabajadores y optéis por aquellos que estén fuera de sospecha.

—Menudo atrevimiento difamar así a nuestro servicio.

—No he sido yo, señor mío, quien ha puesto en duda su lealtad al califa y ha insinuado que su voluntad es fácil de comprar. Me comprometo a probar yo mismo las viandas, si es eso lo que queréis —se ofreció.

La sonrisa de Almanzor se curvó hacia la derecha, acentuando todavía más su carácter pendenciero.

—¡Por Allah! No es menester que os sometáis a este improvisado juicio. Ni que demostréis vuestra lealtad hacia mi persona —dijo al-Hakam, que enseguida se giró hacia su fiel servidor—. Ya basta.

Su orden fue recibida con docilidad por el administrador.

Nasir se negó a comunicar que aquello, en el fondo, era un problema. Un serio problema para él, y no por la salva de la comida precisamente, sino porque quería seguir trabajando con el Boticario y le habían arrebatado esa posibilidad.

La botica de Madinat al-Zahra estaba incluso mejor equipada que la de su querido amigo. De hecho, si se paseaba por allí encontraría una variedad de hierbas y productos que jamás había visto y a las que el Boticario no tenía acceso por ser demasiado costosas o difíciles de conseguir, al provenir de un comercio lujoso. Esto, sin embargo, no tranquilizaría a Nasir. Temía que alguien estuviera urdiendo un malévolo plan: asesinar al califa e incriminarlo a él por su extranjería y su contacto directo con hierbas desconocidas que podrían pasar por veneno. Desde luego, habría sido el culpable perfecto. El más rápido en ser ajusticiado, pese a no tener motivos personales ni políticos para querer matar a al-Hakam.

Y si no, ¿por qué nadie había detectado cuál era, en realidad, la enfermedad del califa? ¿Por qué se le había pedido que guardara reposo en la cama, a riesgo de que con su edad se atrofiara y quedara casi sin movilidad? ¿Por qué los remedios que se le habían prescrito eran incorrectos? ¿Por qué no sanaba y cuando parecía mejorar empeoraba a los pocos días?

Puede que los médicos no tuvieran los conocimientos suficientes. Puede que no hubieran acertado. Puede que Allah le hubiera reservado a él ese destino, el de curar con sus manos al califa cordobés. O puede que estuviera desvariando y viera fantasmas donde no los había. ¿O no? Puede que allí se fraguaran peligrosísimos misterios que se enredaban con la política de al-Ándalus. Y puede que él estuviera metiéndose en medio.

De ser así, rezaba por salir ileso.

—Los hombres de fe y ciencias siempre son bien recibidos en mi corte —anunció al-Hakam—. Esa es una tradición que inició mi antepasado Abd al-Rahman II y que nos ha permitido estar rodeados de grandes amigos. Un siglo después, yo continuo con la práctica. Bienvenido seáis a vuestro nuevo hogar, Nasir Ibn Hakim el Bagdadí.

SEGUNDA PARTE

Lo que buscas

*Brilló mi alma para dejarse guiar entre aquella
[tumba,
refugiándose en la inseparabilidad de la vigilia.*

IBN AL-JATIB

14

La servidumbre se dispersaba y regresaba a sus tareas habituales mientras los hombres de gran importancia, entre ellos Almanzor y los visires, se rezagaban a conciencia y bisbiseaban en un rincón.

Por su parte, Lubna y Nasir se evaluaban con la mirada, queriendo descubrir cuáles eran esos designios divinos que habían entrelazado sus caminos. Parecía que Allah se había propuesto no dejar de sorprenderlos. Ahí estaban, el uno frente al otro, exactamente igual que hacía un mes, solo que sin hostilidades ni miedos de por medio, ni libros que los rodearan. En aquella ocasión, se encontraban en el pasillo del palacio, fuera ya de los aposentos califales, de donde al-Hakam los había expulsado a todos con el pretexto de dormitar un rato.

—El supuesto obrero… —dijo Lubna, con los brazos colocados en jarras y la diversión pendiéndole de los labios.

—Nasir Ibn Hakim el Bagdadí —se presentó con solemnidad.

—Un médico que se perdió en la Biblioteca Real.

Al mencionar su estrepitoso fracaso, él agachó la cabeza y se frotó la barba pulcramente recortada y encerada, generando un ruido suave. A Lubna le recordó al sonido de las púas de marfil de uno de sus peines cuando se deslizaban por entre los sedosos bucles de su melena.

—No puedo más que disculparme por mi deleznable comportamiento. Fingí ser quien no era y no tengo excusa alguna.

Lubna lo estudió con atención. Realmente parecía afectado por aquella treta que no había concluido de manera exitosa.

—Eso explica el tinte de vuestras uñas y la inexistencia de callosidades en las manos.

Le dedicó un leve vistazo y Nasir se examinó los dedos. Lucían limpios tras haberlos sumergidos en el agua de aquella preciosa y pequeña escudilla que le habían acercado en la alcoba del califa. Allí donde se dirigían los negros iris de la esclava, los suyos los seguían.

—Sois observadora.

Ella compuso una mueca y alzó un hombro.

—Quiero creer que es una de las virtudes de las que gozamos las bibliotecarias.

En realidad, esa era una cualidad intrínseca en cualquier esclava. Habituadas a ser tratadas como un objeto de decoración que ni siente ni padece, habían desarrollado el oído y la vista, pero, sobre todo, la discreción a la hora de guardar silencio.

—Os pido mil disculpas —reiteró—. No era mi intención armar revuelo alguno, mucho menos inquietaros a vos y a vuestra discípula de aquella manera.

—Qamar parecía poco perturbada ante vuestra presencia.

Sonó demasiado acusadora, más de lo que había pretendido en un principio.

—Debe de tener un gran temple.

—Qamar es... —Era difícil describir a aquella muchacha de carácter tempestuoso—. Es como un gato. Cuando tiene hambre, se acerca y permite que la acaricies, pero luego vuelve a su naturaleza arisca e indomable.

Su pupila. Su hermosa, rubia, ambiciosa y descarada pupila. La misma que estaba dispuesta a medrar utilizando las armas que atesora toda mujer.

Rezó para que hubiera interiorizado la conversación que habían tenido sobre fútiles cortejos y el riesgo que conllevaban dada su condición de esclava. Absorta en las buenas nuevas, aquello era lo último en lo que Lubna había pensado, en qué sucedería desde que aquel extraño había resultado ser un célebre médico que se hospedaría en la corte y que, por tanto, en breve dejaría de ser precisamente eso: un extraño. Y es que Nasir podía salvar a su señor al-Hakam, pero también podía convertirse en la condena de su preciada discípula.

—Lamento mi brusquedad con vos —dijo él.

Era la tercera vez que se rebajaba ante ella, una ordinaria esclava, un comportamiento insólito al que no estaba acostumbrada. De hecho, nunca un hombre, un hombre libre, había reclamado su perdón hasta ese momento.

La sensación era extraña, como si de repente alguien atisbara que había más cosas además de su cerebro y los datos que en él conservaba; más cosas además de sus habilidades con el cálamo o de su cometido secreto. Quizá el dolor que podía experimentar al ser víctima de una terrible afrenta, pese a que ella no tuviera honra ninguna que defender ni nombre que salvaguardar.

Quizá alguien la viera más persona que objeto, más persona que instrumento cancilleresco.

—Estáis disculpado, señor mío —le concedió—. De igual modo, me gustaría que aceptarais las que os corresponden por la dureza de mis palabras aquel día.

—Perded cuidado, solo protegíais vuestro territorio, mi señora.

Su ceño, hasta entonces relajado, se frunció.

Nasir acusó enseguida el cambio en la postura, tirante e incómoda, y, al convertirse sus labios en una finísima línea, la mandíbula, ya de por sí cuadrada, se tornó aún más notoria.

—Os lo advertí entonces, pero os lo recordaré de nuevo para que así no tengamos que volver a hablar sobre ello. Soy una esclava y siempre seré una esclava, no os confundáis conmigo. No hallaréis aquí señora alguna.

—¿Siempre sois así de intransigente?

—Qamar os dirá que sí. —Con un gesto de cabeza le invitó a que la siguiera—. Por aquí. Os llevaré a las cocinas para que podáis hablar con quienes preparan las viandas de nuestro señor al-Hakam.

Enfilaron los pasillos que componían el recinto palatino. Por su semejanza en cuanto a belleza y ornamentación del ataurique en los muros, para quienes no habitaran entre ellos se trataba de un laberinto del que era casi imposible escapar, con paredes y paredes de ricas yeserías, arcos y arcos de herradura que al atravesarlos daban a alhanías. Pasaron de alhanía en alhanía, cruzando distintas estancias, pisando los suelos alfombrados y la piedra marmolada. Las numerosas celosías que tapiaban las ventanas componían miles de fragmentos geométricos en sus rostros.

Tras caminar un largo rato, abandonaron la refrescante sombra que reinaba en el interior para continuar bajo la solana de los enormes patios centrales, en los que los setos de arrayanes perfumaban el ambiente y las fuentes burbujeaban, llevando el agua por las acequias que mojaban los pies.

—Si logro curar al califa…

Nasir no pudo continuar. Lubna se había girado para mirarle y a él se le habían atragantado todas las palabras.

—¿Si lo lográis? —preguntó suspicaz—. ¿A qué se debe esa duda en vuestra voz cuando no hace más de unos minutos casi habéis jurado que lo haríais? Debéis hacerlo —insistió—. Es vuestra obligación.

—Muchos han errado.

—Pero vos no lo haréis.

Lo dijo con una convicción tan absoluta que, por un instante, Nasir creyó ser capaz de arrastrar a los muertos al mundo terrenal.

—¿Cómo estáis tan segura de eso?

La brisa del otoño se cernió sobre ellos, silbando entre los setos y arrancándoles algunas briznas que se arremolinaron danzantes entre sus pies. Lubna se abrazó a sí misma, resguardándose del viento, que le alborotó la melena y despeinó los bucles azabaches de Nasir. Él no se inmutó ante el frío.

—Hay algo en vos. —Atrapó los mechones rizados que sobrevolaban delante de su faz y se los recolocó tras la oreja—. Todavía no sé muy bien qué es exactamente, pero lo percibo. Creo que es como... una chispa.

Se refería a la pasión que el mismo al-Hakam había vislumbrado en él. La pasión que mora en ciertas almas y sale a relucir cuando unas y otras se reconocen.

—Lo haréis. Lo haréis bien, Nasir Ibn Hakim el Bagdadí. —Entonces sonrió—. Además, necesitamos que nuestro señor al-Hakam se recupere cuanto antes.

Dicho esto, reanudó la marcha, obligando a Nasir a dar un par de zancadas para alcanzarla.

—Eso no está en mi mano —le explicó—. Cada persona tiene unos tiempos, igual que la naturaleza tiene los suyos. Como diría mi sabio amigo Hamal, no podemos pretender que el centeno crezca en invierno. Hay que respetar esos tiempos.

—Política —atajó ella.

Él no la entendió, así que solo acertó a decir:

—Detesto la política.

Lubna pensó que a mal lugar había ido a parar si esa era su mayor animadversión.

—No podéis detestar la política. Todo es política. Que pasemos hambre o nuestros estómagos estén llenos depende de ella. Que vivamos o muramos depende de ella. Dependemos por completo de la política.

—Creía que en la vida y en la muerte solo gobierna Allah.

—Así es. Pero son los hombres los que hacen la guerra, los que matan a otros, no Allah.

—¿Y las mujeres?

Una risa burlona le arañó las cuerdas vocales.

—Esa pregunta solo podría hacerla quien todavía no ha conocido a Subh, la Gran Señora, esposa del califa. Pero sí. Podemos hacer la guerra. —Siguió caminando, con la mirada al frente—. No siempre nos dedicamos a limpiar los desastres que vosotros ocasionáis con vuestra codicia y vuestra ambición. A veces, nosotras también somos codiciosas y ambiciosas.

—¿Y qué codiciáis vos, Lubna de Córdoba?

«De pequeña, la libertad. De joven, la belleza. Ahora de adulta...».

—Una vida de saberes. Eso es todo a lo que aspiro.

—Entonces me entenderéis si os pido que intercedáis por mí. Necesito que nuestro señor al-Hakam me conceda la entrada a la Biblioteca Real.

—Habéis estudiado con los mejores médicos, asistido a hospitales y atendido conferencias en Bagdad, que es el centro cultural y científico de nuestro mundo. Habréis leído más libros que los que hay en todo al-Ándalus. Y aun así, estáis obsesionado con rebuscar entre los de nuestra biblioteca. ¿Qué queréis?

Podía haberle mentido. Al fin y al cabo, no había hecho otra cosa desde que llegara a Córdoba, sin discriminar si alguien era amigo o no. Había mentido a Hamal y al Boticario —y Allah sabía los remordimientos que tenía por ello—. Había mentido a sus amistades de la taberna. Y a Bassam y a Zuhra. Y a los obreros que reformaban la biblioteca.

Podía hacerlo. Era tan fácil como decir: «Si he fallado en mi diagnóstico con el califa, quizá haya un tratado de medicina que me ayude a averiguar algo acerca de sus dolencias», o: «Querría buscar nuevos tratamientos para la afección de nuestro señor al-Hakam».

Pero también podía serle sincero y confesarle que ansiaba ese manuscrito perdido que Abd al-Rahman I se había llevado consigo en su huida de Damasco, porque su padre siempre había soñado con él y su padre había muerto.

No lo hizo.

Ni mintió a Lubna ni le dijo la verdad.

Mentir, incluso acogiéndose a los hechos más verídicos, ya era una tarea extenuante que lo angustiaba en cuanto llegaba a encariñarse con personas como Hamal y su familia. Y no quería que aquello le sucediera con Lubna.

Contarle la verdad lo colocaría en una posición vulnerable, pues existía la posibilidad de que su tío Ibrahim llevara razón y el manuscrito perdido no fuera más que una fantasía que había asesinado el espíritu de tantos hombres. Lubna se reiría de él porque ¿cómo siendo tan sabio se había dejado engañar por un cuento para niños?

—Aquí tenéis manuscritos que nosotros anhelamos —respondió—. Necesito consultarlos. Podéis llamarlo codicia, pero, en el fondo, sabéis bien que es el ansia de poseer una vida de saberes.

—Curad a mi señor al-Hakam y yo os daré las llaves de la Biblioteca Real —terció.

Nasir alzó las cejas.

—¿Y su beneplácito?

—Tendréis el mío y el de mi querido amigo Talid, encargado de la biblioteca. No necesitáis más, creedme.

Las cocinas del recinto palatino eran de unas dimensiones desorbitadas. Debían atender en comida y refrigerios a todos los habitantes de Madinat al-Zahra, por lo que las sirvientas se afanaban entre cazuelas, ollas, anafes, marmitas y el fuego que alimentaban para guisar. Siendo tantas, los poyos que actuaban de mesitas auxiliares eran abundantes, y allí reposaban las masas de harina y agua, que se llevarían a cocer, y algunas orzas de cerámica en las que varias mujeres introducían conservas de alimentos.

Las alacenas estaban llenas de fruta y verdura de temporada, además de carne de la mejor calidad, en nada parecida a la que se despachaba en el zoco o la que servían en la taberna de Bassam. No faltaba leche de burra y de cabra, las más alabada nutricionalmente por los médicos, y tampoco otros productos lácteos.

En la ciudad brillante había unos tres mil novecientos cincuenta eunucos, cuya ración diaria de carne ascendía a dieciséis mil arreldes, eso sin contar los diversos tipos de aves y pescados. Estarían, además, las muchas esclavas que, según su posición en la corte, recibían una mayor o menor cantidad de viandas que otros siervos.

Desde luego, la familia califal, el serrallo y los hombres de confianza de al-Hakam —amén de su respectiva parentela— gozaban de una comida mucho más elaborada, exquisita y abundante que la de los demás. Y a ellos se les presentaba en una preciosa vajilla de diferentes piezas. Las escudillas eran de un vidriado deslumbrante, bien coloreadas de verde, bien de varias tonalidades como el negro y el ocre. En algunas figuraban imágenes de lo más diversas: palmeras y flores de loto, leones y tigres, aves de alas extendidas… No obstante, las más hermosas eran aquellas de escenas cortesanas en las que se veían músicos tocando flautas de caña, dulzainas, laúdes, cítaras, panderos y sonajas.

No siendo suficiente, también había que alimentar a los animales: pavos reales, gatos y peces del estanque, a los que se les echaba diariamente doce mil panes mezclados con seis cahíces de garbanzos oscuros.

Todo esto suponía un trabajo diario que deslomaba a las mujeres que se arremangaban en aquellas estancias bulliciosas y caldeantes a las que no se asomaban los varones, lo que les confería un ápice de libertad.

Nada más entrar, Lubna y Nasir notaron el bofetón de calor del lar que ascendía hacia el techo. Cualquier atisbo de frío que les hubiera perseguido desde los patios centrales se esfumó. Solo quedaron sus pieles templadas, así como el delicioso aroma que manaba de los estofados y el dulzor de los pasteles de miel que se iban horneando.

—¿Os conocíais?

La figura de Almanzor surgió a sus espaldas, como una sombra que se alzaba y deslizaba por la estancia, procurándole un ápice de oscuridad.

—Jamás nos habíamos visto hasta este momento, mi señor Almanzor. —Lubna realizó una sencilla genuflexión y, a sabiendas de que estaba buscando a Nasir, susurró—: Si me dispensáis.

Se retiró, aunque no demasiado lejos. Encontró un rincón en la cocina en el que una de las mujeres le ofreció que probara lo que estaban guisando: carne de caza al horno, rociada con aceite y azafrán, y regada por todas partes con una salsa de vinagre, almorí y mucho ajo. Aquel lugar era perfecto, estaba lo suficientemente cerca como para aguzar el oído y así escuchar la conversación que se producía entre el médico y el administrador de bienes de la Gran Señora y el príncipe Hisham.

A veces le costaba debido al alboroto de las voces femeninas, el mortero, las lenguas flamígeras del lar, el utillaje de metal y vidrio al impactar contra otro. Sin embargo, logró captar algunos retazos.

—No le habéis explicado al califa cuál es su enfermedad —dijo Almanzor.

Nasir no lucía en absoluto preocupado por la falta de confianza de aquel hombre.

—Lo sé, mi señor. No quería alarmarlo. Se trata de una enfermedad algo preocupante, pues el mal es cerebral. El frío y la humedad se le cuelan dentro de la mente y hacen que el cuerpo no responda a ella. Puede provocar ataques de epilepsia o quedar paralizado, al menos una parte de él, bien la izquierda, bien la derecha.

Almanzor asintió, consternado.

—Allah nos lo cuide. Algo así se temía Abulcasis.

—Lo hará. Lo hará —repitió, plenamente convencido de que el poder de Allah salvaguardaba mejor que sus propios conocimientos médicos.

—Bagdadí. —El apodo en sus labios sonaba descarado y ofensivo, una gota de veneno de la que quería deshacerse—. No os toméis como algo personal mis ataques, pese a que pudieran parecerlo. No tengo nada contra vos, solo esperanza y buena fe.

—Demostráis esos sentimientos de una forma nada usual, al menos en Oriente.

—Deseaba probaros, asegurarme de que no sois un embustero que quiere dinero y fama a costa del Príncipe de los creyentes. O peor aún, un malnacido que busca su desgracia y la de sus deudos.

—¿Acaso no es seguro Madinat al-Zahra?

Almanzor esbozó una sonrisa cortante.

—Lo es. —Sus dientes eran de la blancura de las perlas de un collar que le regaló tiempo atrás a Subh—. No os quepa duda. Pero hay quienes no nos fiamos ni de nuestra sombra.

Solo cuando se hubo marchado de las cocinas, Lubna recuperó a Nasir, cuya frente estaba salpicada por gotas de sudor. Se preguntó si sería del vapor que exudaban las ollas y marmitas o de la presión que Almanzor ejercía sobre él.

Quiso advertirle de que se cuidara, pues incluso las piedras preciosas pueden quebrarse si se las somete a la fuerza precisa. Y al-Mansur Muhammad Ibn Abi Amir, también conocido como Almanzor, sabía mucho acerca de ello.

—No muerde —lo tranquilizó—. O no suele hacerlo. No obstante, no os acerquéis demasiado, no vaya a escapársele una dentellada.

Nasir se secó el sudor de las sienes y el bigote con la manga de sus vestiduras.

—He oído hablar de él.

Ella asintió.

—Al-Hakam lo ama. Subh lo ama. Y como lo aman nuestros señores, también lo hace Córdoba y todo al-Ándalus.

—¿Y hay razones para ello?

—Es hombre resuelto, firme en sus propósitos, buen administrador, justo y generoso, quizá demasiado generoso.

Lubna atisbó la curiosidad bullendo en el Bagdadí, era una cazuela a fuego lento que borbotea desde hace horas.

—Aquí no —susurró sibilina.

Después de que Nasir informara a las cocineras de cuál debía ser la nueva dieta para el califa —una rica en grasas para que recuperara cuanto antes el vigor—, él y Lubna se lanzaron de nuevo a los pasillos del recinto palatino. Y allí, entre los pasajes desnudos, recuperaron a Almanzor y su figura, y los rumores que corrían sobre él. Y Lubna le contó todo lo que sabía.

Decíase que Almanzor no había tenido nada, nada más que suerte. Que había nacido sin riquezas, con escasos recursos y ningún vínculo que lo emparentara con la familia califal. Sin embargo, poseía talento y dotes de liderazgo: sabía seducir al común con su labia y su rictus enigmático, y a los altos cargos con promesas vacuas que sonaban al tintineo metálico del dinero. Y lo cierto era que, por encima de toda esa supuesta carestía que había predominado en su vida, Almanzor había sido guiado por una buena estrella que era la causa de su éxito.

Mitad mentiras, mitad verdades, como todas las habladurías que circulan de uno, sea quien sea.

Puede que Almanzor no proviniera de hombres de gran estirpe, pero sí de una familia árabe con un inmenso legado. Su antepasado Abd al-Malik había sido uno de los elegidos para tomar las tierras que hoy pisaban los Omeyas. Pertrechado con afiladas armas, había combatido a las órdenes de Tariq Ibn Ziyad, el caudillo que lideraba la conquista y el ataque contra el ejército del que era rey por entonces, don Rodrigo.

Habiéndose granjeado méritos por su valentía y coraje, Abd al-Malik y sus descendientes se asentaron y pronto se convirtieron en propietarios acomodados. Muchos de ellos sobresalieron en la administración como cadíes y juristas, y uno de estos afortunados fue el abuelo de Almanzor, que ostentó el puesto de cadí en Sevilla desde el 895 hasta el 903.

De su padre Abd Allah solo se mencionaban virtudes. Había sido un hombre piadoso, ascético y bondadoso que había matrimoniado en buenos términos con una muchacha llamada Buhayra, hija de Yahya Ibn Ishaq, médico del difunto Abd al-Rahman III.

—Sí que tenía contacto con la familia gobernante —adujo impresionado—. ¿Fue casualidad o había sido designado por el anterior califa? Su cargo en la corte —atinó a preguntar.

—Ni lo uno ni lo otro —le explicó Lubna—. ¿Recordáis lo que os comenté de las falsedades que cuentan algunos sobre sus honrados orígenes? —Nasir asintió—. Pues hay algo cierto en todo ello. Almanzor es hombre de infinitas cualidades y contó con una buena estrella. Y esa estrella tiene nombre propio.

—Buhayra. Su madre, que era hija del médico de Abd al-Rahman III, el padre de nuestro señor al-Hakam —aventuró—. Fue casi una herencia.

Lubna negó. Nasir frunció el ceño, confundido. Y ella esbozó una sonrisa preñada de confidencias.

—Subh.

—Pensé que era la mano derecha del califa, no de la Gran Señora.

—Y así es. Pero fue Subh quien se fijó en él, Subh lo encumbró. A ella le debe todo lo que tiene, todo lo que es.

Almanzor había iniciado sus estudios de magistratura en Córdoba, en la mezquita aljama, donde maestros ilustres impartían lecciones a sus discípulos. Aplicado y estudioso a ojos de sus tutores, y ambicioso en extremo, según sus compañeros, despuntó enseguida al igual que lo hicieran sus predecesores.

Avanzada su formación, comenzó la carrera como escribano público cerca del Alcázar de Córdoba. No hacía ni diez años había sido ascendido a escribano ayudante en la sala de audiencias del cadí jefe de la capital, Muhammad Ibn Ishaq Ibn al-Salim. No obstante, sus tareas en aquel lugar llegaron a su fin. Almanzor jamás lo proclamaría públicamente —sería una vergüenza—, pero la razón de su inhabilitación fue el nulo entendimiento entre ambos, algo de lo que el cadí se quejaba día y noche.

Fue entonces cuando el visir al-Mushafi estaba a la caza de un intendente, un hombre de intelecto que supiera de finanzas para administrar unos bienes reales muy preciados: los de la Gran Señora Subh y su primogénito, Abd al-Rahman, quien sería designado heredero de al-Hakam.

—Cuentan que, queriéndose librar de Almanzor, el cadí lo elogió delante de al-Mushafi, prácticamente se lo recomendó —prosiguió Lubna—. El visir trajo un listado de candidatos para cubrir el puesto de administrador, y entre ellos figuraba el suyo. Luego le dio ese listado a la Gran Señora y le ofreció información de todos los hombres.

—Y ella lo eligió a él.

—Y así lo pusieron al servicio de la madre y del recién nacido.

Lubna no pudo evitar recordar su propia historia y preguntarse si no serían las esposas de los gobernantes las personas más poderosas que habitaban en la corte. Ellas, espectros que caminaban en las sombras, siempre refugiadas tras las celosías y las honradas veladuras, podían acogerte entre sus brazos e impulsarte, agasajarte con una vida provechosa. O podían echarte las manos al cuello y retorcértelo.

Ellas decidían. Decidían por sí mismas, por su marido, el emir, el califa, el sultán o el *walí*. Y decidían por ti. Entretejían las hebras de tu destino como hilanderas profesionales.

—¿Y ahora? —quiso saber Nasir.

—Hace siete años se le nombró *sahib al-sikka*, director de la Ceca. Hace seis, *sahib al-mawarith*, curador de las herencias vacantes. Y hace cuatro años, lo designaron cadí de Niebla y Sevilla. Siempre ha sido intendente del dulce Abd al-Rahman y de la Gran Señora, pero, cuando el crío falleció, pasó a administrar la fortuna del nuevo heredero, el pequeño Hisham. De esto no hace demasiado.

La esclava dedicó una plegaria silenciosa al cielo en honor al niño, con los ojos humedecidos y los labios temblorosos. Y Nasir, que había dado por perdidas a más criaturas de corta edad de las que le habría gustado, y casi las había enterrado, hizo lo propio. Alzó la cabeza y rezó por aquel niñito. Y reparó en que Lubna y él tenían algo en común más allá de su pasión por la sapiencia: la fe.

15

Almanzor amaba a su esposa. Era difícil no hacerlo. Al-Dalfa era, a todas luces, una mujer llena de virtudes, y en cuanto a sus defectos… estaban tan escondidos debajo de la lujosa alfombra que nadie los avistaría ni aun tropezando con ellos. Nadie excepto él, que los conocía tan bien como la palma de su mano, e incluso así la amaba. Porque esos defectos, que eran también los suyos, no hacían más que acercarlos.

Carne y carne.

Huesos y huesos.

Sangre y sangre.

Piel y piel.

Faltas y faltas.

Al-Dalfa era la mujer idónea. La compañera perfecta. Aquella que Allah le había destinado y, siendo tan sabio, no podría haberse equivocado jamás. Almanzor estaba agradecido por ello. Si las había mejores, más honestas, más calladas, más castas, más obedientes y cumplidoras, no las quería. Y tampoco las habría deseado.

Mirar a al-Dalfa era mirarse al espejo y observarse poderoso, porque ella misma era poderosa, sibilina e inquietante. Sus ojos marrones y rasgados encerraban un alma añeja, preñada de inteligencia femenina, de ardides y tejemanejes. Y el aroma que desprendía no era el de las flores, sino el de la ambición.

Un día la había mirado a esas pupilas resplandecientes —por

entonces ella todavía era una esclava— y le había jurado cuidarla y protegerla. Y así lo hacía, no había faltado a su palabra ni una mísera vez desde aquel momento. Y no lo haría. Jamás.

Sin embargo, lo que sentía por Subh, la Gran Señora, su señora, era algo completamente diferente. Algo que escapaba a los designios divinos, a la llamada de la carne, al sagrado vínculo del matrimonio. A la razón. Era inexplicable.

Subh era, desde luego, una mujer difícil de describir para aquellos que no la conocieran en persona. Vascona de nacimiento, había sido la esclava predilecta de al-Hakam desde que llegara a la residencia palatina, pues despuntaba en canto y baile. Pronto entablaron una relación de sincero afecto, basada no solo en la unión carnal, sino también en las discusiones políticas en las que se enzarzaban en el lecho hasta el amanecer. Cuando al-Hakam ya había ocupado el trono, dejó de calentarle las sábanas para dar a luz a sus herederos: el príncipe Abd al-Rahman y el pequeño Hisham. Con el nacimiento del primero de los vástagos, ascendió en la corte, relegando aún más al resto de las mujeres del harén. De ese modo pasó a ostentar el título de *umm wallad* o esclava madre, y a contraer nupcias con al-Hakam, quien la convertiría en su esposa principal y en Gran Señora, entregándole así la manumisión.

Esto, sin embargo, no distaba de la trayectoria que habían experimentado otras féminas dentro del entorno palatino. Precisamente, Maryan, esposa de Abd al-Rahman III y madre de al-Hakam, había obtenido su reconocimiento como esposa de califa de idéntica forma. Y antes que ella, lo hicieron Atl, Tarub y otras tantas.

Lo que en realidad la alejaba de cualquier otra mujer era el carácter. Y es que Subh cumplía con las virtudes que había de poseer toda buena esposa —más si era la de un gobernante—, es decir, religiosidad, dadivosidad, dedicación a su señor y a su pueblo, bondad en exceso y saber estar. No obstante, el silencio era algo de lo que carecía y su opinión siempre estaba sobre la mesa a la hora de tomar decisiones. Ganadora absoluta en el juego del ajedrez, sabía muy bien qué pieza sacrificar para proclamarse victoriosa.

Por si fuera poco, vestía cual efebo siguiendo la moda de Bagdad, por lo que desdeñaba los ropajes comunes que portaban las mujeres. A simple vista, podía confundirse con un varón, de no ser por la larga y espesa cabellera que ocultaba con la veladura. A veces, respondía a su nombre, el de Subh. Y otras, prefería hacerlo al de Ya'far Ibn Hazn.

Así que ¿cómo no amarla? ¿Cómo no sentir una profunda devoción por aquella mujer que caminaba por Madinat al-Zahra como si el suelo que pisara le perteneciera? ¿Y cómo no admirarla?

Almanzor estaba seguro de que su corazón estaba dividido en tres compartimentos.

Aquel que latía por al-Dalfa.

Aquel en el que habitaba Subh.

Y aquel que rendía honores a su señor al-Hakam.

Era una de esas noches oscuras en las que el cielo parece tinta negra derramada sobre un pergamino. La fuerte brisa que se había levantado impelía a quienes se hallaran en el exterior a cobijarse bajo las pellizas y amenazaba con traicionarlos, llevándose las palabras que se susurraban a oídos ajenos.

En mitad de los jardines, Almanzor divisó una figura. Silente, se acercó a ella.

—Nuestro señor va a morir —bisbiseó.

Podría haber sido una suerte de contraseña, pues, con tan solo escucharle, la mujer se giró. El titilante candil que sostenía Almanzor entre sus manos le coloreó el suave rostro de una tonalidad cetrina y en sus rasgos, entonces amarilleados, encontró la belleza que fascinaba a los gobernadores Omeyas: la de las esclavas vasconas.

—Como todos —espetó ella—. Es lo que tiene la vida, que en algún momento toca a su fin. Tarde o temprano.

—¿No os preocupa?

Subh pestañeó un par de veces, dudando de lo que acababa de escuchar, y luego dijo:

—¿No parezco preocupada? —Almanzor negó—. Bien. Destino muchas horas al día a practicar la técnica más difícil de todas: ocultar mis sentimientos. Siempre es placentero comprobar que tus esfuerzos dan sus frutos.

—Eso explica que nadie pueda leeros —bufó con un deje de desdén.

Ella chasqueó la lengua. Se consideraba a sí misma un manuscrito abierto. La imposibilidad de leerla no se debía a que estuviera escrita en una lengua foránea, sino a que los demás eran de una ignorancia supina. Unos ineptos incapaces de entender lo que tenían ante sus narices.

Acortó la ínfima distancia que los separaba y alzó la cabeza para clavar en él la mirada.

—Mi marido sobrevivirá a estos tiempos —auguró con total seguridad—. Aún no ha llegado su momento.

—¿Cómo lo sabéis?

—En realidad no lo sé. Solo rezo para que así sea, Almanzor.

Sabía que rezaban por causas distintas, pero el bien común siempre prevalecía. O eso quería creer él.

—Ese nuevo médico que habéis traído a la corte, el Bagdadí, lo curará.

—La afección es grave, según me ha comunicado. No depositemos esperanzas en quien es solo un hombre.

—¿Y en quién depositarlas entonces?

El inclemente viento rugió con furia. Almanzor elevó los brazos para cercar a la Gran Señora y ofrecerle con su cuerpo un refugio, de manera que no se viera asediada por el polvo, las briznas de hierba y los residuos que volaban por el aire. Y ella se encogió sobre sí misma, aceptándolo como muralla protectora, aspirando el perfume almizcleño que lo bañaba. Le nacía de la negra y frondosa barba, del cuello, de las rudas manos.

Cuando se hubo calmado la tempestad, recuperaron su posición y continuaron. El viento había apagado la lumbre y solo el brillo argénteo de las estrellas les ofrecía un ápice de luz, la necesaria para distinguirse en la penumbra.

—Hisham —pronunció el nombre en voz baja— no está preparado para el gobierno. Es solo un niño. El poder lo devorará y lo escupirá.

—No lo infravaloréis. Su sangre es la del califa, la de los grandes y honorables hombres que lo precedieron. Es la sangre de Abd al-Rahman III an-Nansir, y de Abd al-Rahman II, y de Abd al-Rahman I el Emigrado. Los Omeyas son invencibles. Están hechos de otra materia, una que ni siquiera nosotros podemos llegar a imaginar. Ya lo han demostrado.

—Poseerla no lo hará un hombre a tan tierna edad.

—Su madre velará por él. Y por el pueblo.

—No os lo permitirán.

Arqueó una de las cejas, señal de desafío.

—¿Y qué proponéis, mi querido administrador de bienes?

—Que intervengáis ya. —El paso que los había separado volvió a desvanecerse. Almanzor la sujetó del antebrazo—. Que nos salvéis del derrumbamiento absoluto.

Subh notaba la presión en la carne y otra vez ese maldito aroma inundándole las fosas nasales.

—¿Pretendéis que le dé el golpe de gracia a mi esposo y que os entregue el poder durante la minoría de edad de mi hijo? ¿Es eso? —gruñó divertida—. ¿Queréis que deposite mi fe en vos cuando fallezca? ¿O es que acaso creéis que mi aliento es curativo y con un solo beso podré revivir la salud de nuestro señor al-Hakam?

Las garras de Almanzor se cerraron aún más en torno a su brazo, una especie de trampa mortal que ya la había capturado. Ella quiso prorrumpir en carcajadas, no en unas cualquieras, sino en aquellas burlonas que se le antojaban una afrenta y le erizaban los vellos de la nuca.

Qué tremendamente sencillo era alterar la serenidad de aquel hombre que aparentaba estoicismo y firmeza en presencia de al-Hakam, pero hervía internamente al verla junto a su esposo. Con solo mencionar un acto de amor, esa apuesta faz se desquebrajaba como lo haría una máscara.

Cuando la fuerza con la que la apresaba se hizo insoportable, y su sonrisa empezaba a mudar en una mueca de dolor, Subh tironeó para deshacerse de él.

—¡Por Allah! —bramó él—. Jamás me atrevería a sugerir tamaña desfachatez. Sería un insulto.

Entonces sí, una risa se le escapó de los labios arrebolados.

—Puedo soportar uno más. Podéis soportar uno más, señor mío.

Ambos podían.

De Subh se decía que habiéndose apoderado del corazón de al-Hakam, lo había sometido hasta tal punto de que él nunca se oponía a su voluntad, siendo ella la auténtica gobernante. Las lenguas viperinas murmuraban que se había dejado cautivar por Almanzor, pecando así de vanidosa y desleal, de mala mujer. Y todos sabían lo que les acontecía a las malas mujeres, a las que se atrevían a desear a quien no les correspondía.

A Almanzor le llovían los vituperios, mas no peores, porque ser varón te absuelve de ciertos crímenes. Así pues, si bien las gentes de al-Ándalus lo amaban, un pequeño reducto parecía odiarle por ese brillante ascenso social que consideraban injusto. Él los catalogaba de envidiosos, y lo cierto es que lo eran; pero asumiendo esto, ellos lo atacaban alegando que era un manipulador y un déspota. Comentaban que se había colado en la mente del califa y que lo manejaba a su antojo, y del mismo modo se había introducido en el lecho de la Gran Señora, que era débil.

—Lo que os pido es que habléis con vuestro esposo, nuestro

señor, pues se niega a oírme cuando trato con él el tema de las embajadas.

—Oh. —Su delicada boca formando una circunferencia perfecta que daban ganas de mordisquear—. Lo que queréis es recibir vos a los enviados de los berberiscos y a los de doña Elvira.

—Lo que no quiero es que se lo encuentren así, como un anciano decrépito. Eso les haría creer que está a solo un paso de fallecer y que, con un heredero tan joven, somos débiles. Y podrían pensar que tienen libertad para atacarnos y doblegarnos. ¡Es importante que actuemos! Nuestras persistentes aceifas han detenido momentáneamente el intento de reafirmar el poder por parte de los reinos cristianos.

—Siempre buscando el esplendor de nuestro gobierno.

Su voz destilaba ironía.

—El vuestro, Subh. El vuestro.

Y la de él también.

El destino de Subh era el destino de Almanzor. Iban entrelazados, al igual que un colgante de finas hebras de oro. Él lo sabía desde hacía años y, sin embargo, no fue hasta ese preciso momento en que entendió que ella lo había sabido incluso antes que él. Nada más verlo. Porque Subh, que aún no se había despegado de las tradiciones de las esclavas, había observado su futuro en el cielo. Y el mismo año en que lo eligió para el puesto de administrador de bienes, el sol y la luna se eclipsaron.

—¿Lo haréis? —insistió.

Almanzor la necesitaba como se necesita el aire para respirar, como se necesita el agua para saciar la sed y las viandas para alimentarse. Para vivir. La necesitaba para vivir.

A veces, sentía que simplemente era uno de esos bichos parasitarios que se aferran al pelaje de un animal de gran tamaño, y ahí habita, con las garras y los dientes incrustados en la tierna carne. De Subh se bebería hasta la sangre.

—Por el futuro de vuestro hijo, señora mía.

Los ojos de Subh se convirtieron en dos ranuras centellean-

tes. Esgrimió el dedo derecho y vocalizó con una ira inconte-
nible:

—No os atreváis a utilizar a mi hijo para fines políticos.
No es moneda de cambio ni compra de voluntades. No aún. Es
un niño, como vos bien habéis señalado. Y hasta que suba a
ese trono, continuará siendo mi niño. Sigue estando bajo mi
tutela.

—Entonces hacedlo por vos. Por mí. Por la supervivencia.
¿Hablaréis con nuestro señor al-Hakam? —la azuzó.

—Lo haré —dijo tras unos minutos de silencio—. Mas no os
prometo nada. Hay asuntos de Estado que no cederá a nadie, ni
siquiera a vos o a sus visires. La recepción de las embajadas es
uno de ellos.

—Sois su esposa, la Gran Señora. Bebe los vientos por vos.
Os respeta, os admira y os pide consejo en lo personal y en lo
político. Os escuchará en algo tan vital como esto. Confiará en
vuestro criterio.

—Solo espero que seáis capaz de afrontar la negativa cuando
regrese con ella.

—Lo que sea, pero de vuestros labios, señora mía.

Qué equivocado estaba. Las lisonjas eran para las jóvenes
que, ingenuas y anhelantes de afecto y atenciones masculinas,
caían en las redes de cualquier cazador experimentado. Para las
muchachas que aún conservaban su virginidad. Para las que
esperaban recibir el galanteo de un gran hombre, uno honrado
y valeroso.

Pero a ella, que ya había visto pasar cuarenta primaveras y
había oído demasiado; que ya había yuntado en jergones de la
realeza y había enseñado los colmillos a quienes supusieran un
peligro; que ya había parido entre sangre, sudor y lágrimas; que
ya había enterrado a su hijo y había probado el luto; que ya le
habían crecido arrugas en torno a los ojos y a la comisura de la
boca…, a ella las palabras melifluas le resbalaban hasta enchar-
carle los pies.

—¿Fue la pulsera de vuestro agrado? —le preguntó, no para alimentar su orgullo, sino por curiosidad.

Le había especificado a un maestro orfebre cuál era su deseo y este lo había materializado en aquella joya de oro y esmeraldas. No creía que nada del tesoro real pudiera igualar a ese conjunto de piedras preciosas y metales.

—Es hermosa, opulenta y majestuosa —le concedió—. Eso es indudable.

Almanzor volvió a capturarle el antebrazo buscando la alhaja, pero solo halló su pálida piel, suave y desnuda. Algo similar a la decepción se le dibujó en el rostro.

—Cuidado en lo que invertís el dinero, Almanzor —lo advirtió—. Ya sabéis cuáles son las consecuencias del despilfarro.

—No las temo.

—Quizá no a ellas, pero sí a las de degustar lo que se os ha prohibido, ¿verdad? —Otro hombre, uno menos osado pero también menos suicida, la habría soltado. Él, sin embargo, le acarició el interior del antebrazo con el dedo pulgar—. Ya os castigaron una vez. Intentad que no os avergüencen y degraden una segunda.

Ella tampoco hizo por liberarse.

—Conseguidme las embajadas y sentaos a mi lado en la recepción y el banquete, señora mía. Lucid el brazalete en la velada.

—Siempre pidiendo lo imposible.

Aquello fue lo último que pronunció la Gran Señora antes de desvanecerse en la penumbra de la noche cerrada, sin candil que iluminara sus pasos.

16

A Nasir lo ubicaron en unos aposentos lujosos de un ala del palacio. De esos que tienen exquisitas alfombras en el suelo y tapices de colores colgados de las paredes, ocultando parte de la azulejería o las yeserías con motivos vegetales. Encima del camastro que reposaba sobre una tarima de madera, había un cómodo colchón envuelto en ropa limpia, con mantas de suave piel y una gran cantidad de almohadones. Tenía además cabecero —algo insólito— y un brasero para cuando el frío se recrudeciera y la colcha no fuera suficiente.

En el mobiliario descansaban útiles de todo tipo, desde cajas de eboraria en las que guardar sus efectos personales hasta botes que contenían perfumes de almizcle y ámbar para la piel y la barba, pasando por elaborados afeites y peines. Completaba el conjunto una escudilla con agua fresca en la que lavarse el rostro, ya fuera para las abluciones previas al rezo o para alejar las malas pesadillas al despertar. También había papel de pasta y tinta, por si le apetecía escribir o necesitaba estudiar. Y, al igual que Bassam, el califa se había preocupado por su fe, así que allí estaba la alfombra de oración ya orientada hacia La Meca.

Desde las ventanas se observaban los jardines, y a través de la celosía entraban el aroma del arrayán y la luz solar; para los momentos de oscuridad habían dispuesto un sinfín de candiles de piquera. Nasir agradeció esto último, porque, si todo salía como había previsto —y confiaba en ello, ya que Allah estaba de su parte—, tendría mucha lectura por delante. Y con el silencio absoluto y la vida diaria del Alcázar muerta, las altas horas de la noche eran perfectas para dedicarse a ello.

Antes de instalarse de forma definitiva en Madinat al-Zahra, Nasir tuvo que regresar a la posada de Bassam a recuperar todas sus pertenencias, que habían quedado olvidadas en la triste habitación de la algorfa, a la espera de que volviese de su cita con el califa. No había traído mucho consigo desde Bagdad, más allá de lo imprescindible para el viaje, y tampoco había acumulado demasiado en el tiempo que había estado allí. De hecho, podía haber obviado esas posesiones, pues de muy buena gana al-Hakam lo habría colmado de regalos, de no ser porque él iba más en busca de ciertos utensilios médicos.

Habiendo pagado el coste del hospedaje a Bassam, se despidió de él y de su hija Zuhra. Por primera vez, en el rostro de la muchacha no hubo sonrisa gentil ni azoramiento, ni rastro del rubor de sus mejillas. Así supo Nasir que realmente lamentaba su marcha.

—Llevad esto con vos, mi señor —le había pedido cuando su padre hubo regresado a sus quehaceres en la taberna y ella pudo escapar unos segundos para correr detrás de él. Lo había capturado recién salido del local, por lo que no tuvo que alejarse demasiado.

Zuhra sacó del bolsillo un retazo de tela que Nasir aceptó. Al abrirlo descubrió un mechón de su cabello, rociado en agua de rosas y unido por la raíz con una goma blanca e intacta cera. Tal y como había sospechado, su melena era oscura, a juego con las finas cejas.

—Es mío —señaló, aunque no había posibilidad de confusión—. Una vez leí que los enamorados suelen intercambiarse estas ofrendas para mantener vivo el recuerdo.

—Zuhra... —Trató de devolvérselo, pero ella se negó en redondo. Finalmente desistió de explicarle que ella siempre perviviría en su mente gracias a su dulzura, sin necesidad de presentes—. Solo me traslado a Madinat al-Zahra. Aún no regreso a Bagdad para que os despidáis de mí con tanta aflicción.

Le había enternecido el gesto de la joven, que no alzaba la cabeza por miedo a enfrentarse a su mirada. A ella ya le brotaban las primeras lágrimas, las cuales enjugó con el dorso de la mano en un intento de no romper a llorar.

—Ahora es vuestro, mi señor —balbuceó—. Lleváoslo.

Aunque jamás se lo dijera, Zuhra prefería que recogiera sus pertenencias y retornara a Bagdad para no volver a verlo antes de que se instalara en los palacios de la ciudad brillante. Porque allí, en el complejo palaciego, en los alcázares de bóvedas de oro y plata, estaría rodeado de un enjambre de bellas mujeres. Y ella, que era una más del común y fácilmente olvidable, pasaría a ser el recuerdo de una triste chiquilla que lo perseguía por la hospedería. Una chanza de la que se reirían él y las hermosas doncellas. Y luego, con el tiempo, ya no sería nada.

Se dice que el cabello tiene memoria. Zuhra no podía prescindir de la largura, pero sí sajarse un par de guedejas. Así, no pretendía tanto que él la recordara como más bien desprenderse de ese amor imposible.

Al llegar a Madinat al-Zahra, los guardas que acompañaban a Nasir en su última travesía por las callejuelas de Córdoba bromearían entre sí a costa de la humilde Zuhra. En sus descansos, beberían vino y se asestarían codazos, comentando que el médico bagdadí debía de albergar algo de magia, pues rompía corazones por donde pasaba y dejaba plañideras llorándole en cada puerto. De llevar consigo la cabellera de cada enamorada, sería la persona más peluda de todo Oriente y Occidente.

La visita al hogar de Hamal fue mucho menos lacrimógena, lo cual supuso un alivio para Nasir. Acostumbrado a ofrecer consuelo a los pobres, los enfermos y las viudas, la marcha de uno parecía un asunto nimio que no merecía pena alguna. Por eso se sentó sin pesar en aquel que se había convertido en su sitio predilecto, a la vera de Hamal y el Boticario, alrededor de la mesa, cubierta por jarras de vino y viandas recién cocinadas que hacían rugir el estómago de cualquiera.

Los guardas también gozaron de la hospitalidad de la familia, pues, aunque no compartieron mesa con ellos, se les permitió pasar más allá del zaguán. De hecho, la esposa del Boticario los condujo a una de las alhanías, en la que dispuso para ellos algo de fruta de temporada, queso y pan.

—He de haceros una pregunta, amigo mío —comenzó Nasir, sin formalidades ni rodeos—. Y entenderé vuestra respuesta, sea cual sea.

El Boticario no le dejó continuar.

—Queréis una esposa —atajó con total seguridad.

—Está en edad de contraer matrimonio —intervino el anciano Hamal, que con su edad ya había pactado un buen número de contratos matrimoniales, garantizando la dicha de los cónyuges—. La prima de tu esposa es una buena muchacha.

—Lo es —convino el Boticario—. Tiene muchas aptitudes, os lo aseguro, amigo mío, yo nunca os mentiría. —Se llevó la mano al pecho—. Este año cumple los dieciocho y puede que sea un poco mayor, pero ha estado bien vigilada por sus padres y su familia, eso os lo garantizo. No se asoma ni a las ventanas con celosía, no vayan a escucharla cantar y se enamoren de su bella voz. Es muchacha honrosa, devota y virtuosa.

—Y canta como una auténtica esclava cantora. ¡Como si hubiera acudido a la escuela de música del mismísimo Ziryab!

El Boticario no pudo reprimir la risa ante el entusiasmo de su querido abuelo.

—Ni que nosotros hubiéramos conocido a ese pájaro cantor, abuelo.

—¡Ah, no, no! —dijo él tras un acceso de tos—. Soy viejo, pero no tanto. —Y entonces se dirigió a Nasir—. Quedaos con la jovencita, que el trabajo es importante, pero el amor lo es aún más. Ella os procurará felicidad.

Su prima Sahar en Bagdad y una mujer de la familia califal en Madinat al-Zahra. Ambas aguardando su éxito y esperando un contrato matrimonial que las atara para siempre a él en cuerpo y alma. Una Zuhra abandonada y llorosa, de quien todavía portaba las guedejas entre uno de los pliegues de sus ropajes. Y además, la prima de la esposa de su amigo.

Se le multiplicaban las propuestas de matrimonio.

El Corán rezaba: «Casaos con las mujeres que os gusten: dos, tres o cuatro. Pero, si teméis no obrar con justicia, entonces con una sola o con vuestras esclavas. Así, evitaréis mejor obrar mal». Nasir no casaría con cuatro féminas ni aun teniendo una abundancia económica que le permitiera tratarlas a todas cual reinas. Incapaz de dividir su afecto, sabía que no podría ser justo ni misericordioso, como no podría ser indulgente o imparcial; a una la amaría y a las demás las dejaría en suspenso.

—Agradezco vuestro interés por mis nupcias, pero he venido por otra cuestión.

—¡Nuestro señor al-Hakam! ¿Cómo es? —quiso saber Hamal, emocionado por las buenas nuevas.

Tras rememorar su primera impresión acerca del califa, emitió un hondo suspiro. ¿Cómo describir a un hombre tan fascinante y, a la vez, tan venido a menos?

—Un anciano que quiere aferrarse a la vida, aunque eso le suponga dejarse la palma de las manos al rojo vivo —expresó con un ápice de amargura—. Ahí está el motivo de mi visita, querido amigo.

—Os escucho.

Nasir les informó de su gran ascenso, porque había ascensos y ascensos, y ser el médico oficial del califa de al-Ándalus no era precisamente un logro de escaso mérito. Una noticia semejante debía gritarse a los cuatro vientos y celebrarse entre vino, agua de azahar y deliciosos pasteles.

—No me permiten adquirir remedios de fuera de Madinat al-Zahra —reveló finalmente—. Cualquier medicina que le prepare al califa debe provenir del recinto palatino, eso significa que...

—Hasta aquí ha llegado nuestro negocio —concluyó el Boticario.

No había rencor en él, solo una sonrisa amabilísima.

—Eso significa que necesito que vengáis conmigo a Madinat al-Zahra. Decido consultároslo porque no quiero dar por afirmativa vuestra respuesta, pero nuestro señor al-Hakam permitiría que os asentarais en la corte junto a mí. Trabajaríais allí, en la despensa de medicina y ciencias, junto a médicos como los hermanos al-Harrani y Abulcasis, y otros mozos que parecen ser drogueros.

Mientras el rostro de Hamal se iluminaba, el de su nieto se contraía.

—¿Y mi familia? ¿Y mi esposa y mi hijo? ¿Y el que pronto nacerá? —Todas las preocupaciones flotaron en el aire, enrareciendo el ambiente que otrora había sido de jolgorio.

—La invitación solo es extensible a vos, querido amigo. Deberéis dejar aquí a vuestra bella esposa y a las criaturas.

—Idos, nieto. Idos —lo impulsó el anciano—. Es una oportunidad que quizá no volváis a tener. No os lo penséis. Idos. Si demostráis vuestra valía en la corte, quizá el califa os deje llevaros a vuestra esposa e hijos. Puede que incluso os envíe a Oriente a formaros como médico, igual que Ahmad al-Harrani y su hermano, o que el gran Abulcasis sea vuestro maestro. Podríais convertiros en *tabib*, como Nasir. Medraríais. Un hogar mejor para nuestra familia. ¡Oh, Hamal, mi preciado nieto! Yo abandoné el campo y me vine a la ciudad, y vos abandonáis la ciudad para iros a Madinat al-Zahra. Allah tiene algo reservado para vos, como lo tenía para mí. ¡Bendito sea! —clamó con las manos levantadas hacia el cielo.

—¿Qué decís? —Sonrió al Boticario—. Mis éxitos en Córdoba se deben en gran parte a vos. Y aquel que me acogió y me trató como un hermano merece mi mismo bien.

Este negó.

—No podría, Nasir. No podría.

—¡Pero, nieto...!

La excitación le provocó otro ataque de tos. Hamal se dobló sobre sí mismo, tapándose la boca con un lienzo que acabaría moteado de bermellón, mientras el Boticario le masajeaba la espalda con cariño.

Los remedios que Nasir le había recomendado le habían procurado algo de alivio, reduciendo los espasmos de tos que le sobrevenían. No obstante, la sangre seguía manchándole las encías, los dientes, los labios, el pañuelo en el que volcaba la esencia para no preocupar a sus seres queridos.

El Bagdadí y el Boticario intercambiaron miradas cómplices. «¿Cómo voy a irme, querido amigo? ¡Si el día menos pensado, mi abuelo exhalará su último aliento! Y si yo no estuviera aquí para sostenerle la mano, para ayudarlo a cruzar al Paraíso... Eso nunca me lo perdonaría», le decía con la mirada. Y Nasir asentía.

—No podría —repitió. Ya repuesto el anciano y no queriendo hacerle sentir culpable, agregó—: Me pesa el abandono de mi esposa. No podría separarme de ella, y tampoco quiero hacerlo. A decir verdad, soy feliz aquí, en Córdoba. La corte no es para mí.

Sabía que muy pocos entenderían su decisión, que muchos habrían deseado ocupar su lugar y que serían todavía más los que rezaban cada noche para recibir un ofrecimiento así. Pero él no era de esos. No quería ese estilo de vida. No quería orbitar en torno al poder, porque había oído lo que este hacía a los hombres. Y nunca era nada bueno.

Nasir reparó en el constante vistazo que su amigo echaba hacia la puerta, desde donde se vislumbraban el patio central y a la esposa, la madre y la abuela afanándose en mover el telar hacia una de las alhanías. Tres generaciones que hilaban entre conversaciones susurradas. Luego, observaba al abuelo, que sofocaba la enfermedad con un trago de vino que le suavizaría la garganta. ¿Quién querría renunciar a algo así a cambio de oro y fama? Solo los que carecían de cordura.

—No podré recurrir a vos —le advirtió Nasir una vez más, esperando que sus palabras calaran hondo.

—Os equivocáis. Siempre podréis recurrir a mí. —El Boticario alargó la mano y le dio una palmada en la suya, gesto de buena voluntad—. Siempre. —Entonces se puso en pie y escanció algo más de alcohol en las jarrillas—. Además, abuelo, ¿cómo voy a irme? Vos mismo habéis dicho que el trabajo es importante, pero que el amor lo es aún más.

Hamal lamentó tener que tragarse aquel ataque tan bien lanzado. Y Nasir no insistió. Había prometido respetar su decisión y, si seguía pidiéndole que lo acompañara, estaría faltando a la palabra y a su vínculo de amistad. Así que brindaron juntos por el ascenso y por las oportunidades perdidas en pro de cuidar aquello que ya se poseía.

Afortunadamente, Nasir no tardó en hacerse con la *jizanat al-tabbib* o la alacena de medicina y ciencias, que, como su propio nombre indica, se trataba de una estancia de gran tamaño, tanto que se asemejaba más a unos aposentos que a una despensa.

Enclaustrado en aquella botica palatina, reparó en que allí mismo se cumplía con la labor social más importante de todas: el cuidado de los enfermos, y no solo el de aquellos que residían en Madinat al-Zahra. Atendiendo a la dadivosidad y al precepto de obrar el bien, los médicos y los doce esclavos preparaban fármacos para repartir entre una buena parte de la población; en especial, a los menesterosos, que eran los más necesitados de atención.

Con tanto trabajo, Nasir memorizó enseguida dónde se

guardaban las hierbas y otros ingredientes, así como los utensilios para preparar brebajes y mezclas: morteros, cuchillos y demás. Y, sobre todo, aprendió cómo trabajaban los célebres hermanos al-Harrani, Abulcasis y los otros.

No fueron pocos los paseos que dio por los jardines de Madinat al-Zahra, que si muchos se habían creado para garantizar la belleza y el ocio, otros eran cuna de nuevas especies. Entre las flores y los arrayanes y los cipreses, entre el rumor del agua y el trino de los pájaros y el maullido de los gatos, crecían miles de plantas con propiedades curativas. De ahí las arrancaban y molían. De ahí las extirpaban para luego secarlas y triturarlas, para sumergirlas en agua y hacer tisanas. El apacible huertecito de su amigo el Boticario palidecía frente aquellas extensiones verdosas.

—Nuestro primer emir, Abd al-Rahman I el Emigrado, trajo la primera palmera. ¡La primera de todo al-Ándalus! —le había dicho Abulcasis señalándole una de ellas, que se alzaba majestuosa aportando sombra—. La plantó en un jardín al nordeste de Córdoba que mandó construir emulando la residencia de su querido abuelo. Y nosotros la tenemos aquí gracias a uno de sus esquejes.

La mención a Abd al-Rahman I y a su largo periplo desde Oriente lo alertó.

Puesto que Abulcasis hacía referencia a él, disponía de una oportunidad. Era el momento de hurgar en la herida, de indagar y averiguar si tenía conocimiento alguno del manuscrito perdido. Porque ya no le extrañaba que las gentes del común hubieran olvidado que, tiempo atrás, la princesa Abda había puesto su vida bajo el filo de la espada antes que desvelar el paradero de aquel tesoro literario. Sin embargo, para un sabio de la talla de Abulcasis, tan afamado y querido a sus treinta y siete años, no podía tratarse de una simple leyenda.

—¿Y veis esa de ahí? —Nasir había cabeceado—. Esta también es fruto de la huida de nuestro emir Abd al-Rahman. Aunque vos ya habréis visto de todo, para algo provenís de Bagdad.

Al anciano Hamal le habría encantado estar allí, rodeado por esa flagrante naturaleza que te invitaba a abrir las fosas nasales e inspirar el aire limpio.

—Y esto de aquí dará higos doñigales, oriundos de Siria. Algunos los hemos secado en las cocinas y están deliciosos. Son idóneos para evitar el estreñimiento —lo instruyó—. Pero eso vos también lo sabéis. Y estas son granadas zafaríes. —Fue corriendo hacia unos frutos orondos y rojizos—. Morirán en cuanto el otoño toque a su fin, aunque para eso aún queda. Probémoslas.

El médico arrancó una del árbol y la olió. Sacó un cuchillo de entre las vestiduras y lo clavó con fuerza en la robusta piel de la fruta. Tras partirla por la mitad, le entregó un trozo a Nasir para que disfrutara del sabor de sus granos. Este no dudó, hundió los dedos en el cofre de rubíes que era la granada y picoteó.

—Abulcasis —dijo con la boca llena de fruta y el zumo de esta resbalándole por la barbilla—. Vos que sois de gran intelecto, ¿qué más trajo consigo el Emigrado desde mis tierras?

—Mucho. Todo lo que podemos imaginar y más.

—¿Y algún libro? —se aventuró a preguntar, con el corazón encogido en un puño, el sudor perlándole las palmas de las manos y el aire atascado en la garganta.

Todo olía dulce. Todo sabía dulce. Era la granada.

O quizá la cercanía de ese compendio de medicina cuya existencia los Omeyas trataban de borrar y los Abasidas de recuperar.

—Sí —afirmó.

—¿Sí?

Se inclinó hacia delante, confiado. La esperanza le brillaba en las pupilas, y la fruta a punto estuvo de resbalársele de los dedos.

—Trajo un libro. Uno muy importante. Uno que nadie ha de mancillar con su tacto —prosiguió el célebre médico—. Uno que está bajo custodia. Todos los grandes tesoros han de estar bajo custodia, ¿sabéis? Al igual que los cristianos protegen los huesos de sus santos y los recluyen en hermosos reliquiarios de oro y plata. No hay mejor reliquiario que una biblioteca, ¿no creéis?

Nasir asentía, sabedor de que Lubna estaría de acuerdo con aquello. Ya podía considerarse la mujer más rica de todo el mundo, entre sus brazos cabía la acumulación de los saberes, los antiguos y los presentes.

Temeroso de interrumpir, no dijo nada. No fuera a ser que la magia del relato se esfumara y solo quedaran ellos, dos hombres ebrios de fantasías. Sin embargo, y pese a su silencio, las ilusiones albergadas se rompieron en múltiples fragmentos en cuanto Abulcasis le desveló cuál era ese libro: el Corán del califa Utman, una encuadernación que guardaban en la Biblioteca Real como oro en paño.

Por mucho que se esforzó en disimular su decepción, aquella revelación le supuso un duro golpe.

¿Era posible que Abulcasis no supiera nada sobre el manuscrito perdido de Abd al-Rahman I? Él, que era un reputado médico. Él, que había atendido al califa Abd al-Rahman III y a su hijo, al-Hakam II. Él, que se había especializado en la cirugía y hasta había inventado instrumentos quirúrgicos.

Por un momento se paralizó ante la idea de que todo fuera un sueño pueril y estuviera malgastando la vida en perseguir quimeras, tal y como le había advertido su tío Ibrahim. Porque ¿cuántas cosas podían haber viajado desde Damasco con Abd al-Rahman I el Emigrado? Semillas, esquejes de plantas, algo de oro, el leal sirviente Bedr y el Corán del califa Utman, que probablemente no lo hubiera elegido tanto por su notoriedad, sino por llevar a Allah un poco más cerca del corazón. ¿Habría sitio en su equipaje para algo más, para un manuscrito que recogía avances científicos? ¿O al tener que huir con premura había renunciado a él, abandonándolo en el Alcázar a merced de la princesa Abda, quien lo destruiría con el fuego o lo enterraría para siempre, condenándolo al olvido eterno?

Preso del desánimo, maldijo su suerte. Por Allah, que, si Abd al-Rahman I no había salvado ese manuscrito, eso se traducía en que la princesa Omeya quizá no hubiera sido tan valiente como necia. Matar la ciencia. Matarla antes que entregársela a la dinastía enemiga. ¿Por qué privar a las generaciones venideras de los beneficios de la medicina?

—En nuestro antiguo Alcázar están esos primeros brotes que viajaron con el emir. Pedid que os los muestren, vos sabréis apreciar su belleza y antigüedad.

Pero Abulcasis ya no se refería a los libros.

Nasir le prometió que iría un día y contemplaría aquello. No era un juramento en balde. Iría. Quería ver por sí mismo las semillas que había traído Abd al-Rahman I en el bolsillo de sus ropajes. Y quería excavar con sus propias manos en las entrañas húmedas y terrosas en las que descansaba el Emigrado para averiguar, de un modo u otro, si junto a sus restos hallaría el famoso manuscrito perdido.

Y ya sabía quién era la persona que lo conduciría hasta allí.

17

—Así que os interesan los libros.

Con su presencia cesó el ruido de los morteros, los cuchillos y los líquidos a medio derramar. El silencio lo copó todo y los múltiples pares de ojos congregados en la botica, los de médicos y drogueros, se concentraron en Lubna. Hasta hacía unos escasos segundos habían estado inmersos en la lucha por elaborar nuevos bebedizos, pasándose de mano en mano los ingredientes y prestándose herramientas.

Nasir la observaba, dudando de si la supuesta pregunta iba dirigida a él. Lubna esperaba bajo el umbral de la puerta, con los brazos pegados al regazo y la pelliza cubriéndola entera. Los labios se le habían amoratado por la gelidez del exterior y las mejillas habían perdido parte del rubor. El Bagdadí había reparado en ello, pero no fue hasta que ella alzó las cejas cuando él examinó a sus compañeros médicos y luego se señaló a sí mismo en un gesto de vacilación. Abulcasis lo animó a contestar.

—Sí. —No pudo más que responder con ese tono escéptico que adquiere el que no entiende los cauces por los que discurrirá la conversación.

—Voy a enseñaros algo.

Lubna echó a andar por los pasillos del recinto palatino con Nasir a la zaga.

Era mediados de octubre, el frío se había intensificado y durante unos días había llovido copiosamente. Aquella mañana por fin había amanecido un cielo despejado de nubes y, si te parabas al sol, con la cara vuelta hacia él, este te atemperaba lo suficiente como para que no te castañearan los dientes.

Si Nasir hubiera permanecido todavía en Córdoba, el anciano Hamal le habría avisado de que, aunque escampara, la tormenta no tardaría en regresar. Le habría convocado una noche y le habría señalado la luna, oronda y plateada en la inmensidad de la oscuridad, y le habría destripado el augurio. «La luna tiene un rostro oculto, siempre guarda secretos, pero, si sois paciente y os fijáis en los detalles y os preocupáis por conocerla, podréis desentrañar qué esconde. Así, mirad, que cuando la luna tiene un halo rosado, o llueve mañana, o llueve pasado», le habría dicho. Y él habría adivinado que la tempestad arreciaría nuevamente.

—¿A dónde vamos?

Lubna no contestó. Continuó serpenteando por los pasajes y solo hizo un alto para pedirle que agarrara algo de abrigo, a lo que él accedió sin oposición.

Después de haber torcido esquinas y descendido innumerables escaleras, Lubna abrió una portezuela de desgastada madera que parecía conducir a ninguna parte, si acaso a lo que cualquiera habría definido como la boca del lobo. Ante ellos se extendían unos pasadizos subterráneos de infinita oscuridad.

—Estos túneles los construyó el califa Abd al-Rahman III, padre de nuestro señor al-Hakam —le explicó, tendiéndole el candil encendido que los alumbraría durante el recorrido—. Es la única forma de acceder al antiguo Alcázar cordobés sin necesidad de salir de Madinat al-Zahra y atravesar el centro de la ciudad. Es rápido, secreto y tranquilo.

En cuanto entraron, Lubna cerró la puerta y la penumbra absoluta los engulló. Gracias a la titilante lucecita que brotaba de la lumbre, Nasir pudo contemplar las pétreas facciones de la esclava y las paredes desnudas y terrosas del pasadizo. Aquello era lo más parecido a que te confinaran en un sepulcro y te sepultaran, y al pensarlo un escalofrío viajó por toda su columna vertebral.

—Cuidado por donde pisáis.

El aviso llegó tarde. Sus zapatos se hundieron en un putrefacto charco en el que se había acumulado el agua, un pequeño lodazal creado a partir de las gotas que se precipitaban desde el techo abovedado.

Chasqueó la lengua, asqueado por la inmundicia del lugar. Y todavía había algo peor: el ambiente húmedo y viciado que te dificultaba respirar con normalidad y el frío que se te metía hasta los huesos. Entonces comprendió los labios mortecinos de la esclava y la palidez de sus mejillas.

Arrebujado dentro de la pelliza, se echó el aliento en las manos con la firme intención de caldearlas.

—¿A qué se debe su uso? —preguntó mientras se deshacía del barro adherido a la suela—. ¿Los utilizaba el califa para visitar a la concubina Zahra, esa a la que honró construyéndole la ciudad brillante? ¿O es una vía de escape por si sucede algo terrible y la familia real ha de huir?

Lubna estalló en carcajadas limpias y el eco resonó por todo el conducto. Era la primera vez que Nasir la oía reír y le pareció que aquel sonido era lo más similar al dulce tañido de una cítara.

—No. Eso no es más que una leyenda. No hubo ninguna Zahra en la vida del califa.

Y era irónico, porque Abd al-Rahman III se había rodeado de las mujeres más hermosas y había tenido con ellas un buen número de descendientes: diecinueve varones y dieciséis féminas. Algunos, por desgracia, no habían alcanzado la edad adulta.

Lubna le explicó que aquello era una simple leyenda que, siendo así de jugosa y gustando tanto a las gentes todo lo relacionado con los amoríos y las luchas intestinas en el harén, se había extendido. Era mucho más romántico concederle la creación de Madinat al-Zahra al capricho de una joven esclava que había doblegado la voluntad del califa mediante las artes amatorias que a la rivalidad vigente entre los distintos poderes islámicos que trataban de sobresalir unos frente a otros a través de la política y de las grandes edificaciones.

—La mayoría de los habitantes del Alcázar no conocen estos pasajes, pero los que sí los usamos muy a menudo. En un principio, los construyeron para conectar ambos complejos palatinos, pues durante un tiempo el califa se instaló en el nuevo palacio mientras sus hijos permanecían en Córdoba bajo una esmerada crianza. Luego, ya asentados todos aquí, pasó a considerarse una escapatoria fácil para la familia real en caso de inminente peligro.

—Desde luego, muy pocos los seguirían hasta aquí abajo —comentó, repelido por el barro que seguía adherido a sus pies y los pequeños insectos que se colaban por entre las rendijas de la tierra apelmazada.

Lubna emitió una risita divertida.

—El Alcázar de Córdoba ya no es lo que era. Si antes albergaba la residencia de emires y califas, ahora funciona, más bien, como una suerte de almacén. Una parte está destinada a guardar sus efectos personales y otra es el depósito de cuadernos, manuscritos y libros, una oficina de amanuenses e interventores de servicios. Allí solo quedamos sus servidores de confianza y los escribanos más antiguos.

—La Biblioteca Real —acotó.

—En efecto, pero son lugares diferenciados. Nuestra biblioteca actúa solo de biblioteca. Las oficinas de los escribanos y otros servidores están aparte.

—¿Y todos los días camináis desde aquí hasta allí?

Ella asintió.

—No comprendo vuestra sorpresa. Pensé que algunos médicos eran partidarios del ejercicio físico.

—Y soy uno de ellos —se defendió—, pero considero que

quizá sea excesiva esta caminata más de dos veces al día. En especial para una fémina. Y lo cierto es que para cualquier humano que quiera seguir con vida: este frío es abominable y amenaza con agarrotarnos el pecho y hacernos enfermar.

—Entonces perded cuidado, hay días en que la hago hasta más de tres o cuatro veces —se vanaglorió—. Aun siendo una fémina. Y todavía no he caído presa de fiebres debido a estos pasadizos.

De poco iba a servir tratar de cambiar esa malsana costumbre. Por lo que había visto hasta entonces, Lubna era mujer de principios, y por encima de ellos estaba esa terquedad que tanto se detestaba en las de su género. En ella no aplicaba ese afamado refrán que decía: «Una mujer honesta es la que, cuando la fuerzan a andar derecha, lo anda, y cuando le quitan las ocasiones de peligro, se mantiene firme».

Llegados al Alcázar, y emergiendo de las sombras, aparecieron en una de las alas aledañas a la biblioteca. Nasir reconoció el lugar de sus escasos días trabajando como obrero en la construcción. Casi sin poder evitarlo, enfiló por sí mismo hacia la Biblioteca Real, un error que le costó una mueca por parte de la esclava, que lo siguió sin omitir el palpable apercibimiento con el que lo miraba.

Los ruidos de la reforma se acrecentaron a medida que se acercaban y ya en las puertas Nasir vislumbró su interior, más revuelto que de costumbre debido a la nueva ordenación que estaban llevando a cabo. Pese a la lejanía y las contundentes estanterías, veía a Qamar sentada delante de una mesa, concentrada en sus lecciones, mordisqueándose las uñas. Enfrente de ella, Talid divagaba sobre aritmética.

Durante unos instantes permaneció ahí, inmóvil, absorto en las guedejas rubias de la muchacha y en las explicaciones del eunuco.

Lubna buscó el objeto de su atención y se encontró con la belleza resplandeciente de su discípula. De nuevo sintió ese pellizco de envidia que le recordaba que, una vez, ella también pecó de vanidad.

Sumido en un absoluto mutismo —solo paliado por los aullidos guturales de los obreros y la monótona perorata de Talid—, Nasir no advirtió la mano posada sobre el hombro hasta que un cálido aliento le acarició el cuello.

—Hemos de irnos —susurró Lubna.

El Bagdadí despertó del trance. Al parpadear, enfocó la vista en el rostro que tenía enfrente, todo moreno y espolvoreado de lunares. Pensó en el estoraque que le daba nombre, mas no lo mencionó.

Salieron del Alcázar por una de sus muchas puertas y se adentraron en el caos bullicioso que era la ciudad.

Lubna había decidido tenderle la mano y dejar que él le tomara el brazo, principalmente por dos razones. La primera, porque el califa al-Hakam la había instado a que le facilitara al nuevo médico cualquier cosa que necesitara, y eso pasaba por colmarlo de manuscritos científicos y darle acceso libre a la Biblioteca Real. Aunque esto último aún no estaba dispuesta a mencionárselo. La segunda, porque, pese a no haberse ganado su confianza, si algo había aprendido a costa de sus vivencias era que todos merecían una oportunidad.

—¿Cuántos libros habéis leído?

Hubo de elevar la voz para hacerse oír por encima del mundanal ruido.

—No los he contado. ¿Vos sí?

Negó con la cabeza y sus rizos bailotearon.

—No. Pero a los hombres les gusta vanagloriarse de sus logros, así que pensé que... —Se encogió de hombros—. Contáis cuántos animales abatís durante las cacerías, a cuántos hombres matáis durante la contienda, cuántas mujeres poseéis y cuántos hijos les engendráis. Y cuántas copas de vino vaciáis en una buena velada.

—Más de cien y menos de mil, de eso estoy seguro.

—¿En la biblioteca del hospital?

Nasir esquivó a un hombre que tiraba de un par de acémilas cargadas y que se había interpuesto en su camino. El inesperado movimiento hizo que su cuerpo chocara con el de Lubna y que el leve contacto trajera consigo el aroma a rosas que le manaba del cabello.

—Y en la que pertenece a mi familia y en la de la Casa de la Sabiduría —dijo tras deshacerse del aturdimiento que le había dejado el perfume de la esclava—. Pero sabed que no he matado a nadie, hombre o mujer, adulto o niño. Estoy libre de dicho delito.

—Me lo figuraba. Después de todo, sois médico, no un asesino.

Lubna sonrió al recordar el primer encuentro, el intenso miedo que la había asolado al creer que podía tratarse de uno de esos matarifes que buscaba asestarle el golpe de gracia a su ya avejentado señor. Al final, el supuesto asesino sin alma ni corazón había resultado ser un médico que no había empuñado acero alguno más que para abrir las carnes infectas de aquellos que necesitaban de una cirugía de urgencia.

—¿Qué hay de vos, bibliotecaria?

—¿Preguntáis si he frecuentado alguna otra biblioteca que no sea la Real? —Nasir cabeceó—. No. Aquí no hay Casas de la Sabiduría a las que acudir. Y... —Tragó saliva con fuerza hiriéndose la garganta—. No hay familia para una esclava.

—¿Sois del norte?

—No —contestó con urgencia, deseosa de deshacerse de aquella incómoda conversación—. No lo sé —recapacitó—. Desde luego, no soy franca, ni gallega ni vascona. Supongo que soy de aquí, de Córdoba, y al mismo tiempo de ninguna parte.

Acusando la evidente tensión que acababa de asentarse entre ambos y las arrugas que se habían instalado en los labios de Lubna, Nasir obvió su interrogatorio. Estuvo tentado de disculparse por su descortesía, ya que no debería haber indagado en su pasado cuando era más que evidente que ella no deseaba hacerle partícipe de él. Y, sobre todo, siendo este, quizá, un retazo de su vida que atesoraba con cariño y que guardaba con recelo ante los desconocidos.

Pero justo cuando iba a verbalizar esa disculpa, se encontró rodeado por una cantidad ingente de personas que asestaban codazos y le gritaban al oído. Los presentes batallaban por alcanzar la primera fila frente a un estrado de madera sobre el que un hombrecito de incipiente calvicie y frondosa barba se paseaba. Pese a su escasa estatura, emanaba un aura de autoridad que únicamente competía con su estruendosa voz.

—El mercado de libros —anunció Lubna—. Córdoba es, en todo su esplendor, un gran y hermoso almacén de libros.

Nasir abrió los ojos, impactado por las declaraciones.

A la diestra de la tarima había un enorme carromato lleno de libros, todos en muy buenas condiciones, protegidos por lienzos que los arropaban y cajas. El hombrecito, que era el corredor de la subasta, daba indicaciones a unos esclavos para que fueran descargando con precaución los volúmenes.

—¿Qué hemos venido a hacer aquí?

—Yo he de cumplir con una obligación. Vos, limitaos a observar, ya que estáis tan interesado en los libros de la Biblioteca Real. Además, os necesito.

—¿Me necesitáis? —La extrañeza se dibujó en su ceño fruncido—. ¿Para qué?

Le habría resultado difícil de explicar.

Allí, en mitad del mercado de libros, se desarrollaba algo más que la compra y venta de manuscritos. La pérdida de un preciado volumen desembocaba en altercados: que si gritos de impotencia, que si insultos, que si discusiones encendidas y, a menudo, reyertas que se saldaban con algún herido. Abundaban los puñetazos; por suerte, no las carnes abiertas con el filo de una daga.

La situación se volvía peligrosa para una mujer, cualquier mujer. Más aún para una esclava.

No era la primera vez que Lubna se hacía con un libro en el que estaban interesados más compradores y, aunque enseñaba la sentencia del califa que la capacitaba a adquirir el bien material y le otorgaba un poder inconmensurable, algunos no la creían. Porque de tener que enviar a alguien, al-Hakam al-Mustansir billah, Príncipe de los creyentes, enviaría a un eunuco, no a una esclava, a una mujer. Así que había quienes con su mal perder, sintiéndose ultrajados, la habían amenazado con gestos obscenos. Y ella solo podía rezar por que la ira se les pasara rápido y no se atrevieran a ponerle un dedo encima.

Tomar a una esclava resultaba tan sencillo como agarrarla por el brazo y llevársela a un callejón en el que subirle los bajos de las vestiduras. Tan sencillo como apretarla contra el frío muro y deslizarse por entre sus piernas. Pero tan complicado como hacer callar su agonía.

Matar a una esclava era de una simpleza abominable. Solo había que atraparla con fuerza y hundirle un puñal en la espalda. Sesgarle la vida.

A veces, tomar a una esclava y matar a una esclava suponían lo mismo, aunque no en apariencia. Y, otras veces, una cosa llevaba a la otra. Se empezaba con la sangre que baja de los muslos y se acababa con la sangre que nace del estómago.

Pero Lubna no era cualquier esclava. Porque por una esclava cualquiera, por una majada, violentada y muerta, solo había que pagar un precio. Lanzarle las monedas al dueño y pedir disculpas por haberle arrebatado algo de su propiedad. Al igual que hacen los niños: se disculpan tras haberle robado a otro uno de esos caballitos de madera del que se han encaprichado al verlo jugar en la calle. Y entonces se hace la paz. El dinero lo compra todo, incluso el perdón.

Por Lubna… Por Lubna habrían de pagar su peso en oro. Y nunca sería suficiente. Porque lo que ella valía no había quien lo costease. Y al-Hakam, varón de justicia, exigiría más. Más oro. Más sangre. Más vida, la del culpable, la de quien se la llevara.

—Compraremos un manuscrito que me han encargado, y si hay aquí alguno que os sea de interés, el califa estará encantado de obsequiaros con él. No dudéis y pujad, si es que realmente lo anheláis para vuestros estudios.

—No creo que aquí encuentre lo que busco.

—Os sorprenderíais, mi señor, pues los libros viajan de aquí para allá y tienden a aparecer en cualquier rincón del mundo.

—No el mío —comentó con cierto sarcasmo.

Si no estaba entre los huesos astillados de Abd al-Rahman I, no estaba en ninguna parte.

—¡Maldición! —murmuró Lubna.

—¿Qué sucede?

La esclava realizó un gesto con la cabeza indicándole el lugar exacto al que debía mirar. Entre la muchedumbre se hallaba un hombre de vestiduras ricas y semblante adusto, cuya barba larga blanquecina le confería más edad que las arrugas.

—Hace poco se hizo con un libro de gran valor.

—¿De medicina?

Ella negó.

—Lamento comunicaros, mi señor, que no todas las ciencias se resumen en medicina. Este versaba sobre astronomía. Nuestro señor al-Hakam quería ofrendar con él a una de las esclavas más influyentes de su harén, especializada en dicha materia. —Lubna le lanzó una mirada abrasiva al hombre, que también había reparado en su presencia. No vio ira en él, solo esa sonrisa jactanciosa tan propia de los que se saben vencedores—. Por desgracia, la puja se elevó sobremanera y, al final, me rendí.

—¿Os rendisteis, vos? —Exclamó atónito—. No hay puja lo suficientemente alta que no pueda pagar el califa.

—Exacto. No la hay. Pero hemos de ser cuidadosos con el dinero, que este no crece en los árboles al igual que las granadas, y el libro no valía tanto.

—¿Os encarasteis con él?

—¡Por Allah, no! Temo que haber pasado demasiado tiempo rodeado de los esclavos de la botica os haya hecho olvidar qué lugar ocupamos quienes no gozamos de libertad.

Puede que así fuera. Le había preguntado por su origen cuando lo máximo que una esclava puede recordar es que o nació siendo esclava, o fue capturada en la frontera durante una algarada, cada cual peor. Qué necio e insensible había sido. La historia que le perteneciera sería trágica y la que le narrara —pues algo le decía que no sería la realidad— estaría preñada de desgracias y mentiras.

Lubna, ajena a la lucha interna que se producía en su mente, continuó con el relato.

—Él se acercó a mí y me dijo: «Dispensadme, no soy doctor. Para que veáis, ni siquiera me he enterado de qué trata el libro. Pero como uno tiene que acomodarse a las exigencias de la buena sociedad de Córdoba, se ve precisado a formar biblioteca. En los estantes de mi librería tengo un hueco que pide exactamente el tamaño de este libro y, como he visto que tiene bonita letra y bonita encuadernación, me ha placido. Por lo demás, ni siquiera me he fijado en el precio. Gracias a Allah, me sobra dinero para estas cosas. Espero no haberos privado de una suculenta lectura. De todas formas, dudo que lo hubierais entendido, esclava. No están hechos los manjares para la boca de un asno».

—Malnacido —gruñó Nasir, los puños aprisionados. Y entonces fue él quien lo examinó desafiante—. ¿Cómo se atreve a denigraros de esa forma tan cruel y mezquina? Le sobrepasáis en intelecto, donosura y modales.

Las comisuras de Lubna ascendieron en una sonrisa, fruto de la ternura.

—Bien es verdad lo que dice el proverbio: «Allah da nueces a quien no tiene dientes».

Nasir no podía apartar la vista de aquel rufián.

Ella solo pudo asentir.

Unos segundos después, dio comienzo la subasta.

Primero salieron unos volúmenes muy bien pagados, entre los que figuraba un tratado de botánica que Nasir adquirió con el apoyo de Lubna —y el respaldo económico del califa— sin mucho esfuerzo. Su valor no residía ni en lo histórico ni en lo monetario, sino en los extraordinarios dibujos que representaban la inmensa variedad de flora. Pensó que, dada su pasión por la naturaleza, al Boticario y al anciano Hamal les encantaría, así que antes de su regreso a Bagdad se lo regalaría.

Tras ellos, por fin subió al estrado el que les convenía: un libro sobre jurisprudencia en el que se había fijado al-Hakam, buen conocedor de la materia. No fue el único interesado, ya que al menos cinco personas más lo estaban, entre ellos aquel ignominioso hombre que parecía decidido a arrebatarle un nuevo manuscrito a Lubna.

La puja se inició con un precio no muy acusado y fue ascendiendo con una premura y una vertiginosidad que delataban la ansiedad de los participantes. Por cada oferta que se hacía, el corredor elevaba la mano señalando que había otra aún mayor. Dos varones cejaron en su empeño, olvidándose de la obra. Los demás continuaron ensañándose.

Habida cuenta de que Nasir nunca había presenciado una subasta, y mucho menos de tal calibre, la vivió con una intensidad inusitada, factible para aquellos que son neófitos y se ven abrumados por los nervios de la ocasión. Solo respiró con sosiego cuando Lubna se alzó con la victoria.

Lo que vendría a continuación jamás se le olvidaría. El soberbio hombre de ademanes cuidados se marchó en cuanto se cerró el trato y la proclamaron vencedora, una actitud digna de alabar en comparación con otros. Dos de los cinco posibles compradores quedaron airados y estallaron en una incontrolable ira al comprender que quien recibiría el compendio de jurisprudencia era una fémina. Peor aún. Una esclava de cabello al viento. Una esclava joven. Y, además, ni la mitad de hermosa que otras que decían haber conocido; aunque aquello difícilmente sería cierto, y no por la inexistencia de mujeres más atractivas que Lubna.

Malheridos sus orgullos por tamaña ofensa, sucedió lo que había de suceder, lo que ya había ocurrido en otras tantas ocasiones. Los oprobios cayeron sobre Lubna con contundencia, empapándola por completo, dejando su tez manchada por todas las palabras dañinas que nunca nadie habría de gritar. «Ramera» fue la más empleada. Muy seguida de «fornicadora» y «asquerosa y repugnante esclava». Y los que la presupusieron cristiana se cebaron con ella llamándola *rumiyya*, como si aquello, en vez de referirse a los cristianos del norte, apelara a ser hija de un demonio comeniños.

Llovieron muchos más insultos en cuanto Lubna subió al estrado para bisbisear con el corredor acerca del trato, ya que en unos días llevarían el volumen al Alcázar y se haría efectivo el pago. A cada ofensa lanzada con la certeza de una flecha, su respiración se aceleraba, subyugada ante el peligro inminente.

Nasir la cubrió con su cuerpo y la apartó de allí, una mano sobre sus hombros, la otra sobre su antebrazo, aprisionándola, cercándola.

—Vamos —la azuzó.

Y ella asintió, obediente, sumisa.

La ligereza con la que andaban los alejaba del abarrotado mercado de libros, en el que todavía perduraban el altercado y la indignación. Era difícil salir de ahí, pues constantemente tropezaban con viandantes que cruzaban el zoco, ora en una dirección, ora en otra.

Un golpe alertó a Nasir.

Alguien había arrojado una piedra y esta le había impactado de lleno en el brazo. Solo entonces reparó en que, de no haber refugiado a Lubna con el cuerpo, habría acertado en la nuca de esta. Ella también se había percatado; es más, había entendido que el blanco de aquel proyectil era, evidentemente, ella.

Habituada al trato vejatorio en cualquier ámbito, lo único

que había en sus ojos era un pozo negro de desolación. Nasir pensó que resultaba demasiado para él, para cualquiera. La miraba y creía que podía hundirse en ellos.

Un segundo lanzamiento pasó cerca sin rozarlos siquiera.

—¿Cómo osan mancillar a la esclava del califa?

El siguiente vituperio terminó por prenderle fuego a su rabia, alimentada de sobra por la impotencia que sentía. De reojo vislumbró a esos malhechores que odiaban perder y a punto estuvo de girarse y enfrentarse a ellos. Eran unos malditos que no merecían catalogarse de hombres. Y así lo habría hecho de no ser porque Lubna, adivinando sus intenciones, lo interceptó. Todavía temblando por el miedo y con el rostro demudado, susurró:

—Dejadlo estar, mi señor.

Y Nasir, que jamás se había involucrado en trifulca alguna, volvió a abrazarla y aceleró el ritmo, con los rizos de ella cosquilleándole en la nariz por el agua de rosas.

A partir de ese momento, siempre se cuestionaría por qué Lubna no portaba una daga. De habérselo preguntado en voz alta, ella habría respondido algo parecido a lo que dijo Qamar aquel primer día en que se encontraron en la Biblioteca Real: «¿Para qué? ¿Qué habría eso de cambiar? Soy una esclava. No hay nada más bajo que yo».

Ninguno de los dos mencionó lo ocurrido.

Y ninguno de los dos lo olvidaría.

18

A medida que se acercaba la recepción de las embajadas, Madinat al-Zahra se iba convirtiendo en un hervidero de excitación. A las naturales y cotidianas tareas de Lubna se habían sumado ciertos preparativos, con las dificultades que estos conllevaban, pues de todos es sabido que a menudo los festejos y celebraciones suelen ser fuente de problemas. Se le había encargado la contratación de un nuevo y abundante servicio que satisficiera las comodidades de las embajadas, que se hospedarían en la ciudad brillante. Y cualquiera de sus decisiones con respecto a ello debía contar con la aprobación de Almanzor, quien se desvivía en preocupaciones y rechazaba a una buena parte de los elegidos. También había de conseguir una *sitarat al-quina* del gusto del califa, es decir, una orquesta musical en la que participaban bellísimas mujeres dedicadas al canto y la música. De hecho, lo que realmente quería al-Hakam era que su conjunto músico-vocal fuera el más excelente de todos los habidos y por haber. Para ello tenía que asegurarse de que algunas de las esclavas de la corte participaran en el espectáculo —bien con bailes, bien con melodías, bien con dulces poemas entonados bajo la luz de los candiles— y en el banquete con el que agasajarían a los invitados.

De repente, las horas de un día no parecían ser suficientes para comer o respirar. Apenas le daba tiempo a nada que no fuera atender sus muchas obligaciones como secretaria del califa y la Gran Señora Subh, poner en orden la Biblioteca Real e impartir las lecciones a Qamar. Aquello último ya suponía un desafío en sí mismo. Tal y como había predicho junto con su querido amigo el eunuco, la muchacha ya se hallaba ensimismada en nuevas ensoñaciones en cuanto lució una rubia cabellera que la asemejaba a las esclavas vasconas que tanto apreciaba la dinastía Omeya. Su nueva aspiración era depilarse las cejas hasta que estas se convirtieran en una finísima línea y ganar un poco más de grasa localizada en la zona de las pantorrillas y el trasero. «El grosor atrae el deseo», defendía ella.

Tan obsesionada estaba con ese cuerpo voluptuoso que había pedido encarecidamente a las cocineras del Alcázar que siguieran un par de recetarios que ella misma había encontrado en la Biblioteca Real y que contenían una serie de regímenes dietéticos. Desde entonces se alimentaba a base de *harays*, *jawadhib*, arroz con leche, cordero lechal, asados de ternera troceada, pato grasiento y pollo. Por si fuera poco, había leído que lo más recomendado para engrosar un miembro era darle una buena friega hasta que este enrojeciera y vendarlo con una venda de brea, líquida o derretida, y aceite para que se licuara la cocción. Así que todas las noches se adhería a las pantorrillas aquella mezcla maloliente con la esperanza de ganar volumen.

Lubna ya no solo luchaba contra la mala caligrafía de Qamar, sino también contra sus ambiciones exacerbadas que la llevaban a formular planteamientos que, a su parecer, eran terroríficos. La muchacha estaba preocupada por el próximo mes de Ramadán, pues temía que sus avances en lo referido a la dieta se revirtieran a causa del ayuno.

—Volveré a adelgazar y los hombres ya no me verán bella —clamaba abatida.

Y Lubna se retorcía las manos bajo la mesa para que una de ellas no volara hasta su rostro y lo cruzara de un bofetón.

—Ya hemos hablado sobre esto —le decía—, la belleza se

marchita con los años y lo único que permanece es el intelecto. Céntrate en él, Qamar, eso te mantendrá sana y salva.

Las lluvias intempestivas regresaron y arreciaron con dureza, llenando de agua el río Guadalquivir y amenazando con desbordarlo. Lo nublado del cielo, el aguacero constante y el ambiente húmedo afectaron a Lubna casi tanto como la ansiedad y el agobio. Antes de que pudiera siquiera notar los síntomas del cansancio, el ajetreo diario y la autoexigencia acabaron repercutiendo en su salud y durante un par de días padeció tales dolores de cabeza que le fue del todo imposible levantarse del lecho.

La indisposición no hacía más que atormentarla, dado que el trabajo se acumulaba.

—Eres demasiado ansiosa, Lubna —le había dicho Muzna el primer día en que hubo de guardar reposo en cama.

Su maestra estaba junto a ella, sentada en un resquicio del mullido colchón, sosteniéndole una mano y refrescándole la frente con unos lienzos empapados de agua congelada. Esperaba que aquel remedio natural mermara un poco los fuertes pinchazos que sentía en todo el cráneo, agujas que se le clavaban hasta lo más hondo de sus pensamientos.

—¿No es esa la vida del esclavo? —objetó.

—Supongo que depende del esclavo. Desde luego, aquellas que forman parte del gineceo del gobernante nunca han trabajado como lo haces tú.

—Cada una con su sino. Sus deberes son peores que los míos, que paliar el hambre voraz de un hombre resulta abominable en según qué momento, bien lo sabéis.

Ambas pensaron en la trágica historia de la esclava de Abd al-Rahman III. Esa que había perdido la cabeza a manos del verdugo y cuyo colgante de perlas, jacintos y topacios le había pagado a este su nuevo hogar. La desgracia de unos era el ascenso de otros.

En un mutismo sepulcral, Muzna le tocó la frente para comprobar si la tela ya se había secado. Al notarla poco húmeda, la retiró y volvió a sumergirla en la escudilla de agua para luego escurrirla y colocarla de nuevo sobre el rostro de su discípula. Lubna suspiró al notar el frío entumeciéndole la frente y los ojos.

—No tendré que soportar mucho más este esfuerzo inhumano. Las embajadas llegarán pronto.

—Y, por desgracia, nuestro señor al-Hakam todavía es víctima de esos repentinos ataques de temblores y epilepsia. Puede que Qamar no tarde en sustituirte.

Incluso con los párpados cerrados, una lágrima le resbaló por la mejilla. En la oscuridad de la alcoba —una petición que manaba de la incapacidad de soportar el fulgor de un nuevo día—, la luz mortecina de los candiles le arrancó un brillo que recordaba al de los diamantes.

—No me ha dado tiempo a hacer nada como bibliotecaria —se lamentó, con la voz a punto de quebrarse y la garganta dolorida por la retención del llanto.

—No digas eso, Lubna.

—Solo he escrito misivas de Estado, comprado y ordenado manuscritos.

Las acusaciones que le había lanzado Qamar semanas atrás volvieron a ella. «Siempre tan intelectual, tan callada, sin opiniones propias, sin pensamientos propios. Lo único que hacéis es permanecer aquí, copiando palabras ajenas, nunca las vuestras. Tenéis tanto por decir y aun así no lo hacéis. Guardáis silencio, como si temierais a vuestra voz». Esas habían sido las palabras exactas.

En aquel momento había fingido que no era una ofensa, quizá porque no lo entendió como tal, sino como un mísero ataque que respondía a la única vía de alivio que encontraba su discípula. No obstante, esas afirmaciones le habían dejado poso y, desde que se veía incapaz de cumplir con sus obligaciones, observaba un ápice de razón en ellas.

—¿Cuál ha sido mi obra?

—Habéis protegido el único manuscrito que realmente importa. —Muzna le estrechó la mano con aún más fuerza—. No seas tan severa contigo.

—Durante un breve periodo de tiempo. ¿Qué son doce años comparados con toda vuestra vida dedicada a ello?

—Fueron cuarenta y nueve años al servicio de mi honorable señor Abd al-Rahman III, pero también al servicio de un secreto indecible, uno que me aprisionaba las entrañas y me alejaba de cualquier ser amado. —El suspiro estaba cargado de añoranza—. No le desearía a nadie tantísimos años soportando esa carga, Lubna. Doce. Doce son más que suficientes.

—Todavía puedo continuar siendo secretaria.

Muzna enarcó una ceja y deslizó la mirada por el cuerpo medio amortajado en mantas.

—¿Estás segura?

Pero Lubna no entendió a lo que se refería su maestra. Y si lo hizo, decidió omitirlo.

—Soy joven. Puedo soportarlo. Aún hay mucho por hacer en este gobierno, aunque… —Se mordió el labio inferior, insegura—. Querría haber estudiado más. Mucho más. Extraño ese tiempo pasado en el que podía sentarme a leer y descubrir, a ampliar mis conocimientos. Todo resultaba tan…, tan… —Se sorbió la nariz—. Tan cautivador.

Las lágrimas no hacían más que embotarle la cabeza y acentuar el dolor.

Muzna la reclinó con un soberano esfuerzo y sus huesos respondieron con un crujido. Después le ofreció algo de agua fresca para que bebiera. Entre hipidos lo hizo.

—Volverás a encontrar la paz que tanto anhelas en el estudio —le prometió, recostándola de nuevo y colocándole en la frente el lienzo chorreante—. Pero para eso nuestro señor al-Hakam habrá de abandonarnos y Qamar tendrá que relevarte. No te preocupes, pequeña Lubna. —Le acarició el nacimiento del cabello, empapado de agua residual—. Solemos crecer más cuando nos apartamos de las labores de secretaria y bibliotecaria que cuando las ejercemos.

—Esa chiquilla no está preparada y temo que nunca lo esté. Quizá sea por mi culpa. Trato de enseñarle todo lo que sé y, sin embargo, las lecciones le resbalan como si mis conocimientos fueran agua y ella aceite.

—Descuida. Descuida. —Le asestó un par de palmitas de consuelo en el reverso de la mano—. Ninguna de nosotras estaba preparada para cargar con un secreto tan imponente, pero todas nos acostumbramos a él y cumplimos con nuestra tarea.

Muzna le había mentido. Porque si bien era cierto que ni ella ni sus predecesoras habían estado preparadas para aquel deber, sí que creía con ferocidad que la única que había llegado a su cargo con una formación próxima a la de una especialista y con la templanza requerida para salvaguardar el libro era Lubna.

—Qamar te sorprenderá, estoy segura de ello. Es valiente y tozuda, perspicaz y astuta.

—Se necesita algo más que eso —gruñó.

—Cuando llegue su momento, si Allah así lo quiere, nos tendrá a ambas para guiarla en su primer año como secretaria califal y guardiana del libro, del mismo modo que tú me tuviste a mí. Pero duerme, Lubna, duerme —le susurró como lo haría una madre—. No te preocupes ahora por el devenir, que es eso lo que te ha hecho enfermar.

Un repiqueteo en la puerta anunció la llegada de un inesperado visitante. Cuando Muzna lo invitó a pasar, pensando que se trataría de alguien del servicio o quizá Talid, que venía a ver qué tal se encontraba Lubna, se llevó una gran sorpresa. Lo que apareció no fue el rostro de ninguna criada, tampoco el del eunuco, sino el de Nasir.

—Me han comentado que precisáis de atenciones médicas.

El Bagdadí quedó asombrado ante la imagen que se le presentaba. La estancia en tinieblas, únicamente alumbrada por los haces de luz de los candiles de piquera, y Lubna arropada en el lecho, envuelta en mantas y mantas de pelo, pero con el cabello chorreando por los lienzos empapados en agua fría. A veces, cuando las gotas se escapaban y se le colaban por el interior de la *al-muyassad*, la túnica que actuaba de ropa interior, un ligero escalofrío le sacudía el cuerpo. Y allí estaba la anciana Muzna, sosteniéndola.

—Es solo un dolor de cabeza —dijo Lubna, que se había apartado la tela de los ojos para verlo en cuanto lo oyó entrar.

—Permitidme que lo ponga en duda, parece algo más —señaló con ironía.

—Pasad, joven médico —insistió la antigua secretaria de Abd al-Rahman III— y proceded. Que, si por ella fuera, cargaría con el peso de la humanidad sobre sus hombros y a nadie pediría ayuda. No la escuchéis, siempre se resiste a ser tratada.

Él asintió. Y tras cerrar las puertas, impidiendo así que la luz del exterior se colara por la rendija del umbral, dejó sus útiles médicos sobre una mesita cercana a la cama.

—Os he preparado un par de remedios.

Lubna se irguió para observar con atención.

—Esto es una pócima compuesta por una onza de confitura de rosa azucarada y dos onzas de agua de achicoria. Deberíais beberla diariamente para prevenir los dolores de cabeza.

Se acercó para entregarle el frasquito. Lubna lo destapó y olisqueó. Mostraba un aspecto bastante claro debido al azúcar y emanaba un aroma dulzón. Nasir le informó de que aquella era la cantidad correspondiente a un día, pero que, si aceptaba sus indicaciones y se decidía a tomarlo, cada mañana le prepararía la dosis exacta.

—¿Juráis que esto previene los dolores de cabeza?

—Los más intensos —dijo.

Y ella aceptó.

—También os he traído sándalo amarillo en polvo con agua de rosas, para que hagáis tres inhalaciones diarias.

Se ruborizó al mencionar el agua de rosas, un aroma que

impregnaba la melena de rizos caídos de Lubna y sus aposentos privados.

—Creo que con eso será suficiente.

—Y por si no lo fuera —le sonrió—, os he traído también un arrelde de aceite de almendra con una onza de hojas de mejorana. Lo he filtrado, no os preocupéis, no encontraréis nada. Debéis inyectároslo por la nariz.

Su rostro, otrora constreñido por las punzadas que sentía en la cabeza, cambió repentinamente. Los ojos negros se le abrieron al igual que los de un búho en la nocturnidad.

—¡No pienso meterme líquidos por la nariz, señor mío! —Dio un golpe sobre las mullidas colchas—. ¡¿Acaso pensáis que soy un pez que puede respirar bajo el agua?! ¡Se me encharcarán los pulmones! Por Allah bendito.

Ante la furibunda mirada de su discípula, Muzna estalló en sonoras carcajadas por la absurdez de aquel ataque de irritación. Nasir, por su parte, no sabía si reír u ofenderse.

—No hay riesgo alguno, creedme. Jamás os procuraría ningún mal, Lubna. Pero suponía que os negaríais, así que os he traído agua de achicoria, leche de mujer joven, clara de huevo, aceite de violeta y aceite de rosa, todo batido perfectamente. —Le tendió el mejunje—. Debéis untároslo en la cabeza y las sienes; os ayudará.

Ninguna se atrevió a preguntar quién había sido la proveedora de la leche y dónde la había encontrado. Sonaba demasiado escabroso para un hombre bueno, uno como Nasir. Y Lubna no quería que su impresión de él quedara mancillada por actos grotescos o cuestionables.

—¿Me permitís? —preguntó cuidadoso.

Muzna se levantó, apoyando el peso en Nasir, quien recordó los achaques de la edad que sufría su querido amigo Hamal. Pensó que debía escribirle pronto para saber cómo se hallaban él y la familia. Luego, ocupó el puesto que había dejado libre la anciana en el resquicio del colchón.

Sus dedos se rozaron con los de Lubna al capturar nuevamente el pequeño contenedor en el que yacía el emplasto. Ella los retiró, consciente del calor que circulaba, de la chispa prendida similar al fogonazo de un rayo que destella en el cielo. Al abrirlo, el olor de la leche mezclada con agua de rosas les golpeó las fosas nasales y Lubna se preguntó si no sería ese el aroma tan especial que afirman algunos que poseen los recién nacidos.

Nasir hundió los dedos en el ungüento y con estos teñidos de un verde pálido rozó la frente de la esclava, quien había cerrado los párpados dándole permiso para que la tocara. La masajeó con delicadeza y fue trasladándose hacia las sienes, donde se le enroscaron las finas hebras de cabello. Aquellos labios entreabiertos en un gesto de placer eran una invitación mortal para cualquier hombre, pues el que se atreviera a colarse por ellos y probarlos habría de responder ante la espada del verdugo. Su cabeza sería la siguiente que adornara la Puerta de la Sudda del Alcázar cordobés.

Resistió la tentación a duras penas, luchando contra unos sentimientos que echaban raíces en su pecho. Y para ello se obligó a concentrarse en la labor médica y despojarse de cualquier pensamiento que pudiera visitarle en las noches frías.

Al terminar, las pestañas de Lubna revolotearon en un parpadeo, fijando la vista en el mosaico de luces y sombras dibujado en la faz de Nasir. La cabeza aún le dolía, pero su mente parecía menos inquieta y su corazón, más sosegado. Su incomodidad partía de ese extraño hormigueo en la yema de los dedos, deseosos de perfilar con esmero esos apuestos rasgos que tenía ante ella: la recta nariz, los dulces hoyuelos, la barba rasa y los tirabuzones negros que le caían rebeldes al Bagdadí.

—Bebed mucha agua. Uno de los síntomas principales de la deshidratación es el dolor de cabeza. Y comed, pese a la fatiga. En cocinas me han comunicado que habéis rechazado el desayuno —le descubrió él con una sonrisa—. Os ruego que comáis, aunque sea frugalmente.

—Lo intentaré —prometió.

—Sabed que no hay medicina más efectiva que el descanso y el aire puro. Pasead más, pero no por esos pasadizos hediondos y embarrados. Y delegad vuestras obligaciones en quien os sea de confianza.

Muzna la miró y, con una sonrisa benévola arrugando su ya ajado rostro, le dijo:

—Lubna, es el momento de que le des a Qamar la oportunidad de demostrarte de lo que es capaz.

19

Nasir cumplió con su palabra. Durante los tres días consecutivos que Lubna permaneció convaleciente y encerrada en su alcoba, la visitó para proveerla de fármacos y ofrecerle algo de consuelo, por vano que fuera.

Para evitar habladurías y rumores incómodos, el califa le otorgó su real permiso. Y habiendo aceptado de buena gana que se encargase de la salud de su bibliotecaria, ordenó que en las puertas de los aposentos privados se instalaran un par de eunucos que vigilaran la entrada y se aseguraran de que no hubiera accidentes amatorios allí dentro. Al ser una esclava no había honra alguna que salvar; no obstante, a ningún hombre, y mucho menos a un califa, le place que otro manosee aquello que es de su propiedad.

Así, el primer día, después de que Lubna consintiera tomar la dosis de la pócima de agua de achicoria y él le masajeara sienes y frente con el ungüento de rosas y leche, buscaron conversación para no dejarse aplastar por el pesado silencio. Pese a la dolencia de ella, debatieron sobre cuestiones de fe. Hablar del Profeta Muhammad era hablar de su esposa Aisha, pero también de su hija Fátima y su esposo Alí. Y la facción de Alí los llevaba al tío del Profeta, el conocido Abbas, y a la dinastía reinante en Bagdad.

Nasir escapó de la política como siempre hacía, culebreando hacia senderos menos peligrosos.

—Qué gran labor la de su esposa Aisha —comentó maravillado—. Toda buena mujer se mira en la esposa del Profeta.

Lubna torció el gesto, más ofendida que contrariada.

—¿En quién hemos de mirarnos aquellas que carecemos de libertad para ser una buena mujer? —inquirió con mordacidad.

—Sois musulmana. Una buena musulmana.

—Lo soy. Pero también soy esclava —dijo con un orgullo nunca visto. Se apretaba las sienes en un intento de apaciguar el dolor que le palpitaba en la cabeza. Casi podía oír su propia sangre bulléndole en los tímpanos.

—El Corán dice...

No pudo terminar. Adivinando sus intenciones, Lubna lo atropelló con una de las *aleyas*.

—El Corán dice: «Pero a los creyentes y a los que obraron bien, Dios los introducirá en sus jardines por cuyos bajos fluyen arroyos. Allí se los adornará con brazaletes de oro y perlas, allí vestirán sedas». Y, sin embargo, nadie espera al Paraíso para portar ropajes de seda, vestir el verde de los fieles y engalanarse de oro, plata y perlas.

Nasir no pudo negárselo. Solo había que pasearse un rato por la corte para encontrarse a los visires vestidos de un color glauco procedente de las hierbas, y si, por fortuna, te tropezabas en los jardines con una de las féminas del gineceo, las distinguirías por el fulgor que emiten sus alhajas áureas.

—Y también decreta: «Casaos con las mujeres que os gusten: dos, tres o cuatro. Pero, si teméis no obrar con justicia, entonces con una sola o con vuestras esclavas» y «no podréis ser justos si sois polígamos con vuestras mujeres, aun si lo deseáis» —recitó—. En el harén la mayoría de las mujeres no volverán a ser reclamadas por su señor y gobernante ni habiéndole dado hijos.

—¿Faltarán cristianos y judíos también a los preceptos de su religión?

Ella esbozó una tirante sonrisa y se encogió de hombros.

—Mientras estamos vivos y somos dichosos, todos nos creemos intocables, invencibles. Únicamente cuando nos hallamos con un pie en la tumba nos azota el miedo al juicio, a rendir cuentas ante el Creador. Solo entonces nos arrepentimos de habernos sentido poderosos, dioses en la tierra.

—¿Creéis que sí? —Rio divertido—. ¿Que todos faltamos en algún momento a nuestra fe?

—Creo que es fácil perder la fe, mi señor, en especial cuando nos vemos arrastrados a situaciones desoladoras de forma constante.

—Las tragedias nos convierten a muchos en fervorosos creyentes. Rezamos con más ahínco, con más pasión.

—Y a otros los alejan —rebatió—, pues después de tantos embates de la vida se sienten abandonados por Allah. No es un crimen. ¿Nunca habéis dudado de vuestra fe?

Nasir negó con total contundencia.

—Ni en mis peores momentos —declaró—. Aunque he de reconocer que durante un tiempo le reproché a Allah algunas de sus decisiones. Hasta que entendí que quién soy yo para rebatirle los caminos que ha trazado para que deambulemos.

Con los años, el rencor que había albergado por el fallecimiento de su padre se había tornado en aceptación, y esa aceptación, en una suerte de calma. Y la calma, que a veces picaba al igual que una costra reseca que deseas arrancar, dio paso a un recuerdo triste y desolador que lo acechaba a menudo, especialmente por las noches.

Nasir comprendió que cualquier plan que él pudiera llegar a imaginar, ya fuera terrible o esperanzador, solo era una pequeña porción de lo que podría ser el plan de Allah. Absolutamente inefable. Fiar de Él y de su poder le proporcionaba cierto alivio.

—Dijisteis que nacisteis en Córdoba, o eso suponéis. ¿Os convertisteis?

—Nunca fui otra cosa, mi señor. Todos a mi alrededor rezaban a Allah. ¿Por qué motivo no iba a hacerlo yo también? ¿Por ser una simple esclava? Él siempre oía mis plegarias, siempre respondía a mis *duuas*. Siempre lo sentí conmigo, bien cerca.

En el ambiente flotaba una especie de sosiego celestial aderezado por el aroma de los medicamentos y el humo grisáceo que manaba del sahumerio que Nasir había preparado en la botica del Alcázar. Confeccionado a base de resina de estoraque líquida, almáciga y una onza de hojas de rosa, pretendía eliminar los dolores de cabeza.

—Así pues, decidme, mi señor, ¿en quién debo mirarme? —atacó nuevamente Lubna.

—En Allah, que es el que nos guarda, el único que tiene respuestas a nuestras penurias.

—¿En quién os miráis vos?

Nasir no lo pensó, la verdad le brotó por sí sola desplazando cualquier posible falsedad que hubiera urdido.

—En mi padre.

La sonrisa se le empañó de nostalgia y los hoyuelos que le enmarcaban la boca desaparecieron.

Lubna advirtió el luto oculto bajo su piel canela, revistiéndole los órganos, velándolos como se vela la madre que ha perdido a un hijo y que jamás se despojará de esa prenda negra que la resguarda de las miradas lastimosas del exterior. La prudencia le gritaba que no abriera esas viejas heridas rebosantes de sangre, así que hizo lo único que se le ocurrió. Alargó la mano trémula y acarició la de Nasir, que reposaba sobre la colcha y las mantas de piel del camastro.

—Estará orgulloso de vos —dijo—. Sois, desde luego, un gran médico, Nasir Ibn Hakim. Y cada día demostráis ser un gran hombre. Eso es todo lo que le importa a un padre y eso es todo lo que le importa a Allah.

El Bagdadí elevó la mirada, otrora fija en las arrugas que se formaban en las ropas de cama. Las comisuras le temblaban, fruto de las balsámicas palabras de Lubna.

—No os parecéis en nada a la esposa de nuestro Profeta.

—No se atrevió a mover ni un solo dedo para no romper el contacto—. Sois más como Nusayba bint Kab, compañera de lucha del Profeta.

Era bien conocida aquella historia.

Las huestes del Profeta Muhammad habían sufrido una terrible merma. Los que habían caído y rendido el alma ya nada podían hacer, y los heridos de gravedad recibían cuidados de algunas mujeres que habían acudido al campo de batalla. Asediadas por la urgencia, limpiaban las heridas de los hombres, los alimentaban y sofocaban su sed haciendo cazos con sus propias manos firmes. Otros, sin embargo, huyeron y jamás llegaron a enfrentarse con el enemigo. Y los que desertaron quizá lo hicieron por miedo, quizá por falta de fe, quizá porque la supervivencia es abrumadora.

En esa gran desbandada, Muhammad, al ver retirarse espantado a uno de los hombres, le gritó: «Entregad vuestro escudo a quien todavía esté luchando». No hubo reproche, no hubo ira, no hubo decepción. Solo la súplica del que se queda, del que permanece, del que se acoge a la voluntad divina. El hombre no dudó, le tendió el escudo a Nusayba bint Kab y se marchó. Y ella no consintió en replegarse hasta que cayó malherida.

—Si tuviera que acudir a una guerra, sería a vos a quien le cedería la espada y el escudo —confesó Nasir, y a ella se le tiñeron las mejillas de arrebol.

—Es el elogio más desgarrador que he oído, pero también el más sincero en época de tribulaciones. Así que os lo agradezco, mi señor. Eso sí, permitidme que rece para que no haya batalla que librar, pues no sé si podría sostener arma alguna.

Nasir sonrió, su dedo pulgar bailaba con delicadeza sobre la suave piel de la mano de Lubna. Con la mirada fija en sus resplandecientes y febriles ojos oscuros, dijo:

—Tenéis el arma más letal y peligrosa que puede poseer alguien, Lubna de Córdoba: la sabiduría, los libros.

Todo ello se desarrolló bajo la atenta mirada de Muzna, que

sentada en un rinconcito de los aposentos y cerca de la luz del candil se afanaba en la labor de bordado. Era lo más parecido a una de esas alcahuetas que tan poco gustaban a las gentes por creerlas dominadoras de hechizos y en connivencia con malhechores y pícaros. Muzna agradeció que su oficio jamás hubiera sido el de reunir enamorados.

No fue hasta que Nasir se retiró de los aposentos y las dejó a solas cuando recuperó su lugar al lado de la cama de su discípula. Ya les habían servido la cena y era evidente que Lubna hacía un soberano esfuerzo por alimentarse, siguiendo así las indicaciones del médico.

—Ese hombre... —dijo la anciana llevándose a la boca las hebras de carne deshilachada y empapadas en salsa—. Ese hombre acabará por sanarte cualquier herida.

Lubna la entendió.

—De eso trata su oficio.

Pero aquello fue lo único que le concedió a su maestra.

El segundo día, tras haber concluido con el procedimiento médico habitual, entablaron una conversación distendida acerca de la música. Nasir le contó que siempre había disfrutado de la melodía de la cítara, pero que, al ser un instrumento caprichoso, solo obedecía a los más versados. Había oído que muchas jóvenes habían tratado de aprender y al poco habían desistido, incapaces de sacar una buena nota. Lubna estuvo de acuerdo y confesó que, a veces, cuando la tristeza la asolaba, se cuestionaba qué habría sido de ella si, en vez de dedicarse a la escritura, hubiera aprendido a tañer las cuerdas de un laúd o una cítara.

«Que habrías sido concubina y ahora puede que esposa de nuestro señor al-Hakam al-Mustansir billah, Príncipe de los creyentes, o de algunos de sus visires u otros grandes hombres de Estado», reflejaba el rostro sereno de Muzna, que la contemplaba mientras sus manos proseguían con el hilo y la aguja. Si hubieran estado a solas, ella le habría respondido que para ser esposa de un gran hombre hay que ser hermosa, no solo saber tocar la cítara. Y ahí hubiera fenecido la conversación, pues ninguna se habría atrevido a mentirle a la otra.

Mas, al estar acompañadas por el Bagdadí, Lubna pronto se olvidó de sus cuitas personales y, recolocándose el paño húmedo en la frente, abordó el tema de la música desde otra perspectiva.

—¿Sabíais que la primera escuela de música de al-Ándalus fue obra de un oriental como vos? También provenía de Bagdad.

—Ziryab —musitó él con una sonrisa, viajando de vuelta al hogar.

—Ziryab, en efecto. Solo que lo llamaban el Pájaro Cantor. Así de bellas eran su voz y las tonadas que arrancaba a los instrumentos.

—Fue muy popular en mi tierra, especialmente en la corte. Aquí en Córdoba he oído hablar de él, todo alabanzas. Mi amigo Hamal lo ha mencionado en alguna ocasión.

Ella asintió.

—Parece ser que, al igual que a vos, Bagdad no le fue suficiente, así que cruzó desiertos y mares y se trasladó aquí, a Córdoba. ¿Por qué nunca será de nuestro agrado lo que tenemos? ¿Por qué siempre anhelamos más? —se preguntó, evocando las ambiciones de Qamar, las suyas propias, las de la niñez y la juventud.

—Nadie queda satisfecho con lo logrado —dijo Nasir, pensando en su padre, en el sueño febril que creía que ya rozaban sus dedos, en el manuscrito perdido.

—Con el favor del emir Abd al-Rahman II —continuó Lubna— y sabiendo lo preciadas que eran la música y las esclavas cantoras, abrió su propia escuela. Muchas de sus pupilas ingresaron en la corte debido a sus habilidades. —Y empezó a enumerar los nombres de todas aquellas que habían quedado insertas en el círculo del gobernante—. ¡Y hasta sus mismísimas hijas, Hamdunah y Aliyyah bint Ziryab, fueron grandísimas en el oficio!

—Eso demuestra que, en ocasiones, la suerte está en otro lugar. Uno lejano.

—Y que, a veces, tu suerte depende de que alguien haya sido bendecido con suerte antes —adujo Lubna.

Mustaq.

La suerte de que Abd al-Rahman III se prendara de ella, de que la encumbrara entre todas las otras mujeres del harén, de que sustituyera en su corazón a la bienamada y difunta Maryan. La suerte de que Mustaq se fijara un día cualquiera en Lubna y, sintiendo que era el espejismo de lo que podría haber sido ella, la salvara de una vida de servidumbre.

Si Mustaq no se hubiera visto favorecida por los designios divinos, ella tampoco lo habría sido.

Es la suerte de quien toca al que carece de esta, la suerte de aquel que con su roce todo lo torna oro.

Pero hablar de la Señora Mustaq siempre le quebraba la voz en miles de fragmentos, todavía doliente por su pérdida. Así que se aferró a la frase que acababa de pronunciar y le detalló una historia bien diferente, una que nada tenía que ver con ella ni con la tercera esposa de Abd al-Rahman III.

Le habló de Mut'a, una joven de gran hermosura que había cantado y escanciado vino en una de las celebraciones de Abd al-Rahman II. El emir, proclive a las vírgenes de gran intelecto, se encaprichó de ella enseguida. Tal fue aquel fugaz enamoramiento que Ziryab aprovechó la ocasión para regalarle la esclava, que era de su pertenencia, y así afianzar su posición en la corte.

—Ziryab falleció, pero su legado sobrevivió. Las mujeres que habían estado bajo su instrucción se encargaron de ello. Su esclava y alumna Sunayf fue quien mejor conservó y transmitió su estilo, y por eso la llamaron el Imán. Los cantantes solían acudir a ella cuando no estaban seguros y diferían sobre el canto, ya que era la única que resolvía sus dudas. Lo que realmente quería contaros era que Ziryab fue el artífice de la quinta cuerda en el laúd, que añadió entre la segunda y la tercera —dijo finalmente.

Y entonces se lanzaron a debatir sobre la gran melodía que aportaba el laúd a un conjunto músico-vocal.

Nasir, que no sabía cuánto duraría aquel ataque de jaqueca virulento, le prometió que a la tarde siguiente le traería un libro para así distraerla y amenizarle las horas, pues debía de ser muy aburrido encontrarse durante tanto tiempo enclaustrada y subyugada al malestar.

—Este dolor que me aguijonea hasta los ojos me impide leer, pero os lo agradezco, mi señor, sois un hombre en extremo bondadoso.

—Descuidad, no pretendía que esforzarais la vista, sino leeros en voz alta.

Lubna no pudo más que sonreír ante aquel tierno ofrecimiento. Hacía mucho que no disfrutaba de un libro, ya que últimamente su lectura se reducía a misivas, papeles y pergaminos relacionados con cuestiones de Estado. E igual que extrañaba los años en los que podía dedicarse en exclusiva al estudio de ciencias religiosas y profanas, también añoraba los ratos muertos en los que se deleitaba con la pluma de otros.

—Me agradaría mucho. —La emoción le rebosaba por la boca.

Y eso fue todo lo que Nasir necesitó para presentarse al día siguiente con un volumen bajo el brazo.

Siguiendo lo que parecía una nueva rutina ya aposentada en sus vidas, Lubna se irguió en el lecho y, muy obedientemente, se tomó el brebaje. Después, con la melena enrollada en una gruesa trenza que facilitara el masaje, cerró los párpados y dejó que los diestros dedos de Nasir, embadurnados de emplasto, le acariciaran el rostro crispado de dolor. Daba la sensación de que empezaba a perder el aroma de rosas que la caracterizaba y que su piel adquiría de forma paulatina el de las hierbas, el azúcar diluido y la leche caliente.

Entonces, ya con las manos limpias gracias al agua de la escudilla, Nasir se sentó a su lado.

—Puede que no sea la lectura más satisfactoria, pero aún no he podido entrar en la Biblioteca Real —comentó sin ápice de acidez—. Es el tratado de botánica que compramos en la subasta.

Se lo enseñó mostrándole el título: *Libro de la flor. Un tratado de ciencias y botánica*. Las letras eran preciosas y delicadas incisiones en la perfecta encuadernación de piel que protegía el interior del libro.

—Lo encontré ayer por la noche en mis aposentos; alguien debió de haberlo dejado allí.

—O mi querido amigo Talid, o la imprudente Qamar —adivinó ella.

Lubna le explicó que Talid el eunuco, encargado de la Biblioteca Real, habría asumido alguna de sus tareas para así paliar la ingente cantidad de trabajo que se acumulara durante su ausencia. Lo más probable era que el corredor de la subasta se hubiera personado en el antiguo Alcázar y, al encontrarlo allí, le hubiese entregado a él los libros, quien le habría pagado gustosamente.

Conociéndolo como lo conocía, o bien había sido este el responsable de que el tratado apareciera en la estancia de Nasir, o bien había sido la joven Qamar, a la que le habría pedido que lo llevara.

—Ahora que lo pienso, lamento no haber traído otro distinto. —Examinó el volumen entre sus manos—. Podía habérselo pedido al propio califa o haber recurrido al *fata* Talid.

Al parecer de Lubna, aquel hombre era todo intenciones honradas.

—Nunca he leído sobre botánica. Estoy segura de que lo haréis interesante, mi señor.

Se arrebujó en la calidez de las mantas para oírle narrar.

Muzna, relegada a un rincón de la alcoba, aguzó el oído para atender a la lectura y prosiguió con las puntadas del bordado.

Así permanecieron hasta bien pasada la tarde, enfrascados en las descripciones e ilustraciones del libro, comentando la belleza del trazado caligráfico y la exquisitez de los dibujos, que evidenciaban una mano firme y diestra.

Uno de los eunucos vigilantes llamó a la puerta para avisar a Nasir de que debía regresar a sus quehaceres médicos. Él asintió, cerró el volumen y se puso en pie. Aprovechó el momento para recoger sus enseres y, antes de irse, dijo:

—Mañana os traeré la pócima de todos los días. Y si seguís indispuesta, quizá pueda leeros otro capítulo del libro.

Pero al día siguiente Lubna se encontraba en perfecto estado y el sol había escapado de las densas nubes que, tras una intensa tormenta, habían quedado vacías.

20

El Paraíso es un frondoso vergel por el que discurren arroyue-
los de agua clara y fresca. En él moran las huríes, que son mujeres de una belleza prístina, radiante, cegadora. A cualquier
hombre vivo que las observara se le quemarían los iris y las pupilas, y la oscuridad lo acecharía, del mismo modo que si se
parase frente al sol. Un semblante así es imposible de concebir.
En cambio, aquellos que han fallecido las miran a los ojos, se
pierden en sus rasgos cincelados, se embeben de su hermosura.

¿Quién no se enamoraría de las huríes? Que, de una pureza
absoluta, están hechas de azafrán desde los dedos de los pies
hasta las rodillas. Y desde las rodillas hasta los senos, de un almizcle oloroso que hace que desees hundir la nariz entre sus
pechos. Y desde estos hasta el cuello son de un ámbar brillante;
y desde el cuello hasta la cabeza, de alcanfor blanco.

Su piel es tan fina y delicada que se les transparentan las venas, similares a un cordel de rubíes, y su rostro recuerda a la
luna creciente. De mirada recatada, sus ojos rasgados son una
perla semioculta, todo blanco y negro, como los de las gacelas.
Y su boca es asimismo maravillosa, pues, si escupieran en los
mares, estos perderían toda la salinidad y se convertirían en el
agua más dulce jamás probada.

Tienen el sedoso cabello dividido en cien trenzas, y cada
una en setenta mil moñas que quedan coronadas con perlas y
abundantes joyas. En las manos portan diez brazaletes de oro

y en cada dedo, diez anillos. Y al pasear, sus pies tintinean a causa de la decena de argollas de aljófar y brillantes que les cercan los tobillos.

El aroma que desprenden es una mezcla de setenta perfumes y las ropas que visten son setenta túnicas, semejantes a las amapolas pero de tonalidades bien diversas.

Moldeadas por Allah, creadas por Allah, llevan dos letreros en la frente escritos con perlas y joyas. El primero de ellos reza: EN EL NOMBRE DE DIOS, CLEMENTE Y MISERICORDIOSO, y el siguiente: QUIEN DESEE SER SEMEJANTE A MÍ, OBEDEZCA A SU SEÑOR. Otra inscripción hay en sus pechos, referida al hombre que va a poseerlas y gozar de ellas: TÚ ERES MI AMOR Y YO SOY TU AMOR; YO MISMA LLEGUÉ JUNTO A TI, Y MIS OJOS NUNCA VIERON ALGO SEMEJANTE A TI.

La primera vez que al-Hakam vio a la esclava Subh pensó que había muerto y que estaba en el Paraíso. Que era una de esas huríes y que, cuando se deshiciera de sus ropajes, en la carne blanca y jugosa de sus senos que era nata batida, encontraría su nombre y el de Allah.

Cuando la observaba de cerca con esa mirada cansada y lánguida que le había otorgado la edad, todavía seguía apreciando en ella las facciones de una juventud ya marchita. Advertía la belleza de las mujeres del Paraíso y en su presencia seguían temblándole las rodillas.

Eso era amor.

Un amor que atravesaba veinte años de flaquezas, penurias, éxitos y dicha. Un amor que se había conjugado entre el hombre que gobernaría un reino floreciente y una mujer a la que la despojarían de sus cadenas para engalanarla con una tiara.

—No deseo hablar de eso ahora —gruñó al-Hakam.

Renqueante, apoyado en el brazo de su esposa, fue arrastrando los pies hasta uno de los bancos de azulejería instalado en los jardines. Llegó y se sentó, casi tirándose en él, con la respiración acelerada, la lengua reseca y las sienes perladas de sudor a causa del esfuerzo. Se despegó un poco la pelliza, abrumado por el calor que emanaba del cuerpo.

Era un día de singular frío, el viento soplaba furioso y el sol, aunque había despuntado en el cielo, apenas calentaba. Subh, que iba cubierta por una pelliza y unas manoplas, elevó el brazo y llamó a uno de los siervos para pedirle que trajera un refrigerio. Para paliar la espera, tomó asiento a su lado.

—Podemos posponerlo entonces, esposo mío. Perded cuidado.

—No os olvidaréis del tema —contestó apesadumbrado.

Ella esbozó una sonrisa orgullosa.

—Nunca lo hago, ya lo sabéis. Tengo una memoria envidiable.

—Sí que lo sé, sí. —Resopló. Se tironeó de la pelliza y trató de arrancársela para que el aire se le colara por los pliegues de la ropa y así ventilara—. Ahora o más tarde, la respuesta será negativa. Eso bien lo sabéis vos.

—Lo sé, mas no por ello me permito caer en el desaliento.

Unos minutos más tarde, un par de siluetas se dibujaron en la lejanía: dos sirvientes que llegaban para cumplir la voluntad de su señor y su señora. Portaban una jarrilla con agua fresca, una del mejor vino y otra de agua de azahar, una bebida muy popular entre las altas esferas de la sociedad.

—¿Desea comer en el exterior, mi señor? Lo prepararemos todo —preguntó muy diligentemente el hombrecillo servil.

Al-Hakam levantó la mano y negó, expulsándolo del jardín a él y a su acompañante.

No quería comida, ni quería demasiadas atenciones justo cuando se recuperaba paulatinamente. Todas ellas le sobraban. Todas las miradas, los ruegos, las súplicas y las preocupaciones. Solo deseaba pasear junto a su esposa con total tranquilidad y presenciar desde allí, sentado en el banco de mosaicos de vivos colores, crecer a su vástago. Su heredero.

—No me convenceréis, mi señora —reanudó la conversación.

—Y eso, por desgracia, también lo sé.

Subh ni siquiera lo miró. Sus ojos estaban fijos en el pequeño Hisham, que correteaba en la hierba frondosa de los jardines, todavía mojada por las inclementes lluvias. Los bajos de su atuendo se habían manchado de barro fresco, pero a la criatura de ocho años poco le importaba, al contrario que a la que había sido su nodriza, quien lo guardaba cual aya.

En una mano, el niño llevaba un silbato adosado a una figurilla de pájaro, y, con cada soplido, un silbido agudo y melodioso emanaba del instrumento, provocando la respuesta de las aves que se escondían entre los altos cipreses. Entonces se echaba a reír y volvía a correr, procurando cazar a alguno de esos pajaritos. Detrás de él iba su séquito protector: el aya, un preceptor y los eunucos.

Al-Hakam le había dicho: «Este niño será aficionado a la cetrería», y ella, viéndolo divertirse atosigando a los animalitos, lo creía firmemente. Un día, cuando cumpliera los diez años, su padre le regalaría una espléndida rapaz que surcaría los cielos y le traería de premio pequeños conejos.

—¿A qué se debe entonces esta insistencia? No habéis parado con el tema desde esta mañana.

Sumida en sus propios pensamientos, Subh apartó la vista de su hijo y la dirigió hacia su esposo, confundida. Al-Hakam ya había recuperado el color natural de la piel, perdiendo el enrojecimiento del sofoco, y volvía a estar enfundado en la pelliza. Sorbía con placer el vino que le habían escanciado en una fina copa.

—A que seguís enfermo y mi preocupación sois vos. Vos y nuestro hijo —se apresuró a aclarar—. Es lo único que me desvela por las noches.

—Pues no os preocupéis, que todavía sois joven. Cuarenta años es temprano para perder el sueño, y más por asuntos que ya no deben inquietaros. Cuando lleguéis a mi edad, entonces podréis permitiros que os receten un tónico contra el insomnio.

La risa emponzoñada de cinismo se le atoró en la garganta.

—Los hombres veis el mundo con una simpleza que me sorprende —espetó divertida—. Blanco o negro. Fieles o infieles. Buenos o malos. Jóvenes o viejos. No entendéis que entre medias hay todo un sinfín de posibilidades.

—He mejorado, ya lo veis.

Extendió los brazos para hacer gala de su vitalidad.

Subh enarcó la ceja. En silencio apuntaba el hecho de que, después de tanto tiempo en cama, preso de los ataques de epilepsia, aún le costaba pasear sin detenerse a recobrar el aliento.

—Gracias a Allah.

—Gracias al médico bagdadí —le corrigió él—. Pero sí. Gracias a Allah por enviármelo y hacer de sus manos un milagro.

—Os prescribió tranquilidad. Las embajadas no son precisamente tranquilas con tantos extranjeros, tantos hombres de Estado, tanta política… —Chasqueó la lengua y dio un trago al agua de azahar—. Eso aturde a cualquiera.

—No soy cualquiera. Soy el califa al-Hakam, hijo de Abd al-Rahman Ibn Muhammad. Podré con ellas.

—Es un esfuerzo que os podríais ahorrar si delegarais en alguien de confianza.

—Solo delegaría en vos y en mi hijo. Pero, siendo este menor de edad y tan pequeño, es imposible que cumpla con tamaña responsabilidad. Y siendo como sois una mujer, estáis exenta de esta tarea. Así pues, la respuesta es no. Atenderé a los embajadores así como hizo mi padre, y el padre de mi padre, y el padre del padre de mi padre.

Con un golpe innecesario y demasiado fuerte, posó la copa en la azulejería del banco. Subh, que no había esperado aquel gesto de fastidio, dio un brinco de sorpresa. Por suerte, la vajilla estaba intacta. De haberse hecho añicos, tendría a un esposo exaltado con la palma de la mano herida y ensangrentada por los cortes.

—Ahorraos el esfuerzo de convencerme. No hablaremos más de ello.

—Sois demasiado tozudo —comentó—. Y rozáis la vesania con rapidez.

Al-Hakam emitió un ruido que denotaba indignación.

—Culpa vuestra es, señora mía.

Subh puso los ojos en blanco.

—Yo solo os he aconsejado que cedáis a Almanzor la recepción de las embajadas para que así no os empachéis de trabajo. ¡Bastante estáis haciendo ya! Podríais caer nuevamente preso de la enfermedad.

—En todo caso sería a uno de mis visires. Y tampoco.

—¡Oh, por Allah! Sabéis que probablemente vuestro hijo lo escoja como visir en cuanto acceda al trono.

—Que lo coloque en el cargo que desee, así como hice yo con tantos hombres buenos. Pero que lo haga cuando sea califa.

Tras unos segundos de angustioso silencio, dominado por la penuria de la vejez y los achaques de la edad, pero sabedor de que la vida era frágil y se quebraba en cualquier instante, al-Hakam alargó la mano. Sin apartar la vista de la escena pueril que se desarrollaba ante él, rozó los dedos alargados y enjoyados de Subh, que descansaban sobre su regazo.

La Gran Señora no trató de ocultar la sonrisa.

—Yo lo único que quería era pasear por los jardines a vuestro lado, colgarme de vuestro brazo y susurraros bellas palabras al oído, como cuando éramos unos jóvenes amantes despreocupados.

—Será que ya no somos amantes, sino marido y mujer.

—Eso no hace que os ame menos.

Ella solo asintió. Él no quedó conforme con aquel simple gesto, así que la aferró de la barbilla y la obligó a mirarle.

—Sabed que os amo, pese a vuestra impetuosidad, que es harto molesta y muy cuestionable.

—Y yo a vos, esposo mío, pese a vuestra terquedad. Por eso me casé.

El califa sonrió al igual que veinte años atrás, cuando tocó el cielo con las manos al saborear el cálido aliento de aquella esclava vascona. Y ella le obsequió con un beso en los labios, un beso reconfortante, alimentado del cariño y el entendimiento que fraguan aquellos que están dispuestos a sortear los problemas de la vida juntos.

Durante unos segundos permanecieron ahí, nariz con nariz, frente con frente, respirándose el uno al otro. Al-Hakam, ahíto de la paz que su mujer le aportaba. Subh, batallando contra las lágrimas que se le agolpaban en los ojos al notar el envejecimiento de su esposo.

—Pero en esta ocasión no cederé a vuestros deseos —le advirtió él, sonriente—. A veces un hombre ha de hacer lo que ha de hacer. Gobernar en su casa y en su reino. Y ahora, levantaos y continuemos con el paseo.

Subh asintió, consciente de que poco más podía hacer. Se puso en pie, volvió a tenderle el brazo para que lo entrelazara con el suyo y avisó al séquito de su hijo de que se disponían a reanudar la apacible caminata.

—¡Vamos, Hisham, luz de mi vida! —lo animó cuando solo llevaban un par de pasos.

—¡Ya voy, madre!

Y el niño los siguió.

Allah la había dotado de paciencia, de una paciencia inagotable.

En sus aposentos privados le aguardaban dos presentes: un colgante de oro y filigranas y unos exquisitos ropajes varoniles, acordes a la tendencia de los efebos. El primero pertenecía a su marido al-Hakam. El segundo, a Almanzor.

21

Era mediodía y Nasir se hallaba ante las puertas de la Biblioteca Real. Al contrario que en anteriores ocasiones, aquella vez parecía la definitiva. No había hecho uso de malas artes para colarse y llegar hasta allí, y tampoco era un lugar de paso en su destino final, ya fuera el mercado de libros o el zoco.

Lubna lo había encontrado vagando por los pasillos de la residencia palatina, absorbido por el trabajo. Uno de los esclavos drogueros se había equivocado en las cantidades de una pócima y había echado a perder una mezcla de hierbas, lo que había desencadenado un altercado en la Botica Real. Al anunciar su error, Ahmad al-Harrani se había abalanzado sobre él con ese rostro adusto, lanzando unos improperios que habían sorprendido a todos los allí presentes. El joven esclavo se había puesto a tiritar ante tamaña reprimenda.

Solo era una pócima; una pócima que habrían de desechar, pero una pócima, al fin y al cabo. Ahmad al-Harrani era hombre de fuerte carácter, perfeccionista y estricto en lo que al oficio se refería. Cuidadoso en las dosis que suministraba, no le gustaba el despilfarro, por lo que tendía a escatimar. La preparación de un nuevo fármaco suponía, a su entender, un gasto de tiempo, de esfuerzo y, por supuesto, de ingredientes.

Fueron él y Abulcasis quienes apaciguaron las aguas mientras Umar Ibn Yunus al-Harrani intentaba controlar la ira enardecida de su hermano.

Solucionada la repentina disputa y ya elaborado el preparado, Nasir se excusó para tomar aire, pues en las estancias que
conformaban la botica se había condensado un fuerte hedor a
causa de las hierbas cocidas y el malestar general. Había salido
a merodear por el Alcázar con el fin de aclarar sus ideas y recobrar algo de paz cuando lo interceptó Lubna. Lo último que
había sabido de ella era que se había recuperado de la jaqueca
con éxito, y hacía dos días que no había quien la avistara por los
pasillos.

La bibliotecaria no perdió tiempo en explicaciones, lo agarró del antebrazo y tironeó de él, invitándole a que la siguiera.
Y Nasir, que ya había aprendido que Lubna acumulaba secretos
que no le desvelaría ni en cien años compartiendo un retazo de
su jergón y masajeándole las sienes, aceptó sin más. De nuevo,
cruzaron los tétricos túneles subterráneos que comunicaban la
ciudad brillante de Madinat al-Zahra con el antiguo Alcázar
cordobés.

Y allí estaba, frente a la Biblioteca Real, dubitativo, vacilante. Su mirada viajaba desde las puertas cerradas hasta la cara
salpicada de lunares de Lubna, que lo observaba impasible. Al
fondo resonaban los ruidos de las ya avanzadas obras, como un
eco que le rememorara hasta dónde había alcanzado su ambición por poseer el manuscrito perdido y cumplir con la última
voluntad de su difunto padre.

—¿A qué se debe este repentino cambio de opinión? —la
interrogó—. ¿Acaso no dijisteis que debía curar al califa para
que me prestarais las llaves de la Biblioteca Real?

—En efecto.

Lubna aún no le había desvelado que su señor al-Hakam le
había concedido la entrada a la biblioteca. Y tampoco tuvo
oportunidad de hacerlo, porque, antes de que entreabriera los
labios, Nasir se le adelantó:

—Nuestro señor al-Hakam aún no ha sanado. Y temo que
nunca lo hará en su totalidad.

Si esperaba que un atisbo de decepción o ira se apoderara de las facciones de la esclava, no fue lo que ocurrió.

—Lo sé. No soy tan necia como para creer que poseéis el don de desvanecer las enfermedades con el roce de vuestras manos, aunque sea lo que cuenten de vos.

Eso era lo malo de la fama, que, aunque se generara por un trabajo bien hecho, una parte respondía a las especulaciones y exageraciones, y otra, una minúscula pero de gran importancia, respondía a la suerte. Y así nacían las expectativas, basadas en creencias absurdas. Expectativas que luego resultaban imposibles de cumplir.

—Y aun así os he curado los dolores de cabeza.

Ella asintió.

—Y os besaría cada yema de los dedos como recompensa por ello, mi señor —confesó a media voz, algo azorada.

A Nasir se le condensó la saliva en la boca de imaginar los suaves labios de la esclava acariciándole la piel. Procuró deshacerse de aquellos pensamientos lascivos por miedo a caer en la horrible falta de la fornicación, y para ello hubo de tragar y carraspear antes de volver a articular palabra alguna.

—No es necesario. Ya sabéis que Allah pregona el *ishan*, que el hombre trate con bondad y justicia, y ese es mi deber como médico.

La voz sonó más angustiada de lo que pretendía, pero Lubna no reparó en ello.

—Mi señor al-Hakam está enfermo y lo estará hasta que Allah lo reclame en su seno. ¿Me equivoco?

Sus pupilas oscuras lo atravesaron. Nasir no podía escapar; eran un cuchillo afilado que te abre la piel del estómago y te hurga en las entrañas hasta encontrar la verdad allí alojada. Si seguía mirándolo así, acabaría declarando su verdadera intención en Córdoba.

—No —reveló—. No os equivocáis.

—Ha mejorado. Eso es lo que importa.

—No puedo sanarlo —reiteró él con dureza a medida que se le acercaba, a la espera de que la proximidad hiciera más efectiva la terrible y desoladora realidad.

Lubna parecía haberla asumido incluso antes que él.

—Habéis dado con su afección y habéis paliado una buena parte, mermando su dolor.

Nasir exhaló un bufido cargado de impotencia. De repente, el estatismo que había experimentado mientras contemplaba las puertas de la Biblioteca Real se había esfumado. Con los nervios alterados, todo lo que podía hacer entonces era caminar en círculos y frotarse las manos. Se las pasó por la maraña de cabellos rizados y por la barba rasposa.

—¿Y es eso suficiente cuando juré y perjuré que lo curaría de lo que fuera que lo postrara en el lecho?

—A veces, sí.

En las semanas que Nasir llevaba en Madinat al-Zahra, al-Hakam había experimentado una gran mejoría y todos habían sido testigos de ello, incluso quienes habrían deseado que la convalecencia se alargara unas jornadas de más.

Todas las mañanas, Nasir se levantaba bien temprano para prepararle el jarabe al califa. Cogía tallos tiernos de mejorana y los sumergía en agua dulce, poniendo la mezcla a hervir en el fuego. Una vez cocinada, filtraba el líquido y le añadía un arrelde de azúcar, cociéndolo en conjunto hasta que tomase consistencia.

El remedio contra la hemiplejía y la epilepsia había surtido efecto permitiendo que al-Hakam abandonara el lecho con premura. La dieta rica en carnes magras también había sido esencial, pues le había conferido algo más de grasa en el cuerpo, y, del mismo modo, el aire fresco del exterior había sido revitalizador, en especial para su estado anímico. Cuando no paseaba, estaba sentado en uno de los bancos de azulejería, acurrucado bajo la pelliza y redactando misivas a su secretaria Lubna. De repente, era habitual que las cuestiones de Estado se trasladaran a los jardines, y si llovía, a los patios interiores porticados.

Pese a que los espasmos se habían reducido, en ocasiones le sobrevenía alguno, por lo que, una vez calmado, Nasir se encargaba de darle una pócima hecha a base de aceite de nuez verde, azúcar y vino tibio. Había probado con miel, por eso de su animadversión a la utilización del azúcar en medicina; no obstante, al-Hakam se había negado a llevársela siquiera a los labios. «Si he de beberme estos asquerosos filtros, tratad de que sepan a algo más que a hierbajos —le había recriminado—; de lo contrario, prefiero morirme ya». Así que no tuvo más opción que añadir ese maldito edulcorante a todos sus tratamientos.

—Lubna, no puedo salvarlo, solo hacerle más leves los años que le quedan. ¿Lo entendéis? —La capturó del antebrazo, con los ojos brillantes y el corazón frenético latiéndole en los oídos—. Lamento haberos engañado, porque os he engañado. Y ahora os lo confieso porque…

Guardó silencio.

Ni siquiera él conocía la verdadera razón, más allá de ese aborrecimiento repentino a la mentira o de la agriada culpa que sabía a hiel.

—No es un engaño, Nasir Ibn Hakim —convino ella—. En este Alcázar nos bebemos cualquier embuste en un acto profundo de desesperación.

De nuevo, otro bufido.

—Estáis definiendo lo que es un engaño. Aprovecharse de las debilidades de alguien para lograr beneficios propios. Lo sabéis tan bien como yo. No finjáis lo contrario, que sois una mujer de gran intelecto.

—Ahora sois vos el que, desde luego, parece que carece de intelecto alguno —espetó con frialdad—. Le habéis dado esperanzas al Príncipe de los creyentes y lo habéis alejado del miedo. Llamadlo como queráis. Pero es suficiente.

—Nunca volverá a ser el hombre que conocisteis. El califa que fue.

—¿Y quién lo es?

Lubna desvió la mirada hacia la mano de Nasir, todavía cerrada en torno a su antebrazo. Con parsimonia, dirigió hacia allí los dedos y los entrelazó con los de él, que paulatinamente aflojaron el desesperado agarre y cayeron desmadejados.

La tensión que habitaba en él y en el ámbar de sus ojos fue diluyéndose.

—Después de ciertos acontecimientos, nunca volvemos a ser lo que otrora fuimos, ¿no? —Le acarició el dorso de la mano, todavía unidos por los frágiles dedos—. Eso nos sucede a todos. Somos iguales ante el infortunio y la muerte.

Ella jamás fue la misma desde que le pusieron el nombre del estoraque. Ni desde que Mustaq la estrechó entre sus brazos, Muzna la acogió como aprendiz y Talid le confió sus secretos. O desde que al-Hakam subió al poder y le entregó el manuscrito perdido.

Y Nasir, que sabía mucho de mudar la piel como si se tratase de las escamas de una serpiente, no pudo rebatírselo.

—Si habéis logrado tanto en la medicina, sería un error por mi parte negaros el acceso a un conocimiento que podría salvar otras muchas vidas. Puede que en la Biblioteca Real halléis lo que sea que buscáis.

—Habla vuestra ansia de saberes o vuestra infinita benevolencia, que se compadece de mí.

Ella esbozó una deslumbrante y genuina sonrisa.

—O el arrepentimiento. No quiero la sangre de nadie en mis manos, ni la muerte en mi conciencia y el perdón en mis oraciones. Además, así podréis buscar nuevas lecturas para entretenerme, si vuelvo a ser víctima de esas terribles jaquecas.

La Biblioteca Real había degenerado en un caos absoluto desde la última vez que Nasir la pisara en su infructífero intento de acceder a ella mediante una burda triquiñuela. No quedaba nada de aquel oasis de paz que lo había arropado tiempo atrás, ni rastro del orden ni de ese maravilloso aroma que emana de los libros y de la tinta recién derramada en los pergaminos.

Justo entonces, todo lo que predominaba era una neblina de polvo que se asemejaba a la de la construcción llevada a cabo en la otra ala del Alcázar. Muchas de las estanterías habían quedado vacías para que el suelo se encontrara inundado de papeles sueltos y múltiples libros. Las mesas también estaban repletas de volúmenes que se superponían unos sobre otros, apilados en hileras que simulaban ser altas torres y amenazaban con desplomarse. Y, pese a ello, la belleza de aquel lugar era indiscutible hasta tal punto que te tocaba el alma.

No hacía más de un par de minutos, se había producido un estruendo que había hecho temblar hasta las lámparas de candilejas que pendían del techo. Una de las columnas de libros no había soportado más el peso y la inestabilidad, y se había precipitado justo cuando Qamar pasaba por debajo. Lubna casi había desfallecido del susto al creerla enterrada entre la marabunta de crónicas y tratados, y se había desgañitado gritando su nombre hasta que esta dio signos de vida.

Sentada en el suelo y cercada por manuscritos, Nasir se empeñó en examinarla. Afortunadamente, la muchacha se había cubierto la cabeza con los brazos y no había recibido el golpe de más de un libro, por lo que no había daños aparentes, salvo un par de hematomas que no tardarían en surgir, moteándole la piel.

—Estamos reorganizándolo todo —se excusó Qamar, cuya melena rubia asomaba por entre los miles de encuadernaciones.

La escena era de una intimidad que habría confundido a cualquiera. Con esos ojos de lapislázuli llorosos, la joven esclava asentía mientras Nasir la reconfortaba con palabras de aliento, bisbiseos que no llegaban a oídos ajenos. Las manos del médico pedían permiso para pasearse por sus brazos, su cuello y su rostro, y ella se lo concedía con una sonrisa tímida e impostada.

Lubna no pudo contener esa sensación en el estómago que

era el mordisco de una lamprea, una emoción horrible que se alejaba del hambre y superaba la envidia por la hermosura de Qamar. Le burbujeaba ahí dentro.

Todavía preocupada por el estado de su aprendiz, interrumpió el delicado momento ayudándola a ponerse en pie y limpiándole con la manga de sus vestiduras ciertas máculas que le tiznaban sus bellas facciones.

—Podéis acudir siempre que lo necesitéis, si no os molesta este desastre y el polvo que parece que lleva siglos camuflado entre nuestros libros, mi señor —le dijo Lubna—. Aunque es imposible, somos en extremo cuidadosos con la conservación de cada ejemplar.

—¿Alguna vez habéis presenciado cómo se realiza una cirugía ocular? —Ella negó y Qamar se quedó ahí, en silencio y atenta—. Se coge uno de esos instrumentos quirúrgicos bien afilados y...

Nasir describió todo el laborioso proceso haciendo que la cara de las mujeres, ya demudadas, se tornara de la blancura de la cal. En cuanto detalló explícitamente la naturaleza viscosa del ojo y lo sencillo que era hundir en él la herramienta puntiaguda, las sonrisas se tornaron en muecas de repugnancia, y la nada disimulable arcada que le sobrevino a Qamar hizo que cesara en sus explicaciones. Se disculpó, demasiado avergonzado por haberlas importunado de aquella manera tan sórdida, y luego concluyó:

—Lo que quiero decir es que el polvo y el desorden no serán un impedimento para mí.

—Sed entonces bienvenido —pronunció Lubna, aun con la bilis amargándole la garganta.

Consciente de que la anciana Muzna estaba en lo cierto, Lubna había delegado parte de las tareas en la joven discípula. Y aunque dijera que su intención era probar la actitud de esta y sus habilidades, la verdad era que la carga de trabajo la había debilitado lo suficiente como para verse en la obligación de pedir ayuda. No quería ni contemplar la posibilidad de recaer nuevamente enferma, en especial cuando la recepción de las embajadas se acercaba.

Qamar y el *fata* Talid regresaron a sus correspondientes labores: la reordenación y clasificación de los libros, un tema harto complejo, pues el número de volúmenes aumentaba con frecuencia y la reforma de la biblioteca se retrasaba. De continuar así, los libros acabarían copándolo todo y vomitando a quienes trabajaban allí, que ya no tendrían cabida.

Entre tanto, Lubna le explicó a Nasir el funcionamiento de la Biblioteca Real para que así fuera adaptándose a ella. Sacó un enorme tomo encuadernado, que depositó en la mesa que encontró más liberada de documentos, lo abrió y le mostró el contenido. La caligrafía variaba según el puño que hubiera sujetado el cálamo.

—Es uno de nuestros catálogos. En total tenemos unos cuarenta y cuatro cuadernos, cada uno de ellos se compone de cincuenta páginas, y en ellos se recoge únicamente el título de los libros y el autor.

—¡Hay cuatrocientos mil libros, mi señor! —gritó Qamar—. Os aconsejo paciencia.

—Cuatrocientos mil —susurró impactado.

—Y los que están por llegar. —Lubna sonrió, bien orgullosa—. Nuestro señor al-Hakam tiene contratado a un gran número de mercaderes que se encarga de la compra de libros.

—Además de los agentes fijos de El Cairo, Bagdad, Damasco, Alejandría y otros tantos lugares, que nos proveen de las novedades literarias del momento —intervino Talid—, aunque siempre tardan más de lo que deben.

—Pero estos son los que tenemos hasta ahora.

Lubna señaló uno de los primeros títulos escritos en el catálogo. La pluma no pertenecía ni a Talid ni a ella, y aunque el Bagdadí dedujo que entonces habría de ser de Muzna, tampoco acertó. La autora era una esclava, a la que llamaban Ay por ser su tez de la blancura del marfil, que había cumplido con la función de bibliotecaria en la época del emir Abd al-Rahman II.

Y es que, aunque la Biblioteca Real de los Omeyas estuviera viviendo en aquellos instantes el mayor periodo de esplendor, el germen de lo que era y lo que sería se había plantado en tierras fértiles siglos atrás. Ya en tiempos de la conquista, Tariq Ibn Ziyad se había apoderado de hasta veintidós libros preciosos como eran los Evangelios, tratados de botánica, alquimia..., todos ellos catalogados como *mahasif* al estar encuadernados. Sin embargo, estos fueron trasladados desde Toledo, capital del reino visigodo, hasta la Biblioteca Real de Damasco, por lo que nada perduraba de ellos en Córdoba.

Con el transcurso del tiempo, lo perdido se convirtió en lo ganado. Abd al-Rahman II, emir con inclinaciones de poeta, avivó la llama de la cultura y transformó Córdoba en un hervidero de intelectuales orientales. Se adquirieron valorados manuscritos allende las fronteras y durante su gobierno se tradujeron infinidad de volúmenes, entre ellos el *Libro de las Cruces*, las *Etimologías* de san Isidoro, las *Geórgicas* de Virgilio —y otros tantos versos suyos— y los *Aforismos*, que versaba sobre medicina tradicional latina, no fuera a ser todo poemas y teología. La pasión desmedida por los libros provocó que en Córdoba empezaran a componerse obras propias, singularmente de carácter jurídico.

Abd al-Rahman III había continuado con esta preciada labor y, además de los Evangelios y otros textos sagrados, se tradujeron el Pentateuco, la *Historiae adversus paganos* de Orosio y el Libro de los Salmos mozárabe, a partir de la traducción latina de san Jerónimo. Con la instauración del califato, otros géneros literarios comenzaron a despuntar en cuanto a creación: crónicas dinásticas, panegíricos, registros biográficos, tratados de gramática y léxico, pero también de ciencias como la medicina, la farmacología, la astronomía y las matemáticas. De todo esto habían sido testigos Muzna y, en buena parte, Lubna, que se había criado en el Alcázar.

Y tal y como lo hicieron sus predecesores, al-Hakam II abrazó el mecenazgo cultural creando y ampliando la Biblioteca Real. Desde que fuera proclamado califa, se había afanado en adquirir obras de gran relevancia, trasladando desde Bagdad, Egipto y otros lugares de Oriente las que consideraba prestigiosas y brillantes, además de extrañas composiciones de ciencias antiguas y modernas.

Los cuatrocientos mil ejemplares que ya conformaban la Biblioteca Real de Córdoba rivalizaban con los de la dinastía Abasida de Bagdad.

Los títulos del primer catálogo bailaban frente a los ojos de Nasir. A juzgar por la antigüedad que presentaba, el papel debía remontarse al gobierno de Abd al-Rahman I. Era evidente que una de las pulcras caligrafías pertenecía a una fémina que imaginaba como Lubna; en cambio, la otra juraría que era de un varón, probablemente el que ocupara el cargo de Talid el eunuco, *sahib jizanati-hi al-'ilmiyya*, bibliotecario o encargado de los tesoros científicos.

Nasir se miró las manos límpidas, aún libres del pecado de exhumar los huesos astillados de Abd al-Rahman I el Emigrado, y se preguntó cuánto tardaría en hallar entre aquella ingente cantidad de libros una pista, por remota que fuera, del manuscrito perdido. Una que le disuadiera de buscarlo en el interior del sepulcro del primer Omeya.

—¿Recordáis cuando os dije que Córdoba era un enorme y hermoso almacén de libros?

La melódica voz de Lubna lo arrancó de sus divagaciones y alzó la cabeza para mirarla. Tuvo que parpadear un par de veces para que la caligrafía cúfica dejara de desdoblarse.

Puede que en ese justo y preciso instante toda la luz dorada procedente de las candilejas se concentrara en el semblante de Lubna. En la mirada de estoraque y, al mismo tiempo, tan clara y limpia que podría confundirse con el agua de las albercas de los jardines. En la sonrisa, que era de la dulzura de los pasteles de miel y nueces trituradas con mortero y, a su vez, afilada y destellante al igual que el acero de la hoja de una espada.

Nasir tragó saliva, con el corazón paralizado ante su efigie. Y es que allí, cercada por miles de libros añejos, con el olor del polvo y de la tinta que le impregnaba la yema de los dedos, Lubna había quebrado su vida en dos, así como el rayo fragmenta el cielo nocturno.

—Lo recuerdo —atinó a decir—. Nos dirigíamos al mercado de libros en busca de ese tratado de jurisprudencia que tanto interesaba a nuestro señor al-Hakam.

Ella asintió sonriente, complacida, ignorando que Nasir jamás podría olvidar aquella escena que había mezclado dos sentimientos viscerales. El de la dicha al cruzarse con aquel despliegue de manuscritos que evidenciaba el ansia de saber que experimentaba Córdoba, el placer de la lectura; y el horror más absoluto ante la degradación de Lubna, ultrajada y marcada.

La bibliotecaria alargó la mano.

—Venid conmigo, os enseñaré algo más impresionante que una de esas subastas.

22

Lubna tenía razón. Allí había algo mucho más fascinante que la subasta de libros del mercado. Sobre si aquello que presenciaba, con la boca abierta y la lengua pastosa, superaba el esplendor de la Biblioteca Real —algo harto complicado—, Nasir aún no era capaz de pronunciarse. Quizá porque, de todas las ideas que había barajado en su ágil mente, aquella jamás habría podido imaginársela, o no atendiendo a semejantes dimensiones.

En uno de los salones anexos, al que se accedía atravesando una puerta coronada por un hermoso arco de herradura, ora ocre almagre, ora blanco, se congregaba un gran número de esclavos instruidos en ciencias profanas y hábiles en su tarea, caligrafía y gramática. Sentados en sus correspondientes escritorios y cálamo en mano, copiaban todo tipo de códices, algunos en la rugosidad del pergamino, otros en la suavidad del papel de pasta.

Mientras los copistas volcaban antiguas palabras en nuevos formatos, sus compañeros traducían del latín al árabe, y los iluminadores adornaban los textos con exquisitas miniaturas que representaban pasajes diversos. Desde elementos vegetales que ornamentaban los márgenes de las páginas hasta elaboradas reproducciones gráficas de la vida en la corte en las que se reconocían esclavas cantoras de cabellos al viento que escanciaban vino y grandes gobernantes vestidos de oro y seda.

—Los mejores copistas del mundo, llegados desde todas

partes: bagdadíes, egipcios, damasquinos y cordobeses. También tenemos a los mejores encuadernadores, sicilianos y bagdadíes.

Acostumbrados a la presencia de Lubna, ninguno de los presentes levantó la cabeza, tan ensimismados como estaban en sus diferentes labores.

Nasir hubo de obligarse a tragar saliva al contemplar tamaña escena. Allí estaban aquellos que nacieron en el cautiverio o cayeron en el cautiverio, haciendo historia, transcribiendo la historia. Todo lo que allí se oía era el rasgar de las plumas sobre las superficies inmaculadas que, en breves instantes, guardarían para siempre tesoros que la humanidad habría de conservar. Y todo lo que allí se olfateaba era el fuerte aroma de la tinta.

—Las mujeres se encuentran en otra sala —le informó, señalando una de las puertas cerradas que había al otro lado de la enorme estancia—, así trabajan con más comodidad y libertad.

Él solo pudo asentir, demasiado entumecido todavía por lo que se desarrollaba ante sus ojos. Lubna, que no apartaba la mirada del rostro impresionado de Nasir, aprovechó para dirigirle por entre los escritorios en una amena visita.

Le habló de la rapidez de sus copistas, que eran mucho más eficaces que los de los reinos cristianos, pues estos, al escribir en latín, levantaban demasiado la pluma del pergamino, mientras que ellos apenas lo hacían debido a la singular caligrafía cúfica. Le habló del papel de pasta, que era mucho más barato y fácil de conseguir que el antiguo papiro y el pergamino, soportes que prácticamente habían desterrado. Con el uso del papel y su fabricación en Toledo y Játiva, habían logrado abaratar el coste de los libros que producían, y esto había incrementado la afición de la población por la lectura. De ahí el mercado de libros y las continuas subastas.

Y le habló, por supuesto, de los manuscritos que habían copiado en aquellas oficinas palatinas.

—Este es Usayn Ibn Yusuf, esclavo y copista. —El hombre

alzó el rostro ceniciento y esbozó una sonrisa de complicidad—. Hace unos años terminó de trabajar en el *Mujtasar*, que ahora reside en nuestra Biblioteca Real. Es una auténtica joya.

El copista, que había perdido la cabellera hacía ya bastante tiempo y empezaban a arrugársele los dedos debido a la edad, le hizo una seña para que se asomara. Nasir no quería interrumpir, pero la curiosidad era una infección contagiosa y él la padecía desde bien pequeño, así que alargó el cuello y observó por encima del cuerpo de aquel hombre.

Su labor era encomiable. En aquellos momentos traducía un libro del latín que, a juzgar por lo que ya había escrito en árabe, parecía una hagiografía. *De Vita et Miraculis Patrum Italicorum et de aeternitate animarum* narraba la vida y milagros de diversos santos, entre ellos un tal san Benito.

—Hacía mucho que no veía algo tan hermoso —confesó, y el esclavo cabeceó en señal de agradecimiento y profundo respeto—. ¿Y luego? —preguntó Nasir.

—Una vez que se ha finalizado la copia, el libro se entrega a una junta de hombres sabios que lo coteja y corrige —dijo Lubna.

—¿Y si hay algún error?

Enarcó una ceja.

—¿Vos soléis cometerlos cuando estáis operando a un buen hombre cuya vida pende por completo de un hilo?

—Intento que no.

—Pues aquí también lo intentamos.

Fueron paseando por el resto de los escritorios, tratando de no distraer a los hombres, que se dejaban manos y ojos en la meticulosa tarea que se les había encomendado. Había que ser no solo habilidoso con el cálamo, sino también gozar de una mirada muy fina.

Cada poco, hacían un alto para que Nasir examinara con los ojos ebrios de belleza el volumen que uno de los copistas redactaba en papeles sueltos, que luego serían encuadernados.

—Mirad eso —dijo maravillado ante los dorados motivos vegetales que un iluminador dibujaba en los márgenes de un libro—. ¿Alguna vez habíais visto algo igual? ¡Qué destreza!

Lo cierto era que contemplar deslizarse el pincel por la suave superficie, trazando ramajes áureos que centellaban a la luz de los candiles, era hipnótico.

Una tierna risa surgió de los labios de Lubna. Estaba tan habituada a pasar la mayor parte de sus días entre la Biblioteca Real y las oficinas en las que trabajaban los copistas, iluminadores y encuadernadores que, a ratos, se le olvidaba el privilegio que le habían otorgado al sumergirla en el mundo de la cultura. De repente, la carga que le tiraba de los hombros —las misivas de Estado, las embajadas, la reordenación de la biblioteca— pesaba mucho menos.

Observar lo que le era conocido a través de la mirada de Nasir significaba redescubrir las cosas más anodinas de la vida y encontrar en ellas una magia ya perdida.

—Quienes buscan un favor o ganarse la simpatía de nuestro señor al-Hakam suelen obsequiarle con un libro —le contó mientras continuaban con su visita—. A veces son manuscritos que aún no han llegado a ver la luz; otras, volúmenes tan antiguos y preciados que podrían considerarse tesoros. Con su honorable padre sucedía lo mismo: el emperador de Bizancio le envió al califa Abd al-Rahman III una copia del *Dioscórides* que aún conservamos con mucho cuidado.

—¿Está en latín?

—Lo está. Y tuvo que enviar también a un sabio como traductor, el monje Nicolás, oriundo de Constantinopla.

—¿Sigue aquí?

—No. Por desgracia, falleció y se le dio cristiana sepultura.

Lubna le ofreció la posibilidad de acordar una reunión para que conversara con Muzna acerca del monje Nicolás, dado su interés por aquel individuo de fe cristiana que traducía y copiaba manuscritos. Pero Nasir ya no prestaba oídos, solo asentía, paseando sus ojos melosos por el laberinto de escritorios. En realidad, estaba allí de cuerpo presente, no en lo que a su mente se refería.

La mención a todos esos obsequios que gobernantes y señores influyentes enviaran al califa le había golpeado con fuerza. Pensó en el *Dioscórides* y pensó en el Corán del califa Utman, esa joya literaria que Abd al-Rahman I había traído consigo desde Damasco, según Abulcasis.

Justo cuando hablaban de libros de gran valor habría sido el momento idóneo para sacar a relucir la supuesta leyenda del manuscrito perdido, puesto que si alguien había de tener noticias reales sobre dicho ejemplar era Lubna, quizá también su predecesora Muzna, Qamar y el eunuco Talid. Pero aquellas estancias estaban abarrotadas de esclavos que, por muy concentrados que estuvieran en la caligrafía, seguían atentos a sus palabras. De todos es bien sabido que no se pueden mentar ciertos asuntos delante de esclavos y servidumbre, pues estos son unos deslenguados que enseguida cuentan por ahí lo que creen haber oído, esparciendo rumores maliciosos. Así pues, calló, temeroso de que alguno de aquellos copistas adivinara sus verdaderas intenciones en Córdoba y él fuera juzgado por el califa al-Hakam.

—Os agradaría ese libro, mi señor. —Lubna seguía hablando entusiasmada del *Dioscórides*—. Sus letras están escritas con el color del oro y hay miles de hermosas ilustraciones que reflejan las plantas citadas en el texto. Es como el libro de botánica que adquiristeis en la subasta, salvando las distancias.

Nasir se deshizo del enjambre de pensamientos y regresó a las oficinas de copistas, encuadernadores e iluminadores, allí, junto a Lubna.

—Habréis de mostrármelo —le pidió.

Y ella le prometió hacerlo.

El siguiente copista transcribía un libro sobre astronomía que ayudaría a los sabios científicos de Madinat al-Zahra a descifrar con mayor precisión el indecente clima y sus catástrofes. De ese modo estarían prevenidos de futuras lluvias y podrían actuar con celeridad y advertir a la población para que se resguardara. No sería la primera ni la última vez que el Guadalquivir se desbordaba y se tragaba a algún incauto.

—Cuando llega un libro tan especial, el califa desea no solo que se traduzca al árabe, sino que también haya una copia. Solo por si se pierde, se deteriora o se destruye el original.

—¡Por Allah! —exclamó horrorizado al imaginar uno de esos volúmenes que eran todo arte, dedicación y sabiduría abrasado por el fuego—. ¿Quién querría destruir un libro así?

Un miedo primitivo se apoderó de él. De repente recordó otra vez el manuscrito perdido y las habladurías que circulaban en torno a su extinción.

—Muchos —dijo Lubna—. Vos mismo dijisteis que el arma más letal es el conocimiento. Y los libros encierran mucho conocimiento.

Los más ortodoxos no eran partidarios de que el califa coleccionara ciertos manuscritos, en especial los relacionados con ciencias antiguas. Algunos de sus visires y hombres más cercanos tampoco lo aprobaban —era el caso de Almanzor—, pero se guardaban para sí estos recelos, pues sabían que no habría argumento u opinión que pudiera mermar la pasión de al-Hakam por los libros. Así se lo explicó Lubna en susurros.

—Pensé que Almanzor era un hombre lo suficientemente intelectual como para no temer a un par de páginas recién encuadernadas —comentó Nasir, incapaz de ocultar su cinismo.

—No os dejéis engañar. Lo es, pero también es un hombre de gran religiosidad y costumbres puras. Frecuenta a eruditos casi tanto como a alfaquíes y ulemas, y gusta de agradarlos a ambos. Y en alguien así no se puede confiar.

Tras cruzar el umbral de la puerta, se adentraron en la oficina en la que trabajaban las féminas, que era de idéntico aspecto y dimensiones que la de sus compañeros varones. Para Nasir fue aún más sorprendente encontrarse frente a aquel mosaico de cabelleras al viento —rubias, trigueñas, morenas, azabaches, bermejas y hasta encanecidas—. Las laboriosas mujeres apenas levantaban la vista de sus respectivos manuscritos, pero eso no les impedía bisbisear entre ellas y finalizar con extrema presteza una página tras otra, que colocaban en un pequeño montoncito.

Allí el aire no estaba saturado, el fuerte olor de la tinta se suavizaba con los perfumes florales y de ámbar que cada una portaba, creando un ambiente apacible.

Al ver a Lubna sonrieron y la saludaron con una gracia y finura que podría haber rivalizado con la de las esclavas del harén.

—En Córdoba pueden llegar a copiarse anualmente hasta unos sesenta u ochenta mil libros —le explicó Lubna a la par que le invitaba a seguirla para realizar una inspección por los escritorios.

—¿Incluyendo los de rezo?

—Incluyendo los de rezo —confirmó—, que siempre nacen de manos femeninas, aunque no de las de ellas.

En Córdoba se habían erigido varios obradores, lugares donde se hacinaban centenares de mujeres de origen humilde para copiar diferentes libros de rezo y miles de coranes. Luego, los volúmenes eran vendidos a los libreros, que comerciaban con ellos por todo al-Ándalus y el otro lado del estrecho.

—Las mujeres son más pulcras y habilidosas en cuanto a la caligrafía. También son más veloces. En lo que un hombre copia un tratado, una mujer copia dos.

Esa, desde luego, no era la razón por la que los hombres de negocios contrataban a las féminas, y ambos eran conscientes de ello. Aun siendo más diestras en el trabajo y mucho más eficaces, el salario que recibían era bastante inferior al de un varón, por lo que producían en mayor medida y por menos dinero. La rentabilidad que ofrecían hacía salivar de codicia a los empresarios más avaros.

Y esto se extendía desde al-Ándalus hasta Bagdad, sin que ninguna de ellas alzara la voz en pos de un trato justo. Poco se podía hacer, puesto que sus familias dependían no solo de la aportación económica de los hombres, sino también de la de las mujeres, que con el sudor de sus frentes y las callosidades de sus manos traían el pan a casa.

—Os contaré algo. —Se acercó a él en un gesto de absoluto secretismo. A Nasir le rugieron las entrañas solo de pensar en el manuscrito perdido—. La hija de nuestro emir Abd al-Rahman II, la hermosa y sagaz al-Baha, sí que participó en la copia de coranes y libros religiosos.

—Córdoba es realmente una gran biblioteca —le concedió Nasir.

El paseo se alargó. Mientras Lubna conversaba a cada rato con alguna de las esclavas —alagadas por los elogios hacia su trabajo—, él curioseaba por todas partes, con la atención dividida entre los manuscritos a medio terminar y el semblante de su acompañante, que rebosaba dicha. Contó varios libros de gramática y léxico, y otros tantos de ciencias como matemáticas.

Entre todas las cautivas allí congregadas resaltaba una mujer de edad avanzada. Su melena era de la plata recién bruñida y unos profundos surcos se repartían por toda su faz, cuello y manos. Al sonreír quedaban en evidencia unos dientes amarillentos.

Respondía al nombre de Fátima y, según le contó Lubna, a sus sesenta y ocho años se negaba a soltar el cálamo. Había estado al servicio del califa Abd al-Rahman III y le había suplicado a su nuevo señor que no la relevara de sus tareas, y este, siendo en extremo bondadoso, le otorgó esa gracia. Allí permanecería hasta que la muerte la sorprendiera sentada y redactando.

Cuando Nasir le preguntó la razón por la que rechazaba un merecido descanso, esta dijo:

—¿Y qué habría de hacer entonces con el tiempo que me queda, mi señor? ¿En qué habría de invertirlo si no dejo aquí mi huella?

Y él no supo qué contestar.

De camino a la Biblioteca Real, la mente de Nasir se enredaba entre su ferviente deseo por el manuscrito perdido y todo lo que había presenciado en las oficinas palatinas del Alcázar cordobés. Había quedado arrobado ante aquel despliegue cultural y solo ansiaba localizar todos los libros que pudieran contener mención alguna del manuscrito perdido y arrebujarse en su jergón para devorarlos uno a uno.

El dulce silencio que se instalaba entre ambos se rompía con el eco de las pisadas sobre el suelo marmóreo y el corretear de algunos sirvientes u oficiales palatinos, que iban de acá para allá atendiendo a sus obligaciones.

—¿Por qué no sois copista? —le preguntó.

Lubna sabía que en algún momento llegarían a ese lugar, el lugar en el que se acomodan los confidentes y esparcen sobre una mesa todos sus secretos cual piezas del ajedrez. Y con esas figuras —blancas y negras— habrían de cuidarse, pues con un solo movimiento y una buena jugada, con una intención deshonesta oculta, uno de ellos podía salir derrotado.

No sabía si estaba preparada para mostrarle los flancos débiles por los que la caballería podría entrar a matar.

—Porque se precisaba de una secretaria y yo despunté entre todas mis compañeras cautivas en métrica, gramática y caligrafía. Aunque lo que le impresionó a nuestro señor Abd al-Rahman III fue un poema que compuse. No dudó de que debía ser yo la *katiba* de su hijo al-Hakam.

—¿Os escogió su padre? —Lubna asintió satisfecha, pero un resquicio de amargura se asomó por su sonrisa—. ¿Cómo era Abd al-Rahman III?

Por toda Córdoba corrían maravillosas alabanzas sobre su persona y Nasir apenas podía contener el interés por aquel que fue el primer califa andalusí.

Lubna exhaló un hondo suspiro.

—El mejor gobernante que ha tenido al-Ándalus. Un padre generoso que se desvivió por sus hijos e hijas en igual medida, y un marido devoto que amó a sus mujeres, pero... —Se mordió el labio inferior y añadió—: Muy poco a sus esclavas.

Había algo en él, algo más allá de la grandeza, algo oscuro que hedía a podredumbre y que muchos catalogaban de maldición.

La cruenta y deleznable muerte que diera a algunas de las esclavas con las que se encamaba le había granjeado el temor de muchas de las féminas del Alcázar, con independencia de si pertenecían al harén o eran meras siervas dedicadas a la limpieza. No había mujer que no temblara en su presencia, salvo sus esposas: la Señora Fátima al-Qurasiya —su prima—, la bienamada Maryan —la Gran Señora— y la clemente Mustaq —quien lo cuidó en sus últimos días—. Para el resto, aquel hombre estaba preso de una maldición, una maldición que se desencadenaba con los besos apasionados y la ira.

Todavía había quienes, como Muzna, no olvidaban los cadáveres que se recogieron y la sangre que se hubo de lavar de alfombras y suelos. Y a las que no lo vieron, por ser demasiado jóvenes o por no haber llegado aún, se les susurraba que aguzaran los oídos, pues en las noches cerradas, cuando la luna quedaba oculta y las estrellas no alumbraban, se escuchaban por los pasillos los lamentos de aquellas esclavas que padecieron el peor de los castigos.

—¿Y nuestro señor al-Hakam? —Su voz era un hilillo tembloroso—. ¿Ama a sus esclavas?

—Es un amo justo. No podríamos haber pedido a uno mejor, ni podríamos haber tenido a uno mejor. Jamás ha dañado a ninguna de sus esclavas, siempre nos ha defendido frente a oprobios y ha valorado nuestra labor. —Sonrió—. Pero no nos deja olvidar cuál es nuestra condición. En definitiva, es un hombre justo.

Nasir asintió, poco complacido con la respuesta. No obtendría más de ella, no en cuanto al vínculo que la unía con al-Hakam. Era evidente que Lubna estaba versada en gramática casi tanto como en esquivar las estocadas de cuestionamientos insidiosos. La vida en la corte la había curtido. Su maestra Muzna la había apercibido desde joven.

Tampoco habría sido justo pedirle más de lo que ella estaba dispuesta a dar o él a afrontar. No se atrevía a preguntarle si el califa la amaba, aunque la muestra de afecto que observara entre ambos el primer día que pisó Madinat al-Zahra denotaba que había una relación más estrecha de la que suele unir a un amo y a una esclava cualquiera. Mas ¿acaso él no se había ido ganando la confianza y el cariño del anciano gobernante con su diligente servicio médico? Y no es que precisamente aquello se denominara amor.

—Dijisteis que el califa había comprado a ciertos mercaderes para que le proveyeran de libros, tanto aquí como en tierras remotas. ¿Qué hay de vos? ¿No viajáis en busca de joyas literarias?

Lubna se echó a reír, a la par que se apartaba uno de los abundantes y largos rizos del rostro.

—No podría. ¿Quién se ocuparía entonces de mi labor?

Él no pudo más que darle la razón.

—Lo del mercado de libros, aquí en Córdoba, es algo excepcional. No el mercado en sí —especificó—, de eso hay en todo al-Ándalus, aunque el nuestro es el más valorado y donde se mueven los manuscritos más interesantes. Me refiero a que yo asistiera.

—Parecíais ducha en el manejo de la subasta.

—Y lo soy. Pero solo acudo a las pujas en caso de que nuestro señor ansíe un libro específico que tenga un vendedor y ese vendedor no esté dispuesto a hacer un trato con nosotros. Hay volúmenes que se niegan a entregarnos por una razón u otra, normalmente porque piensan que en la subasta pueden salir más beneficiados o porque ya lo han prometido a un comprador.

—¿Hay un comprador más importante que el califa, Príncipe de los creyentes?

Lubna chasqueó la lengua.

—Irónico, ¿no es cierto? —Se encogió de hombros—. Poderoso es el dinero, señor mío. Aunque hay quienes dicen que no es el dinero, que es su palabra de honor.

—Permitidme dudarlo. No todos entienden lo que es el honor.

En eso estuvieron de acuerdo.

La visita a las oficinas de los copistas había consumido gran parte de la tarde, el sol se había puesto hacía ya rato y un desagradable viento se colaba por las ventanas y aullaba a través de los pasillos. Como si predijera la lluvia, Lubna olisqueó el ambiente, y es que, pese a que la tormenta había quedado atrás junto con la granizada, era mala época.

—¿No querríais algo más? —Los ojos de Lubna se abrieron en un gesto de sorpresa, sin pizca de indignación u ofensa, e incluso así, Nasir se apresuró a aclararlo—. Me refería a no ser única y exclusivamente la secretaria de nuestro señor al-Hakam.

Ella se cruzó de brazos y proyectó una enorme y deslumbrante sonrisa.

—¿Como qué?

—Como escribir vuestras propias palabras y no las de vuestro amo y señor.

Aquello le recordó a los reproches de su discípula y Lubna se preguntó si el Bagdadí había hablado con Qamar en algún momento, aprovechando su ausencia, o si es que el anhelo que sentía era tal que cualquiera podía advertirlo.

—¿No os aburrís de escribir siempre para otros? ¿No desearíais tener un poco más de voz?

—No sé si tengo mucho que contar y no estoy segura de si sabría qué hacer con una voz más alta que la que Allah me otorgó.

—Diría que sí. —Alzó una ceja—. Me encantaría leer ese poema que recitasteis al califa Abd al-Rahman III u oír el que hayáis compuesto más recientemente.

Lubna se mordió el labio inferior y apartó la mirada.

—Hace mucho que no compongo y aún más que no recito. —Las mejillas se le habían teñido del delicioso color de las manzanas, y a Nasir se le antojaron irresistibles y tiernas—. Están siendo unos días muy fatigosos por eso de la recepción de las embajadas y la reordenación de la biblioteca…, así que es probable que tarde en recuperar ese hábito.

—Tengo tiempo —contestó con desenvoltura mientras se revolvía los rizos alborotados—. Al fin y al cabo, solo es noviembre.

—Quizá en otro momento. Quizá más adelante.

Continuaron su camino hacia la biblioteca hasta que Nasir se detuvo ante las formidables puertas.

—Por cierto, ¿alguna vez habéis comprado un libro por propia voluntad? Un libro que os pertenezca, no que sea para la Biblioteca Real. —Ella negó—. Bueno, deberíamos encontrarle, pues, una solución.

Dos días después, el Bagdadí se presentó en la Biblioteca Real con un volumen modestamente encuadernado. El papel era de buena calidad y el título dorado auguraba que en su interior no había una historia que narrar ni un viaje que experimentar. Se trataba de un estudio.

—Es de lexicografía —dijo tras habérselo tendido a la esclava bibliotecaria.

Lubna no fue capaz de formular palabra alguna. Mantenía los labios entreabiertos y los ojos resplandecientes ante el obsequio. Lo acariciaba con parsimonia: primero un lado, luego el otro, posteriormente, el lomo. Y cuando la incredulidad le ganaba la partida, parpadeaba un par de veces y desviaba la mirada hacia Nasir, que la vigilaba con atención y el corazón contenido en un puño, para entonces volver a contemplar el libro.

Su silencio empezó a alarmarle.

Temiendo haber sorteado un límite impuesto y haberla ofendido, habló atropelladamente.

—Supongo que habréis hojeado muchos así, incluso mejores, pero lo hallé en el mercado de libros. El vendedor es uno de los libreros más afamados de la ciudad y me dijo que era algo novedoso en cuanto al estudio de la lexicografía, y que lo copiaron hace poco. Puede que me haya mentido —confesó con cierta decepción—. Pensé que, dados vuestros estudios…, os sería de utilidad. O quizá os agradaría. Mas, si es un tratado cualquiera que no os aporte nada, puedo deshacerme de él.

Y a punto estuvo de llamarla de nuevo «mi señora».

—No. No. —Fue lo único que verbalizó Lubna, con el horror pintado en sus facciones. Casi le faltó protegerlo acunándolo contra el pecho.

—Abridlo entonces —la animó.

Nasir se había tomado la libertad de escribir su nombre en una de las primeras páginas en blanco, y, aunque su caligrafía no era pulcra, se leía «Lubna de Córdoba». Aquel detalle, insignificante para muchos, agolpó lágrimas en los ojos de la esclava, tan acuosos que se asemejaban a un hondo aljibe del que no se divisa el fondo.

—No sé si soy digna de este presente, señor mío.

—Una bibliotecaria ha de tener, al menos, un libro en propiedad. Este será el vuestro. —Se acercó a ella y rozó sus dedos temblorosos, aferrados a la cubierta—. Siempre será vuestro. Y de nadie más.

—Mío —susurró con una emoción palpitante que se traslucía en la voz.

Cuando Lubna le confiara a su maestra lo sucedido y le mostrara el libro de lexicografía que guardaría en uno de los arcones de sus aposentos privados, debajo de los ropajes que vestía en ocasiones especiales --como en las recepciones de Estado—, la anciana Muzna estallaría en carcajadas y le besaría la sien derecha, para decirle:

—¿Ves? Ya te avisé de que ese médico te curaría todas las heridas, incluso las menos visibles. Ahí lo tienes. La niña esclava que fuiste y que miraba con penuria los lujosos regalos que recibían las hijas de nuestro señor Abd al-Rahman III, desde el estuche de juegos de mancala hasta las joyas que las engalanaban, ahora puede abrazarse a un obsequio. A uno que habría deseado tener siendo pequeña.

Sin saberlo, Nasir había cumplido uno de los anhelos de su infancia, y aquello había sido tan placentero como un beso materno en una rodilla recién desollada.

Unos días más tarde, el Bagdadí no solo sostendría entre sus manos el dorado e iluminado *Dioscórides* con el que el emperador bizantino ofrendara a Abd al-Rahman III tiempo atrás, sino también el Corán del califa Utman.

Quedaría maravillado ante aquellos tesoros; no obstante, en su lengua perviviría silente el manuscrito perdido.

23

—Quiero una fuente —dijo Subh—. Una fuente en el zoco principal. ¿Podríamos conseguirlo?

Lubna, que ya había sacado los útiles de escribanía, le dedicó una mirada interrogativa a Almanzor. Este se la devolvió, a expensas de que ella interviniera y diera a conocer las posibilidades de encontrar una cuadrilla de obreros dispuesta a hacerse cargo de dicha construcción. Al fin y al cabo, como secretaria califal ese era uno de sus deberes: tramitar la correspondencia. Y era evidente que los deseos de Subh acabarían escritos, si no en una misiva, en el cuaderno de Estado.

—Es menester una respuesta —insistió la Gran Señora—. Me gustaría invertir algo de dinero en nuevas obras pías.

Ante el silencio de Lubna, Almanzor se humedeció los labios y con una sonrisa comentó:

—Los niños expósitos. Su situación es precaria y desoladora.

—Lo sé. Soy madre, y no hay nadie más sensible que una madre al sufrimiento de los huérfanos.

—Coincidiréis conmigo en que es una causa loable a la que entregarse. Nuestro Profeta Muhammad perdió a sus padres siendo muy pequeño y el Corán nos insta a que vistamos y alimentemos a esas criaturas desamparadas, las eduquemos y tratemos en equidad. El dinero les sería muy provechoso.

—Si solo contara mi buena voluntad, los habría arropado a

todos bajo mis cuidados, pero me temo que eso es imposible. Hago todo lo que está en mi mano para facilitarles la vida. A ellos les destino gran parte de mis bienes, ¿no es cierto?

—Sí, mi señora. —Almanzor cabeceó muy diligentemente—. Yo mismo me encargo de que sean los beneficiarios de la cantidad monetaria que estipulasteis hace tres años.

Subh esbozó una sonrisa satisfecha bien fingida.

—Una fuente entonces —decretó dando una palmada en el aire, lo que significaba que ya había tomado una decisión—. Las gentes de Córdoba necesitan de obras públicas.

—La mejor cuadrilla de obreros aún está inmersa en las obras de la Biblioteca Real, mi señora —le recordó Lubna, cálamo en mano—. No obstante, podría averiguar qué jefes de obra están libres para embarcarse en este proyecto tan piadoso. Mas ya sabéis que tardará algo de tiempo.

—Como siempre.

—Sí, mi señora. Como siempre.

La carta que Lubna redactaría se entregaría a los mejores jefes de obra de la ciudad. Aquellos que desearan el encargo habrían de personarse en Madinat al-Zahra y reunirse con ellos. Una vez escogido el capataz, se plantearían ciertas cuestiones: la duración del trabajo, los materiales necesarios y el dinero requerido, que debería sufragar gastos y el salario de los obreros.

—Puede suponer un mínimo de cuatro meses —informó.

—Sea.

Con el asentimiento de Subh, la joven esclava se lanzó a escribir sobre la pequeña mesa que le habían colocado justo allí, en una de las tantas salas de audiencias de la residencia palatina. Aquella en concreto se la había cedido el califa al-Hakam a su honorable esposa.

—¿Y un lavatorio? —propuso Almanzor—. Es mucho más glorioso que una fuente, mi señora. Ensalzaría vuestro nombre.

Lubna dejó de escribir, atenta al posible cambio de parecer de su señora. Pero Subh sabía lo que quería y cuándo lo quería.

—Hay infinidad de lavatorios y baños públicos en Córdoba.

Hizo un gesto desdeñoso con la mano.

—¿Una mezquita?

—¿Hacen falta más?

—¿Quizá un cementerio? —lo volvió a intentar.

En aquella ocasión, la Gran Señora arrugó el rostro.

—¿Otro?

—Vos misma habéis dicho que las gentes de Córdoba necesitan de obras pías. Las gentes se mueren y en algún momento han de descansar para reunirse con Allah. No hay nada más pío que ofrecerles un lecho en el que reposar para toda la eternidad.

—Un cementerio —bufó.

Subh no aceptaría levantar una *maqbara*. Y no precisamente porque no le preocuparan las ánimas de su pueblo, sino porque aquella bonita obra de caridad había sido muy usual entre todas las mujeres que la precedieron, las muchas esposas de los gobernantes andalusíes.

Ya estaban bien surtidos de mezquitas y cementerios. Agab, concubina del emir al-Hakam I y madre de su hijo Abu Abd al-Malik Marwan, había donado dinero para la construcción de una mezquita en el arrabal occidental de Córdoba y de una almunia, que llevaba su nombre y había legado a los enfermos. Mut'a, concubina también de al-Hakam I y madre de su hijo Abu Utman Said, había cumplido con lo propio y fueron muchos sus fines piadosos, entre ellos un cementerio que se hallaba cerca de otro centro de oración. Del mismo modo, la princesa Salama, prima y esposa del emir Muhammad I, había ordenado un cementerio próximo a la mezquita de *al-diyafa*. Y, por si fuera poco, Mu'ammarca, concubina de Abd al-Rahman II, había levantado otro.

De hecho, hacía poco, su esposo al-Hakam había designado que se compraran un buen número de casas con el fin de derribarlas y ampliar una de dichas necrópolis.

Con aquello era suficiente.

—Mi señor Almanzor, vuestra tarea es la de administrar mis bienes. De vos solo quiero saber si hay dinero y si podríamos destinarlo a esto. —Clavó en él su cristalina y enigmática mirada—. ¿Hay dinero?

—Sí, mi señora. Lo hay. Pero quizá convendría esperar, su esposo...

—¿Os aconsejo yo sobre lo que habéis de hacer con el vuestro?

Él negó, aunque en realidad no hacía mucho que le había susurrado al oído ese «Ya os castigaron una vez. Intentad que no os avergüencen y degraden una segunda». Se fustigó a sí mismo con las peores palabras por haber guardado silencio en ese momento y haber soportado tremenda afrenta.

En el año 967 le habían nombrado *sahib al-sikka*, director de la Ceca de Córdoba, donde se acuñaban las monedas. Cuatro años después, en el 971, le arrebataron el cargo con la excusa de que sus gastos eran extraordinariamente altos y la mayoría de ellos iban destinados a ofrendar con magníficos regalos a las féminas del harén califal, incluida la Gran Señora. Se le acusó de despilfarro y posible malversación. Y ella tenía la osadía de recordárselo, señalándole que volvía a errar.

—¿Os sugiero en quién invertirlo? —espetó Subh, hundiéndole el dedo en la llaga.

Otra negación.

—¿O a quién obsequiar con él?

Otra negación y el rechinar de sus dientes.

—No, mi señora.

No mostró sumisión en ningún momento, se mantuvo con la cabeza alta y la espalda firme.

Si hubieran estado a solas, la habría increpado. Porque, pese a sus recriminaciones, ella aceptaba sus obsequios; el último, los viriles ropajes que había dejado en sus aposentos, le había hecho brillar los ojos como si en su interior hubiera una lumbre. Eran unas vestiduras extraordinarias y finamente confeccionadas por y para su persona. El dinero que habían supuesto no lo confesaría jamás.

Quizá por eso, todos los dardos que Subh le lanzaba con una puntería impecable le hacían hervir de ira. Solo la presencia de la esclava Lubna le obligaba a retener las ganas de asirla por los brazos y gritarle con su boca casi rozando la de ella: «¡¿Qué queréis de mí, mujer?!», para, finalmente, morderla con hambruna. Así que la vergüenza se concentraba en sus puños apretados.

Con un gesto, Subh indicó a la esclava que prosiguiera con la tarea; luego, se dirigió a él, con todas las emociones ocultas tras un semblante pétreo.

—Entonces os aconsejo, mi señor Almanzor, que calléis y guardéis una parte de mis bienes para construir una maldita fuente en el zoco principal de esta ciudad.

Almanzor ejecutó una reverencia pomposa.

—Vuestros deseos son órdenes para mí, mi señora. —Fue lo único que dijo.

Tomó aire con fuerza y prorrumpió en un último gruñido, más parecido al de un buey en celo que al de un hombre. Extasiado, con la respiración agitada y los ojos todavía cerrados, se desplomó hacia la derecha, dejando caer una parte del peso sobre el jergón y la otra sobre el cuerpo cálido y laxo que yacía bajo él.

La muchacha, visiblemente incómoda, se movió un poco para deshacerse de la opresión que él ejercía y del sudor pegajoso que le perlaba la piel desnuda. Libre por fin, se sentó en el extremo de la cama y observó al hombre que reposaba satisfecho a su lado. Almanzor ocupaba la mayor parte del lecho, con las piernas y brazos estirados, simulando al profeta Jesús en su crucifixión. La melena negruzca le lamía los morenos hombros, contraídos por la posición que había adoptado.

—Abrid las ventanas, al-Dalfa —le ordenó, ya repuesto del esfuerzo físico—. Aquí huele a intimidad.

Al-Dalfa asintió y se levantó. Mientras él se incorporaba y recostaba sobre un buen puñado de cojines, ella cumplió con el mandato: abrió la ventana e invitó a la gélida brisa otoñal a que se colara por entre las sábanas. El repentino frío de la nocturnidad les erizó a ambos el vello del cuerpo, y Almanzor buscó algo de cobijo en la ropa de cama, que estiró para cubrirse por encima de la cintura.

En silencio, al-Dalfa se dirigió a la escudilla de agua que descansaba sobre uno de los exquisitos muebles. La luna incidía con su reflejo sobre la superficie líquida, pero, al hundir en ella las manos, la joven solo halló su rostro relajado meciéndose en el agua. Se lavó la cara y el cuello, luego los brazos, los pechos, el vientre, sus alargadas piernas y entre los muslos.

Almanzor, que había seguido con lascivia cada uno de sus movimientos, no esperaba que ella formulara la siguiente pregunta con voz agriada:

—¿Habéis pensado en ella?

—¿En quién?

—En la Gran Señora. En Subh.

Lo observaba con una mirada recriminatoria, dispuesta a condenarlo a pena capital.

—No.

Él se deslizó por el jergón hasta quedar sentado al borde de este y le tendió la mano. Al-Dalfa la tomó y se aproximó, colocándose a horcajadas sobre su regazo, hundiendo los dedos en la frondosa melena azabache.

—Cuando estoy aquí con vos en la cama, mi cuerpo, mi alma y mi mente os pertenecen por completo. —Le besó uno de los hombros y luego, el otro—. Soy solo vuestro —bisbiseó con dulzura.

Ella emitió un ruidito de complacencia y Almanzor creyó que la había convencido. No era una mentira, solo una mentira a medias.

Yacer con al-Dalfa era consumirse por unas llamas incandescentes que te iban derritiendo desde los órganos internos hasta el último de los huesos. Al terminar, lo que quedaba de ti eran cenizas y una mácula parduzca en el suelo que evidenciaba que, una vez, fuiste un hombre. Pero después de ella, ya no eras nada.

—Os ha desairado —dijo peinándole hacia atrás las guedejas rebeldes que caían sobre su rostro y le enturbiaban la visión.

—No.

Almanzor pensó en la fuente, en esa maldita fuente que Subh quería levantar en mitad del zoco principal, en esa soberbia con la que le había hablado, cuestionando sus tejemanejes en lo referido al dinero. A su propio dinero. Al que él ganaba con el cargo de cadí de Sevilla y Niebla, de curador de herencias vacantes y de administrador de sus bienes y del príncipe Hisham.

—Os ha desairado —repitió al-Dalfa, esta vez con la risa brotándole de los carnosos labios aún enrojecidos por los besos.

—He dicho que no.

—No me insultéis creyendo que soy una necia, que esa no es una de mis faltas.

—La única persona con poder para desairarme es nuestro señor al-Hakam. Y me aprecia demasiado como para hacerlo.

—Decid lo que queráis —siseó acercando su rostro a él—. Mentíos si eso os hace sentir mejor. Pero esos embates nacen del rencor: son los de un hombre ultrajado que vierte la furia y la pasión en otra.

Almanzor estalló en carcajadas. Cesó en el preciso instante en que se percató de que las pupilas de su esposa se incendiaban de una cólera sorda.

—Yo no soy otra —le advirtió.

—Habéis enloquecido.

—Escuchadme bien, señor mío. Id a ese maldito Alcázar y acostaos con la Gran Señora. Tomadla. Poseedla cuantas veces queráis. Id y entregadle vuestro bonito trasero al califa para que lo use a su antojo, si esas son sus inclinaciones. Allah sabrá entonces la razón por la que permite que su mujer vista cual varón —bufó.

La sonrisa de Almanzor se afiló, un corte simétrico y perfecto en aquel apuesto rostro. En el estómago empezaba a condensársele un calor serpenteante que descendía y descendía a cada palabra sibilina que al-Dalfa formulaba, que con sus gráciles dedos le recorría el rostro con parsimonia, extirpándole la respiración de los pulmones.

—Pecad y fornicad sin pensar en las llamas del Infierno —continuó diciendo mientras le acariciaba la marcada mandíbula—. Haced lo que consideréis preciso para encumbraros. Pero atreveos a amar a Subh y os juro por Allah que os degollaré vivo.

Aquellas delicadas manos se cerraron en torno a su cuello con una fuerza inusitada. Eran tan pequeñas y finas que no conseguían cercarlo entero, pero ahí estaban, amenazantes, peligrosas. Y no hay nada más peligroso que una mujer furiosa.

Almanzor sabía que lo haría. Que, si le daba la oportunidad, al-Dalfa se confundiría con las tinieblas y en una noche cualquiera, al amparo del ulular de las lechuzas y el silbido del viento, le rajaría el cuello con el fúlgido acero de una daga.

La muchacha ejerció un poco más de presión sobre la tierna carne y él abrió los labios, exhalando un suspiro quedo. No poseía suficiente fuerza para dañarle. Todavía con las garras aprisionándole, Almanzor estalló en guturales risotadas.

—Os he dado un hijo recientemente, un heredero. No toleraré ser segunda esposa de nadie. Ya fui esclava y no volveré a las sombras.

—No volveremos a las sombras, esposa mía —le prometió con la garganta lijada y la boca sedienta de lujuria.

24

Durante las siguientes semanas Nasir combinó con sorprendente diligencia su trabajo en la *jizanat al-tabbib*, la botica, con la investigación en la Biblioteca Real.

Todas las mañanas continuaba con su habitual rutina de preparar fármacos para el califa, una tarea que había acabado por acercarle a él en ámbitos mucho más privados que el que caracterizaría al médico personal de un gobernante. Siendo al-Hakam un hombre de tantos saberes, a menudo conversaban de un tema u otro, en especial de la maravillosa salud del príncipe Hisham y de las modernidades de la ciencia. «Cuando esté recuperado por completo, entonces y solo entonces hablaremos de esos hospitales que hay allí en Oriente y que vos queréis implantar en nuestras tierras», le había prometido el califa. Y Nasir le había contestado: «Mi señor, igual que levantáis mezquitas y ampliáis cementerios para cuidar del alma de vuestras gentes, habéis de reconfortarlas en este mundo con un hospital que les sane las heridas físicas. Que de lo otro ya se encarga Allah». Y eso pactaron.

Sin embargo, la necesidad de construir un hospital se hizo aún más notable debido a un repentino brote de enfriamiento que arrasó entre la población. Las recurrentes lluvias no ayudaron y el frío glacial que se colaba hasta el interior de los hogares se enroscó en pechos y gargantas, enmudeciendo a muchos, provocando tos, fiebre y mucosidad. Para asistir a los enfermos, los médicos y drogueros de Madinat al-Zahra trabajaban desde antes del amanecer en la elaboración de distintos fármacos —brebajes, ungüentos y cataplasmas—, y cada día los repartían entre los más necesitados.

La preocupación de al-Hakam por los preparativos de las embajadas aumentó en demasía desde que acusó que los enfriamientos otoñales paseaban por entre el común como lo haría la muerte en un campo de batalla. ¡Qué penoso espectáculo contemplarían los enviados de los berberiscos y de doña Elvira, tía del rey de Galicia!

Pese a aquella ardua labor que ya consumía buena parte de sus energías, Nasir destinaba las tardes al estudio. Allí, en la Biblioteca Real, Qamar, Lubna y Talid proseguían con la reordenación de los volúmenes mientras él saltaba de un libro a otro, devorando con avidez todo lo que caía en sus manos, rebuscando entre páginas con la férrea esperanza de encontrar cualquier información que le remitiera al manuscrito perdido de Abd al-Rahman I.

Había iniciado su investigación con los tratados médicos, no porque pudieran contener datos sobre aquel tesoro, sino porque no sabía qué excusa esgrimir para recurrir a cualquier libro de historia que rememorara la batalla del Gran Zab y narrara el ascenso de la dinastía Abasida en detrimento de la Omeya. Desde luego, no podía escudarse en la política. Así que se embebía de medicina y, cuando encontraba un momento a solas, hurtaba algún volumen de historia que ojeaba o bien en la intimidad de sus aposentos privados, o bien a escondidas en la biblioteca, aprovechando la nocturnidad.

A veces el sueño le golpeaba cuando todavía estaba sentado leyendo y, casi sin darse cuenta, cerraba los párpados y caía rendido. Entonces soñaba con su padre, siempre moribundo, siempre con el deseo del manuscrito perdido en la boca, y la noche pasaba con la rapidez de una exhalación.

A la mañana siguiente, Lubna lo descubría aún dormido,

derrotado por el cansancio y el cúmulo de trabajo. Se acercaba silente a él y contemplaba sus rasgos: la recta nariz, las espesas pestañas, la barba, los rizos desordenados y los labios entreabiertos que expelían un tenue olor a vino. Esa imagen la colmaba de ternura. Se aproximaba un poco más hasta que sus narices casi se rozaban y sentía embriagarse con aquel cálido aliento. Luego, extendía la mano temblorosa y hundía los dedos en aquel amasijo de cabellos, masajeándole con delicadeza. «Nasir Ibn Hakim, es hora de que abráis los ojos», le susurraba. Y él lo hacía.

Encontrarse con el rostro de Lubna se le antojaba lo más parecido a recibir la bendición divina.

Un día había logrado convencerla para que lo acompañara a los jardines, esos que Abd al-Rahman I había ordenado construir en el antiguo Alcázar, donde se había plantado cierta vegetación traída directamente desde Oriente. Pertrechados con el tratado de botánica, caminaron por entre las arboledas, haciendo crujir la hierba húmeda y manchando sus zapatos con el barro reblandecido, jugando a adivinar la flora que se extendía ante ellos con su ojo inexperto y el manual que portaban.

Por desgracia, la felicidad es un bien que escasea.

Un día, Lubna dejó de despertarlo con aquella suavidad. Si Nasir amanecía en la Biblioteca Real, lo hacía debido a un golpetazo en la mesa de un volumen de grandes dimensiones o por la mano de Qamar, que se arrodillaba ante él y lo sacudía un poco para espabilarlo. Y aunque la joven esclava utilizaba esa hermosa sonrisa y ese aleteo de pestañas que habría seducido a más de un varón, para él era un gesto insípido.

Abrumado por aquel cambio de actitud, se dejó azotar por la indiferencia de Lubna un día tras otro hasta que Allah decidió que el mes de noviembre llamara a sus puertas.

Era de noche, ya no había nadie. Las candilejas que colgaban del techo se habían apagado hacía horas y la única iluminación provenía de los candiles de piquera que yacían diseminados por la biblioteca. Se creaban así sombras alargadas y fantasmales, y una tonalidad mortecina que coloreaba la estancia e impactaba en las caras de Nasir y Lubna, intensificando los surcos violáceos de debajo de los ojos.

El silencio opresor era de una incomodidad que les dificultaba hasta el respirar.

—Os olvidasteis esto. —Lubna deslizó sobre la mesa un retazo de tela.

Nasir lo reconoció al instante. En el interior se hallaba el mechón de cabello oscuro con el que Zuhra le había obsequiado con motivo de su intenso afecto. Si acercaba la nariz al envoltorio podía percibir el agua de rosas con el que había perfumado las guedejas, y esa agua de rosas distaba mucho del que utilizaba Lubna para peinarse los abundantes rizos de su negra melena. Habría identificado el aroma de la bibliotecaria en cualquier lugar, igual que el sabueso reconoce el olor de su amo y señor.

Sin saber qué responder, alargó la mano y capturó la muestra de amor de la joven tabernera.

—¿Dónde lo habéis encontrado? —preguntó—. Ni siquiera recuerdo haberlo perdido.

—Aquí, en la biblioteca. Supongo que debisteis de dejarlo olvidado entre los libros alguna noche. Qamar reparó en él y me lo entregó.

La dulzura que solía impregnarle la voz se había desvanecido para dejar paso a un tono tirante y casi mordaz.

Nasir le dio un par de vueltas al retal, signo de nerviosismo, y lo introdujo entre una de las múltiples páginas del tratado de botánica adquirido en la subasta.

A falta de algo mejor, había estado utilizando el retazo de tela para marcar el avance en la lectura. Sin embargo, hacía un par de días que había abandonado el tratado en una de las mesas de la biblioteca, subyugado por otro libro. Quería pensar que en una de estas idas y venidas, y debido al desorden general que allí imperaba, el trozo de tela se había caído y perdido sin que él lo notase.

—Qamar no sabía de qué se trataba, pero al abrirlo descubrió los mechones de cabellos femeninos. Ha leído lo suficiente sobre el amor como para suponer que se trataba del recuerdo de una joven que ha sufrido la triste separación de su amado.

—Así pues, a esto se debe vuestra lejanía.

Una sonrisa le curvó las comisuras, marcándole los hoyuelos.

Hizo un soberano esfuerzo por contener las ganas de reír a carcajadas. Todo aquel sufrimiento que había experimentado a causa de su indiferencia se debía a unas simples guedejas.

No podía negar que estaba decepcionado ante aquel alarde de celos al que había sucumbido Lubna. Ella, que era una mujer sagaz y observadora, cuyo intelecto la hacía refulgir como el más noble de los metales, incrementando su belleza, se había dejado arrastrar por los sentimientos más deleznables del género femenino.

Ya lo decían algunos hombres, que no era recomendable convivir con más de una esposa, pues enseguida brotaban las envidias entre ellas. «Es mejor entrar en la tumba que ir a la casa de otra mujer», rezaba el popular proverbio.

Y, a la vez, Nasir no podía estar más que agradecido por que todo se redujera a un malentendido.

—Más bien recupero la distancia que ya de por sí nos separa, mi señor. No caigamos en confusiones, que solo cumplo con mi obligación: devolveros lo que perdisteis —argumentó tratando de suavizar sus palabras. Hasta ella misma había notado el resquemor que dominaba su actitud, tan propio de una mujer dolida, tan inconcebible para una simple esclava.

—Lubna... —pronunció su nombre con una sed mayor que la del caravanero que cruza los desiertos en la peor de las temporadas.

Ella alzó la mano para frenar sus explicaciones y él detestó tener que morderse la lengua. Acabaría envenenándose con tantos secretos y falsedades.

—No deseo saberlo —dijo con el rostro crispado—. Pero permitidme, señor mío, que os ofrezca un consejo. Advertid cuando antes al califa de que la mujer honrada que os entregue para las nupcias será vuestra segunda esposa, pese a ser una Omeya. No le agradará enterarse por otros cauces.

—Eso no será problema.

—Creedme, lo será. Para nuestro señor sería una profunda ofensa ver rebajada a una de sus parientes.

Nasir chasqueó la lengua.

—Nuestro señor al-Hakam me prometió una esposa solo en caso de que lo sanara y lograra mantenerlo con vida hasta que el príncipe Hisham cumpliera la mayoría de edad.

Ambos entendieron lo que aquella confesión significaba. El califa no habría de ver a su hijo convertido en hombre; abandonaría este mundo mucho antes y dejaría al-Ándalus sumido en una difícil coyuntura política. El posible vacío de poder por la incapacidad de gobierno de un niño pequeño sacaría a las alimañas de sus escondites, que se alzarían en armas, deseosas de hacerse con el trono.

La muerte de al-Hakam y la minoría de edad de Hisham llevarían el califato a la ruina. No había que ser vidente para predecir tamaña desgracia; ya había sucedido en otras ocasiones, en otros lugares, en otras dinastías. Allí en Oriente. Allí en Bagdad.

Al-Muqtadir había sido designado heredero con tan solo trece años, convirtiéndose en el gobernante más joven de la dinastía Abasida hasta el momento y sentando un precedente. Su gobierno, iniciado en el 908, generó un periodo de crisis desastroso que no hizo más que arrastrar el nombre de su linaje por el fango. La juventud del califa fue su peor enemigo, pues, tan pronto ostentó el poder, se dejó llevar por los placeres mundanos, despreocupándose de la política y del pueblo y dejándolo en manos de otros grandes hombres, que hicieron y deshicieron a su antojo.

Lubna había desviado la mirada, posada entonces en uno de los nudos de la mesa de madera, que servía de interés para todo aquel que no se sintiera preparado para enfrentarse a sus miedos. Sus uñas se cebaban con la basta superficie.

—Incluso si no sobrevive para ello —murmuró—, no tardará más de un par de años en dotaros de una fémina que comparta su sangre. Aunque, dado su rango, podréis convertirla en esposa principal.

Él, al contrario, no podía dejar de observarla. Se negaba a ello.

—Difícilmente lo será, dado que no hay otra mujer a la que relegar. No soy hombre casado, aunque últimamente todos en mi derredor se empeñen en unirme a una joven de buena familia.

—Sois uno de los médicos más célebres de Córdoba, puede que de nuestras tierras. Habéis eclipsado a los hermanos al-Harrani y al gran Abulcasis. Un hombre así merece una mujer honrada y de noble cuna.

—Un hombre puede elegir con quién matrimoniar.

—Un hombre puede elegir hasta que tropieza con la voluntad de un hombre superior a él —le recordó con dureza—. Y ese es el califa, Príncipe de los creyentes. Aceptad lo que os ofrece, que no es baladí.

—Y aunque lo aceptase, todavía podría elegir, ¿no?

Un sonido gutural nació de la garganta de Lubna, mitad risa sarcástica, mitad gruñido. Al volver a observarlo, vio una firme y primitiva determinación en él.

—Cuatro esposas, eso dicta el Corán, ya sean mujeres libres o esclavas —arguyó con firmeza—. Quizá me seduzca más la nobleza de corazón que la de estirpe.

Ella calló, presa de la tensión.

—¿Podríais dividir vuestro amor entre tantas féminas?

—Solo amaría a una de ellas. A las otras las trataría con equidad y dignidad, lo que esperaría que fuera suficiente. Vos misma dijisteis que todos en algún momento faltamos a un precepto de nuestra fe. Quizá este sea el que yo he de violar.

Un silencio sepulcral los cubrió con su denso manto.

—Lubna... —volvió a intentarlo en un ruego que no recibiría respuesta.

—¡Dije que no quería saber! Libradme de cualesquiera que sean vuestras intenciones, señor mío.

Y en un arranque de violencia, cerró con fuerza uno de los libros que había sobre la mesa, levantando una nube de polvo que centelleó a causa de la tenue y vibrante iluminación de los candiles.

—¿Por qué? —insistió Nasir.

—Porque solo soy una esclava.

—Sois demasiado inteligente para escudaros tras vuestra condición. Una esclava —bufó con sorna—. Una esclava. —Y esa última palabra sonó con tal desprecio que incendió la ira que ya bullía en el interior de Lubna.

La bibliotecaria elevó la cabeza con soberbia, la nariz apuntando hacia el techo, y dijo:

—Lo soy. Es mi identidad y no puedo remediarlo.

—¡Por Allah! Los esclavos se manumiten y hallan la libertad.

—¡No nosotras! —exclamó angustiada.

—¡Todos se manumiten en algún momento! ¿Acaso no creéis que vuestro bienamado señor os premiará con ello por los servicios prestados?

Ellas no.

Ellas nunca serían liberadas. El cometido para el que habían sido escogidas las había maniatado con unas cadenas imposibles de quebrar.

Por más que hubiera deseado descubrirle sus secretos mejor guardados, no habría podido hacerlo. Ya la había prevenido Muzna: aquello era una carga pesada que doblaba las espaldas incluso de la mujer más robusta, el silencio la apartaría de aquellos a quienes amara.

Ya lo entendía.

—Lo que yo crea no es importante. Su voluntad es ley.

—No queréis ser libre.

No fue una pregunta. De repente lo vio con absoluta claridad y aquella certeza fue una dentellada en el costado.

Lubna de Córdoba, esclava, secretaria del califa al-Hakam y de la Gran Señora Subh, bibliotecaria de la Biblioteca Real, gran calígrafa e insuperable en gramática, poesía, métrica, cálculo y ciencia, temía a la libertad.

—¿Para qué? —espetó.

A Nasir se le atragantaron todas las posibilidades de un futuro.

—Poseo más libertades ahora que siendo una mujer honrada. ¿Sabéis lo que era nuestra señora Subh antes de ser la esposa del califa? Una esclava. Y miradla ahora, honesta y velada, con unos movimientos restringidos. Mientras otras cautivas y yo asistiremos a la velada que homenajea a las embajadas, ella permanecerá en sus aposentos. Donde ella se oculta, nosotras emergemos.

—Pero viste cual efebo.

—¡No todas las mujeres tenemos decisión. No todas las mujeres podemos ser Subh! Incluso Subh encuentra unos límites a los que atenerse. Por eso viste cual efebo, porque es la forma que tiene de mudar la piel y escoger otra, de escabullirse y penetrar en territorios que le están vetados por su condición de mujer. Se esconde para no ser vista, para pisar lugares que a las esclavas se nos permite. Se camufla entre los hombres. Nadie será igual que ella, señor mío, y yo no quiero tener que ocultarme entre ropajes masculinos para reclamar una parcela de libertad. —Empezaba a quebrársele la voz—. Así que concededme esta gracia, la de aferrarme a la esclavitud, puesto que esto lo único que conozco y esto lo único que tengo.

—¡¿Acaso pensáis que osaría recluiros entre cuatro paredes, que os arrebataría el aire y os enmudecería porque haceros mía es lo que importa y vuestra voz no sería más que una molestia?! —clamó indignado, dolido por la percepción que Lubna podía tener sobre él y que le asemejaría a uno de esos maridos que encierran en escondites a sus esclavas y someten a sus mujeres a través de la fuerza y la humillación—. No soy una bestia.

—No he dicho que lo fuerais. He dicho que quiero gozar de los escasos beneficios que tiene el cautiverio.

Incapaz de permanecer ni un segundo más allí, Lubna se puso en pie, alisó las arrugas que surcaban sus ropajes, agarró la lumbre y concluyó:

—Os devuelvo lo que por derecho es vuestro, esa muestra de amor.

Con un gesto de la cabeza, señaló los retales de tela insertos dentro del libro, apreciados por la cavidad que generaba entre las páginas.

Y así se marchó, con una premura que impidió a Nasir reparar en las lágrimas formadas en sus ojos.

Este solo se permitió estallar cuando quedó a merced de los añejos manuscritos todavía sin clasificar. Entonces descargó la ira maldiciendo en voz alta y golpeando la mesa de madera. Su puño impactó contra ella haciendo que parte de los útiles de escribanía saltaran y que el tintero, mal colocado, volcase y generara una alberca negruzca parecida a la pez.

De no haberse percibido como un auténtico farsante, habría aceptado gustoso permanecer en Córdoba, cuya belleza le había conquistado el corazón. Sin embargo, la idea le sabía ya amarga. Vivir en Madinat al-Zahra lo condenaría a encontrarse con Lubna en cada pasillo de la residencia palatina, un recordatorio perenne de su silencio y su indiferencia. A evocar en cada encuentro la negativa que había esgrimido ante la posibilidad de recibir la libertad y forjar una vida rayana en lo tradicional, una junto a él. Porque los celos la habían enloquecido al imaginar a una esposa que lo aguardara en Bagdad, mas no soportaba tornarse en esa esposa. En esa mujer libre con la que matrimoniar.

Ya se lo habían advertido los de la taberna, que las esclavas eran astutas y creaban hambre en los estómagos de los hombres, que eran taimadas y ladinas, que tejían una lustrosa red de araña en la que ellos caían, inocentes y enamorados, y entonces los devoraban.

El reciente abismo entre ellos se abriría todavía más si al-Hakam al-Mustansir billah, Príncipe de los creyentes, cumplía con su palabra y le entregaba a una joven de su parentela. Esas mercedes no se pueden rechazar so pena de muerte, por lo que habría de desposar a la princesa y conducirla a su lecho, mientras que Lubna lo juzgaría silente, odiando que fuera otra la que acaparara sus atenciones a la par que deseando y temiendo al mismo tiempo ser ella.

Debía olvidarse de todo lo que le ataba a esa hermosa ciudad brillante y renunciar a la Biblioteca Real y a la esclava de mirada azabache que lo había cautivado, pues llevaba allí dos largos meses afincado y no estaba más cerca del manuscrito perdido de lo que estuvo cuando residía en Bagdad.

Sí, la exquisita reputación médica le había granjeado un puesto en la corte califal, y sí, la relación con Lubna le había permitido conocer más a fondo los secretos del Alcázar. Y eso, en vez de impulsarle a internarse en la *rawda*, no había hecho más que acomodarlo. Se había habituado al lujo ostentoso, al boato, a la compañía de los médicos de la botica y a la de la joven Qamar, el *fata* Talid y Lubna, a las conversaciones profundas con su señor al-Hakam; y esa comodidad, propia del hogar, lo había inclinado a estudiar los cuatrocientos mil volúmenes, si fuera menester, antes que a mancharse las manos con la tierra que cubría los sepulcros de los Omeyas. Se había escudado tras el pretexto de no perturbar el descanso de los muertos si no era preciso. Pero, en realidad, reconocía que eran la familiaridad que no esperaba sentir en Madinat al-Zahra y la cobardía.

El tiempo transcurría y la vergüenza lo hostigaba. Empezaba a creer que había fallado a su padre, cuya memoria se hallaba mancillada a causa de la promesa rota.

Puede que la disputa con la esclava bibliotecaria fuera una señal de Allah, que le instaba a continuar por el camino trazado, a no dormirse y no abandonar sus sueños.

Debía hacer lo que había venido a hacer. Rebuscar en el cadáver de Abd al-Rahman I y llevarse consigo el manuscrito perdido de vuelta a Bagdad, de donde había sido sustraído y donde pertenecía. Revolucionar el mundo de la medicina. Salvar a todos aquellos que sufrían la enfermedad de su progenitor.

25

Veo que al morir los palaciegos, les
construyen en piedras mausoleos,
procurando superar con vanagloria
a los pobres hasta en las tumbas.

Ibn Hayyan,
Muqtabis II

Había algo terriblemente obsceno en desenterrar el cuerpo putrefacto de alguien. Nasir lo aprendía en aquellos precisos instantes, mientras empujaba con sus manos desnudas la cubierta
marmolada. Era una sensación pegajosa que se le adhería a la
boca del estómago, que le anidaba en el pecho y lo oprimía hasta asfixiarlo. Podría haberse convencido de que se trataba del
esfuerzo físico que estaba realizando, de la premura con la que
retiraba la tapa del sepulcro del primer emir. Pero no. Nada de
eso le originaba el desasosiego que se le había instalado en el
cuerpo nada más pisar la *rawda*.

La necrópolis que acogía los solemnes huesos de todos los
gobernadores Omeyas que habían liderado al-Ándalus era la
rawda al-Julafa. Ubicada al suroeste de Córdoba, se hallaba en
el interior del antiguo Alcázar cordobés, entre la popular Puerta de la Sudda y la de los jardines. Otro panteón se había dedi-

cado a los Banu Marwan, miembros vinculados a la familia dinástica.

Frente a los cementerios atestados en los que descansaba la población —grandes extensiones de tierra a extramuros, carentes de vallado que las delimitara y con enterramientos austeros sin orden aparente—, la *rawda* lucía un vergel floreciente pese al otoño embarrado y depresivo. Había llegado hasta allí a través del túnel subterráneo que Lubna y otros sirvientes palatinos solían usar para recortar la distancia entre Madinat al-Zahra y el antiguo Alcázar. Al desprenderse de la oscuridad y la humedad de aquel pasadizo sinuoso, no le quedó más que inhalar el delicado aroma que impregnaba el ambiente nocturno. Y es que la necrópolis califal era de gran belleza, tanto que podría confundirse fácilmente con un lugar de recreo. En el centro había una inmensa alberca de agua transparente en la que nadaba y chapoteaba una amplia variedad de peces de vivos colores, e hileras de árboles y botones de flores salpicaban el terreno aquí y allá, simulando el jardín del Paraíso que se promete a los fieles creyentes.

No había fosas estrechas para un único desafortunado envuelto en un sudario, ni tampoco cubiertas de madera o tejas que permitieran que el difunto se alzara ante el encuentro de los ángeles Munkar y Nakir. Mucho menos las típicas estelas pétreas o de madera sin inscripciones, pero colocadas a la cabecera indicando el túmulo de tierra. Lo que allí predominaba era un panteón gigantesco, porque puede que la muerte los igualara a todos, mas los privilegios de los que algunos gozaban eran inalterables incluso después de fenecer. Por eso, los gobernantes y sus deudos poseían majestuosas edificaciones que cobijaban sus restos de las lluvias, el viento y el calor almibarado, mientras que los juristas más ortodoxos reprobaban que las gentes del común erigieran construcciones funerarias, recubrieran de yeso las tumbas y acudieran a ellas como peregrinación.

Nasir jamás había visto un cementerio de tales dimensiones

y belleza. De hecho, nunca había pisado un cementerio más que aquel en el que fue enterrado su bienamado padre, por lo que en nada se parecía a lo que contemplaba. Las paredes y el techo del ilustrísimo panteón estaban decoradas de oro y azul, y el patio, de un mármol blanco puro que destellaba a la luz de los candiles. Dentro, las columnas presentaban la misma tonalidad nívea y marmórea, ornamentadas con motivos vegetales.

Había resultado sorprendentemente fácil penetrar en el mausoleo; solo había tenido que robar un par de herramientas que los obreros guardaban en el sector en reformas de la Biblioteca Real para así no cargar con ellas de forma constante. Una especie de punzón —del que jamás averiguaría el uso— y un pico que haría las veces de pala, si había que remover tierra, y de palanca, en caso de tener que desplazar o elevar la tapa de una tumba demasiado pesada. Lo complicado había sido orientarse con la lumbre apagada, iluminado únicamente por el haz plateado que despedían las estrellas del cielo, y esquivar a la guardia que pululaba por las dependencias del antiguo Alcázar cordobés, vigilante.

Y, sin embargo, lo había logrado.

Burlada la vigilancia, había llegado hasta la *rawda*, atravesado sus espléndidos parajes verdes y abierto el cerrojo de las puertas del panteón con el extraño punzón.

Entonces sí, había encendido el candil que portaba consigo y, tras embeberse de la hermosura del enterramiento de oro y azul cerúleo, había paseado por entre los sepulcros de emires y califas, que se adivinaban por las grandiosas lápidas. En una de ellas rezaba: Abd al-Rahman al-Nasir li-din Allah, el título que adoptara el primer califa andalusí, Abd al-Rahman III, al subir al trono. Antes de él, su predecesor y su abuelo Abd Allah I, quien sucedió a su hermano al-Mundhir, que heredó el poder de su padre, el emir Muhammad I. Y a este lo antecedía su excelso progenitor Abd al-Rahman II, hijo y sucesor de al-Hakam I, quien para algunos fuera el más sanguinario y déspota de los gobernantes. Anterior a él, su padre Hisham I, hijo y heredero legítimo del primer Omeya en tierras andalusíes, Abd al-Rahman I, más conocido como el Emigrado.

Desperdigados en ese mismo lugar, se hallaban también los cuerpos inhumados de algunas esposas reales y madres de príncipes herederos. Nasir se había preguntado si el amor verdadero no sería eso: construirle a la amada un sepulcro anexo para así descansar con ella, para acariciarla toda la eternidad. El recuerdo de la disputa con Lubna fue un aguijonazo que, por unos segundos, eclipsó la dicha que debería invadirle al estar tan cerca del sueño que su padre había perseguido durante años. Sus ojos se posaron sobre un féretro de mármol blanquecino con nombre femenino y, aunque el implacable malestar no se desvaneció, sí que se atenuó. Era un consuelo saber que incluso los hombres más poderosos del islam se habían sometido al amor de una esclava.

Y pese a ello, ahí estaba, con la respiración extinta frente a los restos de un hombre honorable que había huido de la masacre de su familia internándose en territorios ignotos, cargando un manuscrito que los hombres habían buscado desesperados desde entonces. Abd al-Rahman I el Emigrado.

Nasir había mirado al cielo, oculto por la construcción de oro y azul cerúleo.

—Que Allah me perdone —bisbiseó.

No solo por el delito que cometería, sino por los otros pecados deleznables, pues la mentira es un estigma propio de aquellos que poseen alguna grieta en el alma o la necesidad de encubrir una grave falta. Y ya lo había advertido el Profeta Muhammad, que, cada vez que un siervo de Allah dijera una mentira, aparecería una mancha en su corazón hasta que este quedara negro del todo y la persona fuera apuntada en el libro de Allah entre los embusteros.

En el fondo, no quería seguir esparciendo falsedades. La culpa se lo estaba comiendo vivo y empezaba a dudar de sí mismo y de la honestidad de su cometido. Y en ese instante, con el miedo anudado en la garganta, dudaba de que el libro estuviera allí. En Córdoba. En la *rawda al-Julafa*. Junto al cadáver del primer Omeya. Y por dudar, ya dudaba hasta de que su padre hubiera mantenido la cordura durante sus últimos momentos de vida.

Necesitaba probar que era real.

Necesitaba probar que el manuscrito existía y que estaba destinado a encontrarse con él, por mucho que el sabio Abulcasis desconociera su existencia y que su tío lo acusara de ser un loco impetuoso.

Y para ello había de hundir sus dedos en unos huesos enterrados y olvidados. Un crimen que lo condenaría al fuego ardiente del Infierno, un crimen que habría de callar para siempre. Y callarlo ya se le antojaba castigo suficiente, porque de repente le apetecía que alguien pudiera ofrecerle una migaja de consolación. Y esa era Lubna, aunque le estuviera tan vetada que con solo imaginarla amándolo se le hacía la boca agua.

Tras apoyar la lumbre sobre una de las lápidas más cercanas, Nasir procedió a abrir el sepulcro. Después de un par de intentos infructuosos en los que trató de desplazar la cubierta de mármol, bañado en sudores y lágrimas, decidió que la única opción era hacer palanca para abrir un hueco y, entonces sí, empujar hasta mover la tapa. Así lo hizo.

Mientras empleaba toda la fuerza que logró reunir —lamentando no gozar de los músculos de los obreros— y se dejaba las manos asiendo el mango del pico que alzaría un poco la cubierta, se preguntó qué estaba haciendo, si de verdad hallaría perdón tras haber profanado los huesos de tan ilustre hombre. Y se aferró a la esperanza, a la creencia justificada de que hallar el manuscrito perdido supondría una obra mayor, un acto de generosidad absoluta. Para salvar a muchos, habría de condenar el descanso eterno y el de Abd al-Rahman I. Mas estaba dispuesto a ello.

Nadie merecía morir como lo hizo su padre.

Nadie.

Hubo de morderse los labios para no aullar al ejercer un nuevo empujón. Le costaba ser rudo a la par que cuidadoso, pues no podía permitirse que el bloque de piedra cayera así como así y se cuartera, o lo que era aún peor, se quebrara en miles de fragmentos. El estruendo resonaría dentro del panteón, alertaría a la guardia que velaba por las noches y no tardarían en apresarlo. Su destino sería peor de lo que pudiera imaginar.

Soltó un bufido e hizo un soberano esfuerzo, uno que rozaba la extenuación de no ser porque la emoción le renovaba las energías.

¿Qué habría hecho su padre? ¿Habría osado importunar el reposo más que merecido del primer emir andalusí? ¿Se habría arriesgado a una eternidad en las brasas del Infierno solo para paliar el sufrimiento de los enfermos?

Un último empellón y la cubierta se elevó un palmo. Exudaba euforia junto con el sudor que le goteaba por las sienes, las manos y la columna vertebral, humedeciéndole los ropajes y pegándoselos al cuerpo. Con una sutileza digna de los cirujanos más reputados, Nasir agarró el mármol y fue desplazándolo, acompañado por sus resuellos. Una humareda de polvo emergió del interior del sepulcro y el olor a descomposición le hizo arrugar la nariz, pese a su tolerancia a los hedores y efluvios corporales de moribundos y cadáveres aún frescos.

La abertura que quedó era de las dimensiones de un niño de no más de dos años, lo suficiente como para alumbrar el interior y discernir si allí se encontraba o no el ansiado manuscrito.

¿Qué haría cuando lo sostuviera entre sus manos?

Hurtar las herramientas a un puñado de obreros de la construcción no era igual que robar un tesoro literario salvaguardado durante siglos. El caos de la Biblioteca Real se ofrecía un buen refugio en el que hacerlo pasar inadvertido hasta que pudiera sacarlo de Madinat al-Zahra y cederlo a alguien de su plena confianza. Quizá a su querido amigo el Boticario o al anciano Hamal, aunque, de ser prendido por ladrón, estos serían los primeros en ser investigados. Con Zuhra, en cambio, el libro de Abd al-Rahman I estaría a salvo, ya que nadie repararía en la muchacha tabernera. Quería creer que no le negaría aquel favor —custodiar el manuscrito mientras él persuadía a al-Hakam de su inminente retorno a Bagdad—, ya que, por muy volátiles que fueran los amoríos juveniles, no hacía demasiado que se habían despedido y ella le había entregado sus cabellos cual símbolo de cariño.

Las mentiras, la profanación de aquel sepulcro y ese nuevo propósito de aprovecharse de la infinita bondad de Zuhra eran un montón de piedras que le caían en el estómago, provocándole cierto malestar. Desde que llegara a Córdoba, le costaba reconocerse en la superficie pulida de los espejos. Su rostro era el mismo que tiempo atrás, pero su alma se había tiznado de una suciedad grasosa que daba asco.

Ya estaba a punto de rebuscar entre los huesos corruptos del Omeya cuando un repentino y extraño ruido lo alertó, uno demasiado parecido al crujido que emiten la hierba y las pequeñas ramitas al ceder bajo las pisadas de alguien. Apremiado por la urgencia, Nasir apagó la luz, ocultó las herramientas dentro de la tumba emiral y corrió a esconderse detrás de uno de los últimos enterramientos.

Encogido, con el corazón tamborileándole en los oídos y amenazándole con salírsele por la boca, oró para que no lo descubrieran. Allí permaneció unos larguísimos minutos, interminables. Solo cuando se aseguró de que nadie le importunaría, volvió a encender el candil y recuperó los instrumentos.

Obligándose a zanjar la empresa de una vez y no perder más tiempo, pues a medida que pasaban las horas la nocturnidad iría restándole su amparo a favor del amanecer, Nasir aproximó la lumbre y hurgó en la intimidad del cadáver de Abd al-Rahman I el Emigrado.

Tanteó con las manos, amusgó la vista y revolvió los objetos personales que allí había.

Nada.

En aquella tumba únicamente residían los despojos de un cuerpo antaño vigoroso, envuelto en un rico sudario y engalanado con sedas de un verde descolorido, oro, plata y gemas preciosas, alhajas rutilantes que todavía conservaban parte del brillo.

No había manuscrito perdido.

Ni una encuadernación de oro puro, ni unos pergaminos añejos. Ni siquiera los retales de un texto que hubiera sido arrancado a su protector.

Huesos y más huesos descascarillados.

Y una desolación profunda que se traducía en la vergüenza de la derrota.

Hacía años que Nasir no se sentía así, como un niño inocente al que le han roto sus juguetes más preciados. Un niño demasiado necio, incapaz de entender que las fantasías construidas se desmoronan en cualquier momento con el leve soplido del aire, y que las esperanzas que abrigaba, alentadas por su bienamado padre, se habían convertido en ruinas. Escombros de amargor y penuria.

La promesa que le hiciera en el lecho de muerte había sido en vano.

Sin Lubna, sin el manuscrito perdido, sin honrar la memoria de su progenitor, nada le quedaba en aquella tierra que le había negado los sueños de la infancia y los deseos de la adultez.

TERCERA PARTE

Lo que hallas

Hasta que se apague lo que nunca ha sido,
y permanezca lo que nunca ha dejado de ser.

IBN ARABI

26

Supo que algo malo había ocurrido en cuanto un rostro nada habitual apareció en el umbral de la Botica Real. Lo reconoció enseguida: el eunuco que perseguía a Almanzor igual que un perro famélico las sobras. Era un hombre rollizo, de cabeza lisa y deslumbrante —una calvicie que había degenerado en afeitado— y ojos diminutos en comparación con el resto de su corpulenta anatomía. Tenía la voz de la suavidad de la seda, lo que probaba que la castración había sucedido antes de que llegara a desarrollarse, no en la madurez como muchos habían padecido tras caer cautivos en manos enemigas.

Abulcasis le preguntó cuáles eran sus intereses en aquel lugar, no fuera que su amo y señor tuviera alguna dolencia que ellos hubieran de sanar a base de cuidados y algún fármaco especial. Pero el *fata* anunció que solo había acudido para hacerle saber al Bagdadí que su presencia era requerida en uno de los salones. Así que Nasir, que aún no se había recuperado del ejercicio físico de la noche anterior, y mucho menos de la decepción, se lavó las manos para eliminar el aroma a hierbas trituradas y, tras secarlas en sus propias vestiduras, se dispuso a seguirle por los pasillos de la residencia palatina.

Nunca le había gustado aquel eunuco y, cuando se lo cruzaba, trataba de ignorarlo. Sin embargo, parecía una de esas moscas diminutas que revolotean en los ambientes húmedos: por mucho que las espantes, regresan para posarse en el mismo lugar. Y ese lugar era unos pasos detrás de Almanzor, la sombra alargada que proyectaba, inerte aunque con vida propia. Silencioso. Observador.

Y del mismo modo que no le agradaba el hombrecito rechoncho y orondo, tampoco su amo. Juraría que era un sentimiento correspondido, pues lo único que había recibido de él eran desaires y oprobios que al-Hakam había cortado en más de una ocasión, abochornado ante la antipatía que supuraba su consejero.

Caminó a la zaga, demasiado intrigado para negarse a ver al supuesto hombre sin estirpe que había medrado con el sudor de su frente y que se postulaba como la mano derecha del califa. El instinto primitivo que todos albergamos en nuestro interior le apercibía de que, probablemente, no se tratara de una visita de cortesía, sino todo lo contrario. De hecho, la sangre fluía con la máxima celeridad por sus miembros, instándole a huir con prontitud si sentía que su vida estaba en grave peligro. Mas ¿huir a dónde?

Para cuando procuró serenarse recordando que, por mucha enemistad que existiera entre ambos, seguía bajo la protección del califa —quien se había erigido como su protector y casi mecenas—, se encontró en el salón en el que, en efecto, Almanzor había estado esperándole.

Denominada *al-Mu'inis*, la amplia estancia tenía paredes trabajadas en yesería y coloreadas de azul, ocre y blanco, y en el centro se levantaba una enorme fuente. La pila esculpida en oro había sido traída por Ahmas al-Yunani, un regalo que el señor de Constantinopla había enviado al califa Abd al-Rahman III; y el surtidor era de un verde jade que provenía de Siria, custodiado por el filósofo Ahmad Ibn Karam. A los grabados y esculturas antropomórficas originales, se añadieron *a posteriori* doce figuras de oro, plata y piedras preciosas: un león, una gacela, un pavo real, un gallo, una gallina, un gavilán, un buitre..., de cuyas bocas brotaba el agua fresca que se derramaba en la pila.

Nasir, que nunca había entrado en aquella estancia, quedó impresionado ante la belleza que rezumaba. Mientras que él vestía con una simple túnica nívea similar a la de sus compañeros médicos, usada a modo de uniforme para mancharla en sus quehaceres y lavarla sin estropear los ropajes más especiales, Almanzor se camuflaba con el exquisito entorno. Sus atavíos marcaban su alto estatus social y su cercanía con el Príncipe de los creyentes.

Almanzor le clavó aquella mirada imperturbable y esbozó una suerte de mueca que pretendía ser una sonrisa y quedó en nada. Habría hecho temblar hasta las efigies pétreas de los relieves que ornamentaban los hermosos tímpanos de las iglesias cristianas.

El servicial eunuco cerró las puertas del salón y a Nasir le dio la impresión de que había sido demasiado torpe. Estaba casi seguro de que había caído en una trampa y de que el depredador más peligroso era el que lo rondaba, no aquella fauna de oro y plata.

Y así, sin un ápice de cortesía ni decoro, Almanzor arremetió contra él:

—Exhumar el cadáver de nuestro querido primer emir es un crimen atroz no solo a ojos de Allah, por pervertir el cuerpo de un hombre que habría de reposar en paz, sino del gobierno de nuestro señor al-Hakam al-Mustansir billah. Espero que al menos hayáis dormido sin pesadillas.

No podía creer que tuviera conocimiento de su escapada nocturna. Había sido en extremo cuidadoso y la mentira, tantas veces practicada, lo había cubierto al igual que una abrigada pelliza. Entonces reparó en aquel momento en que se alarmó al escuchar un extraño ruido, quizá el crujido del rocío en la hierba o una rama al quebrarse bajo el peso de un cuerpo demasiado pesado. El del grasiento eunuco. Sus miedos fueron confirmados. Unos ojos ciegos le habían vigilado en la oscuridad.

—¿Ni siquiera tratáis de negarlo, médico? —insistió.

Se cuadró de hombros y elevó el rostro. No le daría la satisfacción de verle humillado o suplicando por una piedad que no tenía cabida en su corazón.

—Decidme cuál es mi pena, señor mío, que si he cometido crimen alguno habré de pagar —dijo con fingida seguridad.

Y Almanzor lo habría creído, de no ser porque la inquietud con la que se le movía la nuez lo delataba. A él no podría engañarle. Sonrió. Era una sonrisa perfecta, la raja que abriría un cuchillo en la tierna carne de un hombre.

—Sois más valioso como médico que como reo, Bagdadí. Descuidad, no sufriréis castigo, aunque, como comprenderéis, esto me coloca en una posición harto delicada, pues habré de ocultarle este secreto a mi señor al-Hakam. Si se enteraran, podrían acusarme de estar en connivencia con vos, de ser un traidor.

La sonrisa se ensanchó.

Puede que se hubiera comportado como un necio al seguir al eunuco hasta aquel salón, pero no era un crío ingenuo. No contemplaba que Almanzor pudiera favorecerle en una cuestión sin exigirle un alto precio. De hecho, no contemplaba que Almanzor pudiera favorecer a nadie más que a sí mismo.

Estaba entre la espada y la pared, a merced del administrador de bienes de la Gran Señora y el príncipe, y solo le quedaba doblegarse, agachar la cabeza y asentir, pues si el califa descubría que su médico personal —aquel al que había ofrecido concederle una fémina de su familia con la que desposarse— había desenterrado el cuerpo enmohecido de su antepasado, ya no habría quien lo salvara.

—Lamento que mis desmanes os procuren dolores de cabeza, mi señor —continuó con la farsa—. Jamás podría perdonarme si al-Hakam os tratara de desleal por mi culpa.

Planeó ejecutar una sencilla reverencia y dirigirse hacia la puerta custodiada por el *fata* mientras sugería una reunión para departir al día siguiente, acogiéndose a la excusa de que había mucho trabajo en la Botica Real y la salud de los enfermos había de primar por encima de los asuntos baladíes.

Mas las siguientes palabras lo detuvieron en el acto.

—No habéis encontrado el manuscrito perdido, ¿no es así?

Para Nasir fue lo más similar a recibir un golpe en el estómago.

Se observaron durante un par de extensos segundos, evaluándose el uno al otro, como si no lo hubieran hecho ya. En el aire flotaba una emoción que podría haber pasado por vulgar resentimiento.

—¿Qué sabéis del libro?

Sus palabras sonaron con más dureza de la que pretendía.

—Asumo que un poco más que vos, ya que no averiguasteis hasta ayer por la noche que no se halla en el emplazamiento que cuentan las leyendas.

—Solo una leyenda —le recordó—. El resto de las historias lo dan por perdido. Quizá sea cierto, ¿no creéis, mi señor? Quizá Abu Abbas al-Saffah llegó tarde y la princesa Abda ya lo había lanzado al fuego del lar. ¿Qué estamos haciendo entonces aquí?

Soltó una carcajada preñada de cinismo.

Almanzor le siguió en esa broma jocosa y absurda para, enseguida, cerrar los labios y sumir la estancia en un mutismo perturbador.

—No. —Nasir calló, abrumado por el cambio en su semblante—. Al-Saffah ganó en la batalla del Gran Zab, pero la princesa Abda ganó en intelecto. Previsora como era y a sabiendas de que lo querría el enemigo, se deshizo del tesoro más querido de la dinastía. Una noche antes de asistir al banquete de Antípatra, le entregó el libro a Umm al-Asbag, la hermana uterina de Abd al-Rahman el Emigrado, y esta se lo hizo llegar a él.

A Nasir le llevó un tiempo digerir aquello, sobre todo después de haberse encontrado con el polvo de unos huesos centenarios y la ausencia del manuscrito, al que había acabado dando por inexistente, atendiendo a las advertencias de su tío Ibrahim.

—¿Cómo tenéis esa información? ¿Y por qué es veraz según vos?

Almanzor abrió los brazos.

—Como obtengo toda información, siendo justo y haciendo un canje justo. —De nuevo esa sonrisa—. Yo necesito algo, alguien necesita algo. ¿Qué necesitáis vos, Bagdadí?

—Yo no necesito nada de vos, mi señor —espetó con desagrado—. No os equivoquéis.

El administrador de bienes reales chasqueó la lengua, desilusionado por la resistencia con la que Nasir se mantenía inalterable. Acortó la distancia en un intento de intimidarle, pero él no reculó, ni aunque lo apuñalara en el costado izquierdo y hurgara en la herida, destrozándole los órganos alcanzados.

—Entonces vayamos juntos a explicarle a nuestro señor al-Hakam al-Mustansir billah; Príncipe de los creyentes, que habéis removido con vuestras propias y sucias manos la tumba de Abd al-Rahman Ibn Mu'awiya Ibn Hisham Ibn 'Abd al-Malik —escupió— y veamos cuál es su sentencia para tan impía conducta. Porque aquel que no sabe lo que es el respeto a los muertos no sabe respetar a los vivos.

—Vuestras manos están tan manchadas como las mías, mi señor. ¿Cómo habríais de saber, si no, que el sepulcro está vacío?

Almanzor se llevó la mano al pecho en un teatral gesto de sentida aflicción.

—¿Me habéis visto hacerlo? —Nasir exhaló la furia por las fosas nasales—. ¿Y vos, mi querido Omar? —Se refirió al eunuco, aún apostado en las puertas del gran salón—. ¿Me habéis visto desempolvar los huesos olvidados del primer emir?

—No, mi señor Almanzor —respondió este desde la distancia.

—Eso creía. Os haré una oferta y convendría que os acogierais a ella.

—Estaba esperando a que llegara este momento —bufó, ya habituado a la contienda dialéctica.

—Paciencia, Bagdadí, paciencia —dijo entre risas ladinas—. Algunas cosas llevan algo más de tiempo. Vos queréis el libro por alguna extraña razón que diría que... aún no puedo dilucidar.

Nasir entreabrió los labios, lo pensó mejor y los cerró.

Había guardado el secreto de su vida bajo llave, privándose de revelarlo a quienes apreciaba: Hamal, el Boticario e incluso Lubna. Solo había contado pinceladas de una historia que se atenía a la realidad y, a la vez, distaba de serlo. No consentiría que Almanzor le arrancara la verdad de la boca, que fuera la primera persona en Córdoba que lo conociera en profundidad.

Pero Almanzor no estaba interesado.

—No es de nuestra incumbencia, ¿verdad, Omar?

—No, mi señor.

—Aunque me aventuraré a adivinarlo. —Comenzó a pasear en círculos, sitiándolo, y con una entonación que rayaba en la ensoñación, se lanzó a elucubrar—: Buscáis un remedio para alguien, alguien a quien amáis y que padece una terrible enfermedad, alguien a quien habéis dejado en Bagdad a la espera de vuestro regreso.

Podría haber acertado de no ser porque su padre ya llevaba años descansando en el Paraíso, y aquellos que lo esperaban —su humilde y querida familia— rivalizaban con el amor que sentía por la vida que había empezado a construir en Córdoba.

Nasir estuvo muy tentado de soltar una carcajada insidiosa y desmontar su errónea teoría. Prudente, se contuvo.

—Vos queréis el libro que Abd al-Rahman el Emigrado trajo consigo a nuestras costas y yo, una de sus páginas —sentenció Almanzor—. Un trozo ínfimo de toda esa sabiduría que contiene.

—¿Una página?

—Una página —ratificó—. Encontrad el manuscrito perdido, entregadme la página y quedaos con el resto del volumen.

—¿Y cómo sabré cuál es?

—Oh, lo sabréis en cuanto la veáis. Y si no, siempre podéis preguntarme.

Demasiado fácil.

Demasiado simple para una mente perversa como la de Almanzor, para un hombre que ansiaba engullir el poder que otros ostentaban por el mero hecho de nacer en el seno de una familia que había sido tocada por dedos divinos.

—¿Y luego qué?

—Haced lo que os plazca. —Se encogió de hombros en un ademán burdo y descuidado, impropio de su cargo—. Quedaos en la corte o cruzad la frontera, tengo entendido que los médicos muslimes son muy valorados por los reyes cristianos, o volved a Bagdad y curad a vuestra amada. —Le echó una mirada condescendiente—. Deduzco que es por una mujer. Todo es siempre por una mujer.

Almanzor lo sabía muy bien. ¿Qué no haría él por su bienamada al-Dalfa? ¿Y qué no haría él por su ilustrísima señora Subh? Pondría el mundo entero a sus pies para que las trataran con la dignidad que merecían, para que las veneraran como las mujeres excelsas que eran.

—Solo los desesperados y los locos de amor cruzan desiertos y mares. ¿Qué sois vos, Bagdadí? —inquirió con el placer del atosigamiento cincelado en el rostro moreno—. ¿Un loco o un hombre desesperado?

Nasir rechazaba una y otra vez sus embates, y, al ver que no recibía respuesta, dijo:

—Quizá seáis ambos.

—Si sabéis dónde está el libro, ¿por qué no vais vos mismo o enviáis a uno de vuestros leales siervos?

Con un cabeceo señaló al eunuco.

—Porque ignoro dónde está —reconoció con una sinceridad abrumadora que lo descolocó.

—Entonces no sabéis mucho más que yo.

—Ahora sois vos el que os equivocáis.

—Así pues, queréis que averigüe su ubicación exacta y os entregue una página a cambio de vuestro silencio, lo que me permitirá, según vos, conseguir salvar a mi amada o quedarme en esta corte, en la que podréis seguir chantajeándome para toda la eternidad.

—Oh, Bagdadí... —Casi parecía dolido por esa pésima consideración hacia su persona—. Preguntad por ahí y las gentes os dirán que soy un hombre de justicia. Saldada vuestra deuda, no habréis de preocuparos por mí. Además, no seré yo el que juzgue vuestra atrocidad, será Él.

Almanzor señaló hacia arriba, hacia la hermosa claraboya que los guarecía del exterior; hacia el cielo.

Eso sí le preocupaba. De hecho, aquella no había sido la primera noche en la que no conciliaba el sueño a causa de ese tortuoso pensamiento, porque ¿qué sucedería cuando falleciera e hincara las rodillas ante los ángeles? En el interrogatorio, los ángeles Munkar y Nakir habrían de discernir si era un verdadero creyente o un incrédulo, y dependiendo de lo que estimaran lo someterían a un tormento durante siete o cuarenta días.

Superaría el martirio aferrándose a su devoción; todos los fallecidos que le habían precedido lo habían hecho. Pero ¿y si Allah no le abría las puertas del Paraíso? ¿Y si su alma quedaba condenada a vagabundear por el Infierno debido al crimen cometido? Aquello supondría no reunirse con su padre en el Más Allá.

—Lubna de Córdoba —pronunció Almanzor.

Nasir quiso gritarle que no osara ni mencionarla. Su nombre en aquellos labios taimados sonaba sucio, desprovisto de la belleza y el erotismo que iban intrínsecos a la condición de esclava.

—Lubna de Córdoba calla más de lo que habla y sabe más de lo que aparenta —continuó con una sonrisa ladeada—. Si he de apostar, me juego las dos manos a que conoce el paradero del manuscrito perdido. Vos, Bagdadí, sois el único que tiene la llave para abrir esa cerradura.

Entonces sí, con la ira contenida en los puños apretados, ya hirviéndole por todas las infamias que había ido tragándose a duras penas, perdió la poca mansedumbre que le quedaba. Se aproximó a él, con el ceño fruncido y los dientes rechinándole por la vesania, y siseó:

—Ni se os ocurra pedirme que la intimide para obtener un tesoro. No oséis sugerirlo siquiera. —El dedo índice acusador bailando frente a la faz de su oponente—. Podemos prescindir de él, llevamos haciéndolo dos siglos.

Almanzor estalló en sonoras carcajadas, acrecentando el estado de indignación que había alterado la compostura del médico, que hasta ese momento había considerado imperturbable.

—¡Oh, por Allah! Ni siquiera os hará falta. Ya le habéis tocado el corazón, es evidente. Su carácter normalmente agrio se ha dulcificado desde vuestra llegada. Sois un hombre afortunado: podéis aprovechar para conseguir el libro y arrebatarle la virtud. —Nasir retrocedió, trastornado ante la deshonesta insinuación, y Almanzor anotó aquello cual victoria—. Hacedle ese favor, compadeceos de la pobre esclava. Nuestro señor al-Hakam no la tocará jamás y es una lástima que fallezca virgen al igual que la anciana copista Fátima. ¿La conocéis, no?

Así fue cómo entendió que llevaba bajo estricta vigilancia más tiempo del que había creído, que las sombras siempre habían estado ahí, acechándole.

27

17 de noviembre del 973

El salón escogido para la recepción de las embajadas había sido el predilecto del califa Abd al-Rahman III, y quizá por el amor que al-Hakam le profesaba a su difunto padre, en quien siempre se miraba, también era el suyo.

Lo llamaban *Mayilis al-Jilafa*, y era de una preciosidad y ostentación divina. Sus techos y muros lucían con la blancura del mármol y el dorado del oro puro, los materiales utilizados para su construcción. A cada lado del salón se abrían ocho puertas con arcos de marfil y ébano, guarnecidos con oro y un sinfín de piedras preciosas que se apoyaban en las columnas, algunas marmoladas, otras de cristal.

Pero lo más impactante de la enorme estancia no era el color áureo y cegador que dejaba boquiabiertos a quienes entraban por primera y hasta por vigesimoquinta vez, sino lo que se había dispuesto en mitad del espacio. Y es que en el centro había un prodigioso estanque lleno de mercurio.

El califa solía contar que su excelentísimo padre Abd al-Rahman III, quien había mandado construir Madinat al-Zahra, gustaba de asustar a ciertos invitados, en especial a aquellos que llegaban en actitud de rebeldía. El famoso estanque cumplía esta función. A su señal, los esclavos removían el mercurio de aquella alberca y, cuando el sol atravesaba las ocho puertas y bañaba con sus rayos el techo y las paredes doradas del salón, la luz se reflejaba allí formando un resplandor deslumbrante. Aquel relámpago encogía el corazón temeroso de los presentes, pues les parecía que la estancia daba vueltas al ritmo del mercurio.

«Cuando no podáis ganaros su respeto y admiración, ganaos su miedo, hijo mío», le había dicho a al-Hakam, que por entonces todavía era príncipe y aprendía sobre asuntos de Estado observándole con ojos cautos. «A veces el miedo es más eficaz que todo lo demás. Doblegaréis a los insurrectos si sabéis cómo hacer uso de él». Y el niño que ya era hombre, que ya era califa y tenía hasta descendientes, no había olvidado esa valiosa lección; aunque, al tener un carácter menos impetuoso y más sereno que su progenitor, procuraba no abusar de la fragilidad de los hombres.

Pese al ornato evidente que recubría las paredes y el techo del *Mayilis al-Jilafa*, el salón terminó de engalanarse para la ocasión con la mayor solemnidad y pompa posibles. Y para cuando llegó el momento, al-Hakam, vestido de seda verde y oro, y enjoyado hasta los dedos, ya estaba sentado en el regio trono a la espera de celebrar la audiencia que tanto tiempo llevaba preparándose. Ahí arriba, recubierto de boato y con los haces de luz de la mañana acariciándole el rostro, la semejanza con el anciano melancólico que había yacido en cama era nula. El aura casi celestial que lo rodeaba le confería un poder abrumador.

Del Alcázar asistieron los visires y los muchos y principales funcionarios palatinos, que se posicionaron en un extremo de la estancia según la jerarquía, como era costumbre. Entre ellos sobresalía Almanzor, ataviado con sus mejores galas y ese rictus sempiterno que nadie lograba descifrar si se trataba de una mueca o una sonrisa lánguida. Dentro del séquito de esclavos y siervos, la que destacaba era Lubna, que, acomodada en el escritorio portátil que habían ubicado en un modesto rincón, redactaba los asuntos de Estado con gran agilidad, sin apenas levantar el cálamo de la superficie del cuaderno. A su lado, una joven e inexperta Qamar abría los ojos con asombro, medio dispuesta a empaparse de la novedad y adquirir conocimientos de aquella experiencia que su maestra le brindaba, medio interesada en revolotear las pestañas y seducir a alguno de los grandes hombres. Para desgracia de la bibliotecaria, muy cerca rondaba el cronista Isa al-Razi, que provisto también de tinta y papel recogía los entresijos de la corte y apuntaba cada suceso fuera o no de relevancia.

Los invitados no tardaron en llegar, pues habría sido una ofensa terrible hacer aguardar al califa demasiado tiempo, habida cuenta de su generosidad, y fueron haciéndolos pasar al salón uno a uno, anunciándolos a voz en grito. Los primeros en ser recibidos fueron los Hasaníes: Abd al-Rahman Ibn Muhammad Ibn Abi-l-Ays, Husayn Ibn Yahya Ibn Hasan Ibn Ibrahim y Hasan Ibn Guennun, que iba acompañado por sus hombres. Y, a continuación, los jeques de la ciudad de al-Basra; estos eran, además, sus hombres y sus abanderados.

A todos ellos al-Hakam se dirigió con cortesía y equidad, haciéndoles preguntas y, sobre todo, escuchando con atención sus respuestas, lo que los colmó de dicha. La política era un juego que requería de destreza y aplomo, y por encima de la destreza y el aplomo estaba el infundir confianza a aquellos con quienes se había de entablar relaciones por el bien de los intereses de los reinos y, por supuesto, de sus gentes. Decíase que la honradez llamaba a la honradez.

Luego, se recibió a los embajadores de doña Elvira, tía paterna y tutora de Raimundo III, aunque en palabras del cronista al-Razi siempre figuraría como «el tirano emir de Galicia». Aquella broma maliciosa sobrevoló el *Mayilis al-Jilafa* y fue palpable para hombres de Estado y criados por igual, que se observaron con esa mirada delatora de quienes ocultan un secreto inconfesable y mezquino. Ignorantes de esto, los cristianos no se percataron.

Rodeados por el séquito califal, los embajadores norteños parecían auténticos extraños, extranjeros en tierras remotas. Sus pieles lechosas y sus barbas y cabellos trigueños no contravenían los de los hombres musulmanes, el propio al-Hakam era de tez blanca y melena rubia tirando a bermeja. Lo que los convertía en agua clara frente al aceite con el que se repelían era su lengua, su fe y sus costumbres, pues incluso sus atuendos —tan distintos, tan cristianos— tenían influencia andalusí.

Siguiendo los consejos de sus leales, al-Hakam se mostró cordial ante ellos y mucho más recuperado y ágil de lo que realmente estaba, por si habían llegado hasta allí rumores de su larga convalecencia. Eso poco importó. La reunión con los cristianos no fue placentera; de hecho, fue un fracaso que resonaría por mucho tiempo. Para facilitar la comunicación habían traído consigo a un intérprete, el conocido Asbag Ibn Abd Allah Ibn Nabil, cadí de los cristianos de Córdoba, quien se había postrado ante el califa y jurado traducir cada palabra literalmente. Sin embargo, lo que salió de su boca no fueron precisamente lisonjas, pues los embajadores se expresaron con cierta insolencia.

El califa desaprobó aquel comportamiento ignominioso y, decidido a no soportar ni una calumnia más, golpeó el brazo del trono con el puño y decretó que los embajadores se retiraran enseguida. Al intérprete Asbag lo apartó y rechazó, cayendo sobre él todo el peso de la culpa.

Fue el caballerizo mayor Ziyad Ibn Aflah quien se encargó de lidiar con el problema. Tras informar a los embajadores cristianos de las malas palabras que el intérprete había transmitido en su nombre y el de doña Elvira, les advirtió de que, de no haber poseído la inmunidad diplomática de la que gozaban, habrían recibido un castigo de inmediato. Luego, hizo partícipe a Asbag de los reproches del califa y de su intención de reprenderle con severidad, vejándolo y destituyéndolo del cadiazgo de los cristianos, a menos que se arrodillara ante él y le suplicara perdón.

Para entonces, el iracundo al-Hakam se preguntaba por qué razón no había recurrido a la triquiñuela del resplandeciente mercurio para acongojarlos. A más de uno le valía ahogarlo en aquella sustancia plateada o en cualquier otra para que aprendiera a mostrar un ápice de respeto. Qué razón tenía su honorable padre cuando le dijo que, en ocasiones, el miedo era mucho más eficaz que la admiración. La indignación le subía los colores, acalorándolo, y, habiendo de recibir a una embajada más, sus allegados le sirvieron vino para así calmarlo y que no pagara con otros el desatino de los impertinentes cristianos.

Lubna, que había presenciado infinidad de calumnias, traiciones e improperios en aquel ambiente hostil que era la corte, aún no había conseguido pronunciarse. Al-Razi tampoco. Cuando la recepción tocara su fin, lo sucedido se diseminaría por toda la ciudad brillante, llegando hasta Córdoba, y al caer el sol el banquete estaría repleto de deliciosas viandas y habladurías que tensarían aún más el ambiente, ya de por sí cargado.

La última embajada fue la de Abd al-Karim Ibn Hammad Ibn Abd Allah Ibn Abd al-Karim, Qasim Ibn Hafsun al-Kinani, Musa Ibn Isa, llamado Ibn al-Attab; Muhammad Ibn Yahya al-Qaysi y Ammar Ibn Abd al-Hamid al-Yudami, a los que se unió el embajador de su hermano Ibrahim Ibn Abi-l-Alys.

Por fortuna, la reunión con los berberiscos discurrió con gran gozo para todos los presentes, que, habiendo sufrido el reciente altercado, se hallaban en tremendo estado de inquietud. Al finiquitar, los visitantes fueron honrados y cómodamente aposentados en Madinat al-Zahra.

Una vez resueltos estos conflictos diplomáticos, las fuerzas de al-Hakam flaquearon hasta el punto de hacer sus pasos temblorosos y su respiración agitada; una oleada de ansiedad se le había enquistado en el pecho. Después de que uno de los visires le asegurara de que ninguno de los embajadores podía verle en dicho estado, el califa pidió que un par de personas de su confianza lo ayudaran a caminar hasta sus dependencias privadas. Almanzor le ofreció el brazo para que se apoyara en él; el otro sostén fue Lubna, que no dudó en dejar de lado sus útiles de escritura. La joven Qamar se encargó de recogerlos, junto con el cuaderno, y depositarlos en el despacho, allá en la Biblioteca Real.

Arrastrando los pies por el recinto palatino, al-Hakam se dirigió hacia la alcoba, cabeza gacha, hombros hundidos, mirada perdida por el desencanto. Toda la furia que había irradiado durante las audiencias se había disuelto, solo subsistía el escozor de la humillación.

—¿Cómo se atreven? —comentó disgustado mientras renqueaba—. Ese comportamiento es deplorable para alguien dedicado a las tareas de Estado.

—Ha sido bochornoso, mi señor —confirmó Lubna, que le asía la mano con fuerza.

—Doña Elvira y su querido sobrino Raimundo III deberían ser más cuidadosos escogiendo a quienes los representan. Un vituperio de semejantes dimensiones ocasiona más de una guerra —intervino Almanzor.

—Y más de dos —coincidió el califa.

—¿Sabéis qué sucede, mi señor? —preguntó Almanzor con una voz firme, preñada de seguridad. Lubna no pudo evitar mirarle—. Que hay personas que únicamente acumulan odio en su interior. El deseo de matar o de que los maten. Y algunos de estos hombres han entrado en el *Mayilis al-Jilafa* hambrientos de violencia y sangre.

El califa cabeceó.

—Siempre tan observador, mi querido Almanzor. Con qué premura veis lo que muchos se afanan en esconder en un rincón de su alma.

—Descuidad, señor mío —lo tranquilizó Lubna—, que Isa al-Razi está a vuestro servicio e igual que su ilustre progenitor será honesto y hacendoso. Verterá lo acontecido hoy durante las recepciones en la crónica palatina y todos sabrán de esta ruinosa afrenta.

Al-Hakam suspiró. Ya casi habían alcanzado el área en el que se hallaba su alcoba.

—Esos rumíes... —dijo refiriéndose a los cristianos—. Son la peor de las cargas, ya lo decía mi padre.

—Lo son —convino Almanzor.

—El mercurio. Tenía que haber usado esa piscina de mercurio —se lamentó.

Los aposentos califales los recibieron con un agradable aire templado proveniente del brasero. Nasir ya se encontraba allí, avisado por la servidumbre y bien provisto de remedios médicos. Le habían comunicado que los nervios se habían apoderado de su señor al-Hakam, por lo que había preparado una tisana relajante que le permitiría conciliar el sueño durante, al menos, un par de horas. A juzgar por el semblante decaído que presentaba el anciano, el descanso le ayudaría a sobrellevar lo que restaba de día. Y, además, había traído consigo un par de píldoras confeccionadas a base de acíbar, almáciga, rosa, agua de endibia y turbit, con el fin de reducir el dolor de cabeza que lo azotaba.

Almanzor lo sentó en el lecho y enseguida se fue, dispensado por su señor, sabedor de que aún había mucho por hacer. Se avecinaba un fastuoso banquete en el que abundarían el regocijo y las cuestiones políticas, y los grandes hombres debían prepararse para él. Tras aquel ultraje, al-Hakam estaba más decidido que nunca a mostrar su superioridad frente a aliados y enemigos.

En un silencio que habría pasado desapercibido a cualquiera, mas no a quienes lo padecían en sus carnes, Lubna y Nasir encamaron al califa con sumo cuidado. La servicial secretaria le ahuecó los cojines y lo cubrió con pesadas mantas de pelo, tras lo cual sirvió agua en una copa, que dejó en la mesita más cercana. Solo por si lo despertaba la sed.

Arrellanado entre almohadones y tan embutido en colchas que solo era visible una ínfima parte de su cuello y su cara, al-Hakam fue bebiendo a sorbos la tisana que Lubna le aproximaba a los labios.

—¿Surtirá efecto, Bagdadí? —preguntó.

Nasir y Lubna intercambiaron una mirada. Ella permanecía arrodillada frente al lecho, con la infusión hirviéndole en las delicadas manos manchadas de tinta negruzca; él, de pie, observaba la escena con una punzada en el estómago, quizá por los nervios, quizá por el mutismo de Lubna, quizá por haberse encontrado con Almanzor un día después de la coacción. Esbozó una sonrisa reconfortante dirigida en exclusiva al gobernante y dijo:

—Por supuesto, mi señor. ¿Acaso no os he aliviado el padecimiento? —Al-Hakam asintió, extenuado por las labores políticas que había ejercido durante la mañana y buena parte de la tarde—. Miraos, si ya casi no os afectan esos ataques de temblores epilépticos. He llevado la cuenta y hace una semana que no aparecen.

—Cierto, cierto —balbuceó el anciano, con un pie en la morada de los sueños—. ¿Les habrá sorprendido mi fortaleza física?

Parecía que hablaba más para él mismo que para cualquiera que estuviera acompañándole en la alcoba. A Nasir le invadió un hondo pesar, aquel que en tantas ocasiones le había asaltado al encontrarse junto a su querido amigo Hamal. Allí, en la intimidad, observando la degeneración de ese hombre adormilado al que se le cerraban los pesados párpados, se preguntó si su rostro podría haberse asemejado al de su progenitor si este hubiese vivido algunos años más. Lo que hubiera dado él por verlo envejecer...

—Sí, mi señor. —Se permitió darle un par de golpecitos en la arrugada mano—. Creo que cristianos y muslimes han quedado eclipsados ante vuestro arrojo y vuestra fuerza, pero, sobre todo, ante vuestra sabiduría. Por algo sois el Príncipe de los creyentes.

Lubna, la única de los que estaban allí que había asistido a las audiencias, alzó la cabeza para mirarle y con un gesto de asentimiento le indicó que, en efecto, había acertado con el comentario. Durante el tiempo que al-Hakam se había sentado en el trono para parlamentar con los embajadores, nadie había osado dudar de su poderío.

Pero al-Hakam al-Mustansir billah ya no lo escuchaba. Su respiración se había tornado rítmica y pausada, el pecho le subía y bajaba, la faz se le había relajado por completo, aunque los surcos de la avanzada edad permanecían ahí, indelebles, como hendiduras en la piel.

Antes de retornar a sus correspondientes obligaciones, Nasir capturó a Lubna del antebrazo. En sus facciones se dibujaban la sorpresa, la prisa y el desconcierto. Hacía un par de días que no intercambiaban ni una mísera palabra; la disputa se había enconado al igual que una infección penosa que comienza a supurar pus y se extiende por todos los órganos, dañando el cuerpo por completo.

—Hemos de hablar de nuestra última conversación…

Ella lo sabía. Era demasiado inteligente como para fingir lo contrario, demasiado consciente como para engañarse y no aceptar que unos celos la habían envenenado. Y demasiado cautelosa como para dejarse convencer de que esas guedejas no eran una prueba de amor.

Que ya se lo había advertido Muzna un millón de veces, que el amor era un sentimiento que a ciertos hombres los llevaba a la locura, y el difunto Abd al-Rahman III se había acogido a ese enamoramiento en infinidad de ocasiones, siempre con la sangre de una esclava magullada en sus ásperas y rudas manos.

Lo había aprendido muy bien, era una lección grabada a fuego. No quería tratar con él sobre casamientos, matrimonio, amoríos o su liberación, porque ninguno de ellos era posible. Y Lubna, que había preferido los libros al mundo real, los poemas a la vida, la ciencia, la historia, la gramática y la retórica, todo lo escrito a experimentarlo en su piel, carnes y huesos, por primera vez en años sentía que la realidad era abrumadora e inquietante. El corazón le bombeaba por Nasir, los pensamientos se le enredaban en Nasir y una angustia sofocante se le había instalado entre las costillas desde que se evitaban por los pasillos.

Nunca lo admitiría —antes la decapitación que hacerlo— pero esa noche había despertado entre sudores fríos y palpitaciones descontroladas. La ropa de cama le sobraba y había tenido que abandonar el lecho para acercarse a la ventana y refrescarse. Todo porque en el mundo de los sueños Nasir le había acariciado algo que no era el brazo y un ardor interno se le había prendido en la zona del bajo vientre. Al recordarlo, unos calores horribles la sofocaban y el rostro se le teñía del color de la grana.

Y ahí estaba él, terriblemente cerca, rozándola, aferrándose a ella. Con el semblante contraído a causa de la coyuntura que los había separado, con los rizos ensortijados y la barba algo descuidada por el trabajo constante.

La existencia de aquel hombre, que hacía unos meses le era desconocida, la había atropellado.

—Lubna —lo intentó de nuevo, apelando a su nombre, y la añoranza abrió una grieta entre los muros en los que ella se guarecía.

—Sería conveniente que os adecentarais cuanto antes, mi señor. —Lo examinó con una mirada escrutadora y dijo—: No creo que vuestros ropajes sean acordes para una velada tan importante como la de esta noche.

Su tono al dirigirse a él seguía siendo glacial y Nasir no tuvo otra opción más que liberarla del agarre y dejarla marchar.

28

Lubna apareció en la velada ataviada con sus mejores galas, regalo del califa al-Hakam por sus muchos servicios. Portaba una *al-gilala*, una túnica del naranja del azafrán que combinaba con un manto tintado de alazor. El conjunto, de una tonalidad entre amarillenta y rojiza, hacía que con solo divisarla a lo lejos la confundieras con un hermoso amanecer. Ceñía su fina cintura un cinturón taraceado de perlas que refulgía bajo la luz de los candiles. Y a juego con este, dos hilos de perlas, zafiros y jacintos le decoraban el alargado cuello.

El cabello, otrora rizado, había sido sometido a todo un procedimiento de lavado en los Baños Reales, y con el uso de una crema especial —hecha con semillas de algodón, extracto de membrillo y malvavisco— había perdido parte del volumen, el encrespamiento y los bucles naturales y alborotados. Era una cascada lisa y azabache. Las sirvientas también le habían sonrosado las mejillas y los labios, y alcoholado los ojos con *kohl*, acentuándole la mirada negruzca que simulaba la de un felino. Y para finalizar, la habían ungido en agua de rosas, manteniendo así su esencia.

Debajo de toda aquella cosmética seguía residiendo su verdadero yo, Lubna de Córdoba, secretaria del califa, bibliotecaria, la mejor calígrafa. Y pese a ello, en el reflejo del espejo de sus aposentos no había podido apenas reconocerse entre tanta joya y fina seda. De repente, la mandíbula marcada no parecía tan exagerada y poco femenina, el rostro cuadrado y las cejas gruesas ya no dolían a la vista de aquellos que salivaban ante la imagen de una esclava que cumpliera con los rasgos designados como los más hermosos y atractivos.

Sintió un pellizquito en el corazón. Y Muzna, que había estado con ella durante el acicalamiento, le preguntó:

—¿No era esto todo lo que ansiabas de joven? —Se había arrimado a ella y posado sendas manos sobre sus hombros—. ¿Hacer honor a tu nombre, al estoraque?

Lubna, embelesada ante la efigie representada al otro lado de la superficie espejada, negó.

—Supongo que esos eran los deseos de una niña que no comprendía que el destino de su nombre podía albergar más horrores que los de cualquier otra.

—Te enseñé bien —dijo Muzna, complacida.

—Es una verdadera lástima que Qamar signifique «luna», y que ella crea fervientemente que está predestinada a alumbrar las noches más oscuras de un hombre de poder.

—Todavía es de carne tierna y endeble —había insistido la anciana maestra—. Dale tiempo para que madure y ya caerá del árbol.

Desde luego, el lujo que la vestía no desentonaba con el del resto de los invitados, ya fueran representantes de tierras cristianas, berberiscas, hombres de Estado o bellísimas cautivas. El derroche se olía en el ambiente, así como los delicados perfumes de ámbar y almizcle y el aroma de los guisos que serpenteaba desde las cocinas.

Mientras los embajadores se colocaban en los asientos designados, y los visires y otros grandes hombres —cadíes, alfaquíes y demás— se posicionaban según la jerarquía a la diestra o siniestra del lugar que habrían de ocupar el califa y el príncipe, un enjambre de esclavas, jarra en mano, escanciaban vinos en sus copas. Y por encima de las copas de delicioso vino se elevaban carcajadas y voces, cada vez más alto, cada vez más fuerte, más estridentes.

El conjunto músico-vocal se había ubicado en el centro del gran salón, compuesto únicamente por féminas. Dos de ellas cantaban mientras sus compañeras tocaban el laúd, la cítara, la dulzaina, la flauta de caña, la membrana, el pandero y el adufe. La que danzaba por el espacio abierto moviendo caderas y pies descalzos lo hacía al ritmo de los cascabeles que le colgaban de los tobillos y las sonajas que asía en las manos.

La melodía acompañaba las conversaciones, algunas muy banales, otras de absoluta importancia para el porvenir del gobierno, y todas pausadas por la necesidad de beber más alcohol o la seductora sonrisa de una esclava. Al finalizar el banquete, no habría hombre que se sostuviera en pie, pues la mesura no existía en celebraciones de tal calibre, del mismo modo que no habría esclava cantora que no recibiera una proposición indecente después de haber enamorado a más de un varón con su simple presencia. Cuántas acabarían en el lecho con alguno de ellos era una incógnita que se resolvería a la mañana siguiente.

Por un módico precio, uno muy elevado, ciertas esclavas cantoras estaban dispuestas a conducir a los hombres hasta la mismísima morada del placer. No faltaban las que, siendo jóvenes y hermosas, hallándose en el cenit de su carrera como cantoras, aprovechaban el momento para acudir a la mayoría de los banquetes, amasando así una buena cantidad de dinero. Dinero que obtenían de sus actuaciones cantando, bailando, componiendo poesía, tañendo instrumentos o engatusando a inconscientes y enamoradizos que se deshacían en favores y riquezas con ellas con la esperanza de que les correspondieran. Para luego, reunida una pequeña fortuna, comprar su libertad.

Si el juego de la política suponía sacrificios, no había uno más cruel que el de acuchillar corazones sin piedad.

Lubna llegó y tomó asiento donde le correspondía, lo suficientemente alejada del califa como para que nadie pudiera confundirla con una esclava que le calentaba las sábanas y que podía ascender a próxima esposa de manera oficial, pero lo suficientemente cerca como para que nadie dudara de que se trataba de una persona a la que se tenía en gran estima, a pesar de la condición de cautiva.

Adiestrada en el arte del entretenimiento, no solo en el de las ciencias y el léxico, Lubna amenizó con sus muchas opiniones y su infinito conocimiento la noche de los que se hallaban a su alrededor y que, más por la compañía femenina que por el deseo de aprender, se aproximaron a ella. Al otro lado del gran salón, la esclava instruida en astronomía y la materia del ta'dil hacía lo propio con los hombres que la cercaban. Al-Hakam había escogido a las cautivas más influyentes y preciadas de la corte para que divirtieran a los invitados. El aburrimiento no tenía cabida en su fastuoso convite.

Envuelto en conversaciones con otros grandes hombres, Nasir apenas podía apartar la mirada de Lubna, así de resplandeciente estaba. Por su parte, la bibliotecaria procuraba ignorarlo, pero de pronto se descubría a sí misma buscándole entre la marejada de rostros ilustres. A ratos se fijaba en él, en los ropajes de seda con hilos de oro y plata, en las uñas limpias sin restos de hierbas medicinales, en la barba recién recortada y aceitada, en los rizos lustrosos. Su risa le llegaba paliada por la música y las voces graves. Inconfundible.

Una larga cabellera rubia rozó uno de los hombros de Lubna, sobresaltándola. Al girarse se encontró con Qamar, vestida con unos ropajes parecidos a los suyos en tonalidades y engalanada con unos pendientes de oro y esmeraldas, y un colgante de oro macizo. Alargó la mano para sopesar el collar y quedó aturdida ante su rigidez y peso. Era un regalo digno de una Gran Señora. Demasiado ostentoso para una esclava que desempeñaría el oficio de katiba.

—Ver, oír y callar —le repitió en cuanto la muchacha se sentó a su izquierda. Las mismas palabras que le había pronunciado en las audiencias matutinas.

—Esta vez podré al menos sonreír, ¿no?

—Tranquila, te dolerán los músculos de la boca de fingir tantas sonrisas.

Qamar le obsequió con una deslumbrante de dientes blancos, cuadrados, perfectos, con un suave e identificable olor a esos palillos embadurnados de sosa y azúcar.

—Preciosa. —Le pellizcó la mejilla, aumentándole el rubor—. Pero siempre tarde. Y ni se te ocurra decir que la belleza requiere tiempo.

—¡Es que la belleza requiere tiempo, y más para veladas como esta! ¿Sabéis cuánto han tardado las otras esclavas en maquillarme, maestra?

—Ni lo sé ni me interesa. Pero si yo soy capaz de cumplir con la hora, tú también puedes. Ahí tienes a los grandes hombres de Estado, a los embajadores de lugares lejanos. —Cabeceó indicándole el lugar en el que se reunían los cristianos norteños—. Si muestran interés por ti, ya sabes lo que has de hacer.

—Complacerlos.

—¿Y? —Elevó las cejas, animándola a responder.

—Ver, oír y callar —dijo con hartazgo.

Lubna chasqueó la lengua.

—Eres mejor cantora que secretaria —le confesó con un guiño cómplice—. Acógete a tus atributos más notables y entretenlos con una buena conversación o una ligera melodía.

Aquello venía a significar: «Granjéate su favor para obtener información», y Qamar lo sabía. Por eso abrió los ojos, brillantes por la excitación.

—¿Me dais permiso, maestra?

Asintió.

—Te lo doy con una sola condición.

—La que sea.

Habría aceptado cualquier término con tal de escabullirse entre los hombres y encontrar un apuesto caballero del que colgarse.

—Que no te apartes demasiado de mi lado, que no intentes destacar sobre las demás con tejemanejes ordinarios y...

La boca de Qamar se curvó en una desagradable mueca.

—Dijisteis solo una.

—Me temo que aún queda otra más. —Qamar efectuó un mohín—. Y que no enamores ni te enamores. No te dejes embaucar por lisonjas y promesas vacías, Qamar. Y no hagas que ningún hombre pierda el juicio, pues, de no obtener lo que ansíe de ti, tratará de forzarte sin miramiento alguno. Créeme.

Un temor atroz ensombreció sus bellas facciones, oscureciendo los iris azules hasta formar un mar bravío.

—Nadie osaría tocar a la esclava del califa, a la futura secretaria del príncipe Hisham —balbuceó en un incómodo intento de insuflarse valor.

—¿Estás segura?

Lubna acababa de plantar la semilla de la discordia. Y entonces sucedió: durante un par de minutos la joven aprendiz se mordisqueó las uñas y la carne que las rodeaba, ensañándose con las heridas que todavía no habían sanado. Solo paró cuando su maestra la cogió de las manos y las apartó de la boca.

—Vas a hacerte sangre —la regañó—. Aquí, delante de todos. ¡Y lo que nos faltaba, que te mancharas la *al-gilala* o el manto!

Enmudecida, asintió.

Una de las cautivas que escanciaba vino les llenó la copa, que pronto se llevaron a los labios. Lubna se arrepintió de no haber persuadido a Qamar de que bebiera agua de azahar en vez de alcohol, y esta apuró el contenido, más abrumada que sedienta.

—¿Y si uno de ellos se queda prendado y no acepta una negativa por respuesta? ¿Y si le pide al califa que le conceda una noche conmigo?

—Entonces no tendrás otra que irte con él. Mas, pierde cuidado, que nuestro señor al-Hakam entregaría a cualquier esclava, pero no a ti. No a mí. No a nosotras. Estás a salvo, Qamar. Ahora bien, mantente alejada del peligro. Te lo suplico.

La muchacha se lo prometió y Lubna le arrebató la copa ya vacía, dándole a entender que era suficiente por aquella noche. Sin importarle haber perdido la bebida espirituosa, Qamar señaló al fondo del salón, allí donde se hallaba Nasir, quien las detectó con el rabillo del ojo.

Esbozando una amigable sonrisa, el Bagdadí se despidió cortésmente del hombre que le retenía en conversaciones y, con pasos algo vacilantes, se aproximó. No queriendo resultar desconsiderada ante tanto público, Lubna le hizo un gesto a su aprendiz para que se levantara con ella.

—Nunca había visto mujeres tan hermosas.

—Nunca habíamos visto a un hombre tan mentiroso —lo acusó Qamar, divertida—. Vamos, señor mío, tendréis que esforzaros un poco más para que os creamos. Aquí hay muchos deseando endulzarnos los oídos con palabras melifluas. Intentadlo otra vez.

Lubna supo enseguida que el miedo que había conseguido infundirle a su discípula había desaparecido tras la cortina de atención que Nasir le había prestado.

—Ay, Qamar… —suspiró él, con la risa silbándole por entre los dientes—. Sois más peligrosa que una araña hambrienta.

—Pobre del que se despiste y caiga en sus redes —adujo Lubna.

Puede que aquella fuera de las pocas interacciones carentes de tensión que habían compartido desde aquel convulso día.

Consciente de ello, Nasir no fue capaz de controlar las comisuras ascendentes, la profundidad que adquirieron sus hoyuelos. Y Lubna, apaciguada por los vapores del vino y relajada por la música que amansa a las fieras, sonrió.

Las puertas del salón se abrieron, la música cesó en mitad de una nota y el califa al-Hakam, aparentemente recuperado, hizo acto de presencia, seguido por su hijo, el príncipe Hisham, que venía custodiado por dos de sus queridos tutores. Uno de ellos era el ulema al-Qastalli, un experto en tradiciones, derecho y lexicografía árabe, que había viajado por Oriente y que durante un tiempo había trabajado con Lubna y el eunuco Talid en la Biblioteca Real. El otro, Muhammad Ibn Hasan al-Zubaydi, descendiente de una familia árabe afincada en Sevilla y uno de los gramáticos más brillantes habidos y por haber. Para ganarse el favor del califa había recurrido al clásico ardid: regalarle varias obras sobre gramática árabe que él mismo había compuesto.

El mutismo imperante en el salón se dilató hasta que el califa tomó asiento y dio la bienvenida a los asistentes, tras lo cual, dando una palmada en el aire, ordenó que prosiguiera el feliz festejo.

La noche discurrió entre música, hermosos bailes que hacían fantasear a los hombres, risas estruendosas, jarras y jarras de vino, arrope y zumos, y abundantes servicios de comida. No hubo frugalidad ni mesura. La servidumbre llegaba con escudillas que, tal como posaban en la mesa, eran presa de una hambruna nada comedida ni recomendable, aunque no se comparaba con la afluencia con la que corría el alcohol. Siempre con la derecha, las manos se hundían en los guisos y elaborados manjares, pasándose los panes de harina blanca y los higos secos y la carne de membrillo, arrancando las uvas del racimo, desgajando las naranjas y mandarinas —tan dulces como ácidas—, troceando manzanas y descuartizando la dura piel que oculta los rubíes de las granadas.

Entre los platos que sirvieron abundaba la carne de caza preparada al horno y rociada con aceite y azafrán, regada con una salsa de vinagre, almorí y mucho ajo; el guiso con albóndigas o *banadiq*; y el *tarid*, aunque habían elevado la receta de este ensopado añadiéndole carne de cordero, manteca fresca, espinacas y leche. No sobró ni un poquito de la *naryisiyya*, un estofado de carne decorado con huevos duros que, al cortarse en dos, tenían el aspecto de narcisos; tampoco de la *yudaba*, una masa hecha a base de pan delgado, huevos, miel y azúcar que quedaba coronada por carne de gallina y azúcar espolvoreado.

Lo dulce no debía faltar en todo festín que se preciase, por eso las hábiles cocineras habían horneado un sinfín de pastelitos para complacer a los más selectos. Entre los pasteles fritos, destacaban los *isfany* o buñuelos, unas rosquillas fritas que se bañaban en miel hirviendo; y las *muyabbanat*, unas tortas blancas de queso frito y miel. Entre los horneados, se rifaron las tortas llamadas *fatir*; las *musammanat*, que eran unas mantecadas; y unas galletas, las *kakak*. Además, había una gran variedad de frutos secos —almendras, nueces, piñones...—, queso y requesón.

El jolgorio solo era eclipsado por la música, y la música por la comida, y la comida por la bebida. La política fue perdiendo espacio.

Habiendo finalizado uno de los poemas más bonitos de la noche, al-Hakam impelió a los comensales a que aplaudieran y reconocieran la labor artística de las hermosas esclavas y su conjunto músico-vocal. Así lo hicieron: alabaron la actuación y felicitaron al califa por su maravilloso gusto escogiendo mujeres y poemas; la ovación fue clamorosa.

—Ahora vos, Lubna —la invitó a participar.

Todas las miradas se posaron en ella, y la bibliotecaria, obediente, depositó sobre el plato la uva que había estado a punto de llevarse a la boca, pequeña y apetitosa.

—Vuestros primeros versos, esos que tanto gustaban a mi honorable progenitor. ¿Los recordáis?

La amplia sonrisa que su señor al-Hakam manifestaba era la más parecida que había visto a la de un padre orgulloso.

Pocas cosas, por no decir ninguna, era capaz de negarle, así que asintió, se limpió las manos, se alisó las arrugas formadas en las vestiduras y se puso en pie para ocupar el puesto central en el gran salón. Las esclavas cantoras de la orquesta se retiraron, dejando allí a sus compañeras músicas, que tañerían los instrumentos que la acompañarían melódicamente en la composición y declamación del poema.

Ya emplazada, se obligó a no contemplar en su derredor. Aun así, sentía los miles de ojos clavados en la nuca, en el pecho, en el rostro. A la derecha, los zafiros que Allah le había otorgado a Qamar al nacer; a la izquierda, los ambarinos de Nasir, que bajo la luz de los candiles relucían cual topacios. A veces, cuando se observaban fijamente, le daba la impresión de que quedaba encapsulada ahí, en su mirada líquida y pegajosa, que la derretía y empalagaba. Era un insecto atrapado dentro de una piedra de ámbar.

Inspiró por la nariz y espiró por los labios entreabiertos. Despacio. Despacio. Con los párpados cerrados y los músculos del cuerpo relajados, hurgó en su excelente memoria.

De cuerpo presente en aquel lugar, la mente se le perdió viajando al pasado, a un tiempo lejano, a cuando solo tenía diez años y el califa Abd al-Rahman III deseaba escuchar con sus propios oídos los poemas que aquella jovencísima esclava improvisaba. De eso ya hacía mucho. Demasiado. A duras penas se reconocía en esa chiquilla.

Y entonces, ya paladeando los preciados versos, abrió los ojos y empezó a recitar.

Lo que había creado con tan escasa edad era una historia de amor, y no una cualquiera, no una que hablara de hombres apuestos que han caído rendidos a los pies de una dama de alta alcurnia tras haberla oído cantar por las celosías de una ventana. No una que hablara de trágicos amantes y finales agridulces. Su historia trataba de sangre, sangre que se crea en las entrañas y que se expulsa con sudor, lágrimas y esfuerzo, y más sangre. Más sangre de la que los varones habrían visto en los campos de batalla.

El siguiente verso hablaba de la luna que se había encogido

hasta tornarse una cuna de plata que usaría para mecer a la niña que había engendrado, expoliada de brillo alguno, tan basta, tan ruda que nadie diría que era suya. Pero «la luna mellada...» se atoró en la garganta de Lubna cuando esta reparó en el rostro del califa.

Al-Hakam demudado.

Al-Hakam macilento.

El Príncipe de los creyentes se palpaba preocupado el estómago como si algo lo desgarrara por dentro. ¿Se trataba acaso de una indigestión? ¿No se estaría purgando con un fármaco suministrado por uno de los médicos?

La luna jamás llegaría a brotar de sus labios. Se quedaría ahí. A mitad de verso. A mitad de canto.

Al-Hakam, con las sienes perladas de sudor, se levantó y, aferrándose el vientre, como si eso impidiera que las tripas se le escurrieran por el recto, contempló a Lubna. Y Lubna lo supo.

Todo ocurrió demasiado deprisa.

La bibliotecaria se lanzó sobre la mesa repleta de viandas justo cuando el califa dio una enorme bocanada para emitir un alarido de intenso dolor. La vajilla se quebró en miles de fragmentos, la comida salió despedida por todas partes, las ropas quedaron embadurnadas de salsas y otros alimentos. Los presentes se alzaron para observar el desdichado espectáculo. La música cesó. Los guardias se alarmaron.

Cundió el pánico más absoluto.

Al-Hakam, con la tez de la palidez de la cera derretida, aferró el hombro de Lubna en un acto de sufrimiento, clavándole las uñas en la delicada y morena piel. Las lágrimas le bañaban las huesudas mejillas.

—¡Nasir! —Se desgañitó ella pidiendo ayuda—. ¡Nasir!

Y Nasir acudió con presteza, sorteando los obstáculos que se le interponían en el camino: hombres despavoridos y acobardados que se agolpaban junto a sus compañeros para defenderse de posibles incriminaciones y el acero de las espadas.

—¡Veneno! —gritó Almanzor, enrojecido de la rabia.

—Alguien ha envenenado a nuestro señor —clamó uno de los visires.

Los guardias cerraron las puertas del gran salón, imposibilitando que los comensales se dispersaran por los pasillos y huyeran.

—Llamen a los médicos de palacio —ordenó Almanzor, que se había hecho con el mando—. ¡A los médicos!

—¡Al-Harrani!

—¡Abulcasis!

El Bagdadí arropó entre sus brazos el cuerpo agarrotado del califa, le examinó las pupilas, la lengua hinchada, las manos en torno al abultado vientre, y se temió lo peor. Lubna descifró en sus facciones desencajadas la peor de las suertes.

Haciendo acopio de sus escasas fuerzas, al-Hakam despegó una de las manos del estómago, que lo notaba arder. Extendió el brazo a la derecha y con el dedo índice señaló a su hijo, su heredero, Hisham. El pequeño príncipe se retorcía de dolor, idéntico a su progenitor. Tenía las mejillas embarradas por el surco de lágrimas, los dientes castañeándole, el cuerpo temblando de estertores. Sus tutores lo recogían del suelo para auxiliarlo.

—¡El príncipe, Nasir! —vociferó Lubna—. ¡El príncipe!

Al-Hakam podía esperar. Vivir o morir. No importaba.

El futuro de la dinastía Omeya, el futuro del califato, el futuro de al-Ándalus, no.

—¡El príncipe!

Nunca había gritado con tantísima desesperación.

Nunca había visto la vida marchitarse así de veloz.

29

Se había deslizado con sigilo hasta las cocinas y se había confundido entre la marea de sirvientes que allí se afanaban por terminar las ricas viandas a tiempo, algunas listas ya para el banquete. El aroma de los estofados, la carne y los dulces flotaba en el ambiente al igual que la tensión.

Podía notarlo.

Los rostros crispados de las trabajadoras, los bufidos de exasperación, los gritos apremiantes y las llamadas de atención, exigiendo que las más jóvenes e inexpertas no perdieran el tiempo entre comentarios, dudas y hasta ensoñaciones. Se requería de un nivel de precisión absoluta, un nivel de entrega y sacrificio brutal. Pero eso solo era posible para quienes llevaban en las cocinas palatinas toda una vida, no para las nuevas criadas que recientemente habían sido contratadas para cubrir las necesidades de aquella fastuosa noche.

La velada tenía que ser un éxito. Había mucho que celebrar. Muchas personas a las que agasajar. Y por encima de ello, al-Hakam ansiaba demostrar que el esplendor de al-Ándalus era creciente. Siempre brillando. Siempre dorado. Había que enorgullecer al califa.

Esa palpable tensión también estaba en su cuerpo, que aparentaba moverse con soltura en aquel lugar y que, sin embargo, clamaba silente por dejar de alzar el rostro y cuadrar los hombros, y así relajarse. Naturalidad. Eso le habían recomendado.

Y nada le parecía más natural que su presencia allí, que camuflarse entre la multitud servil, que adquirir el perfume de los guisos que se le adhería al pelo y a la piel. Nada más natural que hacer lo encomendado. Que cumplir con lo que Allah le había reservado. Entonces ¿por qué el sudor le bañaba las sienes?

Quiso creer que era del calor del fuego en el que se cocía la carne de cordero. Debía de ser eso, el aire caldeado que ascendía al techo y se condensaba en las amplias estancias de las cocinas, pues sus manos no mostraban signos de nerviosismo y sus pasos eran firmes. El cuello, en cambio, se le había agarrotado como si se hubieran concentrado allí unas preocupaciones de las que no era consciente.

Sorteó a las mujeres que mezclaban en una fuente miel con agua y agua de azahar, con la cual rociarían los esponjosos dulces hechos con hojaldre, y se acercó a una de las hermosas escudillas que aguardaban en las mesas, ya preparadas para partir rumbo al salón en el que se celebraban los festejos. Las observó con detenimiento, intentando discernir cuál era el elaborado y exquisito plato, con el estómago quejándose ante la visión de todos aquellos manjares. Luego se dirigió a las jarras de vino, dispuestas en fila para ir escanciando las copas de la familia califal y los invitados.

Finalmente, merodeó por las ollas burbujeantes. De repente, un estruendo. Una de las fuentes en las que se presentaban los alimentos cayó al suelo, haciéndose añicos, desparramando carne y salsa por doquier. Aquello supuso aún más gritos y, por supuesto, un llanto agónico que provenía de la muchacha que había ocasionado aquel desastre y estaba siendo regañada por las mujeres. Casi se compadeció de ella.

—¡Niña! ¡¿Acaso sois ciega o simplemente necia?! —la reprendieron con severidad.

—Toda la comida inservible —dijo otra mujer—. Lo que sobre para el pueblo y ¡¿esto?! ¿Para tirarlo a la basura? ¿Para los gatos de palacio o para los pobres?

La jovencita no cesaba en la llantina y las repetidas disculpas.

—Ahora habrá que volver a cocinar el estofado. Allah te conserve la belleza, porque lo que es el buen hacer...

—Así de descuidada está la juventud —se quejó una tercera—. Luego dirán que no encuentran marido. ¡Los hombres quieren buenas esposas, no chiquillas vanidosas que no saben cocinar, limpiar o llevar el hogar!

—¡¿A dónde vamos a llegar?! —le dio la razón la primera mujer.

Aprovechando la amonestación, transitó entre las mesas y allí eligió una escudilla. Sobre los jugos en los que se maceraba la carne de res, espolvoreó el contenido de un botecito vidriado de color verdoso que había guardado hasta entonces en uno de los pliegues de sus vestiduras. Miró en su derredor para asegurarse de que nadie hubiese percibido aquel gesto sospechoso y, al verse libre de ojos avizores, enfiló hacia la salida.

Entre el bullicio de las hábiles cocineras, el chisporroteo de fuego, el estruendo de las cazuelas, los lamentos de la torpe joven, la reprimenda y las prisas, nadie reparó en su presencia.

¿Cómo hacerlo? ¿Quién habría notado que estaba allí? ¿Quién le habría culpado si no era más que una sombra que se movía en la más absoluta penumbra?

Y así, sin haber mediado palabra con nadie, abandonó las cocinas, a sabiendas de que una de las comidas había quedado aliñada con un ingrediente especial.

30

El lúgubre ambiente se había vuelto aún más asfixiante desde que cerraran las puertas de los aposentos privados del califa, y con ellas, las ventanas. Así arrebataban a cualquiera la posibilidad de husmear en una intimidad ya de por sí violada por los visitantes a la ciudad brillante de Madinat al-Zahra.

Subh había entrado con la faz desfigurada a causa del miedo, el mayor miedo que puede sacudir a un ser humano, a una madre: el de perder al fruto de su vientre. Ya lo había vivido una primera vez, de la noche a la mañana su Abd al-Rahman había rendido el alma, y el luto por el fallecimiento del amado primogénito era una llaga que no sanaba, que al menor roce se hacía sangre. Por eso, había llegado avasallando, a paso ligero, precedida de portazos y vociferios. Exigía con urgencia que los médicos y drogueros del Alcázar hicieran algo, lo que fuera, pero que salvaran a su hijo. Y si habían de entregar la vida por él, que no dudaran. Que ellos y su efímera existencia estaban al servicio del heredero al trono.

No había rastro de compostura en ella, como no había veladura que le cubriera la melena. Había abandonado el lecho de forma precipitada y no pensó en su cabellera al viento ni en su estatus de mujer libre, esposa de califa y madre de príncipe. Solo corrió. Qué poco importaba salvaguardar la honra y el nombre de la familia real cuando la salud de su hijito pendía de un hilo invisible, fácil de sesgar.

—Mi pequeño —sollozaba—. Mi pequeño.

En el cálido y cómodo jergón reposaba el príncipe Hisham; al otro lado, a la diestra, su padre. Subh se había postrado donde el primero, agarrándole la mano, insuflándole palabras de aliento.

Si hubo un tiempo en el que la Gran Señora Subh fue experta en ocultar sus sentimientos, la devastación que en esos momentos la arrasaba la convertía en un manantial del que brotaba la pena.

—Resiste, vida mía, resiste ante el dolor. Eres fuerte. Eres príncipe. Serás califa. —Le besaba el dorso de la manita, pasándosela por la mejilla y dejando un reguero de lágrimas—. Resiste, hijo mío.

Y el niño asentía, con los labios apretados y los ojos llorosos, en un intento de silenciar el sufrimiento que padecía. A veces, incapaz de contenerse, se le escapaban unos murmullos lastimeros.

Era demasiado, demasiado para cualquiera, más para una criatura de tan corta edad. Era demasiado pedirle que no se quejara, que resistiera. Pero Subh era de las que creían que los golpes no mellaban la superficie de la que estabas hecho; al contrario, te otorgaban un cariz distinto, el de la dureza del acero.

—Resiste, mi pequeño Hisham —repetía—. Resiste.

Lubna se abrazaba a sí misma con la esperanza de entrar en calor, pero el helor no provenía del invierno, ni del aire húmedo que olía a lluvia y barro, ni de la nocturnidad, sino de la tragedia. No podría deshacerse de él, se le había encajado dentro y empezaba a entumecerle los músculos. Veía la escena que discurría ante ella como si se tratara de una grotesca escenificación. Y lo era. Tan grotesca que se le grabaría para siempre en la memoria, al igual que el sacrificio de la esclava. Aquello sería una de esas marcas indelebles que se asientan con fuego en la tierna y suave piel del ganado.

Observaba desde allí, de pie, temblando e impotente, los procedimientos médicos. Nasir y Abulcasis sobrevolaban la figura maltrecha del califa al-Hakam; los hermanos al-Harrani, la del príncipe Hisham. Y a su alrededor, los drogueros iban y venían.

—Es solo un niño —gimoteaba Subh, que recibía las atenciones de su séquito de doncellas y esclavas, que tan pronto le acariciaban los hombros, tan pronto le ofrecían lienzos con los que enjugarse las lágrimas—. ¿Qué desalmado habría querido dañarle?

—Mi señora —se dirigió a ella Ahmad al-Harrani—, necesitamos que se aparte para examinar a nuestro príncipe.

Fue un esfuerzo sobrehumano que la Gran Señora consintiera en desenlazar sus dedos. Y al apartarse del chiquillo, que apenas se enteró al estar sumido en su dolencia, las mujeres la abrazaron, colmándola de consuelo.

Lubna solo había presenciado el resquebrajamiento de aquella mujer una única vez, cuando hubo de llorar sobre el cuerpo inerte de su hijo Abd al-Rahman y, luego, enterrarlo. Durante un tiempo, Subh la vascona se tornó un espíritu doliente que paseaba por los laberínticos y desangelados pasillos del Alcázar, siempre silente, siempre con el juguete del pequeño en una de las manos, aferrada al recuerdo. Y siempre con la cabellera oculta bajo el *al-sidara*, una veladura del negro de la hiedra que descendía hasta los pechos y los brazos.

—¿Habéis detectado el veneno, Bagdadí? —preguntó Umar Ibn Yunus al-Harrani, que seguía encima del príncipe Hisham.

Nasir negó.

—Aún no. —Se secó el sudor que le caía a chorreones de la frente—. Pero lo que sea que le hayan administrado no ha debido casar bien con el vino o la comida.

—Hay sustancias que no se mezclan correctamente con el azúcar. Puede que haya sido eso —dijo Abulcasis.

—No sería de extrañar —convino el otro al-Harrani—. Aunque puede que simplemente haya sido una dosis ínfima.

—Una dosis pensada para un adulto, pero que han consumido dos personas, disminuyendo así sus efectos —estuvo de acuerdo su hermano.

—No, no —dijo Abulcasis, completamente convencido—. Hay más probabilidades de que haya sido un error en la mezcla.

—¿Qué significa eso? —estalló Subh, deshaciéndose del abrazo de sus féminas, que habían logrado retenerla hasta entonces—. ¡Por el amor de Allah, hablen en un idioma que no sea el suyo propio!

Los gritos de la Gran Señora resonaron por la estancia, sometiendo a los presentes a un mutismo absoluto, solo fragmentado por el chisporroteo del brasero y los quejidos de los enfermos.

Almanzor se apresuró a recluirla entre sus brazos, no fuera a lanzarse de nuevo sobre el cuerpo de su hijito e impidiera a los médicos realizar su labor.

—Mesura, señora mía, mesura y cuidado —le susurró.

—Que lo que habría de haberlos arrastrado inmediatamente a la muerte se ha ralentizado con el mal proceder del asesino. —La voz de Nasir salía rasposa de su garganta, una lija que le había limado las cuerdas vocales.

—¿Por la ineptitud de ese maldito? —inquirió Almanzor, suspicaz.

Abulcasis asintió.

—Parece haber sido un acto desesperado que ha sido urdido con poca premeditación y ha salido terriblemente mal o...

—O la ejecución de una mano inexperta —concluyó Nasir.

—¿Vivirán entonces? —preguntó Subh, presa de la congoja.

Los médicos intercambiaron una mirada que clamaba precaución. Fue Abulcasis el que se dignó a responder.

—Puede que vivan, señora mía, pero...

—Pero puede que mueran —lo interrumpió Nasir—, y en ese caso, temo decir que lo harán con una lentitud y un sufrimiento tan atroz que no se lo desearía ni al peor de mis enemigos.

Él, amigo de la paciencia y las buenas formas, del consuelo y la compasión, se negaba a participar en tamaña crueldad: alimentar las esperanzas de una madre que, habiendo pasado la noche, podía perder al último de sus vástagos. No. Él no haría eso, por mucho que ansiara que la balanza se inclinara a favor de la vida.

Subh rompió en un llanto gutural que habría dejado sin oficio a las plañideras de toda Córdoba. Siendo Almanzor el soporte más cercano, se lanzó a sus brazos, donde encontró una suerte de refugio.

—Mi señora... —murmuró Almanzor, prodigándole caricias en la espalda.

—La decisión final está en manos de Allah.

Lubna no pudo evitar las lágrimas. El tiempo discurría de forma inexorable.

Cada segundo era vital.

Cada segundo transcurrido alejaba al califa y al príncipe de este mundo.

Se sorbió la nariz, manchándose las mangas de las vestiduras, salpicadas de salsas y restos de comida, y rezó en silencio: «Allah, no te los lleves. Allah, no te los lleves». El vértigo ante lo desconocido casi la doblegó.

¿Qué sería de ella cuando al-Hakam marchara a un lugar mejor? La libertad no era una opción, habida cuenta del secreto que cargaba a sus espaldas. ¿A qué se reduciría entonces su vida, a la de una mujer que antaño fue sabia y de pronto quedó relegada al olvido junto a su anciana maestra? ¿Cómo se desarrollarían los días sin deberes ni obligaciones? ¿Se convertirían en un discurrir anodino de horas, segundos y minutos? ¿No sería una existencia vacía e insípida que estaría deseosa de consumir?

Más que nunca entendía la zozobra que había llevado a la esclava Fátima a postrarse ante su señor al-Hakam para suplicarle que le permitiera continuar con su oficio, el de copista, pues no sabía qué otra cosa hacer.

Al igual que ella, Lubna no concebía la vida sin aquellas labores administrativas que llevaba ejerciendo desde hacía doce años, pues configuraban el destino para el que había sido instruida desde corta edad. Sin ellas, ¿qué le quedaba? ¿Dónde hallaría su valía?

El anciano califa emitió un gemido ahogado. Una oleada de dolor le sobrevino y hubo de doblarse sobre sí mismo, agarrado a sus entrañas con una ferocidad nunca vista. Cerraba los párpados y se aferraba a las sábanas de la cama, dejando la impronta de la violencia en ellas.

—¿Qué posibilidades hay? —los interrogó Almanzor, todavía con Subh bajo su perenne cuidado—. ¿Acaso no existe antídoto para ese veneno?

—El problema, mi señor Almanzor, es que no hemos reconocido aún el veneno —le explicó Abulcasis.

—¿Y el hombre que hizo las salvas? —preguntó Subh, refiriéndose al siervo que se encargaba de probar cada alimento antes de que al-Hakam los consumiera.

—Alojado en sus correspondientes dependencias, mi señora —dijo Ahmad al-Harrani—. Yo mismo lo he inspeccionado antes de visitar al Príncipe de los creyentes, para ver si algún síntoma se manifestaba antes en él y nos advertía de qué se trataba.

—¿Y qué averiguasteis?

—Nada, mi señora.

La conclusión a la que habían llegado era que el siervo —un hombre de buen apetito y gran confianza— había picoteado de las escudillas de las que iba a comer su señor al-Hakam, incluidos los manjares que, siendo sus favoritos, le eran tan sabrosos y se habían preparado exclusivamente para él. Y debían de ser estos o el vino los que portaban el maligno veneno, pues nadie más había resultado dañado.

Tras realizar la encomiable tarea, el hombre se había retirado a las cocinas, y allí fue donde cayó al suelo cuan largo era, sorprendido por el repentino dolor que lo asolaba.

—Estamos atentos a la evolución del catador.

—Ha tardado demasiado en afectarlos. Estoy seguro de que esa ponzoña no casa bien con el alcohol o la comida —reiteró Nasir.

—Si siguen así acabarán cagando sus propias vísceras —susurró Abulcasis, de manera que solo el Bagdadí pudiera oírle.

Por desgracia, el califa atinó a captar tan espeluznantes palabras y agradeció que su hijo no lo hubiera hecho, pues el devenir que se presentaba ante ellos era absolutamente desolador.

Al-Hakam giró el rostro para mirar a su esclava, con los ojos inyectados de un tono cetrino, y le indicó que se acercara. Lubna cumplió. Se aproximó a él y tomó su mano desmadejada en el aire, arrodillándose, besándosela. La Gran Señora, de nuevo ubicada en el otro extremo del lecho para reconfortar al pequeño Hisham, no observó aquel gesto con recelo, sino con admiración.

—Veneno —bisbiseó el califa—. Me muero.

Lubna negó, ahogada por los hipidos y con la visión emborronada por la llantina, que le había desdibujado el matiz negro del *kohl* y lo había esparcido por su rostro.

—Hallaremos la cura, mi señor.

Esta vez fue él quien acometió una sentida negación.

—No sois mujer de mentiras, Lubna de Córdoba. No caigáis en esa falta ahora por este anciano. Una vez que estás tan cerca del Paraíso, nada importa —le reveló—. Ni el oro, ni las joyas, ni el poder. Todo pasa a desmoronarse y lo único que te queda es saber que ya es demasiado tarde.

Otro débil gesto y Lubna se aproximó para arrimar el oído a los labios del anciano.

—El libro —le recordó en un susurro—. El libro.

—Sí, mi señor —dijo ella, colocándole la mano enjoyada sobre las sábanas de seda y poniéndose de nuevo en pie—. Perded cuidado.

Nasir no había llegado a captar los susurros del califa, pero entendía el idioma de los moribundos, con los que tantas veces había hablado. Los labios de al-Hakam habían formulado dos palabras: «el libro».

Solo podía haber un libro.

Un libro en el que pensar cuando uno está a punto de caminar hacia *al-Yanna.*

El manuscrito perdido.

Lubna abandonó las estancias califales a sabiendas de que el tiempo se descontaba y su presencia se requería en otro lugar, en la Biblioteca Real. La urgencia le vibraba en el pecho, sentía un extraño cosquilleo en los dedos de las manos, adormecidos, y la respiración le faltaba. No lograba que se le llenaran los pulmones, pese a las bocanadas de aire que daba.

Nasir se dispensó unos segundos de su ardua labor y la siguió pasillo abajo. Dejaba a su señor al-Hakam y al príncipe Hisham en las mejores manos de todo al-Ándalus, salvando las propias; los médicos palatinos no le fallarían.

Los residentes del Alcázar habían sido encerrados en sus aposentos, vigilados permanentemente por la guardia, lo que hacía que el recinto presentara un aspecto siniestro. Todo quedaba reducido a las tinieblas y al eco de los pasos, a las miradas penetrantes de los hombres armados y al terror que se respiraba. Como si el clima hubiera decidido participar en la ocasión, un rayo rompió el cielo en dos con un destello cegador; al instante, retumbó el trueno. Y enseguida, arreció el aguacero.

Al final del pasillo, una figura femenina de cabellos al aire andaba con premura.

—Lubna. —No parecía haberle oído, así que lo volvió a intentar, acelerando el ritmo de sus pisadas—. ¡Lubna de Córdoba!

Aquella vez sí.

La esclava se detuvo en el acto y, al vislumbrar su oscura silueta en la penumbra, corrió hacia él. Nasir la recibió con los brazos abiertos y el corazón rilando, todavía bañado en sudor a causa del calor del brasero y la angustia que lo oprimía. Aspiró el aroma a agua de rosas que impregnaba sus cabellos y las ganas de llorar le atenazaron la garganta.

—Tenéis que salvarle, Nasir. Tenéis que salvarle —le suplicó, abrazada a su cálido cuerpo—. Por Allah, os lo ruego.

No especificó a quién, si al califa o a su heredero.

Lubna balbuceaba entre hipidos, igual que una niña pequeña que no es capaz de sofocar el llanto. Apoyando el mentón sobre su coronilla, Nasir chistó y le acarició la espalda en un sepulcral silencio, del mismo modo que Almanzor había hecho con Subh.

—Salvad a mi señor y os entregaré todo lo que tenga, aunque no posea nada.

Para él, fue como si le arrancaran las palabras de cuajo. Otra vez la culpabilidad lo arañaba desde dentro. Las mentiras. El sepulcro profanado de Abd al-Rahman I. El manuscrito perdido. Almanzor y sus amenazas. Paladeó el agriado sabor de la hiel.

—No habéis de concederme nada —dijo.

Le besó el cabello, allí donde se formaba un remolino de rizos que ya comenzaba a reclamar su estado natural, y no el de aquel alisado. Entonces, le agarró la barbilla para que alzara la cabeza, capturó sus rosadas mejillas y con los dedos pulgares le enjugó las lágrimas azabaches que le tiznaban el rostro.

Cualquier frontera que los mantuviera separados fue derribada.

—Id en paz a cumplir con la obligación que nuestro señor al-Hakam os haya encomendado, Lubna de Córdoba, que yo, por amor a mi oficio y por amor a vos, iré a salvarle a él y a su hijo.

Y así, Nasir Ibn Hakim el Bagdadí desnudó sus sentimientos ante la esclava y le posó un casto beso sobre la nariz.

31

La oscuridad se cernía sobre el bulto yacente y acurrucado en la cama. Lubna se acercó con sigilo, alumbrada únicamente por el candil que asía, y zarandeó el cuerpo escondido bajo las mantas y las colchas que resguardaban el calor. Quizá en otro momento, uno que hubiera sido propicio para buenas nuevas, le habría comunicado a su bienamada maestra que un hombre llegado de Oriente, con los ojos del color de la espesa miel y la tez canela, le había confesado un amor sincero. O lo que ella creía que era un amor sincero, pues no recordaba haber sido objeto de uno jamás, al menos en lo concerniente a un hombre.

Pero aquel no era un buen momento y la buena nueva le producía sentimientos encontrados: terror y ternura en igual proporción. Así que se limitó a agitar con cuidado a la anciana Muzna y a susurrar:

—El califa ha sido envenenado.

Aquello fue todo lo que la mujer necesitó para abrir los ojos e incorporarse. Con la edad, el sueño se había tornado ligero; dormía poco y se despertaba con una facilidad y una agitación inusitadas.

—¿Ha muerto nuestro señor?

Tenía las legañas pegadas y una mueca de somnolencia que se negaba a abandonarla.

—Aún no —dijo Lubna, retirando las mantas y buscando

algo de vestimenta entre las pertenencias diseminadas por la alcoba—. Pero ya no puedo posponerlo más.

Muzna chasqueó la lengua, más molesta por la tarea no cumplida que por haber sido perturbada en aquella noche de tormenta que era perfecta para dormitar. Quería haberle replicado: «¿Acaso esto es lo que te he enseñado? ¿En qué he fallado contigo, Lubna?». Sin embargo, no habría sido de justicia. Desde que le entregaran a aquella niñita bajo su custodia, no hubo ni un solo día en que la decepcionara. Al contrario, había sido la más brillante de las secretarias y bibliotecarias desde que Abd al-Rahman el Emigrado pisara esas tierras. Reducir todos sus éxitos a aquel error —por descomunal que resultara y desgracias que acarreara— habría dicho más de ella que de Lubna.

Se cosió los labios y, con esfuerzo, bajó de la cama, tocando el frío suelo.

—No deberías haberlo hecho —dijo.

Lubna no se salvaría de una sutil regañina.

—Lo sé.

Prosiguió rebuscando hasta dar con las vestiduras de su maestra, que se hallaban dentro de un arcón, y se las tendió.

—Tenías que habérselo comunicado a la niña en cuanto nuestro señor contrajo esa enfermedad… ¿Cómo la llamó el Bagdadí?

—Hemiplejía.

No se giró para ofrecerle un ápice de privacidad. Se habían visto desnudas infinidad de veces en el Baño Real, donde solían reunirse para sosegar los ánimos y departir sobre cuestiones ajenas a sus deberes como secretarias, bibliotecarias y esclavas.

—Eso mismo. Hemiplejía. —Terminó por calzarse—. Por fortuna, nunca es demasiado tarde.

Lubna la miró y la vergüenza le tiñó el rostro de arrebol.

—Creedme, esta vez sí que voy tarde.

El semblante de Muzna quedó demudado.

—Entonces no hay tiempo que perder —concluyó.

Encontraron a Qamar en sus aposentos privados, sentada en el lecho, vestida con los exquisitos ropajes que había portado en el banquete. Ahí, sumida en la penumbra y con la escasa luz del candil, las tonalidades de su atuendo ya no emanaban esa agradable calidez que los hombres habían alabado, subyugados por su belleza. Lucía un incendio descontrolado a punto de devorarlo todo, incluso las cenizas dejadas por una antigua devastación.

No había dormido ni un mísero segundo. Tras el accidente de la velada, había actuado tal y como su maestra le había indicado. Salió corriendo del gran salón y buscó a la Gran Señora Subh, que se hallaba en sus dependencias personales. Estaba siendo atendida por una de sus esclavas, quien le cepillaba la larga melena. Le narró lo sucedido y la instó a que acudiera con presteza a socorrer a su marido y a su hijo. Luego, habiéndola acompañado a las estancias califales, se retiró a su propia alcoba, donde había permanecido a la espera de nuevas órdenes o una noticia halagüeña.

Ni una, ni la otra.

Sin mediar palabra, su maestra y la anciana Muzna habían aparecido allí, con un aspecto deplorable, y, tomándola del antebrazo, la habían arrastrado con ellas. Las siguió por todo el recinto palatino, a la zaga, sin saber a dónde se dirigían, y no preguntó por ello hasta que se vio en las caballerizas reales, calada por el diluvio, que no había tenido compasión en el corto trayecto desde el interior hasta allí.

Qamar estornudó un par de veces; el olor a potrillos, caballos y heces que abundaba en el establo le cosquilleaba en la nariz, produciéndole un molesto picor.

—¿A dónde vamos?

Lubna no contestó.

—A la Biblioteca Real —le confió Muzna, que la había acercado a ella para proporcionarle consuelo. Ni consuelo ni atemperamiento corporal. Con el agua que rezumaban sus ropajes habrían llenado un aljibe entero.

Ambas aguardaron en silencio, cobijadas por las pellizas, que tras mojarse habían triplicado el peso. Entre tanto, Lubna se había apartado para hablar con uno de los caballerizos, a quien convencía de que les prestara un par de alazanes que las llevaran hasta el antiguo Alcázar cordobés. Había descartado los túneles enseguida, ya que no eran recomendables durante épocas de lluvia; la humedad se intensificaba y las goteras que ya predominaban generaban enormes charcos de agua sucia que al mezclarse con el barro daba lugar a una suerte de lodazal, ralentizado así el recorrido a pie. Un posible derrumbamiento por condiciones adversas podía hacer de aquella vía de escape una tumba.

Tendrían que cabalgar. La noche era oscura; eso y las abundantes lluvias que habían encerrado a todos en sus viviendas las ayudarían a que su presencia pasara inadvertida a ojos de la población, siempre curiosa.

—Son asuntos de Estado —explicó Lubna al caballerizo en un último intento de convencerlo—, y son de extrema necesidad, señor mío. Órdenes directas del Príncipe de los creyentes.

El caballerizo, que era más muchacho que hombre, un aprendiz del oficio, se negó a entregarles las monturas hasta que, finalmente, la decisión recayó en un hombre entrado en edad, de pelo canoso y surcos en la piel. Al reconocer a las mujeres, apremió a que se ensillaran los animales más veloces que hubiera, a excepción de los pertenecientes a los embajadores, que eran intocables.

—Dos caballos —dijo—. Uno para vos y la bella jovencita, si es que sabéis cabalgar. —Lubna asintió—. El otro para la honorable Muzna, a quien yo llevaré.

Y entonces partieron, con la urgencia espoleando a los palafrenes casi tanto como a sus jinetes.

Arribaron a la biblioteca en unas circunstancias penosas, caladas de agua hasta los huesos, con las melenas chorreando y sin un ápice de maquillaje. El frío era tal que el aliento salía en forma de vaho de sus bocas y los dientes les castañeaban. Se despojaron de las pellizas, que no hacían más que helarlas, y las dejaron olvidadas por ahí. Con un poco de suerte, puede que se secaran para antes de que regresaran a Madinat al-Zahra.

Dadas las dimensiones de la Biblioteca Real, el calor era difícil de conservar incluso encendiendo las ascuas de varios braseros. No había mantas con las que cubrirse, ni té que las reconfortara y revitalizara. Unos estornudos provenientes de Muzna resonaron en el inmenso lugar, despertando la preocupación de aquella que había sido su pupila.

—Habré cogido un enfriamiento —se disculpó la anciana, que aceptó el lienzo límpido que le ofreció Qamar, ese que llevaba guardado entre los pliegues de sus vestiduras.

No debería haberla arrastrado hasta allí, se fustigó Lubna. Era una mujer de una edad muy avanzada, cualquier inclemencia climática podía alterar sus humores y hacerla enfermar, desde el calor más angustiante hasta el frío glacial. Nasir se enojaría al enterarse de su descuido y ella no se perdonaría que su querida maestra tuviera que atravesar unas semanas postrada en el lecho por una dolencia que era, en buena parte, culpa suya.

Dejó el candil encima de una de las mesas libres y, mientras Muzna prendía alguna que otra lumbre para que así no todo fueran sombras espectrales y tinieblas, ella rebuscó entre las infinitas estanterías que conformaban la Biblioteca Real. Sabía dónde había dejado el manuscrito perdido; conocía la sección concreta y la balda exacta en la que se encontraba. Estaba camuflado entre otros tantos volúmenes encuadernados y con un aspecto lamentable, de manera que no reluciera entre ellos. No obstante, desde que se habían lanzado a la ardua tarea de reorganizar y catalogar los cuatrocientos mil ejemplares, para así avanzar en la próxima reordenación que se llevaría a cabo al finiquitar las obras de la nueva ala de la biblioteca, era un poco más complicado ubicarse en aquel caos.

Finalmente, tras unas cuantas ojeadas en diversos estantes, lo encontró. Lo extrajo del escondite y lo depositó con solemnidad sobre la superficie de madera de la mesa. La última vez que sus dedos habían rozado la cubierta de aquel legendario manuscrito, ella era una muchacha de catorce años que sangraba con cada luna nueva. Poseía unas irrefrenables ansias de complacer a su señor y a su señora, y temía no estar a la altura en la labor que se le había encomendado.

De eso ya hacía mucho, el tiempo parecía haber transcurrido en un parpadeo y, a ratos, parecía haberse estancado en ese preciso y justo momento.

Muzna sonrió al percatarse del hueco que había quedado vacío en la estantería, tan polvoriento, tan evidente, tan fácil de identificar.

—Solo hay un lugar donde esconder los grandes tesoros, a simple vista —comentó Lubna con una sonrisa igual de amplia que la de su maestra—. Ahí nunca se encuentran.

—Eso es porque somos unos necios —bufó—. Unos necios que no ven más allá de sus narices.

—Desdeñamos la ceguera y la estupidez cuando, siendo tan comunes, juegan a nuestro favor.

Muzna le dio la razón.

Expectante y turbada ante el secretismo que imbuían aquellas palabras, Qamar se asomó a la mesa para inspeccionar con atención el volumen que allí reposaba. La encuadernación era de cierta pobreza: cuero añejo, la burda obra de quien no es experto, pero trata de hacer un trabajo digno aun quedándole grande. Pesaba más por la calidad del pergamino que por la extensión, pues no eran más de unas noventa páginas mal recortadas y cosidas por un hilo grueso. Ennegrecido y recio, aunque ya más ablandado por el paso de los siglos, estaba hecho con los intestinos de un animal, como se cosen las profundas heridas de los mordidos por una saeta o el filo de una espada.

No había título ni autoría que delatase el contenido. Solo podía averiguarse abriéndolo, haciendo crujir el revestimiento, el delicado lomo y pasando una a una las páginas. Cuando fue a alargar la mano, a acariciar la cubierta, Lubna le dio un ligero y nada agresivo manotazo que la frenó. Negó con la cabeza y Qamar entendió que no estaba a su alcance.

—Este libro es un tesoro, un tesoro que pasa de generación en generación en el seno de la dinastía Omeya y que se ha conservado con esmero y sacrificio desde tiempos inmemoriales —comenzó a explicar Lubna bajo la atenta y brillante mirada de su discípula.

Qamar no lo sabía, pero, a ojos de aquellas dos mujeres, su vida iba a cambiar para siempre.

—Un tesoro que únicamente reciben los varones —añadió Muzna con la voz cascada por la edad—. Un varón, de hecho. El poseedor siempre ha de ser quien gobierna, no importa si es emir, califa, sultán o reyezuelo. Y su heredero, aquel que subirá al poder tras el fallecimiento de su progenitor, será el siguiente en gozar de este privilegio.

—Siéntate aquí, Qamar, que hemos de contarte una historia. —Lubna dio un par de golpecitos en la mesa.

Presa de la curiosidad, la muchacha ocupó el lugar que le habían indicado. Aborrecía —y siempre lo había hecho— las deleznables historias que Lubna y la anciana Muzna le narraban con absoluta superioridad, pues entreveía en ellas las lecciones que querían que aprendiera. Eran vivencias que no habían experimentado en sus propias carnes, que habían presenciado u oído, que habían sobrevivido gracias al arte de los rumores que tan practicado era en la corte. En cualquier corte. Ellas nunca eran las víctimas, nunca eran las damnificadas, las reprendidas, las dañadas, las violadas, las ultrajadas, las magulladas y las castigadas con severidad. Ellas solo daban voz a las que lo habían sido. A las insumisas, a las rebeldes, a las malas mujeres, a las resistentes y persistentes, a las hermosas y vanidosas, a las egoístas, a las que deseaban más de lo que tenían, a las que se atrevieron a reclamar más de lo que los hombres creían y defendían que les pertenecía.

En cada historia que conllevaba sangre subyacía un «No seas como ellas. Sé como nosotras». Y ser como Lubna y Muzna era ser correcta, sensible, silente, afable, grácil, sencilla, sumisa. Era ser esclava. Esclava de su propia esclavitud y de su propio intelecto, que había de estar al servicio de un amo y señor. Y Qamar odiaba aquello. Y odiaba morderse el orgullo.

Sin embargo, en aquella ocasión, estaba completamente a merced de la intriga, así que aceptó oír lo que fuesen a contarle. Y Lubna comenzó por el principio de los tiempos.

Le habló de cuando la dinastía Omeya dominaba Oriente, de la disputa entre las diferentes facciones por hacerse con el poder y de las batallas libradas que se saldaron con heridos y miles de muertos que ya no regresarían a sus hogares. Le habló de la victoria del Gran Zab por parte de Abu Abbas al-Saffah y de la ejecución del califa Marwan II, una pérdida que sentenciaría para siempre a su parentela.

Le habló del banquete en Antípatra y de cómo se pasó a cuchillo a quienes se presentaron allí, engañados por una vil mentira que prometía resolver los conflictos que los habían llevado a todos a la guerra. De cómo, con los cadáveres todavía recientes, Abu Abbas al-Saffah, henchido de orgullo y ebrio de autoridad, agarró de la cabellera a la princesa Abda bint Hisham Ibn Abd al-Malik, quien todavía respiraba pese a las atrocidades observadas, y la arrodilló ante él. La forzó a que le descubriera la ubicación del tesoro real y las joyas más preciadas, del libro. Porque había un libro. Un libro que se decía que era un compendio de medicina tradicional y que había sido guardado junto al oro, las gemas preciosas y los objetos de gran valor. Porque este libro era, así mismo, de oro puro y piedras rutilantes.

Mas obteniendo únicamente una negación que lo obligaría a golpearla hasta partirle el labio y hacerle esputar sangre, comprendió que la muchacha, o había hecho voto de silencio, o su dignidad la impelía a desear la muerte antes que la traición. No obtendría de ella nada que no fuera desprecio o su virtud, arrancada a dentelladas y con agravios. Abu Abbas al-Saffah, que había derrocado una dinastía y la había masacrado en un fastuoso salón preñado de viandas y vino, decidió compadecerse de Abda. La asesinó con frialdad y a aquello lo llamó piedad.

Algunos deudos sobrevivieron; la cautela o la desconfianza los habían llevado a recelar del bondadoso ofrecimiento de al-Saffah. Uno de ellos fue Abd al-Rahman Ibn Mu'awiya Ibn Hisham Ibn 'Abd al-Malik, más conocido como el Emigrado. Ya de pequeño se lo habían advertido, que sería el principal de los Omeyas y el vivificador de su reino cuando este cesara en su existir, y por eso su abuelo lo había siempre favorecido.

Con independencia de ese augurio, lo cierto es que, cuando la hermosa princesa Omeya exhaló el último hálito de vida, Abd al-Rahman ya había iniciado la huida. Y con él viajaban el libro, el criado Bedr, una pequeña cantidad de dinero y algunas alhajas que se habían salvado y que su querida hermana Umm al-Asbag había puesto a su disposición.

Fueron cuatro interminables años de periplo, marcados por la persecución de los Abasidas y el terror a que le arrebataran la vida y el manuscrito que llevaba consigo. El Emigrado recorrió tierras yermas que eran desierto y vergeles frondosos donde imperaban la sombra, la fruta y el agua fresca. Se alojó durante un tiempo prudencial entre los habitantes de los nefza, que estaban ligados a él por genealogía, pues su honorable madre Reha había sido una esclava perteneciente a dicha tribu del Magreb.

Y así hasta que atravesó el estrecho y se asentó en al-Ándalus.

Como era habitual, las historias de mujeres asesinadas abundaban —víctimas perpetuas en cualquier conflicto, ya fuera diplomático o personal— y a Qamar se le secaba la boca y se le cortaba la respiración con solo oírlas.

—¡¿Todo eso por un simple libro?! ¿Por un recetario de fármacos? Solo son pergaminos y tinta negra con una encuadernación de cuero viejo. Ni siquiera está forrado de oro. No hay nada que atesorar aquí. No es el *Dioscórides*.

—Qamar... —Lubna pronunció el nombre con cariño y paciencia—. El libro no es la razón de tantas muertes injustas, es el ansia de poder. Los hombres anhelan demostrar que han sido escogidos para causas superiores, disfrutan presumiendo de cuán invencibles son. El libro, este libro —dijo acariciando la cubierta— es solo un tesoro que desean poseer, igual que tantos otros.

—En los tiempos primigenios, las mujeres de los emires eran quienes lo guardaban. Lo protegían con la vida, así como lo hizo la princesa Abda —continuó la anciana maestra.

—Pero ninguna de vosotras es esposa de gobernante —replicó la muchacha.

Muzna asintió, complacida por la imperante lógica.

—Abd al-Rahman II cambió la tradición —intervino Lubna—. Se negó en rotundo a que ninguna de sus mujeres recibiera esa carga tan pesada.

—¿Por qué?

Una risa inocente brotó de las fosas nasales de Lubna, segura de que la respuesta agradaría en gran medida a su discípula.

—Porque nadie desea poner en peligro a quien más ama, y Abd al-Rahman II sabía mucho sobre el amor, de ahí sus hermosos poemas. Desde entonces, la secretaria del gobernante contrae las funciones de bibliotecaria, así como de guardiana del libro.

Puede que Qamar estuviera asistiendo obligada a esa lección a altas horas de la noche; no obstante, en su rostro no terminaba de reflejarse la compresión.

—Si Allah reclama a nuestro señor al-Hakam esta noche y el príncipe Hisham sobrevive, tú serás la secretaria del próximo califa —anunció Muzna.

—En ti recaerá la custodia del manuscrito, Qamar. ¿Lo entiendes? —Lubna buscó un ápice de comprensión en su mirada azulada.

—¿Y qué he de hacer? —Le titubeaba la voz.

—Lo que hemos hecho todas hasta ahora, en lo que vengo aleccionándote desde que eras una cría.

—¡Pero nunca habéis mencionado este libro! —clamó indignada por las tareas que le sobrevenían—. El eunuco Talid y vos me habéis enseñado ciencias, matemáticas, gramática, lexicografía, métrica… ¡Nada más!

Lubna reconocía la incertidumbre y la vacilación que arremeten contra los neófitos; ella misma había sucumbido en sus primeros días como *katiba* del califa al-Hakam.

—Has de protegerlo. Y has de instruir en él a la siguiente generación de secretaria, aquella que ocupará tu lugar cuando Hisham fallezca.

—Te guiaremos en tu primer año, pequeña —la tranquilizó Muzna—. A partir de ahí, habrás de continuar el camino que te ha sido deparado.

—Mas siempre que estés en duda, siempre que sientas que la carga te dobla la espalda y que el secreto te come por dentro, y que las lágrimas están cerca de abrasarte, aquí estaremos. Para ti.

Lubna entrelazó sus dedos con los de la muchacha, todavía ateridos, y le sonrió.

Qamar acumulaba preguntas que no era capaz de verbalizar. Su mente estaba aturdida debido a los últimos acontecimientos: las embajadas culminadas en desagravios, el banquete nada exitoso, la fuga a caballo con el temporal arreciando y un manuscrito que se daba por perdido, pero que resultaba un tesoro harto deseado.

—¿Protegerlo de qué? ¿De quién?

Las mujeres se miraron.

—De quienes aún lo buscan.

—¿Los descendientes de Abu Abbas al-Saffah? ¿Los Abasidas?

—Y los que no comparten lazos de sangre con ellos. Son muchos los que han destinado toda la vida a la búsqueda de este manuscrito, y son muchos los que han perecido en el intento.

Sabios que esperaban estudiar sus páginas para así ganar notoriedad. Avariciosos mercaderes que soñaban con hacerse con él y venderlo al mejor postor para aumentar sus negocios. Adinerados que dilapidarían encantados su fortuna por obtenerlo y convertirlo en una pieza más que exhibir en sus palacios.

Habían tropezado con hombres así y los habían esquivado con soltura y precisión.

—Un día, hace no mucho, te dije justo aquí, sentadas en esta mesa, que las esclavas del harén, pese a carecer de la misma libertad que nosotras, no eran exactamente como nosotras. ¿Lo recuerdas? —Qamar asintió—. Que Allah nos tiene a cada una reservado un papel fundamental y que un día aprenderías a aceptar que esto es lo que tú eres y dejarías de luchar para convertirte en otra persona. En una mujer que no estás destinada a ser.

Lubna le recolocó los mechones rubios detrás de la oreja —la raíz del cabello comenzaba a crecerle y se evidenciaba en el nacimiento que recuperaba su tono castaño—, le prodigó unas caricias en la mejilla y de repente sintió lástima. Agarró a su pupila por los hombros y la estrechó entre sus brazos. La joven no respondió, se mantuvo inmóvil mientras unas cálidas y saladas lágrimas caían de las tupidas pestañas de su maestra, humedeciéndole las vestiduras.

—Qamar, míranos a los ojos, que somos tu vivo reflejo —dijo una vez que se separó de ella—. Esto es lo que has de ser.

Muzna posó la avejentada mano sobre la cubierta del manuscrito.

—Y de este secreto habrás de ocuparte.

32

Hay quienes dicen que la necesidad agudiza el ingenio. Nasir lo sabía muy bien. Algo así se había apoderado de él, una actitud primitiva, bárbara y casi animal que lo hacía desenvolverse de forma frenética en aquella situación de gran peligrosidad y urgencia. La meticulosidad de la que siempre hacía gala como médico —esa que había heredado de su padre y su tío Ibrahim— había quedado opacada por unos movimientos que delataban desesperación.

La desesperación que tantas veces invade al que ejerce dicho oficio. La desesperación de llegar demasiado tarde. La de no haber hecho lo suficiente. La de carecer de recursos, de conocimientos, de oportunidad. La de no haber podido luchar contra los designios divinos.

—Traed carbón del brasero —ordenó a cualquiera que estuviera disponible para cumplir con el mandato, ya fuera uno de los esclavos drogueros que pululaban en los aposentos privados del califa o un siervo más—. ¡El de uno que no esté encendido, por el amor de Allah! —gruñó cuando le acercaron algunos trozos negruzcos consumidos por el fuego.

—Un vaso. Un vaso.

Y otro de los esclavos trajo un pequeño recipiente vidriado de color verde.

—Un mortero.

Esta vez fue Ahmad al-Harrani el que le ofreció el instrumento de molienda que tanto usaban en la Botica Real.

Nasir apartó de la mesita octogonal los lujosos bienes que allí se congregaban; lo hizo sin cuidado alguno, relegando a la suavidad de la alfombra candiles apagados, arquetas de eboraria y hasta una delicada escudilla repleta de fruta de temporada.

—Agua.

Daba instrucciones en estado de enajenación, sin reparar en nada que no fueran sus propias manos trabajando y los gemidos angustiosos que exhalaban las dolidas gargantas del califa y el príncipe.

Un esclavo llegó con una jarrilla de agua.

—¿Dónde, mi señor?

El Bagdadí volcó el carbón en el mortero y comenzó a triturarlo con determinación. Los dedos se le colorearon de azabache, mientras el sudor le resbalaba por las sienes, el cuello y la espalda.

—Dejadme a mí —dijo Abulcasis arrebatándole el agua al cautivo servil y volcando pequeñas dosis en el mortero.

En el fondo del cuenco fue formándose una suerte de mezcla, lo suficientemente líquida como para que el carbón se desmenuzara y pasara por una garganta sin arañarla, lo suficientemente pastosa como para que a él se adhiriera toda la ponzoña ingerida.

—¿Estáis seguro de esto, Bagdadí? —preguntó Almanzor, adivinando las intenciones—. Parece una medida desesperada, más propia de un charlatán y embaucador que de un médico de excelente reputación.

Incluso si ninguno de los allí presentes hubiera advertido la mordacidad con la que se dirigió a él, Nasir lo hubiera hecho. Por un instante lo atravesó con la mirada y embridó las ganas de abalanzarse sobre él y tumbarlo en el suelo, de golpearle a puñetazos en el rostro inexpresivo que llevaba por máscara, de gritarle: «¡¿A qué estáis jugando?!». Porque era evidente que estaba jugando a algo.

Ya lo había sospechado el primer día que pisó el recinto palatino. Que era cuanto menos sospechoso que ninguno de los médicos de la *jizanat al-tabbib* hubiera dado con la enfermedad del califa, que se le hubieran suministrado remedios que no casaban con los síntomas. Y era extraño que Almanzor esgrimiera esa ferocidad contra él, prohibiéndole que ingresara hierbas naturales y otros ingredientes del exterior, acusándole de poder dañar a su señor.

Entonces lo vio. Lo vio con una claridad abrumadora, como si el cielo se hubiera despejado de esas nubes grisáceas que seguían llorando tormentas. Si al-Hakam fallecía y el príncipe Hisham le seguía en su terrible destino, ¿quién asumiría el poder?

La mueca de Almanzor había comenzado a agrietarse y Nasir no pudo más que sonreír. Se preguntó si Subh estaría enterada de los infames tejemanejes que estaba hilvanando su querido administrador o si, por el contrario, no era más que una marioneta con la que él jugaba a su antojo.

—No —aseveró—. Pero, a no ser que hayáis recibido la titulación de médico tras años de duros estudios, vuestra opinión carece de valor, mi señor. Así que os pido que os la reservéis.

—Merece la pena intentarlo —convino Abulcasis—. Es esto o la muerte, mi señor Almanzor.

Almanzor apretó los dientes y asintió.

—Podríamos utilizar como antídoto la piedra de bezoar o la esmeralda —sugirió Umar Ibn Yunus al-Harrani.

—No perderemos más tiempo —acotó Nasir, que seguía moliendo el carbón.

—Mi señora, es menester que se aparte —le pidió de nuevo Ahmad al-Harrani.

Subh había vuelto a postrarse ante el lecho, donde adolecía y descansaba inútilmente su vástago, que se revolvía aferrado al vientre. Las palabras de aliento y las lágrimas se le habían agotado hacía rato. Permanecía en esa postura incómoda, con los pies dormidos y las rodillas asestándole punzadas, sin apenas sentirlo. Toda ella estaba volcada en el padecimiento de Hisham, a quien le proporcionaba compresas de agua fría para aliviarle un poco la alta temperatura que parecía incendiarle desde dentro. El calor del brasero, la tensión que se respiraba y el sufrimiento perenne habían provocado que quedaran bañados en goterones de sudor.

—Mi señora —insistió al-Harrani, que no estaba seguro de que Subh lo hubiera oído.

Ante la falta de respuesta, Almanzor posó la mano sobre el trémulo hombro de la Gran Señora y apretó con suavidad. Solo su roce la hizo despertar del trance. Todavía algo abstraída, Subh asintió y se puso en pie, colocándose a un lado, de manera que los médicos pudieran tratar a sus amados hombres. Y necesitada de afecto, se resguardó entre los brazos de Almanzor, asiendo el lienzo húmedo que acababa de retirar de la frente de su pequeño.

—Rezo para que Allah esté de nuestra parte —dijo Nasir.

—Sea —afirmó Abulcasis.

Y se dispusieron a proceder.

Habiéndose dividido el carbón licuado y reblandecido en dos vasos, se designó una mayor cantidad para el califa al-Hakam, acorde con la edad, la envergadura y, sobre todo, el peso. Al niño se le concedió una dosis menor, temerosos de que el remedio le perjudicase más que sanase.

—Permitidme, señor mío —pidió Nasir.

Al-Hakam abrió los labios, sin oponer resistencia alguna, y el Bagdadí y Abulcasis fueron introduciéndole en la boca el líquido azabache, que le tiznó dientes y lengua y se deslizó por su garganta al igual que una taimada serpiente. Un acceso de tos a punto estuvo de hacerle escupir lo recién tragado, pero ellos fueron más hábiles y rápidos y lo impidieron. Mientras, los hermanos al-Harrani hicieron lo propio con el príncipe, que no tenía fuerzas para luchar contra aquella asquerosa mixtura que ningún chiquillo habría aceptado beber de buen grado.

Para entonces, Subh se había negado a seguir contemplando

aquella escena que le estaba desangrando el corazón. Almanzor la había envuelto entre sus brazos, en un gesto de intimidad que a Nasir no le pasó desapercibido.

—Solo nos queda rezar —anunció Nasir.

Esperaron.

Esperaron un largo rato.

Esperaron en silencio, elevando las oraciones al cielo con la confianza de que fueran atendidas.

Y Allah, el Clemente y el Misericordioso, tomó una decisión.

Respondió a favor.

El califa al-Hakam y el príncipe Hisham no tardaron demasiado en regurgitar todo lo que habían ingerido durante el banquete de celebración. Una mezcla de frutas, guisos, carnes, dulces, vino, agua de azahar… salió de sus deteriorados y frágiles cuerpos.

Ya con el primer estertor que anunciaba las náuseas, Subh acudió a acompañar a su hijo en el delicado trance, sosteniéndole la cabecita, acariciándole la espalda encorvada con cada nueva arcada que finalizaba en un vómito negro y hediondo que perfumaba la alcoba y levantaba el estómago de los presentes. Si le preguntaran, la Gran Señora habría dicho que el pequeño Hisham devolvió hasta la leche que mamara en su primer día de vida.

Vacíos por completo, padre e hijo quedaron desmadejados sobre el jergón, cuyas sábanas se les pegaban debido al sudor. El esfuerzo les había dejado el rostro pálido, a excepción de algunas venas que, al romperse, habían generado diminutos puntos bermellón en la piel. A sabiendas de que tendrían las gargantas irritadas, les ofrecieron algo de agua fresca; sin embargo, los médicos fueron concisos: no habían de tragarla, solo enjuagarse la boca y escupirla. Mas tarde les traerían unas tisanas que les calmaran el resquicio de dolor que persistía y les sofocaran la sed.

La servidumbre limpió los aposentos como buenamente pudo, pues no había posibilidad de airear la estancia abriendo ventanas y puertas. Se cambiaron los contenedores en los que se habían acumulado vómito, saliva y bilis, y se dispusieron dos nuevos.

Abulcasis palmeó a Nasir en la espalda, señal de júbilo por su rápida y certera actuación.

—Bien hecho.

Su difunto padre y su querido tío Ibrahim estarían orgullosos.

—Si Allah así lo quiere, habremos superado lo que nos resta de noche. —Fue lo último que susurró el Bagdadí.

Pese a que el aguacero no amainó, el sol volvió a emerger y un nuevo día dio comienzo, menguando el sufrimiento del califa y su heredero, y elevando el ánimo de los residentes de Madinat al-Zahra, que no habían dormido desde el fatídico intento de regicidio.

—¿Están fuera de peligro?

—Lo están.

Lubna lo había encontrado sentado en uno de los patios porticados, a cubierto de la lluvia y con la mirada perdida en los charcos que se formaban en el hermoso suelo de mármol blanco. A juzgar por el atuendo, ninguno había gozado de tiempo para asearse y cambiarse las vestiduras por unas que no apestaran a miedo. Tomó asiento a su lado sin preguntar y durante unos largos minutos estuvieron ahí, juntos, en silencio.

Después de tan crítica noche, el boato con el que se habían acicalado para acudir al fastuoso banquete se había desvanecido. En su lugar, se habían instalado unas ojeras amoratadas que denotaban falta de sueño, comisuras decaídas, ceños fruncidos y un cansancio que los había azotado en cuanto los músculos se destensaron. La estampa era deprimente: un hombre con las manos negras por el carbón y el vómito por perfume, y una mujer con la melena maltratada, el maquillaje corrido y unos ropajes perlados de manchas resecas.

—El carbón parece haber absorbido el veneno y el resto lo han vomitado.

Ella exhaló un hondo suspiro que no le habría cabido a nadie en el pecho.

—Gracias a Allah.

Nasir asintió.

—¿Descubristeis el veneno?

Negó.

—Visitaré a un muy buen amigo que tiene nociones de hierbas y sustancias que se escapan a mi saber. Espero que, describiéndole los síntomas, pueda desvelarme algo.

—¿Y si no?

El Bagdadí se pasó la mano por los ojos, arenosos e irritados. Los párpados empezaban a pesarle y temía quedarse dormido en cualquier momento y en cualquier lugar, allí mismo, sobre el hombro de Lubna.

—Habremos de contentarnos con haber salvado dos vidas tan excelsas. Puede que nunca sepamos cuál ha sido la ponzoña. —Al cabo de unos minutos, preguntó—: ¿Qué sucedió en las embajadas?

Lubna lo miró, más sorprendida por que quisiera departir sobre cuestiones de Estado, un tema que lo horrorizaba y solía evitar con frecuencia, que porque los rumores hubieran llegado a sus oídos con celeridad. Aquello era, sin lugar a dudas, lo peor de la corte. Para conservar un secreto había que recurrir a cortar lenguas, y para que nadie lo desvelara por escrito o gestos había que cercenar unas cuantas manos.

—Creía que no os placía hablar de política.

—Y no lo hace, ya lo sabéis, mas me han llegado noticias de que hubo problemas en lo referente a los cristianos.

—No han sido ellos, si es eso lo que estáis barajando —zanjó.

—Vos que sois la lealtad personificada, ¿defendéis a los rumíes que han vilipendiado a vuestro señor?

La risa se le escapó por entre los dientes, preñada de incredulidad y diversión.

En otras circunstancias, a Lubna le habría ofendido que se pusiera en duda su fidelidad y servicio. Pero el día comenzaba con un amanecer que pincelaba el cielo con el color del azafrán y la granza, aún había muchas horas por delante a las que hacer frente sin haber gozado de un sueño reparador y ella ya estaba al límite de sus fuerzas.

Le resumió lo acaecido durante la recepción de las embajadas: que Asbag Ibn Abd Allah Ibn Nabil actuó de intérprete y solo tradujo insolencias y oprobios por parte de los embajadores de doña Elvira y Raimundo III de León; que el califa había desaprobado aquel terrible comportamiento expulsándolos del gran salón, y que pretendía destituirlo del cargo —el de cadí de los cristianos de Córdoba— a menos que se arrodillara y suplicara su perdón. Y que lo único que había salvado a los rumíes de recibir un castigo bien merecido era la protección diplomática que se les había otorgado.

No tuvo que insistir en la inocencia de los embajadores cristianos y su intérprete, que ya se había postrado ante el Príncipe de los creyentes y rogado avergonzado. Las sospechas de Nasir se dirigían por cauces más turbulentos.

—En realidad... —bufó él, asediado por un cúmulo de dudas—. En realidad creo que ha sido Almanzor.

La bibliotecaria acusó la información como si se tratase de un duro golpe. Con la respiración extirpada y el terror cincelado en sus oscuros ojos, examinó en su derredor para asegurarse de que ningún hombre o mujer paseaba por allí.

—Habéis perdido el juicio, Nasir Ibn Hakim —susurró—. Que nadie os oiga decir tales barbaridades. Acusar sin pruebas a un hombre tan importante y querido como él...

—Pensadlo. Pensadlo fríamente. El catador probó todas las

comidas servidas en el banquete, incluidas las destinadas en exclusiva al califa.

—No entiendo a dónde queréis llegar, mi señor.

Era obvio, y no porque fuera corta en sus capacidades. Es que Nasir había presenciado el verdadero rostro de al-Mansur Muhammad Ibn Abi Amir, el que se escondía tras la macabra e imperturbable máscara que portaba. Y, desafortunadamente, no podía revelárselo sin descubrirle la verdad.

—A que nadie más cayó enfermo, tal y como apuntó al-Harrani. Nadie. Solo nuestro señor al-Hakam y el príncipe Hisham. Eso significa que el veneno estaba en sus copas o en sus viandas —le explicó.

Durante unos minutos discutieron sobre este asunto, con la conversación ensordecida a oídos ajenos gracias al viento y a la implacable lluvia.

Lubna libró de culpa al pobre catador, apelando a su estado cercano a la muerte. El hombre había sido intervenido con el mismo método curativo que el califa y el príncipe, aunque, debido a lo avanzado del envenenamiento, este aún padecía de gravísimos dolores y no se acertaba a adivinar si sobreviviría o fallecería.

Eso sí, habiéndose contratado a tantísimos ayudantes de cocina para abastecer la despensa del Alcázar y agilizar la preparación de las viandas durante la velada, era más que probable que uno de los mozos o mozas tuviera intenciones deshonestas. El dinero compra la voluntad de las personas. Habría sido muy sencillo colar a un matarife, por inexperto que fuera, entre la nueva hornada de servidumbre. Solo debería pasar inadvertido durante las jornadas previas y verter la ponzoña en uno de los platos destinados a al-Hakam, que alguna cocinera veterana le habría mostrado.

—Ha debido de ser alguien de este Alcázar, alguien muy cercano al califa y que conoce sus gustos. Almanzor.

—O alguien que jamás ha estado aquí antes y que ha burlado nuestra seguridad a la hora de decantarnos por un buen servicio —le rebatió ella. Una profunda desazón la invadió y su voz adquirió un tono lastimero—. Quizá hayamos escogido mal, quizá esta conjura lleve urdida desde hace un tiempo y nosotros hemos estado ciegos.

Nasir chasqueó la lengua. La había agitado con sus tribulaciones y estaba en pie de guerra consigo misma, flagelándose por haber permitido que un individuo hubiera atentado contra la vida de su señor.

—Puede ser, pero permitidme que me incline por lo primero. Incluso si hubiera sido un error de palacio, es posible que el asesino ya hubiera entrado con esa información y que esta se la proporcionase Almanzor. Estáis exenta de toda responsabilidad. Además, ¿no era él precisamente quien revisaba a la servidumbre contratada para esta celebración?

—¿No os estará nublando vuestra malsana animadversión hacia Almanzor? Lo entendería...

Alargó la mano para capturar la suya.

El contacto se le hizo tan natural que Nasir no se apartó, la giró y respondió, preservando la unión de sus dedos.

—No. Os juro que no.

Y entonces le besó los nudillos, encendiendo la mirada de la esclava, entonces rutilante.

Lubna hubo de apaciguar el torrente de sentimientos que se le había desatado en el pecho y que le descendía por el estómago y el bajo vientre, para así proseguir.

—Cuando nuestro señor al-Hakam subió al poder, depuso a muchísimos grandes hombres del cargo que hasta entonces habían ostentado. Los sustituyó por otros dignos de su confianza, y se negó a perpetuar el favor que su padre había concedido a las familias importantes de los Banu Suhayd, Banu Abi Abda, Banu Hudayr, Banu Futays y Banu l-Zayyali, quienes habían ocupado la administración.

Con esta medida, el nuevo gobernante había pretendido alejar de su núcleo más cercano a aquellos que solo servían a sus propios intereses, y para tejer su propia red de apoyos e influencias se rodeó de un selecto grupo de hombres, en su mayoría esclavos. Capturados en *razzias*, pero oriundos de tierras norteñas, al este de los francos, habían sido adquiridos desde temprana edad. Y al igual que las esclavas cantoras o las secretarias que tan estimadas eran, estos *saqaliba* eslavos recibían una esmerada educación con el fin de convertirse en empleados cortesanos.

—Los hombres de poder siempre tienen detractores —declaró Lubna—. Y al-Hakam es uno de ellos. A ninguna de esas notables familias le agradó verse relegada después de haberse acomodado a sus puestos, entre oro y riquezas. Debéis ver más allá.

—Es él. —Estrechó con fuerza su mano, buscando un mísero gesto que delatara que le creía—. Es Almanzor. Aún no puedo ofreceros todas las soluciones a este enigma, Lubna, pero es él. Lo sé de buena fe. Me he fijado en sus movimientos, en sus acciones, y mira a la Gran Señora con lascivia disfrazada de admiración. ¿Acaso no os habíais percatado?

No. No lo había hecho.

—Lo que estáis insinuando puede costaros muy caro, Nasir. Muy caro. Habláis de adulterio, un acto inmoral que supone la profanación del sagrado del hogar, el daño de la prole y la separación de los cónyuges. Lanzar una acusación semejante entraña un gran peligro no solo para los señalados como fornicadores, sino también para el que manche los nombres de estos y la honra de la mujer. Máxime, si la mujer es la esposa de un gobernante.

Habría de iniciarse un proceso judicial en el que la acusada debería acogerse a su inocencia, jurarlo primero por escrito y, posteriormente, en la mezquita aljama. Si el delito se probaba por una de las tres vías recurrentes —confesión, testimonio o embarazo—, o si alguno de los cuatro testigos certificaba haber visto con sus propios ojos a los amantes cayendo en el vicio y el fornicio, ambos serían castigados con cien azotes, y la mujer sería sentenciada a la muerte por lapidación.

No obstante, si no había pruebas fehacientes de ello, el Corán rezaba: «A quienes difamen a las mujeres honestas sin poder presentar cuatro testigos, flageladlos con ochenta azotes y nunca más aceptéis su testimonio».

—Creedme cuando os digo que nuestro señor al-Hakam no tendrá piedad de vos —le advirtió—. Cuidaos de atribuir ese crimen grotesco a la Gran Señora.

—No digo que lo haya cometido —aclaró—. Solo que, si ella no siente el mismo deseo que el hombre que administra sus bienes, al menos ha de estar tentada. Eso explicaría la familiaridad con la que se tratan.

El Bagdadí le recordó los gestos de confianza que se habían prodigado públicamente, en los aposentos califales, con el califa al-Hakam y el heredero al trono yacientes en el lecho, sumergidos en un océano de sufrimiento que los hacía insensibles a lo que se producía a su alrededor. Palabras sibilinas murmuradas al oído. Caricias. El abrazo que había contenido a Subh y el llanto que esta vertía en los ropajes de su hombre de confianza.

¿Habría caído rendida la vascona ante las atenciones del gran y apuesto Almanzor?

—¿No existen rumores? —se interesó él.

—Los rumores, rumores son. Y al-Hakam no atiende a ellos.

Decidieron que no hablarían con nadie acerca de eso, y la cantidad de secretos que guardaban y se ocultaban mutuamente empezó a oprimirlos.

33

Pocas cosas habían cambiado desde la última vez que Nasir visitara aquella vivienda, salvo que ya no había largas hileras de ancianos, hombres y niños aguardando amedrentados y convalecientes a que los atendiera y sanase. Debían de haber entendido que, al trasladarse a la residencia califal, en aquel hogar no hallarían más que hierbas y algún ungüento y preparado, pero ningún tratamiento específico y personal. Allí ya no cauterizaban heridas, recolocaban huesos, realizaban cirugías, estallaban pústulas o extirpaban verrugas y otros tumores externos.

La sirvienta le abrió precipitadamente en cuanto llamó por segunda vez a la puerta. Tras penetrar en el zaguán, Nasir reconoció los aromas herbáceos que despedía el cinturón hortícola del patio interior, en el que burbujeaba una fuente de agua fresca. Un sentimiento de añoranza lo invadió de repente. Aquello era lo más cercano a regresar a Bagdad, a casa, a verse arropado por sus familiares.

Lo condujeron hasta el salón principal, donde una silueta masculina se recortaba por la luz de la mañana, que entraba a raudales y pincelaba en el suelo los motivos geométricos de estrellas que decoraban las celosías de la ventana. El hombre se balanceaba de atrás hacia delante, arrullando un bulto de mantas que sostenía entre los brazos.

—Mi señor —lo interrumpió la criada, pero él no dijo nada,

continuó de espaldas manteniendo el rítmico trote—. Tenéis aquí una grata visita.

Esta vez sí, el Boticario se volvió para encontrarse con su querido amigo, al que hacía mes y medio que no veía. Una ancha sonrisa se adueñó por entero de su rostro.

—En buena hora, amigo mío, en buena hora.

No cesó en el mecer, no fuera que la criatura reparara en la quietud y rompiera en llantos.

—Nunca es tarde para celebrar la dicha —contestó Nasir.

—Os mandé recado a Madinat al-Zahra en cuanto nació, pero supuse que la carta se había extraviado, pues no recibimos visita ni respuesta.

—Lamento haberos hecho esperar.

Desde que se había instalado en el Alcázar, no había intercambiado correspondencia con nadie, de ahí que no esperara ser el destinatario de misiva alguna. Se preguntó qué habría sido de la carta que el Boticario le había enviado y si no habría sido Almanzor el que la había interceptado con la esperanza de que su contenido lo favoreciera en la dominación que ejercía sobre él. O que creía ejercer.

—Descuidad. Acercaos, acercaos —lo invitó con la mano libre—. Venid a ver a la hermosa bendición con la que me ha obsequiado Allah.

Y Nasir, realmente emocionado por la buena nueva, se aproximó hasta el lugar soleado en el que su amigo había permanecido hasta entonces.

El reciente padre retiró con cuidado un poco de la manta para mostrarle la angelical carita, tan redonda y sonrosada que podría haber pasado por un delicioso melocotón. La pequeña tenía la frente amplia, las cejas desdibujadas por su clara tonalidad, los ojos cerrados por la somnolencia, con unas pestañas igual de rubias, y la boquita de un gorrión que pide de comer. Nasir no pudo evitar acariciarle esa naricita respingona, pero ella ni se inmutó.

—Tan bella como la madre.

—Y más guerrera que ella, os lo aseguro.

—¿Y más que el primero?

—¡Por supuesto! Dicen que los segundos siempre lo son, y esta lo demuestra a la mínima oportunidad. No os dejéis engañar por su dulce apariencia. —Rio—. Es muy revoltosa.

Le ofreció a la criatura y Nasir la tomó gustoso entre sus amplios brazos, conformando un lugar seguro en el que acunarla.

Durante años practicando el oficio de la medicina había examinado a muchísimos niños: los que se habían tragado algún objeto por la falta de supervisión materna, los que adolecían de ventosidades imposibles de expulsar, los que padecían de diarrea aguda y de vómitos, los que contraían la viruela, los aquejados de cálculo, los que tenían gusanos en el intestino. E incluso así, esa criaturita recién nacida, que bostezaba y se rozaba el rostro con sus frágiles y arrugados deditos y sus largas uñas, había despertado algo en él. Un sentimiento que le era extraño, una especie de calidez que se extendía al igual que la miel, balsámica y dulce.

—¿Son lágrimas lo de vuestros ojos, amigo mío?

Había una nota de diversión en la voz del Boticario.

Nasir no lo ocultó, alzó la cabeza y asintió para, acto seguido, sorberse la nariz e impedir que las lágrimas cayeran sobre la pelusilla de pelo de la niña.

—La corte es dura, querido amigo, extraño la simpleza de vuestro hogar. Permitidme disfrutar de este solaz al menos un rato. —Y mientras la mecía de un lado a otro, siempre bajo la luz solar, dijo—: Qué bien hicisteis en rechazar mi propuesta y quedaros aquí.

—Supe que hacía lo correcto. Mirad, mirad cómo sonríe. —Señaló la boquita que se ensanchaba, de la cual brotó un gorjeo encantador—. Hace que el corazón me palpite a toda velocidad.

Nasir creía entenderlo, aunque lo cierto es que jamás lo entendería, no hasta que lo experimentara por sí mismo. No puedes ponerte en la piel de un padre cuando nunca has plantado tu semilla en tierra fértil, como no puedes adoptar el sufrimiento de un moribundo cuando nunca has estado rozando el mundo de los muertos.

—Qué inmensa dicha —comentó, abrumado por el torrente de emociones—. Allah te cuide toda la vida, querido amigo, para que así puedas cuidar tú a tus pequeños.

El orgulloso padre comenzó a relatar el proceso de labor, que se había iniciado en una de esas noches de tormentas y granizo, cuando la virtuosa esposa abrió los ojos y se incorporó en el lecho. «Aseguraos de encontrar a la partera y a Bashira, porque estoy a punto de expulsar esta criatura y no desearía tener que enfrentarme de nuevo a este tormento sin ellas aquí presentes», le había dicho.

Desde entonces todo habían sido mantas, ropa de cama limpia, agua calentada en la lumbre, rezos a deshoras y algo de medicación para paliar el sufrimiento. Por suerte, las hierbas medicinales no tardaron, habida cuenta de que en la despensa del hogar se almacenaban muchas. Hubo sufrimiento, gruñidos, jadeos y llanto, además de infinitas súplicas.

La narración fue interrumpida por miles de halagos que denotaban el amor que el Boticario profesaba a su mujer. La llamó valiente, osada e inquebrantable en ánimo y en espíritu, en cuerpo y alma. Porque había que ser valiente, osada e inquebrantable para parir así, cual jabata. No una, sino dos veces. Admiraba su fortaleza y su entereza.

—Salió de un empujón —le contó, con la conmoción constriñéndole la garganta. Entonces era él al que se le acumulaban las lágrimas—. Parece que esta niñita tenía prisa por ver el mundo.

Como si la pequeña supiera que hablaban de ella y quisiera participar en la conversación, mostrando así su conformidad, emitió un bostezo y se agitó entre las mantas. Luego, ya relajada de nuevo, exhaló un suspirito.

—Lo del empujón habremos de preguntárselo a vuestra esposa y a las buenas mujeres que la acompañaron —dijo Nasir, que no se detenía en el paseo por la estancia.

—Los gritos eran los de una mujer a la que están abriendo en canal. Creí que se moría o que me moría yo de solo oírla sufrir así; no podéis imaginar la llantina y el miedo del niño, que no entendía qué sucedía. Pensé que no haría falta ni escribiros, que esos aullidos ya os habrían alertado.

—Lamento haberme perdido la ocasión.

Sus palabras eran sinceras.

Deseaba haber compartido con él las horas previas al nacimiento, horas que se alargarían hasta la madrugada y en las que ellos habrían tomado vino mientras aguardaban, pese al tormento vivido en la alcoba anexa. Lo habría calmado en los momentos en los que la fatiga lo venciera y le habría recordado que Bashira era una médica excelente y la comadrona, audaz y sensible, una mujer de manos suaves que sabía lo que hacer cuando la naturaleza se volvía cruda. Por Allah, alumbrar no es asunto baladí, pero ellas, expertas en la medicina femenina, ya habían demostrado su pericia y habían traído al primero de sus hijos sano y salvo. Y lo habría incitado a echar otro trago para así ahogar los nervios y las preocupaciones.

El Boticario posó la mano sobre su hombro y ejerció un débil apretón que pretendía reflejar redención y consuelo.

—Ya estáis aquí —dijo animoso—. Y mi abuelo no dejará que os vayáis con tanta celeridad.

Así fue.

El anciano Hamal apareció en el modesto salón después de que la humilde criada lo despertara de un confortable sueño. Se había tumbado en el mullido catre de una de las alhanías, y allí había caído dormido durante buena parte de la mañana, a pesar de que la tos seguía molestándole, el sueño le era esquivo y los esputos sanguinolentos persistían.

Su apariencia de pajarito desvalido se mantenía intacta, tan delgado que se le notaban las costillas pese a la amplitud de las vestiduras. Anduvo con pasos vacilantes, ayudado por la mujer, que hacía las veces de sostén, y, al llegar hasta donde Nasir se encontraba, lo abrazó. Las lágrimas se agolparon de nuevo en los ojos del Bagdadí.

—Bienvenido a casa, hijo mío —lo saludó con efusión.

—Bendita sea vuestra hospitalidad.

La criada sirvió algunas viandas con las que la familia agasajó al invitado y luego le pidió al Boticario que le entregara a la pequeña, que ya hacía rato que reposaba entre sus brazos. El padre habría querido mantenerla a su lado, con la atención dividida entre la comida, la bebida, la conversación, su amigo y su hijita, a quien gustaba de contemplar mientras esta dormía. Sin embargo, la niña comenzó a revolverse y a gimotear pidiendo alimento y, siendo imposible que él la amamantara, al final razonó y se la tendió a la mujer, quien se la llevó consigo.

No fue hasta que quedaron a solas, lejos de oídos indiscretos, cuando Nasir les confesó el motivo de la visita. Para ello, dejó la jarrilla de vino sobre la mesa y se inclinó hacia delante.

—No tengo permitido comentar lo sucedido en la corte en estas últimas jornadas, amigos míos, pero recurro a vosotros en busca de ayuda.

—Lo que necesitéis —le ofreció el Boticario.

Su abuelo asintió, siempre solícito.

—Os rogaría que no le contaseis a nadie lo que se ha hablado entre estas paredes.

Y los hombres lo juraron.

Nasir les refirió el trágico envenenamiento, pero se cuidó de mencionar que los afectados eran el califa al-Hakam y el heredero al trono, el príncipe Hisham. Les describió con precisión las huellas que había dejado la ponzoña en sus cuerpos y la discusión que los médicos de palacio y él habían tenido acerca del posible mal cruce con el vino o la comida, lo que habría ralentizado los demoledores efectos.

Hamal y su nieto fingieron que no habían adivinado la identidad de las víctimas y hablaron en todo momento de tres hombres cualquiera que se habían cruzado en las viles intenciones de un malhechor.

—Con esos síntomas podrían ser una infinidad de sustancias —respondió el Boticario—. Hay muchas que se confunden con facilidad al atacar el mismo órgano y de idéntica manera.

—Si uno de los desafortunados hubiera sucumbido al veneno, quizá habrían emergido nuevos síntomas tras un par de horas del fallecimiento, permitiéndonos dilucidar sobre su naturaleza —contempló el anciano—. Algunos son muy esclarecedores, como la lengua inflamada y amoratada.

—Todos han sobrevivido. —Buscó en el fondo de la jarrilla una pizca de valor para formular la siguiente pregunta—: ¿Ha acudido alguien a compraros una hierba que pueda ocasionar estos efectos?

No quería que sus amigos confundieran su reencuentro con un interrogatorio en el que planeaba sobre ellos la sospecha.

—Todo lo que hemos vendido ha sido inocuo y benigno, pero ya sabéis que las hierbas tienen múltiples propiedades y, si se consume una dosis mayor a la recomendada, pueden generar la muerte.

Sí. Un pellizquito de más de ruda era fatal.

—¿Y alguien ha comprado aquí algo así? —Negaron—. ¿Conocéis a algún boticario o droguero que haya suministrado esas hierbas u otras parecidas?

—En Córdoba ya somos muchos —se excusó el Boticario—, así pues imaginaos en todo al-Ándalus... Además, están los judíos, que son bastante habilidosos en la ciencia de la medicina.

Nasir resopló, frustrado por la inutilidad de sus pesquisas.

Quizá ya era hora de que asumiera lo que días antes le había dicho a Lubna, que, de no averiguar qué veneno había sido empleado en el intento de regicidio, solo les quedaría aferrarse al hecho irrefutable de que habían salvado tres vidas.

—Hablad con Bashira —le sugirió el Boticario— o con alguna partera de gran fama. Dicen que hay plantas abortivas que podrían parar algo más que el latido del corazón de un bebé. El de la propia madre —añadió—. El veneno es cosa de mujer.

—Nasir, hijo mío... —dijo el anciano con cierto pesar antes de que le sobreviniera un acceso de tos—. ¿En qué peligrosas imprudencias andáis enredado para venir aquí hablando sobre venenos y antídotos?

El Bagdadí chasqueó la lengua y se pinzó el puente de la nariz. No había reparado hasta entonces en el extremo cansancio que arrastraba desde hacía días. El fatídico incidente le había robado la seguridad que desprendían los guardias del Alcázar, una sensación que había mermado desde la amenaza no tan velada de Almanzor. Y si bien había recuperado algo de emoción y esperanza tras oír al califa pronunciar «el libro» y percibir el nerviosismo en Lubna —lo que aseguraba la existencia de este—, no había disfrutado de esas emociones que deberían haberlo vinculado nuevamente con la realización del sueño que abrigaba su padre antes de morir.

Durante unos minutos barruntó la idea de desvelarles lo que lo había traído hasta Córdoba, pero temía que sincerarse sobre el manuscrito perdido y el dilema moral en el que se hallaba inmerso —Almanzor mediante— pudiera poner sus vidas en riesgo. Y es que el administrador de bienes del príncipe y la Gran Señora se lo había prevenido con palabras sibilinas. Había dos opciones: o se ceñía al pacto que habían acordado y le entregaba la página, o lo denunciaba ante al-Hakam y salía de Córdoba con los pies por delante. Ninguna de las dos le parecía demasiado prometedora; no obstante, pensar que la amenaza pudiera extenderse a sus amistades lo inquietaba.

Así que, no pudiendo ofrecerles la verdad de la situación, aprovechó para expresar sus sentimientos con respecto a Lubna. Les habló de su intelecto, de la voracidad con la que leía y la agilidad con la que componía poemas, de su hermosa y pulcra caligrafía, y de su magnífica memoria. Adornó el retrato con esa belleza peculiar de rizos negros y ensortijados en los que deseaba hundir los dedos, de nariz aguileña, de mandíbula cuadrada, cúmulo de lunares y cejas espesas.

Y les preguntó cómo era posible que su mera presencia le reconfortara y que con solo mirarla un calorcito muy agradable se le instalara en el pecho, desvaneciendo su ansiedad. Cuando estaba a su lado, sentía que pertenecía a un lugar, y ese lugar nunca era Bagdad, ni Córdoba ni Madinat al-Zahra.

—No os molestéis en buscar el amor —le dijo Hamal con una sonrisa desdentada y el brillo en los ojos de aquel que sigue fervientemente enamorado—, que vuestro nombre y el suyo llevan escritos desde hace más de mil años.

Llegó a Madinat al-Zahra bien entrada la noche y al Alcázar califal aún más tarde. La oscuridad le había sorprendido en el hogar del Boticario, donde habían estado celebrando el nacimiento de la pequeña, que ya empachada de leche materna había vuelto a los brazos de su feliz progenitor. Recetó nuevos remedios a Hamal, por si la tos y la baba de sangre remitían ante una pócima compuesta de ingredientes distintos, y prometió visitarlos más a menudo, aunque en realidad no quería permitirse tamaño lujo hasta que no resolviera sus conflictos en la corte.

Ahíto de viandas y vino, Nasir deambuló por el recinto palatino con el pensamiento enfocado en la necesidad de refrescarse cara, manos y cuello y tumbarse en el suave lecho. Para su desventura, el sueño no le sería propicio.

Un grito desgarrador reverberó y le pinzó los tímpanos.

Un grito lejano, que sonaba a quien ha sido alcanzado por el acero de un cuchillo.

Un grito que nunca había oído, pero que era inconfundible por la cadencia de la voz.

Lubna.

34

Caminó sin los típicos alcorques utilizados en los baños, evitando el sonido de las suelas de corcho contra el suelo encharcado de agua, un chapoteo que habría delatado su presencia. Al no portar candil y haberse ocultado ya el sol, las estrellas que tachonaban el oscuro cielo y la luna argéntea eran la única fuente de luz que penetraba en las salas del Hamman Real. Por eso, era incapaz de observar nada más allá de sus narices. Por eso, con la mano izquierda extendida reconocía los fríos muros, perlados de vapor. Resguardada entre sus vestiduras, la mano derecha empuñaba un cuchillo afilado que le habían suministrado una noche atrás.

Siguió con paso silencioso la usual ubicación de las instalaciones balnearias, memorizada hacía tiempo. Primero, el vestuario; a continuación, las letrinas, justo a la entrada; luego, las diferentes salas.

Cuando sus ojos se hubieron acostumbrado a la oscuridad, distinguió las losas de mármol del suelo pavimentado y los zócalos de idéntico material. En tonos ocre, azul y blanco, se habían utilizado para resaltar un área en la zona central sobre la que se erigía una gran pileta de agua fría. En esta y en las desperdigadas por la sala, se realizaban las abluciones antes de las correspondientes oraciones. No se trataba de pilas de agua al uso, sino de sarcófagos de época romana que, habiendo sido despojados de sus moradores, habían quedado vacíos y listos para ser reutilizados.

Era irónico que la desgracia terrenal de unos fuera la salvación espiritual de otros.

Atravesó la estancia y llegó por fin a la de agua templada. De planta cuadrangular, las bóvedas se sostenían por hermosos arcos de herradura y columnas de mármol negro y ocre. Era la sala más popular por la inmensa piscina en la que se solían recrear el califa, su familia y sus honorables invitados, y contaba con una decoración exquisita, constituida por pinturas murales a la almagra y motivos vegetales. La techumbre no desmerecía el conjunto: la bóveda había sido agujereada con unas estrellas de cinco puntas que simulaban un espectacular cielo nocturno y dejaban traspasar la luz del exterior.

El calor concentrado ascendía, generando una suerte de neblina que dificultaba aún más ver con claridad. Al no haberse despojado de los ropajes, el sudor le bañaba las sienes, cayéndole por la nuca, empapándole la espalda y adhiriéndole la fina tela a la piel. Empezaba a costarle contener los jadeos casi tanto como continuar con su camino, aunque no habría de llegar mucho más lejos; no cruzaría hasta la sala de agua caliente.

Amusgó la vista y entre las nubes de vapor encontró una figura femenina de cabello chorreante y desnudez absoluta. Ante la imagen, aferró con fuerza el cuchillo, todavía oculto entre los pliegues de las vestiduras. En cuanto lo sacara de su escondite, este refulgiría anunciando su presencia, sus intenciones.

Se acercó.

Y se acercó.

Con la respiración contenida en los pulmones y el ansia bulléndole en su fuero interno, hizo acopio de paciencia; el valor ya lo había demostrado escanciando el veneno en la comida predilecta del califa y su heredero.

Su víctima aún no había reparado en los ojos que la observaban, en la mano cruel que habría de ejecutar su sentencia y la condenaría a un triste final. Ignorante, nadó con escasa soltura hasta el borde de la alberca y posó los pies en los escalones para abandonar las templadas y reconfortantes aguas. Al emerger, se calzó los alcorques y ganó en altura, pero no la suficiente, y dejó al descubierto su arrugado pellejo, más por el exceso de tiempo sumergida que por la edad.

Se acercó un poco más.

Y un poco más.

Allí la niebla lucía menos densa, lo que le permitía apreciar los detalles de aquella piel perlada de diminutas gotitas que resplandecían a la luz de las estrellas, semejantes a preciados diamantes, y de aquella melena mojada, chorreándole por la columna vertebral a la vez que formaba peligrosos charcos en el suelo.

Lo había meditado mucho. Los Baños Reales eran ideales para que un asesinato pasara por accidente, pues la bruma que lo empañaba todo, el agua que se derramaba de las piscinas y la superficie resbaladiza podían ocasionar más de una muerte prematura. Un empujón que se confundiría con unas pisadas erróneas, un traspiés, un grito ahogado, un mal golpe en la cabeza y el chasquido de una nuez al quebrarse. El reguero de sangre habría cuajado en torno al cadáver y nadie lo descubriría hasta la mañana siguiente.

Qué sencillo habría resultado. Al fin y al cabo, en los *hammamat* se entrelazaban la vida y la muerte, dos caras de la misma moneda.

Una caída podía ser o no ser fulminante, las heridas en la cabeza eran harto escandalosas, a la mínima brotaba la sangre. No quería dar por muerta a la esclava bibliotecaria y descubrir que solo había perdido el conocimiento y sufrido una grave lesión. De ahí la razón del cuchillo.

Lo asió con más fuerza, el mango clavándosele en la palma de la mano.

Y se acercó.

Debía cumplir con lo encomendado, sin vacilar, sin cuestionarse sus actos. Sabía muy bien que no habría recompensa sin un sacrificio y deseaba esa recompensa más de lo que había deseado nada en este mundo.

Así que acortó la distancia y, esta vez sí, extrajo el arma.

Quizá porque su respiración le sopló en la nuca o quizá porque su sombra se proyectó en las paredes, la mujer adivinó que una silueta la cercaba. Se giró para contemplar el rostro de quien sostenía el cuchillo y sonrió.

No tuvo tiempo para suplicar y pedir clemencia. Tampoco se le habría concedido.

El afilado acero cayó sobre ella con dureza y determinación, sajándole las carnes, hundiéndosele en el hueco de las clavículas, seccionándole las venas que por allí transitaban cargadas de sangre. El líquido bermellón salpicó por doquier.

Una puñalada.

Y la sonrisa se evaporó de inmediato. Sus facciones armoniosas se contrajeron en una mueca de sufrimiento y agonía, una máscara mortuoria que llevaría de forma perenne hasta que la enterraran.

Una segunda puñalada.

Los párpados le temblaron y se le emborronó la visión.

Una tercera.

Y otra.

Y otra.

Lo último que dijo antes de exhalar el exiguo aliento que le quedaba en su marchito cuerpo fue el nombre de su verdugo.

35

Lubna vio más sangre aquella noche que la que había visto durante toda su vida. El grito de espanto se le atoró en la garganta y el candil se precipitó de sus temblorosas manos, devolviendo las tinieblas a aquella sala de agua templada dentro de los Baños Reales.

Durante unos segundos permaneció allí de pie, inmóvil, tratando de asimilar la terrible imagen que presenciaba. La charca era del color del vino aguado, un gules que se intensificaba a la luz plateada de la luna y se tornaba borgoña allí donde un cuerpo inerte flotaba errante, todavía supurando a través de las crueles heridas abiertas.

Reconocía esas carnes arrugadas y flácidas, esos huesos débiles que se quejaban con un crujido, esas canas blanquecinas que antaño fueron de un moreno oscuro que se acercaba al negro. Muzna yacía bocabajo, con las extremidades desmadejadas y los cabellos mecidos por la suavidad de una marea inexistente, con la piel salpicada de gotas sanguinolentas y una desnudez que gritaba ultraje. Y es que abandonamos este mundo del mismo modo que llegamos a él: sin ropajes que oculten las vergüenzas, solo envueltos en orín y heces, en el espesor de la sangre coagulada, acompañados por un calor que parece apaciguarse y una oleada de miedo y llanto.

Habían hablado esa misma mañana, reunidas en torno a una mesa de escasa estatura sobre la que reposaban deliciosos manjares, entre ellos pasteles dulces —fritos y horneados—, fruta de temporada, queso, pan de harina blanca, zumos y vino. Lubna arrastraba las ojeras de las últimas noches insomnes; en cambio, en Muzna se notaba menos el cansancio, pues las bolsas que colgaban bajo sus ojos no mudaban. Lo que sí se había adherido a ella era un resfriado común que el Bagdadí le trataba con remedios simples pero efectivos.

Para el repentino dolor de anginas le había recetado unas gárgaras hechas con rosa, leche fresca de vaca, zumo de uva, miel —no azúcar— y agua de endibia, de manzana ácida y de hierba mora. Y para la persistente mucosidad: beber mucha agua, zumo de limón y, por supuesto, acudir a los baños, donde el vaho le abriría las fosas nasales permitiéndole respirar un poco mejor.

Como venía siendo usual en su estrecha relación, Lubna había picoteado de aquí y allá a la par que exhibido con franqueza sus muy diversas cuitas. Que si el envenenamiento de su señor al-Hakam, que si su paulatina recuperación y el miedo que lo asolaba.

La cercanía con la muerte lo había vuelto un viejo que rilaba ante cualquier adversidad, perdidos ya la fortaleza y el dominio que solía ejercer. «He visto cosas horribles, Lubna», le había confesado con un hilillo de voz que daba pena. «Mientras el veneno actuaba, yo estaba muy muy lejos, no aquí en mi Alcázar, ni siquiera en mis tierras. Estaba lejos. Muy lejos. Más lejos de lo que la vista alcanza. No sé muy bien dónde». Y ella le había sostenido la mano, atenta a sus palabras. El califa aún estaba más allí que aquí, pues hablaba con frases inconexas, a retazos. «He visto cosas horribles —le había repetido—, y tuve miedo».

Por entonces, Lubna había pensado que se le habían aparecido los contornos difusos de aquellos a quienes amó: su padre, el honorable Abd al-Rahman III; su madre, la bienamada Maryan; la tercera esposa de su progenitor, la hermosa Mustaq. En realidad, estaba segura de que Maryan era el espectro que lo visitaba más a menudo, y que esos eran el preludio de una muerte ya anunciada. Sin embargo, los muertos habrían de aguardar un poco más, pues el califa al-Hakam al-Mustansir billah, Príncipe de los creyentes, se recuperaba de aquella ponzoña.

Entre sus preocupaciones no solo se hallaba su señor, también estaba su rebelde discípula, que parecía deseosa de ascender pero no de aceptar sus nuevas obligaciones.

—Qamar no... —Había negado, intentando deshacerse de los pensamientos negativos que la atosigaban—. Qamar no lo entiende.

—Es difícil de entender —le había dicho Muzna, siempre alzándose como mediadora.

Pero ella no se refería al manuscrito perdido, o no en su totalidad. Era la tarea en sí misma.

—Ella no es como nosotras. —Cada vez que lo decía en voz alta se sentía una pésima maestra—. Talid y yo ya lo hemos hablado en infinidad de ocasiones; le gana la codicia y hoy lo ha vuelto a demostrar. No percibe la riqueza en el conocimiento que encierran los libros, solo entiende de oro y gemas preciosas, de belleza y vanidad, por eso desvirtuó el manuscrito Omeya frente al *Dioscórides* del emperador de Bizancio.

A ojos inexpertos, el manuscrito perdido habría pasado por un simple volumen añejo. El *Dioscórides*, sin embargo, estaba ilustrado y sus letras habían sido escritas con el color brillante del oro recién pulido. Hasta un ciego con su sensible tacto habría preferido el segundo.

—Eso es un problema —sentenció Lubna—. Nunca llegará a comprender el verdadero valor que reside en lo que hacemos.

Muzna hizo un gesto desdeñoso con la mano que venía a insinuar que Qamar aún era joven y le quedaba mucho por aprender, mucho por descubrir, y que la edad otorgaba más experiencia que sapiencia. Y la experiencia era la máxima por la que se regía la mayoría de las personas llegadas a cierta edad.

—El problema es que no crees en ella —atajó con ese tono gangoso propio de la congestión nasal.

—Lo hago, es solo que...

Pero su maestra no le dejó terminar aquella frase preñada de viles mentiras o inútiles justificaciones. Porque de nada valía que le mintiera, a ella, que había sido maestra, confidente, amiga.

—No —acotó—. No crees en ella. Lubna... —dijo su nombre con paciencia, pero no continuó hasta que hubo tragado el pastelito que masticaba—. Has sido la mejor *katiba* que ha tenido la dinastía Omeya, has sobrepasado a todas las féminas que estaban destinadas a este oficio incluso antes de que tú nacieras. La palabra excelencia ha cobrado sentido a partir de tu ejercicio. —En su voz se traslucía el orgullo.

—Las habrá mejores —le aseguró tratando de refrenar el azoramiento que le había tiznado las mejillas de arrebol.

La anciana esbozó una tierna sonrisa, más propia de una madre que de una tutora que ha presenciado los éxitos de su discípula. Le dio unos golpecitos en la mano y dijo:

—La sombra que dejas es la de un ciprés, demasiado alargada para que alguien la esquive. Las que te sucedan no podrán evitar la dolorosa comparación, mucho menos Qamar. Y si Qamar no fuera Qamar, si fuera otra... tampoco podría.

—¿Qué he de hacer entonces?

—Sé benévola, que ella se lleva la peor parte, la de saber que nunca será suficiente, e incluso así está condenada a proseguir y andar tus mismos pasos. Déjala ser lo que le pertenece, no lo que esperas que sea.

Lubna poco más pudo añadir.

Habían pasado casi tres lustros desde que Muzna la arropara e hiciera sangre de su sangre sin haberla parido, desde que la enseñara y la admirara en completo silencio. Ya adulta, resuelta y audaz, seguía necesitada de ella y sus opiniones, siempre tan sensatas y lógicas.

En ese preciso instante en el que el tiempo se plegaba a su antojo, Lubna solo podía pensar en que desde esa última conversación apenas habían transcurrido unas horas. En un parpadeo, la mujer que la había instruido y guiado en el camino de la vida era un despojo de carne y cuchilladas que navegaba por un remanso de agua tibia. Fue entonces cuando articuló ese aullido agónico, gutural y atroz, un quejido ensordecedor que resonó en las paredes almagras de los Baños Reales y escapó por los lucernarios que decoraban las cúpulas.

Enajenada por el sentimiento de pérdida, se adentró en la piscina. El agua le llegaba por el pecho y todavía calzada se impulsó a pequeños saltitos, ayudándose de los brazos, que iban generando olas a medida que avanzaba. Tropezó y perdió uno de los alcorques, luego otro; sin ellos casi no hacía pie, así que, al no alcanzar el fondo de la piscina, hubo de nadar para llegar hasta el cadáver.

Se abrazó a Muzna al igual que un náufrago a los maderos que pertenecieron a su barcaza. Y entre jadeos, resolló:

—Aguantad. Aguantad.

El agua carmesí le rebasaba la barbilla y se le metía constantemente en la boca.

Giró el cuerpo de Muzna casi sin esfuerzo, con la esperanza intacta y palpitante, deseosa de que despertara y de sus labios emergiera toda el agua tragada. Pero la escena fue aún peor y quiso arrancarse los ojos. Desde allí y con la oscuridad cerniéndose sobre ambas, solo atinaba a vislumbrar esas marcas violentas y profundas que eran jirones en la frágil y tierna piel, esos senos caídos que presentaban una hilera de tajos.

—Aguantad. Aguantad —suplicaba mientras la trasladaba por la alberca, dejando detrás de ella un inmenso reguero rojizo de muerte y desolación.

Por fin logró arribar al borde y allí se detuvo, exhausta y

llorosa. Tenía la visión nublada a causa de las lágrimas, que le abrasaban las mejillas para luego confundirse con la inmensidad del agua que las mecía. El aire se le escapaba de los pulmones y, por más bocanadas que daba, nada la satisfacía. Gritó en un vano intento de llenarse, quizá de rabia, quizá de coraje.

De repente, un par de manos desconocidas aferraron el cadáver de la anciana y se lo llevaron. Lubna se desgañitó de pura desesperación y, alterada, elevó los brazos para capturar de nuevo a Muzna y mantenerla a su lado, aunque la piscina no era precisamente el lugar en el que la mujer debía reposar.

La esperaba Allah.

—No. No. —Fue lo único capaz de pronunciar mientras daba manotazos al aire.

Quería que se la devolvieran, que la dejaran abrazarla y acunarla en su regazo. Que le permitieran lavar esas horribles heridas infligidas por una mano cruel, y coserlas con aguja e hilo como quien borda miles de flores en un paño blanco.

Si se apiadaban de ella, si le dejaban, le peinaría los cabellos con sus propios dedos, deshaciendo los nudos que a veces complicaban el paso del cepillo de púas de nácar. La perfumaría con ámbar y le aplicaría algo de rubor en las mejillas para simular que todavía había sangre circulando por sus venas. La vestiría con unos ropajes de fina seda y la aderezaría con colgantes pesados de plata, porque Muzna nunca gustó de oro. Qué apropiado que rindiera el alma a la luz argéntea de la luna.

Pero se la habían arrebatado incluso allí, en mitad de la pútrida alberca. Y Lubna apenas contenía la imperiosa necesidad de arrancarse los mechones de su propia melena, de arañarse la cara con las manos, de hacer visible de alguna forma aquel dolor punzante que la dejaba rota.

Unas garras distintas descendieron y la asieron por las axilas tironeando de ella, la elevaron y depositaron en el suelo encharcado. Lubna, completamente ciega y sorda —pues ni veía el contingente de guardias que allí se había desplegado ni había oído sus pasos— gateó desollándose las rodillas y se abalanzó sobre Muzna, cuyo cuerpo habían colocado no demasiado lejos.

—No me dejes —sollozó sobre aquel pecho desgajado—. No me dejes.

Muzna no podría escucharla ni aunque esa hubiera sido su última voluntad. De haberlo hecho, se habría aferrado a la vida y habría peleado con uñas y dientes.

Presentaba un rictus sereno, pese al sufrimiento que debía haberla sacudido, y, fuera del agua templada, la exangüe y mortecina piel era de la untuosidad de un óleo ceremonial; cualquiera que le pusiera un dedo encima peligraba con resbalar. Desprendía helor al mínimo contacto y los labios habían comenzado a tonarse de un azul que llamaba a la decrepitud.

Reparar en esas pequeñas diferencias que no eran diferencias, sino la corta distancia que separaba la vida de la muerte, derrumbó a Lubna. La desesperanza dio paso a la ira y entonces se sorprendió a sí misma golpeando la desnudez de Muzna mientras bramaba colérica:

—¡No puedes dejarme! Prometiste que no me dejarías. —La sacudió—. ¡Despierta! ¡Despierta!

La escena era desgarradora y grotesca, y ninguno de los presentes sabía muy bien cómo actuar. Las féminas de la servidumbre bisbiseaban asustadas ante aquel errático comportamiento, tan poco común en Lubna. Los hombres dudaban de si intervenir, pues aún esperaban a que alguien de mayor autoridad se personara en los Baños Reales y diera órdenes. Un visir o quizá Almanzor. Cualquiera les valía con tal de no tener que tomar una decisión que pudiera acarrear la ira del califa y unas consecuencias nefastas. Finalmente, llegaron a la conclusión de que la esclava destrozaría el cadáver si continuaba descargando sobre él esa locura frenética.

Entre un par la apresaron y la alejaron de Muzna. Ella pataleó y gritó, se revolvió e intentó deshacerse de aquel agarre ignominioso que la mantenía en volandas. Solo cesó en su oposición cuando el aroma de hierbas trituradas y maceradas con agua y aceite que precedía a Nasir la golpeó. Allí estaba él, alertado por los gritos, extenuado y cubierto por una pátina de polvo, fruto del pequeño viaje.

—¡Por el amor de Allah, soltadla! —rugió el Bagdadí, indignado ante la escena: Lubna alzada en brazos, cual botín de guerra a punto de ser repartido, y Muzna ahí tirada, yaciente, amoratada, pálida.

Y no habiendo autoridad superior en esos momentos, los guardias consintieron. Lubna tocó el suelo con sus pies descalzos y se arrojó a sus brazos. Lloró y murmuró palabras ininteligibles, balbuceó maldiciones que jamás había pronunciado, ni siquiera imaginado.

Por primera vez en veintiséis años, Lubna de Córdoba anhelaba algo más que belleza o sabiduría: anhelaba justicia. Pena capital para quien hubiera cometido aquella salvajada.

36

Había errado por muy poco.

Pero es que habría jurado que era ella, que la figura femenina que nadaba apaciblemente entre las tibias aguas de los Baños Reales no era otra que Lubna. Puede que sus ojos, que había creído ya habituados a las tinieblas, le hubieran engañado. O puede que el vaho de la piscina, la oscuridad y el tenue resplandor de las estrellas ocultaran la verdadera identidad de su víctima hasta el último instante, en el que ya asía el cuchillo y se disponía a rebanarle la vida.

No había tenido elección. La anciana le había mirado a los ojos y le había reconocido, y la avanzada edad, que tan sabios nos hace, le había susurrado sobre sus pérfidas intenciones y los actos ruines y deleznables que había cometido. Por eso, le había sonreído.

Así pues, con el alma desnuda comprendió que, si no dejaba caer el frío acero y la desangraba allí mismo, Muzna descubriría el ardid que ya llevaba tiempo tejido y lo señalaría en presencia de su señor al-Hakam. Alertado el califa y su corte, tirarían de los hilos y eso les conduciría a todos los implicados. Caerían. Caerían uno a uno. Serían apresados, encerrados en la cárcel con tintineantes y demoledoras cadenas de hierro, y los matarían de hambre y sed. A base de torturas les quebrarían la voluntad, solo por asegurarse de que ninguno hubiera escapado a sus redes, solo para gozar de la actitud deprimente de aquellos que trataron de alzarse en rebeldía y de la desesperación que los animaría a inculparse unos a otros. Cuando les llegara el juicio y la correspondiente pena —la muerte— estarían hasta agradecidos, porque mejor en el ardiente Infierno que en las malolientes y putrefactas mazmorras. Entonces, los decapitarían y clavarían las cabezas en altas lanzas, al igual que la de Ibn Abd al-Salam, y emplazarían en alguna puerta del antiguo Alcázar cordobés. Allí quedarían expuestos sus restos como advertencia para quienes se hallaran tentados de incurrir en traición y asesinato. Los cuervos se darían un buen festín a su costa.

El peligro que corrían era tal que la había matado por seguridad. Por pura supervivencia. Y, en el fondo de su corazón, lo lamentaba. Lamentaba haberle dado una muerte tan poco pacífica, tan poco natural, tan inmerecida, tan indigna de una mujer como Muzna, la buena de Muzna.

Pobre Muzna, que vieja y frágil se había cruzado en su camino sin saberlo y había pagado el precio de su equivocación.

Pobre Muzna, que descontaba días de senectud y, sin embargo, aún no le debería haber llegado la hora de partir hacia el Paraíso. Honrosa y apreciada mujer, seguro que Allah le tenía reservado un buen lugar allí arriba.

Ya con las vestiduras manchadas de sangre y el arma homicida en la mano, escuchó unos pasos que se acercaban seguidos de la luz de un candil. Pensó que debía de ser Lubna, que acudía al encuentro de su maestra, cumpliendo así con la rutina que habían impuesto desde que Muzna contrajera un molesto resfriado y el Bagdadí le recomendara respirar entre los vapores de los Baños Reales. Pero nada había salido según lo previsto: ni la afección del califa por el tóxico ni el asesinato de Lubna. Así que le asaltaron las dudas. Podía no ser ella. Podía ser otra fémina de la servidumbre a la que le apeteciera un baño nocturno o una criada o esclava que venía a recoger algún afeite olvidado.

Las pisadas y el fulgor se intensificaron. Observó el puñal que portaba, las gotas que le delataban, la rabia y el miedo constreñidos en su puño, probablemente también en su faz, y, por último, observó a Muzna. El avejentado y majado cuerpo se había precipitado al agua de la piscina y coloreado toda ella de bermellón. Si le encontraban allí de esa guisa, no tardarían en prenderle y declararle culpable.

Con presteza y sigilo, se camufló entre la negrura y la espesa bruma del ambiente caldeado, a medio camino de la sala de agua caliente, y desde allí contempló la grotesca escena. Lubna perdiendo la lumbre que la iluminaba. Lubna gritando desesperada. Lubna lanzándose a la charca y recogiendo el cadáver de su bienamada maestra. Lubna suplicando.

Aferró con fuerza el cuchillo y se propuso aguardar hasta que la bibliotecaria emergiera de la piscina. Entonces, cuando se hubiera agachado para evaluar los daños de Muzna y llorara sobre el cuerpo marchito, saldría del escondrijo que le ofrecía aquel pasillo y, sin vacilar, se abalanzaría sobre ella.

Pero Allah debía de haber protegido a Lubna de Córdoba, porque, ya a punto de abandonar las sombras, resonó entre los muros de los Baños Reales un ruido, el que anuncia un fuerte correteo. Un correteo de naturaleza masculina. La guardia había oído los chillidos agónicos de la bibliotecaria y acudía en su auxilio.

A sabiendas de que ya no había nada más que hacer, maldijo en su fuero interno. Y, con el amargo sabor de la derrota, se retiró de aquella partida tan mal jugada.

Siempre le habían aconsejado que debía elegir las batallas que librar, pues solo así evitaría perder la vida por motivos tan necios como injustos. Se recordó que huir no era de cobardes, que aún debía ver un nuevo amanecer y que un futuro brillante y cegador le aguardaba. Estaba ahí, al alcance de su mano. Si estiraba los dedos ya casi podía rozarlo.

Escabulléndose, se internó en la sala de la caldera, donde se calentaba el agua que discurría por debajo del suelo y se vertía en las enormes albercas de agua templada y agua caliente. Se ocultó, a la espera de que los baños quedaran desangelados y la amenaza invisible que pendía sobre su cuello desapareciera.

37

Los hermanos al-Harrani acudieron a observar las mortíferas heridas, pero poco tenían que evaluar; fuera cual fuese el diagnóstico, la realidad seguía siendo la misma. Muzna había fallecido. Así que los médicos no podían hacer más que levantar el ultrajado cadáver, examinarlo y ratificar que ya solo era eso: una carcasa vacía, todo piel y huesos. Hubiera sido recomendable que aquello lo hiciera una mujer, y Nasir pensó en llamar a Bashira. De esa manera, unas manos dulces y suaves, unas manos femeninas, se encargarían del proceso de limpieza y acicalamiento.

A Lubna la echaron de los baños por haber perdido la cordura y negarse a que nadie más que ella tocara el cuerpo mutilado de la anciana. No quiso librarse de la suciedad que la cubría, había rechazado lienzos limpios que la despojaran de los surcos de *kohl* negruzco, de la sangre adherida a su rostro y naciente de las entrañas de su maestra. Caminó por los pasillos de la residencia palatina con la vista fija en ninguna parte, dejándose manejar por Nasir, quien la había resguardado bajo una pelliza y la guiaba de camino a sus aposentos. En el suelo de mármol blanco iba dejando la impronta de sus pisadas, unas gotas de agua que se mezclaban con los residuos de sangre. Parecía que chorreara el vino más delicioso.

—Os prepararé una tisana —le prometió él, asestándole unas fuertes caricias en el brazo para infundirle algo de calor corporal— y luego dormiréis.

Aquella simple mención la sobresaltó; era un animalillo asustado al que ante cualquier ruido se le eriza el pelaje.

—No me dejéis sola —le rogó en un murmullo quedo.

Nasir la envolvió aún más entre sus brazos, chistó para tranquilizarla y la condujo por los pasajes de yesería.

—No os dejaré sola.

Pero Lubna ya había oído esas promesas antes y sabía que muy pocos las cumplían. Muzna no había podido.

—Ni siquiera para preparar la tisana —insistió acongojada y aterida.

Él asintió.

—Ni siquiera para preparar la tisana. —Durante un breve segundo, Nasir cerró los ojos y le besó la coronilla, igual que días atrás—. Pediré que Abulcasis os la haga mientras esperamos juntos.

Lubna cabeceó, cualquiera diría que complacida, mas la típica sensación de regocijo que se tiene al vencer en un acuerdo le quedaba muy lejos.

Continuaron en silencio hasta llegar a la alcoba y allí se encontraron con las puertas abiertas y un interior que su propietaria era incapaz de identificar. Alguien había entrado, registrado sus pertenencias y provocado un caos que destilaba violencia, rencor e ira.

Mantas y vestiduras se acumulaban en un rincón, hechas ovillos, las sábanas habían quedado revueltas y el jergón lo habían levantado por si había algo escondido entre este y la estructura de madera sobre la que reposaba. Afeites, perfumes y otros cosméticos, volcados sobre el mueble, algunos desparramados en la alfombra, habían vertido el contenido mezclando aromas demasiados intensos, lo que había dejado el ambiente irrespirable. Las joyas, escasas pero valiosas, estaban desperdigadas por los suelos, intactas y brillantes. El libro de lexicografía se había dañado al haber sido lanzado sin cuidado, por lo que la cubierta se había estropeado y ciertas páginas se habían doblado. Los útiles de escribanía no se salvaban y, por hurgar…, habían hurgado hasta en la ropa interior, toda diseminada por la estancia.

Lubna se llevó la mano a los labios, ocultando el óvalo perfecto que habían formado. Acababan de matar impunemente a su bienamada maestra y habían violado su intimidad.

—¿Quién…?

No terminó de formular la pregunta, atónita como estaba ante aquel desastre. Le temblaban las piernas y se sentía cercana al desvanecimiento.

Nasir traspasó el umbral y examinó en su derredor. Se agachó para recoger el hermoso colgante de perlas que ella había portado en el banquete oficial de las embajadas y se lo mostró, pendiendo de su dedo índice.

—Quien sea que haya sido no es un ladrón—. Colocó las perlas en el mueble más próximo, junto a una arqueta de eboraria—. No se han llevado nada de valor, a no ser que echéis algo en falta.

Ella negó, pese a que no se había dignado a hacer un recuento. Lo que menos le importaba eran los bienes materiales que pudieran haberle sustraído.

—Hay alhajas y otros efectos personales que podrían haberse vendido en el mercado a buen precio —continuó él—. O no les interesaba lo que aquí hubiera, o venían a por algo en especial que no han encontrado.

Lubna buscó la firmeza de la pared, extendió el brazo hasta que con la yema de los dedos rozó las intrincadas yeserías y se apoyó en ellas. Centró la visión ya nublada en los bellos y elevados techos, no lo consiguió. No había nitidez, únicamente una bruma difusa que del gris pasaba al negro, y la negrura la engullía. Pese a la humedad que aún la calaba por entera, una película de sudor se aposentó en sus sienes, la misma que la recorría columna abajo. Tragó saliva, se esforzó por mantenerse en pie y serena.

El Bagdadí advirtió los párpados pesados de la esclava, la faz blanquecina a causa de las náuseas previas al desfallecimiento, y, antes de que sus piernas flaquearan, corrió hacia ella y la sostuvo.

—Llamemos a la guardia y que se ocupen de este asunto. Vos necesitáis descansar.

Ella no se resistió.

Nasir estuvo tentado de conducirla a sus propios aposentos para ofrecerle una privacidad que le habían extirpado, pero siendo hombre cabal le ahorró el mal trago. Si la encerraba en su alcoba, aunque fuera para darle refugio, los rumores circularían enseguida y Lubna, que ya batallaba con el duelo y la confusión, no podría hacer frente a las maledicencias. No merecía que la vilipendiaran.

Con una mano en su espalda, la redirigió a un lugar reconfortante, donde imperaran la calma y la tranquilidad, donde pudiera verter las lágrimas que se le acumulaban en la garganta. En la Biblioteca Real hallaría consuelo o, al menos, una pizca de silencio, que era lo que más requeriría, pues el eco de la muerte resonaba por los pasillos de la residencia palatina de Madinat al-Zahra.

El templo del saber había sido profanado. Ni bárbaros ni herejes se comportarían así, asestando un golpe mortal y repugnante a aquello que se ha de conservar por el bien de la humanidad.

Las estanterías que ocupaban las hermosas paredes habían sido arrasadas, los libros y volúmenes que habitaban en ellas estaban esparcidos por el suelo. Manuscritos dañados, mapas sajados, encuadernaciones cuyo interior había sido extirpado y pilas de libros que habían caído como los grandes imperios. Todo lo que allí había eran ruinas. Ruinas que costaría tiempo, esfuerzo y valor volver a levantar.

Lubna creía haberse mantenido medianamente incólume hasta llegar allí. Durante el largo trayecto desde Madinat al-Zahra hasta el antiguo Alcázar cordobés, había seguido a Nasir con los dedos entrelazados y la esperanza ya extinta, sorteando las piedrecitas que eran obstáculos en el camino y embarrándose el calzado y los bajos de la pelliza. No había llorado ni aullado de dolor y rabia, y lo más importante, lo más difícil, no había buscado un cuchillo con el que apuñalar a quien fuera y cobrarse justicia en nombre de su maestra.

Fiaba de su señor al-Hakam, que obraría bien, y fiaba de Allah. Se acogía al amor y la compasión que perpetuaba su fe. Por eso, no empuñaba arma.

Toda la quietud que se había afanado por conservar se hizo añicos en ese preciso instante. Qué poco le había durado. Incapaz de soportarlo un segundo más, se dejó caer de rodillas sobre el duro suelo de la biblioteca, desgarrada ante el lamentable espectáculo. Agradecía que Muzna no estuviera allí para ver su trabajo devastado, irreconocible.

—Por Allah misericordioso… —Rompió en un llanto sobrecogedor—. ¿Qué está ocurriendo? —Se llevó las manos al rostro.

Allí donde miraran imperaba el caos. De repente, el orden natural de las cosas parecía haberse trastocado por completo.

Nasir se acuclilló para abrazarla y, tras unos minutos en aquella incómoda posición, logró levantarla y arrastrarla hasta una de las mesas. Lubna se negó a tomar asiento; en su lugar, cayó con todo su peso en un rincón de la gran biblioteca, cercada por una cantidad ingente de manuscritos heridos. Encogió las piernas y se guareció entre los brazos y las rodillas, y allí esperó hasta recomponerse.

—Ya no queda nada de ella… —murmuró entre hipidos, después de un largo rato aferrada al silencio y a esa honda tristeza que la había cubierto con una y otra y otra capa hasta casi abrigarla del frío otoñal.

Acostumbrarse a la tristeza es harto peligroso: el ánimo y el cuerpo languidecen y ya no quieres desprenderte de ella. Salir de ahí.

—Quedáis vos —dijo Nasir—. Queda vuestra sabiduría y quedan vuestros recuerdos.

Lubna sabía lo que quería decir, que Muzna dejaba una herencia indisoluble en ella y que, mientras viviera, Muzna también lo haría. Sin embargo, esa certeza de la que era más que consciente no le resultaba suficiente.

—Si hubiera llegado antes... —se lamentó—. Si hubiera llegado tan solo un par de minutos antes quizá...

En la garganta se le clavaban miles de agujas, el dolor le corría por el esófago, atragantándola con un futuro que creía rozar y ya era pasado.

—No habríais podido cambiar nada.

—Quizá sí —espetó.

El látigo de la culpabilidad la azotaba. Un par de lengüetazos más del despiadado cuero y su espalda ya no estaría surcada de líneas rojizas que escupían sangre. Se le abrirían las carnes, se le rajarían los músculos y se le verían hasta los huesos, que se blanquearían al sol.

Por cuidar a su señor al-Hakam había faltado al encuentro con Muzna. Le prometió estar allí y, sin embargo, se había dejado enredar por sus deberes como esclava y secretaria, por el afecto hacia el califa, que todavía deliraba a causa del pánico. Había creído que a la anciana no le importaría, que entendería el retraso, que además podía aguardarla un poco más, pues siendo tan independiente disfrutaría de un rato de soledad en las apacibles aguas de los Baños Reales. Jamás habría imaginado que el tiempo que la rechazaba era el escaso e irrisorio tiempo que le quedaba.

Suya era la culpa, suyo sería el castigo.

El Bagdadí se pellizcó el puente de la nariz al oírla hablar inmisericorde de sí misma, consternado por que quisiera cargar con el peso de un acto abominable que no había cometido. Es mucho más fácil vivir con una culpa autoimpuesta que sabiendo que tu presencia no habría cambiado el discurrir de los acontecimientos. Lubna encontraba en aquel martirio personal una suerte de consuelo.

—No habéis sido vos quien sostuvo el arma que le ha dado muerte.

Ella negó, sus bucles azabaches pegados al rostro por la salinidad de las lágrimas.

—Puede que no hayan sido mis manos, pero mi ausencia ha permitido que sean otras las que le quitaran la vida.

—Quizá ahora seríais dos las víctimas y estaríamos llorando otra pérdida.

Nasir quería decirle que Allah había velado por ella como los buenos padres salvaguardan a sus hijas en sus hogares, alejadas del peligro que suponen los hombres que coleccionan desfloramientos y honras pervertidas. Se calló, sabedor de que aquello no le reportaría sosiego. Porque Allah había querido cuidarla y a Muzna llevársela consigo, y él comprendía mejor que nadie el rencor que podía enquistársele hacia el Misericordioso y Poderoso por haberle arrebatado a quien todavía no estaba dispuesta a dejar ir.

A ella le temblaba la mandíbula inferior, anunciando un nuevo goteo de pena y culpa.

—Me quedaban tantas cosas por decirle. —Se sorbió la nariz—. Tantas… Nunca le dije cuánto la quería ni cuánto le agradecía que Allah la hubiera escogido precisamente a ella para ser mi maestra. Nunca le dije que seguía sus pasos con devoción y absoluta admiración, que mis éxitos tienen su nombre, que son más suyos que míos, que se lo debo todo. Que mis pesadillas solían ser sobre fracasar y ser una deshonra, una de la que se avergonzase. Y que fue más madre que maestra, aunque no tenía por qué. No tenía por qué —repitió, más para sí misma que para que él la oyera.

Muzna la había acogido no solo como aprendiz, le había

dado un hogar que iba más allá de las lujosas paredes del Alcázar de Madinat al-Zahra. La había calmado la noche en que se despertó con las sábanas manchadas de sangre, le había enseñado a limpiarse y colocarse la túnica reglamentaria para el ciclo menstrual y había pedido a los médicos de la Botica Real que le cocieran unas tisanas que ella usaba desde que había roto a ser mujer.

Juntas habían llorado el fallecimiento de Abd al-Rahman III y el de la Señora Mustaq, el de muchas otras esclavas y concubinas del serrallo, el de las copistas con las que trabajaran y el de la servidumbre con la que trataran. Habían vestido el negro y se habían despojado de él cuando la primavera y la dicha florecieron nuevamente. Y así una y otra vez.

Y, por supuesto, tal y como el primer califa le había ordenado, la había instruido en el ejercicio del secretariado y prevenido sobre los miles de peligros que la acecharían.

La había curtido.

Antes de Muzna, Lubna solo recordaba el desamparo de la niña esclava que no conocía a sus padres. Después de ella, el calor de quien se erige como familia sin sangre de por medio.

—Así que se quedará aquí. —Se golpeó el pecho con sentida compunción—. Muzna se quedará aquí toda la vida, hasta que Allah me reclame y volvamos a encontrarnos en el Paraíso.

Nasir estaba haciendo un soberano esfuerzo por no dejarse vencer por el llanto él también y, no pudiendo exorcizar su desgracia, le hizo partícipe de una de las suyas.

—Hubo un niño que se murió entre mis manos —le confesó—. Un niño que contaba con dos años de edad.

Lubna desvió la mirada hasta Nasir, que hablaba en tono monocorde, afectado por el pasado que aún lo acosaba.

—Desde que obtuve la licencia y empecé a ejercer como médico, nadie había fallecido bajo mis servicios. Nadie —reiteró—. Creí que era un don, o que ya había sufrido bastante al presenciar la muerte de mi padre y mi madre. Así que pensé, iluso de mí, que Allah había decretado que nadie más. Nadie más moriría entre mis brazos. —Una sonrisa triste le surcó la faz—. Pero me trajeron un niño y yo, que era joven, pequé de soberbio.

Ella no podía imaginar a aquel hombre con un defecto semejante. Nasir, que estaba conformado por las virtudes más loables, por aquellas que anhelaban las féminas y que conquistarían hasta el corazón mejor defendido.

—El niño adolecía de viruela y a consecuencia de esta tenía alta fiebre y diarrea —prosiguió. En sus ojos se percibía el tétrico recuerdo de su yerro, del intento de resarcirse salvando a las niñas que había atendido la célebre médica Bashira. Ya no podía ignorar a quienes les afectaba ese mal—. Le prescribí un remedio a él y otro a la madre, que aún lo amamantaba. Como no hizo efecto, probé con otro. A los pocos días, Allah reclamó a esa criaturita en su seno y con ello me otorgó humildad, una valiosa lección. Fue como si me dijera: «No sois yo, no podéis pretender serlo. Aprended a vivir con ello, deseadlo y lamentadlo». Y lo hice. Aún lo hago.

Lubna extendió la mano hasta alcanzar la suya, conmovida por la sinceridad del relato. Él aún no había finalizado; se humedeció los labios y continuó:

—Todos los días, cuando trato enfermos, cuando les cojo la mano y los consuelo con palabras de aliento, cuando les ofrezco bebedizos y ungüentos y píldoras para menguar su padecimiento, todos esos días lamento no ser Allah el Poderoso y, al mismo tiempo, deseo serlo.

Ya no sabía el motivo de su llantina, si era el duelo, el rencor, la culpa de sabor a hiel, el remordimiento de Nasir o que no soportaba ver su dolor reflejado en él, tan visceral, tan descarnado. Quería arrancárselo de cuajo.

—Hicisteis lo que pudisteis.

—A eso me refiero —dijo el Bagdadí, ejerciendo presión en sus dedos unidos—. Lubna, habéis hecho lo que habéis podido.

—Podría haber hecho más... —La impotencia la estrangulaba.

—A veces eso es imposible. Estamos atados a una historia que ya está escrita, a una vida que se nos ha designado desde antes de que naciéramos. ¡¿Cómo pretendéis luchar contra eso?! —Le acarició ambas mejillas, envolviéndole la cara.

—Pero es que ella lo era todo para mí —sollozó, y él la abrazó una vez más.

38

El peor crimen que puede cometer una mujer es carecer de linaje, de estirpe. Nacer siendo esclava.

Lubna siempre sentiría una suerte de cadenas rodeándole las delgadas muñecas, los escuálidos tobillos, unas cadenas que, si antaño fueron de hierro forjado, en algún momento serían de oro macizo. Le lacerarían la piel hasta el último de sus días.

Durante un tiempo solo fue una triste niña que se apiñaba, aterida, junto a otras chiquillas de edad semejante en un rincón del mercado de esclavos. Vestidas con ropajes simples que les llegaban hasta los tobillos y que, en su mayoría, les estaban holgados y grandes, se apretujaban para conferirse calor unas a otras, a la espera de que un hombre libre se fijara en el tumulto que formaban y, tras observarlas con ojo experto, se decantara por una de ellas.

Siendo tan pequeñas tendían a la ensoñación, por lo que al principio eran dueñas de altas expectativas. Creían que un hombre de gran fortuna —un visir o un alto dignatario proveniente de Madinat al-Zahra— quedaría prendado de sus encantos, a la vista de todos. Y sin poder resistirse a la punzada en el corazón, las escogería para convertirlas en esposas o, en su defecto, para regalarlas al califa, quien las añadiría a su gineceo particular. Así, las cubrirían de oro, perlas y gemas preciosas, les aceitarían la melena y se la bruñirían con un cepillado diario y un peine de marfil, y las vestirían de seda y brocados de fino oro. Las amarían con efusividad y ellas se dejarían amar para, posteriormente, amar a su señor, al que obsequiarían con una fabulosa progenie. La felicidad alimentaría su vida.

Sin embargo, ninguna había sido educada para ingresar en el harén y el círculo íntimo del gobernante. No sabían cantar ni bailar, no sabían tañer instrumentos, componer poemas o divertir a selectos invitados. Mucho menos de ciencias o materias que las hicieran intelectuales. Lo que anhelaban les quedaba muy muy lejos.

Conforme el tiempo transcurrió, el grupo de cautivas varió sobremanera. Algunas se fueron, compradas y bien pagadas, y otras nuevas llegaron, por nacimiento o por la desgracia de haber caído presas en alguna algarada fronteriza. A las más hermosas las enviaron a satisfacer los apetitos carnales —no del califa—, y a otras, a bregar con los muchos quehaceres del hogar: traer agua, ir al mercado, barrer los suelos, limpiar, cocinar, abrevar a los animales…

Se diría que las primeras gozaron de gran fortuna, al no tener que doblar el lomo y encallecerse las manos, pero lo cierto es que las segundas no envidiaron a las primeras y las primeras sí a las segundas. La realidad las golpeó por igual. Todas eran propiedades, todas se abrieron de piernas ante la fuerza de sus amos y señores, sin importar que llevaran toscas vestiduras de lana o la más fina seda.

Lubna las vio pasar una a una, las perdió una a una, y con ocho años seguía allí, en el mercado, sin ser reclamada para lo uno ni para lo otro. Miles de ojos transitaban ante ella diariamente, mas nadie se detenía a examinarla con atención, ya que siempre había una niña, una muchacha o una mujer más hermosa que atraía las miradas masculinas.

—Su nombre no coincide con la belleza que habría de poseer —se quejó un desconocido al que habían intentado venderla.

Ella estaba ahí, acusando aquellos oprobios que ya no le dolían, solo le resbalaban como si de gotas de lluvia se tratasen. Estaba demasiado acostumbrada a ser invisible.

—Pero, buen hombre, ni que yo fuera el que los escogiera —se excusó el mercader de esclavas.

No quiso admitirlo, la culpa recaía sobre sus hombros. Había sido un error llamarla Lubna en homenaje al estoraque, pero es que él supuso que la niña sería una belleza y andaba muy desencaminado. Era la hija de una esclava que compraron al poco de dar a luz, y como a la recién nacida no la querían por suponer demasiado esfuerzo para la madre, la dejaron allí. Otra cautiva hizo de nodriza y con sus pechos henchidos la amamantó, turnándose a la criatura con su pequeño de dos años.

Avaricioso por naturaleza, el mercader evaluó la situación con buen juicio. El comprador que se había negado a llevársela le había ahorrado tener que separarla en un futuro de la progenitora, por lo que habría recibido comentarios poco halagadores. En cuanto la niña esponjara, le sacaría rentabilidad. Así pues, hizo cuentas y decidió que la destinaría a un harén.

Mas, al crecer, se percató de que la genética del padre había imperado en ella y que no sería ni la mitad de hermosa que la madre. No pudiendo retirarle el nombre que ya le había dado, dejó que se quedara con él y se deshizo de las ilusiones de comerciar con ella a alto precio. La entregaría a quien la quisiera.

—Prefiero a esa —señaló a una cautiva de guedejas cenizas y mejillas cual manzanas—. ¿Cuánto por ella? ¿Es pura?

—La evaluará una mujer de confianza, garantizará su virtud y le pondrá un precio acorde —dijo el vendedor, tendiéndole la mano en señal de trato—. Así veréis que somos gente de palabra.

Y aquel hombre se la llevó como el que se lleva el trozo de carne más sabroso de las tablas de carnicería, la mejor res para sacrificar. Y Lubna vio cómo le arrebataban a otra amiga.

Sospechando que algo fallaba en ella, algo importante que empujaba a los hombres en su contra, no tardó en abandonar los sueños propios de la infancia. Pero Allah, siempre misericordioso, se apiadó de su alma abnegada e hizo que su suerte cambiara en una jornada cualquiera.

Era verano y el sol caía con aplomo sobre sus cabezas. Refugiadas en una franja de sombra que ofrecía una vivienda en mitad del mercado, se apiñaban las chiquillas que no habían conocido libertad alguna. El calor torrencial les pegaba los mechones al rostro, a la nuca, a los hombros, y el sudor les goteaba por el espinazo haciendo que sus vestiduras se les adhirieran al cuerpo y fuera reclamo para los libidinosos. En el ambiente pululaba el espesor del almíbar y la fruta demasiado madura, azúcar en el paladar, cuando un hombre de atavío regio se paró frente a ellas y examinó el heterogéneo grupo. Buscaba un par de muchachas jóvenes para servir en el Alcázar de Madinat al-Zahra.

—Esa y esa —indicó a las que le parecieron más adecuadas.

El mercader aferró a las dos esclavas por el antebrazo y se las acercó para que las escudriñara más de cerca. Al emerger de la sombra, cerraron los párpados, cegadas por el deslumbrante resplandor del sol. Ahí estaba Lubna.

—Son habilidosas y aprenden deprisa. Mirad, tienen buena dentadura. Están bien cuidadas y aseadas.

—Lo importante es que ya tienen cierta edad.

A las más pequeñas no las había ni mirado en tanto en cuanto no podrían ocuparse de la carga del trabajo doméstico.

—Pero no han perdido su valor —aclaró el comerciante—. Aún son vírgenes, mi señor, haremos llamar a una partera para que las revise a fondo y lo certifique. No vayáis a pensar que mi negocio es fraudulento.

A pesar de que le insistió para que las toqueteara, si así lo creía conveniente, el comprador se negó. No les puso ni un dedo encima, no había de mancillar el producto que llevaría a su señor, el califa.

—Vírgenes o no, barrerán los suelos que pisan los poderosos.

Según lo prometido y atendiendo a las reglas impuestas en el mercado, una partera evaluó a las jóvenes examinando cada rincón de sus cuerpos, incluso los más privados y oscuros, y les puso un precio. Nada elevado.

Entonces fue a Lubna a la que arrancaron del lado de sus amigas y se preguntó qué era peor, si nunca ser escogida o serlo y ver cómo te alejan del único mundo que conoces.

Madinat al-Zahra le pareció una ciudad lejana a Córdoba y el Alcázar, demasiado hermoso para ser cierto. Habituada a la frugalidad y la escasez, el ornato y la pompa le eran del todo ajenos, un sueño del que creía que despertaría más temprano que tarde.

Durante los dos años venideros, se dedicó a servir en el Alcázar como buenamente pudo. Cambió las ropas de cama de las hijas de Abd al-Rahman III, barrió sus aposentos privados y encendió el brasero para caldearlos. Vistió a tan bellas y delicadas doncellas mañana, tarde y noche, las acicaló y limpió cada poro de su cuerpo. Remendó ropajes, hilvanó bajos, tejió prendas y bordó aquellas que no le pertenecían. Hasta escanció vino, ayudó en las cocinas y se quemó las manos en el fuego del lar.

Pese a tan arduo trabajo, siguió siendo invisible, un espectro que merodeaba por los pasillos palatinos y cuyos pasos no tenían siquiera eco. No podía negar lo innegable: su aspecto poco favorecedor la había condenado a una vida dedicada a fregar lo que otros ensuciaban. Por mucho que deseara mudar de apariencia y que se le concediera una pizca de belleza, nada de eso sucedería. Debía desprenderse de la envidia que la embargaba al observar en el Alcázar a aquel enjambre de mujeres que habría inspirado al mejor de los poetas; de lo contrario, la hiel que le subía por la garganta acabaría por dominarla.

Tanto esfuerzo puso en anular esos pésimos sentimientos que manchaban su alma que Allah la sonrió nuevamente.

La buena ventura llegó a ella a través de Mustaq, la tercera esposa del primer califa andalusí. Era Abd al-Rahman III hombre de piel lechosa, ojos azules y rostro atractivo, algo recio y rechoncho aunque de buena fachada. Sus piernas eran cortas hasta el extremo de que le costaba alcanzar el estribo de la silla de montar, por lo que a pie resultaba bastante bajo. Su diminuta estatura no le restaba atractivo, así como peligrosidad ante las esclavas que estaban a su servicio.

Por aquel entonces rondaba los sesenta y seis años, una edad avanzada en comparación con Mustaq, quien ya le había dado un hijo, al-Mughira.

—Esa niña a la que tenéis fregando el suelo, mi señor, demuestra un gran intelecto. O, al menos, una increíble memoria y capacidad de reproducción —le dijo Mustaq una buena mañana.

Abd al-Rahman III elevó el rostro, abandonando la apacible lectura. La música continuó; se trataba de una suave melodía a base de laúd y dulzaina, instrumentos que tocaban unas esclavas cantoras que habían sido criadas e instruidas en Córdoba.

—¿A qué os referís, mi querida esposa? —se interesó.

—La he encontrado en el patio escribiendo en la tierra húmeda los caracteres cúficos del Corán que embellecen los muros de alguna de nuestras salas. —El califa solo cabeceó complacido con la noticia. Al entender que no veía la notoriedad a la que ella se refería, Mustaq añadió—: La niña no sabe leer, mi señor.

Entonces sí, Abd al-Rahman III se incorporó entre el conjunto de mullidos y coloridos almohadones, sorprendido ante la hazaña. Tras mesarse la prominente barba teñida de negro, preguntó:

—¿Los copia de memoria?

Ella asintió.

—Parece ser que los ha visto tan a menudo que los ha interiorizado y, sin saber siquiera lo que rezan, es capaz de dibujarlos en el suelo con maestría.

Para asegurarse de que no era una treta que pretendía enga-
ñarla, Mustaq había puesto a prueba a la chiquilla. En la misma
tierra húmeda había dibujado varias letras para que Lubna las
pronunciara en voz alta. Esta no supo distinguir unas de otras;
de hecho, parecía que se había mordido la lengua de pura vergüenza. La Señora Mustaq podría haber escrito su nombre y
ella no habría sido capaz de reconocerlo.

—¿Es bella su letra?

—La de una niña que no sabe ni escribir —le fue sincera—.
Pero creedme cuando os digo que es una gema preciosa que deberíamos pulir.

Abd al-Rahman III echó mano a su copa de vino y se mojó
los labios durante unos valiosos segundos en los que se permitió
pensar acerca de la cuestión.

—¿Cómo se llama?

—Lubna. Lubna de Córdoba, o eso dice ella.

—Lubna de Córdoba —bisbiseó, tratando de retener el
nombre.

—Voy a reclamarla como mía y a apartarla de cualquier servicio doméstico, si así me lo permitís. —El califa cabeceó—. La
sagacidad hay que alimentarla del mismo modo que se alimenta
a los pobres y menesterosos. Esa niña tiene hambre, hambre de
conocimientos. La pondré bajo la instrucción de los célebres
maestros de Madinat al-Zahra y estoy segura de que pronto la
veremos florecer.

—¿Qué edad tiene?

Mustaq exhaló un suspiro y, a continuación, se encogió de
hombros con la donosura de una Gran Señora.

—Se intuye que unos diez años, pues aún no ha llegado su
primer sangrado.

Abd al-Rahman III bufó.

—Aun así, es demasiado mayor para aprender ahora lo que
otras criaturas llevan tiempo aprendiendo, ¿no creéis, esposa mía?

Ella esbozó una cálida sonrisa que habría derretido hasta el más gélido de los corazones. Se acercó a él y, sin esfuerzo, se postró y le ofreció un beso cerca de la comisura de los labios.

—No, mi señor, nunca es tarde para aprender.

Y él, a sabiendas de que era mujer de buen tino, no le negó lo que consideraba un simple capricho.

Mustaq lo dispuso todo para favorecer a la pequeña Lubna. Ordenó el cese de sus tareas y mandó que le prepararan unos aposentos privados, donde habían de trasladar sus escasas pertenencias. Los efectos personales eran mínimos: un par de túnicas que hacían las veces de ropa interior, los cambios de vestimenta para una u otra tarea y una piedra de forma peculiar que un día había encontrado en su recorrido por los jardines. Ni peine, ni afeites, ni cosmética, ni abalorios que la engalanaran. Tenía tan pocos recuerdos de esa vida como de la anterior. Luego, la envió a los Baños Reales a que la lavaran y aderezaran, momento que aprovecharon para tomarle medidas y así confeccionarle ropajes más adecuados y menos serviles.

La mismísima Señora se ofreció a llevarla hasta su nueva alcoba, seguida por un humilde séquito de criadas.

—Que Allah os bendiga por vuestra generosidad, mi señora. —Fue lo único que logró decir Lubna antes de que la dejara reposar en aquel lugar desconocido que desde entonces debía ser su refugio.

—Quien nace siendo esclava morirá siendo esclava, incluso habiendo obtenido la libertad. No os conviene olvidarlo. —Al ver la tristeza en su rostro, le prodigó un par de caricias—. Es una simple ayuda para la niña que yo también fui, para la que podría haber sido de haberse truncado mi camino.

Pero Mustaq nunca habría rozado la servidumbre, ella gozaba de todo lo que Lubna había anhelado durante sus más tiernos años: belleza. Y es que en un mundo de vanidades, la belleza abre más puertas que cualquier llave.

Le dio un casto beso en la frente, sus ojos cerrados, los de Lubna también. La niña creyó que se echaría a llorar ante tanta amabilidad.

—A partir de hoy, Lubna de Córdoba, tienes una valedora. —Le sonrió—. Y a partir de mañana, tendrás una oportunidad.

—No os decepcionaré, mi señora.

Y jamás lo hizo.

Se esforzó, y no espoleada por la ambición o para vanagloriarse de ser la mejor entre las mejores, una cualidad de la que muchos se jactarían. Lo hizo porque Allah había atendido a sus plegarias y, aunque no le había concedido unos rasgos cincelados en mármol, sí que la había bendecido con una oportunidad única. Así que se dejó los dedos en el cálamo y la vista en los manuscritos.

Al cabo de un año, Lubna ya había aprendido a leer y escribir, además de cálculos simples, y aun habiendo llegado con una edad avanzada y con retraso a todas las lecciones, en muy poco tiempo alcanzó a sus compañeras y hasta las superó. Entre el alumnado sobresalía por la destreza con las palabras, la buena memoria y la pulcra y bella caligrafía, y sus maestros daban buena cuenta de ello, solo sabían felicitarla y catalogarla de prodigio. A menudo se sorprendían ante el hecho de que una naturaleza como la suya casi se hubiera malgastado fregando los suelos del recinto palatino.

Cumpliendo con su palabra, la Señora Mustaq vigiló su trayectoria muy de cerca. Cada semana se reunía con ella para probar sus conocimientos y, más tarde, con sus ilustres tutores, a los que pedía opinión y consejo. Pasado un tiempo prudencial, decidió ponerla bajo la supervisión de Muzna, la secretaria de su esposo, el califa. Para ello era necesario su beneplácito, y Abd al-Rahman III, que ya se hallaba en busca de una discípula que sustituyera a Muzna cuando fuera menester y se encargara de la guarda del libro, le dio una oportunidad de demostrar su valía.

La hizo llamar en primavera, cuando las flores ya habían brotado, coloreado el paisaje y esparcido su aroma por doquier. Para dicha audiencia, la Señora le había recomendado portar sus mejores vestiduras con el fin de causar una buena impresión. «Una melena sedosa y bonita y unas uñas limpias y cortadas con esmero es todo lo que necesita una mujer para encandilar a un hombre —le había confesado hacía tiempo—. No lo digo yo, lo decía Tarub, esposa de Abd al-Rahman II. Y ella era la perla más radiante del harén, así que habría de estar en lo cierto». De acuerdo a ese consejo, Lubna se peinó los abundantes rizos y se limó las uñas, casi siempre tiznadas de tinta negra.

Cuando se arrodilló ante el califa, los nervios se le anudaban en el estómago, provocándole unas náuseas que retuvo a duras penas. Ya le habían advertido de que aquel examen podría cambiarle el futuro inmediato y encumbrarla a una posición privilegiada con respecto a las demás jovencitas con las que estudiaba. De impresionar a su señor Abd al-Rahman III, se convertiría en la secretaria de su hijo al-Hakam; de no ser así, continuaría con el aprendizaje y, más adelante, ejercería el oficio de copista.

Había llegado muy lejos para tropezar en ese momento, pero el voluble proceder de Abd al-Rahman III no era una piedra fácil de sortear.

—He oído hablar mucho de vos, Lubna. —Ella no dijo nada, permaneció cabizbaja y sumisa, los labios cosidos por un hilo invisible—. Dicen que sois diestra en la escritura y en el manejo del lenguaje, que os interesan las ciencias profanas y las religiosas, y que vuestros versos trascienden por su belleza. ¿Es eso cierto?

Asintió.

—Contestad —le recomendó Mustaq, que, sentada a la derecha de su esposo, presenciaba el examen al que su protegida era sometida.

Lubna tragó saliva antes de articular la primera palabra.

—Es cierto, mi señor. Pero la belleza es subjetiva, me temo. —Su voz denotaba vacilación—. Está en los ojos de quien mira.

Eso lo había aprendido con el paso de los años.

Abd al-Rahman III quedó impresionado. La Señora Mustaq no hacía más que sonreír, encantada por la audacia de la muchacha.

—Os advertí de que su intelecto rebasaba lo común, mi querido esposo.

Ella aún no se había atrevido a alzar la mirada, por lo que desconocía el sentimiento de orgullo que se traslucía en los ojos vidriosos de Mustaq. No habría imaginado que la conmoción de su señor la compartía alguien más, una mujer desconocida que la observaba con absoluta curiosidad: Muzna. Silente, la secretaria evaluaba cada una de las aptitudes de la joven, cuya sumisión y diligencia ya se le antojaban reveladoras de su carácter.

—Componed pues un poema que sea de mi agrado —ordenó el califa—. Me placería mucho oíros.

Lubna se aclaró la garganta y, con los párpados cerrados, comenzó a declamar según las palabras le golpeaban la mente, preñada de imágenes evocadoras.

Al culminar, reparó en las gotas perladas que asomaban por los ojos de la Señora Mustaq. Emocionados por la dulzura de su voz y los versos entonados, Lubna supo que aquel poema había sido su obra maestra, y que nada de lo que compusiera a partir de entonces tendría esa calidad y ese sentimiento visceral.

—Vuestra sensibilidad y talento son conmovedores —la alabó Abd al-Rahman III mientras se enjugaba las lágrimas que le corrían por las mejillas—. ¿En qué pensabais?

—En mi madre —declaró entre titubeos.

Lubna pensaba a menudo en ella. Desconocedora de su identidad, siempre había jugado a imaginársela. De niña esperaba sentada junto a las otras esclavas de su edad, rezando por que apareciera de entre la marea de rostros congregados en aquella zona del mercado, el *dar al-banat*. Pero las mujeres con las que se cruzaba no parecían reconocerla.

A medida que fue creciendo, se dedicó a buscar en sí misma rasgos que anhelaba compartir con ella. Se preguntaba si esos lunares que le salpicaban la piel eran herencia materna o si lo era su tez canela, o sus rizos azabaches o sus cejas demasiado gruesas. Se examinaba en los reflejos del agua y se centraba en sus facciones, creyendo que en algún instante una sensación cálida y hogareña le indicaría que ahí, justo en esa parte de su cuerpo, residía su madre. No halló signo alguno de esto. Y un día, sin más, después de haber visto pasar veinte primaveras, dejó de hacerlo.

E igual que cesó en su deseo de belleza, cesó en la búsqueda de sus orígenes.

A Abd al-Rahman III, hijo de Muhammad y Muzayna, una esclava cristiana que adquirió el título de *umm wallad*, aquel poema improvisado le había dejado el corazón rilando al pensar en su propia madre. Y así fue como el primer califa de al-Ándalus, enternecido hasta la saciedad, confío en Lubna para el deber más importante de todos.

Ese mismo día la entregó a su secretaria en calidad de discípula y fue claro en sus instrucciones: «Haced con ella lo que debáis, querida Muzna». Y Muzna, que llevaba al servicio de su señor desde que subiera al trono con veintiún años, la agarró del brazo y se la llevó consigo. La moldeó como si se tratara de barro, que es lo que realmente era, y vertió en ella sus saberes, sus secretos, sus miedos, sus inseguridades y sus esperanzas. El amor que podía haber albergado por una hija.

Lubna era, en definitiva, un cúmulo de todas las personas que la habían tocado, dejando en ella su impronta, a excepción de su padre y su madre.

CUARTA PARTE

Lo que pierdes

¿Es la hora en que me despido de ti, o es la hora del
[*Juicio?*
¿Es la noche en que me alejo de ti, o es la noche de la
[*Resurrección?*
Tu ruptura ¿es el castigo del musulmán que muere
y espera encontrar más tarde a Dios, o es el momento
[*eterno de los infieles?*

Ibn Hazm

39

Lubna no había derramado ni una mísera lágrima compartiendo su historia, pero los regueros negruzcos de cosmético dibujados en su rostro acentuaban su aflicción.

Había un ápice de atractivo en su desorden, o eso había pensado Nasir, que perdía un par de latidos cada vez que veía ese gesto ensombrecido y los rizos aplastados que le enmarcaban el rostro. El atractivo de quien lo ha perdido todo y se enfrenta a un nuevo día, de quien se levanta tras una caída, de quien se pertrecha para la siguiente batalla aun portando heridas. Entonces más que nunca, creía ver en ella el espíritu de Nusayba bint Kab, respaldada por el escudo y el acero de la espada, fiera y domadora, dispuesta a defender la fe y al Profeta.

Almanzor tenía razón cuando dijo que la mujer es la causa de todo y que solo un loco o un hombre desesperado cruzaría mares y desiertos en su nombre. En su interior habitaban ambos. El loco y el desesperado.

Sorteó la escasa distancia y le besó la coronilla, luego la frente, luego los párpados cerrados y la punta de la aguileña nariz. Notó que, pese al dolor que la embargaba, aquella muestra de cariño le destensaba los agarrotados músculos y, aunque no había sonreído, la tirantez de las comisuras menguaba. Al fin, con las manos en torno a su faz, emborronándole los surcos azabaches de *kohl* y lástima, Nasir reunió valor suficiente como para proseguir camino abajo y besarle los labios.

Al principio no fue más que un roce casto, sutil. Pero Lubna, extenuada, compungida y necesitada de un amor que le recompusiera los jirones del alma, se encomendó a él y a ese beso con una confianza ciega.

Olía a agua de rosas, a la sal de la pena y, en contra de lo que había soñado desde que la conociera, su sabor era más dulce que afrutado. Un dulce que superaba al de la miel de las laboriosas abejas, al del azúcar recién fundido que se hace caramelo a fuego lento. A duras penas podía uno retener el ansia de mordisquearle la boca, y pese a ello lo hizo; Nasir embridó ese deseo que enloquece a los hombres y los lleva a ser bestias agresoras.

Antes de arrebatarle lo que por derecho pertenecía a su señor el califa, apartó los labios y la observó. Cuando Lubna se lanzó hacia él y hundió los dedos en la mata de rizos negros, Nasir le correspondió con el afecto y la ternura del esposo en la noche de nupcias. De buen grado asumiría el castigo pertinente por haberse atrevido a probar lo que le era prohibido.

Y ella fue mansedumbre y gozo.

Lubna le había entregado todo lo que poseía, desde los secretos de su deprimente infancia hasta la virtud que había guardado con recelo. Y en ese momento, que ya no había honra a la que pudiera acogerse, solo quedaban su esclavitud y un par de manchas que clamaban impureza y se confundían con la sangre del reciente crimen.

Ahíto de placer y ebrio de amor, Nasir sabía que le debía algo más que una confesión vertebrada en torno a la muerte de un infante de dos años. Le debía la verdad, sin titubeos, sin falsedades o secretos. Así pues, se acomodó en el rincón en el que yacían y dejó que la cabeza de su amada reposara sobre su pecho desnudo y agitado mientras sus respiraciones se acompasaban. Deslizó los dedos por entre la rizada y larga cabellera y pensó que justo en ese instante, pese a las desagradables cir-

cunstancias, era el hombre más dichoso que pisaba tierras forá-
neas. Y, con voz trémula, le desgranó su propia vida.

Narrar la muerte de su madre fue fácil en comparación con
la de su padre; a ella no la recordaba, solo era una silueta ignota
de la que sus deudos le habían hablado una y otra vez para que
su recuerdo perviviera en alguien más que en el fiel esposo. En
cambio, su padre había sido una constante en su vida, incluso
después de fallecer.

Le habló de la destreza de su progenitor como *tabib*, de los
pacientes que se reunían alrededor de su hogar para visitarlo, de
la amabilidad con la que trataba a hombres y niños, ricos y pobres, de la piedad que impartía sanando a los menesterosos que
no tenían con qué pagar sus servicios y dando más limosna de
lo estipulado. Había sido él quien le había inculcado el estudio
del mismo modo que las madres inculcan a sus hijas la guarda de
la puridad, y de él había heredado la pasión por las ciencias y la
ávida lectura que lo llevaba a devorar tratados y tratados de medicina.

Si era buen médico y buen hombre, mejor era como padre.
Detallarle la degradación de su enfermedad y cómo lo golpeó
fue lo más similar a revivirlo. Cerrar los ojos era ver su rostro
moribundo, los labios despellejados clamando agua, las manos
rilando y el tono cetrino de su piel. Sí, podía oler el hedor de la
maldita enfermedad por encima del agua de rosas que exudaba
su amada, y aquello le daba ganas de vomitar.

El pasado abrió las heridas mal cicatrizadas y la sangre brotó fresca, a conjunto con la de los muslos de Lubna. Allí estaban
ellos, tendidos, con los dedos entrelazados y desangrándose a
base de memorias. ¿Qué era más terrible? ¿No haber conocido
a tus padres y haber pasado tu infancia imaginándolos y bus-
cándote en los reflejos del agua? ¿O haberlos abrazado durante
años para que luego la mano de Allah los reclamara cuando,
siendo un niño, aún los necesitabas?

Cuestionar los designios divinos era una flaqueza que

querían obviar y al plantearlo en voz alta, rotos por el desamparo, concluyeron que quizá estaban pidiendo una gota y Allah había escrito para ellos un océano inmenso.

Nasir le contó sobre la obsesión de su progenitor con el manuscrito perdido de Abd al-Rahman I el Emigrado, una leyenda que le relataba cada noche antes de enviarlo a dormir, una fantasía compartida que esperaban que hiciera realidad. Porque, a menudo, padre e hijo deben abrazar un proyecto de futuro juntos.

Esa fue la promesa que le hizo en el lecho de muerte, cuando su padre exhalaba el último hálito y él, que tenía siete años de edad, se agarraba a una migaja de consolación. Hallar el manuscrito perdido, estudiarlo a fondo y recuperar la sapiencia que los Omeyas se habían llevado consigo, revolucionando así el mundo de la medicina. «Me convertiré en el médico más celebre de todo el Oriente Islámico», le había susurrado lloroso, y su padre, ya más cerca del Paraíso que del mundo terrenal, le había sonreído.

Aquella firme convicción —y el propósito de encontrar un remedio para la dolencia que había matado a su padre— permitió que, tras muchos años de estudio, obtuviera la *iyaza*, la licencia que faculta legalmente para practicar el oficio de *tabib*.

Le resumió el largo periplo con los caravaneros y sus principios en aquella tierra extraña que era al-Ándalus y que tanto había anhelado pisar. Eso le llevó a la taberna de Bassam y Zuhra, y a las guedejas que esta le había entregado como muestra de un amor no correspondido, una anécdota que calmó en cierto modo la ansiedad y los olvidados celos de Lubna. Y aquello le condujo a la amistad con el anciano Hamal y su nieto el Boticario, a quien apreciaba ya casi como un hermano. Que si la estancia en Córdoba, que si la merecida fama al curar enfermos comunes y leprosos del arrabal, y su servicio en el zoco discerniendo a los esclavos sanos de los contagiados por la lepra... Que si el ardid para penetrar en la Biblioteca Real haciéndose pasar por un simple obrero de la construcción y que si la llamada del califa para que resolviera su problema de salud.

Y entonces, ella. Ella y ella.

Lubna de Córdoba y la influencia que había ejercido sobre él.

Nasir se desnudó por completo ante ella, dejando las emociones en una escudilla, y en esa escudilla estaban sus mentiras, la profanación del cadáver de Abd al-Rahman I, las amenazas de Almanzor y las insinuaciones de este sobre los conocimientos que Lubna albergaba acerca del manuscrito perdido. Unas insinuaciones que él dio por verdaderas en cuanto leyó la palabra «libro» en boca de su señor al-Hakam, que estaba cerca de rendir el alma a causa de un veneno.

Lo que Nasir había tomado como una confesión, Lubna lo percibió cual traición, así que se apartó de su cuerpo, aún tibio por el abrazo. En aquellas facciones otrora relajadas se había aposentado una mueca de sospecha.

Le había mentido. El Bagdadí, aquel hombre de sempiterna rectitud que le había horadado el corazón, había jugado con ella sin pudor ni remordimiento, y lo había hecho desde el principio, mirándola a los ojos y escudándose en melifluas sonrisas. Sus intenciones, aunque honrosas en lo que a su padre se refería, no excusaban esos actos de perfidia.

—Sabíais lo del libro y me habéis engatusado con malas artes y palabras vacuas solo para conseguirlo y entregárselo a Almanzor —dijo con una incredulidad que rayaba la ofensa.

Él la miró, impactado por la gravedad de la acusación. Puede que hubiera agachado la cabeza ante la velada amenaza de Almanzor, pero jamás había cruzado por su mente —ni siquiera por un segundo— aprovecharse de ella para obtener el manuscrito. Antes se habría cortado las manos, las dos, privándose para siempre de su oficio.

—Eso no es lo que ha sucedido —se defendió, todavía aturdido por el golpe—. ¿Cómo podéis pensar eso de mí?

La esclava se puso en pie, recuperó la pelliza tirada en el suelo y se la colocó, aunque lo que menos deseaba en esos momentos era envolverse nuevamente en el perfume que destilaba el abrigo de Nasir. Pero ni desproveyéndose de él lograría evitarlo: lo llevaba impreso en la piel, fruto de la coyunda.

—¿Qué debería pensar después de tamaña revelación?

—Vine por la memoria de mi padre, eso fue lo que me empujó a viajar hasta Córdoba y, en última instancia, a Madinat al-Zahra. Por Allah os lo juro. Estoy lejos de servir a Almanzor. —Se levantó también del duro y frío mármol.

—Eso no os exime de lo que habéis hecho.

—Creedme, soy consciente de ello. —Posó la mano en el flanco izquierdo en señal de honestidad—. Lo único que os pido es que fieis de mí.

Una carcajada gutural y sardónica se apoderó de ella.

—No estáis en disposición de pedirme nada, y menos un voto de confianza. Ya habéis visto cómo se las gastan en la corte, mi señor; los necios que no se guardan las espaldas terminan siendo apuñalados.

—¡Sigo siendo yo!

Se palmeó el pecho en un vano intento de convencerla de que nada había mudado. Que su carne, sus huesos, sus músculos, las vísceras y el corazón eran los mismos que ella había conocido, que ella había tocado.

—¿Vos? ¿Vos? —repitió, atónita—. Ni siquiera sé quién sois realmente. ¿Acaso no habéis estado jugando con viles mentiras, falsas promesas y trucos sucios? —No pudo negarlo—. ¿Acaso no jurasteis a nuestro señor al-Hakam que lo sanaríais pese a que su dolencia no tiene curación? ¿Acaso no me prometisteis algo semejante para que os cediera las llaves de esta biblioteca y, viéndoos incapaz, me ablandasteis para que os dejara entrar y repasar los volúmenes que aquí se conservan? ¿Y no os ganasteis mi confianza y la de Qamar y la de Talid para hurgar aquí? Y todo para conseguir el libro, un libro que no os pertenece. Embaucador… —graznó, más dolida que indignada—. Embustero… ¡¿Y vos decís miraros en la bondad y misericordia de Allah?!

Lo había pensado mejor, no quería la pelliza. Se deshizo de la prenda y la abandonó en la mesa más próxima, quedando solo con la túnica que actuaba de ropa interior y cubría el vestido de baño con el que había acudido al *hamman*. El calor de la disputa se le había subido a las mejillas, y su piel, antes pálida, hervía enrojecida.

—Lubna… —Sonó a súplica.

Ella le clavó la ardiente mirada. Sus ojos negros que eran dos brasas incandescentes, los carbones del brasero que habían resbalado por la garganta del califa y le habían hecho vomitar la ponzoña. E igual de tóxicas eran las palabras que escupía.

—Ya tenéis lo que queríais, ¿no? —No especificó si era la confirmación de la existencia del manuscrito perdido o la virginidad que él se llevaba consigo y que podría añadir a uno de sus triunfos varoniles—. Ahora idos.

Aquello le dolió más que una puñalada.

—La primera vez que me echasteis de esta biblioteca cual perro sarnoso, lo acepté. Me fui.

Se acercó y ella reculó.

—Entonces ya sabéis por dónde habéis de salir, mi señor.

—No.

Dio un paso más y Lubna tropezó con una de las mesas dispuestas en la enorme estancia, contra la que chocó, quedando atrapada entre el mobiliario y el cuerpo del hombre al que había amado. Al que todavía amaba, por mucho que se negara.

—No me iré. Esta vez no, Lubna de Córdoba. —Su nombre era melaza en su lengua—. Esta vez me quedo para demostraros quién soy y vos, como mujer justa, habéis de permitírmelo. Concededme algo de vuestro tiempo.

Ella no dijo nada, tampoco se retorció para escapar; se quedó ahí, quieta y parapetada. Y Nasir, que estaba demasiado preocupado como para fijarse en la escasa distancia que los separaba, en sus labios hechos mohín, en lo que se traslucía bajo la tela que le caía sobre el cuerpo y apenas lo ocultaba de miradas libidinosas, solo podía pensar en que Lubna, callada y juiciosa, le otorgaba la gracia que él tan desesperadamente le había rogado. Algo de tiempo para explicarse. Algo de tiempo para resarcirse de sus mentiras.

Allah le ayudaría, convocaría las palabras correctas y le abriría de nuevo el corazón de la esclava bibliotecaria. Estaba seguro.

—Lo he meditado mucho —comenzó a relatar—. Os dije que aún no podía disponer ante vos las soluciones a este enigma, pero ahora creo poseer buena parte de ellas.

—Os escucho.

Y le detalló las elucubraciones que había barruntado desde que su señor al-Hakam fuera envenenado aquella trágica noche del 17 de noviembre.

Almanzor conocía la existencia del manuscrito perdido de los Omeyas, aquel que Abd al-Rahman I el Emigrado había traído consigo tras la quiebra de su dinastía a manos de los Abasidas. Persiguiendo los retazos de leyendas, había abierto la tumba del primer emir andalusí hasta dar con los huesos corruptos y el polvo del cadáver. Pero ni rastro del libro.

Ansiaba una página en concreto, algo inusual pues, siendo como era hombre avieso e insaciable, cualquiera habría apostado a que anhelaría el manuscrito completo, signo inequívoco del poder fulgurante de la dinastía que había imperado en Oriente. Además, era evidente que albergaba pretensiones al trono, si no desde la llegada a Madinat al-Zahra, sí desde que obtuviera ciertos cargos y se ganase la confianza del califa. Su valedora —la Gran Señora Subh— había sido un impulso inesperado que le había permitido medrar en la corte con una rapidez pasmosa.

De todo es bien sabido que la codicia corrompe incluso al más honorable de los hombres. Y de ahí el intento de regicidio.

Muertos al-Hakam II y su pequeño vástago, el vacío de poder podría saldarse en la intimidad de la corte, donde eunucos y aspirantes al gobierno se enfrentarían unos a otros con sus mejores armas: el oro que compra las voluntades, y los favores que se prometen y cumplen una vez que uno se ha asentado. Almanzor tenía mucho de lo primero y aún más de lo segundo. Pero, a menudo, la política traspasa fronteras, y las decisiones finales se toman empuñando la espada y regando la fértil tierra de sangre y vísceras.

—Al-Mughira —le rebatió Lubna, que lo había escuchado atentamente hasta entonces—. Al-Mughira comparte la sangre real de nuestro señor al-Hakam. Así pues, como su hermano y como hijo de Abd al-Rahman III, enseguida haría valer sus derechos al trono. No hay nadie mejor que él para ocuparlo.

El cariño que todavía le tenía a la honorable Señora Mustaq se traducía en fidelidad y servidumbre hacia su hijo, el apuesto al-Mughira, que ya peinaba canas.

—Al Mughira podría morir —continuó Nasir

Ella torció el gesto mostrando su desacuerdo.

—¿También de un envenenamiento? —espetó mordaz.

—O en una lucha encarnizada por el poder. Almanzor cuenta con un apoyo indiscutible, uno del que no gozarían los demás aspirantes al trono: Subh. —Antes de que ella se pronunciara en contra y defendiera con uñas y dientes a su señora, prosiguió—: Lo ha elevado hasta lo más alto y protegido en infinidad de ocasiones.

—Y si se atreviera a matar al príncipe Hisham, ella misma lo despedazaría —aclaró—. ¿Cómo pactar con el hombre que te ha arrebatado a tu hijo, ya habiendo perdido al primero? Vos no estuvisteis ahí… No la visteis enterrar a su primogénito, se habría encerrado en ese sepulcro de haber podido.

Algunos dirían que lo que había frenado a la Gran Señora

era el deber, el deber para con su marido, para con su pueblo, para con la continuidad de la dinastía Omeya. La realidad distaba mucho de ser esa. Subh no se había lanzado a aquella zanja porque sabía que aún podía engendrar. Haría un nuevo hijo, uno al que amaría con idéntica intensidad, al que trataría de proteger, uno que le aliviaría el sufrimiento, pero que no podría sustituir a aquel niñito del que se acababa de despedir.

Nasir cabeceó, consciente de ello. Había presenciado la aflicción de Subh y el desgarro de su alma al contemplar a su hijo postrado en el lecho, convaleciente, debatiéndose entre la vida y la muerte.

—Lo sé, no dudo del dolor que aún debe de habitar en ella. Pero un día dijisteis que las mujeres también hacíais la guerra, que no siempre os dedicabais a limpiar los desastres ocasionados por la codicia de los hombres, que vosotras erais, en igual medida, ambiciosas. Y Subh lo es, así lo señalasteis.

—Antes que Gran Señora, es madre.

—Y antes que madre, es mujer.

Lubna chasqueó la lengua.

—Le cargáis el peso de unas faltas despreciables.

—No. La hago humana, no como vos, que la ensalzáis. ¿Y si Subh desea a Almanzor tanto como él el poder? ¿Y si está dispuesta a obtener a ese hombre a cualquier precio?

Que Subh hubiera caído rendida ante los encantos de su administrador y las alhajas con las que la había obsequiado —a ella y a tantas otras féminas del harén— se le antojaba de una bajeza inconcebible. Por eso, Lubna alegó al origen servil de la Gran Señora, que había sido cautiva vascona y no había recibido títulos honoríficos hasta que su esposo sucedió a su progenitor allá por el 961 y ella diera a luz al príncipe Abd al-Rahman un año más tarde.

Sus lazos con la dinastía Omeya empezaban con al-Hakam y culminaban con sus vástagos, adscritos como herederos. No había relación más allá. No era princesa, ni hija, ni nieta, ni siquiera sobrina de gobernante. De poco le serviría a Almanzor tratar de afianzarse en el trono apelando a un matrimonio con ella, algo a lo que sí podría acogerse de unirse a una de las hijas más jóvenes del califa Abd al-Rahman III. Para su desgracia, estas lo aventajaban en edad y, a decir verdad, no gozaban de la belleza prístina y norteña que radicaba en la Gran Señora.

La legitimidad que buscaba le quedaba muy lejos.

—Subh no podría darle un heredero —apuntó Lubna, llamando a la cordura—. Ha llegado a la cuarentena y desde que naciera el pequeño Hisham, hace ya ocho años, la sangre no se ha retrasado por mucho que ella visite el lecho conyugal noche sí, noche también. O la simiente del califa se ha deteriorado y ya no arraiga en su vientre, o ella se ha vuelto yerma.

—Aunque la edad se lo impida, no sería un problema— adujo Nasir—. ¿No está casado con una esclava bastante menor que no hace mucho le ha dado un hijo?

Ella asintió.

—Al-Dalfa. Parió un varón no hará más de un trimestre, le pusieron de nombre Abd al-Malik.

—Ya tiene entonces al vástago que continuaría con su obra y garantizaría la sucesión de una nueva dinastía.

Nasir le dedicó una media sonrisa, y la picardía que pendía de ella intensificó uno de los hoyuelos que se formaba en sus mejillas.

Para sofocar las repentinas ganas de lanzarse a sus labios, Lubna se escabulló del lugar ocupado hasta entonces y, poniendo distancia y tomando la pelliza —lo que evidenciaba que estaba cerca de perdonarle y que la furia se había sosegado en pos del entendimiento mutuo— deambuló entre el caos de libros y volúmenes desperdigados.

Repasó mentalmente la información que el Bagdadí le había ofrecido y se detuvo en Subh, la Gran Señora, a la que era devota.

¿Cuántas mujeres habían intervenido en política mediante

tejemanejes y ardides sombríos y habían estado a punto de cambiar para siempre el rumbo del reino?

Muchas.

Muchísimas.

No hacía demasiado que el devenir de al-Ándalus se había retorcido a partir de la llegada de la esclava cristiana Maryan, que, al convertirse en favorita de Abd al-Rahman III, había postergado a su esposa oficial, quien también era su prima. Que el nacimiento de al-Hakam —hijo de Maryan— se adelantara dos meses permitió que este gobernara y no al-Mundhir, el vástago de Fátima al-Qurasiya.

Incluso un siglo antes, la sucesión al trono se había debatido en el harén, tornado campo de batalla silencioso. Y en él, una hermosa joven hecha esposa principal y un eunuco taimado habían atentado contra la vida del emir. Casi habían salido victoriosos.

Aquello manifestaba que el afán de una poderosa fémina podía cambiar el curso de la historia.

—Son suposiciones. Peligrosas suposiciones —dijo finalmente—. Podéis acusar a Almanzor de traición y tratar de demostrarlo frente a nuestro señor al-Hakam, pero cuidado, Nasir. Todo lo que perjudique a la Gran Señora os costará caro. No saldréis bien avenido si la mancilláis con el adulterio o con confraternizar con su administrador de bienes. El califa la ama demasiado.

—¿Estaría tan ciego?

—No sería el primero que se niega a enfrentarse a las evidencias expuestas —lo advirtió—. Abd al-Rahman II también padeció de ceguera amorosa.

—El intento de regicidio y la desafortunada muerte de vuestra maestra están conectados por el manuscrito perdido y las ansias de Almanzor por poseerlo —comentó—. Quizá crea que la clave del éxito para obtener el poder reside en el libro y que por eso el Emigrado desposeyó de él a Abu Abbas al-Saffah y su linaje.

—No. No. —Se negó ella, todavía merodeando entre pergaminos y papeles deshojados—. Puede que Almanzor sea combativo y que haya intentado ganarse el favor de las mujeres del harén, puede que peque de ambicioso y de contentar a alfaquíes y ulemas, pero no lo veo capaz de…

—¿Asesinar? —atajó él.

—De ser tan ingenuo y, a la vez, tan… hipócrita —escupió con un resquemor palpable—. No le agradan los libros sobre ciencias antiguas y su profunda religiosidad lo ha llevado a criticar ciertos volúmenes de nuestra biblioteca.

Nasir enarcó una ceja, confundido.

—Leyendas hay muchas.

—Las conozco.

—No. No las conocéis, no en realidad. Los crédulos se han encargado de esparcir un rumor fantasioso: que el manuscrito perdido contiene un remedio ancestral que nadie ha osado elaborar desde hace mucho. Una receta que promete la vida eterna.

—Eso es imposible.

—Lo es. De hecho, nadie habla de ello, ya que la vida eterna solo nos espera en el Paraíso, junto a Allah. Pero si Almanzor os ha pedido una única página, diría que es esa.

—La supuesta receta de la vida eterna no le entregaría el gobierno de al-Ándalus, pero, de poseerlo, sí aseguraría su continuidad en él. La lucha contra el infiel, el avance hacia el norte y el sometimiento de los reinos cristianos, puede que incluso traspasar el limes de las montañas. Dividiría el territorio y colocaría a sus vástagos, a Abd al-Malik y a los que le siguieran. Una dinastía, la Amirí, intocable, perenne. —Se masajeó la barbilla poblada de rasa barba—. ¿Es eso lo que decís?

Sus miradas se cruzaron, ámbar dorado y negro pedernal; una chispa relampagueó.

—Sois vos el que ha empezado a divagar sobre conspiraciones.

En el rostro de Nasir se dibujó una sincera sonrisa.

—Si lo denunciamos ante nuestro señor al-Hakam…

—No hay pruebas concluyentes —le recordó Lubna, atemorizada por el rumbo que estaba tomando aquella sarta de elucubraciones.

—Entonces deberíamos demostrarle a Almanzor que el libro no contiene lo que él cree.

Ella se echó a reír con una histeria desconsolada. Debían de ser el duelo y el cansancio, que la turbaban en demasía; aún no se había repuesto de un golpe cuando ya había acusado el siguiente.

—Queréis el libro. Pues claro que queréis el libro. —Y entonces cesó en la risa desquiciada y recuperó la decepción del principio—. Ya me lo advirtió Muzna, todos los hombres ansían el manuscrito perdido y vos, que os desligabais de la cruel naturaleza masculina, habéis resultado ser idéntico a los demás. ¿Me habéis enredado entre conjeturas para ahora pedírmelo?

Nasir dio un par de zancadas y llegó hasta ella.

—No. No.

La agarró de los antebrazos para que el mensaje le calara hondo, para que no volviera a dudar de que su lealtad era para con ella desde hacía tiempo. Se habría postrado de rodillas y le habría besado los pies, si con eso la convencía.

—De ser cierto, no cederé ante el chantaje de Almanzor. Antes la muerte —gruñó Lubna con ferocidad y salvajismo.

—Intenta amedrentaros. Primero, lo de Muzna. Luego, el registro de la Biblioteca Real, de vuestros aposentos… ¿No lo veis? —Se acercó hasta que las narices se rozaron y los alientos se confundieron—. Está buscándolo. Os hostigará y no cejará en su empeño. Ya lo conocéis, es agudo y hábil en la caza, para él solo sois una presa que abatir.

—Que así sea. No lo encontrará jamás. Está a buen recaudo.

—Lubna, os lo ruego… —Su voz sonaba lijada, áspera, anhelante—. No por la memoria de mi padre, no por el amor a las ciencias y la medicina, ni siquiera por las vidas de aquellos que sufren de una enfermedad que no tardará en llevarlos a las puertas de la muerte. Puedo renunciar a todo ello si con eso preservo vuestra seguridad —bisbiseó.

Cuánto odiaba haberse curtido en el noble arte de los fármacos, las cirugías y los malos humores, cuando le habría resultado más favorecedor esgrimir un arma para proteger a su amada esclava bibliotecaria.

—No puedo negociar con algo que no es de mi pertenencia, algo que se me ha consagrado para salvaguardar. Esa es mi tarea. La de mis predecesoras. La de mis sucesoras. La de Qamar. —Un intrincado nudo en la garganta le quebró la voz—. Es el legado que he de dejarle a mi pupila. ¿Qué quedará de todas nosotras si os entrego el libro?

—¡Pero yo sí! Yo sí puedo negociar con él.

Lubna alzó la mano y le acarició la mejilla.

—Creo que lleváis demasiado tiempo en la corte, Nasir Ibn Hakim —dijo con una lástima que le anegó los ojos de ardientes lágrimas—. Os habéis adecuado a la política y ya hasta habláis de ella, de jugar con ella... Esto no es un tablero de ajedrez: las piezas que un bando se come no se disponen de nuevo sobre la cuadrícula, se entierran en el cementerio.

—Entonces encontraré otro modo.

Y sosteniéndola de la barbilla, la besó, sellando así su promesa.

40

Los mundos que Nasir había tratado de preservar distantes en la medida de lo posible colisionaron al día siguiente, cuando en uno de los salones de la residencia palatina se reunieron las féminas para rendir homenaje al masacrado cuerpo de Muzna: Lubna, Qamar, otras tantas siervas y Bashira, la célebre médica que él mismo había recomendado para que se encargara de los momentos más delicados y cruciales del proceso.

Se lloró mucho, se oró mucho y se rogó mucho por el alma de aquella buena mujer que las había abandonado en la peor de las circunstancias. Con el cuidado y la parsimonia con la que se trataría a un recién nacido, las mujeres limpiaron con agua caliente y lienzos blancos el cadáver. Retiraron las costras resecas de sangre y dejaron a la vista esas malditas rajas, lo secaron y lo masajearon con aceites perfumados, aromatizándolo.

Lubna le desenredó la maraña de cabellos encanecidos; los peinó primero con los dedos y luego con un precioso y ostentoso peine que la Gran Señora Subh había cedido para la ocasión. Embadurnadas en agua de rosas y a la luz de los candiles, las guedejas eran plata recién bruñida.

Bashira, hábil en su oficio, las libró de verla coser las heridas con aguja e hilo de tripa de animal. Las instó a irse y a regresar una vez hubiera finalizado la ardua tarea, mas Lubna y Qamar se negaron a ello; permanecieron allí, juntas, agarradas de la mano mientras observaban enmudecidas el transitar de la aguja en la fina y untuosa piel. El contacto con su discípula era lo único que mantenía a Lubna aferrada a ese mundo, anclada a la terrible realidad, pues con cada puntada sentía la imperiosa necesidad de refrenar los dedos de la médica y gritarle que cesara, que dañaba a su maestra, que ya era vieja y no soportaría ese tormento.

Las carnes flácidas quedaron estriadas por los costurones, como los remiendos de una prenda que ya nadie usaría. La imagen era tan grotesca que invocó el llanto gutural de Lubna, al que le siguió el de Qamar.

Tras cerrarle los párpados, la adecentaron con afeites y cosméticos. El sutil rubor en mejillas y labios la asemejó más a una mujer dormida plácidamente que a una asesinada, y eso permitió que las féminas trabajaran un poco menos inquietas en lo que al sudario se refería. La envolvieron en una mortaja anaranjada teñida de azafrán y la tornaron una hermosa y colorida crisálida. Al desaparecer el ajado rostro bajo las tiras de telas, Lubna notó una última punzada de dolor.

Había experimentado el duelo en ocasiones anteriores, conocía bien el discurrir de las emociones. Primero, la negación. Luego, la ira. Más tarde, la tristeza profunda. Y, finalmente, la aceptación. De haber sido otra persona, habría estado deseosa de alcanzar el término, pero era Muzna, así que no avanzaría más allá de la tristeza y el anhelo, de la añoranza. Quedaría estancada en la deprimente pérdida para siempre.

El califa, que había recibido la noticia como si fuera un golpe en el pecho, había expresado su profundo pesar. Generoso y piadoso en demasía, reservó un buen emplazamiento para la honorable Muzna. Nada de cementerios a extramuros, nada de necrópolis atestadas, nada de compartir hogar con el común. Tierra fértil para que reposaran sus cansados huesos y una cuantiosa dádiva en su nombre; limosna para los enfermos, pobres y menesterosos, y comida, ropa de abrigo y algo de dinero para los huérfanos. Y, por supuesto, oraciones cada poco por su alma. Que no cayera en el olvido tan gran mujer.

Se llevaron el cadáver amortajado de Muzna en unas parihuelas sobre las que se colocó un catafalco no demasiado alto ni ostentoso, y las mujeres lo siguieron, conformando una comitiva de llorosas y plañideras.

Acompañaron a la difunta hasta el lugar que se había decretado para enterrarla. Allí rezarían y derramarían sus lágrimas durante siete días. Lubna puede que algunos más. El jurista al-Utbi defendía que el Profeta maldecía a las mujeres que visitaban las tumbas, a quienes ponían lámparas sobre ellas y a quienes erigían mezquitas encima. Pero a estas mujeres que acababan de perder a una compañera, una amiga, una confidente, una maestra, les importaba más bien poco lo que hubiera creído conveniente al-Utbi. De hecho, escupían sobre el sepulcro de este y de cualquiera que aspirase a poner coto al desconsuelo.

Al cementerio acudieron hombres y mujeres, la humilde servidumbre de la residencia palatina y la del antiguo Alcázar cordobés, cautivos y cautivas, y gentes dedicadas a ciencias profanas y religiosas, iluminadores, copistas, gramáticos, lexicógrafos, astrónomos, matemáticos; sabios, en general, que apreciaban el conocimiento y reconocían la labor que había desempeñado Muzna como bibliotecaria y secretaria del primer califa.

No hubo funeral más concurrido, a excepción del de emires y príncipes. Y no hubo mujer más llorada y venerada, salvo la Gran Señora Maryan, madre del califa al-Hakam II, fallecida tiempo ha.

Nasir asistió junto a Abulcasis, los hermanos al-Harrani y los esclavos que actuaban de drogueros en la Botica Real. Permaneció de pie, rodeado por los varones, colocados a la diestra del féretro y manteniendo así una distancia prudencial de las féminas, ubicadas a la siniestra. Durante un largo rato clavó la vista en la superficie blanda y terrosa que pisaba, rehuyendo la figura del administrador de bienes de la Gran Señora y el príncipe, que se había posicionado en un lugar de honor, donde los grandes hombres de poder y la familia real, en cuya representación estaba Subh.

Buena parte la pasó lamentando la pérdida de Muzna; la restante, ora rezando, ora urdiendo un plan que desviara a su amada Lubna de las codiciosas garras de Almanzor. En el otro extremo, el hombre de ojos ladinos parecía controlarlo todo, desde el silencio sepulcral hasta las nubes sombrías que habían eclipsado los rayos del sol, concediendo al entierro un aura aún más lúgubre. Solo faltaba que una fina capa de lluvia los empapara.

Fatigado por los últimos acontecimientos y perturbado por la mirada negruzca de Almanzor, que recorría a los presentes y se posaba sobre el triste féretro, le costó un enorme esfuerzo no sucumbir al impulso de echar a correr hacia Lubna y envolverla entre sus brazos. Allí estaba ella, vestida entera de riguroso negro y velada por completo, apiñada entre el resto de las mujeres y abrazada a una silueta de menor estatura que identificó como la bella Qamar. El silencioso llanto sacudía sus hombros en violentos estertores.

—Tened por seguro que esta atrocidad no quedará impune —dijo al terminar la ceremonia la Gran Señora, que se había personado en el cementerio enlutada y con unas enormes ojeras.

Lubna aceptó el abrazo y el beso que su señora le depositó en el reverso de las manos, y le creyó, porque si había alguien capaz de cumplir incluso la promesa más difícil era ella: la vascona Subh.

Pero lo cierto es que el asesinato de la anciana secretaria había sumido a la corte en un estado de agitación perpetua. No se olvidaba el deleznable crimen, como no se olvidaba el fatídico intento de regicidio que casi había descabezado el gobierno.

Los embajadores cristianos y berberiscos continuaban encerrados en sus correspondientes dependencias y, aunque eran tratados con la dignidad de quien ostenta altos cargos, la condición de cautivos no les era agradable. Rodeados de oro y lujos, mas enjaulados al fin y al cabo, sus movimientos habían quedado restringidos a causa de las sospechas que levantaban los norteños rumíes. A sabiendas de su delicada situación, estos se afanaron en esbozar sonrisas de complicidad y obediencia para ver si así reducían la condena.

Al-Hakam juró, y él nunca juraba en vano y Allah así lo sabía, que, una vez apresado el culpable, los embajadores podrían retornar a sus tierras. Y como muestra de hospitalidad y confianza —una que probablemente no sentía, pero que ayudaría a tranquilizar a sus invitados—, llamó a Ahmad Ibn Arus al-Mawruri, un estudioso del derecho canónico, a quien ordenó que preparara su equipaje y las monturas, pues al finalizar el mes de noviembre partiría hacia Galicia para comparecer ante doña Elvira de León, tía del tirano. Le acompañarían los cristianos, a quienes se expulsaría de Córdoba, y para evitar mayores problemas con la lengua escogió a Ubayd Allah Ibn Qasim para que ejerciera de intérprete. En la región del Algarve se les incorporaría Muhammad Ibn Mutarrif.

Todo aquel asunto había de resolverse cuanto antes, y no solo para castigar al indeseable que había tratado de arrebatar la vida al califa y al heredero al trono, y que sediento de sangre se había llevado la de Muzna. De no atajar la inseguridad y el miedo que campaban a sus anchas en los pasillos de los palacios y otras residencias, pronto se extenderían por toda Madinat al-Zahra y llegarían hasta Córdoba, desde donde los gélidos vientos los esparcirían hacia el resto de las ciudades andalusíes. El pánico cundiría entre la población, que se sentiría desprotegida, y los poderes políticos cristianos y muslimes observarían una debilidad que nada les convenía.

Además, los próximos meses de diciembre y enero, al-Hakam al-Mustansir billah, Príncipe de los creyentes, había de sentarse de nuevo en el salón del *Mayilis al-Jilafa* para la recepción de otro par de embajadas, y para eso la corte debía volver a ser un entorno seguro.

En el intento de sortear esa tormenta de desdichas que arreciaba, el Alcázar se había convertido en un hervidero en el que todos sus habitantes eran escudriñados por ojos expertos e instigados por afiladas lanzas. Había que ser en extremo cuidadoso con lo que se decía y hacía, pues aquel que diera un paso en falso tropezaría con la brillante hoja del verdugo.

41

Subh se había rendido. Había pactado. Capitulado, al igual que una plaza fortificada a la que ya no le quedan víveres con los que subsistir al cerco al que la someten.

Almanzor había acariciado ese sueño desde que la viera por primera vez y quedara embelesado por su mando y arrojo, oculto tras una veladura que la hacía mujer honrada y unas vestiduras de efebo que insinuaban que no lo era tanto. La vascona había probado la dulce pena en ocasiones anteriores, pero saberse desamparada ante lo que habría podido ser el fallecimiento de su esposo y su hijo la había llevado hasta él. Y es que no hay nada como la desesperación para azuzar a alguien a cometer unos actos a los que, en otras condiciones, se habría negado.

—Sigo siendo la mano que os da de comer —lo amenazó sin miramientos, con los ojos transformados en dos rendijas peligrosas y resplandecientes—. No os conviene olvidarlo, mi señor Almanzor.

Las comisuras de él ascendieron, invocando esa sonrisa que era un tajo en su apuesto rostro.

—¿Cómo hacerlo? —No había ironía en su voz, se trataba de una pregunta real, formulada sin malicia.

Almanzor no podría olvidar que Subh era quien ahuecaba las manos para alimentarlo como quien alimenta a una bandada de aves carroñeras, y que su esposa, la bienamada y taimada al-Dalfa, le vertía vino y agua fresca en el gaznate.

De poder aunar a ambas bajo su cuidado y dominio, de poseerlas en cuerpo y alma, rozaría la gloria con los dedos. No obstante, su deseo estaba lejos de materializarse. Él mismo las mantenía alejadas, pues dos mujeres de tamaño orgullo se habrían ensartado con los alfileres que sujetaban sus velámenes.

Caminaron a paso lento, con la racha de viento empujándolos por la espalda y un silbido que se confundía con los sonidos naturales de la nocturnidad y los animales que merodeaban por los hermosos jardines de Madinat al-Zahra. La fría estación había mermado parte del esplendor de la vegetación, que había pasado de ser de un verde brillante que clamaba abundancia a uno apagado que delataba el deterioro. No había flores que aromatizaran el entorno, los arbustos habían perdido el follaje, los árboles caducos se balanceaban desnudos, asemejándose a huesos calcinados, y solo los cipreses y otros perennes aguantaban la espesura de sus copas. De no deambular por aquella vía empedrada, los pies se les habrían hundido en la tierra reblandecida por los aguaceros.

Durante unos minutos, todo fueron silencio y respiraciones entrecortadas por la abrupta gelidez. Subh se encogió dentro de la suave pelliza de cordero.

—Hasta este año pensaba que mi esposo resistiría con mayor entereza los embates de la edad, así como lo hizo su honorable padre —bufó decepcionada—, que el tiempo no dejaría mella en él, que Allah lo beneficiaría por sus buenas labores, por ser el Príncipe de los creyentes. Me equivocaba. —Y el bufido pasó a ser una risa sardónica cargada de desconsuelo—. Ya casi había superado esa enfermedad, pero entonces llegó ese malnacido que trató de envenenarlo y... Y ya no sé qué pensar sobre el devenir.

Almanzor asintió, a sabiendas de que había un nudo de sentimientos que su señora deseaba vomitar allí a sus pies. Callado, dejó que se librara del miedo que la atenazaba. No solía compartir sus cuitas con nadie, ni siquiera con su séquito de doncellas y esclavas, y eso la ahogaba, era evidente.

Si ya la admiraba detentando el poder a la vista de todos, más lo hacía cuando se despojaba de esa máscara hierática que escondía su humanidad y se rendía a las viscerales emociones. Siempre se le había antojado demasiado impostado ese hermetismo del que hacía gala.

—Si no es este año, será el próximo y si no, el siguiente. —Exhaló un hondo suspiro, eclipsado por el intrépido viento—. Me temo que el final está próximo y más temprano que tarde nos abandonará, e Hisham será aún un niño que necesite de su madre.

—Y vos necesitaréis a un hombre que sea las manos que sostienen la espada en la batalla, que anime a las tropas, que dé la cara —dijo él.

—Bien lo dijisteis tiempo atrás. Miradme.

Se detuvo en mitad del sendero, cerca de una inmensa alberca en la que flotaba hojarasca anaranjada, y él hizo lo propio.

La Gran Señora, que acumulaba en su cuerpo el anhelo de los varones y la envidia de las féminas, abrió los brazos mostrando las exquisitas vestiduras de oro y plata y el cinturón taraceado de gemas preciosas. A Almanzor, acostumbrado a las riquezas y a la vida en la corte, le deslumbraban más esos labios finos y rosados, la tez lechosa del norte.

—Allah me hizo mujer y me dio astucia, para que lo segundo compensara lo primero.

—De haberos hecho hombre dominarías el mundo entero.

—El mundo es demasiado vasto. Con gobernar este reino e intentar que no se haga trizas voy bien servida.

Subh no había ambicionado el poder, al contrario que otras féminas del harén, que morían y mataban con tal de obtener la atención del califa y encumbrarse como favorita. Y esa era una de las cosas que más la enorgullecía, que se había encontrado con la tiara de perlas y el trono por fortuna, porque Allah quiso que su señor al-Hakam bebiera los vientos por ella, que apreciara su gran intelecto y sus dotes para la política, que le fiara los asuntos públicos y privados.

En esos momentos su esposo se debilitaba y ya era tarde para parir más hijos, para engrandecer antes de tiempo al pequeño Hisham, el entorno y los privilegios de los que había gozado se derrumbaban. El gobierno decaía. Solo quedaban ella y aquel hombre que la contemplaba con una chispa de enamoramiento y lujuria que habría prendido fuego incluso a las piedras de mármol con las que se construyeron los alcázares.

—Cuando mi esposo fallezca, os necesitaré a mi lado.

Él cabeceó con contundencia.

—Allí estaré, señora mía. De mi boca brotarán vuestros deseos, que son órdenes para mí, y allá donde vaya vos seréis el pendón que porten las huestes.

—Sea, mas esto no es mi derrota, al-Mansur Muhammad Ibn Abi Amir —le advirtió—. No os creáis vencedor, que las joyas y el boato no han sido lo que me ha ganado. Es la maternidad. —Se llevó las manos al vientre desinflado que una vez albergó dos vidas, una de ellas ya extinta—. He de asegurarme de que la herencia de mi hijo esté intacta para cuando cumpla la mayoría de edad.

—Hacéis lo correcto, lo que haría una buena madre.

Lo que ya habían hecho otras antes que ella.

—Más me vale —gruñó. Y adoptando una pose altiva, dijo—: Ahora jurad.

Almanzor se habría arrodillado, si ese gesto de absoluta sumisión no se percibiera cual signo de debilidad. Pero Subh, que estaba dispuesta a poner a prueba sus servicios, su paciencia y honor, alzó el mentón y señaló con el dedo índice el suelo perlado de guijarros. A él se le escapó una risa.

¿Cuántas humillaciones soportaría por aquella mujer? Más de las que habría confesado incluso bajo coacción.

Se postró frente a ella, mas no agachó la cabeza, aquello le parecía demasiado; la elevó y le clavó su oscura mirada. Atrapada, Subh no apartó los ojos de él.

—Jurad que defenderéis la vida y los intereses de mi hijo, vuestro príncipe, que velaréis por su ascenso al trono y que procuraréis la caída de aquel que ha tratado de matarlo, de arrebatármelo.

—Lo juro. Con estas manos y esta espada —apartó la pelliza que lo resguardaba del helor otoñal y el acero centelleó bajo la luz titilante de las estrellas—, me encargaré de que nadie ose reclamar lo que legítimamente le pertenece a mi príncipe, vuestro hijo. Así me cueste la sangre. Así me cueste la vida.

Quedó plenamente complacida. Pese a ello, como esposa de califa —y antaño esclava cantora que moró en el harén— había visto mucho, oído mucho, conspirado mucho. Era consciente de que las palabras eran fútiles, más en la corte, donde las lealtades basculaban según los provechos y réditos que uno pudiera sacar.

Se aproximó a él y lo capturó por la mandíbula, cuajada de una espesa y negra barba. Tan dada a la bestialidad, disfrutó del momento.

—Si osáis ir contra mí... —le previno, ejerciendo presión y ensañándose con esa cara que se le presentaba en sueños y le hacía humedecer las sábanas—. Juro por Allah que os buscaré, os encadenaré y os someteré al peor de los tormentos, al-Mansur Muhammad Ibn Abi Amir. Yo misma os enaltecí y yo misma os daré muerte si me traicionáis.

Un fogonazo prendió en el pecho de Almanzor. Y con un raudo movimiento, más propio de un hombre de contienda que de uno habituado al papeleo, se puso en pie, librándose de su opresora y tomándola a ella por la mandíbula.

—Mi señora, ¿cómo traicionaros cuando ardo en deseos por vos? —susurró a escasa distancia de su bello rostro.

Al soltarla, los labios de Subh regresaron a su posición, enrojecidos e hinchados por la violencia ejercida. Esta se masajeó la zona dolorida, pronto habría de aplicar un emplasto y un cosmético que camuflara los moretones que aparecerían, señal de que un varón —no su marido— la había agarrado íntimamente.

Mientras se perdía en aquellas endurecidas facciones masculinas y en las arrugas que surcaban sus ojos y frente, Subh decidió que lo contentaría. Ya le daba agua al sediento y viandas al hambriento, y Almanzor no distaba mucho de ello; además, ¿por qué no ofrecerle a su querido administrador, que llevaba años rondándola, unos despojos de afecto para que así se relamiera y aferrara a lo que pudiera? Se dice que el temor provoca lealtad, pero nada más poderoso que el amor y la veneración, ella bien lo sabía, que era apreciada por el pueblo por ser una gran benefactora. De resultar menester, lo metería en su lecho para que fuera perro fiel. Quizá también por placer.

Así pues, Almanzor venció en la batalla que llevaba tiempo librando. Obtuvo la rendición de Subh y le devoró la boca allí mismo, flanqueado por una arboleda que guardaría un secreto de alta traición.

—Mi señor Almanzor, no olvidéis que quiero la cabeza de ese vil asesino en los días venideros —le recordó a modo de despedida—. Como habéis dicho, mis deseos son órdenes para vos.

Él portaba la sonrisa del sabueso que olisquea carne fresca a la que no tardará en hincarle el diente.

—La tendréis. Os la entregaré en bandeja de plata, señora mía.

Almanzor regresó al hogar rememorando el sabor de los besos de la Gran Señora y, al internarse en el mullido jergón, buscó el calor corporal de su amada esposa, a la que despertó. La tomó con premura, por pura satisfacción, con la necesidad de desahogarse y aplacar el ánimo incendiario. Ella lo notó. Y entonces él perjuró y perjuró que su pensamiento no había escapado del lecho conyugal. Y así había sido.

Antes, durante y después solo había pensado en su bienamada al-Dalfa, en que la haría Gran Señora, en que la cubriría de gemas y oro, y las gentes le besarían la mano y los pies. En que su hijo Abd al-Malik, un día no muy lejano, heredaría el reino arrancado a la dinastía Omeya.

Y él, que otrora no fue nadie, sería califa de al-Ándalus.

El fulgurante poder endurece la virilidad incluso de los hombres menos ambiciosos, y Almanzor siempre había pecado de ello.

42

—Tenemos al culpable, mi señor —anunció uno de los guardias.

Así fue como Lubna se enteró de que el asesino de su querida maestra había sido apresado y lanzado a una sucia y hedionda mazmorra, donde recibiría tormento hasta que confesase sus atroces crímenes.

Era una de esas mañanas en las que el sol se despierta perezoso y emite poco calor. Las nubes se negaban a apartarse y el cielo encapotado esparcía una suerte de penumbra por los rincones de al-Ándalus, la misma que se respiraba en la corte califal. Ante el inclemente viento, el olor a lluvia que parecía regresar y el frío que se colaba por las ventanas, todos se resguardaban bajo las vestiduras de gruesa y basta lana, la pelliza y las manoplas de piel de animal. A menudo se preguntaban qué dejarían para cuando llegase el invierno. Puede que la estación más triste y cruda de cuantas hubiera les deparara mayor benevolencia y dicha que la que en esos momentos experimentaban.

Como de costumbre, Lubna había acudido a los aposentos de su señor al-Hakam, donde este le aguardaba para departir sobre asuntos de Estado. Su cuerpo aún debilitado por las toxinas del veneno se resistía a recuperar el ritmo habitual; no obstante, su mente —algo más lúcida pero no menos temerosa— exigía ejercicio con urgencia. Tampoco es que hubiese interrumpido tanto sus deberes políticos, ya que las continuas cuitas lo habían acechado incansablemente desde que cerrara los ojos para dormitar hasta que los abriera de nuevo.

A sabiendas de que las tribulaciones eran malas compañeras, más para un anciano enfermo, el Bagdadí le recomendó distintos bebedizos que reforzarían su frágil cuerpo y su ánimo agriado, además de reposo y un tiempo para sí. Tiempo era precisamente lo que al-Hakam no tenía. La edad no pasaba en vano y él ya había alcanzado los sesenta, trece años menos que su progenitor cuando falleció. Ese incordio de hemiplejía y el envenenamiento lo habían hecho más consciente que nunca de que su viaje no tardaría en finalizar. Estaba casi seguro de que no llegaría a rozar la edad de su padre.

Con los útiles de escribanía sobre la mesa, Lubna fue leyéndole las misivas que el califa había recibido en los últimos días de convalecencia. Habían logrado evitar que los rumores sobre el intento de regicidio traspasaran los límites de Madinat al-Zahra, pero, en cuanto los embajadores regresaran a sus tierras, la noticia recorrería los confines de todos los reinos. Había de prepararse para extirpar las habladurías y hacer una muestra de su poder.

—No recibiré a las nuevas embajadas hasta que el asesino no haya sido prendido —dijo.

—¿Y si tardamos más de lo previsto?

—Entonces habremos de posponer las próximas recepciones.

—Quizá los embajadores ya marchen hacia nuestra ciudad, mi señor —le advirtió.

—Los exhortaremos a que hagan un alto en el camino y disfruten de las muchas otras que componen nuestro territorio.

Al-Hakam señaló las viandas que se habían dispuesto en una mesa cercana. Un sirviente aproximó la escudilla repleta de queso, pan y fruta de temporada y, cuando su señor eligió lo que quería llevarse a la boca, lo probó primero. Esperaron durante unos minutos, por si la ponzoña se hubiera ralentizado y mostrara sus desastrosos efectos más tarde.

Desde que lo envenenaran, el califa había sucumbido al temor que estrangula a los hombres de poder que creen ver enemigos donde no los hay y un ardid para expulsarlos del trono por parte de sus más leales. Ya no había bebida o comida que no pasara antes por una salva.

—Recordádmelos. Esta memoria, por desgracia, ya no es la que era… —comentó con cierta desazón.

Mientras su señor mordisqueaba uvas y queso, Lubna leyó con voz alta y clara.

—El día 30 de noviembre habrían de llegar a Córdoba Isa Ibn Abd Allah, cadí de Ahmad Ibn Ismail al-Hasani, y poco después, el 2 de diciembre, Muhammad e Ibrahim, los Hasaníes hijos de Isa Ibn Yahya Ibn al-Qasim Ibn Idris.

Al-Hakam cabeceó y se lamió los dedos pringados.

—Los recibiré entonces el día 4 de dicho mes en una audiencia en nuestro Alcázar. —Pidió un poco de vino—. Primero que pasen los embajadores venidos de Fez y luego, los de los emires de los Banu Hasan.

Y ella apuntó las indicaciones dadas.

—¿Preferís postergar esto? —Lubna alzó el rostro, confundida por la pregunta—. El duelo —especificó al-Hakam—. A veces interfiere con nuestras obligaciones, nos reblandece cuerpo y alma y aturde los sentidos. Nos vacía.

Negó. La amabilidad y dulzura con la que su señor le había ofrecido un día de alivio le anegó los ojos de lágrimas. Las retuvo no sin esfuerzo, tras un par de parpadeos. No quería deshacerse en llantos delante de él. ¿Acaso tenía derecho? ¿Cómo llorar delante de un hombre que ha estado a punto de fallecer? ¿Cómo hacerlo delante de un padre que ha visto retorcerse a su hijo de agonía por un veneno que quizá solo le estaba destinado a él? Un hijo era más que una maestra, por mucho que esa maestra se vistiera con ropajes de madre.

Empujó la aflicción bien adentro, garganta abajo, y dibujó una fingida sonrisa que no habría engañado a nadie.

—Os lo agradezco, mi señor, pero si cesara me volvería loca de dolor. Sería demasiado tiempo libre y sé que lo invertiría en vivir en el pasado y azotarme por descuidos y devaneos. Acabaría mesándome los cabellos y arañándome el rostro.

—Y algún ortodoxo os reprendería por ello.

Él lo entendía mejor que nadie. La premura con la que había ascendido al trono tras el fallecimiento de su honorable progenitor, Abd al-Rahman III, lo había obligado a amordazar la pena y señorear los territorios que antaño habían estado bajo su control. Las juras, que siempre se observan con regocijo, son en realidad la celebración de un nuevo gobernante que llora en silencio sobre un cadáver caliente y recién amortajado.

Así se sentía Lubna, con el corazón destrozado en la mano izquierda y el cálamo en la derecha.

—La ocupación constante deja poco margen al sufrimiento.

—Y erosiona en gran medida. Cuidaos, Lubna de Córdoba, no sabría qué hacer sin vos como no sabría qué hacer sin mis hombres de confianza.

Ella asintió, emocionada por la preocupación de su señor.

Fue en ese instante en el que los guardias golpearon la puerta de los aposentos califales. Armados más para una guerra que para la detención de un homiciano que se camufla entre las sombras, entraron y el que estaba al mando dio un paso al frente. Postrándose ante al-Hakam, notificó que el culpable de los infames crímenes había sido apresado. Lo hizo con severidad y, tras esta, Lubna adivinó el orgullo de una tarea bien hecha.

Después de aquello, su señor cubriría a aquel hombre de oro. Oro y gemas preciosas para el bienaventurado que había encarcelado a ese malnacido.

—¿Cuándo? —inquirió el califa.

—No hace demasiado, mi señor. Apenas un par de horas. —Se mantuvo en la sumisa posición.

—¿Por qué no se me ha informado antes? —gruñó.

El metálico tintineo de las alhajas antecedió a la Gran Señora, cuya voz llegó desde el otro lado de la alcoba, atravesando las puertas abiertas.

—Porque me consta que estabais descansando, esposo mío. Y dado que os negáis a seguir las recomendaciones del Bagdadí, he decidido que yo podía procuraros al menos un poco de paz, si es que me lo permitíais. —Una vez allí, hizo un gesto al guardia para que se alzara y luego se dirigió a su esposo, coloreado por la indignación—. Aunque ya veo que no.

Al-Hakam frunció el ceño.

—Asuntos de tamaña importancia prevalecen por encima del sueño, más para un gobernante que se debe a su pueblo, a sus gentes. A su linaje y su dinastía.

Subh asintió y, para no avivar las ascuas de la ira, una ira que no tenía razón de ser, se acercó a los almohadones donde su amado reposaba y le ofreció un casto beso en la mano. El siguiente fue a parar a la frente.

—Perdonadme, mi señor —se disculpó con un tono meloso—. Las preocupaciones de la esposa ganaron a las de la Gran Señora. Todo mi afán era protegeros.

Y él, reblandecido por el acto de amor sincero, le acarició la mejilla mientras la contemplaba con una devoción que muchos tacharían de herejía. Al infierno con las perversas mentes que confundían un sentimiento puro con la debilidad del hombre y el dominio de la mujer. Que al-Hakam al-Mustansir billah, Príncipe de los creyentes, había sobrevivido a mucho, entre ello a la enfermedad y a un envenenamiento, y sobreviviría a las maledicencias que se vertieran sobre él por el hecho de ser un hombre enamorado que nada negaba a su bella esposa.

Tratándola cual niña consentida, le dio un par de golpecitos en la velada coronilla y, tras concederle su perdón, le dedicó una mirada interrogativa al jefe de la guardia. Este buscó el beneplácito de la Gran Señora y entonces, y solo entonces, terminó por informar.

—Se encontró el cuchillo que había utilizado para agredir a la honorable Muzna, mi señor. Estaba en sus aposentos, y bajo su jergón unas hierbas que podrían ser venenosas.

—La niña aún ha de confesar —concluyó Subh—. Pero por el momento tenemos a los médicos de la Botica Real discerniendo si se trata o no de algo ponzoñoso.

—¿Ha sido una niña? —se atrevió a preguntar Lubna—. ¿Qué niña?

Un escalofrío se había deslizado por su espalda, erizándole el vello de la nuca.

Nasir penetró con premura en los aposentos califales. El sudor le corría por las sienes, y la piel, ya de por sí canela, le resplandecía aún más a causa de las brillantes gotas que lo perlaban. Si Lubna reparó en la urgencia que lo espoleaba, el califa no lo hizo, demasiado ocupado en regocijarse en su inminente triunfo frente a las fuerzas malévolas que habían atentado contra él y su vástago.

—Bagdadí. —La sonrisa del anciano se ensanchó y con un gesto de la mano le invitó a pasar—. ¿Traéis buenas nuevas?

—¿Se trata de veneno? —exigió saber la Gran Señora—. ¿Lo habéis identificado?

El silencio lo copó todo. Las miradas de los presentes clavadas en él, ávidas de rumores, de sangre.

Nasir examinó en su derredor: al avejentado califa devorado por los mullidos almohadones, a la servidumbre allí de pie, a la fiera guardia, a la Gran Señora Subh, de semblante pétreo y ojos refulgentes. Y, por fin, a Lubna. Lubna de Córdoba, que lo observaba con el aliento contenido y la mandíbula rilando, supurando miedo, rezando en silencio.

Él, por desgracia, era portador de malas noticias.

—Es veneno. —Sonó estrangulado—. Lo que Qamar ocultaba bajo la cama es veneno.

El nombre de su discípula fue una cuchillada imposible de esquivar.

Le había suplicado de rodillas a su señor que la dejara visitarla en aquella inmunda celda a la que la habían arrojado. Por piedad, eso dijo. Por piedad y misericordia, pues, aunque se tratara de una criminal a la que debían detestar, seguía siendo una jovencita, y de todos es bien sabido que las mujeres son volubles y, en cierta edad, demasiado influenciables. Y Qamar siempre había sido de las que acumulaban las faltas más delezanables.

Por eso, por piedad y misericordia, el califa le permitió a Lubna entrar en la mazmorra y sentarse frente a aquella muchacha a la que había instruido durante años. No había tenido la oportunidad de despedirse de su maestra, así que él le entregó aquella que estaba en su poder: la de despedirse de su pupila. Y ante la posibilidad de que el incesante golpe de desgracias la hiciera desfallecer en cualquier momento, le pidió a Nasir que velara por ella. Nadie mejor que su médico de confianza.

Atendiendo a las órdenes, la guardia los llevó hasta aquel infesto y húmedo lugar. Nasir divagaba sobre el efecto que causaría la visita en la esclava bibliotecaria, si no sería demasiado para ella, que un día antes había llorado en el cementerio y en breve lo haría en las gélidas mazmorras. Durante el trayecto, Lubna arrastró los pies y el ánimo por el suelo, los oídos los mantuvo atentos a las conversaciones de aquellos que los guiaban.

Un eunuco decía que otro eunuco había comentado haber visto a la joven Qamar perderse en las cocinas la misma tarde en la que se preparaban las deliciosas viandas para el banquete. Que había pululado por allí con total naturalidad y, luego, se había ido, y que a nadie le había extrañado su presencia, pues suponían que había acudido a saciar un poco el hambre antes de la fastuosa cena.

Los encargados de limpiar la vajilla tampoco alertaron a los guardias cuando repararon en que faltaba un cuchillo. La accidentada noche había dejado a todos derrotados hasta la extenuación y en una gran velada de Estado siempre se rompía y desaparecía parte del ajuar, más en aquella en la que se habían hecho añicos varios útiles del menaje debido a la intervención de Lubna al lanzarse a socorrer a su señor. No le dieron más importancia y continuaron con sus quehaceres. ¿Cómo iba nadie a imaginarse que ese cuchillo iba a empuñarse para sajar carne humana?

Nasir, a su vez, le contó que el veneno se había hallado en un frasquito vidriado de color verde que podría haber pasado por uno de los que ellos utilizaban en la Botica Real para guardar ciertos ingredientes que no deben quedar expuestos a la luz directa. De hecho, al verlo se preguntaron si no les habrían robado una de esas plantas que igual que curan matan. Pero no, el contenido no era el típico que ellos almacenaban en la *jizanat al-tabbib*. Era cicuta.

Lo supieron nada más sacar la hierba del frasco; no les hizo falta ni examinarla detenidamente. El padecimiento que habían sufrido el califa y el príncipe concordaba con los efectos que producía su ingesta: dolores intestinales, mareos, náuseas, pupilas dilatadas y agarrotamiento muscular. Y en la comida que tanto placía a su señor al-Hakam había pasado desapercibida, pues ni las cocineras ni sus mozas ayudantes la habían diferenciado de las usuales hierbas que empleaban, ya que las hojas de la cicuta eran muy similares a las del perejil y el cilantro.

Lubna no se pronunció, simplemente escuchó y, cuando le abrieron la portezuela que daba al estrecho y oscuro cubículo en el que se hallaba Qamar, no vaciló. Dio un paso y se la tragó la negrura. El Bagdadí se quedó fuera, a la espera de que regresara.

—Aquí estaré aguardándoos —le susurró.

Ella asintió. Sabía que permanecería allí hasta que volviera, incluso aunque descendiera al mismísimo Infierno.

De angostas dimensiones, la celda presentaba escasa limpieza y duro tormento. Ni jergón para descansar, ni agujero en el que evacuar las necesidades, ni distracciones; todo era piedra fría y un goteo que provenía de alguna parte y que martirizaba a los que allí pasaban día y noche. Día y noche que, además, se confundían, pues no había iluminación más allá de la que portaban los guardias con sus candiles. Tanto era así que algún desdichado había contabilizado su cautiverio trazando diminutas líneas blanquecinas en las paredes.

El único haz de luz impactaba directamente sobre los cabellos rubios teñidos de Qamar, provocando una miríada de destellos y haciéndola distinguible entre el cúmulo de suciedad y tinieblas. Se había acurrucado en un rincón y ni siquiera con el chirrido de la puerta y las pisadas había alzado el rostro, oculto entre las rodillas y los brazos. De los pies y de las manos le colgaban unas cadenas de hierro, cuyo roce ya le había lacerado la suave y tersa piel.

La habían enjaulado cual peligroso animal de implacables fauces, y realmente lo parecía, la criatura más bella y salvaje. Indómita. Sí, siempre lo había sido.

—¿Qué has hecho? —Fue lo primero que dijo, la pregunta que habría formulado una madre hastiada de su torcida hija—. ¿Qué has hecho? —repitió al borde del llanto.

—Algo horrible —murmuró la muchacha, todavía escondida en su propio cuerpo—. Algo realmente horrible.

Lubna se acercó y acuclilló hasta posar las manos en sus escuálidas rodillas.

—¿Te han dañado? ¿Han osado tocarte? —Qamar negó—. Bien…

Pero encontró tan poco consuelo en que la joven estuviera intacta de rasguños y violaciones que aquello la asustó.

—¿A quién te has enfrentado? ¿La ira de quién has encendido para que te acusen de actos tan abominables? —Al no obtener respuesta alguna, trató de derrumbar la fortaleza tras la que

Qamar se parapetaba, y para ello utilizó palabras dulces y caricias en su sedosa melena—. Dicen haber descubierto un cuchillo ensangrentado y algo de veneno en tu alcoba, pero si demostramos que no son tuyos, que alguien los puso ahí...

—Fui yo —confesó. Elevó el rostro bañado en lágrimas ardientes y surcos negruzcos de *kohl* derretido y miró a Lubna—. Yo lo hice. No hay falsa acusación contra mí, maestra. Soy culpable. Y prefiero decirlo, no vayan a arrancarme la verdad ensañándose a base de zurras.

Por primera vez, Lubna atisbó el miedo en esos ojos de zafiro.

—No —dijo contrariada, aturdida por la revelación—. No. No. No es posible.

Las delicadas manos de la muchacha la asieron justo en el instante en que esta iba a apartarse, la aferraron de las muñecas con ansia. Y en el azul oceánico y devastador en el que siempre había vislumbrado ambición destelló algo más, una fuerza indómita y ancestral que no lograba identificar.

—Fui yo —siseó acercándose a su rostro descompuesto—. Fui yo y fallé. Le fallé y por eso estoy aquí encerrada. Y ahora solo me queda esperar a que la hoja del verdugo me rebane el cuello al igual que a esa esclava que tanto mencionabais para amedrentarme o... —Intensificó el agarre y una oleada de resquemor viajó por las articulaciones de Lubna—. O a que él venga a socorrerme y me libre de la condena.

Con un tirón, la bibliotecaria logró desembarazarse y, al hacerlo, las cadenas de la cautiva resonaron en el eco de la cárcel.

—Lo hará, sé que lo hará. Prometió protegerme y él jamás faltaría a su palabra, que es palabra de honor. Vendrá a sacarme de aquí —miró a su alrededor— y me llevará bien lejos hasta que las aguas se calmen y podamos retornar. Pronto podremos retornar.

No llevaba tanto tiempo presa para haber perdido la cordura. Esa enajenación respondía a las viles mentiras con las que alguien la había alimentado, una terrible influencia y unas ensoñaciones grandiosas que habían pasado bien con pequeñas dosis de azúcar.

—¿Quién? ¿Quién es ese hombre?

Lubna ya presuponía quién se había adueñado del corazón de Qamar, y los gruesos y rosados labios de esta se lo confirmaron.

—Al-Mansur Muhammad Ibn Abi Amir —paladeó el nombre.

Tuvo que clavarse las uñas en las palmas de la mano para no agarrarla de los hombros y zarandearla mientras le gritaba improperios.

Ingenua.

Estúpida.

Necia.

Maldita chiquilla.

¿Cuántas veces la había alertado sobre los peligros de amar a quien no se debe, sobre jugar con hombres que tienen dientes afilados y sed de sangre, sobre enredarse en falsos afectos que solo provocan perjuicios? ¿De qué habían servido sus enseñanzas y las vivencias de todas aquellas féminas de gran belleza que habían perecido a causa de aquellos que decían ser sus amados?

Todo en balde. Todo en vano.

¿Por qué había tenido que desobedecerla? ¿Por qué la había ignorado, cuando ella solo quería su bienestar, cuando hacía todo lo posible para alejarla de las alimañas que paseaban impunemente por la corte y la salvaguardaba entre las seguras y pacíficas paredes de la Biblioteca Real?

—¿Por oro? —gimoteó Lubna, dolida por la traición—. ¿Ha sido por oro? ¿Por joyas, por dinero o quizá por influencias y poder? Porque esos pendientes de oro y esmeraldas y ese colgante de oro macizo que te engalanaban en el banquete eran regalos suyos, ¿verdad? ¿Era eso lo que querías? Como no pudiste acceder a nuestro señor al-Hakam y al príncipe Hisham, optaste por un varón de renombre que te prometiera ¿qué? ¿Satisfacer los deseos de una niña esclava que no posee nada, que envidia el boato de las mujeres del harén?

—Una vida mejor. Una vida a su lado, acompañándole.

—No había nada mejor que lo que Muzna y yo te ofrecíamos. —Se golpeó el pecho—. Seguridad.

Deambuló por la estrecha celda, apenas un par de pasos mientras se ahogaba con las lágrimas que ya rodaban mejillas abajo. Por mucho que las enjugaba con la manga de sus vestiduras, no cesaban en su recorrido.

—Oh, por Allah. Qué fácil es comprar tu lealtad, Qamar, un par de lisonjas y unas resplandecientes alhajas y ahí estás, picoteando de la mano de un depredador que no dudará en devorarte.

—Ya lo ha hecho —ronroneó con una mordacidad insinuante.

La sonrisa que se abrió pasó en las hermosas facciones de su pupila era tan similar a la de Almanzor, afilada y pérfida, que las náuseas le treparon a Lubna por la garganta e, incapaz de retener la furia que bullía en su fuero interno, descargó toda la vesania sobre ella. Le cruzó la cara de un bofetón seco y contundente.

—Sí que eres necia hasta la saciedad —escupió—. Entregarte a él por…

—¡Por amor! —le gritó desesperada a medida que se retorcía y las cadenas tintineaban—. Lo hice por amor y vos no podéis reprocharme nada, también habéis caído en él.

—¡Yo jamás he dañado a nadie con mis actos!

—¿Y qué ha sido entonces esto?

Le mostró la mejilla enrojecida, en la que no tardaría en surgir un verdugón que delatara el maltrato.

—¡La pérdida de mi dignidad! —espetó asqueada por su propio comportamiento—. ¿Qué amor te incita a intentar acabar con el califa y el príncipe, a llevarte de este mundo a la anciana Muzna, que tanto te protegía incluso cuando no eras merecedora de ello?

—Un amor que sabe de sacrificios.

Esa era la emoción indómita y ancestral que no había logrado identificar en sus ojos cerúleos, la fuerza que empujaba a Qamar y que ella calificaba de amor absoluto. Sincero. Correspondido. Digno de alabanzas y hazañas. Un amor que los poetas cantarían, del que germinarían leyendas.

—El amor no es esto. —La señaló.

La escena era penosa, ahí sentada en el pedregoso suelo en el que perduraban charcos de agua estancada y orín de quienes habían dado con sus huesos en aquel lugar antes que ella. Con los surcos negruzcos tiznándole la faz y la mugre adherida a sus ropajes de lana. Con una pulsera de gran valor escondida bajo las mangas, un obsequio de su amado, un pago con el que podría comprar la voluntad de los guardias que la custodiaban, si es que alguno se dejaba tentar...

Hasta el brillo de su juventud y hermosura se apagaba entre la inmundicia que la cercaba.

—El amor no es pedirte que arriesgues tu vida y tu alma por algo tan banal como ascender al trono y detentar el gobierno de un reino.

—¿Y el manuscrito perdido también lo es? —preguntó con malicia—. ¿También es algo banal por lo que no deberíamos rendir nuestra vida y alma inmortal?

Una risa gutural, sardónica, dolorida nació de la garganta de Lubna, y las lágrimas acudieron con más premura aún.

—Puede que sí, puede que también lo sea. —Y al reconocerlo, el mundo se tambaleó bajo sus pies—. Puede que nos hayan pedido demasiado.

—Qué decepcionada estaría Muzna si os oyera, maestra. Muzna... —La voz se le quebró al pronunciar su nombre. Durante unos segundos se contempló ensimismada los dedos, que, si bien estaban límpidos, ella percibía manchados de la sangre de la anciana, una sangre pegajosa y rojiza que no había dejado de ver desde que le diera muerte—. No debía haber sido ella.

Lubna asintió.

—Ahora lo sé. Supongo que, muerta yo, tú heredarías el cargo y podrías entregarle a tu hombre el manuscrito que tanto anhela, ese que cree que encierra los secretos de su victoria contra los Omeyas y su dinastía.

—Lo cambiasteis de lugar —la acusó—. No estaba en la biblioteca. No estaba en vuestros aposentos. ¿Dónde? —Ante el mutismo de su maestra, se alzó y repitió con una soberbia arrogante y amenazadora—. ¡¿Dónde?!

Ella alzó la barbilla en un gesto de orgullo que para nada sentía.

—Donde nadie pudiera hallarlo.

Qamar profirió un ruido similar a una exhalación.

—Él me lo pidió y yo traté de conseguirlo por todos los medios. Eso fue lo que mató a la anciana Muzna, que no estuviera donde antes, en ese maldito estante de la Biblioteca Real.

—Lo sé —murmuró.

Aquella certeza la angustiaba. Ya no habría ni una noche más de dulce sueño, las venideras llegarían cargadas de remordimientos.

—Almanzor no vendrá a rescatarte. Te ha mentido y utilizado para sus propios intereses. Se deshará de ti ahora que no eres más que un obstáculo en su camino, algo que podría hacerle tropezar y caer en desgracia.

La posibilidad de verse desposeída de la protección de su hombre la erosionaba sobremanera, por eso cada vez que se lo sugería, se irritaba. Una combustión de ansiedad le ardía en el pecho, la esclavizaba y actuaba de la única forma que conocía, esgrimiendo dentelladas y escupiendo ponzoña.

—¡Él me ama! —se desgañitó, retorciendo las ataduras que la aprisionaban—. ¡Jamás me abandonaría! ¡Y yo jamás hablaría en su contra! ¡Él me ama! ¡Me ama! ¡Por eso confía en mí! ¡Porque me ama!

Algo se rompía en el magullado corazón de la joven Qamar, y la esperanza escapaba por las hendiduras de este.

Lubna se maldijo por no haberla vigilado más de cerca, por no haberla apartado a tiempo de las ambiciosas garras de Almanzor. ¿Por qué eran tan codiciosos los hombres y por qué en su codicia destruían a las mujeres que los asistían con su cariño y apoyo perpetuo?

—Hace no mucho te dije que esa lengua viperina conseguiría que te cortaran la cabeza. No me equivocaba. Lamento no poder sustituirte en el castigo que te está por llegar, porque de buena gana lo haría.

—¿Lo haríais? —preguntó con una inocencia que dispersaba las crueles sombras de sus pupilas.

Ella se encogió de hombros. Los sollozos todavía la sacudían y las lágrimas le habían emborronado la visión hacía ya rato. En lugar del prístino y marmolado rostro de Qamar, vislumbraba una máscara deforme de burlas y penurias.

A pequeños pasos se acercó a la jovencita que era una bestia encadenada, capturó una de esas guedejas rubias y se la recolocó tras la oreja.

—¿Acaso no eres mi discípula? ¿No son tus faltas mis faltas y tus fallos un reflejo de los míos? —Le acarició la sucia mejilla—. Tus derrotas, mis derrotas, Qamar.

Aquello terminó por resquebrajarla por completo. Sus piernas flaquearon y las rodillas cedieron, Qamar cayó al suelo y se abrazó a las faldas de su maestra, entre las que hundió la faz, azorada por sus crímenes y las mentiras que había engullido. La vergüenza la doblegaba.

—Me dijo que me amaba —lloriqueó compungida—. Que me amaba tanto que, fallecido nuestro señor al-Hakam, él mismo me compraría y me daría la libertad para casarse conmigo. Que me haría mujer entre todas sus mujeres y que, cuando se sentara en el dorado trono de los Omeyas y se proclamara califa, me haría Gran Señora. Que me cubriría de atenciones y a mi hijo lo colmaría de bendiciones.

Lubna descendió para abrazarla.

—Yo solo quería demostrarle mi amor y obediencia —se lamentó—. Le di lo poco que tiene una esclava, lo poco que tenía yo, lealtad, pureza y servicio, y esperaba que eso compensase mi origen cautivo y mi pobreza.

Se había teñido la cabellera de rubio por él, había dado friegas a sus muslos para engrosarlos por él, se había sometido a una dieta estricta, alta en grasas, por él, para acercarse a la figura voluptuosa que lo hacía salivar. Y había estado dispuesta a faltar al noble ayuno durante el siguiente mes de Ramadán, no fuera a perder la sensualidad ganada. Se había perfilado los labios y depilado las cejas, las piernas y hasta la intimidad para que gozase de su sedosa piel.

Se lo había dado todo, lo que tenía y lo que no.

Lubna estrechó a su jovencísima discípula. Chistó y la meció a un ritmo lento, monocorde, tarareando una antigua canción de cuna que habría escuchado en alguna parte, no sabía a quién, quizá a la Gran Señora.

—Si una mujer llora por un hombre, los ángeles lo maldicen en cada paso que da al caminar. —Le besó la coronilla.

—Ese hombre, mi hombre —balbuceó Qamar—, Al-Mansur Muhammad Ibn Abi Amir tiene *baraka*.

No podía negárselo y no encontró fuerzas para mentir y convencerla de lo contrario. Almanzor estaba tocado por una gracia divina que muchos habrían agradecido en el furor de la batalla. Una estrella llevaba su nombre, pero no gozaría de ella demasiado tiempo. Sus vilezas contra la infinita bondad de Allah harían que Él derramara su favor sobre un varón mejor, uno que lo superase en virtudes.

—Que Allah, el Misericordioso, Rey, Santísimo y Salvador te acoja en su seno, mi querida Qamar, y que lo que sea que te espera después de esta vida de penurias sea más grato. —Fue lo último que le dijo.

Al salir de la celda, Lubna se lanzó a los brazos del Bagdadí. Allí se desahogó, cercada por el aroma a hierbas trituradas que despedía y el calor hogareño que la templaba. Lo único que se escuchó de camino al exterior fueron los aullidos de su pupila gritando «¡Maestra!».

43

Qamar confesó, no sin tristeza, que había intentado asesinar a al-Hakam al-Mustansir billah, Príncipe de los creyentes, y a su hijo Hisham, heredero al trono, y que lo había hecho con cicuta, una planta que se decía que era mortal, pues así la había usado el gran filósofo griego Sócrates.

No comentó cómo ni de dónde la obtuvo, y se presupuso, erróneamente, que al ser una esclava de la que nadie se preocupaba, de esas que acabados los quehaceres salían con cierta libertad por ahí, habría conocido a algún boticario o droguero que se la habría suministrado. No era de extrañar que algunos de ellos, charlatanes y embaucadores, tuvieran sustancias tóxicas. Además, a una joven como Qamar, de proporciones exquisitas, le habría costado muy poco hacerse con lo que fuera que deseara y, valiéndose de su belleza y del arte de la seducción, habría engatusado a cualquiera.

Aquellos pensamientos viles solo podrían haberse macerado en la mente de un hombre, uno que pensara que las mujeres eran, ante todo, animales descarriados a los que hay que azotar con una vara para que sigan la senda y entren en el redil. Y aun así, Qamar permitió que las gentes creyeran esas habladurías, porque los rumores que la acusaban de hermosa y pérfida eran mucho más halagadores y benévolos con su imagen que la insípida realidad. Que un eunuco de cabeza rapada había puesto un frasco vidriado entre sus manos y le había dicho: «Vuestro señor Almanzor me manda a que os haga entrega de esto y a que os bese los labios». Y que ella había ahuecado la mano y entreabierto la boca para recibir la húmeda lengua del *fata* Omar, y el sabor que se le quedó adherido al paladar fue asqueroso.

Era mejor que todos opinasen que era una mala mujer que una chiquilla a la que habían devorado sus propias ensoñaciones, una necia ingenua que se había tragado las mentiras endulzadas de un hombre que la utilizaba como lo que era: una simple y desechable esclava.

Por eso reconoció haber asido el cuchillo ensangrentado que habían hallado escondido en su alcoba y que esa sangre provenía del cuerpo flácido y profanado de la anciana Muzna, a la que había dado muerte en los Baños Reales. Y reconoció arrepentirse de ese crimen y del otro, pero sobre todo de ese, pues sentía que el espíritu de la antigua bibliotecaria la perseguía desde entonces. Y eso ya era tormento suficiente.

Las declaraciones de los anónimos eunucos que aseguraban haberla visto rondando por las cocinas la tarde del banquete sirvieron para deducir que, durante su merodeo, Qamar no solo había vertido la cicuta en la comida del califa, sino también robado el cuchillo que empuñaría más adelante. Y así, a las acusaciones de asesina y traidora se unió la de ladrona, y aquello le dolió un poco más, porque ella jamás se habría apoderado de algo que no fuera suyo.

Lo cierto es que había salido de las cocinas tal como entró, sin nada entre los pliegues de sus ropajes más allá del frasquito de vidrio verde que contenía la cicuta, mermada en cantidades.

Si el cuchillo lo había sustraído el *fata* Omar o cualquier otro servidor de Almanzor no lo sabía; puede que incluso perteneciera a este o a las cocinas de su propia residencia. Había sido Almanzor, desde luego, quien la había citado una noche fría de otoño para depositarle el arma entre las manos. Lo hizo mientras la besaba con un hambre lobuna y aspiraba la fragancia floral que le impregnaba el cuello, las clavículas, los pechos y hasta la cara interna de los codos y rodillas, lugares que él ya había recorrido con la lengua. «Haced lo que debáis hacer para conseguir ese libro y yo haré lo imposible para coronaros Gran Señora, amada mía», le había susurrado al oído. Y ella se había aferrado a ese acero mellado como si su futuro dependiera de él, todo el devenir marcado en la hoja afilada y rutilante en la que se reflejaba su mirada cerúlea.

En la gélida y deprimente mazmorra no hubo torturas para arrancarle la verdad, pero sí horas de confesión y llanto, y después de estas llegó el peor castigo que le sucediera a una mujer, la de los hombres que se toman la justicia por su mano y saben qué duele y dónde duele. Queriendo vengarse de quien ostenta belleza y se vanagloria de ella, escarmentar a quien se considera más libre de lo que es y enderezar a una mala mujer, los guardias que debían haber custodiado a Qamar se abalanzaron sobre ella cual manada de predadores. Se la fueron pasando unos a otros con ensañamiento, satisfaciendo así sus instintos animales. Y ella gritó porque estaban desgajándole el alma y se resistió a base de patadas, dentelladas y manotazos, con todas sus fuerzas, solo para descubrir que la voluntad de una chiquilla no era nada contra la perversión de aquellos hombres.

Tras saciarse, la dejaron abandonada en la quejumbrosa celda, aterida y hecha un ovillo, buscando algo de calor corporal o quizá consuelo. De las vestiduras de lana quedaron jirones y de la soberbia y el orgullo que había llevado siempre como escudo, ni rastro. Un labio roto y sanguinolento, un verdugón en la mejilla y varios hematomas que no tardarían en motearle la frágil y blanquecina piel. Del preciado brazalete que podría haber servido de soborno, no quedó ni rastro.

Qamar solo pudo pensar que aquello era lo que se sentía cuando a una ya no le quedaba nada, y por primera vez se compadeció de sí misma.

—Un embarazo —había sugerido Lubna durante su efímera

visita a los calabozos, una vez que ambas se habían serenado—. Un embarazo pospondría tu sentencia a muerte.

—Todavía estoy sangrando por este mes.

Le había mostrado el *al-dunyub*, la túnica que usaban bajo el vestido durante el ciclo menstrual, la cual lucía un par de manchas marrones oscuras que proclamaban su no fecunda condición.

—No tiene por qué ser real, podríamos decir que lo estás y tendríamos un par de meses para averiguar cómo librarte del verdugo.

—Una comadrona me examinaría y os descubrirían en connivencia conmigo. —Negó, tragándose la burda risa que le erosionaba la garganta—. Con un cuello cercenado es más que suficiente, maestra.

Perseverante como ella sola, Lubna la había agarrado de las manos esposadas.

—Hablaríamos con la *tabiba* que Nasir nos recomendó para amortajar el cuerpo de Muzna y la convenceríamos de que mintiera a tu favor. No pondrían en duda la palabra de una mujer tan respetable.

—¿Y cuando se percataran de que el vientre no crece? ¿Y cuando la sangre volviera a llenarme los ropajes y las sábanas del lecho?

—En los primeros meses no se nota la hinchazón. Además, podrías perder a la criatura temprano; una situación tan penosa como esta haría abortar a cualquier mujer sensible.

—Me matarían entonces.

El final era ineludible y ambas, en el fondo, lo sabían.

—Pero ya habríamos dado con una solución —había insistido—. Habríamos encontrado la manera de que al-Mansur Muhammad Ibn Abi Amir se hiciera cargo de sus delitos.

—No —había atajado con una severidad nada propia de ella—. Os dije que no hablaría en contra del hombre al que amo.

—Salvaguardarlo no te protegerá, solo te condenará —le había advertido Lubna.

Su expresión se había endurecido.

—Sea.

De haber sido sincera y haber mencionado su vínculo con Almanzor, quizá se habría librado de los apetitos carnales de los guardias, que se habrían pensado más de una vez si merecía la pena cebarse con una muchacha que, aun siendo esclava, parecía estar bajo la protección de un hombre tan poderoso. Quizá el califa habría considerado que ella solo era la ejecutora de un ardid malévolo, un títere con el que habían jugado y que su culpa no era mayor que la del administrador de bienes de la Gran Señora y el príncipe, que conspiraba entre las sombras contra él y su gobierno. Quizá la pena habría sido menor y su cuello habría permanecido sobre sus hombros.

Mas había prometido que no le arrancarían ni una mala palabra contra el hombre al que amaba y lo cumplió. No dijo nada acerca de la influencia que Almanzor había ejercido sobre ella ni acerca de los juramentos, los afectos y los regalos con los que la había colmado para ganarse su favor y confianza. Del mismo modo, nunca admitió que, cometido el crimen contra Muzna, se había desecho del cuchillo cediéndoselo al *fata* Omar, quien le había garantizado que él se ocuparía de arrojarlo a algún lugar remoto donde no pudieran encontrarlo. Pero ahí estaba, bajo su mullido lecho, inculpándola.

Y el precio de su silencio fue harto elevado.

Ajena a los últimos y violentos acontecimientos, Lubna luchó por que le llevaran a su discípula mantas, una colcha o una pelliza, algo que la cobijara del helor de las inmundas celdas; además de comida y una escudilla de agua para las abluciones. Para ello recurrió a su señor al-Hakam y aludió a su magnanimidad, recordándole que ninguno de ellos tenía potestad para negarle a nadie, ni siquiera a Qamar, la purificación de su cuerpo y el encuentro con Allah. Por desgracia, el califa rechazó ofrecer misericordia de ningún tipo a quien había tratado de matar a su bienamado hijo, y, si al-Hakam se mostraba inclemente, peores deseos reservaba para Qamar la Gran Señora.

Subh le habría devuelto el padecimiento de su niño multiplicado por mil. Le habría arañado el rostro níveo con sus uñas hasta dejarla marcada por la vergüenza y le habría destrozado la hermosura con el acero de un puñal, haciéndola irreconocible a ojos de cualquiera. La habría mandado flagelar hasta que se le vieran los huesos de la espalda y la inconsciencia la arrastrara lejos de allí. Y, luego, le habría lavado las heridas con agua y sal. Que los perros sarnosos se las lamieran. Que sintiera en sus carnes el dolor generado. Y ella, Gran Señora, se habría regocijado ante su sufrimiento.

Atendiendo a la confesión de tan abominables actos, el califa sentenció a Qamar a pena capital y, para preservar en secreto el regicidio, ordenó que la ejecución se resolviera en privado y que la cabeza cercenada de la joven esclava no se clavara sobre una picota ni se colocara en una de las puertas del antiguo Alcázar cordobés. Prefería prescindir de amedrentar a los posibles felones que airear su debilidad y sus miedos. Y para que jamás constara que aquello había sucedido, para abocar a Qamar al olvido más absoluto, hizo jurar a todos los habitantes de Madinat al-Zahra que no hablarían de ello so pena de muerte. Y así, el célebre cronista Isa al-Razi, hijo de Ahmad al-Razi, se vio obligado a quemar en las brasas del lar todos los papeles en los que había escrito el nombre de Qamar y había detallado lo acontecido con minuciosidad en la noche de la recepción de las embajadas.

Nada quedaría de la infame y joven esclava que, siendo destinada a la Biblioteca Real, acabaría en una terrosa zanja a la que nadie acudiría a rezar.

Fue a la mañana siguiente, en una madrugada temprana y pincelada de naranja azafrán y rojo granza, cuando llevaron a Qamar, aprisionada por las pesadas cadenas, ante el califa al-Hakam y su esposa, la Gran Señora Subh.

La sacaron a rastras de la celda, la pasearon por la residencia palatina sin pudor alguno y la arrojaron a un suelo alfombrado en una posición humillante. Al alzar la cabeza, se vio rodeada por los brillantes colores de un magnífico salón y un puñado de buitres que deseaban picotearle las carnes abiertas y beberse la sangre de sus entrañas. Allí estaban los visires y otros grandes hombres de Estado, la guardia y, por supuesto, Lubna, parapetada tras Nasir y el eunuco Talid, que actuaban de custodios.

El Bagdadí hubo de refrenar a Lubna en su intento por lanzarse a socorrerla. Las heridas que Qamar presentaba por el cuerpo, la suciedad adherida a la piel amoratada, el pelo convertido en una maraña pajiza y la sangre reseca que cubría sus labios jugosos con una costra habían accionado en ella el primitivo mecanismo de defensa. De repente, Lubna era esa fiera dispuesta a gruñir y enseñar los caninos a quien pudiera suponer una amenaza, sobre todo para sí misma. De haberla dejado avanzar, se habría abrazado para apartarla del mordisco de la espada y habría ofrecido el cuello para sustituir el de Qamar.

—No podéis intervenir —le advirtió Nasir en un murmullo quedo—. Esta vez no.

Y Lubna hubo de embridar sus emociones.

En aquel grupo congregado, un rostro resaltaba sobre los demás, el de Almanzor. Tan moreno, tan lleno y anguloso a la vez, tan apuesto que a Qamar le dolían las retinas al embeberse de su poderosa presencia, igual de embriagadora que los vapores del vino. Sus miradas se enredaron, la de él pétrea, la de ella una laguna en la que se ahogaba. Su garganta, dolorida por los alaridos y las garras que la habían estrangulado mientras la forzaban, no consintió en emitir un mísero sonido. Su mente, en cambio, batallaba por comunicarse con él. «Por Allah os lo ruego —le decía—, si en algún momento me habéis amado, ahora habéis de demostrarlo. Interceded por mí ante nuestro señor al-Hakam. Salvadme». Y Almanzor, que podía leer las súplicas en aquella faz que había acunado y besado, la ignoró. La ignoró como jamás habría ignorado a su bienamada al-Dalfa, y la ignoró como jamás habría ignorado a su indomable Subh.

Apenas unos minutos después entró el verdugo que al-Hakam había solicitado. No era ni mucho menos Abu Imran Yahya, quien había estado al servicio del califa Abd al-Rahman III y hacía ya tiempo que se había retirado. A cierta edad, los músculos ya no pueden sostener con maestría la espada y descargar el golpe de gracia. Y cuando uno peina canas y combate contra los achaques de la vejez, cree ver los espíritus de todos a los que ha condenado e intenta huir de ellos porque ni dormir lo dejan. Con tantos fallecidos a sus espaldas, Abu Imran Yahya tenía suficiente para una eternidad de insomnio y su puesto lo ocupaba entonces un hombre corpulento de barba espesa y pómulos prominentes.

Ubicada en mitad de la estancia para el deleite de los allí presentes, los guardias agarraron a Qamar de la nuca y ejercieron presión, doblándola por la mitad hasta que casi rozó la alfombra con la nariz.

—Mi señor... —gimoteó ella, más refiriéndose a Almanzor que a al-Hakam.

El administrador de bienes alzó la barbilla con sumo orgullo y Lubna comprendió que su discípula había adoptado de él esa manía tan suya desde hacía unos meses, mostrando una imagen altiva frente a los demás. Almanzor la había modelado mucho más que ella.

—Mi señor... —repitió Qamar en un último intento que resultaría en vano.

Lubna se acercó al lugar donde yacía arrodillada y, con una furia helada que nacía de sus pupilas de pedernal, se impuso a los hombres armados.

—Allah os castigue por lo que le habéis hecho —les espetó y la vergüenza afloró en todos ellos.

Entonces, se postró detrás de Qamar y chistó para que cesara en el llanto mientras le peinaba la larga cabellera con los dedos. El califa entreabrió los labios para reprenderla, pero Lubna le miró con ojos suplicantes, brillantes por las lágrimas contenidas, y él entendió que aquel era el último gesto de cariño que se permitiría prodigar a aquella que había sido su protegida y el verdugo de su maestra. Asumir que alguien a quien amas se ha convertido en una persona ruin es un trance difícil de vadear, así que al-Hakam cabeceó en señal de respeto y consentimiento, y dejó que Lubna entrelazara aquellas hebras rubias hasta formar una abundante trenza. Al terminar, la colocó por encima del hombro de la cautiva y su nuca quedó desnuda, a merced de la espada.

—Yo también podría haberme malogrado —le susurró, y como le dijera Mustaq cuando ella era apenas una niña, pronunció con idéntica emoción—: Esta es la ayuda que te brindo, la que hubiera querido para mí de haberme perdido.

Qamar pensó que aquello debía de ser amor, tal y como Lubna le había expresado el día anterior, eso de apartarle la melena para que no dificultara el rebanar de la espada. Sí, estaba segura. Era amor. Y ella se lo agradeció. Rilaba de miedo y ese contacto familiar le había curado las recientes magulladuras, conferido una suerte de sosiego.

—Yo solo quería ser alguien… —se lamentó entre balbuceos—, alguien merecedora de él.

Lubna se mordió los labios para no romper a llorar. Solo encontró valor para asentir.

—Perdóname por no haberte protegido mejor.

—Ojalá volvamos a encontrarnos.

—Te buscaré en el Paraíso. —Le acarició una de las sajadas mejillas y, bajando la voz para que nadie la escuchara, le prometió—: Porque allí será donde estés. Tú no pisarás el Infierno, mi querida Qamar. Lo harán otros.

Para el califa y la Gran Señora habría sido una afrenta que su diligente secretaria pronunciara aquellas alentadoras palabras ante todos. La clemencia con la que trataba a Qamar era soportable, aceptable incluso; sin embargo, prometerle que cruzaría *al-Yanna* pese a los asesinatos orquestados podía traducirse como deslealtad. ¿Cómo conjurar el Paraíso para alguien tan vil? Pero ¿acaso Qamar no merecía descansar en paz en una morada que fuera vergel, donde borboteara el agua fresca y siempre hubiera sombra? Por Allah, que lo padecido compensara lo que le estaba por venir.

La besó justo en el verdugón, aquel que había brotado por el bofetón propinado el día anterior y del que tanto se arrepentía.

—Tus errores, mis errores —le recordó—. Tus faltas, mis faltas. —Fue lo último que le dijo antes de alejarse.

—La quiero muerta —ordenó la Gran Señora—. No soporto ni un minuto más esa mirada ladina que destila ponzoña. —Y dirigiéndose a ella, siseó entre dientes—: Maldita asesina de mujeres y niños.

Aquella declaración acumuló una balsa de saliva en la boca de Lubna, y gustosa habría escupido la hiel a los pies de su señora. Notó la mano de Nasir buscándola a tientas y se aferró a ella, como si su roce pudiera transportarla lejos de esa estancia que hedía a muerte.

No queriendo contemplar mucho más la terrorífica escena que allí se representaba, no fuera a verse reflejado en la crueldad intrínseca de su honorable progenitor, al-Hakam asintió y complació a su esposa. Con un suave gesto indicó al verdugo que procediera con la tarea y el hombre, que dio un paso al frente y se posicionó a cierta distancia de Qamar, desenvainó la espada que otrora colgaba del fajín. El acero centelleó con las luces del amanecer, que se colaban a través de las celosías de los ventanales.

El silencio se espesó. El ambiente se tornó irrespirable. El apretón entre la bibliotecaria y el Bagdadí se intensificó, y ella pensó que desfallecería en cualquier instante.

—No dejéis que me desmaye —le pidió a Nasir.

Y este asintió, aunque no tenía con qué evitarlo.

Lubna se autoimpuso no apartar la vista, clavarla en su discípula por si esta levantaba un poco los párpados en busca de un rostro conocido que llevarse al Más Allá.

No sucedió.

Con el cuello al servicio de la lustrosa espada, Qamar temblaba cual hoja mecida por el viento; un charco de orín se extendió bajo sus vestiduras evidenciando el miedo que la atenazaba. En sus maltrechos labios se adivinaban los rezos que elevaba al cielo, a la espera de que Allah los aceptara y le guardara un buen lugar.

Una última seña por parte del Príncipe de los creyentes y, entonces, el acero se precipitó sobre su nuca desnuda. El golpe retumbó entre las bellas paredes del gran salón y la cabeza se separó del cuerpo, rodando por la alfombra y tiñéndola de sangre.

Lubna cayó a los pies del Bagdadí y allí, entre estertores y lágrimas abrasadoras, vomitó la frugal cena de la noche anterior.

44

Nasir había visto morir a infinidad de personas, algunas exhaustas tras una larga enfermedad, otras sin previo aviso, y, sin embargo, jamás había presenciado un ajusticiamiento. No habría sabido decir qué era peor, si sostener a un moribundo entre los brazos mientras se le escapaba la vida u observar impasible a que alguien fuera degollado.

En su oficio, en el que primaban los cuidados y el desesperado intento de sanar a quienes padecían agonía y tormento, no había espacio para la hoja rutilante de un verdugo. Pero ahí había estado él, asistiendo a un funeral ya proclamado, y todo porque su señor al-Hakam deseaba que ratificara la defunción de la joven esclava. Como si Qamar fuera una gallina cuyo cuerpo pudiera continuar correteando después de que la decapitaran... Como si en semejante atrocidad existiera margen de error...

No había tenido ni que acercarse. El tajo del verdugo había sido seco y limpio, certero y brutal, el de un hombre que está acostumbrado a sajar huesos y músculos de un único golpe. El rostro de la esclava, contraído por los rezos y las súplicas silenciosas, preservaba una belleza sobrenatural incluso después de haber sido separado de los hombros. Las cejas rubias fruncidas, los labios conformando un mohín y los ojos cerrados, enmarcados por unas espesas pestañas de las que aún pendían lágrimas. Todo era suciedad y sangre, sangre marrón que ya había hecho costra y sangre roja, bermellón, carmesí, que goteaba y se extendía, que fluía y se espesaba, empapaba la alfombra y calaba hasta el suelo de mármol.

Y a sus pies, el vómito de Lubna, que no olía tanto como el miedo que preñaba aquel gran salón y el orín de la fallecida. Y por encima de este, un aroma rancio que invitaba a arrugar la nariz, el de la seguridad que otorga el saberse vencedor.

Algunas arcadas más por parte de un par de criados culminaron en vómitos también, y es que había que ser duro de estómago para no sucumbir a las náuseas que producía un espectáculo así de grotesco. Al contrario, ni un solo hombre de Estado se había alterado lo más mínimo, y Nasir se preguntó si la política no los habría despojado de sentimientos.

Levantó a Lubna como buenamente pudo, pues, aunque mantenía plena conciencia, su cuerpo parecía haberse desmadejado a causa del impacto de la escena. Y así la trasladó a la Botica Real, que debido al reparto habitual de fármacos entre la población se hallaba desangelada. Allí, cercados por una exposición de plantas aromáticas que colgaban, frascos vidriados con etiquetado y un sinfín de útiles de cirugía, la examinó con sumo cuidado y le dedicó toda su atención. Por desgracia, lo que pudiera proporcionarle no la aliviaría.

Lo que ella requería escapaba de sus habilidades médicas; no eran jarabes ni bebedizos, ni píldoras o ungüentos. Lo que Lubna necesitaba era romper las cadenas que la mantenían prisionera en aquel fastuoso Alcázar y transitar por un camino distinto, uno que la alejara de Córdoba y los deplorables recuerdos que allí se almacenaban y la hacían sufrir. El viaje a Bagdad era arduo, pero él estaría más que gustoso de llevarla consigo y aposentarla en Oriente, en su hogar, como su esposa. Una nueva vida para Lubna, que ya no sería esclava sino mujer libre, que ya no sería bibliotecaria ni secretaria califal, pero podría ejercer otros muchos oficios que requerían de gran sapiencia. El pasado ya no la importunaría porque él estaría compartiendo su lecho, abrazándola por las noches, besándole la frente, acurrucándose a su lado y prometiéndole que todo iría bien.

En cambio, lo que le ofreció fue un hombro sobre el que llorar y una tisana de manzanilla que le calmaría los nervios.

—No podré olvidarlo —dijo ella, tan aferrada a la infusión que podría hacerla añicos—. Ni aunque me diera un golpe en la sien y perdiera la memoria.

Nasir entrelazó los dedos con los de ella.

—Me temo que yo tampoco.

La imagen de Qamar descabezada les perseguiría para siempre, imposible de borrar, y se mezclaría con esos Baños Reales cargados de una humareda de vaho que, condensada, dejaría atisbar las puñaladas en el flácido y avejentado cuerpo de Muzna.

Durante un rato permanecieron ahí, sumidos en un sepulcral silencio. Él a la espera de que Lubna verbalizara las emociones reprimidas en su interior, como aquella noche en la Biblioteca Real, donde le entregó la historia que escondía aquella niña esclava que recibiera el nombre del estoraque y se deshizo en lágrimas por la pérdida de su bienamada maestra. Ella, sentada en un rincón de la *jizanat al-tabbib*, con la mirada perdida en ninguna parte, la lengua pegada al paladar y el regusto de la bilis.

—Estoy harta de tantos destrozos, de tantas muertes —desveló a media voz—. Todas ellas evitables.

Y realmente lo parecía, con esas ojeras que eran sacos de cansancio y congoja.

—Los codiciosos buscan los más grandes tesoros, y el manuscrito perdido de Abd al-Rahman I es tan ansiado como la legendaria mesa de Salomón, hijo de David.

—La mesa del rey Salomón… Algunos dicen que era toda de oro y que en el centro había una esmeralda del tamaño de un puño; y otros, que era de plata y oro, ribeteada por cenefas de perlas. Pero esos regios tesoros ya hace tiempo que se hallaron.

Durante la conquista peninsular, Tariq Ibn Ziyad, el caudillo que lideraba la avanzadilla, continuó en su lucha hasta Toledo y allí, en la capital del reino visigodo, no solo se hizo con muchos libros encuadernados que fueron transportados a la Biblioteca Real de Damasco, por entonces propiedad de los Omeyas, sino también con otros grandes tesoros. Talismanes prodigiosos, coronas guarnecidas de perlas y gemas preciosas, y un espejo que mostraba el vasto mundo ante aquellos que se reflejaran en él. Construido con arcilla seca, una mezcolanza de piedras y drogas, sus bordes estaban grabados con letras del alfabeto griego.

—Y aun encontrados, la leyenda que circula en torno a esos tesoros es inamovible, porque las gentes no quieren la verdad, que es triste y anodina en muchos casos, Lubna. Quieren la magia que rodea esos sacros objetos que han sido tocado por manos reales y hasta divinas. ¿Quién no mataría por ellos, por alzarse descubridor y poseedor? Ya lo sabéis, Almanzor no parará hasta que lo tenga en sus manos. La muerte de Qamar solo es una prueba más del poder que ostenta, de lo que está dispuesto a hacer para conseguirlo.

—La muerte se siente distinta cuando te golpea tan de cerca. No es lo mismo que luchen y mueran otros por la defensa de un tesoro al que los hombres aspiran en sueños que ver a los tuyos perecer por ello. Por Allah... —Se cubrió la faz con las manos—. ¿Quién querría ser la princesa Abda? Ese libro debe de estar maldito, pues resulta fatal para todo aquel que lo sostiene.

—No estáis maldita. —Le acarició la espalda en círculos para así sosegarla de esas cuitas que no habían hecho más que aumentar y aumentar hasta el punto de ser lo único que dominaba su vida—. No hay libro capaz de maldeciros, Lubna. Os lo juro.

—No juréis en vano, mi señor, que no es preciso.

—Es solo un libro. Un libro que ha sobrevivido a la caída de una dinastía y al resurgimiento de esta.

Ella alzó el rostro. Los cabellos rizados le caían en cascadas y le enturbiaban la visión.

—¿Acaso no son los libros objetos que contienen un gran poder?

—Lo son, pero, si la fuente de la vida eterna no reside en el manuscrito perdido, ¿qué es lo que tan celosamente guarda en su interior?

—No lo sé —reconoció—. Nunca lo he sabido. Nunca me lo he preguntado.

—¿Nunca?

Lubna negó.

—Soy una esclava, Nasir Ibn Hakim. —Sonrió con cierto pesar—. Y a los esclavos se nos enseña a obedecer, no a cuestionar las órdenes que nos da nuestro amo y señor. Me entregaron el manuscrito para que lo custodiara y yo lo hice. Todavía lo hago, pese a todo.

—Pero vos no sois una esclava cualquiera, sois Lubna de Córdoba, la más diestra de las secretarias que haya tenido la dinastía Omeya, ¿me equivoco? —Y esa vez, la sonrisa que curvó sus labios fue sincera y a él le dieron ganas de besarla una vez más—. Inmejorable calígrafa, poeta, gramática.

—Y aun así, nunca me pregunté que había en su interior. No hubo curiosidad que me indujera a querer hurgar en el manuscrito. —Hasta ese preciso momento en el que los pozos oscuros que tenía por ojos relampaguearon, y Nasir supo que algo había cambiado—. Si su guarda solo ha servido para perder a quien más amo, ¿por qué no abrirlo y descubrir qué secretos encierra?

Lubna se puso de pie y clavó la mirada en él.

—Quiero saber qué ha matado a mi maestra y llevado a la locura a mi pupila. Quiero saber qué puede procurar mi muerte, porque, como vos bien indicasteis, Almanzor no cejara en su empeño y a mí apenas me quedan fuerzas para resistir.

Nasir abandonó la gelidez del suelo de la Botica solo para

agarrarla de los antebrazos y respirar su cálido hálito con aroma a manzanilla.

—Nada procurará vuestra muerte.

Sus frentes se rozaron y ambos cerraron los ojos.

—No la temo. Allah está al otro lado, esperándome.

Pero él, que sí temía la muerte de Lubna y que, tras los últimos acontecimientos, había pensado en ella más veces de las que habría admitido —siempre imaginándola tan ultrajada como Muzna, llena de rajas castigadoras y sangre reseca y una desnudez pálida que lo hacía tiritar—, hizo caso omiso.

—Ya he pensado en cómo libraros de las garras de Almanzor, aunque para ello necesitaré de vuestras muchas habilidades.

Las noches sin conciliar el sueño, preocupado por su seguridad y la de Lubna, le habían agudizado el ingenio. Su mente inquieta había elaborado un ardid que muchos podrían catalogar de simple, en especial en la corte, donde todo era enrevesado y exigía de diversos aliados a los que mantener callados mediante argucias, oro y secretos intercambiados y bien pagados. Él, en cambio, que no contaba con más amistades que la esclava bibliotecaria, el eunuco Talid y los médicos de la *jizanat al-tabbib*, se había propuesto involucrarlos lo menos posible.

Al-Mansur Muhammad Ibn Abi Amir quería una página del manuscrito perdido, más concretamente aquella que descifraba la receta que otorga la vida eterna. Encontraran lo que encontrasen en el libro —y Lubna defendía que aquello no, pues era imposible—, de nada serviría que intentaran hacerle entrar en razón. No les creería ni aunque abrieran el volumen frente a él y le permitieran rebuscar entre los desgastados pergaminos. De hecho, lo más probable es que argumentara que ellos, astutos y ambiciosos, habían sustraído la hoja que contenía el remedio para así privarlo de este. Quizá para mercadear con él en mejores condiciones, quizá para amenazarlo, quizá para prenderle fuego, reducirlo a cenizas y terminar, de una vez por todas, con aquella pesadilla. O, quizá, para ser ellos quienes se beneficiaran de aquel conocimiento arcaico y místico.

Por eso, si la fuente de la vida eterna no existía, ellos mismos la crearían, tornarían real ese mito legendario que algunos tanto ansiaban. Nasir esperaba que Lubna pudiera falsificar una receta verosímil con sus magníficas artes como calígrafa.

—¿Y si nos descubre? —inquirió ella tras oír los tejemanejes—. Es ilustrado y sagaz. No deberíamos subestimarlo. Si el éxito de su ascenso y su futuro gobierno dependen de esa página, se fijará en cada detalle.

—Confío en vos, Lubna de Córdoba, sois concienzuda y perfeccionista. Sabréis cómo engañarlo.

La joven exhaló un hondo suspiro y se masajeó las sienes. Él le preguntó si habían regresado los dolores de cabeza y ella negó, pese a las punzadas que le hacían castañear hasta los dientes. Nasir no la creyó. ¿Cómo hacerlo? La conocía demasiado bien y el rostro crispado la delataba.

—¿Y cuando pruebe la receta y concluya que no funciona, pues sigue padeciendo sentimientos humanos y sangrando cuando se corta con un cuchillo afilado?

Pero eso él ya lo había pensado.

—La fe.

—¿La fe?

—La fe —repitió, sin alardeos—. Dijisteis que Almanzor era hombre piadoso y de gran religiosidad, que se codeaba con ulemas y alfaquíes y procuraba contentar a los más ortodoxos, que detestaba los libros de ciencias antiguas por considerarlos peligrosos. E incluso así, busca desesperado la fuente de la vida eterna, que es algo casi mágico y, por ello, condenable. Atenta contra sus propias creencias, contra sus principios.

—Todos caemos alguna vez en la hipocresía.

—Cierto —convino—, pero cuando Almanzor realice en varias ocasiones el procedimiento que marca el manuscrito y no obtenga lo esperado, la religiosidad será lo primero a lo que recurra. Porque en los malos momentos, todos buscamos respuestas en Él. Pensará que Allah no desea que goce del milagro de la vida eterna y se sentirá un mal creyente por haber relegado la fe en pro de esas prácticas mágicas que siempre se le antojaron deleznables. Se someterá a su divina voluntad y se olvidará de vos.

—Y encontrará otra forma de hacerse con el poder.

Nasir se humedeció los labios.

—Puede. Quiero creer que dejará que todo siga su curso, que nuestro señor al-Hakam fallezca, que Hisham herede y que los eunucos de la corte se reúnan clandestinamente junto a la Gran Señora para designar a un hombre que se encargue del reino hasta que el príncipe adquiera la mayoría de edad.

—Y conociendo a la Gran Señora Subh, que nunca ha ocultado que es su valedora personal…

—Viendo la depauperada salud del califa, no tendrá mucho más que aguardar. Un par de años a lo sumo y Almanzor se sentará en el sitial en el que ahora reposa el Príncipe de los creyentes. Los Omeyas no tardarán en perder el poder como lo perdieron en Oriente a manos de los Abasidas.

Nasir terminó por estrecharla entre sus brazos. Consciente de la tensión de sus músculos, del temblor que la sacudía y la frialdad que desprendía su piel, la obsequió con un dulce beso en la frente.

—Funcionará —le susurró—. Funcionará y vos estaréis a salvo.

Luego, colocó la barbilla sobre su cabeza y, sin percatarse, se mecieron en un rítmico y lento balanceo que tenía nada de danza y todo de necesidad de contacto.

—Y yo podré retornar a Bagdad sabiendo que os dejo aquí, rodeada de lo que más amáis, libros y sabiduría. Y, ante todo, segura.

—Así que os vais —bisbiseó ella, todavía pegada a su cuerpo.

—Sí.

No cesaron en el cadente movimiento.

—No hace demasiado pensaba que la corte era un lugar amable en el que vivir, un sitio en el que medrar. Aquí me sentía cómodo y amparado, y eso que no vine con dichas intenciones, pero al llegar encontré oro y riquezas, poesía, sapiencia, belleza…, pero también muerte y desolación. Y yo de eso ya tengo mucho, siempre he tenido mucho. Es contra lo que batallo diariamente. No quiero más de ello.

»Estos muros son asfixiantes, no dejan pasar la felicidad, y el resquicio que logramos capturar pronto se esfuma. Os diría que vos podríais hallarla en un lugar lejano, pero incluso pudiendo elegir no os marcharíais, porque sois incapaz de abandonar esta jaula de oro que son el Alcázar y vuestra amada biblioteca.

Lubna no dijo nada y él comprendió que el silencio, su silencio, también era una respuesta. Así que soltó el aire que había acumulado en los pulmones hasta vaciarse por completo y prosiguió balanceándose, siguiendo el compás de la música sorda y la percusión del retumbar de sus corazones acompasados.

—¿Cuándo lo decidisteis?

—Os mentiría si os dijera que ya hace un tiempo, y también si os dijera que ha sido hoy, tras la sentencia a muerte de esa chiquilla. Fue durante el entierro de Muzna.

Como si quisiera retenerlo, como si el abrazo pudiera alterar el tiempo, descontarlo, Lubna se aferró un poco más a él y aspiró la fragancia de hierbas trituradas maceradas en agua y aceite que desprendía. Olía a naturaleza viva, a las promesas de un futuro que no podría ser, a la libertad que se les prohibía.

—¿Cuándo partiréis?

—En cuanto garantice vuestra seguridad y se lo comunique a nuestro señor al-Hakam. A más no tardar, a principios del próximo mes.

—Al igual que los embajadores, si es que se retrasan —comentó desilusionada—. Es irónico. Todo empieza y finaliza con los embajadores. Con la política.

En algún momento, ambos habían empezado a llorar.

Y así, mientras la bibliotecaria y el Bagdadí atravesaban los inhóspitos y lúgubres túneles que comunicaban Madinat al-Zahra con el antiguo Alcázar cordobés, la servidumbre se encargaba de recoger los despojos de Qamar, un cadáver desmembrado del que habrían de limpiar sus desechos. Una muchacha de ojos de zafiro a la que habían conocido de cerca y de la que siquiera pudieron despedirse. A la que ya no debían ni mencionar.

Qamar estaba muerta y enterrada.

No había existido.

No había lágrimas que derramar.

45

La Biblioteca Real había conservado esa aura deprimente que Qamar había dejado a su paso días atrás al destartalar las estanterías y sajar libros y encuadernaciones. El bueno del eunuco Talid, tan hundido como estaba por el fallecimiento de la anciana Muzna, aún no había limpiado aquel destrozo y el caos campaba a sus anchas. El polvo que ya flotaba en el ambiente se había aposentado con fuerza sobre toda superficie libre, creando una pátina de abandono, mitad procedente de los viejos manuscritos, mitad de la remodelación que estaba sufriendo el templo del saber. En el otro extremo de las amplísimas estancias, las obras continuaban implacables, ajenas a conspiraciones, muertes y destrozos.

Aquello sí que era irónico, y no lo de las embajadas. Que lo que había sido un remanso de paz ya no fuera más que ruinas, una extensión de lo que ellos mismos albergaban en su interior.

—Prometo volver —dijo Lubna y, sin aclarar cuándo lo haría ni a dónde se dirigía, lo dejó allí durante un buen rato, unos minutos que a Nasir se le antojaron eternos.

Para cuando regresó, la bibliotecaria portaba un volumen de cuero desgastado, el cual posó sobre una de las mesas. El mismo gesto que había realizado hacía pocos días en presencia de su amada maestra y su díscola pupila en esos momentos lo hacía ante él.

Lubna acusó el dolor de la pérdida una vez más.

—Qamar revolvió mis aposentos y la Biblioteca Real en busca del manuscrito, tal y como vos imaginasteis. Antes lo guardaba aquí, en la biblioteca, justo ahí, en ese estante —lo señaló—, apiñado con los demás libros. Porque el mejor escondite es el que está a simple vista. —Nasir sonrió, demudado ante su ingenio—. La noche en la que les descubrí dónde estaba fue…

—La del banquete en honor a los embajadores —atajó él.

—Pero nuestro señor al-Hakam logró sobreponerse al veneno gracias a vos y, aunque solo Muzna y ella sabían dónde estaba el manuscrito, no quedé tranquila al haber revelado su ubicación. Así que busqué un nuevo lugar en el que ocultarlo. Por eso Qamar no lo halló. Por eso lo destrozó todo. Y por eso mató a Muzna en un vano intento de descubrir el escondrijo.

—Creía que erais vos.

Lubna asintió.

—Pensaba arrebatarme la confesión a la fuerza, aunque ahora dudo de que fuera capaz.

—Ya visteis lo que le hizo a la anciana Muzna.

—Lo sé. La noche, tan oscura y gélida, saca a pasear nuestra peor versión, y hay quienes han confinado auténticos monstruos en su interior. Pero Qamar no era una de esas.

—¿Dónde lo escondisteis?

De repente, la sacudieron unas ganas atroces de reír. Era casi absurdo. Nadie lo habría averiguado.

—Dentro de un saco de arpillera, en las cocinas de este viejo Alcázar.

—Peligroso, imprudente, ¿no creéis? Los bichos que a veces pululan entre el cereal podrían haber devorado las páginas.

—Casi desearía que hubiera sido así.

Lo deseaba. De verás que sí. Los orificios que esos bichitos inmundos generaran en el pergamino, roe que roe, habrían diezmado los conocimientos que el manuscrito encerrara y, al mismo tiempo, puede que su ausencia hubiera protegido las vidas de Muzna y Qamar, pues ya no habría nada que salvaguardar. Y ese deseo, de la profundidad de un aljibe, no era más que la mentira que ella misma se contaba antes de dormir, porque perder tan valiosa erudición habría intensificado el sentimiento de fracaso que ya la abordaba, el de haber fallado a su deber para con el señor al-Hakam, su dinastía, el califato y hasta la posteridad.

Nasir lo sabía, pero decidió no contrariarla.

—Supongo que no es como esperabais. —Se refería al manuscrito perdido, del que él no apartaba la mirada—. Circulan muchas leyendas, y algunas dicen que era de oro y gemas preciosas, al menos al principio. Ya veis que no. —Pasó la yema de los dedos por la arrugada superficie—. Solo es cuero.

Completamente embelesado por la simpleza de la encuadernación, Nasir hubo de tragar saliva antes de responder.

—Al contrario, es todo lo que esperaba.

Puede que incluso más.

Su bienamado padre había sido de esos que defendían que el manuscrito perdido se hallaba ornamentado con piedras refulgentes, esmeraldas, rubíes, perlas, jacintos, topacios y zafiros incrustados en una cubierta áurea. Y no es que él lo creyera, siendo como era hombre sabio; estaba casi seguro de que el libro no distaría de otros tantos ordinarios, pero así se lo contaba a su hijo para agregar un poco de esplendor a la historia que tan atractiva resultaba a ojos de los más pequeños.

Previniéndole contra la usura, la avaricia y la codicia, solía decirle: «La riqueza del libro no radica en su belleza, que debe ser cegadora, pues de no ser así ¿cuántos realmente se atreverían a cruzar mares, desiertos y fronteras para buscarlo? ¿Cuántos pondrían en peligro su vida? La riqueza está en lo que guarda, Nasir, en lo que guarda». Y él, que había asumido que el contenido del legendario manuscrito era un catálogo médico que revolucionaría la ciencia y lo catapultaría a lo más alto entre los médicos del Oriente y Occidente islámico, solo se impresionó por la finura del volumen.

Una pregunta muda destelló en sus ojos ambarinos, en sus dedos extendidos, suplicantes, y Lubna asintió, confiriéndole permiso para que acariciara el desgarrado cuero. Lo hizo con una delicadeza entrañable, casi temeroso de que el mero contacto pudiera dañar aquel tesoro, desvanecer la fantasía que durante mucho tiempo había cultivado junto a su progenitor.

Desde que Almanzor lo atrapara profanando la tumba de Abd al-Rahman I y las desgracias y muertes se sucedieran en el Alcázar, se había desprendido de la ilusión de palpar lo que él suponía que sería la lujosa y añeja encuadernación del manuscrito perdido. En algunas ocasiones, incluso había dudado de su existencia, y eso lo había arrastrado a un pozo de negrura en el que palpitaba la decepción. Por sí mismo. Por su padre, que enajenado había confundido ficción y realidad. Y, pese a todo, ahí estaba, frente a él.

Siempre había estado frente a él, escondido a simple vista, al igual que una burla macabra. Y lo habría adivinado de haber levantado la cabeza de los libros y haber mirado un poco más allá de sus narices.

Qué estúpido había sido. Y qué gran astucia la que manejaba Lubna.

—Si mi padre lo viera… —Las palabras se le atoraron junto a la sal de las lágrimas—. No se lo creería. Por Allah, que no.

Ella no pudo evitar esbozar una tierna sonrisa.

—¿Os lo creéis vos?

Y Nasir negó, los bucles negros y ensortijados bailando frente a su faz.

—No. Pero es que hay muchas cosas que aún me son difíciles de creer, Lubna de Córdoba.

La bibliotecaria le advirtió de que probablemente las páginas estuvieran maltratadas por el paso del tiempo y el periplo de Abd al-Rahman I. Antaño habían descansado en la encuadernación original, durante la dominación de los Omeyas, pero, tras la caída de su linaje, el Emigrado —quien las recibiera ya arrancadas del volumen primigenio— las había doblado para que pasaran desapercibidas y así ocultarlas entre los pliegues de sus vestiduras. No fue hasta su llegada a al-Ándalus y su auto-proclamación como emir cuando mandó que los pergaminos volvieran a coserse y encuadernarse.

Al abrir el volumen, el cuero crujió molesto, despierto des-pués de centurias de agradable sueño. Atento, Nasir contuvo la respiración, el corazón bombeándole con premura, resonando en sus oídos. Pensó en su padre y, silente, deseó que estuviera observándole desde el Paraíso.

Se sucedieron dos páginas impolutas en las que no hubo ras-tro de autoría ni intenciones, siquiera una plegaria a Allah para que favoreciera la escritura del libro, y dedujeron que eran un añadido posterior, acorde a la última encuadernación, pues los pergaminos lucían nuevos en comparación con el resto de las hojas.

Con suavidad y parsimonia, Lubna pasó a la página siguien-te y entonces sí, el olor de la vejez impregnó el ambiente. En la superficie deteriorada se apreciaban salpicaduras de tinta ne-gruzca de cuando el cálamo aún sobrevolaba el pergamino; otras máculas eran de naturaleza desconocida y parecían haber nacido, bien por humedad, bien por el transcurrir del tiempo. Ni dibujos, ni esbozos, ni motivos ornamentales, solo palabras olvidadas.

Lubna apoyó el dedo para seguir la lectura, al igual que los niños pequeños.

—¿Qué sucede? ¿Por qué esa expresión ceñuda? —inquirió el Bagdadí.

—Creo que esto no lo escribió un hombre. —Señaló la letra cursiva—. Fijaos en los trazos, son pulcros y cuidadosos, más de lo que cabría augurar.

—¿Una mujer?

Ella asintió.

—Diría que sí.

—¿Una Omeya? —La esclava se encogió de hombros—. ¿Podéis datarlo?

—No con exactitud —reconoció azorada—. Soy buena calígrafa, pero no la mejor paleógrafa; tendría que consultarlo con alguna esclava del Alcázar especializada en la materia. Y aun así diría que esto no es Omeya. Es de antes de nuestro Profeta Muhammad, de la *yahiliyya*.

El nombre del periodo les procuró un escalofrío. Significaba «ignorante» y aludía a quienes habían tenido que soportar una existencia insípida, mezquina y errónea a causa del politeísmo en el que habían caído las sociedades arábigas.

—De época bárbara —comentó Nasir, asombrado por la antigüedad.

—De antes de que llegara el islam y se extendiera por las tierras del imperio. Qué tiempos ignorantes, oscuros, aquellos en los que no existía la ley de Allah…

La vida antes de la palabra del islam era feroz. Las gentes veneraban a dioses y diosas por igual, realizaban sacrificios que más tarde se antojarían herejes y creían más en la naturaleza que en una obra divina, más en lo terrenal que lo que aguarda en el Paraíso. La medicina a menudo se confundía con la magia; talismanes, oraciones susurradas al amparo de la noche y piedras curativas que colgar del cuello eran prácticas diarias. Hechizos y conjuros de amor, cuestiones que las jóvenes dominaban con maestría.

El amor y el sexo no se entendían, eran cosas distintas. Las mujeres se insinuaban a los caravaneros con prendas ligeras que dejaban entrever su gloriosa anatomía, escogían con quien yuntar libremente, a veces con unos, a veces con otros. Madres e hijas se encamaban con el mismo hombre, saciaban sus apetitos carnales con cualquiera, sin preocuparse de la honra, y fornicaban en lugares sagrados. Y aquellas que vendían su cuerpo sin reparo ni pudor por unas cuantas monedas colocaban en sus tiendas una bandera roja para guiar a los varones hacia el lugar de recogimiento donde habrían de tocar el cielo con las manos. Pero, al menos, habían tornado el placer en profesión. Y aun así, era reprobable, porque, como bien se decía, «la buena mujer pasa hambre, no come de sus pechos».

Pese a esta supuesta libertad tan apreciada, las féminas apenas gozaban de dignidad, no eran más que un mísero objeto que pasaba de generación en generación, de padre a hijos en herencia junto con ajuares, armas y bienes materiales. Los serrallos proliferaban y los hombres podían llegar a acumular hasta diez o más esposas legítimas; sin embargo, no dividían su corazón entre ellas, pues les era del todo imposible. A las favoritas las colmaban de atenciones y obsequios, a las que habían heredado las despreciaban y de las que ya se habían cansado, las olvidaban. Y, no siendo eso bastante, se enorgullecían de su caridad al desposarse con viudas que habían perdido a sus esposos en batalla, con hijas desprotegidas que habían quedado huérfanas.

En realidad, tan poco valían las féminas que las niñas eran consideradas una vergüenza de la que sus progenitores preferían prescindir. Por eso al nacer las abandonaban a su suerte, esperando así que las alimañas las devoraran o que la falta de leche materna las desnutriera hasta morir.

La fe puso coto a dichas salvajadas.

Allah dictaminó: «¡No matéis a vuestros hijos por miedo a empobreceros! Somos Nosotros Quienes les proveemos, y a vosotros también. Matarlos es un gran pecado». Y estableció que no habría más de cuatro esposas para el hombre, y que este no podría compartir lecho con sus parientes femeninas, ya fueran madres, tías, sobrinas, hermanas, primas o de leche. Y que la mujer libre era persona de honor y dignidad, y no podía ser subastada cual animal de tiro ni cedida en pos de favores. Porque también hubo muchos maridos que prestaban a sus esposas a otros varones para ver si así concebían una criatura de grandes facultades.

De aquellos tiempos solo quedaban la palabra que daba nombre al periodo, *yahiliyya*, y el miedo que todavía producía en quienes al oírla rememoraban tragedias pasadas.

—Esto pudo haber sido escrito hace más de... —Nasir se frotó la barba—. De cuatrocientos años.

Lubna tembló al pensarlo.

Había custodiado un libro antiquísimo, más de lo que había pensado en un primer momento cuando, tras la jura de su señor como califa, Muzna lo puso entre sus manos y dijo: «Aquí está tu obligación para con nuestro nuevo señor, al-Hakam al-Mustansir billah, Príncipe de los creyentes. Que Allah le dé muchos años de vida para guiarnos, y a ti salud para proteger este regalo que se te ha confiado».

Eso les habría parecido a muchos, un regalo, pero no. Los regalos son obsequios generosos que promueven dicha, y según quién lo observara el manuscrito era. Para Muzna, una carga que le había curvado la espalda. Para Qamar, la hoja afilada del verdugo que le había seccionado la cabeza. Para Lubna, una maldición que se le había pegado a la piel. Para Nasir, el tesoro de su tierna infancia, el vínculo que aún lo ligaba a su progenitor. Para Almanzor, la salvación de su estirpe, el ensalzamiento de su nombre.

Aquel añejo pergamino podía serlo todo y, a la vez, no ser nada. Nada más que piel despellejada de un animal sacrificado, piel extendida, lisa y suave, piel que, al lavarse y rasparse, quedaría intacta, como si acabara de extirparse al becerro. Y con la escritura despintada, pergamino inmaculado. Piel nueva. Así de fácil se borraba el pasado, se reescribía la historia.

Inquietos por su ignota naturaleza, la bibliotecaria y el Bagdadí fueron leyendo por encima las recetas que contenía. Nasir habría deseado tomar apuntes de lo allí expuesto, pues le constaba que algunos médicos tenían especial inclinación por los *hawass*, remedios curativos mágicos que habían ido desapareciendo y que trataban de recuperar al considerarlos ideales como terapia alternativa. No es que él creyera en la sanación a través de amuletos; aquello era, ante todo, algo completamente acientífico. No obstante, la curiosidad lo llevaba a querer registrar dichos métodos. «Cuando la medicina te falla, ya solo queda la fe», decía su progenitor. Y esas prácticas eran, en efecto, cosa de la fe. O quizá de la esperanza.

Así pues, curiosearon esa sabiduría ancestral basada en sortilegios anticuados y piedras que poseían poderes mágicos y prometían desde riqueza hasta enamoramiento absoluto, desde salud hasta buenaventura, y desde suerte hasta mala estrella.

Que si un cardo corredor como colgante cura la inflamación de los uréteres. Que si el cordón umbilical de un recién nacido engarzado en un sello de oro o plata impide los cólicos. Que si al alcoholarse los ojos con una gema de color añil y nombrar a un hombre y lo que anhelaras de él, este cae rendido a voluntad. Que si la fiebre cuartana remite al pender huesos humanos sobre quien la padece. Que si la piedra serpentina favorece a los niños y la peonía hembra resulta útil para la epilepsia. Y que incensar raíz de ortiga produce enamoramiento en extremo.

Para cuando el sol tiñó el horizonte de un rojo gualda propio del atardecer, solo habían llegado a la mitad. Lubna cerró el volumen con sumo cuidado, sin poder evitar un nuevo quejido del cuero, y acarició la cubierta. Por entre las rendijas de sus labios escapó un suspiro, mezcla de satisfacción y congoja.

—Tariq Ibn Ziyad se llevó un libro de gran valor, y no hablo sobre los Evangelios o la Torá. En Toledo había un libro de alquimia, el arte magno, que trataba sobre tóxicos, drogas y elixires, y que estaba adornado con piedras y jacintos. —Sus uñas repiquetearon sobre el volumen ajado—. A juzgar por lo que he oído, debía de parecerse bastante a este.

—Así que ¿esto podría ser una especie de libro alquímico o de recetas primitivas que practicaban las mujeres en época de la *yahiliyya* y que, con la llegada de nuestra fe, hubieron de esconder?

—Hasta ahora y, según lo que hemos leído, es lo más probable. Quizá de ahí surgiera la leyenda que dice que guarda el secreto de la vida eterna.

—¿Y cómo habrá llegado a manos de la dinastía Omeya?

Lubna se encogió de hombros.

—¿Recuerdas cuando me dijiste que podía ser que jamás descubriéramos el veneno que le habían suministrado a nuestro señor al-Hakam? —Nasir asintió y ella exhaló un hondo suspiro—. Me temo que esto es de idéntica naturaleza. Puede que nunca sepamos cómo el manuscrito acabó perteneciendo a los Omeyas. Leeré, rebuscaré entre crónicas y libros de historia, me remontaré de antepasado a antepasado a través de la genealogía, pero...

—No hallarás nada.

Ella negó y los bucles azabaches le revolotearon en torno al rostro.

—No hallaré nada.

Toda la expectación comprimida en el pecho de Nasir fue evaporándose hasta dejar únicamente la certeza de que su búsqueda había sido en vano.

Sí, contra todo pronóstico, había hallado el manuscrito perdido de Abd al-Rahman I el Emigrado, el último y primero de su estirpe. Sí, lo había tenido entre las manos y había gozado de su tacto y del olor a cuero, que aún perduraba, y del crujido de las páginas al pasar; a pesar de que su tío Ibrahim le había advertido de que muchos hombres habían dedicado la vida a perseguir esa fantasía y se habían extraviado, desgatado, aniquilado a sí mismos por el camino, y que los que regresaron a sus hogares yacieron en el lecho subyugados por la locura. E incluso así, demostrar que su padre estaba en lo cierto no lo solazaba.

Porque ¿de qué servía haber dado con aquel libro legendario si su uso estaba restringido? ¿De qué servía haberlo leído si las recetas que contenía eran remedios de ancianas a los que él se negaba, como se negaba a añadir azúcar en vez de miel a sus fármacos?

No había querido la gloria del descubridor ni la reputación del célebre poseedor de un rico tesoro. Ni siquiera su nombre grabado en piedra para la posteridad, un homenaje en su tierra para conmemorar que allí nació Nasir Ibn Hakim el Bagdadí, quien se tornó en el médico más célebre del Oriente Islámico. No. Lo que él quería era honrar a su padre, un buen hombre, un buen médico, al que Allah reclamó demasiado pronto.

Incómodo tras tanto tiempo sentado sobre la mesa, Nasir se levantó. Deambuló en círculos por aquella zona de la biblioteca, asemejándose a un animal enjaulado, y se atusó los rizos, desordenándolos todavía más, una muestra de impotencia que no pasó desapercibida.

—En realidad poco importa —pronunció devastado—, no es alquimia. El manuscrito es un *Ilm al-Hawass*, lo que se conoce como ciencias de las propiedades ocultas. No hay medicina.

Él, que no era partidario de la violencia y que pocas veces se dejaba llevar por ella, reprimió el ansia de descargar la frustración mediante golpes, de hundir el rostro en un barreño de agua y gritar. Gritar hasta quedarse hueco, hasta que el agua se le atragantara en la boca, hasta deshacerse de la decepción paralizante y el llanto del niño que perdió a su padre.

Lubna habría hecho lo que fuera por aplacarle ese horrible sentimiento.

—La hay.

—No. No hay remedios que me permitan aliviar el padecimiento de aquellos que adolecen de la misma enfermedad que mi padre. No hay revolución médica, porque esto es una regresión a fórmulas mágicas pasadas.

—Hay medicina, pero no la que vuestro honorable padre y vos creíais, no la que buscabais. —Alargó la mano para tomar la de Nasir y este, capturado, la miró—. Lo lamento en el alma, con total y absoluta profundidad.

Él asintió.

—Tampoco hay vida eterna más que la que nos espera en el Paraíso, y eso es un consuelo.

En un intento de reforzar su optimismo y librar a la esclava de aquellas angustias que le deberían ser ajenas, depositó un beso sobre su frente. Ahí permaneció, con los labios posados sobre su piel fresca, inspirando el agua de rosas de su larga cabellera.

—Haceos con cálamo y tinta, Lubna de Córdoba, que tenéis trabajo por delante, y las armas que esgrimís son más afiladas y letales que las que empuñaba Nusayba bint Kab junto al Profeta. De vuestra escritura dependerá la continuación de la dinastía Omeya y el devenir del califato.

A Lubna le llevaría más de cuatro jornadas realizar una copia idéntica en cuanto a aspecto, madurez, lenguaje y caligrafía. En la ardua tarea se dejó los ojos, arenosos por las noches en las que transcribía a la luz del candil, pues no podía dedicarse a ello durante el día al estar absorta en sus habituales labores. Y, del mismo modo, se dejó las manos y los dedos, que, por manchados de negro que estuvieran, jamás dejaron huella.

Para la falsificación escogió un pergamino aproximado en años al manuscrito perdido, uno que no contara con información altamente valiosa y de la que pudieran prescindir en un futuro. Se decantó por un poema que hablaba sobre mujeres que habitaban en tiempos de guerra y acudían con sus esposos al campo de batalla, donde bailaban, tocaban panderos y entonaban canciones que impelían a los hombres a luchar. Les prometían desnudez y placer de proclamarse vencedores, y les recordaban que su derrota las haría esclavas deshonradas.

Sometió el pergamino al delicado proceso de lavado y luego raspó paulatinamente esa narración en verso acerca de historias de acero y sangre y cánticos que incitaban a morir y matar a partes iguales. Sobre esa nueva y sedosa superficie, escribió una fórmula secreta que había de otorgar la vida eterna. Y rezó para que engañara a Almanzor y lo lanzara al arrepentimiento y a los brazos de Allah.

46

Durante esos cuatro días, mientras Lubna se encerraba en la sala de los copistas y transcribía un texto místico, reinó una calma que hacía semanas que no se percibía en Madinat al-Zahra y el complejo palatino. Con Qamar recientemente ajusticiada, la vida se reiniciaba y discurría por cauces apacibles, invitando a todos a despojarse del estado de alarma que había imperado hasta el momento y la congoja que los había obligado a dormir con un ojo abierto y un cuchillo bajo la almohada. Así, se adoptó de nuevo la cotidianidad y se reanudaron las tareas habituales.

Los hombres de Estado regresaron a la política sin temer por su integridad, los embajadores comenzaron a preparar su inminente partida y la servidumbre continuó con sus quehaceres al servicio de los grandes. El califa, recuperado del intento de regicidio, fue apaciguando su miedo interno, el príncipe Hisham volvió a sus lecciones y la Gran Señora luchó por que se erigiera una fuente como obra pía en el zoco principal.

Y al quinto día, aún no habiendo amanecido, Lubna y Nasir se encontraron en la intimidad de la Biblioteca Real, donde ella le entregó un pergamino enrollado que él examinó con atención. No era una burda copia. La página habría pasado perfectamente por una de las originales del manuscrito perdido. Tenían casi el mismo grosor, la caligrafía era idéntica, presentaba un rasguño que simulaba el haber sido arrancada de la encuadernación y hasta había una serie de manchas dispuestas sin orden ni concierto, pero que habían sido bien estudiadas, calculadas con suma precisión de tinta negra y algo que Nasir no lograba identificar y que olía a la humedad que impregna los documentos añejos.

De no haber orquestado él mismo aquella farsa, jamás habría adivinado que lo que sostenía entre las manos se trataba de una falsificación, una sucia triquiñuela perpetrada por un médico y una bibliotecaria con unas habilidades envidiables.

Se disponía a felicitarla por su excelente trabajo, a alabar la pulcritud de su pluma y la ligereza del trazo cuando ella, con un hilillo de voz a punto de romperse, le dijo:

—Solo espero que sepáis que esto supone un gran peligro. Es como caminar directamente hacia una espada solo para probar que puede atravesarnos.

La preocupación y el cansancio extremo se dibujaban en cada una de sus facciones, en los surcos violáceos de las ojeras, en la piel cetrina y en el negro opaco de sus iris.

Nasir guardó el pergamino entre los pliegues de sus vestiduras, más consciente que nunca de que el juego iniciado podía costarles muy caro y que el precio más alto a pagar eran sus cabezas. Se acercó a ella y le acarició la mejilla en un gesto que procuraba tranquilidad.

—Lo sé, pero, de no hacerlo, nos atravesará de igual modo.

Aquello era irrebatible, así que Lubna no objetó. En su lugar, lo obsequió con un casto beso allí donde la barba proliferaba y le pinchaba, y en silencio deseó que Allah, el Poderoso, vertiera su gracia sobre él y lo protegiera de aquellos que deseaban su ruina.

—Después de esto, todo habrá terminado —le prometió—. Y vos estaréis a salvo. —La aferró de los antebrazos y la atrajo hacia él—. Necesito que estéis a salvo.

Desde que descubrieran la vigilancia perpetua a la que los sometía Almanzor a través de sus fieles eunucos, todo lo que salía de sus bocas eran murmullos sibilinos que solo ellos eran capaces de comprender.

—Como bien dijisteis hace no mucho, aquí estaré aguardándoos.

Y Nasir sonrió, pues esas eran las palabras que él le había dedicado cuando, en su visita a las mazmorras, le soltó la mano y dejó que la oscuridad la engullera.

—¿Y salvaguardándome?

Lubna asintió, azorada por el rubor.

—Y salvaguardándoos.

Nasir suponía que entonces sería ella la que sintiera la impotencia que a él le embargó en ese momento de soledad e ignorancia, y así fue. Esperar a que regresara de su audiencia con Almanzor era lo más parecido a ser una de esas mujeres honradas que contemplan alejarse a su marido del hogar, pertrechado para una guerra de la que no se sabe si volverá.

Por fortuna, la liza que estaba por librarse no sería mediante el acero de las espadas, sino el intelecto, quizá por eso habían de ser aún más precavidos. La mordedura de la espada es un tajo que supura sangre y te lleva directo a la muerte, pero las palabras mal formuladas decretan un destino aún peor, el de la prisión y el tormento. Los hombres tienden a la crueldad, más cuando se ven en posesión de un cautivo sobre el que pueden dar rienda suelta a sus frustraciones. No han sido pocos los que han salido de las celdas con labios rotos y esputos sanguinolentos a causa de las revanchas internas de los carceleros.

Un último beso, uno en los labios, y Lubna abrazó la incertidumbre, que había sido una constante en su vida, y rogó a Allah que atendiera sus *duuas*.

Para evitar que oídos indiscretos y miradas curiosas husmearan en asuntos privados que podían confundirse con alta traición, Nasir había mandado recado a Almanzor a través del *fata*

Omar, el grueso eunuco al que ya no soportaba siquiera mirar, pues el asco le revolvía el estómago y la bilis se le subía a la garganta. «Lo tengo», ese había sido su escueto mensaje, y lo cierto es que Almanzor no necesitó de mucho más. Atendiendo a las órdenes recibidas, el esclavo de dulce voz se encargó del resto: establecer un lugar seguro en el que ambos se reunieran y notificárselo a Nasir mediante una carta que acabó consumida entre las ascuas del fuego.

Era mediodía y el salón en el que se habían encerrado resplandecía con la luz que se filtraba a través de las ventanas, arrancándole destellos a la ornamentación áurea que se desplegaba aquí y allá, a los hilos de oro de las alfombras. A pesar del frío glacial que arreciaba, Almanzor aún no había abandonado los ropajes de seda, ya que la lana, hecha para abrigarlos de las bajas temperaturas y nada suntuosa y elegante, no era un textil que hubiera adecuado a sus excelsos atavíos. Él, al contrario, no se deshacía de la pelliza ni aún en el interior, ya caldeado por el brasero.

Al igual que en su primer encuentro, las puertas quedaron custodiadas por el leal eunuco y ellos mantuvieron una distancia prudencial que los protegiera del alcance del otro, del posible acero oculto entre los pliegues de las vestiduras.

—Aquí tenéis lo que tanto ansiabais.

No hubo saludo formal que iniciara la conversación. Nasir extrajo el pergamino arrugado de entre su atuendo y se lo mostró. Lo portaba con el orgullo con el que los guerreros exhiben sus triunfos tras la batalla, pero con la repugnancia de los que saben el precio tan alto que se ha pagado.

La sonrisa de Almanzor se ensanchó, una mueca disonante en su apuesta faz.

—Averiguasteis con presteza qué página era, ¿no es cierto?

Se encogió de hombros.

—Suponía que no os interesaba el remedio para el enfriamiento común o la descompensación de los humores.

—Eso os lo dejo a vos, Bagdadí. —Rio como si fuera una chanza entre viejos amigos—. ¿Os habéis quedado con el manuscrito?

—No.

—¿No? —El desconcierto traslucido en el rostro de Almanzor.

—No —repitió con una firmeza que evidenciaba que no se dejaría amilanar—. Esta página mugrienta ha costado la muerte de dos buenas mujeres, dos envenenamientos y un corazón roto. Es más que suficiente.

Se negaba a fingir que desconocía la conjura urdida, la utilización de la joven y desdichada Qamar cual pieza de ajedrez de la que es fácil prescindir, pese a que la revelación pudiera suponerle un enorme peligro. Si Almanzor se sentía amenazado, no dudaría en volver contra él todas sus influencias hasta revestirlo de felón y lograr que lo condenaran a pena capital.

Sin embargo, Almanzor sabía que era intocable y que la única persona que debía tomar como una auténtica amenaza era a la que tanto admiraba, Subh. Por eso, ignoró los reproches de Nasir y se centró en una cuestión mucho más golosa para quienes disfrutan del caos ocasionado por sus demoledoras acciones.

—Un corazón roto… —Paladeó las palabras, miel en su lengua viperina—. ¿El vuestro o el de la esclava Lubna?

—Eso no es de vuestra incumbencia —contestó él con una furia helada que decepcionó a Almanzor, quien creía que para entonces el médico ya habría perdido buena parte de la paciencia y se habría lanzado a desollarlo.

Los hombres enamorados toleran malamente los oprobios contra sus virtuosas doncellas.

Puede que aquella fuera su estrategia, pensó Nasir, avivar su ira hasta conseguir que los nervios lo traicionaran y lo atacara personalmente. Entonces, llamaría a la guardia del Alcázar y lo prenderían por atentar contra el administrador de bienes de la Gran Señora y el príncipe. El califa, que apreciaba en gran medida a aquel hombre, quedaría decepcionado ante su repentino arrebato de violencia y bascularía a favor de Almanzor. Y él lo perdería todo, su buen nombre, su reputación y hasta la vida.

—Observad bien este lugar, Bagdadí —prosiguió Almanzor.

Alzó la cabeza en busca de la hermosa cúpula dorada que los cobijaba para, enseguida, proseguir con las hermosas yeserías que decoraban los muros y, finalmente, detenerse en el grueso eunuco aposentado en las puertas. Nasir siguió el paseo de aquellos taimados ojos hasta que se encontraron a mitad de camino, en un cruce de miradas.

—¿De verdad creéis que algo de lo que sucede entre las paredes de este recinto palatino no es de mi incumbencia? ¿De verdad creéis que algo de lo que aquí acontece escapa a mi conocimiento?

Nasir contuvo la rabia que bullía en su pecho y se obligó a aflojar la presión que ejercía sobre el pergamino, que crujía entre sus puños.

—Cuidado con mi tesoro —le advirtió Almanzor, quien había reparado en el ruido quejumbroso de la página. Sorteó parte de la distancia que los separaba y extendió el brazo, con la palma de la mano hacia arriba en un ademán que clamaba exigencias—. Vamos, Bagdadí, o mis huesos se harán polvo como los de Abd al-Rahman I el Emigrado.

Palpó la superficie rugosa del pergamino, más para asegurarse de que el impío documento seguía intacto y no había mudado durante aquel tiempo, transformándose en una falsificación notable, que para infundirse valor.

—Quiero que juréis que no acecharéis a Lubna ni conspiraréis contra ella, pues ya tenéis lo que ansiabais y no hay honor en amenazar a una mujer, menos a una humilde esclava.

—Enternecedor. —Sonó tan melifluo que le dieron arcadas—. Le mentís, os lleváis su puridad, le robáis el manuscrito y ahora veláis por su seguridad. El amor nos hace cometer locuras y aun así no os lleváis el libro. —Arqueó la ceja—. ¿Por qué?

—Porque no hallé lo que buscaba en él.

—Eso, Bagdadí, es la fuente de la vida eterna. —Señaló el manuscrito que todavía empuñaba—. Lo que podría salvar a la hermosa mujer que habéis dejado enferma en Bagdad, a vuestra querida amada, si es que aún la amáis. Los sentimientos de los hombres son caprichosos. ¿Y me decís que no habéis hallado lo que buscabais? —Una carcajada sardónica tensó aún más el ambiente—. ¡Por Allah! Lo que tenéis en vuestras manos es más codiciado que el oro.

—A quienes han muerto no se les puede arrancar del Paraíso, ¿sabéis? —espetó con un desprecio imposible de esconder—. Así que regreso a mi tierra. Ese era el pacto.

Almanzor esbozó una mueca de sorpresa nada fingida.

—Ahí está, el corazón despedazado de la esclava bibliotecaria. Os marcháis.

—Olvidaos de Lubna de Córdoba —exigió, esgrimiendo el manuscrito cual arma mortífera.

Los dientes de Almanzor centellaron, de la blancura de las perlas y la peligrosidad de los caninos de un lobo hambriento que pretende despedazar a su presa de un solo bocado.

—El pergamino. —Volvió a extender la mano.

—Su seguridad —insistió él.

—Sea. —Cabeceó con una solemnidad nada impostada y Nasir creyó que, en el fondo de aquella ambiciosa traición, había algo de honor—. Tenéis mi palabra, que no es poca cosa, Bagdadí.

—Y de ella me fiaré, mi señor Almanzor, pues un hombre sin palabra no es un hombre, bien lo sabemos.

Dio dos pasos al frente y le tendió el pergamino. Ante su mera visión, Almanzor parecía salivar. No fue hasta que este se lo arrebató de las manos cuando se percató de lo mucho que le sudaban. No sabía si del esfuerzo de embridar la ira por cada vez que se mencionaba el nombre de Lubna en su presencia, con ese matiz de riesgo que le aceleraba el corazón, o de los nervios asentados en el estómago, un nudo de emociones que ya le dolía.

Durante un buen rato, Almanzor escrutó embelesado el pergamino, acariciándolo, olisqueándolo, toqueteándolo con el ansia con la que los hombres surcan la pálida y tersa piel de las esclavas que se han contoneado ante ellos en una velada festiva. Nasir estudió cada expresión que cruzaba por su faz, tratando de averiguar si el ojo crítico de aquel sagaz hombre había dado con una imperfección que probara la falsedad del documento o un error en un ingrediente de la receta confeccionada por Lubna. Nada encontraría.

—Es... —Le faltaban palabras para describirlo—. Absolutamente fascinante.

A Almanzor solo se le iluminaba así la mirada cuando veía a su querida esposa al-Dalfa o a la honorable Gran Señora.

—Lo es —reconoció Nasir, que entendía el asombro que experimentaba.

Él mismo se había visto sometido ante el esplendor del verdadero manuscrito perdido, de la mística que lo rodeaba y los remedios que contenían sus páginas.

Complacido por su nueva posesión, Almanzor lo guardó con cuidado entre los pliegues de sus vestiduras, a buen recaudo, y dijo:

—Ojalá Qamar lo hubiera robado. Por desgracia, no lo logró. Fue una verdadera pena. —Era la primera vez que le temblaba la voz, que delataba que había sentimientos bajo esa coraza—. Una joven vivaz, atrevida, sorprendentemente hermosa incluso para quienes conocemos de cerca el significado de la belleza. Deliciosa en todos sus aspectos. Y puede que no gozara de gran intelecto, mas era lista, lista como el hambre. —Chasqueó la lengua—. Esa muchacha valía su peso en oro y cada día pienso en las distintas formas en las que podía haberla salvado de la espada del verdugo.

—Y aun así no lo hicisteis; la sacrificasteis por vuestro propio bien. Porque no soportabais esperar a que yo os trajera el manuscrito por mis propios medios. Porque el deseo y la codicia os gobiernan. O quizá porque no estabais tan seguro de que yo fuera a entregároslo.

—¿Me preguntáis si confiaba en vos? Por supuesto que no, Bagdadí. Sois astuto y, aunque el califa me aprecie y proteja, parece que a vos también os tiene afecto. Eso es lo malo de medirse con rivales dignos, que puedes perder. Así que sí, Qamar jugaba una partida distinta a la nuestra, pero que prometía idéntico final. No me culpéis por asegurarme la victoria.

—Deleznable y atroz para un hombre que se jacta de ser justo y piadoso, para un hombre que se viste de seda y oro. —Lo examinó de arriba abajo, con una mirada de repugnancia imposible de ocultar—. ¿Dónde está vuestra misericordia?

Almanzor bufó, hastiado por su molesta moralidad, que discernía el bien del mal, que no atendía al abanico de colores que había entre el blanco puro y el negro pez, y que jamás aceptaría que, para ostentar cierta cuota de poder, uno debe estar dispuesto a sacrificar cosas, algunas de ellas muy amadas.

—Nuestro señor al-Hakam y su esposa, la Gran Señora, me ordenaron que diera con el asesino de Muzna y aquel que había tratado de envenenar al príncipe, y yo cumplí. Les entregué a Qamar, porque fue ella, Bagdadí, fue ella quien vertió la ponzoña en la comida del califa y su heredero, y fue ella quien se desquitó a puñaladas contra la anciana bibliotecaria.

Intentaba justificarse, convencerse a sí mismo de que su crimen sería absuelto.

—Empujada por vos —adujo—. Haber sido las manos que cometieron el crimen no la hace culpable si no lo concibió con la malicia de quien lo planeó.

A Nasir le dieron ganas de reír, de recordarle que, una vez que falleciera y lo enterraran bajo capas y capas de tierra húmeda, ya fuera en un cementerio común o en la *rawda*, el oro, el poder y las riquezas de nada le valdrían, porque nada material inclina la balanza de la justicia, nada compra la entrada al Paraíso. Al igual que cualquier otro mortal, tendría que postrarse ante los ángeles Munkar y Nakir y rendir cuentas. Y el derramamiento de sangre era un pecado grave, uno difícil de perdonar pese a los rezos constantes y a las obras piadosas con las que uno quisiera borrar sus delitos. Porque Almanzor podía reconocer la ofensa cometida ante Allah, jurar no repetirla y pedir perdón, mas no podría rectificarla ni disculparse con las agraviadas, que hacía ya días que habían sido sepultadas.

Mientras él y Lubna vivieran, los crímenes contra Qamar y Muzna no serían olvidados. Y antes de morir, antes de que Allah los reclamara en su seno, se lo desvelarían a alguien de confianza, porque solo así se asegurarían de que al-Mansur Muhammad Ibn Abi Amir recibiera la concepción merecida, la del hombre que había jugado a su antojo con la vida de dos mujeres honestas y serviles, a las que había desechado con el desprecio con el que se desechan los despojos más inmundos.

—Supongo que era más fácil cortarle el cuello a una chiquilla que había cedido a vuestros chantajes que revelar que erais vos quien estaba detrás de esta coyuntura política —escupió.

Almanzor efectuó dos zancadas que lo llevaron a posicionarse frente a él, tan próximos que podrían haberse agarrado del cuello y apretar hasta que uno de los dos exhalara el último aliento.

—Si creéis que es fácil decidir sobre la vida y la muerte de una persona, aunque esta sea una simple esclava, es que nunca os habéis visto en semejante situación —siseó entre dientes.

Nasir calló, anonadado por la ferocidad con la que le había respondido, tan notablemente afectado.

—¿Os arrepentís?

—¿Acaso creéis que no tengo corazón? —espetó—. Lo tengo, Bagdadí, y en él habitan muchas personas. Incluida la joven Qamar.

Un silencio sepulcral se extendió entre ambos, tan denso y pesado que les oprimía la respiración. De repente, el cariz brutal que adoptara el rostro de Almanzor desapareció tras la habitual máscara pétrea, recuperando la sonrisa ladina.

—Deduzco que marcháis en breve.

Él asintió.

—Tan pronto me sea posible.

—Buen viaje, Bagdadí. Que el futuro os sea próspero.

No habría sabido decir si los deseos eran reales o un sarcasmo velado. Con independencia de ello, Nasir no consiguió convocar la sonrisa de cortesía; las comisuras de los labios tironeaban hacia abajo en una mueca grotesca.

—Siento no poder desearos lo mismo, mi señor Almanzor.

Y este estalló en sonoras carcajadas, tan profundas y cavernosas que habrían amedrentado a cualquier criatura de corta edad.

—No esperaba menos. —Y entonces repitió—: No esperaba menos.

47

Apenas unas horas más tarde, Nasir aprovechó para reunirse en audiencia privada con su señor y exponer sus intenciones de abandonar tierras andalusíes. Le prometió que se lo había comunicado con la mayor prontitud posible con el fin de obtener su beneplácito y, de recibirlo, gozar de tiempo suficiente para arreglar los flecos sueltos que pudiera provocar su marcha.

—¿A qué se debe esta prisa, Nasir Ibn Hakim? —preguntó el califa después de oír la petición formal de que le dejara partir a principios del próximo mes de diciembre—. ¿Acaso no os placen los aposentos en los que os he alojado? ¿No os agrada la corte o es que ha habido encontronazos con los médicos y drogueros de la Botica Real?

Al contrario que otros gobernantes, que se habrían sentido ultrajados al conocer que un servidor despreciaba la holgada vida de la corte, al-Hakam al-Mustansir billah, Príncipe de los creyentes, se descubrió, más bien, desconcertado. No obstante, la crueldad de la que había hecho gala durante la ejecución de Qamar había mostrado una faceta de su carácter que algunos ni imaginaban. Por eso, siendo consciente de que la edad genera volubilidad y que el orgullo de los poderosos es frágil, Nasir se cuidó en extremo a la hora de usar las palabras, que son arma de doble filo, pues, pese a la buena relación trabada, el califa aún podía indignarse. Y aquello desembocaría en tragedia, ya que podría negarle la partida y retenerlo en el Alcázar, en su propia alcoba, al igual que los rehenes políticos que residen entre la suntuosidad y el boato sin hallar libertad.

—No, mi señor. —Se llevó la mano al pecho—. Los aposentos son espléndidos y los médicos y esclavos que me acompañan en la *jizanat al-tabbib* son hombres honestos y de grandes cualidades.

—¿Entonces? —insistió, todavía más intrigado por aquel rotundo cambio de parecer—. ¿Ya aborrecéis el clima cordobés y ansiáis regresar a Bagdad o es que ha llegado noticia de que se os requiere por allí?

—Ni mucho menos, mi señor. Se trata de algo mucho más simple y banal.

Aquello avivó la curiosidad de al-Hakam, que se acomodó en su sitial y posó las manos entrelazadas sobre su regazo.

—Sorprendedme, pues —le pidió.

Lo había barruntado mucho durante los días previos y había decidido que, hastiado de engaños, mentiras y medias verdades que sabían a trucos baratos, la honestidad debía prevalecer. Así que tomó aire, fijó la mirada en los ojos azabaches del califa y se sinceró con respecto a sus sentimientos. Porque nadie mejor que al-Hakam al-Mustansir billah, Príncipe de los creyentes, lo entendería; porque no podía descubrirle que en el seno de su corte se gestaba una traición y en buena parte era eso lo que lo expulsaba; porque a nadie le agradaría saber que su esposa se ha dejado cautivar por otro hombre. Porque solo así le permitiría viajar a Bagdad con cierta urgencia.

—Me he enamorado de una de vuestras esclavas, mi señor —confesó sin que le titubeara la voz ni la hombría—. Temo que esta enfermedad se escapa a mis dominios, no dispongo de cura para ella y aquí, enclaustrado entre riquezas y una belleza sin igual, pero sin esa mujer, languidezco. Solo podré recobrar la razón y la salud si parto pronto. Creedme cuando os digo que quedarme sería fatal.

Una sonrisa compasiva inundó el rostro de al-Hakam, quien exhaló un hondo suspiro y dijo:

—Ay, el amor es, sin duda, el peor mal que podemos padecer.

Y Nasir estuvo de acuerdo, pues el amor no mata como la viruela o las fiebres, pero te deja muerto en vida y es casi peor.

—Eso es lo que cantan los poetas, mi señor, y después de sufrirlo en mis carnes, solo puedo decir que han sido hasta parcos al tratarlo.

La levedad en los labios del califa se tornó una jocosa carcajada, la de un anciano que observa a un joven adolecer del infortunio que causan las mujeres y que él ya ha superado con éxito. Paciencia y esmero, habrían recomendado algunos. Obsequios resplandecientes y poemas a la luz de la luna, habrían recetado otros. La fuerza y su silencio, habrían defendido los brutos que creen que pueden domar a las féminas con la virilidad y la violencia. Sin embargo, al-Hakam solo se rio y, tras recobrar la compostura, levantó la mano.

—No hagáis aún el equipaje, que yo proveeré y solucionaré vuestra pena. Os daré a la esclava como pago por vuestros muy buenos y leales servicios, y ya estará en vos la decisión de liberarla y casaros con ella o tomarla tal cual, cautiva. A nada me opondré.

—Os lo agradezco, mi señor, pero me temo que no es posible.

El califa parpadeó un par de veces, atónito ante la negativa.

—¿Es que os detesta esa mujer? —Su semblante se oscureció presagiando tormenta—. Porque una esclava ha de hacer lo que ha de hacer, no puede rehusar sus deberes y obligaciones.

Aquella vez fue Nasir quien emitió la dolorosa sonrisa.

—¿Para qué tener a una mujer que se entrega en cuerpo mas no en alma, mi señor? Yo querría que me amase como yo la amo.

Y él ya había asumido que Lubna no lo haría, que no podía entregarle algo que no estaba a su alcance: la libertad de amarlo.

—Quizá ahora no lo haga —trató de convencerle al-Hakam—, pero con el tiempo se acostumbraría e incluso agradecería que os la hubiera cedido. Las mujeres son así, primero nos dan su rechazo, después su indiferencia, luego su mera aceptación, su atención, y entonces su afecto. Les gusta hacerse de rogar.

Se preguntó si ese había sido el proceder que había seguido la vascona Subh cuando solo era una esclava cantora que entonaba poemas amorosos y escanciaba vino en la copa de su señor, y si había sido el mismo que había utilizado con Almanzor, quien era evidente que bebía los vientos por ella.

Durante unos minutos más, el califa le ofreció soluciones para el mal de amores. Le propuso manumitirla y casarla con él; ordenarle que compartiera su lecho y aceptara unos futuros esponsales; regalársela como esclava; hacerla concubina; comprar su voluntad con oro. Y Nasir reparó en que, deseoso de agradarle, al-Hakam no cejaría en su empeño a no ser que le revelara el nombre de la amada.

Fue entonces, al mencionarla, cuando su señor entrecerró los labios, cosidos por una urdimbre invisible.

—Lubna… —murmuró, demasiado atónito como para verbalizar algo que no fuera aquello—. Lubna de Córdoba.

Y a Nasir le sorprendió la extraña reacción, porque ¿quién si no?

¿De qué otra esclava habría podido enamorarse sino de aquella? De la que con destreza enhebraba rimas y versos hasta componer delicados poemas, de la que con ojos azabaches atravesaba su alma, de la que sin mediar palabra le arrebataba el aliento y, con solo mirarlo, se lo insuflaba.

¿Cómo no podía haberlo adivinado su señor al-Hakam, cuya sabiduría era superior a la del resto de los hombres?

Había pasado tanto tiempo con Lubna que era imposible que del roce no naciera el afecto, y del afecto, un amor profundo. Las largas horas encerrados en la Biblioteca Real, los paseos por los jardines del antiguo Alcázar cordobés, las conversaciones sobre libros, las lecturas compartidas, los días en que la atendió postrada en el jergón por sus indisposiciones, el llanto sobre sus hombros y el vómito a sus pies...

—No soportaría arrancarla de su biblioteca, se marchitaría. —La voz se le quebró al hablar de ella y hubo de carraspear para continuar—. Los libros son el agua y el alimento de los que se nutre y yo no puedo proporcionarle dicho sustento en Bagdad. Soy célebre, mas no he forjado la reputación de la que aquí gozo y, por supuesto, no soy el médico del gobernante. La vida que aquí tiene le sería negada, y todos sabemos que del amor no se come, mi señor.

—Lubna de Córdoba —repitió el califa, todavía sin asimilar la noticia.

—Además, por mucho que me amase, acabaría odiándome por privarla de los libros y la labor que aquí desempeña, así que no puedo llevarla conmigo y me temo que vos, mi señor, no podéis prescindir de ella. Esa es la razón que me impide aceptar vuestras muchas ofertas.

Al-Hakam, que se había mesado la barba hasta aquel preciso instante, con la vista perdida entre el rostro de Nasir y la decoración dorada que engalanaba el salón de audiencias, despertó de súbito del trance en el que se había sumergido.

—Son unas razones loables, Bagdadí, porque lo cierto es que no. —Frunció los labios y movió la cabeza, abatido—. No podría daros a Lubna ni aunque esa fuera mi voluntad. Es mi secretaria personal, no hay mujer tan preparada como ella en asuntos de gobierno.

—Y yo no osaría pedírosla, mi señor, pues sería una afrenta a ella y a vos.

El califa emitió una sonrisa titilante.

—Si queréis elegir de entre mis esclavas a una que os plazca... Las hay verdaderamente hermosas, dulces y tiernas. Mi gineceo está repleto de exuberantes bellezas que provienen de todas partes. Hay vasconas, gallegas y francas, eslavas, medinesas, sudanesas, bereberes y de la frontera con los reinos cristianos vecinos. Rubias, morenas, bermejas y castañas, negras inclusive.

A punto estuvo de avisar a la servidumbre para que las hiciera llamar y se personasen en el salón dispuestas en fila, cual carne exhibida en el zoco lista para sazonar y cocinar albóndigas que consumieran los viandantes.

Nasir reculó, abrumado por la ofrenda que se le antojaba casi ofensiva.

—No podría, mi señor. Ya no. ¿Sabéis cuando alguien se os mete en el corazón y se queda a vivir ahí? —Al-Hakam asintió y él recordó las palabras de Almanzor—. Entonces me entenderéis, porque ni la perla más exquisita de vuestro harén podría sustituirla. No han sido sus facciones lo que me ha cautivado, es su esencia, ella misma. Es Lubna de Córdoba.

El califa chasqueó la lengua.

—Ojalá hubiera podido consentir, Nasir Ibn Hakim. Allah sabe que os merecéis lo que vuestro corazón anhela e incluso más.

Él cabeceó, más en señal de respeto que porque no se sintiera premiado tras haber velado por la deprimente salud del califa y su lozano heredero.

—¿Tengo, pues, vuestra bendición para partir y sanar este corazón?

—La tenéis. Además de mi más sincero agradecimiento, mi deuda perpetua con vos y el ofrecimiento de acogeros de nuevo, si así lo deseáis.

Con la mano en el pecho y las lágrimas pugnándole por brotar, se postró ante su señor. Ya estaba, lo había hecho. Había obtenido el beneplácito del Príncipe de los creyentes, lo único que le impediría salir de esas tierras remotas, y la despedida era de un amargor que le segregaba saliva en la boca y le daban ganas de escupir.

—Sois harto generoso.

—Solo un hombre que intenta pagaros por vuestro excelente servicio. —Lo invitó a que se pusiera en pie y Nasir lo hizo—. Ya os lo dije, los sabios siempre son bien recibidos en mi corte. Espero que retornéis en algún momento para así recuperar ese ambicioso proyecto de hospital que me habíais propuesto.

Sus ojos ambarinos relampaguearon al oírle. El *maristan*.

Irse también suponía abandonar a las gentes de Córdoba, a los menesterosos que pedían limosna por las calles y tosían rabiosos por la enfermedad agarrada al pecho, a los hombres y niños que se habían congregado en los alrededores del hogar de Hamal y el Boticario, a los leprosos a los que había visitado para cerciorarse de que mejoraban o empeoraban. Irse era derrumbar la esperanza del pueblo y el hospital que había deseado construir allí. Un hospital en al-Ándalus, en esa parcela oriental ubicada en Occidente. Un primer hospital al que le seguiría otro, y puede que otro más. Un lugar donde se atendería a enfermos y moribundos, donde los futuros médicos aprenderían y no tendrían que emigrar a Oriente para formarse, donde se enseñaría la valiosa profesión que había tenido la fortuna de ejercer.

—¿Ni siquiera eso os persuade? —Nasir esbozó una humilde sonrisa y el califa dio una sonora palmada, significando que la audiencia privada había tocado su fin—. Bien, entonces, preparad lo necesario para vuestro viaje y sabed que el califa os debe la vida y la de su hijo. Ese será un pago que arrastrarán las generaciones venideras para con vos y vuestra estirpe. Cobráoslo cuando consideréis oportuno.

No volverían a verse, ambos lo sabían. Para cuando Nasir quisiera regresar, él habría abandonado este mundo para atravesar las puertas del Paraíso y sería su hijo, el pequeño Hisham, quien ocupara su lugar en el gobierno de al-Ándalus auxiliado por su benévola madre, Subh. Puede que, si se daba prisa en sanar ese amor imposible, al menos llegara para reunirse nuevamente con los médicos de la Botica Real, que no habrían envejecido mal, y con algo de suerte incluso para encontrarse con un hospital a medio construir, si es que había dinero para invertir en ello.

Pero todo eso palidecía en comparación con la dicha de regresar y reconocer a Lubna en un rostro más maduro, surcado por grietas que no emborronarían el rastro del atractivo al que los hombres siempre habían sido inmunes y él no había salido indemne.

48

Finales de noviembre del año 973

Lubna había acudido al cementerio en el que reposaban los huesos de su bienamada maestra. Había estado tentada de sentarse sobre la húmeda tierra removida y echarse a llorar allí mismo, manchándose las vestiduras de las briznas de hierba que quedaban y las piedrecitas terrosas, pero optó por permanecer de pie, a sabiendas de que si se inclinaba ya no podría levantarse. El dolor de la pérdida la golpearía con tal fuerza que la doblaría por la mitad, se mesaría los cabellos y se arañaría la cara, y actuaría más como una plañidera que como la humilde e ilustre secretaria del califa.

A veces solo quería ser eso, una mujer con un oficio menos sabio, más manual, más ordinario. Una mujer que habitara en un hogar modesto, donde no hubiera sedas, ni oro, ni pan de harina blanco, solo un pequeño patio central, una cocina estrecha y unas estancias divididas en varias alhanías. Una casa en la que escasearan los bienes materiales y en la que tuviera que recurrir a las peores piezas de carne, a los desperdicios que nadie quiere comprar en las tablas de carnicería; una casa en la que abundaran el amor conyugal y los vástagos que corretean de un lado a otro exigiendo afecto y atenciones. Una mujer honrada y honesta, con un marido honrado y honesto, de manos callosas y barba desaliñada, de ojeras cansadas y piel ajada por el inclemente sol.

Solo eso. Una mujer que pudiera permitirse derramar lágrimas en un cementerio cualquiera.

El cielo, consciente de su sufrimiento, había vuelto a cubrirse de nubes grises que pronosticaban aguaceros, y el viento frío y con olor a lluvia se colaba incluso por entre las escasas rendijas de la pelliza que la guarecía.

Se camufló en la abrigada prenda y comenzó a sollozar, observando impasible la sepultura de la mujer que la había criado. Si cerraba los ojos, aún creía vislumbrar su cuerpo magullado, la sangre rojiza tiñendo el agua templada de la piscina balnearia, las rajas que eran desgarros y carne deshilachada, y la mano castigadora de Qamar. Podía ver todavía a la muchacha encerrada en las sucias y hediondas mazmorras, con el labio hinchado y la costra reseca de sangre, y la belleza perviviendo a través de los golpes y de la violencia ejercida por los carceleros que la habían tomado a la fuerza.

¿No había sido aquello penitencia suficiente que habían tenido que cercenarle la cabeza ante la atenta mirada del hombre que juraba protegerla, del señor que la había comprado, de sus maestros y de hasta ella misma?

El sollozo se hizo llanto y el llanto se hizo gemidos.

—Era solo una niña con grandes aspiraciones a la que no escuchamos lo suficiente, a la que no supimos proteger —balbuceó, congestionada por la pena y los estertores que la sacudían—. No fui tan buena maestra y por eso estáis aquí ahora, muertas las dos. Vos enterrada en esta tierra fértil que os ha cedido nuestro señor al-Hakam, ella en una fosa anónima a la que no podré ir a llorar.

El helor le nacía de los labios entreabiertos en forma de volutas de vapor. Cada vez que pronunciaba sus nombres, un escalofrío le recorría la columna hasta erizarle el vello. Por eso se obligaba a hacerlo, para recordarlas, para que no cayeran en el olvido, para que siguieran resonando en alguna parte, aunque esa parte fuera la inmensidad de una necrópolis salpicada de hierbajos decolorados, charcos enfangados y miles de sepulturas carcomidas por el paso del tiempo y el abandono de los familiares.

Las nombraba una y otra vez. En sueños y despierta.

Qamar. Muzna.

Muzna. Qamar.

Para así asegurarse de que seguía doliendo, de que seguía sintiendo. De que no se había marchitado por dentro hasta el punto de tornarse un ser insensible a las desgracias ajenas y propias.

—De haber sido más sincera, de haber compartido con ella mis errores, y no solo mis aciertos y triunfos, podría haberla advertido. Podría haberle dicho que se cuidara de ese hombre, de Almanzor, que ya había tratado de comprar mi confianza con regalos lujosos como las joyas enviadas a las mujeres del harén. Pero ¿qué iba a saber yo por aquel entonces? Jamás pensé que se debiera a la necesidad de granjearse mi cariño o admiración para así acercarse al manuscrito perdido. —Un ruido similar a una exhalación manó de sus fosas nasales—. Me lo guardé para mí porque…

No fue capaz de expresarlo en voz alta, formular las palabras en su mente le provocaba una vergüenza caliente que le teñía las mejillas y las orejas de un rojo arrebol.

Lubna había concebido deshonroso que un hombre como Almanzor —tan apuesto y bien posicionado— malgastara una cantidad ingente de dinero en ella. Rechazó todo tipo de obsequios, desde colgantes de perlas y oro hasta pendientes y brazaletes guardados en exquisitas cajas de eboraria, además de embriagadores perfumes en frasquitos de cristal y cosmética de gran calidad adquirida en la Puerta de los Drogueros. Devolvió cada ofrenda y, en algún momento, Almanzor perdió el interés en ella.

Bien por no sentirse merecedora, bien porque las miradas volvían a centrarse en él —castigado hacía dos años por el despilfarro y supuesta malversación—, Lubna jamás se lo confesó a nadie, ni siquiera a su maestra, con quien compartía los embates de la vida. Y ese silencio le parecía que había cavado la fosa de su joven pupila.

—Me lo guardé para mí y Qamar se dejó enredar. Almanzor debió de embaucarla prometiéndole lo que más deseaba, y creo que lo que más deseaba era a él. ¡Por Allah, si la hubierais visto! —Enterró el rostro lloroso entre sus temblorosas manos—. Incluso allí, arrodillada y con la espada pendiente sobre su cuello, lo miraba subyugada. Lo miraba con devoción y anhelo, con un amor que traspasaba lo sano, lo humano. Lo amaba de verdad. Amaba a Almanzor más de lo que amaba la belleza, la riqueza, más que engalanarse de oro y gemas preciosas, más que cepillarse la melena y teñirla de rubia y fingir que era norteña, más que comer con las manos. Y todo porque no la avisé de que Almanzor ocultaba intenciones deshonestas conmigo y otras tantas.

Todo porque un día, hacía no demasiado, le había dicho que ningún hombre se fijaba en una mujer mayor que él, y ella debió de pensar que el príncipe Hisham, con el poderío heredado de los Omeyas, era imposible de capturar. Y no pudiendo matrimoniar con un gobernante, un hombre de Estado, del círculo cercano al califa, era un pretendiente más que decente.

Almanzor la superaba en años y experiencia, en sagacidad y vileza, en ambición, y ella era una muchacha hermosa y joven, más joven que la esposa que él había tomado, al-Dalfa. La competencia ya estaba hecha, ganada. Qué poco le habría costado relegar a esa primera mujer a una categoría inferior, incluso habiéndole dado un hijo varón. Porque en lo que al-Dalfa concebía, ella se encargaría de colmarlo de amor, satisfacción y gloria, de quedarse encinta y parir. Pariría sietemesinos hasta que él la hiciera esposa principal y al-Dalfa no fuera más que el recuerdo de una pasión ya extinta.

Eso debía de haber pensado la joven e ingenua Qamar. Y qué

equivocada había estado, casi tanto como ella al prevenirla de que los hombres no se comprometen con mujeres que les superan en edad. Ahí estaba Nasir, siendo la excepción a esa norma impuesta que clamaba que cuanto más joven la esposa, más fértil y dócil sería, más bella permanecería...

—Fijaos, qué necedades. —Las ganas de reír le arañaron la garganta—. Que la amedrentamos con la muerte de aquella esclava de Abd al-Rahman III, pensando que así la retendríamos, que así la encarrilaríamos, y resultó que debíamos haberla querido más para que hallara amor en nosotras y no en unos brazos cualesquiera, en unos brazos crueles.

Se enjugó las lágrimas ardientes que le rodaban mejillas abajo y le caían desde la barbilla, regando la hierba fresca. El viento le alborotaba el cabello y las guedejas se le pegaban a los surcos húmedos, enturbiándole la visión que ya hacía rato no era nítida. El paisaje frondoso y las tumbas se habían vuelto una imagen neblinosa, y reparar en que sus ojos ya no distinguían siquiera el lugar donde yacía Muzna fue una acometida atroz.

—Y ahora que no estáis —gimoteó tratando de contener el llanto—, ahora que Nasir Ibn Hakim parte de regreso a Bagdad, me quedo completamente sola. —Como si pudiera contener el corazón en un puño, se aferró de la pelliza justo en el flanco izquierdo del pecho—. No sentía esta angustia, esta soledad desgarradora desde que esperaba en un rincón soleado del mercado de esclavos, apiñada junto a otras chiquillas. Y por Allah, qué horrible es.

Unos pasos amortiguados por la reblandecida tierra anunciaron al nuevo visitante que se aproximaba a la tumba de la esclava bibliotecaria. Lubna sintió una presencia masculina a sus espaldas, el aroma a almizcle y ámbar que manaba de un perfume denso y una mano envejecida que se posaba sobre su hombro derecho, que lo apretaba.

Se sorbió la nariz antes de girarse y esbozar una lastimera sonrisa a su señor al-Hakam, quien había caminado con dificultad hasta allí para rendir honores a la secretaria de su progenitor. Desde que la enterraran no había acudido a visitarla; en primera instancia, debido a su paulatina recuperación —el veneno le había afectado en mayor medida que a su vástago y aún sufría de un leve malestar—, y *a posteriori*, por los asuntos de gobierno que se habían ido apilando en la mesa de su despacho y necesitaban de su urgente mediación.

Al principio, Lubna temió que hubiera oído aquellas confesiones sobre Almanzor y Qamar, pero el califa, que ya no poseía un oído precisamente agudo, no dio signos de ello. Mantuvo la cabeza gacha, las manos entrelazadas en su regazo y los párpados cerrados mientras oraba silente, y ella lo imitó.

—Nadie se muere por exceso de nostalgia —dijo tras unos minutos.

—Ni de pena.

—Visito la tumba de mis honorables padres, de mi amado hijo, más de lo que cabría esperar de un gobernante, sobre todo ahora que he visto la muerte bien de cerca. —Sonrió en un vano intento de restarle preocupación a su deplorable estado de salud—. Pero supongo que, una vez desnudos, solo queda la carne y el hueso, la herida y la cicatriz, el hombre que soy. La materia con la que Allah nos ha confeccionado.

—«Los incrédulos nunca piensan en la muerte, los creyentes piensan en ella a menudo» —recitó.

Al-Hakam asintió, ambos con la mirada anclada en el espacio de tierra que había engullido los restos profanados de la anciana Muzna.

—En cuanto pierdes a un ser amado, ya no puedes hacerte ciego ante los estragos de la muerte. Siempre la ves ahí, acechando.

Se decía que tenerla presente era la única forma de vivir, que solo así no se olvidaba que su gélido aliento podía llevarte en cualquier momento y que el tiempo desperdiciado en menudencias y agravios era un tiempo perdido que ya no volvería, un tiempo descontado al poquísimo que te quedaba. Y que era ese el que habías de atesorar.

Lubna pensaba mucho en la muerte desde que la Señora Mustaq, su valedora personal, falleciera. En esos momentos, que era huérfana absoluta, pues ni Muzna le quedaba, lo hacía con más asiduidad si cabía.

—Hace mucho que os conozco —comenzó a decir el califa en un tono monocorde que llamaba a los recuerdos lejanos—, desde que llegasteis siendo una cría y os dedicasteis a las tareas serviles en los aposentos privados de mis honorables y gráciles hermanas. Perseguíais por los pasillos de la residencia palatina a Hind, Wallada, Samiyya y Salama, siempre con el «mi señora» en la boca.

Y siempre ignorada, rememoraba ella, una efigie sombría a la que nadie atendía.

—De eso parece que hace centurias y, en realidad, fue ayer.

—Y aun así, nunca creí que os vería enamorada de un hombre, de alguien, de algo que no fuera el cálamo y la tinta.

No se trataba de un reproche, sino de una impresión, y así se lo hizo saber el califa, pero a Lubna ya se le habían parcheado las mejillas de un rubor vergonzante. Se había negado el amor con tantísimo ahínco que el mero hecho de experimentarlo —y que el rumor hubiera corrido al igual que las habladurías cortesanas— ya le suponía una falta para con su señor. De repente se sentía completamente indigna: de las tareas encomendadas, del cargo designado, de la confianza depositada en ella.

Se mordió los labios y mantuvo la cabeza gacha, los párpados apretados, generando lágrimas que colgaban de sus espesas pestañas cual perlas. Ya no podía cesar en la llantina que le oprimía la garganta.

—Lo he intentado. —Sorbió de nuevo y tomó una bocanada de aire, con la vista alzada al cielo encapotado de nubes—. Juro por Allah que he intentado refrenar estos sentimientos, mi señor, pero son como una corriente de agua contra la que no se puede luchar. Me canso de dar brazadas y a veces me dejo arrastrar.

—Lo sé. —En su voz se percibía la comprensión de los que han sufrido los pellizcos del amor—. El Bagdadí cree que no lo amáis como él os ama y que no soportaríais el destierro al que os llevaría, que acabaríais odiándolo porque preferís vuestro deber y el legado que dejaríais aquí como secretaria califal y bibliotecaria a la dicha que os ofrecen el casamiento y el viaje a Bagdad. Y yo creo que yerra en su consideración.

Lubna lo observó sorprendida, más por la opinión sincera de su señor que por encontrarse con una expresión benévola. Al-Hakam siempre se había mostrado compasivo ante las trágicas historias de amantes que tratan de sortear infortunios solo para acabar separándose.

—¿Que yerra?

—Sí. —Asintió con rotundidad—. Creo que os iríais con él de poseer la oportunidad. Por desgracia, mis manos están tan atadas como las vuestras y eso me impide otorgaros la manumisión.

—Elijo seguir siendo lo que soy, mi señor, vuestra esclava, fiel y leal *katiba*.

—Y os lo agradezco. No obstante, ansío poder daros la libertad para que hagáis con ella lo que gustéis.

Ella negó, incapaz de aceptar una condición jurídica que no fuera con la que había nacido. Hija de esclavos, se había resignado a convivir con ese estatus hasta el fin de sus días. Había encontrado en él un ápice de orgullo, el de la feroz supervivencia.

—Sé que, de poder hacerlo, me libraríais de estas cadenas, mi señor, y eso es suficiente para mí. Es suficiente por hoy.

—Pero no para mí —replicó—. Me moriré, Lubna, más temprano que tarde. Si no me mata esta enfermedad, lo hará la vejez, y vos permaneceréis aquí, encerrada entre los muros del Alcázar incluso cuando deberíais recibir la libertad. Ya lo dicta el Corán: «Cuando sostengáis, pues, un encuentro con los infieles, descargad los golpes en el cuello hasta someterlos. Entonces, atadlos fuertemente. Luego, devolvedlos a la libertad, de gracia o mediante rescate, para que cese la guerra. Es así como debéis hacer. Si Allah quisiera, se defendería de ellos, pero quiere probaros a unos por medio de otros. No dejará que se pierdan las obras de los que hayan caído por Allah». Y vos ni siquiera sois una infiel a la que retener en estas condiciones. Sois más creyente que algunos.

La brisa sopló con una fuerza inusitada, removiendo los hierbajos que moteaban el reblandecido terreno, haciendo crujir las ramas de la foresta del cementerio, cuajado de vegetación. El silbido fue insistente y agudo y casi ahogó las palabras que pronunció Lubna a continuación.

—Allah escribió nuestros caminos. Yo ando por el mío y Nasir Ibn Hakim andará por el suyo. Y si hemos de reunirnos en otro tiempo, en un lugar mejor, más fresco, más liviano, más carente de pecados y faltas, en el Paraíso, que así sea.

—Haberos aceptado como mi secretaria personal hace que sea cómplice de vuestra desdicha terrenal.

La pena era cada vez más honda. Empezaba a ser insoportable asumir que el hombre más poderoso de todo al-Ándalus, al-Hakam al-Mustansir billah, Príncipe de los creyentes, no pudiera conceder una gracia mínima e insignificante, una manumisión que estaba al alcance de cualquiera que poseyera esclavos. Y más cuando esa libertad garantizaba la felicidad de una mujer que le había servido durante años con una diligencia digna de admirar y una entereza y un sacrificio que pasaran a los anales de la historia. Y más aún cuando él mismo deseaba hacerlo.

—Nunca os había oído hablaros con tanta dureza, mi señor. Descuidad, desde que llegara a este mundo habré vivido unas mil vidas, no sé si podría con una más, con la de la mujer libre que se ha desposado con un buen hombre.

Aquello sonó a lo que era, a una mentira endulzada.

—Ay, Lubna… —El suspiro desinfló el pecho baldío de al-Hakam—. Si no hubierais sobresalido entre las esclavas, si hubierais continuado con los quehaceres serviles del hogar, hoy estaríais preparando vuestros enseres parar partir junto al Bagdadí.

Y ella procuró fingir una sonrisa de orgullo, aunque lo único que logró fue una preñada de pesar.

—Si no hubiera sobresalido no habría sido yo, Lubna de Córdoba. Y él no se habría prendado de mí. No ha sido precisamente mi belleza lo que lo ha cautivado, mi señor, y ambos lo sabemos.

Al-Hakam emitió una leve risa.

—Siempre tan inteligente, siempre tan reveladora.

—Es lo poco que me queda, mi señor.

—¿Veis a esa chiquilla de ahí? —Con un sutil movimiento de cabeza le indicó el lugar al que mirar.

Lubna observó la figura femenina que aguardaba en un extremo del cementerio. Entre los árboles menudos y la hilera de sepulcros, había una muchacha morena de nariz fina, labios inexistentes y ojos pequeños, demasiado juntos. El cabello le caía liso y apelmazado alrededor de la esquelética faz, de huesos marcados y prominentes, de frente alta y ancha. La reconoció enseguida.

Era una de esas jóvenes que andaban con premura por entre los pasajes del antiguo Alcázar cordobés, donde se instruía junto a un buen número de esclavas para convertirse en copista, paleógrafa, calígrafa o lexicógrafa.

—Se llama Nizam. —Creía haber oído mencionar a su antigua discípula.

El califa emitió un sonido que pretendía ser un asentimiento.

—Es dos años más joven que Qamar. No ha sobresalido en ninguna materia en especial, aunque es joven, paciente, moldeable, nada impulsiva; de hecho, la mansedumbre es una de sus mayores virtudes. Ha demostrado tener buenas aptitudes en cuanto a caligrafía, métrica, matemáticas y otras ciencias, lo que me lleva a pensar que será una buena secretaria para mi hijo, el príncipe Hisham.

Una *katiba* más decente y responsable de lo que habría sido nunca la bella Qamar, a la que habían condenado por traición y acusado de celos y envidias, unas emociones viscerales que nada tenían que ver con el intento de regicidio y el asesinato de Muzna. Pero aquellas eran las únicas razones que podían justificar crímenes tan deleznables.

«La muchacha ha perdido el juicio», dijeron. «Nunca estuvo en sus cabales», afirmaron. «El raciocinio nunca fue una de sus mayores dotes». «Solo era una niña». «Una hermosura de no ser porque era corta de entendederas». «Es lo que hacen las mujeres, dejarse arrasar por los devastadores sentimientos, que las llevan a cometer actos abominables».

—Será una gran custodio del libro —prosiguió al-Hakam—. Gusta del estudio, al igual que vos a su edad.

—¿Y si no puedo?

Era demasiado doloroso mirar a la muchacha que aguardaba perenne en la necrópolis, así que Lubna desvió la mirada hacia la cubierta pétrea de la tumba, que en aquellos momentos le era mucho menos agorera que el devenir que habría de transitar al regresar a su puesto como maestra.

—Oh, claro que podréis. —Y la sonrisa del anciano se ensanchó, plegando aún más la piel en torno a sus ojos y las comisuras de sus labios—. Claro que podréis.

—¿Cómo lo sabéis?

—Porque es una orden que os da vuestro señor, y vos siempre os afanáis en cumplir con las obligaciones.

Al-Hakam se aproximó para sostenerle la mano y ella colocó la suya encima, ejerciendo una sutil presión.

—El libro… —murmuró, y Lubna comprendió a lo que se refería.

—Guardado donde nadie pueda hallarlo.

Y él cabeceó, satisfecho.

—Si pudiera, lo haría. Os dejaría marchar, aunque dijerais que no, aunque os empeñarais en quedaros. Lo sabéis, ¿verdad? —Y ella asintió mientras las lágrimas desbordaban sus ojos azabaches—. Gozáis de una última noche con mi más reputado médico. Aprovechadla para llorar y amar, Lubna de Córdoba, quizá así ninguno de nosotros tres tenga que batallar contra el arrepentimiento.

Al-Hakam se retiró a paso lento, constante, auxiliado por una cohorte de siervos que le impelía a pisar con fuerza para así no perder el equilibrio y precipitarse sobre el lodazal que habían ocasionado las últimas lluvias.

Lubna no lo observó alejarse, se quedó petrificada delante de la tumba de su maestra hasta que las fuerzas le fallaron y las piernas flaquearon. Hincó entonces las rodillas en el suelo y se deshizo en un llanto agónico, gutural y desvergonzado, de los de clavar los puños en las entrañas de la tierra y ararla con las manos y romperse las uñas, de los de desgarrarse los ropajes y arañarse la piel entera hasta dejarla enrojecida porque el pellejo te sobra y ya no lo quieres. Porque tu piel no es tu piel y tu carne no es tu carne.

Y Muzna estaba muerta.

Qamar estaba muerta.

Y la distancia favorecía el olvido y ella no quería olvidar a Nasir y el amor que sentía por él, que era el más puro y tierno que había experimentado en sus veintiséis años de vida. No sería ella la que le besara los labios mañanas y noches, la que compartiera su lecho y pariera a sus hijos en el mismo jergón en el que yacían. Y para cuando él muriera, ella tampoco sería la que lavara su frágil cadáver e hilvanara su límpido sudario. Estaban destinados a ser únicamente una vieja cancioncilla que resurge en los momentos de vigilia y duermevela, entre los rostros del pasado que aparecen en la bruma de los sueños.

Eso eran. Una simple esclava bibliotecaria y un célebre médico que había viajado desde el lejano Oriente.

Muzna había estado en lo cierto cuando le dijo que el manuscrito perdido te arrebataba a aquellos a quienes amabas.

Para cuando se quiso dar cuenta, su nueva y jovencísima pupila Nizam la había cubierto con su propio cuerpo, resguardándola, acunándola, sollozando por una tragedia que probablemente ignorara pero sintiera igual.

Y entonces, un rayo partió el cielo y la lluvia cayó fina.

Epílogo

«Quedaos aquí en Córdoba», le había propuesto el anciano Hamal, que valoraba su presencia como solo lo hacen los viejos que temen morir sin compañía. Y aunque Nasir se había sentido plenamente tentado de afincarse en aquella ciudad resplandeciente y agitada, lamentó no poder complacerle. «No podría caminar por las callejuelas de Córdoba sin buscar con la mirada el rostro de Lubna en el zoco principal, en las alquerías, en los arrabales, en la mezquita y hasta en las subastas de libros. Viviría en un sinvivir, anhelando aquello que no se me ha concedido, alimentándome de migajas de esperanza», se había excusado.

Lo entendieron. Hamal había rezado varias veces para que Allah se lo llevara antes a él que a su bienamada y honorable esposa, sin la que era incapaz de concebirse a sí mismo, al igual que el guerrero que retorna del campo de batalla con una pierna de menos y pesadillas de más, deseoso de haber perecido allí.

Por eso, conscientes de que el tiempo era un bien escaso que se les escurría de entre los dedos, Nasir y Lubna hicieron lo que los amantes hacen muy a menudo. Con el beneplácito de su señor al-Hakam —algo inaudito—, se convirtieron en apacentadores de estrellas durante la última noche que compartieron. El insomnio los mantuvo despiertos, viendo las horas pasar, pendientes de la piel desnuda, el titilar de las luminarias, las respiraciones acompasadas y el vello erizado con cada caricia. Gozaron de la presencia y el roce, de los susurros y las sonrisas cómplices, y no mencionaron el pasado ni el futuro. Se respetaban y apreciaban lo suficiente, así que se ahorraron el error de las promesas vacías y los sueños inalcanzables que solo generan frustración y pesar. Lo único que existió en aquellos instantes fueron las sábanas entre las que se enredaban y el fútil presente.

Y para cuando la aurora tiñó el horizonte de un hermoso color rosado y la luz se coló por entre las celosías, Nasir hubo de despedirse del lecho y el cuerpo templado de la esclava bibliotecaria.

Sigiloso, se fue vistiendo poco a poco con los ropajes lanudos que el califa le había ofrendado. El invierno era una mala época para viajar y al-Hakam —amén del Boticario y su anciano abuelo— había tratado de convencerlo en varias ocasiones de que lo postergara hasta la llegada de la floreada y benévola primavera. Pero Nasir temía que su presencia prolongada en la corte lo ablandara demasiado y que, cuando llegara la época estival, no encontrara fuerzas para regresar a Bagdad, porque se habría contentado con gozar de Lubna de una manera indecente, poco casta y que, en el fondo, detestaría, pues los conduciría a la infelicidad perpetua. Su estancia en Madinat al-Zahra había tocado su fin. Descubierto el manuscrito perdido y honrado el recuerdo de su progenitor, apaciguadas las ansias de poder de Almanzor, asegurado el bienestar de Lubna y recuperado el califa del salvaje envenenamiento, no le quedaba mucho más por hacer. El frío no debía retenerlo, por eso se abrigaba bajo capas y capas de ropajes tan bastos como cálidos.

Lubna se deslizó por entre las sábanas y, sin ápice de decoro, le ayudó a colocarse el atavío: una pelliza robusta y unas manoplas de conejo. Le peinó los rizos con agua fresca y le aceitó la barba crecida. Al terminar, lo observó en la superficie del pequeño espejo y trató de capturar aquel momento para siempre, grabarlo en su memoria para así recurrir a él cuando los malos tiempos la azotaran. Que llegarían. Allah sabía que llegarían. Entonces se alzó de puntillas para besarle el cuello, siempre aromatizado por ese perfume natural a hierbas, y le rozó con la nariz en un gesto cariñoso. Nasir sonrió.

Agarrada de su mano, lo acompañó hasta el exterior de la residencia palatina, donde le aguardaba un pequeño cortejo de hombres armados que lo custodiarían hasta el estrecho. Así, al-Hakam al-Mustansir billah, Príncipe de los creyentes, garantizaba que el reputado médico bagdadí abandonara tierras andalusíes sano y salvo, sin percances. Una vez que embarcara en el navío fletado, este le llevaría allende los mares en un largo recorrido hasta Bagdad, capital de la dinastía Abasida.

El cielo se coloreaba de un naranja azafrán intenso a medida que el sol despuntaba con ahínco en aquella gélida mañana de casi finales de otoño. Pocas personas habían acudido a la singular despedida: los médicos y drogueros de la Botica Real, el *fata* Talid y Nizam, la nueva discípula de Lubna, con la que él no había intercambiado más que unas palabras de cortesía. La ausencia de la familia califal fue notable, pero, en vez de sentirla como una ofensa, la recibió como una merced, la de evitarle un trance amargo.

Lubna echó un efímero vistazo a la pertrechada guardia, ya posicionada para partir. La hilera de hombres encomendados por el califa esperaba montada a caballo, resplandeciente cual desfile de fuerzas que impresiona a las gentes del común y las hace sentir segura ante la amenaza de un posible enemigo. Los alazanes relinchaban impacientes ante la cabalgada y las pertenencias —efectos personales, obsequios reales y enseres médicos y quirúrgicos— ya se hallaban cargadas en las correspondientes acémilas.

—Os espera un largo viaje.

Nasir ni podía ni quería apartar los ojos de ella. Tomó su rostro y se acercó hasta que sus dulces alientos se entremezclaron, recordándoles el sabor de los besos nocturnos.

—Por haberos conocido merece la pena cualquier peregrinaje.

Ella emitió una vaga sonrisa que acabaría por quebrarse.

—Que Allah os guarde. Sé que os tiene reservadas grandes bendiciones, todas las que yo no podría daros; así pues, prometedme que no las desperdiciaréis. Que no os las negaréis. —Buscó sus manos y se aferró a ellas, apartándolas de su faz, besándole los nudillos—. Agarradlas. Por vos. Por mí.

Y él asintió, sabiéndose terriblemente afortunado. Había llegado a Córdoba buscando un libro encuadernado en oro y gemas preciosas, un manuscrito de ciencia que contenía saberes médicos extintos, un tesoro codiciado por muchos. En su lugar, había encontrado uno aún mayor. Un tesoro de carne y huesos, de piel a la que besar. Habría dado la vida por conservarlo.

—Lo haré, os lo juro. Como juro que estaréis en cada una de mis oraciones y que seréis el primer pensamiento de la mañana y el último de la noche.

Un día, cuando se hallara sentado entre cómodos almohadones y la vejez se hiciera patente en las arrugas de su rostro y en las manos, cuando el cuerpo se le hubiera vuelto flácido y escuálido, y sus huesos se quejaran por la edad y los embates de la vida, acercaría a él el enjambre de nietos y les contaría con voz cascada una preciosa historia. Les hablaría de la esclava bibliotecaria de la que se enamoró y a la que tuvo que renunciar en pro de un tesoro centenario que había de conservarse para la posteridad. Entonces miraría a su prima Sahar, hecha esposa, y proclamaría que, no habiendo abrazado la felicidad absoluta, había hallado reductos de dicha en todos los que lo rodeaban, gozando así de una vida plena.

—A cambio os pido una sola cosa, que os comprometáis a hacer lo mismo. Si yo he de aceptar de buena gana las oportunidades que estén por venir, vos habéis de cumplir con vuestro cometido.

—Siempre lo hago.

Y él esbozó esa genuina sonrisa.

—No, no me refiero al libro —murmuró—. Escribid. Lo que sea que os ronde por esa ágil mente. Componed esos bellos poemas que apenas declamáis en voz alta y no dejéis que os silencien. No os escondáis tras palabras ajenas y poetas, cronistas y escritores ya muertos. Tenéis mucho que decir y las generaciones venideras estarán deseosas de oíros, os lo aseguro. Hablad, Lubna de Córdoba. No calléis.

—Lo cierto es que no sabría por dónde empezar —confesó azorada.

—Por donde gustéis, pero hacedlo. Ese es nuestro trato, nuestro nuevo trato. —Le guiñó un ojo—. Renuncio a vos y os dejo aquí, rodeada de libros, para que sigáis con el destino que se os ha decretado. Vos haréis historia, para eso es para lo que habéis sido llamada. Y en un futuro, mis hijos y los hijos de mis hijos leerán vuestro nombre y dirán: «Esa fue la mujer a la que amó el Bagdadí».

Con los ojos vidriosos por el llanto contenido, Lubna sacó algo del interior de la pelliza y lo guardó entre los pliegues de las vestiduras de Nasir, entre el abrigo y el manto, donde residía el corazón.

—Esto es para vos, un humilde presente de esta vuestra servidora. —Mantuvo la mano sobre su pecho—. Prometedme que no lo abriréis hasta que os hayáis alejado lo suficiente y no distingáis mi figura.

—Poco tengo para daros.

A ella le entraron ganas de reír a carcajadas, de que las lágrimas terminaran de brotar y le corrieran mejillas abajo, libres, penosas y saladas. Un par de goterones se precipitaron finalmente, surcándole el rostro. Se los enjugó con premura, con el dorso de la manga de la pelliza, que quedó humedecida.

—Nasir Ibn Hakim. —El amor le rebosaba por la boca—. ¿Qué más queréis darme? Si ya me habéis entregado todo. Me habéis enseñado algo que no se aprende en los libros. A amar a un hombre, aunque reconozco haberlo hecho con reservas. Así que ahora idos. —Le soltó las manos con la esperanza de que sus dedos se desmadejaran y él corriera a auparse a la grupa del caballo, mas no lo hizo. Nasir se quedó allí, contemplándola, y el sollozo que Lubna trataba de contener se hizo angustiante—. Por Allah, idos —le suplicó llorosa—. Idos antes de que me venzan el egoísmo y la avaricia y me lance a vuestras piernas y me niegue a soltarlas.

Nasir la estrechó entre sus brazos e intentó inútilmente arañarle unos minutos de más al escaso tiempo que les quedaba. La besó en la coronilla, en la frente, en la punta de la aguileña y perspicaz nariz, en las mejillas salpicadas de lunares y en los labios. La besó con lentitud, con cadencia, con la añoranza que ya lo atormentaba. Y volvió a aferrarla.

Se cuestionó si estaba haciendo lo correcto, como tantas otras veces desde que llegara a Córdoba.

—No me marcho para siempre. No me marcho entero, solo en cuerpo —le susurró al oído, aspirando la fragancia de rosas que habría de recordarle a ella incluso en su lecho de muerte—. Dejo mi corazón y mi alma aquí con vos.

—Y aquí lo guardaré, con mayor devoción que con la que guardo los tesoros literarios.

Todos esos libros acumulados en la Biblioteca Real los protegería la humanidad, pero aquel sentimiento lo preservaría ella, solo ella, hasta que le tocara marchar de ese mundo cruel.

Madinat al-Zahra quedaba lejos cuando Nasir echó la vista atrás. Habían atravesado el puente de la ciudad de Córdoba y ya no se apreciaba ninguna espléndida edificación de oro y plata que resaltara entre las viviendas altas de la población y los minaretes de las diversas mezquitas desperdigadas por los arrabales.

Sin avisar a la comitiva para hacer un alto, detuvo su cabalgadura y disfrutó durante unos breves segundos del paisaje que dejaba. El inusual cielo despejado, el brillante sol y la suave brisa se antojaban el preludio de un próspero devenir. Rebuscó entre los pliegues de sus vestiduras el regalo de Lubna y lo halló en el flanco izquierdo del pecho, a buen recaudo. Se trataba de un envoltorio de tela anudado con una burda lazada. Pensó que serían unas guedejas de su negra y rizada cabellera, o un mondadientes que contendría parte de su deliciosa saliva, que, según los poetas, sería agua que da la vida. Pero Lubna de Córdoba no era una mujer cualquiera, tampoco una amante cualquiera. Allí no había ningún obsequio propio de los enamorados destinados a separarse.

Lo que había era un papel bien doblado, una carta escrita por manos femeninas, por las manos más diestras y hábiles de todo al-Ándalus, la dinastía Omeya y el islam. Las habría reconocido incluso si le hubieran extirpado los ojos.

Nasir Ibn Hakim,

Como no puedo entregaros lo que ansía el hombre que sois, os doy lo que ansiaba el niño que erais.

Lo importante no es descubrir el tesoro, sino decidir qué hacer con él.

Que la paz sea con vos.

Siempre vuestra, aquí y en el Paraíso,

LUBNA DE CÓRDOBA

Dentro de la lacrimógena misiva descansaban unos pergaminos arrugados, plegados, tan antiguos que los siglos los habían desgastado, tan rugosos que al tacto parecían contar leyendas olvidadas. Al desdoblarlos crujieron y una pátina de polvo le impregnó la yema de los dedos.

Allí estaba, un remedio ancestral y místico que las mujeres

de épocas remotas habían utilizado para curar el padecimiento de aquellos que adolecían de la enfermedad de su difunto padre.

En sus manos, la salvación que buscara desde los siete años y que había estado ante sus ojos, invisible, en la biblioteca de Córdoba, mientras él dirigía la absorta mirada hacia una intelectual esclava.

Glosario

aleyas: versículos que componen el Corán.

al-gilala: túnica que se viste debajo de la ropa como un forro.

al-muyassad: prenda de ropa interior que se lleva contigua al cuerpo para que se empape de sudor.

al-Sayyida al-Kubrá: traducido como «Gran Señora», título que ostentaban las mujeres cuyos hijos habían sido designados herederos al trono.

al-sidara: veladura negra que descendía hasta los pechos y los brazos. Usada exclusivamente tras la muerte de un hijo.

al-Yanna: Paraíso.

asida: potaje hecho a base de harina de trigo, miel y grasa, y espolvoreado con azúcar. Es un plato que se pensaba que alimentaba y engordaba mucho.

banadiq: albóndigas. Comida muy popular en los zocos, aunque en ambientes más selectos no se consideraba un plato en sí mismo, sino un elemento más del guiso.

baraka: traducido como «bendición», «carisma» o «gracia divina», puede encontrarse en objetos físicos, lugares o personas, como elegidos por Dios.

bayt al-barid: sala de agua fría propia de los baños públicos y privados andalusíes.

bayt al-sajum: sala de agua caliente propia de los baños públicos y privados andalusíes.

bayt al-wastany: sala de agua templada propia de los baños públicos y privados andalusíes.

cadí (cadíes pl.): gobernante juez de los territorios musulmanes que reparte las resoluciones judiciales en acuerdo con la ley religiosa islámica, la *sharia*.

dar al-banat: lugar del zoco donde los mercaderes vendían las esclavas durante el califato en Córdoba.

dírham: antigua moneda de plata utilizada en varios lugares del mundo islámico que valía la décima parte del dinar de oro.

duuas: invocaciones o súplicas que se realizan durante el rezo.

fajr: primera de las cinco oraciones diarias, efectuada al amanecer.

fatas (*fata* s.): eunucos.

fatir: tortas dulces que se preparaban y vendían en el zoco.

fiqh: ciencia de la jurisprudencia.

hadiz (hadices pl.): género de la literatura musulmana originada en tiempos tempranos del islam. Se concibe como las narraciones del Profeta Muhammad, aunque algunos incluyen también las narraciones de sus compañeros y hasta generaciones posteriores.

hamman (*hammamat* pl.): baños públicos y privados.

huríes (hurí s.): mujeres de gran belleza que habitan en el Paraíso y de cuya compañía gozarán los creyentes una vez fallezcan.

ilm al-Hawass: traducido como «ciencia de las propiedades ocultas». Género literario médico (aunque no científico) que fue cultivado por célebres médicos como Abu l-Hasan Ali b. Muhammad b. Suayb, Ibn Masawayh, Abu l-Ala Zuhr, entre otros.

isfany: buñuelos o especie de rosquillas que se freían con miel hirviendo.

iyaza: licencia que se obtenía tras los estudios y se requería antes de ejercer un oficio, ya fuera la docencia o la medicina. Imprescindible tanto para mujeres como para hombres.

jizanat al-tabbib: alacena de medicinas y ciencias, también traducido como «botica».

katiba: secretaria.

kakak: galletas o rosquillas preparadas y vendidas en el zoco.

kohl: maquillaje negro con el que las mujeres se pintaban los ojos y algunos lunares en el rostro. Fabricado a base de estibina, sulfuro de antimonio, galena o sulfuro de plomo, lo que lo hacía peligroso para la salud.

maghrib: cuarta oración de las cinco diarias, efectuada a la puesta del sol.

mahasif: libros encuadernados.

maqbara (*maqabir* pl.): cementerio o necrópolis.

maristan: hospital.

mindil: pañuelo de cocina usado para transportar el pan recién hecho y que no se enfriase.

miymar: brasero de metal.

musammanat: mantecadas preparadas y vendidas en el zoco.

muyabbanat: tortas blancas de queso frito y miel. De esta palabra deriva el arabismo «almojábanas».

naryisiyya: estofado de carne decorado con huevos duros que al cortarse en dos tenían el aspecto de narcisos.

najjas: mercaderes especializados en el comercio de esclavas.

rawda: Necrópolis Real.

razzias: incursiones o correrías en territorio enemigo.

rida: manto.

rumíes (rumí m. s./*rumiyya* f. s./*rumiyyat* f. pl.): término utilizado por parte de los musulmanes para referirse a los cristianos.

sahfa: escudilla que servía para el agua de las abluciones y para presentar la comida. Se trata de un producto de alfarería muy célebre y común en al-Ándalus.

sahib al-sikka: director de la Ceca, la casa de la moneda.

sahib al-mawarith: curador de las herencias vacantes. Cargo que consistía en administrar los bienes de aquellos que fallecían sin dejar herederos.

sahib jizanati-hi al 'ilmiyya: encargado de los tesoros científicos, lo que podría traducirse como «bibliotecario».

saqaliba: esclavos de origen cristiano.

sitarat al-quina: conjunto músico-vocal, normalmente compuesto por esclavas especializadas en canto y música.

sufud (*asfida* s.): pinchitos de carne, hechos a menudo con despojos de carne asados. Muy popular entre las clases más bajas.

suras: capítulos en los que se divide el Corán.

tabib (*tabiba* f. s.): médico.

ta'dil: ciencia de la astronomía.

tafaya: guiso de carne que se cocía con varios condimentos y se envolvía en un trapo para dar más sabor al caldo. Este podía ser verde o blanco, según el color del cilantro con el que se condimentara.

tahara: limpieza ritual, corporal y espiritual del musulmán. Debe realizarse antes del rezo.

tarid: ensopado de carne de cordero, manteca fresca, espinacas y leche. Se guisaba en la época de la Córdoba musulmana por los más finos cocineros.

thuhr: segunda oración diaria, efectuada al mediodía.

umm wallad: título que recibían las esclavas que habían dado a su amo y señor un hijo, que sería de condición jurídica libre. Podría traducirse como «esclava madre».

yahiliyya: periodo preislámico.

yudaba: masa hecha a base de pan delgado, huevos, miel y azúcar que quedaba coronada por carne de gallina y azúcar espolvoreado.

Nota de la autora

Cuando hablamos de bibliotecas de épocas pasadas que han sido devastadas por la codicia humana, solemos referirnos a la gran Biblioteca de Alejandría. Construida en el siglo III a. C., se presupone que registraba entre unos cuarenta mil y cuatrocientos mil rollos de pergamino, una cantidad nada desdeñable. Pero después de este colosal centro de saber afincado en Egipto, hubo otros tantos desperdigados por Oriente y Occidente que, por desgracia, no han logrado sobrevivir en el imaginario colectivo y que merecen ser recordados.

Y es que, pese a no ser tan reconocida popularmente, la biblioteca de Córdoba fue un lugar de reunión para los eruditos del momento y un enorme almacén de libros, volúmenes y manuscritos de todo tipo. Eso ha sido lo que me ha traído hasta aquí, hasta esta novela que pretende ser una diminuta mirilla a través de la cual el lector puede asomarse y maravillarse ante el esplendor cultural que se vivía en al-Ándalus en tiempos del califato.

En mi afán por ser lo más rigurosa históricamente posible, he tratado de volcar toda esta información de forma amena y sencilla en la novela, entrelazándola con la historia personal de Lubna y Nasir. No obstante, me gustaría dedicar las siguientes páginas a ahondar en esta cuestión para que así se discierna la realidad de la ficción.

Como bien advierte María Jesús Viguera Molins en *Bibliotecas y manuscritos árabes en Córdoba*, en el siglo X los poderes islámicos se encontraban desde hacía tiempo inmersos en una competencia bibliófila. La pasión desmedida por los libros llevaría a considerar estos objetos como auténticos tesoros; prueba de ello son los numerosos volúmenes que se trasladaron desde la capital visigoda de Toledo hasta Damasco recién conquistada la Península Ibérica.

Así lo narra Ibn al-Kardabus en su obra *Historia de al-Ándalus*:

> Entretanto Tariq siguió su camino hasta Toledo y conquistola amén de lo que había tras ella. Encontró, en la más grande de sus iglesias, la Mesa de Salomón, hijo de David, sobre él sea la paz, y un espejo en el que si uno miraba veía todo el mundo ante sus ojos. Era de arcilla seca, de una mezcla de piedras y drogas, y grabado de magníficas letras griegas. [Encontró] veintiún ejemplares de la Torá, del Evangelio y de los Salmos, y los libros (*muhsaf*) de Abraham y Moisés, la paz sea sobre ellos; veinticinco coronas todas ellas guarnecidas de perlas y piedras preciosas, porque cada vez que moría uno de sus reyes dejaban [allí] su corona, tras inscribir en ella su nombre, atributos, cuánto vivió y alcanzó; [encontró, en fin], productos útiles de los animales, de las plantas y de las piedras; talismanes prodigiosos y preciosos, y un libro en el que [se hablaba de] la alquimia, sus drogas y su elixir, que estaba adornado con piedras y jacintos. Todo estaba en recipientes de oro adornados con perlas.

Estos veintiún volúmenes encuadernados, denominados *mahasif*, fueron enviados junto con el resto de los tesoros al califa de Damasco, y todos ellos —entre los que constaban los Evangelios, tratados de botánica, de talismanes, alquimia...— se salvaguardaron en la Biblioteca Real de Damasco.

Teniendo en cuenta que este acontecimiento se produce en el siglo VIII, no es de extrañar que, a medida que fue transcurriendo el tiempo y esta obsesión bibliófila creció, los diferentes gobernantes se afanaran en construir enormes bibliotecas palatinas, que se observarían cual signos inequívocos de poder. De hecho, las primeras colecciones y bibliotecas surgieron a partir del siglo siguiente, después de que el Califato Abasida emprendiera dicha labor cultural.

Los Omeyas, en tierras andalusíes, no se quedaron atrás. En el siglo IX, Abd al-Rahman II inició su gobierno, conocido popularmente como «luna de miel» al tratarse de un periodo de paz, esplendor y gran desarrollo cultural. El propio emir impulsó el estudio y mecenazgo, lo que derivó en una proliferación de sapiencia en el entorno cortesano, en el que se congregaron numerosos astrólogos, inventores, poetas, músicos, sabios, en general, llegados desde Oriente. Algunos libros traducidos en Córdoba durante su mandato fueron el *Libro de las Cruces*, las *Etimologías* de san Isidoro, las *Geórgicas* de Virgilio —además de otros versos latinos de su autoría— y los *Aforismos*.

Ya con su hijo Muhammad I, a mitad de siglo, se señala la Biblioteca Real como una de las mejores colecciones de libros habidos en Córdoba, tal y como comenta Julián Ribera en *Bibliófilos y bibliotecas en la España musulmana*.

Este esplendor cultural se intensificó en gran medida con el primer califa andalusí, Abd al-Rahman III, con quien se tradujeron al árabe otros tantos volúmenes de lo más selecto, entre ellos la *Historiae adversus paganos* de Orosio, el *Calendario de Córdoba*, el Libro de los Salmos mozárabe, el Pentateuco y otros textos sagrados. Ribera advierte que la fama bibliófila de Abd al-Rahman III llegó a ser tal que el emperador de Bizancio le envió un presente para así ganarse su simpatía, el *Dioscórides*, un libro escrito en letras de oro y adornado con hermosos dibujos de plantas. Con él viajaba un traductor, el monje Nicolás.

Así, en fuentes como el *Dikr bilad al-Andalus* (*Una des-*

cripción anónima de al-Ándalus) ya se menciona la Biblioteca Real de Córdoba. De esta se dice que «el fata Talid, que estaba encargado de la Biblioteca Real, contaba que los registros en los que se consignaban los títulos de los libros eran cuarenta y cuatro y que cada uno de ellos se componía de veinte folios; en estos registros se escribía solo el nombre de los libros». Mucho más concretos con las cifras son Ibn Hazm e Ibn Jaldún, quienes defendían que el califa al-Hakam II logró reunir unos cuatrocientos mil libros, una cantidad idéntica a la de la Biblioteca de Alejandría.

Viguera Molins apunta que al-Hakam II hizo traer desde Bagdad, Egipto y otros lugares lejanos de Oriente las más brillantes y prestigiosas obras literarias, siguiendo así la estela cultural de sus predecesores; eran composiciones raras, algunas sobre ciencias antiguas y modernas. Esto se realizaba a través de mercaderes contratados, agentes fijos instalados en El Cairo, Damasco, Alejandría..., que compraban libros y los trasladaban a la Biblioteca Real de Córdoba, proveyéndola de novedades.

Además, el califato avivó la llama de la creación empujando a la composición de otros géneros literarios: poesía, crónica dinástica, panegírico, registros biográficos, tratados de gramática y léxicos, de ciencias de la medicina y farmacología, de astronomía, matemáticas, etc.; todos ellos originados en la mismísima Córdoba, lo que explica la ingente cantidad de manuscritos que habitaba en la Biblioteca Real de los Omeyas, en cuyas oficinas trabajaban los mejores encuadernadores y copistas del mundo.

Esta pasión desmedida se extendió y popularizó por toda Córdoba, que empezó a convertirse en un gran depósito y vivo mercado de libros. Las bibliotecas privadas aumentaron y no tardaron en crearse obradores, donde centenares de mujeres se hacinaban para copiar libros de rezo y coranes, los cuales se vendían posteriormente a libreros. Tal y como he especificado en la novela, mujeres copistas hubo muchas, en su mayoría pertenecientes al grueso de población. Pese a que su trabajo era muy valorado —poseían una caligrafía pulcra y habilidosa—, recibían un jornal inferior al de sus compañeros varones, aunque eran ellas las que mayormente ejercían este oficio y cada año transcribían entre sesenta mil y ochenta mil ejemplares de libros de oraciones.

Cabe destacar que, en efecto, hubo féminas de clase social elevada que también se dedicaron a esta encomiable labor, como es el caso de al-Baha, hija del emir Abd al-Rahman II, y Aisha, hija de Ahmad Ibn Muhammad Ibn Qadim, tal y como recoge Ibn Baskuwal en el *Kitab al-Sila*, su célebre repertorio biográfico.

El afán por la cultura fue posible debido no solo al impulso de los gobernantes y los muchos sabios oriundos de Oriente, sino por la instalación de fábricas de papel en Toledo y Játiva. Y es que, aunque en la Edad Media predominaba el pergamino como soporte principal, este era escaso y demasiado costoso; debido a esto, los musulmanes usaron desde bien temprano la pasta de papel, lo que abarató el coste de los libros.

La fiebre bibliófila que se propagó entre la población cordobesa se ve representada en el capítulo de la novela en el que Lubna y Nasir se dirigen hacia el mercado de libros, donde se lleva a cabo una subasta. La anécdota que relata Lubna sobre un hombre que le arrebató un volumen durante una puja es real y la conocemos gracias a al-Maqqari, aunque la protagonista de este suceso no fue precisamente nuestra esclava bibliotecaria. En este sentido se expresaba el gran literato Ibn Salid, de Alcalá de Benzaíde:

> Córdoba era la ciudad de más libros de al-Ándalus, y su gente era la más aficionada a formar bibliotecas, medio por el cual se conseguía pasar por hombre principal o distinguido. Hasta las personas de viso que no tenían instrucción científica ponían cuidado de que en su casa no faltara la biblioteca, con libros muy selectos, pues era de mucho tono el que se dijera:

«Fulano tiene en su biblioteca un ejemplar único», o bien: «Ha logrado Fulano adquirir un libro de tal copista célebre».

En lo referente a las figuras históricas que aparecen en esta novela, creo que es de necesidad comenzar con la protagonista de la historia, el germen de esta: Lubna.

Escribir sobre Lubna de Córdoba es escribir sobre un lienzo en blanco, ya que los datos que tenemos sobre ella son ínfimos; así que, tal y como advierte Manuela Marín Niño en su artículo *¿Qué fue de Lubna? Historia e invención de una mujer andalusí*, esta mujer de gran intelecto está, por desgracia, más sujeta a la imaginación e invención que a la realidad.

Hemos de comprender que son muy pocas las féminas de las que tenemos constancia más allá de su nombre y ocupación, ya que las fuentes primarias apenas prestan atención a las mujeres, que quedan relegadas al olvido en pro de los varones. Cuando lo hacen, siempre aparecen vinculadas a un hombre, esposo, padre o hijo, de manera que jamás son protagonistas de su propia historia, sino meros personajes secundarios. Esto se acrecienta aún más si provenían de origen humilde, incluso si *a posteriori* se encumbraron en el ámbito cortesano al insertarse en el círculo íntimo del gobernante, ya fuera mediante el matrimonio o al ser compradas para atender las necesidades de su amo y señor. En ese caso, su vida anterior es un absoluto misterio imposible de desentrañar.

El hecho de que poseamos algo de información sobre estas mujeres —por parca que sea— ya es casi un triunfo. Esto se debe en gran parte a los exitosos repertorios biográficos y a los cronistas palatinos, que dedicaron escuetas líneas a mencionarlas, elogiarlas y narrar alguna anécdota relevante.

Por tanto, desconocemos la fecha de nacimiento y los orígenes familiares de Lubna, pero sabemos que su nombre significa «estoraque», un bálsamo muy empleado por aquel entonces en cuestiones de cosmética y medicina. Y que, en contra de la creencia popular, en ningún momento fue bibliotecaria, ya que el puesto de *sahib jizanati-hi al 'ilmiyya* o encargado de los tesoros científicos lo ostentó el eunuco Talid, no ella. Pese a esto, un cargo igual de importante recayó en sus manos, el de *katiba*, es decir, secretaria.

Este oficio era muy común dentro de la corte, tanto es así que gozamos de un buen listado de mujeres dedicadas a ello. Las fuentes cuentan que Lubna fue la célebre secretaria del califa al-Hakam II, sucesora de Muzna —secretaria del califa Abd al-Rahman III— y predecesora de Nizam —secretaria de Hisham II—. Se dice que era más diestra que su antecesora y que, además de ser inmejorable como calígrafa, poseía un amplio abanico de saberes: gramática, poesía, cálculo, métrica, ciencias... Y es que para ejercer este trabajo, que consistía mayormente en encargarse de la correspondencia personal y estatal del gobernante, había que ser instruida en diversas materias.

Esta esmerada educación solía recibirse precisamente en el entorno palatino, por lo que se deduce que Lubna fue instruida en el Alcázar cordobés junto con otras esclavas, donde debería haber tenido como maestros tanto a mujeres de su misma condición jurídica como a literatos y sabios del entorno del califa. Por último, se presupone que murió en el año 984, lo que sería el 374 de la Hégira, durante el gobierno de Hisham II.

Aunque pueda parecer que Lubna de Córdoba fue una mujer exquisita y única en su especie que sobresalió frente a las demás por su dominio cultural y sus muchas habilidades, poco comunes, lo cierto es que simplemente es el nombre que mejor se ha conservado y más ha resonado. Esclavas excelsas que participaron y aportaron asiduamente al mundo de la cultura hubo muchas, pero sus nombres no han perdurado; de hecho, una de ellas también es mentada en esta novela en varias ocasiones con el fin de que se la reconozca. Hablo de la esclava anónima de al-Hakam II que se especializó en la ciencia del *ta'dil* —astronomía—, que estudió junto a Abu l-Qasim Sulayman Ibn Ahmad Ibn Sulayman al-Ansari al-Rusafi al-Qassam por orden del califa, y que, habiendo completado sus estudios, regresó al Alcázar siendo una experta en el manejo del astrolabio. Como ella, otras tantas, pues la sapiencia fue muy usual entre las esclavas que habitaban en la corte. De ahí que no solo predominaran las secretarias o *katibas*, sino también las copistas, lexicógrafas de lengua árabe, de gramática, de métrica, amén de las paleógrafas.

En cuanto al personaje de Qamar, cuyo nombre significa «luna», es de invención propia, ya que la siguiente *katiba* califal fue Nizam —quien aparece en los últimos capítulos de la novela—, secretaria de Hisham II.

Por su parte, Nasir el Bagdadí es un personaje completamente ficticio, cuya creación responde a la necesidad de representar el importante papel de la medicina en la sociedad oriental e islámica. No nació para acompañar a Lubna en esta aventura, sino para ser tan protagonista como ella o incluso más, pues es su deseo de encontrar el libro perdido y honrar a su progenitor lo que vertebra y da sentido a esta novela.

Cabe matizar que Nasir se presenta como *tabib* (médico), y es que había tres grupos diferenciados de personas que ejercían el arte de la curación. El primer grupo serían aquellos que habían recibido una educación académica y formada, teórica y práctica, muy influenciada por las aportaciones médicas de la sociedad grecorromana. Entre ellos se encontraba el *hakim*, que actuaría en calidad de maestro; el *tabib*, quien practica la medicina; y el *mutatabib*. El segundo grupo estaría conformado por aquellos que poseen conocimientos limitados, obtenidos mediante la observación personal y la práctica, no mediante los libros. Un ejemplo serían los *fassadun*, los técnicos que realizaban las sangrías. Y, en última instancia, estarían los curanderos o charlatanes.

La farmacia, botica o *jizanat al-tabbib* en la que trabaja Nasir en Madinat al-Zahra se registra en diversas fuentes, como el *Muqtabis* de Ibn Hayyan, el *al-Dajira* de Ibn Bassam y el *al-Tasrif* de al-Zahrawi, en los que se explica que había doce esclavos jóvenes que preparaban píldoras, ungüentos y otros fármacos, garantizando así la salud y el bienestar de la familia real y los habitantes de la ciudad. La investigación con respecto a los procedimientos médicos y quirúrgicos ha sido rigurosa, proveniente de múltiples artículos y, sobre todo, de tratados médicos como los de Ibn Wafid, al-Shayzari, Ibn Zuhr, Ibn al-Jatib y demás. Por esa razón, los casos clínicos que se exponen en la novela son certeros, procedentes de textos médicos andalusíes.

Del mismo modo, el pleito judicial que se comenta en la novela a causa de un desacuerdo por la tarifa de servicio entre la madre de dos niñas enfermas y la médica que las atendió es real. Se trata de un documento jurídico extraído de los *Ahkam* de Ibn Ziyat, el cadí cordobés, quien ratifica así la profesionalización de la medicina en manos femeninas y el cobro de una remuneración. Así surgió el personaje de la *tabiba* Bashira, en un intento de ilustrar este litigio y acercarlo al lector.

El anciano Hamal, su querido nieto el Boticario y toda su adorable familia también son personajes inventados, al igual que Zuhra. La tierna tabernera enamorada de nuestro protagonista masculino debe su nombre a un poema del *Cancionero andalusí* de Ibn Quzman, que dice así:

> *Apuro el vaso que me llena Zuhra:*
> *mi suerte son frasco y amada.*
> *Estoy sentado entre el amor y el vino,*
> *uno es cariño, bebida es otro,*
> *y ha cumplido el hado mi anhelo,*
> *logrando yo en la bella Zuhra mis deseos.*

El poeta cordobés se refiere en estos versos a una tabernera de la que probablemente se encaprichara y con la que mantuviera favores sexuales.

Para terminar con los aspectos médicos, querría incidir en la naturaleza de los hospitales —los *maristan*—, un tema al que se alude en esta historia en varias ocasiones, en especial por parte de Nasir, quien parece decidido a convencer al califa al-Hakam II para que construya uno. Y es que, mientras que en al-Ándalus aún no se gozaba de centros hospitalarios, en Oriente ya funcionaban un par de ellos desde tiempos tempranos. Según advierte José González Domínguez en *Medicina y sociedad en el reino de Granada durante el siglo XVI. Los moriscos: antecedentes y consecuencias*, el primer hospital en territorio islámico fue fundado en el siglo VIII por el califa Walid I, un acontecimiento histórico que permitió que otros muchos le siguieran. En el plazo de un siglo se construyeron cinco hospitales más en Bagdad, entre ellos el de Harun al-Rasid y el del visir buyí 'Adud al-Dawla, en el que trabajaban veinticuatro médicos, incluyendo oftalmólogos, cirujanos, traumatólogos... Desde entonces y paulatinamente, los *maristan* fueron extendiéndose por todo el Oriente Islámico.

No obstante, al-Ándalus no verá erigido un hospital hasta el siglo XIV, cuando Muhammad V de la dinastía nazarí mandó levantar uno en el reino de Granada, justo en la ladera sur del Albaicín, cerca del río Darro. Restos arqueológicos de este residen actualmente en el Museo de la Alhambra, donde se halla la lápida fundacional.

Otras cuestiones de gran importancia y que me gustaría aclarar son las siguientes: el califa al-Hakam II no cayó definitivamente enfermó hasta el año 974. Sufría, en efecto, de hemiplejía, un trastorno del cuerpo en el que la mitad de este queda paralizada. Es normalmente el resultado de un accidente cerebrovascular, aunque también puede ser provocado por enfermedades que afectan a la espina dorsal o a los hemisferios cerebrales. Finalmente, al-Hakam II falleció el 2 de octubre del 976 (cuatro de safar del 366 del año de la Hégira) y fue enterrado en la *rawda al-Julafa*, en el Alcázar de Córdoba, tras un gobierno de quince años y cinco meses. Según el *Dikr bilad al-Andalus*, esa misma noche surcó el cielo un meteoro rojo que fue visible durante un par de días, hasta que una columna verde se lo tragó, aunque esto no consta en otras fuentes.

Por aquel entonces, Hisham II contaba con diez años y ocho meses, una minoría de edad que le dificultaba el sentarse en el trono y que no tuvo precedentes en al-Ándalus. Para que pudiera heredar, hubo de extirparse cualquier posibilidad de que un pariente cercano reclamara el poder, y para ello Almanzor ordenó el estrangulamiento de al-Mughira —hijo de Abd al-Rahman III y Mustaq, y hermano de al-Hakam II— durante la proclamación del niño gobernante.

Solucionado el problema sucesorio, el ascenso de Hisham II permitió que el gobierno recayera realmente en manos de su madre, la esclava vascona Subh. La ostentación del poder entre hombres y mujeres era terriblemente distinta, por lo que tareas como la policía y el ejército le quedaban vedadas a la figura femenina, de ahí que Almanzor —al-Mansur Muhammad Ibn Abi Amir— no tardara en ser nombrado *hayib* y se encargara de la dirección del Estado.

Se especula que la Gran Señora y el *hayib* mantuvieron una relación sentimental y amorosa, que se volvió mucho más profunda a raíz de la muerte del califa al-Hakam II, pese a que no hay pruebas fidedignas que corroboren esto, más allá de que Subh fue valedora personal de Almanzor y quien lo encumbró en el poder. Con independencia de ello, desde el 976 hasta su ruptura con Almanzor en el 996, Subh ejerció un completo control sobre la política, canalizándose sus órdenes a través de este.

En lo concerniente a Almanzor, huelga decir que tuvo un papel fundamental en el ámbito cultural, y en la Biblioteca Real de Córdoba, por desgracia, no fue favorable, sino en detrimento de esta, ya que destruyó una buena parte de los libros que se salvaguardaban allí. Eran, singularmente, manuscritos relacionados con ciencias antiguas, sobre lógica, astronomía y otras materias. Muchos de ellos fueron quemados, otros se enterraron en pozos, cubiertos por tierra y piedras, olvidados para siempre. El motivo es el citado en la novela: intereses políticos.

Almanzor recurrió a esta estrategia para así afianzar su poder, congraciarse y granjearse la simpatía de ulemas, alfaquíes y el sector más ortodoxo de la población. Corría el año 979, no hacía demasiado que al-Hakam II había fallecido, él llevaba tiempo liderando el gobierno y ansiaba convertirse en algo más que el *hayib*. Aspiraba a autoproclamarse califa y asentar una dinastía igual de poderosa que la Omeya. Mutilar libros que podían considerarse reprobables era una buena forma de aunar voluntades y desprenderse de ciertos rumores. Pese a ello, el avance científico y cultural en al-Ándalus no sufrió de un retroceso, ni siquiera se frenó.

Como indica Ibn Hayyan, los volúmenes y libros que se salvaron de la purga de Almanzor padecieron un destino igual de horrible. Muchos fueron vendidos para financiar la guerra civil de principios del siglo XI y así hacer frente a los bereberes que habían sitiado la capital; más tarde, la Biblioteca Real de Córdoba fue saqueada por estos cuando irrumpieron en la ciudad. Los sobrantes fueron adquiridos por los reyezuelos de las taifas de Toledo, Sevilla, Córdoba, Almería y demás, lo que explica el desmantelamiento sistemático de este maravilloso gran centro de saber.

Por último, pero no por ello menos importante, querría referirme al hombre con el que se inicia esta historia, Abd al-Rahman Ibn Mu'awiya Ibn Hisham Ibn 'Abd al-Malik al-Dajil, es decir, el Emigrado.

Sí que es cierto que Abd al-Rahman I trajo consigo un libro de gran importancia a Córdoba tras su huida de Damasco; sin embargo, este no fue un *ilm al-Hawass* —un tratado sobre ciencia de las propiedades ocultas— y, por supuesto, en este no residía la fuente de la vida eterna. Se trataba del Corán del califa Utman, del cual se apoderaron los almorávides en el siglo XI y enviaron al Magreb junto con otros manuscritos. Con estos y otros tantos ejemplares, el primer emir Yusuf Ibn Tasufin formó su biblioteca palatina.

Agradecimientos

Escribir una novela siempre requiere de tiempo, esfuerzo y la paciencia de todos aquellos que te acompañan en el proceso. Por eso no quería pasar de largo sin dedicar unas líneas a las personas que han realizado este arduo viaje conmigo.

A mis padres, por cada llamada y el interés continuo por saber cómo evolucionaba, aunque yo suelo dar pocos datos. A mi hermano, que ha esperado estoicamente a que, por fin, le dedicara un libro. Supongo que algunas cosas llevan tiempo y que lo bueno se hace esperar, pero es que, si tenía que poner su nombre en una novela, quería que fuera en una grande.

A Penélope, que siempre se queja de que escribo demasiadas páginas, pero se entusiasmó en cuanto le mencioné la biblioteca de Córdoba y los cuatrocientos mil ejemplares que se guardaban en ella.

Y a mi marido, Alejandro, por ser mi hogar, mi refugio. Por sentarse todos los mediodías a escuchar los avances de cada capítulo, aportar ideas y recordarme que sería un giro argumental maravilloso la aparición de unos ninjas en mitad de la Córdoba califal.

A Ana y Cristina, porque, aunque ellas no lo crean y lo cierto es que jamás lo dirán, en realidad ha debido ser difícil soportar durante siete meses mis dudas e inseguridades con respecto a la escritura de esta novela. Gracias infinitas por haber oído cada uno de mis extensos audios y haberme sostenido la mano, ayudándome a luchar contra el síndrome del impostor y mi propia autoexigencia.

A mis amigos: María, Irene, Manu, Raquel, Antonio y Noelia, por su apoyo perenne. Sois un club de fans excepcional.

A mi queridísima amiga Miriam Mosquera, que lleva desde 2020 pidiéndome una novela sobre su amado Almanzor, yo llevo desde 2020 diciéndole que jamás. Y contra todo pronóstico, aquí está. Voy a decir que ha sido cosa del destino y que me alegro de haber podido satisfacer sus ansias de historiadora obsesionada con este señor.

La biblioteca de Córdoba no solo trata sobre cultura y sapiencia en época califal, sobre grandes joyas literarias olvidadas. También trata sobre muchachas perdidas que no terminan de discernir entre lo que son, lo que desean ser y lo que están destinadas a ser, y las maestras que las encuentran en este descarrío y las acogen y reconducen para que escojan el mejor camino. Por eso, gracias a Antonia Álvarez, que me inculcó la pasión por la historia durante mi adolescencia. Y gracias a doña Gloria Lora Serrano, por ser mi guía durante los estudios y la especialización, por seguir siéndolo pese a ya no encontrarnos por los pasillos del rectorado, pero, sobre todo, por creer en mí y regalarme su cariño. Desde que comenzáramos a trabajar con la historia de género en al-Ándalus, yo ya no he sabido qué otra cosa hacer en esta vida.

Por supuesto, esto habría sido completamente imposible sin todo el equipo de Penguin Random House y Ediciones B: maquetadores, correctoras, diseñadores de cubierta... Sin mi editora Clara, que descubrió la biblioteca de Córdoba, se enamoró de Lubna y Nasir (especialmente de Nasir) y pensó que yo era la única que podía contar esta historia. Y sin Jordi, mi agente, porque, de aquí a que nos llegue la jubilación o nos toque la lotería, no concibo otra persona con la que hablar diariamente y batallar en este difícil mundo que es el de la literatura.

Por último, gracias a ti, lector, por haber llegado hasta el final de esta historia. Volveremos a vernos muy pronto, puede que en otro siglo, en otro lugar y con otros rostros que no sean los de Nasir y Lubna. Incluso así, nos reconoceremos gracias a la Edad Media.